鳥、新月、頌歌三集中的若干首，甘地自傳也刪剩了三章，普雷姜德小說，則連寫實技巧最到家的包屍布一篇也刪除了。好在讀者對這許多名著如有興趣，可以另購單行本來閱讀的，研究所的同學更可憑單行本來寫印度文學的比較研究論文。易寫的像「加里陀莎的莎昆妲蘿和王實甫的西廂記比較研究」「泰戈爾詩與加比爾詩的關係研究」「印度寓言五卷書和伊索寓言的關係研究」「四部箴言與五卷書的關係研究」「佛教本生文學與寓言故事的關係研究」「佛典法句經與我國六朝演連珠文體比較研究」「印度兩大史詩的比較研究」「天方夜譚與印度文學的關係研究。」等，他們已在撰寫中。難寫的像「敦煌變文與印度文學的關係研究」「中印文化巴克諦與以孝治天下的比較研究」「中印神話的比較研究」「中印寓言故事的比較研究」等，他們也試着在蒐集材料。而我自己所寫「中印文學關係舉例」一文，也輯入本書作為附錄。因爲他們第一學期所寫專題報告，像「泰戈爾詩及其森林哲學」「戲曲莎昆妲蘿的含義與評價」「讀聖徒格耶與義書的淺見」「讀五卷書心得」「印度兩大史詩研究一得」「華嚴經入法界品的研究」等文，都寫得還不差；所以我相信他們這第二學期比較文學的研究報告，也會有相當的成績。

現在這部印度文學歷代名著選已全部編譯完成，上册的校樣東大圖書公司已送來，寫下編譯經過，以代序言。同時想起十多年前內子深感大學中文系的文學史和歷代文選的教材，應配合着來教授。我倆就試寫這種兩者配合的「中國文學欣賞」一書，後由三民書局出版。當時隨寫隨在雜誌刊登，這構想與措施，頗得錢師賓四的讚許。可惜寫完第八講「兩漢魏晉古詩」時，因一起出國服務而中止。現在把這方法引用到教授印度文學來試驗，居然也獲得學生的喜歡。更感快慰的是，竟能意外地完成了這部粗具規模的「印度文學歷代名著選」兩厚冊。

至於此書匆促趕成，因病不克親自校對並再細加查核斟酌，失察欠妥之處，自所難免，尚祈高明，賜予指正。

糜文開

七十年三月二十五日
於台北

印度文學歷代名著選（上册）目次

印度文學歷代名著概說(二)

印度文學第二期名著選一一〇篇

附錄

印度文學歷代名著選

印度文學歷代名著概說㈠

糜文開編譯

一、印度地理輪廓

我在印度歷史故事開頭敍述印度的地形，說從世界地圖上看，這在亞洲南部被稱爲次大陸的印度半島，正像一個母牛的乳房下垂在印度洋上，錫蘭島就像擠出的奶水一滴。而綿亙在半島北部的喜馬拉雅山，成爲它天然的屏障，則是一座雪的長城。

唐玄奘在他的大唐西域記却說印度意譯爲月，因而聯想印度地形似半月。他說：

「五印度之境，周九萬餘里，三垂大海，北背雪山，北廣南狹，形如半月。畫野區分，七十餘國。時特暑熱，地多泉濕。北乃山阜隱軫，丘陵潟滷；東則川野沃潤，疇隴膏腴；南方草木榮茂；西方土地磽确：斯大概也。」

雪山卽指終年積雪的喜馬拉雅山，爲河流發源地；東方沃潤的川野，指肥沃的恆河流域；西方磽确的土地則指印度河南岸的塔爾沙漠。南方則爲德干高原。但要說印度「形如半月」，則錫蘭島又成了「弦月」之弦上常見的一顆明星。這顆明星，又象徵着佛教南典初傳錫蘭的光輝了；北典則像巍峩雪山的一片皚皚，構成了弦月上銀色的亮麗面。這中天照耀的弦月與明星，又像彈弓彈出的一粒彈丸。象徵着近代西方帝國主義者從印度洋上侵襲了印度以後，聖雄甘地領導的非暴力的反英獨立運動，有如來自天上的一股奇異的和平力量，竟能消除西方的武裝侵略，再散放出東方文明的光芒而獲致印度的復興。而東西文化的會合於印度，產生了泰戈爾的偉大文學作品，也正如喜馬拉雅山的高聳天際，成爲東方人和西方人所共同仰望的世界高峯。

印度的地形，正象徵着印度是一個天府之國的大花園，而且保護得好好的。可是事實上，自古以來，它仍不斷地被外來武力所侵入，印度的文化，也因而跟着發生了好幾次變化，印度歷代文學的發展，也呈現出不同的形態來，而屢有輝煌的成就，超越雪山而傳布於世界。

二、第一期文學名著綜述（約自公元前一五〇〇—五〇〇年）

印度北方有綿亙數千里不可攀越的冰雪長城屛蔽着，東、南、西三方有大海和外界隔離着，確實是一個可以讓當地居民安全舒適地獨自存在發展的大花園，何以自古以來，仍不斷地被外力所侵入？原來那雪的長城，還是有些缺口，可讓人畜通行。尤其是阿富汗地方的開伯爾（Khyber）山隘，爲北方强悍民族入侵印度最好的途徑。現在印度人民主要的構成份子亞利安人（Aryan 意爲聖種），就是從這些冰雪長城的缺口進軍南來的。

在距今四五千年前，印度半島的先住民族，原爲體格不很高大，臉型扁平，幾萬年來給印度的烈日晒得皮膚發黑的達羅毗荼人（Dravidians）等土著。他們崇拜蛇、大樹和祖先，已知道種田，並由許多村莊組成部落，建築城市，文化相當高。大約在五六千年前，生活在帕米爾高原以西，流入鹹海的阿姆河（Amu Daria）一帶的遊牧民族亞利安人，從中央亞細亞分爲兩支遷徙。一支向西北逐漸移入歐洲，產生了歐洲文化；一支向東南移動。若干年後，又分爲兩派：一派入伊蘭，產波斯文化；一派通過冰雪長城的缺口，進軍印度，開拓印度文化。亞利安人身材高大，具有深目高鼻，皮膚白皙的特徵。他們大約分五批先後到達印度河上流的五河地區。發現那兒氣候宜人，水草豐美，就把當地的達羅毗荼人驅逐掉，作爲自己的根據地，再逐漸向恆河流域擴展。

許多原始民族生長在大自然的懷抱中，他們感覺人類的命運與自然現象息息相關，但他們不明白大自然變幻現象的所以然。在驚奇、敬畏和感恩的心情下，以爲日、月、風、雲、水、火、雷、雨，以至黑夜、黎明，都有神司其職，形成他們簡單的信仰，就發爲詩歌來讚歎這些神祇，向祂們祈禱賜佑消災。亞利安人到達五河地區，他們信仰的天神，已爲數衆多，主要有三十三神，通稱三十三天。略分為天、空、地三界，各有十一神。例如日神（蘇雅）屬天界，風神（梵由）屬空界，河神屬地界。其中天神大尤斯（Dyaus）為從中央亞細亞帶來的最原始之神。所以和希臘的宙斯（Zeus），羅馬的朱比鐵爾（Jupiter）為同語的演變。蒼空之神婆樓那（Varuna）則為印伊時期的產品，從波斯帶來，故與波斯拜火教的阿火爛摩泰（Ahuramazdah）性格酷似。河神薩拉司華蒂（Sarasvati）也從波斯帶來。到印度後新產生的則有天界象徵太陽活動的薩維德麗（Savtiri）和毘濕奴（Vishnu）等神。其中最有勢力之神，以天界婆樓那、空界因陀羅（Indra 雷霆）、地界阿耆尼（Agni 火）和蘇摩（Soma 酒）為其代表，均係印伊時代原有之神。而婆樓那最為尊嚴，猶如我國的天老爺，被稱為宇宙大王。但以雷雨神因陀羅最為勇猛，進入五河時期，他們仰仗着進軍戰鬬，藉以克敵致勝，終被崇奉為諸神之王。但定居五河後，祭祀興起，因陀羅神的地位漸為祈禱主神（Brahmana Spati）所取代，而火與酒為祭祀所不可或缺，火神阿耆尼和酒神蘇摩也更見重要。而且連語言、信仰以及布施都有了讚歌。後來更產生了若干哲學意味的讚歌。終於發展成以梵天（Brahma 婆羅摩）為主的婆羅門敎和梵的哲學。諸神的讚歌，本來用梵語的口口相傳，後來才被輯成梵文的吠陀經。吠陀經產生的年代，約當公元前一千五百年到一千年頃的五六百年間。

吠陀意為知識。吠陀經分成四部，而以梨俱吠陀（Rigveda 意譯為誦讚明論）為主幹。共一千〇十七篇，分輯為十卷，內容大多為對諸神的讚歌，因應用於祭典而保存下來。當時印度祭禮的祭司，漸分爲四種職掌。請神的祭司名勸請者（Hotr）讚神德的祭司名詠歌者（Udgatr）供養神的祭司名祭供者（Adhvaryu），司祈念的祭司名祈禱者（Brahman）。勸請者誦一定的讚歌，勸請所祭的神降臨祭壇；詠歌者唱歌（Sama）以讚歎之；祭供者低聲背祭詞（Yajus）而捧獻供物；祈禱者（卽婆羅門）唸消災、降福、調伏、除垢等禱辭與呪文，表達祭祀的目的，亦爲祭祀之總監官。因四祭司各有所掌，遂使梨俱吠陀衍化出詠歌者所掌的沙摩吠陀（Sama Veda 意譯爲歌詠明論）。祭供者所掌的夜柔吠陀（Yajur Veda 意譯爲祭祀明論）。祈禱者所掌的阿達婆吠陀（Atharva Veda 或譯禳災明論）。但禳災的呪文，原爲達羅毗茶人所流傳，最後爲亞利安人所吸收。故原僅三吠陀，四吠陀的完成，約在公元前一千年到八百年的兩百年間。

最可注意的是吠陀後期的原人歌之中，有這麼的一頌：

他的口是婆羅門，他的兩臂作成王族；

他的腿部變成吠舍，從他的脚上生出首陀羅來。

這證明印度的以族籍來分成四階級的制度已在開始形成中。據權威的東方學者馬克士穆勒等的論斷，亞利安人在五河一帶驅逐土人後，便開始定居下來，從事農業和畜牧，並有固定房屋和城堡的營造。於是因大批人手勞作的需求，便把俘獲的土人，作爲奴隸，從事生產勞動，遂有首陀羅階級的形成。但那時還只有黑白兩階級之分。黑人是奴隸，白人是奴隸主。所以 Varna 一詞，原義爲「顏色」，這時却引伸而爲階級和族籍區別的名詞了。要到後來，爲便於分工合作，亞利安人中熟語於祭禮的人，便世襲爲祭司，成爲僧侶階級婆羅門；最能作戰的國王和武士，便專責軍事，世襲爲武士階級刹帝利。他們便成爲第一和第二階級。其餘從事農牧工商的一切亞利安人便世襲爲庶民階級吠舍。至此，就形成各有等級互不通婚的四族籍了。於是婆羅門教也就隨伴着族籍制的形成而發達起來，成爲印度史上特有文化的代表了。

四吠陀約從公元前一千五百年陸續產生，到公元前八百年編輯完成。這些詩歌是古代印度留傳下來最早的作品，也是世界史上最早的書籍之一。其中好多是描寫生動別具風格令人愛不忍釋的文學傑作。除在印度文學欣賞一書中，我已選錄兩篇外，本書再選抄梨俱吠陀前期的諸神讚歌十二篇，梨俱吠陀後期的哲學讚歌四篇，以及夜柔吠陀的禱詞一篇，以供研讀。

＊　＊　＊

吠陀本經時代以後，接着是梵書時代。而梵書時代最大的成就，是梵書末期森林書中的奧義書的完成。吠陀本經以及吠陀經的附屬部分梵書奧義書以及最後的產物修多羅（Sutras 經書），總稱爲吠陀文學，印度人稱爲尊聖文學，以區別於其他文學。吠陀文學以宗教爲中心，亦即印度史上的婆羅門教時期。此後，就有佛教文學的產生。印度文學常以宗教來區分，所以我們劃分這一階段爲印度文學的第一期，稱之爲婆羅門教的吠陀文學時期。梵書時代約自公元前一千年至七百年頃；奧義書時代，約自公元前七百至五百年頃。（但新奧義書，則是公元前五百年以後的產品）所以我們所稱印度文學的第一期，其年代約自公元前一千五百年至公元前五百年的一千年。而以後經書的年代那是不斷的餘緒，故不予計入。

吠陀時代前期僅有對諸神的讚歌與祈禱，至後期而始有祭祀，因四種祭官的應用而有四吠陀的相繼完成。因祭官之稱婆羅門形成印度社會的第一階級，遂稱此宗教爲婆羅門教。其後祭司們對所掌吠陀本典再加以說明，對於全部有關祭典之事項，一一附以因緣、故事、來歷而以散文解釋之，各自附加於其本典之後者，卽稱梵書。而夜柔吠陀初成之本集，顯見雜亂不淨，故後有精淨本之出現，學者遂名後出的精淨本爲白夜柔吠陀，而初成的不淨本爲黑夜柔吠陀，故梵書之成亦有黑夜白夜兩派。

現存梵書，梨俱吠陀有愛陀列耶（Aitareya）科西陀格（Kausitaki）兩種。沙摩吠陀有薩特雲薩（Savimsa）聖徒格耶（Chandagya）沙馬維陀那（Samavidhana）阿爾塞耶（Ar-seya）山喜多婆尼沙曇（Samhitopanisad）溫夏（Vamsa）等九種，白夜柔吠陀有百道梵書（Satapatha）一種，黑夜柔吠陀有推提利耶（Taitiriya）等四種，阿闥婆吠陀有哥波陀（Gopatha）一種。其中以百道梵書最爲有名。而其所載魚與摩奴的故事，最爲研究洪水傳說者所注意，且爲印度最高神第一次化身之所本。

梵書哲學思想的進展，初期繼梨吠的生主歌（Prajapati Sukta 卽金卵歌）而推崇生主。中期則以祈禱主蛻化而爲梵（Brahma 卽梨吠之祈禱主去主字而賦以神學思想者）後期則以探索自我（Atman）而有尋求「眞性實我」的奧義書的產生。

蓋梵書至中期而有婆羅門敎三大綱領的確立。三大綱領爲：一、吠陀天啓主義；二、祭祀萬能主義；三、婆羅門至上主義。但這種形式主義，敎條主義，怎能滿足人心？而且此後婆羅門僧侶，往往祇知藉祭祀誦經以圖利，生活腐化，因此不肯同流合汚的婆羅門學者，競往森林潛修，用他們淸醒的頭腦，產生出他們密傳的奧義書，爲梵書發出最後的光輝來，成爲世人從梵書中分開來特別硏究的對象。

梵書不列入印度三大聖典之中，印度文學欣賞中也未選梵書，現在補選白夜的百道梵書二篇，梨吠的愛陀奈耶梵書一篇，沙吠的薩特雲薩梵書一篇，以見一斑。

* * *

印度亞利安人初入印度，居住印度河上游兩岸，卽名其地爲印度。據西人考證，印度本義爲河濱之意，後來卽將此河也稱爲印度河。其後征服了印度河上流五河一帶土人，開始農牧，以土人爲奴隸，開始祭祀。而有婆羅門敎及其四族籍的形成。此後再向恆河支流瓊那河擴展，而到達炎熱的恆河流域，才進入梵書時代。梵書時代中期，婆羅門敎腐敗日甚，若干婆羅門遂隱居森林，從事新思想的追尋。而恆河兩岸，已形成若干大國，王權增高。若干國王，並起而提倡，遂有輝煌的一〇八種奧義書的產生。嚴格說來，奧義書本爲森林書的最後部分，而森林書（Aran-yaka 阿蘭若書）又爲梵書的一部分。簡單地說：吠陀本經詩歌之後，附以散文的梵書。梵書乃祭祀的儀規與釋義部分，梵書所附釋義的發揮哲理者，多係森林隱士之所成，故稱森林書。而森林書最後討論吠陀終極意義的，稱爲吠檀多（Vedanta＝veta＋anta＝吠陀之終）吠檀多，又稱優波尼沙曇（Upanishad）意爲弟子近坐，秘傳其父師之奧義，故譯爲奧義書。舉例言之，梨俱吠陀，有愛陀列耶梵書；愛陀列耶梵書中有愛陀列耶森林書；而愛陀列耶森林書，其末卽爲愛陀列耶奧義書。

一〇八種奧義書中最重要的有十一種，分屬於梨俱、沙摩、夜柔三吠陀，這些都是較早的古奧義書，至於較晚產生的阿達婆吠陀的奧義書，只有門達克（Mundake）普羅休那（Prasna）門徒克耶（Mandukya）等二三種較爲有名，被稱爲新奧義書。

最重要的十一種古奧義書據多伊森氏查考其內容，推定其年代先後如次：

1. 布列哈陀（Brihad-Aranyaka）——白夜
2. 聖徒格耶（Chandogya）——沙吠
3. 推提利耶（Taitiriya）——黑夜
4. 愛陀列耶（Aitareya）——梨吠
5. 科西陀格（Kausitaki）——梨吠
6. 凱　那（Kena）——沙吠

散文

7. 卡　陀　克（Kathaka　　）——黑夜
8. 伊　薩（Isa　　　）——白夜
9. 思維多思梵多羅（Svetasvatara）——黑夜
10. 摩訶那羅耶那（Mahanarayana）——黑夜
（以上）韻文
11. 美特羅耶尼耶（Maitrayaniya）——黑夜——散文

婆羅門教的三大綱領既壓抑同爲白人的第二階級王族等的地位，而祭祀萬能主義，又使婆羅門僧侶漸趨腐化，往往祇知藉祭祀誦經以圖利。因此至公元前七百年以後，發生了一次反對儀式主義的思想革新運動，清醒的婆羅門學者，競相隱居森林，他們崇尚自由，追求永恆，着重精神的生活，作眞理的探索，來解釋人生一切的問題。擧凡思想界初期所發生的疑問，像生存、死亡、靈魂、天地，以及宇宙何以存在等等，都要試行解答出來。而在恆河平原新拓的地區的國王們，也參與其事，力加提倡。從布列哈陀奧義書三卷記毘提訶(Videha)國王佳納楷（Janaka）召開教義辯論大會。同書二卷之首章，加西（Kasi 今之 Benares ——波羅㮈城）國王阿闍世授吠陀學者巴拉寇（Gargya Balaki）以梵之教義，聖徒格耶奧義書五卷之十一章，婆羅門六人，同赴開寇雅王處問大我義而受其教。聖徒格耶五之三，布列哈陀六之二，都記載嘉瓦里王教阿魯尼以輪廻義事。這一運動，由王族策動，由王族出而提倡，事實極爲明顯。於是繼奧義書之後，而有直接由王族領導的宗教革命興起。那便是大雄（Mahavira）的耆那教和釋迦牟尼的佛教。

業（Karma）的學說與輪廻（Samsara）思想，原爲民間下層的信仰，或起源於土著黑人，至梵書時代，已爲吠陀學者所吸收，至奧義書時代，自由研究之風大盛，不特王者，即庶民和女子，亦相與參加其間。此等新起的問題，必須予以解決。梵書時代萌生的梵我之說，亦須加以推考，於是經不斷演進，將輪廻與梵我等新說，巧妙地結合成圓熟的解脫論。所以奧義書的「梵我不二」說，一方面是梵書時代形式主義的反動，同時也是梵書時代所萌生的新思想所開的花結的果。

奧義書是吠陀哲學的繼續發展，它的內容極其複雜，但我們可以說，它的總的趨向是唯心的一元論，問題的中心是「自我的實現」。他們用接近科學的方式，從個人血肉的軀殼，向內部考察，尋求眞性實我的所在，其中以四位說和五藏說最爲有名，這眞實的自我，是生命的根源，是內在的統御者，是永恆而不變的。印度古代哲學家，自梨吠後期，即熱衷於宇宙本體的探求，稱之爲「彼一」或「彼」，至梵書時代由「生主」轉化爲「梵」，而這宇宙的大原，世界的原理之最高自我「梵」，和我們個人的自我，在本質上實爲同一，所以布奧一卷四之一〇云：「我卽梵」，四卷四之五云：「此我實卽彼梵」，故梵實爲「大我」，雖則梵是『不可知不可思議的，但仍可通過自制和學問，用人的自我來實感它，因爲兩者最後是一。這樣人從「宇宙大力」解脫而成爲「神志」之一部分。』（泰戈爾語）這樣，我們可從體會宇宙的造化，得到我們的人生觀。

反過來，則萬物皆備於我，個人的心中，早具備着一切的眞理了。這便是「眞」（眞理）的探求。這是山林生活中人的精神與大自然融化的寫照，這便是泰戈爾哲學的基礎。但『客觀的現象世界不被視爲虛幻，而是相對意味的眞，一個內部眞性的外貌』（尼赫魯語）。於是奧義書「自我」的學說，以注重精神的解脫而有否定婆羅門主義三大綱領的傾向。

可是我們爲什麼不能認識自我，並使我們的精神與大自然融化，解脫肉體的束縛，而得到達不變的永恆之境地呢？這主要是「業」的作用使然。「業」的意義爲「動作」，包括一切思想言行，我們平生的思想言行，蓄積着一種潛在力，在以後會產生應得的結果，因業力的牽制，使我們死後自我（靈魂）不得歸於梵，而受輪廻的果，卽轉生爲蟲、魚、鳥、獸、人、神、或入天國、地獄。這樣，印人便認人生爲痛苦，解脫爲樂，而相率以靜修苦行爲解脫的法門了。這樣，梵我之說與輪廻思想結合，而迷信的果報輪廻思想便占着很大的勢力了。（關於業，用現代方式解釋，可說是「自然因果律」可發展爲「社會不朽說」；關於輪廻，可視作未成熟的進化論）。

雖然在奧義書中有許多地方是淺薄的，或是趨向迷信的，可是它並不專斷，它有自由的空氣，它有民主的精神，它要求個人的完善，而對人對物，採取寬容和平等的態度，因爲萬物都是梵的分化啊！

至於後期古奧義書中以曖昧的文字來賣弄玄虛，自所難免，但我們大體可以說，奧義書的文筆是精警的，引用的譬喻是巧妙的，後期的韻文，很多是雋永的小詩，詩哲泰戈爾的思想，固然導源於奧義書，他的森林哲學正是奧義書的修正版，他作品的風格，又何嘗不是脫胎於此？

本書除印度文學欣賞所載奧義書兩篇不再納入外，再自印度三大聖典中選錄古奧義書九篇、新奧義書二篇，並自聖徒格耶奧義書中我再加譯十篇，一併選錄。

＊　＊　＊

至於吠陀文學最後的產物修多羅，其成長約當公元前五百年至二百年間。已進入佛教文學的時期。這些著作，常附着於各吠陀學派的獨立著作中，用散文寫成，可分作三類。第一類所聞經書（Srauta Sutras），全無文學意味可言，只是祭祀儀式的解說。第二類家範經（Grihya Sutras），則詳述人生及家庭禮儀等的節目，如童子從師禮、冠禮、婚禮、喪禮等。第三類爲法經（Dharma Sutras），古印度的法律大多從此衍生。

四吠陀的修多羅留存至今的，梨吠、沙吠、黑夜各有兩種；白夜、阿吠各有一種。其中黑夜的儒童經（Manava Sutras），爲後來摩奴法典（Manu Sanhita）的原型。這有名的摩奴法典卽脫胎於此。

這裏要特別一提的，是吠陀文學到修多羅時代，婆羅門教人民的生活，早已進入四階段的規範。那就是四階級除去不得祭祀誦經的首陀羅外，其餘婆羅門、剎帝利、吠舍三個再生族階級，都已實行㈠梵行期，㈡家居期，㈢林棲期，㈣雲遊期的四階段生活，所以在多種修多羅中，有此敍述。大概從師學習吠陀經的梵行期學生生活爲十二年。家居結婚生子，營世俗的職業生活者二十餘年。家範經卽這第二期生活的指導書。兒子梵行期完畢歸家，進入家居期，就可把家務交與長子，財產分配給衆子，自己隱居到山林之中，或獨居，或携妻同去。主要之事在行苦行以鍛鍊身心，而作入悟境的準備。這時身纒樹皮鹿皮裝，髮爪不剪，而食少量的林中果實、木根、樹皮，時或絕食。他們的森林書和奧義書，卽其產品。林棲期有了相當成就，便再改變生活方式，雲遊四方。雲遊遁世期的人，便有比丘（Bhiksu）行者（Yati）沙門（Sramana）等名稱。雲遊者再改變服裝，要剃髮，着薄衣，手中持杖與水漉，懸乞食的頭陀袋，到處以乞食爲生。實行不殺生，不妄語，不盜竊，等五戒。以寂靜無爲爲主。宿於樹下或石上，不停滯於一地。雖求食而避肉及美味。爲乞食計，多入城鎭，只向七戶托鉢，雖不與亦不怨憤。毁譽褒貶，度外視之。視生死爲一，任運生活以期解脫。惟雨季始停留一處，作雨安居。實行沙門生活者，除雲遊出發時，對生主作小祭外，且有離祭祀的規定。

觀此婆羅門教四階段生活的規範，我們可知釋迦牟尼本身，卽從家居期忽然中斷，卽服鹿皮進入林棲期修苦行者。及其悟道，卽過沙門生活。而其佛教教團，卽改變取消鹿皮苦行生活，出家人卽直接以乞食爲生。而比丘之名，亦仍襲婆羅門教舊稱者。蓋佛教耆那教之規模，如五戒，雨安居，無欲的生活，遊履乞食法，殆皆與婆羅門第四期生活一致。其不同處，只在佛教耆那教不經過前三期，直接進入第四期而已。

吠陀文學的修多羅，只簡述如上，不予選錄。

印度文學第一期名著選四十二篇

一、梨俱吠陀諸神讚歌十二篇

糜文開譯

雷神因陀羅頌（二・一二）

一、他生來便是有權力的高傲精神之主神，變成了諸神的保護者，
因他偉大的英勇，他吹口氣，兩界便顫慄，哦，人啊，他是因陀羅！

二、他、使搖擺的大地堅穩地固定着，並使震動的山岳靜止，
測量出空中寬濶的中間地帶，並支持那天界，人啊，他是因陀羅！

三、他殺戮那條龍，釋放七條河，把那母牛羣驅出於梵拉（Vala魔族）之洞穴，
於兩石（指天地）之間生出火來，在戰士的戰鬥中是掠奪者，哦，人啊，他是因陀羅！

四、他使這宇宙震顫，他驅逐掉卑劣的大刹之羣，
有如賭徒的檢集他贏得的賭注，他攫取敵人的財富，哦，人啊，他是因陀羅！

五、他們詢問關於可怖的他，他們說，他在那兒？而且他們簡直說，他是沒有的。

像鳥兒一般他掠去敵人的物品，信仰他，哦，人啊，他是因陀羅！

六、鼓動貧者和賤者，祭司和唱他的讚歌之懇求者，使他們動作起來，
準備好了石塊壓搾蘇摩的人，他面色和悅地寵愛他，哦，人啊，他是因陀羅！

七、在他至高統制之下是：馬匹，一切戰車，村莊和牛羣；
他給與太陽和早晨以存在，他引導着水，哦，人啊，他是因陀羅！

八、强敵和弱敵，兩軍迫近來會戰的當兒同時都呼喊他，
兩人同登一輛戰車，各爲自己而籲請他，哦，你們人啊，他是因陀羅！

九、沒有他的援手，我們人民永不能勝任，戰時他們請求他給予救助；
這世界的一切都只是他的摹擬，他搖撼着不可動的東西，哦，人啊，他是因陀羅！

一〇、當許多罪孽深重的人還沒有覺察他們的危險，他已把投擲的武器擊殺了他們；
他不寬赦觸怒他的大膽者，他殺戮大斯尤（Dasyu），哦，人啊，他是因陀羅！

一一、在第四十的秋天他發見桑白羅（Sambara 魔），他發見他居住在山中，
他使出他的精力來屠龍，那惡魔淡奴倒在那裏，人啊，他是因陀羅！

一二、對那牡牛（指因陀羅），那大力者，用七條引路的繮繩，釋放七條大水隨意流瀉；
當勞吼納爬上天去，他用雷霆撕他成碎片，哦，你們人啊，他是因陀羅！

一三、就是天和地也在他面前鞠躬，只要他吹口氣，山岳便戰慄。

有名的飲蘇摩者，用雷霆武裝着，他揮舞着金剛杵，哦，你們人啊，他是因陀羅！

一四、傾注蘇摩的人，釀造蘇摩的人，祭祀者和歌唱者，他因寵愛而扶助，
祈禱者稱頌他，注獻蘇摩，這作爲我們的禮敬，哦，你們人啊，他是因陀羅！

註：當兩神因陀羅(Indra)是雷霆的神格化者，亞利安人進軍五河時，奉爲戰鬪神，征服土人，遂成諸神之王，即佛教時代的天帝釋。

司法神婆樓那頌（二・二八）

一、這隻歌禮讚自己發光的聰慧亞提多將成一切偉大之上的至尊。
我乞求有聲譽的强大婆樓那神對禮拜他的人格外和善。

二、已經至心誠意的讚美了你，婆樓那啊，願我們因給你服務而得到高度的幸運。
歌唱你的讚美，有如日以繼日在諸晨蒞臨時之火使牛羣豐饒。

三、願我們在你的守護中，哦，你領袖，遼濶統治的婆樓那，羣雄之主。
哦，亞娣蒂的兒子們，永遠忠實的諸神，寬宥我們，承認我們和你們的友誼。

四、那亞提多，那支持者，他使牠們流瀉，衆川由婆樓那的命令而奔馳。
牠們不覺疲乏，不間斷地流瀉，牠們疾馳似鳥兒在圍繞我們的空中掠過。

五、解救我從那似帶縛人的罪孽中，婆樓那，願我們擴增你秩序之泉。

別讓我的線在我編歌時被割斷，別讓我工作的果在未成熟被碎裂。

六、婆樓那啊，轉移一切的危險遠離開我，仁慈地接納我，你神聖的君主。解脫我的似繫犢之索的煩惱，沒有你，我簡直不是我眼瞼之主。

七、婆樓那啊，別把這些可怖的武器來打擊我，那些你叫阿修羅傷害犯罪者的武器。讓我們不被放逐而離開光明，分散那些恨我們的人們，使我們得生存。

八、哦，强大的婆樓那，此時並此後，一如往昔，我們要傾吐我們的禮敬。無敵的神明，由於你自己，你的法令永不移動，似固着在山上。

九、把我犯了的什麼罪過遠移開去，王啊，讓我不因別人的罪行而受罰。尙有許多早晨將光降我們，哦，婆樓那啊，指導我們在我們生存之時。

一〇、哦，王啊，不論是朋友或親戚，在我睡夢中震驚了我，使我恐怖——假使任何狼或强盜要傷害我們，哦，婆樓那，請給我們保護。

一一、婆樓那啊，願我不生而目擊我富而好施的親愛朋友貧乏。王啊，願我永不缺乏幸運的財富，願我們在集會中和英雄們高聲交談。

註：婆樓那（Varuna）大概係蒼天本身之神格化者，故賦以公正之道德性格。原爲吠陀初期最有勢力之神，當時以天界之婆樓那，空界之因陀羅，地界之阿耆尼，蘇摩爲四位主要神，後因陀羅勢力日大，婆樓那竟由宇宙大王（Samraj）司法神之地位降爲水神。

火神阿耆尼頌（一•一）

一、我禮讚阿耆尼，我們的祭司，我們的神明，我們供奉之牧師，
那施捨財物的虎太（hotar），我們所選取。
二、阿耆尼是值得被當世諸賢所歌頌，值得被古老的聖人所讚美！
他將把諸神接引來。
三、介手於阿耆尼，人能得財富，實在而豐饒，日復一日的充滿，
在羣雄之中最爲顯耀。
四、阿耆尼，那完善的祭獻，經過你的繞行，
才眞正到達於諸神。
五、阿耆尼，賢慧的祭司，眞實而最光輝的偉大，
願你降臨，與諸神相偕。
六、阿耆尼，凡是禮拜你的人，有求必得，
安格拉，（Angiras）這的確是你的眞實。
七、你黑夜的驅除者，哦，阿耆尼，朝朝向你禱告祈請，
我們前來向你致敬。

八、祭祀的主宰，永恆律的守衛，你光煥的一位，
在你自己的住所，擴大而增輝。
九、使我們易於接近，恰似兒子之於父親；
阿耆尼，來和我們在一起，福佑我們。

註：阿耆尼 agni 意爲火，爲火之神格化者。本篇阿耆尼頌爲梨俱吠陀全集開卷之第一篇。虎太、印度古代主要四祭官之一，爲誦讚歌以邀諸神祇降臨之勸請者。印人謂火能運送供物於神前，乃神人之媒介，一切祭典中皆不可缺火，故此處稱之爲祭司，爲虎太。安格拉，爲口授梨俱吠陀諸聖人之一，印人視作神人之媒介而崇敬之。有時亦爲阿耆尼的別名。

蘇摩淨化歌（九•一五）

一、唱着歌穿過纖纖的手指，這位英雄與疾駛的車輛同來，
馳赴因陀羅的特殊之地。
二、因諸神的極度崇拜，他多量的沉思在神聖的思想中，
那裏，不滅者們都有他們的座位。
三、他被引出像一匹良馬，在那耀光的道路上，
奮勇的駿馬施展出牠們的力來。

四、他高高地揮揚他的兩角，又磨礪牠們，那隻領隊的牡牛，
和偉烈的英雄事業同做。

五、他在動，一隻壯碩的駿馬，用發亮黃金的美麗之光裝飾着，
成爲衆溪之王。

六、他，經過崎嶇的路途，携帶緊封的大量珍品，
降入那貯藏所。

七、在大桶中，人們美化他，值得去美化了他，
他帶出了豐富的食品。

八、他，就是他，十個指頭和七支歌美化他，
好的武裝者，最引發歡快。

註：蘇摩（Soma）係一種蔓草，摘其莖，以石榨壓得黃色之液汁，裝入三個壺中，以十指去其糟，加牛乳麥粉等釀成神酒，用以敬神。神飲蘇摩，故得不死，其興奮力又能增加神之勇力，因陀羅之屠惡龍，卽藉蘇摩之力。蘇摩別名甘露（amrta），意卽不死。因祭神必備蘇摩，與阿着尼同爲神人之媒介，印人遂亦視蘇摩爲神。蘇摩之莖名安素(amsu)與月光同名，蘇摩之汁印度（Indu），有月字意，蘇摩遂亦兼爲月神。梨俱吠陀第九卷，共一百十四篇，爲蘇摩祭之讚歌專集。

日神蘇雅頌（一•五〇）

一、他的光明載他高升，此神知一切衆生，
蘇雅，大家得瞻望他。

二、在衆目注視的「太陽」之前，
和牠們的光芒一起，星座像竊賊般消逝。

三、他先熖的光老遠地望見，燦爛着人們的世界，
有如火之烈熖的焚燒與照耀。

四、迅疾與一切的美均屬於你，哦，蘇雅，光的製造者，
照亮所有光煥的領域。

五、你去到諸神之羣，你來到這裏人間，
這裏大家欣喜地瞻望。

六、用你同一隻眼，顯赫的婆樓那，
你觀看那些忙碌的人類。

七、橫越天宇和遼濶的空中，你用你的光線量出我們的日子。
太陽，巡視一切出生的萬物。

八、七匹栗色駿馬駕着你的車來載你，哦，你遠矚者，
神啊，有光煥之髮的蘇雅。
九、蘇雅羈勒住純潔光亮的七，那車之羣女；
和這些他自己寵愛的聯獸一起，他趕向前去。
一〇、瞻望那黑暗上面的高光，
我們已來到蘇雅面前，那諸神中之神，那最優美的光。
一一、今天你升起來，哦，多友者，正攀向中天，
蘇雅，除去我心的病痛，把我這黃色拿掉。
一二、讓我們把我的黃色給與鸚鵡，給與椋鳥，
或則讓我們把這黃色交付給哈里旦拉樹。
一三、運用他全部制勝之力，這位亞提多已往高處去了，
把我的仇敵握入我掌中：讓我不作我仇人的俘獲。

註：蘇雅（Surya）爲太陽具體方面之神格化者，被稱爲天之眼，以其光明除去夜的黑暗，乘七馬（或云七首之馬）之車經行天空。亞提多（aditya）意爲亞娣蒂（aditi）女神之子孫。亞娣蒂生婆樓那、因陀羅、達德利（Dhatr）等神，而蘇雅爲因陀羅（或云達德利）所造云。

毘濕奴頌（一・一五四）

一、我要陳述毘濕奴的偉大事蹟，陳述他丈量出世界，
他支持諸神會集的最高境地，三次擧足踏下他的濶步。

二、因這偉大的事蹟毘濕奴被讚美，正像高山猛獸，飛躍着肆意漫遊；
在他的三個濶大的步子內，一切生物得到居處。

三、讓讚歌自己升起，到達遙處濶步的毘濕奴，那住居在層巒山上的牡牛。
他獨自由三步丈量這長長地遠展的共同居住的地區。

四、他的三步充滿着無盡的甘露，他們欲求時就有快樂，
他獨自支撐那三重，地和天，還有一切的生物。

五、願我到達他愛好的大厦，在那裏，人們皈依諸神，領受福樂，
因爲在那裏湧出類似那濶步者的甘露之泉，在毘濕奴的最高之步中。

六、歡喜地我們將來到你的居處，那裏有許多生角的靈敏的牡牛羣，
因爲那裏濶步「牡牛」的宏壯大厦之光彩强烈地照耀着我們。

註：毘濕奴Vishnu神爲印度特產，歐洲及波斯均無跡可尋，在梨俱吠陀中，地位還很低微，只說三步可以跨行全世界，大約是指太陽出於東，達於天頂，再沒於西之意。最高之步的天頂，爲諸神及祖先行樂之

處。毘濕奴在阿達婆吠陀夜柔吠陀中地位已甚高，及至梵書中，地位更顯明。後來到印度教中，終於與濕婆神同爲中心神格。

水神頌（七・四〇）

一、「衆水」從泛濫中出來——她們的首領是海——滌清地流動着，永不睡眠。因陀羅，那牡牛，那發施雷霆者，挖掘她們的水道；這裏讓「衆水」——那些女神——保護我。

二、那「衆水」，或從天上來，或從地下掘出，或是天然的自由流瀉，光亮的，滌清的，奔流向大洋；這裏讓「衆水」——那些女神——保護我。

三、那君主婆樓那，他分辨人們的眞實與虛僞，他去到她們之中——流滴出甘露，那光亮的，那滌清的；這裏讓「衆水」——那些女神——保護我。

四、婆樓那王和蘇摩以及一切諸神飲喝她們而壯強有活力，「宇宙之火」進入她們；這裏讓「衆水」——那些女神——保護我。

風神頌（一〇・一六八）

一、哦，風的戰車，哦，多們有力和光彩！它衝激着前去，發聲如雷。

它經過的地帶變成紅色，觸及天蓋，當它前進時，大地的塵埃紛紛飛散。

二、沿着風的車轍，牠們急急地，牠們追逐他有如貴婦們趕赴盛會。他高據在他的車上，牠們作爲他的侍衛，這神疾馳前去，這宇宙的君主。

三、馳騁在空界的中間地帶，他沒有一天歇息或睡眠。神聖和最早的誕生，衆水的友人，他從何處躍出？他來自什麼區域？

四、世界的原始，神祇們的活的精神，這神活動着恰似他志之所向。他的聲音聽得到，他的形態不可捉摸。讓我們用我們的祭祀來崇敬這位風神。

註：風神梵由 Vayu 有時作 Vata（風大）在吠陀時代雖尚未爲著名之神，但學天空地三界的代表神時，通常天爲日神蘇雅，地爲火神阿耆尼，空爲因陀羅或梵由，是爲吠陀的三神，其地位亦不可忽視。

夜之女神頌（一〇•一二七）

一、夜之女神用她全部的眼睛眺望，她行近許多小點：她放上了她全部的美麗光輝。

二、不死的女神，她充滿那荒野，她充滿高山和深水：她用她的光征服黑暗。

三、這女神前來安置她的妹妹「曉」在她的地位：

四、這位夜這樣的寵愛我們，哦，像鳥兒訪問牠們樹上的巢，
於是黑暗迅速消逝。
五、村人們返回他們的家，一切走的和一切飛的，
你的小徑我們已訪問。
甚至喜歡捕食的鷹隼也返回牠們的家。
六、遣去母狼和公狼；哦，烏爾姆雅，遣開那盜賊：
你容易讓我們經過。
七、清楚地她已走近我來，她用濃重的顏色裝飾黑暗：
哦，晨光啊，取消牠像取消那債務。
八、這些我已像帶牛羣一般帶給你，哦，夜啊，你天的孩子，接納吧，
接納這讚美，你是一個戰勝者。

註：夜之女神臘德麗（Ratri）係黎明女神烏莎之姊。烏爾姆雅（Urmya）係夜的性格形容詞轉化爲夜之女神的別名的。

黎明女神頌（一・一一三）

一、這光來了，在一切光中最華美，那燦爛的遠展之光輝生出來。

「夜」爲莎維德麗（Savitr太陽）上升而避開，讓出一個誕生地給與早晨。

二、這華美的，這明亮的，和她的白色產物一起來了，黑暗者委棄她的寓居給她，類似的，不凡的，互相跟隨着，變換着顏色，兩姊妹在天上移動向前。

三、共同和無盡是兩姊妹的途徑，由諸神指導，她們交替着旅行。華美的形態，不同的顏色却一條心，夜和黎明不相衝突，也各不逗留。

四、愉悅之聲的光明先導者，我們的眼睛看到了她：絢爛的顏色，她已開啓了門戶。鼓舞着世界，她已顯示給我們豐饒：黎明覺醒了每一生物。

五、豐饒的黎明，她使蜷曲的睡眠者起來，有人是爲尋樂，有人是爲謀財，有人是禮拜。那些人，遠大的景色只看到渺小的一點：一切衆生都被黎明覺醒。

六、有人去增高權勢，有人去擴大榮譽，有人去追求他的利益，還有人去從事他的勞動；大家去注意他們不同的職業，一切活動的衆生被黎明覺醒。

七、我們看見她在那裏，那天之孩子，明顯的，那少女，羞荅荅地穿着她耀光的霧縠，你一切大地寶藏的女主，吉祥的黎明，這裏映紅了我們，今天早晨。

八、她，今後到來的無窮早晨的第一個，她步武那已去諸晨的路徑。黎明在上升時策進一切活的，她不把那已死的從睡眠中覺醒過來。

九、黎明啊，當你使阿耆尼點燃了，當你用太陽的眼顯示了宇宙，而且你覺醒了獻祭禮拜的人們，對諸神你實行了高尚的效勞。

一〇、時間是多少長，總計在一起？——已照射過的許多黎明，和今後照射的許多黎明，
她熱切地思慕以前的許多黎明，和其他黎明們愉悅地照射前進。

一一、在我們以前的時日看過早晨之東升的人們都已去了。
我們，我們生存者，現在看到她的光明，而今後看她的人們，他們將要來了。

一二、追敵者，規律的產生，法律的女保護者，歡樂的給與者，一切悅耳之聲的覺醒者，
吉祥的，爲諸神的享樂而帶來食物，最光亮的，哦，黎明，這裏照射我們，今天早晨。

一三、從無窮的日子，黎明已照射，那女神，今日放射這光明，天賦的豐饒。
而來日她仍將照射，不死的她移動在她自己的力量中，永不衰敗。

一四、在天的邊際她燦爛地照射着：女神已撤去黑暗之幕。
用紫色的馬匹覺醒了這世界，黎明趁着她駕馬的戰車近前來了。

一五、她帶着一切攝生的福佑，她自己顯示着，輪送華美的光輝。
黎明，已逝的不可計數的諸晨之最後的一個，到來的光明的諸晨之最先的一個，她上升了。

一六、升起來！那呼吸，那生命，又來到我們身上，黑暗已走開，光明迎前來。
她已開道給太陽巡行，我們已到達了人類延長生命之點。

一七、那祭司，那詩人，起來用他讚歌的網，歌唱那燦爛晨光的讚美。

於是今朝，豐饒的少女，照射着禮讚你的人吧，把生命和子孫的恩賜給我們。

一八、黎明照臨在獻祭的諸人身上，賞賜牛羣和馬匹，賞賜兒子都是英雄。

這些，讓壓搾蘇摩者獲得，那時終他的歡快之歌曲，歌聲高於梵由的聲音。

一九、諸神之母，榮耀的亞娣蒂之形態，祭禮之旗，照耀着上升。

升起來，賜給我們的虔誠以讚許：博施者，使我們成爲人民中的首領。

二〇、任何光輝的財富黎明帶來，用以賞賜給歌讚和禮拜的人，

更願米德羅婆樓那賞賜我們，亞娣蒂和辛度，地和天都賞賜給我們！

註：兩姊妹指夜之女神臘德麗與黎明女神烏莎（Usas）烏莎在吠陀中爲諸神之最美者，因五河地方，曉景頗美，故吠陀詩人中心讚美，雖視爲神，仍力保其天然光景，人格化的程度不甚進步，而其讚歌最富文學意味。烏莎着灰色之衣，露胸如舞姬，帶光而顯於東方以示愛嬌，其年雖老，日日新生，永如少女，屢乘美麗之車，駕栗色之馬赤色之牛云。

諸神頌（三・六二）

一、你們知名的敏捷行動往時不需你們的忠僕來激動。

因陀羅婆樓那（Indra-Varuna）啊，你們對愛戴你們者給與援助的榮譽現在那兒去了？

二、這個最勤勉的人尋求財富，不斷地懇求你們的恩典。
因陀羅婆樓那啊，偕同馬爾殊（Maruts）和天地一起，你們聽取我的祈禱啊。

三、哦，因陀羅婆樓那啊，這珍寶成爲我們的，這財富成爲我們的，馬爾殊啊，給我們整批的英雄啊。
願婆樓德里（Varutris）偕同他們的庇護來援助我們，婆羅諦（Bharati）和虎德羅（Hotra）偕同諸晨也來援助。

四、祈禱主（Brihaspati）啊，請賞光我們的祭禮，你在諸神中最被愛戴，
請把財富賜與那奉獻你供物的人。

五、在祭禮中用你的讚歌禮拜純正的祈禱主——
我乞求無人能屈服的力量——

六、人們的牡牛，無人能騙他，各種外形的隨意穿着者，
祈禱主非常卓越。

七、神聖的光輝普霜（Pushan），這隻我們最新的頌揚之讚歌，
我們向你高唱。

八、笑納我這隻歌，把仁慈對待這懇切的思想，
就像新郎對於新娘。

九、願見到一切萬物者在一瞥中看見他們在一起——

願他，願普霜給我們援助。

一〇、願我們通達薩維德麗（Savitar）神的卓絕光輝，

把我們的思想激發起來。

一一、用理解，我們懇切地乞求薩維德麗神，

得到我們興隆的一份。

一二、詠唱的人們用讚歌和聖神祭儀來禮拜薩維德麗神，

被他們思想的激動所推進。

一三、蘇摩，給與成功的蘇摩，前去，去到諸神聚集的地方，

去坐在律法的座上。

一四、願蘇摩賜給我們和我們牧羣以有益的食物，

賜給兩足的和四足的。

一五、願蘇摩加强我們的生命之力得以征服我們的仇敵，

願蘇摩在我們的集會中坐他的座位。

一六、願米德羅婆樓那（Mitra-Varuna）賢慧的一對，用酥油濡濕我們的牧場，

用甘露濡濕那空界。

一七、遠展的統治，禮敬時的怡悅，你們用强大的主權治理，
永遠用純正的法律治理。

一八、被佳摩陀耆尼（Jamadagni）之歌所禮讚，坐在神聖法律的地方，
飲喝蘇摩，哦，你們强固法律者啊。

註：本篇係諸神混合讚歌，每三頌頌讚一神或一組合神。組合神由二神結合而成，有時視爲一神，有時仍視爲二神。此篇中有兩組合神，米德羅與婆樓那組合，因陀羅與婆樓那組合。米德羅之意爲「友人」，乃表太陽恩惠方面的晝神，獨立讚歌僅梨吠三卷五九篇一首，時與婆樓那組合，其性能被婆樓那所吸收，而婆樓那與因陀羅組合，其性能又被因陀羅所吸收，失却勢力。普霜意爲「營養者」，乃太陽養物方面的神格化者，爲引路之神，爲牧畜之保護神。薩維德麗意爲「鼓舞者」，乃太陽活動方面的抽象之神格化者，其形全身金色，乘金色之車，二發光之馬引之，彼擧金色之腕，使人人由睡眠中起而活動，至夕使再就眠。此篇第十頌，有代表梨吠全部讚歌之價值，今日正統派婆羅門，每朝必誦之，特名之爲嘉耶德麗（Gayatri）讚歌。

布施讚歌（一〇。一一七）

一、諸神不曾註定我們死亡於饑餓：就是豐衣美食的人也要在各種方式下逝世。
那些布施者的財富永不消去，而不施捨的人將不能得到別人的慰藉。

二、食滿倉廩的人，他當那些貧困的人可憐地來向他乞食，
　　對他硬起心腸，連往昔侍奉他的人也不顧，將不能得到別人的慰藉。
三、布施給來乞食的柔弱乞丐的人是仁慈的，
　　在戰爭的吶喊中成功隨從着他；在將來的困厄中他會做他的朋友。
四、他不是朋友，那在他的朋友和同伴到來哀求食物時無所供給的人。
　　讓他走吧，那裏不是可以歇息的家，不如去找一個不認識的人來援助。
五、讓富者滿足那貧窮的哀求者，把他的眼睛看向較遠的路途。
　　財富這時走向這人，那時又走向那人，正像車輛的永遠轉動。
六、愚人用無果實的工作爭取食物，我老實說，那食物將成爲他的禍根。
　　他不飼養可信任的朋友，無人去愛他，那獨食無伴者全是罪過。
七、犂頭犂出食物來飼養我們，用牠的脚剖開經過的路。
　　說話的婆羅門遠勝於沉默的，慷慨的朋友高超於不施捨者。
八、一足的遠勝過兩足的，而兩足的可捕捉那三足的。
　　四足的動物當兩足的呼喚便前來，於是站着看那裏會聚在一起有五。
九、雙手都相似，而所做工作却不同，同胞乳牛的產量也不相等。
　　就連孿生者的膂力和精力也不同，兩個人，就便是親屬，他們的恩賜也有異。

二、梨俱吠陀哲學讚歌四篇

糜文開譯

創造之歌（一〇・一二九）

一、當時非無（asat 無存在）也非有（Sat 存在），沒有空界，沒有空界之上的天。覆蓋着什麼？蓋在那裏？還有是什麼給與庇護的？有水嗎？有深不可測的水嗎？

二、當時沒有死，也沒有任何不死：沒有晝與夜劃分的樣子。只有那一個東西（Tad ekam 彼一），牠沒有氣息而自能呼吸：除牠以外不曾有任何的東西。

三、只有黑暗：最初「這一切」（Idam Saran 指宇宙）隱蔽在黑暗中，成爲無光的波動界，（或逕譯作「是無差別的渾沌」）當時所有存在的只是空虛所包的大原（abhu原子）：偉大的熱（tapas）之力產生那個一（彼一）。

四、後來那東西（Tad 彼）開展而起出欲望（Kama 慾愛）來，「欲望」是原始的種子，心靈（manas識）的胚胎。

聖人們憑他們心的思考來探索，發見有和無的聯鎖。

五、牠們分開的線橫斷地延展出去：那時線的上面是什麼？下面是什麼？那裏有孚育者，那裏有强大的勢力，自性（Svadha）在下，力用（Prayati）在上。

六、誰確實知道？這裏誰能說明牠？牠從何處出生？這宇宙的創造（Visristi 造化）來自何處？

諸神乃較遲於這世界而產生的，誰知道最初牠從何處生出？

七、他，這宇宙創造的最初起源，果是一切由他作成？還是沒有製作牠？

在最高天監視這世界者確實知道牠，或者他也不知道。

註：此歌一名無有歌，爲梨吠中脫盡神話色彩之唯一讚歌，詩人苦心探求宇宙之來源，不歸之於神造，而從物質的考察，推測宇宙發生之過程。謂當初原只有黑漆一團的混沌界，在空虛中包含着原子，這原子無以名之，僅指曰「彼」，曰「彼一」，彼依熱之力而有生意，於是生發爲萬有。從中橫斷劃一界線，則線之下爲非存在的本體界，即有熱之大原，線之上爲存在之現象界，即由慾愛發展出來的宇宙萬有，此歌爲後世非吠陀主義哲學之先驅，數論派哲學佛教十二因緣均受其影響，蓋所謂「彼一」，不視爲人格神，實爲從母胎孕育方面作生殖的考察，以推知萬有依熱力而發生也。

金卵歌（一〇•一二一）

一、金卵（Hiranyagarbha 金色的胚胎）出現於太古之初，生來是一切創造的生物之唯一之主。

他安置和支持這地和天。什麼神是我們應該供養的啊？

二、生命的呼吸和精力的給與者，他的命令爲諸神全體所遵奉：

是死之主，但他的陰影是不死的生命。什麼神是我們應該供養的啊？

三、憑他的威力成爲這全部動的世界的唯一之王，統治那些呼吸的和睡眠的：

他是人的主，他是獸的主。什麼神是我們應該供養的啊？

四、憑他的威力，出現那些雪山，人們喚做海和天河（Rasa）的都是他所有：

他的手臂是那些天極。什麼神是我們應該供養的啊？

五、由他而天固地穩，由他而光界和穹窿得支持：

由他而空界的大氣得測量出來。什麼神是我們應該供養的啊？

六、由他的恩惠所支持的兩軍對峙着，中心戰慄地仰望着他。

那時上升的太陽在他們上面照射着。什麼神是我們應該供養的啊？

七、何時來了大水，含蘊這宇宙之卵，產生火光（agni）。

於是躍出諸神的一個精魄便出現了。什麼神是我們應該供養的啊？

八、他用他的威力俯視大水含蘊生產力（指金卵）而產生祭祀。（指火光）

他是諸神之神，無與倫比。什麼神是我們應該供養的啊？

九、願他永不損害我們，那地的孕育者；他的規律是可信賴的，那天的創造者。

他出產那洪大而明亮的水。什麼神是我們應該供養的啊？

一〇、生主（Prajapati）啊！唯獨你包含一切這些創造之物，無與倫比。

允諾我們心的願望，我們向你祈禱：願我們成爲財富之主！

註：此篇爲生主之讚歌，阿吠二卷七篇採錄其第一頌至第七頌，黑夜柔吠陀之推提利耶本集四卷一八之三中採錄其第一頌至第八頌。由思想上考察之，第十頌似爲後來祭司所增，與前九頌非爲同一之作。「生主」之意爲生物之主，原爲薩維德麗及蘇摩之尊號，至此而獨立爲大原理之神，至梵書時代而爲萬人公認之創造主。金卵係太陽之寫象，而又人格化者，所以表明太陽之孳生力。故生主可謂由太陽所轉化，而成爲最高生殖神者，此歌乃承接「創造之歌」，將「彼一」作人格的寫象，以之爲祭祀之主神，而適應於宗教之需要者也。故此歌仍從物質方面作生殖的考察爲基礎，蓋除太陽（金卵）之具熱力外又加以水之滋潤，則萬物生長矣。若以金卵代表陽性，以原水代表陰性，此二者的陰陽結合而生萬有，則與我國之陰陽思想正相似，而生主相當於太極。

祈禱主歌（一〇・七二）

一、現在我們要述說諸神的起源（Jana）。
要在諷誦讚歌之中給後世想見神的人來讚美他。

二、祈禱主曾似冶工般煽鍛這一切。
在諸神未出現的古代，「有」是從「無」所產生。

三、在神的初期，「有」已從「無」生出來了。
於是空間由神母（Uttanapad）產生。

四、地由神母產生，空間由地產生，
大克夏（Daksa勢力）由阿娣蒂（Aditi 無限）產生，阿娣蒂也由大克夏產生。

五、阿娣蒂的確出生了，大克夏啊，彼是你的母親啊！
接着是諸神的出生，這些是神聖不死的神族。

六、諸神啊！你們在那波（Salila）之上，互相緊握着手而站立，
有如在舞蹈者的旁邊，濃烈的塵埃從身畔揚起。

七、諸神啊！你們應着氣力而使萬有充足時，
隱匿在海中的太陽也顯現了。

八、阿娣蒂有八個兒子，都自那身體出生了。

那七個兒子近於神，第八個鳥（Marttanda太陽）則放棄了。

九、阿娣蒂把七個兒子趨向於古代，

而將那鳥引導於生，又再致於死。

註：祈禱主歌因梨吠後期祭禮發達，梨吠詩人，欲將最高原理移之於祈禱主之名，以求宇宙之創造與祭典之作法對稱，且有幾分要綜合以上三讚歌思想之形跡。此歌對於梵書時代將最高原理從生主再轉移爲梵，頗有影響。造一切歌係工巧的創造觀，此歌出而努力建立生殖的創造觀，但仍有工巧觀的遺痕，阿娣蒂八子的神話，第八子鳥殆指變易的現象界，餘七子則爲不死界。無有歌之橫線，將本體與現象二分之，此則更將現象劃爲八分之一了。此歌大克夏生阿娣蒂，阿娣蒂又生大克夏不易解說，日人高楠順次郎曾根據多伊森（Deussen）之說，製成圖表，茲照錄於下：

根本原理——祈禱主══無══本地之大克夏

↑

根本物質——有══神母══阿娣蒂══波（水、卵）

↑

現象界——地、空、諸神══現象之大克夏

原人歌（一〇・九〇）

一、布爾夏（Purusha）有千頭，有千眼，有千足。

他普及大地的每一邊緣，他充滿十指寬的空間。

二、這布爾夏是既生未生的全體。

他是仍在用食物來培養的不死之主。

三、他的偉大是這麼大，可是布爾夏更大於這偉大。

萬有是他的四分之一，在天的永生界是四分之三。

四、布爾夏帶着四分之三高升，他的四分之一仍在這裏。

因此他濶步遍行於不食和有食的每一邊。

五、毘羅吉（Viraj遍照）由他產生，布爾夏復由毘羅吉產生。

他一生出來便展開，在東方（前方）及西方（後方）超越這大地。

六、當諸神把布爾夏作犧牲而舉行祭祀時。

那酥油是春，聖供是秋，夏則作爲柴薪。

七、他們在草地上把作爲犧牲的最早期出生的布爾夏塗油。

諸神和沙達（Sadhyas 修道的仙人）及律西都用他來祭祀。

八、從這偉大的總祭品上，滴下的油脂集合起來了。

他形成了空中的生物，野的和家的牲畜。

九、從這偉大的總祭品上，產生讚歌（Richas）和詠歌（Samani）。

咒語（chandamsi）由此作，祭詞（Yajus）也由此生。

一〇、馬由此生，一切有兩排牙齒的牲畜由此生。
牛由此生，山羊和綿羊都由此生。

一一、當他們把布爾夏分割時，他們割成多少份？
他們把他的口叫做什麼？手臂叫做什麼？他的腿和脚又給與什麼名稱？

一二、他的口是婆羅門，他的兩臂作成王族。
他的腿部變成吠舍，從他的脚上生出首陀羅來。

一三、旃陀羅（Chandra 月）從他的心上產生，蘇雅（Surya 日）從他的眼中出來。
因陀羅和阿耆尼生自他的口中，他的氣息變成梵由（風）。

一四、空界從他臍中出來；天界由他的頭化成；
地界生自他的脚；方位生自他的耳，這樣他們構成了這世界。

一五、他有作栅之柱七，三個七的柴薪放置者已經準備好，
於是諸神擧行祭禮，布爾夏作爲他們的犧牲縛着了。

一六、諸神行祭禮而奉獻犧牲，這是最初的神聖儀式。
那有威力的到達天的高頂，那裏居住着沙達和古老的諸神。

註：原人歌（Purusa Sukta）於阿達婆吠陀，夜柔吠陀嘉沙賴耶本集及推地利耶森林書中均採錄之，最

後一書中將第十五頌改列於六七頌之間，將祭祀的程序排順。

本篇第一頌「他充滿十指濶的空間」句在一般譯本，均譯爲「尙餘十指在外」謂原人布爾夏環抱大地，尙剩餘十指在地之外邊。此係根據格里弗英譯，十指之寬係指心臟之大小，意謂布爾夏作爲宇宙的本體時，其大遍及大地，作爲個人的本體時，又小到十指之寬，可居於心中。

本篇第九頌所擧卽四吠陀之名目，可見原人歌產生時，祭祀儀式已由四祭官分掌，讚歌爲虎太(Hotar 勸請者）所誦之梨俱吠陀，詠歌爲詠歌者（Udgatar）所唱之沙摩吠陀，祭詞爲祭供者(Adhvaryu) 低唱之夜柔吠陀，咒語則爲祈禱者 (Brahman) 所誦之阿達婆吠陀。本篇第十二頌明言四族籍而定其高下，可知此時已分四階級，故可定原人歌係梨吠最終期之作品。

吠陀時代後期，亞利安人從五河地方漸向中國地方南下，對於自然神日益增多的多神教，雖漸進爲交替神教 (Kathenotheism) 的性質，也難以滿足，於是吠陀詩人苦心求萬有之本源，以建立最上唯一之原理，他們從客觀的物質考察入手，最初創作偉大的「創造之歌」，立本體之名曰「彼一」說其創造宇宙之過程，繼之而有「金卵歌」，發現生主之人格神，以爲祭祀之主神。至「造一切歌」出而詳說祭主最高神之形相，且進而求以萬有神教 (Pantheism) 解說之。最後原人歌的產生，則求大原理於具體的原人，由一神的汎神觀的立場，仿照祭典之作法，將萬有造化之狀況，詳細說明之。於是由此歌而梨吠之宇宙觀，發展達於頂點，最高神一元思想的確立，開梵書奧義書之新時代，並形成祭祀萬能，吠陀天啓、婆羅門至上的觀念，而爲樹立婆羅門教三大綱領作地步。又，印度哲學界之眼界，已由客觀的考察漸移於主觀的思索，此歌第二頌，以布爾夏爲食物養育的不死性之主，暗示其爲靈魂之主體，而所以原人為宇宙之本體者，示人類之本性與宇宙本性為同一也。總之，我們可以認為原人歌產生之時，印度社會正在轉移期，故此歌結束吠陀時代數百年之思想，而開發以後數百年之新思潮，實為吠陀末期繼往開來之重大作品也。

三、夜柔吠陀禱詞一篇

糜文開譯

巴梵摩那歌

從虛幻迷妄中，
導我於真境！
從黑暗重重中，
導我於光明！
從死亡毀滅中，
導我於永生！

四、百道梵書二篇

魚和摩奴的故事

一天，摩奴（Manu）沐浴時，一條小魚游進他的掌中，懇求他說：「救我，我以後也將救你的！」摩奴就把這條小魚養在瓶裏。長大了，放牠在池子裏；池子也容不下了，就放到海裏去。這條嘉霞（Jhasa）大魚臨別叮囑摩奴說：「今年夏天洪水要來，將把一切有情都毀滅。我會來救你，你造好船等我好了。」

到得夏天，洪水果然來了。摩奴在船上等牠。牠頭上有角，把船繫在角上，拖向北方的高山，再把船解下繫住山上的大樹。等到洪水退了，摩奴才慢慢地下得山來。後來這條路就被稱爲摩奴下山之道。

當時一切生物，都給洪水所滅。摩奴要再得子孫，擧行祭祀苦修一年，才從山中生出一個女人伊羅（Ila）來。她對摩奴說：「我是幸福，拿我來祭祀，就會得到子孫和家畜，身受幸福。」摩奴照做了，遂得多數子孫，因此，我們稱人類爲摩奴之子。

所謂「摩奴之娘」，實卽今世的伊羅祭。人有行伊羅祭者，當得子孫與幸福。

百道梵書一卷八章

註：後世最高神化身垂蹟救世卽以此嘉霞魚爲第一次。其餘第二次化身爲龜，第三次爲野猪，第四次爲半人半獅的怪物，第五次爲矮子訶里，第六次爲持斧婆羅門，第七次爲羅摩王子，第八次爲簿伽梵歌作者克里史那，第九次爲釋迦牟尼。當今印人則認聖雄甘地爲第十次化身。

生主的誕生

初時這世界是水，水自己思忖說：怎樣才得繁殖？自己思忖了，就生熱力（tapas），誕生了一個金色的卵。

那時還沒有歲（Samvatsara）。這卵直到一歲之終，游泳於水中。一歲之間，卵中誕生一人（Purusa布爾夏），他就是生主。

因生主誕生於一歲之中，所以婦人、牝馬、牝牛，都在一歲之中產子。

生主破這金卵而無可依據之處，所以這卵伴他游泳一歲。一歲後要說話，發聲爲布爾（bhur），地就生出來；發聲爲布瓦爾（bhuvar），忽然就產生空；發聲爲斯瓦爾（Svar）而生出天來。所以嬰兒到一歲才自己要說話，一如生主那樣。

百道梵書十一卷十六章

五、愛陀列耶梵書一篇

生主與祭祀

生主（Prajapati）說：現在我要繁殖，我要成多數。於是自生熱力（tapas），依其熱力而成這世界，於是成就天、空、地三界。

彼又濕熱這世界，因其濕熱而三光顯現。火（Agni）由地生，風（Vayu）由空生，日（Aditya 亞提多爲蘇雅的異名）由天生。

彼又濕熱這光，於是三吠陀生。梨俱吠陀由火出，夜柔吠陀由風出，沙摩吠陀由日出。

更濕熱這吠陀而三光明發射。布爾（bhur）由梨俱吠陀出，布瓦爾（bhuvar）由夜柔吠陀出，斯瓦爾（Svar）由沙摩吠陀出。

更濕熱這三光明而現三字（Varna），就是阿（a）烏（u）姆（m）。彼結合這三字而成唵（OM）所以人們都唵。

唵是住於天之主，生主要行祭祀而佈其供物，手執之。奉獻之。用梨俱吠陀行勸請者（Hotr）

的職責，依三吠陀之智，行行祭者（Adhvaryu）的職責，用沙摩吠陀行詠歌者（udgatr）的職責，依三吠陀之智，行祈禱者（Brahman 婆羅門）的職責。

愛陀列耶梵書五卷三二章

六、薩特雲薩梵書一篇

四種人的來源

生主說：我要成多數，現在我要繁殖。於是彼觀看蘇摩祭，拿來作成這些生類。

出自彼口中的讚歌聲調是伽耶特利（Gayatri），應聲而來之神是阿耆尼，人是婆羅門，時令爲春。

出自彼胸中的讚歌聲調是特利西陀布（tristubh），應聲而來的神是因陀羅，人是王族（Rajanya），時令爲夏。

出自彼股間的聲調是嘉伽提（Jagati），神是維西梵台瓦哈（Visvedevah）人是吠舍，雨季與之相應。

自彼足出的聲調是阿奴西圖布（Anustubh），人是首陀羅，無神爲應，所以首陀羅雖有家畜而不能供爲犧牲，且無護持之神。

薩特雲薩梵書五卷一章

七、古奧義書十九篇

糜文開譯

夫婦問答

雅吉納瓦卡（Yajnavalkya 祭皮衣師）有二個妻子，馬德麗（Maitreyi）和迦泰雅尼（Katyayani）。二人中馬德麗是精通梵的，但迦泰雅尼只具備婦人們應該具備的智識。當雅吉納瓦卡〔希望結束他家主的生活退隱入森林〕準備另一階段的生活時。他說，『馬德麗，我確定出家〔到森林裏去〕了。眞的讓我給你和迦泰雅尼分派財產吧！』

馬德麗說：『我的丈夫，請告訴我，假使這整個大地充滿着財富都屬於我，我會因此而不死嗎？還是仍要死的？』

雅吉納瓦卡答道：『不，你可以得到富人的生活，但是因富有而生不死的希望是空的。』

於是馬德麗說：『那不能使我不死的東西我能用牠做什麼呢？請把你所知道〔不死〕的道理清楚地告訴我吧！』

雅吉納瓦卡答道：『你眞是愛我的，現在你對我格外增加了親愛了。所以，夫人啊，如果你顧意，我將說給你聽，你留心好我所說的。』

於是他說：『老實說，你愛你的丈夫，不是因丈夫的親愛；只因你愛自我，所以丈夫是親愛的。

『老實說，你愛妻子，不是因妻子的親愛；只因你愛自我，所以妻子是親愛的。

『老實說，你愛兒子，不是因兒子的親愛；只因你愛自我，所以兒子是親愛的。

『老實說，你愛財富，不是因財富的親愛；只因你愛自我，所以財富是親愛的。

『老實說，你愛牛羣，不是因牛羣的親愛；只因你愛自我，所以牛羣是親愛的。

『老實說，你愛婆羅門階級，不是因婆羅門階級的親愛；只因你愛自我，所以婆羅門階級是親愛的。

『老實說，你愛刹帝利階級，不是因刹帝利階級的親愛；只因你愛自我，所以刹帝利階級是親愛的。

『老實說，你愛世界，不是因世界的親愛；只因你愛自我，所以世界是親愛的。

『老實說，你愛天神，不是因天神的親愛；只因你愛自我，所以天神是親愛的。

『老實說，你愛吠陀經，不是因吠陀經的親愛；只因你愛自我，所以吠陀經是親愛的。

『老實說，你愛衆生，不是因衆生的親愛；只因你愛自我，所以衆生是親愛的。

『老實說，你愛每一樣東西，不是因每一樣東西的親愛；只因你愛自我，所以每一樣東西是親愛的。

『老實說，馬德麗啊！自我是可見的，可聞的，可察覺的，可辨認的。當我們見到、聽到、察覺到、而知道了自我，那末把這一切（宇宙）知道了。

『任何人不從自我中去找尋婆羅門階級，而在其他東西中找尋，便被婆羅門階級所棄。任何人不從自我中去找尋刹帝利階級，而在其他東西中找尋，便被刹帝利階級所棄。任何人不從自我中去找尋世界，而在其他東西中找尋，便被世界所棄。任何人不從自我中去找尋天神，而在其他東西中找尋，便被天神所棄。任何人不從自我中去找尋吠陀經，而在其他東西中找尋，便被吠陀經所棄。任何人不從自我中去找尋衆生，而在其他東西中找尋，便被衆生所棄。任何人不從自我中找尋任何東西，而在其他東西中找尋，便被任何東西所棄。

『這婆羅門階級，這刹帝利階級，這些世界，這些天神，這些吠陀，這些萬有，這一切都是那自我。

『譬如敲出來的鼓聲，不能從外面去捕捉住，但是把那鼓或擊鼓者捉住了，那聲音便也捉住了。

『譬如吹出來的法螺聲，不能從外面去捉住，但是把那法螺或吹法螺者捉住了，那聲音便也捉住了。

『譬如彈出來的琵琶聲，不能從外面去捕捉住，但是把那琵琶，或彈琵琶者捉住了，那聲音便也捉住了。

『譬如焚燒濕柴的火焰所生的烟霧，確實的，馬德麗啊，這是大主宰噓出來的，正與我們所有的梨俱吠陀、夜柔吠陀、沙摩吠陀、阿達婆吠陀、伊踌訶薩（Itihasa 古談）、富蘭那（Purana 往世書、史話）毘特雅（Vidya 學。舊譯作明，如 Hetuvidya 譯作因明，卽論理學，Shabdavidya 譯作聲明，卽語言學）奧義書、頌（Slokas 韻語）修多羅（Sutras 經書）阿奴斜卡那（Anuvyakhyanas 疏文、評註）斜卡那（Vyakhyanas 釋文、註釋），和一切的祭禮、供物、食、飲，這世界與那世界以及一切衆生同出一源。獨一的我，這一切噓出來。

『譬如所有的水在海洋找到了中心，所有的觸的中心在皮膚，味的中心在舌，嗅的中心在鼻，色的中心在眼，聲的中心在耳，覺的中心在意，知（學問）的中心在心，動作的中心在手，快樂的中心在生殖器，排泄的中心在肛門，行起的中心在脚，吠陀的中心在語。

『譬如一撮鹽，無內也無外，全然只是一撮的味。這樣那自我的確無內也無外，全然只是一撮的知，他從這些元素（五大）中出來，而再隱入這些元素中。馬德麗啊，當他離開去了，則不再有知（知覺），我說。』——雅吉納瓦卡這樣說。

於是馬德麗說：『先生，這一點你引導我入於極度的迷亂，的確，我不懂它。』（譯者註：這一點指「當他離開了，不再有知」。）

可是他答道：『哦，馬德麗，我沒有說什麼迷亂的話。親愛的，自我確實是不滅的，有不能毀滅的本性的。

『因爲當這分成兩個時，於是這看見那，這嗅到那，這嚐到那，這招呼那，這聽見那，這察覺那，這觸到那，這知道那。但當自我只是這一切時，他怎能看見別人，他怎能嗅到別人，他怎能嚐到別人，他怎能招呼別人，他怎能聽到別人，他怎能觸到別人，他怎能知道別人？他怎能知道使他知道這一切的他？自我的形容只能是「非，非！」他是不可得的，因爲他不能被捕捉；他是不可毀滅的，因爲他不能毀滅；他是不可依附的，因爲他不依附他自己；他無縛而自振動，他不受害，他不衰敗。親愛的啊，他怎能知那知者？這樣，馬德麗啊，你已受過教導了。這樣遠超不死了。』

雅吉納瓦卡如此說了，便離開〔到森林裏去〕了。

布列哈陀奧義書第四篇第五章

註：此章內容與本奧義書第二篇第四章相同，僅文句略有出入。奧義書時代女子之參加討論哲學者，除馬德麗外，尙有伽爾吉•梵佳克納媿 (Gargi Vachaknavi)，在毘提訶國辯論大會上，曾一再出與祭皮衣師論辯，見本奧義書第三篇第六章與第八章。

輪迴與解脫

「當一個人這樣臨終時，」雅吉納瓦卡（祭皮衣師）繼續說：「他心的尖端發出光來，隨着這光，自我或從眼或從頭蓋，或從身體的其他部分離開去。當他離去時，生命便也去了：當生命離去時，所有氣息（呼吸）便隨之而去了，他與智變成合一，所以智和他同去。

「那時他的智（Vidya）和業（Karman）以及他前生的智（Purvaprajna 宿命慧）都執着他。

「有如一條尺蠖到達一張葉子的末梢後又接近另一張葉子遷移過去，自我也這樣擺脫肉體離却無智（經驗世界）行近另一世界遷移過去。

「有如一個金匠取材於黃金，由原來的形狀造成另一更新更美之形，這樣自我擺脫了此身與無智以後，也造成另一更新更美之形，這自我或成祖先，或成甘陀婆，或爲諸神，或爲生主，或爲梵，或爲其他有情（衆生）。

「這自我確實是梵，由認識、意識、生氣、視、聽、土、水、風、以太（空）、光（火）與非光、慾與非慾、怒與非怒、法與非法以及其他一切組合而成。依照一個人的動作和言行他成爲這成爲那，因此他的來生是：一個善業的人成爲善，一個惡業的人成爲惡，由淨行而得淨，由黑行而得黑。

「可是人們說，『一個人完全由慾所組成。』（不是業只是愛欲）是的，因慾而有意志，因意志而有業（行爲），而有業則有果，……

「而人是多慾的，但如果一個人無慾，則免去慾的束縛，而也就是完滿了他的慾，或者只有對於自我之慾，（愛自我）那末當人死了他的元神不到別處去而成爲梵。

「這是有一首詩的：

『他消除那佔據他心的一切慾念，

於是必死成永生，於是他到達梵天。』」

毘提訶的佳納楷王說：「尊者，我贈送你一千〔頭牛〕。」

布列哈陀奧義書第四篇第四章

羣犬的唵聲

現在，接着的是羣犬的優特吉泰（Udgitha＝Om 唵）。

伐迦大爾勃亞（Vaka Dalbhya）——即馬德麗夫人之子格拉伐（Glava Maitreya）——外出背誦吠陀。

〔在一僻靜的地方〕一隻白狗出現在他面前，而一羣狗聚集攏來，圍繞着牠向牠說：「尊者啊，請誦經使我們得食，我們正飢餓哩。」

白狗對牠們說：「明天早晨來會我。」

伐迦大勃亞便守候着。

次晨羣犬來了，牠們結隊而行，像僧侶們（歌詠者）準備歌唱壇外滌穢詞（Vahishpavamana）時所做的樣子，後面的狗啣着前面狗的尾巴魚貫前進。牠們都坐下以後，便開始哼起來。

「唵！讓我們吃！唵！讓我們喝！唵！願神聖婆樓那和生主及薩維德麗賜給我們食物！食物之主啊，請帶食物來這裏吧！帶食物來這裏，唵！」

聖徒格耶奧義書第一篇第十二章

註：聖徒格耶（chhandogya）奧義書或譯歌詠祭司奧義書，屬沙摩吠陀，共八篇一百五十三章。本章對當時祭司之腐化現象，予以辛辣之諷刺。

唵的奧義

一

一、唵！當一個人高聲歌唱（Udgitha 優特吉泰）吠陀讚歌〔開頭就是一聲「唵」〕應該崇敬這優特吉泰（高唱）的一個音節。

進一步的解釋如下——

二、一切有情的本質是土。

土的本質是水。

水的本質是植物。

植物的本質是人（布爾夏）。

人的本質是語言。

語言的本質是梨俱。（誦讚）〔吠陀〕

梨俱的本質是沙摩。（歌詠）〔吠陀〕。

沙摩的本質是優特吉泰（高聲歌唱）〔唵〕。

三、唵是諸本質的精華，至高無上的第八種，名爲優特吉泰。

四、什麼是梨俱？什麼是沙摩？什麼是優特吉泰？——這必須商討。

五、梨俱是語言。沙摩是生息（呼吸），優特吉泰是這個音節「唵」。的的確確，這互相配對——語言與生息，以及梨俱與沙摩。

六、這配對在這個「唵」的音節中互相結合。的的確確，當一對互相結合時，的的確確，二者滿足了彼此的願望。

七、滿足了彼此的願望，的的確確，他就知道這個道理，來崇敬優特吉泰的這一聲「唵」了。

八、的的確確，這一聲是表示同意的，一個人只要同意一件事，他簡單地說：「唵」（是的。）這確實就是滿足。——就是同意。

願望的滿足，的的確確，他就知道這道理，來崇敬優特吉泰的這一聲「唵」了。

九、依靠這個推動了三方面的知識。當主持祭師在祭禮中下達命令時，他說「唵」；當誦讚祭師朗誦讚歌時，他說「唵」；當歌詠祭師吟唱沙摩時，他說「唵」；藉這個偉大元素的音節來禮敬，來推崇不朽的原人。

十、爲什麼明白這道理的人，和不明白這道理的人，竟擧行同樣的祭禮？事實是這樣的，其區別在明白這道理的信仰者，他懂得奧義書的，的的確確，所獲得的效果更多。

這就是唵這音節進一步的解釋。

二

一、的確，諸神與阿修羅（魔鬼），兩者都是生主（Prajāpali）的後裔，當他們互相攻擊的時候，諸神掌握了優特吉泰，他們認爲：「靠這個可以克服魔鬼們！」

二、接着他們崇敬優特吉泰〔唵〕爲鼻子裏的生息。而魔鬼們用邪惡來折磨它。因此，一個人在呼吸時，同時嗅到香氣和臭氣，那是生息被邪惡所折磨。

三、接着他們崇敬優特吉泰爲語言。而魔鬼們用邪惡來折磨它。因此，一個人在說話時，同時說出了實話和假話。那是語言被邪惡所折磨。

四、接着他們崇敬優特吉泰爲眼睛。而魔鬼們用邪惡來折磨它。因此，一個人可以看得清楚，也可以看得模糊。那是眼睛被邪惡所折磨。

五、接着他們崇敬優特吉泰爲耳朶。而魔鬼們用邪惡來折磨它。因此，一個人聽進了該聽的，也聽進了不該聽的。那是耳朵被邪惡所折磨。

六、接着他們崇敬優特吉泰爲心。而魔鬼們用邪惡來折磨它。因此，一個人想了值得想的，也想了不該想的。那是心被邪惡所折磨。

七、接着他們崇敬優特吉泰爲嘴巴裏的生息。當魔鬼們攻擊它，一碰上它便被碎成片片，有如泥塊的攻擊，碰上了堅硬的石頭。

八、正像一小塊泥土去碰堅硬的石頭便碎成片片，誰要企圖用邪惡對瞭解這個的人予以傷害，也將粉身碎骨。因爲他是一塊堅硬的石頭。

九、因爲邪惡沒有束縛它，所以這個生息，既不認識香氣，也不辨別臭氣。不管一個人吃了東西，喝了東西，生息都拿來支持其他生存的器官。而當一個人的臨終，他的生息不再支持時，器官停止作用，最後嘴裏的生息離開，他的嘴巴就張開着。

十、身體崇敬這個是優特吉泰，人便想這個的確是 Angiras（身體）。因爲這個是 anga（四肢）的 rasa（本體）——道理很簡單。

十一、頌師崇敬這個爲優特吉泰。人便想這個的確是 Brihaspati（頌師）。因爲語言是 brihat（大），而它是 Pati（主）——道理很簡單。

十二、語言崇敬這個爲優特吉泰。人便想這個的確是 Ayāsya（語言）。因爲它從 āsya（口）而ayate（出）。——道理很簡單。

十三、伐迦大爾勃亞（Baka Dālbhya）明白了這個，他成爲奈密莎（Naimisha）森林人們的歌詠祭師（Udgātri Priest）他吟唱優特吉泰，滿足了大家的願望。

十四、明白了這番道理，崇敬這優特吉泰（唵）音節的人，用吟唱獲得了他一切所需。

這就是對自我的崇敬。

三

一、現在談對神明的崇敬——

大家應該把優特吉泰崇敬爲貢獻熱力的太陽。的確，當太陽上升，他高聲歌唱，照耀萬物。當上升時，他驅除黑暗與恐怖。的確，明白這個的人，就成爲黑暗與恐怖的驅除者。

二、這個口中的生息和那個太陽是同一的。這個是熱，那個也是熱。人們認知這個是光，那個也是光，是反射的光。因此，應該崇敬這個和那個爲同一個優特吉泰。

三、但是大家也應該崇敬流布的生息爲一個優特吉泰。當一個人吸氣，那是入息；當一個人呼氣，那是出息。吸和呼合起來才成流布的生息。語言是流動的生息，因此一個人發言，不是入息，也不是出息。

四、梨俱是語言。所以當一個人誦讚梨俱時，他不是用入息，不是用出息。沙摩是梨俱。所以當一個人歌詠沙摩時，他不是用入息，不是用出息。優特吉泰是沙摩。所以當一個人念唱優特吉泰時，他不是用入息，不是用出息。

五、任何其他必須用力的工作，像鑽木取火，跑步競賽，拉開強弓——做的時候都不是用入息，不是用出息。因此之故，一個人應該崇敬流布的生息為優特吉泰。

六、而大家也應該崇敬優特吉泰的拼音——Ud, gi, tha。Ud 是生息，因為一個人靠生息起立（Ut-tisthati）；gi 是語言，因為人們命名語言為言辭（giras）；tha 是食物，因為依靠食物，這個全部世界才確立（Sthita）。

七、Ud 是天；gi 是大氣；tha 是地。

Ud 是太陽；gi 是風；tha 是火。

Ud 是沙摩吠陀；gi 是夜柔吠陀；tha 是梨俱吠陀。

語言為他流出奶水——那是語言自己的奶水——他變成豐富食物的擁有者，食用者。他明白並崇敬這些優特吉泰的拼音是：Ud, gi, tha。

八、現在接着是願望的實現。——

大家須得崇敬信徒，有如庇護的處所。

大家應該以沙摩為庇護所，並藉此來唱一首史托特羅（Statra 祭儀中所用一種禮讚之歌）。

九、大家應以包含其中的梨俱為庇護所，以詩人律西為庇護所，以即將為他唱一首史托特羅的神為庇護所。

十、大家應以即將唱一首史托特羅的韻律為庇護所。應以即將為他自己唱一首史托特羅的讚歌爲庇護所。

十一、大家應以一方天爲庇護所，向着此地他可以卽將唱一首史托特羅。

十二、最後，大家應進入自我來唱一首史托特羅，仔細地思忖他的願望。眞的，期盼將爲他實現願望，願他將唱一首史托特羅——是的，願他將唱一首史托特羅！

四

一、唵！大家應該崇敬優特吉泰這個音節，因爲歌詠時〔開始於〕高唱唵！

進一步的解釋如下——

二、的確，當諸神爲恐懼死亡，而求庇護於三重認知時，他們用韻律來遮蔽自己。因爲用韻律遮蔽自己，所以韻律便叫做聖陀斯（Chands）。

三、死亡看見了，諸神在梨俱中，在沙摩中，在夜柔中，正如一個人可以窺見一條魚在水中。當他們發現這點，他們於是從梨俱出來，從沙摩出來，從夜柔出來，而求庇護於唵的聲音。

四、的確，當一個人完畢了梨俱吠陀，他大聲地說出「唵」；同樣地，當完畢了沙摩；同樣地，當完畢了夜柔，也是如此。這聲響是永恆。那是不朽的，無畏的。諸神在其中受到庇護，於是成爲不朽，成爲無畏。

五、明白這個道理的人，誦讚這個音節，就受庇護於這個音節——這不朽的無畏的聲音，因爲諸神受庇護於其中，而得以不朽，所以這個人也得以不朽。

聖徒格耶奧義書第一卷第一章至第四章

超越祭祀而稱頌唵

一、職責有三：祭祀、吠陀經的學習、布施——這是第一。苦行是第二。居住在老師的家裏做一個梵行生徒，耐久地居留着學習是第三。

這一切都到達完美的境界，他在婆羅門的立場得以不朽。

二、生主孵化這世界。孵化了之後，從裏面產生出三重知識。（即梨俱、沙摩、夜柔三吠陀）祂孵化着這三重知識，就產生了三個音節：波（Bhūḥ），波梵（Bhuvoḥ），斯梵（Svaḥ）〔象徵大地、大氣和天空〕。

三、祂孵化這三個音節，就從裏面產生了一聲「唵」。有如所有花瓣被一個花梗掌握住，所有的語言被一聲「唵」掌握在一起。「唵」是一切，的確，「唵」是這個一切。

聖徒格耶奧義書第二卷第二十三章

奧義書——甘露中的甘露

一、的確，遠方的太陽是諸神的蜂蜜。天宇是懸物的橫樑。雲氣是懸掛着的蜜蜂窩。太陽光的微粒是所孵的卵。

二、東方的太陽光線是它東方的蜂房小室。蜜蜂羣是梨俱的詩句。繁花是梨俱吠陀。「獻祭的水是」花蜜（甘露）的點滴，跟着流出來。

三、的確，這些梨俱詩句，孵卵於梨俱吠陀之上；當孵卵在上時，從它的本質產生了它的顯赫、光輝、力量、元氣、和食物。

四、本質流出，流向太陽，顯現成太陽的紅色。

二

一、南方的太陽光線是它南方的蜂房小室。蜜蜂羣是夜柔的儀式。繁花是夜柔吠陀。「獻祭的水是」花蜜（甘露）的點滴，跟着流出來。

二、的確，這一些夜柔儀式孵卵於夜柔吠陀之上；當孵卵在上時，從它的本質產生了它的顯赫、光輝、力量、元氣和食物。

三、本質流出，流向太陽，顯現成太陽的白色。

三

一、西方的太陽光線是西方的蜂房小室。蜜蜂羣是沙摩的歌辭。繁花是沙摩吠陀。「獻祭的水是」花蜜（甘露）的點滴，跟着流出來。

二、的確，那些沙摩歌辭孵卵於沙摩吠陀之上；當孵卵在上時，從它的本質產生了它的顯赫、光輝、力量、元氣和食物。

三、本質流出，流向太陽，顯現成太陽的黑色。

四

一、北方的太陽光線是北方的蜂房小室。蜜蜂羣是阿達婆吠陀的密呪。繁花是裨史與古訓。〔祭祀的水是〕花蜜（甘露）的點滴，跟着流出來。

二、的確，那些阿達婆吠陀的密呪孵卵於裨史與古訓之上，當孵卵在上時，從它的本質產生了它的顯赫、光輝、力量、元氣和食物。

三、本質流出，流向太陽，顯現成太陽的非常黑色。

五

一、現在，上升的陽光是上方的蜂房小室，蜜蜂羣是奧義書。繁花是梵。花蜜（甘露）的點滴，跟着流出來。

二、的確，這些秘密的教義孵卵於梵。當孵卵在上時，從它的本質產生了顯赫、光輝、力量、元氣和食物。

三、本質流出，流向太陽，那是似乎在太陽的中心顫動的東西。

四、的確，這些是本質中的本質。因爲四吠陀是本質，而這些是四吠陀的本質。的確，這些是甘露中的甘露，因爲四吠陀是甘露，而這些是牠們的甘露。

聖徒格耶奥義書第三卷第一章至第五章

薩若迦摩從師的故事

一、從前薩若迦摩（Satyakama）請問他的母親闍跋羅（Jabala）說：「母親！我希望做一個婆羅門的梵行生徒。請告訴我，我的祖先是什麼人?」

二、她對他說：「我的孩子，恕我無從回答你這問題——我不知道你的祖上是什麼人。當我年輕時，我是侍奉很多人的侍女，那時我懷了你。所以我不知道你祖上是那一位。可是，我的名字叫闍跋羅，你的名字叫薩若迦摩。因此，你可自稱爲薩若迦摩闍跋羅。」

三、於是，他到哈梨豆摩多喬答摩（Haridrumata Gautama）那裏請求道：「可敬的先生，我希望住在這裏過梵行生徒的生活。我希望做你的學生。」

四、喬答摩對他說：「親愛的，請問你的祖先是什麼人?你是什麼族籍?」

薩若迦摩說：「先生，這個我不知道，我不曉得我是什麼族籍，我問過我母親。我母親回答我說：她年輕時是侍奉很多人的侍女，那時她有了我。因此她不知道我是什麼族籍。可是我母親叫闍跋羅，我叫薩若迦摩，所以先生，我的全名是薩若迦摩闍跋羅。」

五、於是喬答摩說：「只有一個眞正的婆羅門才會這麼坦白。親愛的，把油拿來，〔以點燃祭火」，我收你做我的學生。你沒有離開眞理。」

喬答摩接受薩若迦摩做學生後，他分給他四百頭瘦弱的牛，對他說：「親愛的，跟牠們一起去吧！」

他趕着牛羣離去，他說：「除非繁育成一千頭，我不回來。」因此他離開許多年頭，當那牛羣變成一千頭的時候。

聖徒格耶奧義書第四卷第四章

五種祭火

一

一、哦，喬答摩。（Gautama 或譯瞿曇）的確，遠方世界是祭火。在這種情況下，太陽是木柴（燃料）；日光是煙；白晝是火焰；月亮是焦炭；星斗是火花。

二、在這個火當中諸神奉獻信仰爲祭品。從這個奉獻之中，昇起蘇摩王（酒神）來。

二

一、哦，喬答摩，的確，雨雲是祭火，在這種情況下，風是木柴；霧是煙；閃電是火焰；霹靂是焦炭；冰雹是火花。

二、在這個火當中，諸神奉獻蘇摩王爲祭品。從這個奉獻之中，就昇起雨水來。

三

一、哦，喬答摩，的確，大地是祭火。在這種情況下，年（時間）是木柴；空間是煙；夜是火焰；天的四方是焦炭；四方的交界是火花。

二、在這個火當中，諸神奉獻雷雨爲祭品。從這個奉獻之中，就昇起食物來。

四

一、哦，喬答摩，的確，男人是祭火。在這種情況下，語言是木柴；生息是煙；舌是火焰；眼是焦炭；耳是火花。

二、在這個火當中，諸神奉獻食物爲祭品。從這個奉獻之中，就昇起精液來。

五

一、哦，喬答摩。的確，女人是祭火。在這種情況下，陰戶是木柴；誘人是煙；陰道是火焰；插入是焦炭；歡樂是火花。

二、在這個火當中，諸神奉獻精液爲祭品。從這個奉獻之中，就昇起胎兒來。

六

一、因此，在第五個祭品中，水出來就有了人的聲音。胎兒包覆在胎膜中，潛伏了十個月，或者十個月左右，於是就出生了。

二、出生以後，他活了生命所許可的長久。當他死亡後，他們把他送回到他所從來的火中。

他來自火那兒，的確，從火那兒他昇起。

六婆羅門問大我於國王

一、優波摩奴的兒子般須納沙羅（Prācinas'āla Aupamanyava），富樓濕的兒子薩塔耶若（Satyayajna Paulushi），巴羅毗的孫子因陀羅杜那（Indradyumna Bhallaveya），薩迦羅濕的兒子闍那（Jana Sarkarakshya），與阿須梵多羅的兒子菩提羅（Badila Asvatarasvi）——這些偉大家長和碩學經師聚集在一起沈思：「什麼是我們的自我？什麼是梵？」

二、他們都同意着：「鄔大拉迦阿魯尼（Uddalaka Aruni 阿魯那之子鄔大拉迦）正精研這個普遍我（Vaisvanara Atman 卽大我），讓我們一起到他那兒去吧！」

三、鄔大拉迦阿魯尼自己思考着：「這些偉大家長和碩學經師們來質問我。也許我無法答覆所有的問題。好！讓我指點他們找另一位老師吧！」

四、於是他對他們說：「諸位，現在開寇雅（Kaikeya）國王阿須梵主（Asvapati）的確知道大我。讓我們前去請教他吧！」

他們就一起前去請教他。

五、當他們六人抵達時，國王吩咐手下妥爲款待，次日清晨起床後，他對他們說：

「在我的國境內沒有盜賊，
既無守財奴，也無酗酒者；
無人不供祭火，無人不富知識，
無夫拈野花，無婦不貞潔。

「諸位，我要擧行一個祭典。我將贈送諸位一個重禮，和贈給別的婆羅門祭師一樣多的財富。諸位請卽留住於此。」

六、於是他們說：「一個人懷有目的前來，他應該明白地說出來。你懂得大我，我們此來目的就是請你告訴我們什麼是大我。」

七、國王就對他們說：「明天我將給你們回答。」於是，次晨他們六人手持燃料〔以弟子的身分〕前來受敎。國王沒有擧行任何收受門徒的儀式，就對他們傳道。〔敎以大我的知識〕。

聖徒格耶奧義書第五卷第十一章

斯梵多凱妥所受庭訓

一

一、唵！現在講斯梵多凱妥（Svetaketu）阿魯尼耶（Aruneya 意爲阿魯那之孫）。一天，他的父親對他說：「我的孩子，去過一陣梵行生徒的生活吧！的確，我們家裏沒有一個人是不經過修習吠陀的階段，而天生就成爲婆羅門的。」

二、於是，斯梵多凱妥在十二歲的那年上，從師成爲梵行生徒，修習過全部吠陀經典後，到二十四歲那年才回來，他變得嚴肅而自負，自以爲已經是飽學之人。

三、他父親對他說：「斯梵多凱妥，我的孩子，你現在這樣嚴肅而自負，認爲你已飽學，你可曾也請求傳授過那關於不聽而聞，不思而察，不學而知的道理？」

「父親，請教導我那是什麼道理？」斯梵多凱妥說。

四、「孩子，恰像憑一塊泥土，可以瞭解凡用泥土所製成的一切物品，——改變的僅只是在名稱上有了口頭的區別；而事實上，的的確確都是泥土。

五、「孩子，恰像一塊銅所製成的各種銅器，可以瞭解——改變的僅只是在名稱上有了口頭的區別；而事實上，的的確確都是銅。

六、「孩子，恰像用鐵製成各種鋤、鏟、釘耙，可以瞭解——改變的僅只是在名稱上有了口頭的區別；而事實上，的的確確都是鐵。」

七、「的確，那些可敬的先生們不曾知道這番道理。因爲，如果他們知道這個，爲什麼他們沒有告訴我呢？可是，父親，請你教導我吧！」

「好的，孩子。」父親說。

二

一、阿魯那之子說：「孩子，起初，這宇宙只是一個『有』(Sat)沒有別的二。有人說，起初這個宇宙只是一個『無』(a-sat)，沒有別的二。從這個『無』中，產生了『有』。

二、「可是，我的孩子，難道是這樣的嗎？『有』怎能從『無』裏頭產生？不，孩子，起初這宇宙，獨一無二地只是一個『有』。

三、「它（指『有』，卽眞，亦卽『梵』）自己思量：『我要成爲多！讓我自己生育！』它創造了火（熱）。那個火自己思量：『我要衍化爲多！讓我自己生育！』它創造了水。因此，爲什麼一個人燠熱時流汗，悲憤時流淚？原來水是從火所生。

四、「那個水自己思量：『我要成爲多！讓我自己生育！』它創造了食物。（指生長生物的土）因此，爲什麼下了雨，豐盛的食物茁長出來，原來食物是從水所生。」

三

一、阿魯尼（卽阿魯那之子）繼續對他的兒子斯梵多凱妥說：「萬物種類只有三種：卵生的、胎生的、和芽生的。」

二、「那個『有』自己思量：『來！現在讓我把『自我』(Atman)進入這三個神性物（火、水、土）中去，發展出名和色（形體）來。讓我把三者各成爲三重。」

三、「那個『有』把『自我』進入這三個神性物，發展出各種的名和色來。

四、「它分別創造了這些三位一體的東西。

「孩子，現在可以跟我學到怎樣一分爲三，三位一體的三重知識。」

（這樣，阿魯尼繼續的教導他兒子，傳授了他關於梵的學問。）

聖徒格耶奧義書第六卷第一章至第三章

薩那拘摩羅師生對話

一

一、唵！「請教導我，師尊！」那羅陀（narata）來到薩那拘摩羅（Sanatkumara）面前請求。

薩那拘摩羅對他說：「告訴我，你所懂得的。然後，我將告訴你此外還有些什麼。」

二、那羅陀說：「師尊！我懂得梨俱吠陀、夜柔吠陀、沙摩吠陀、阿達婆吠陀——這是第四、稗史和古訓——這是第五、吠陀中的吠陀（卽文法）、摩尼（Manes）的祭禮、數學、占卜學、年代學、因明學、政治學、神學、聖知學、鬼怪學、統御術、占星術、迷蛇術、以及美術等等。師尊！這是我所懂得的。

三、「可是，師尊，我是這樣的一個人，只知道密誦，而未知『自我』的精義。曾聽人說，那些像你這樣的長者，懂得『自我』，可以超越憂苦的煩惱。我是一個熱愛憂苦的人。師尊，請教導我，渡我橫越苦海的彼岸。」

薩那拘摩羅對他說：「的確，你所誦讀過的，的確只是單單一個名字。

四、「的確，梨俱吠陀、夜柔吠陀、沙摩吠陀、阿達婆吠陀、稗史和古訓、吠陀中的吠陀、摩尼的祭禮、數學、占卜學、年代學、因明學、政治學、神學、聖知學、鬼怪學、統御術、占星術、迷蛇術、以及美術等等，這都只是單單的一個名字，崇敬着名字。

五、「一個把名字作爲梵來崇敬的人——當名字去得多遠，他的無限自由也去得多遠。——這是一個把名字作爲梵來崇敬的人。」

那羅陀說：「那末，師尊，有勝過一個名字的東西嗎？」

「當然有勝過名字的東西。」

「請告訴我，師尊！」

(於是薩那拘羅告訴他語言、心、意志、力量等的精義)

二

一、「的確，食物要勝過力量。因此，當一個人絕食了十天〔十夜〕時，縱使他仍未死，他也一定看不見、聽不到、無思考、無感覺、無行動，變成一個無知覺的人。但當他進食以後，他就看得見了，聽得到了，會思考了，有感覺了，能行動了，變成一個有知覺的人。

二、「一個把食物作爲梵（自我）來崇敬的人——他到達飲食的世界。當食物去得多遠，他的無限自由也去得多遠。——這是一個把食物作爲梵來崇敬的人。」

那羅陀說：「那末，師尊，有勝過食物的東西嗎？」

「當然有勝過食物的東西。」

「請告訴我，師尊！」

三

一、「的確，水要勝過食物。因此，當雨量不足時，生物便要爲食物貧乏的想法所困苦。可是，當雨量充沛時，生物便將爲食物豐盛的想法而歡欣。水造就了大地、空界、天界、神與人、走獸與飛禽、草與樹、爬蟲、飛蟲和螞蟻。所有這些都是水所形成。水被崇敬。

二、「一個崇敬水作爲梵的人，達成了他的願望，並得到滿足。當水去得多遠，他的無限自由也去得多遠。——這是一個把水作爲梵來崇敬的人。」

那羅陀說：「那末，師尊，有勝過水的東西嗎？」

「當然有勝過水的東西。」

「請告訴我，師尊！」

四

一、「的確，火要勝過於水。因爲，它掌握了風，溫暖了空氣。於是人們說：『熱啊！燒得熱啊！一定要下雨了！』的確，先有了火，然後水才出來。同樣的，閃電的火光射擊天空，雷霆咆哮。於是人們說：『閃電了！打雷了！一定要下雨啦！』的確，先有了火，然後水才出來。火被崇敬。

二、「一個把火作爲梵來崇敬的人，變成光輝，達到光輝照射的世界，而不被黑暗所束縛，當火去得多遠，他的無限自由也去得多遠。這是一個把火作爲梵來崇敬的人。」

那羅陀說：「那末，師尊，有勝過火的東西嗎？」

「當然有勝過火的東西。」

「請你告訴我，師尊！」

五

一、「的確，空間要勝過火。因爲空間內有日與月，閃電、星和火。透過了空間，一個人呼喚；透過了空間，一個人聽見；透過空間，一個人回答。我們在空間內歡樂，在空間內憂愁。所有的事物在空間內誕生，在空間內成長，空間被崇敬。

二、一個把空間作爲梵來崇敬的人，到達廣袤的、光輝的、無垠的、伸展的世界。當空間去得多遠，他的無限自由也去得多遠——這是一個把空間作爲梵來崇敬的人。」

那羅陀說：「那末，師尊，有勝過空間的東西嗎？」

「當然有勝過空間的東西。」

「請你告訴我，師尊！」

六

一、「的確，對一個看到這個，想了這個，領悟這個的人來說，生息是從自我湧現出來；希望是從自我湧現出來；記憶是從自我湧現出來；空界是從自我湧現出來；火界是從自我湧現出來；水界是從自我湧現出來；顯現與隱沒是從自我湧現出來；食物是從自我湧現出來；力量是從自我湧現出來；思考是從自我湧現出來；構想是從自我湧現出來；心靈是從自我湧現出來；語言是從自我湧現出來；名字是從自我湧現出來；聖歌是從自我湧現出來；祭祀是從自我湧現出來——的確，這一切來自自我。」

二、「這樣，有關這個有下面的詩句：

先知不見有死亡，
也無病苦與失望。
先知所見有一切，
達成一切的一切。
「彼（自我）是一，是三，是五，是七，是九；
之後稱彼爲十一，
稱彼一百一十一，
也名一千又二十。

「當食物純淨時，心靈就純淨。當心靈純淨時，傳統教義就堅固穩定。在修習傳統教義中，一切的〔心〕結獲致解脫。」

可敬的薩那拘摩羅，教導那羅陀掃除了他種種汚點之後，指示了他遠離黑暗的彼岸。人們稱他爲首康陀（Skanda 智者）——是的，人們稱他爲首康陀。

聖徒格耶奧義書第七卷第一、第九、第十、第十一、第十二、第廿六章

節慾之路

一、現在，人們所謂「獻祭」，（yajna）其實就是一個梵行門徒的節慾生活。因爲只有經過梵行門徒的節慾生活，他才理解到達梵的世界。

現在，人們所謂的「禮拜」，（ista）其實就是一個梵行門徒的節慾生活。因爲只有一個梵行門徒用節慾生活來探索（istva）聖知之後，一個人才能找到自我（Atman）。

二、現在，人們所謂祭典，其實就是一個梵行門徒的節慾生活。因爲只有經過梵行門徒的節慾生活，一個人才能獲得眞實自我的保障。

現在，人們所謂的靜修（Mauna），其實就是一個梵行門徒的節慾生活。因爲只有在梵行門徒的節慾生活中探索自我，才能使一個人眞正默想（Manute）。

三、現在，人們所謂的永恆，其實就是一個梵行門徒的節慾生活。因爲經過梵行門徒的節慾生活探索自我，才會不滅。

現在，人們所謂的森林的隱士生活，其實就是一個梵行門徒的節慾生活。的確，在梵的世界，去此有三重天之處，有兩個海，叫做阿羅（Ara）和尼夜（Nya），還有一個湖，叫做阿冷摩提耶（Airammadīya 意爲予人怡神與狂喜），此外還有產生蘇摩汁的無花果樹蘇摩薩婆那，以及梵的城堡，叫做阿波羅吉多（Aparajita 意爲不能征服）和梵的金殿。

四、梵的世界裏的阿羅、尼夜兩海，只有一個梵行門徒經過節慾生活才能抵達。——只有他們獲得梵的世界，在所有的世界中，他們獲得無限的自由。

聖徒格耶奧義書第八卷第五章

梵的達成

梵把這個〔自我的認識〕告訴生主；生主告訴摩奴；摩奴告訴人類。

按時盡了給老師服務的弟子職責，從老師家依照規範學習了吠陀後，離開了老師，重新回到自己的家，過着家庭的生活，並在一個清靜的地方繼續研究吠陀和教導兒子與學生，傳授他們以集中一切官感於進入精神的自我。除非有損神聖的境界，對一切有情不加傷害。——的確，這樣生活着度過他終生的人，將在死後到達梵的世界而不再返回這塵世——是的，他不再返回這塵世。

聖徒格耶奧義書第八卷第十五章

譯者註：以上加譯聖徒格耶奧義書十篇，係據英人休謨（Robert Ernest Hume）自梵文英譯的「奧義書十三種全集」（The thirteen Principal Upanishads）與印人大天（T. M. P. Mahadevan）梵英對照「一〇八種奧義書選集」（The Upanishads-selections from the 108 Upanishads）等書所選譯。

自我的五藏說

勃律古婆樓尼（Bhrigu Varuni）去見他的父親婆樓那說：「父親，請宣說梵！」

他告訴他那梵是食物，是生氣（呼吸），是視，是聽，是意，是語。

他對他說：「那個（彼），確實這裏一切東西由牠產生，生後依靠牠而生存，離開（死）時歸入於牠——那是所企圖理解的。那個（彼）是梵。」

他實行苦行（Tapas 嚴格的生活）。實行苦行以後，他理解梵是食物。眞的，因爲這裏有情（衆生）確實是由食物產生，依靠食物而生存，離開時歸入於食物。

明白了這道理，他再去見他的父親婆樓那說：「父親，請宣說梵！」

他對他說：「依靠苦行去企圖理解梵。苦行是梵！」

他實行苦行。實行苦行以後他理解：梵是生氣（Prana）。眞的，因爲這裏有情確實是由生氣產生。依靠生氣而生存，離開時歸入於生氣。

明白了這道理，他再去見他父親婆樓那，說：「父親，請宣說梵！」

他對他說：「依靠苦行去企圖理解梵。若行是梵！」

他實行苦行。實行苦行以後他理解：梵是意（manas現識）。眞的，因爲這裏有情確實由意產生，依靠意而生存，離開時歸入於意。

明白了這道理，他再去見他父親婆樓那說：「父親，請宣說梵！」

他對他說：「依靠苦行去企圖理解梵。苦行是梵！」

他實行苦行。實行苦行以後他理解：梵是理智（Vijnana 認識）。眞的，因爲這裏有情確實由理智產生，依靠理智而生存，離開時歸入於理智。

明白了這道理，他再去見他的父親婆樓那說：「父親，請宣說梵！」

他對他說：「依靠苦行去企圖理解梵，苦行是梵！」

他實行苦行。實行苦行以後他理解：梵是妙樂（ananda 阿難陀，日譯作歡喜）眞的，因爲這裏有情由妙樂產生，依靠妙樂而生存，離開時歸入妙樂。

這是婆樓那之子勃律古的學問，安立在最高的天國裏。知道這個的，他便安立了。（附註：原文尚有蛇足謂知此可得食物子孫家畜與大名等，想係無學之祭司所加。）

推提利耶奧義書第三篇第一節至第六節

註：推提利耶(Taitiriya)奧義書屬黑夜柔吠陀，共三篇三十一節。梵是自我，梵的五藏說(Pancakasa)

即有名的自我五藏說。哲學家依內省的解剖的方法，由外向內，由粗入細。求我的眞性。先得食味所成我（Annarasamayatman），即由食物滋養的肉體，這是我的外表。進一步而得生氣所成我（Pranamayatman），知我人生命在呼吸。再進而得現識所成我（Manamayatman），即以能識別外界現象之心爲我。更進而得認識所成我（Vijnanamayatman），即以認識深藏現象裏面的眞相之理智爲我。最後得妙樂所成我（Anandamayatman）爲眞性實我。有如剝蕉見心，此妙樂我，爲其他四層所包，深藏心臟之內，所以叫五藏說。其實第四層理智已爲蕉心，再剝則空無所有，故妙樂我爲不可說。實則已直認眞理爲自我了。

自我的三生

一個人確實最初是這一（自我）成爲肧胎。牠是精子，是全部肢體所聚集攏來的元氣。確實的。一個人在自我中含有一個自我。當他把這個注入一個女人的體內，於是他產出牠。這是一個人的第一生。

牠在女人體內自變，恰像她肢體的一部分。所以牠對她沒有損害，她養育這個到了她體內的他的自我。

她成爲一個養育者，她應當養育。這女人把他作爲肧胎懷着。起初，他的確滋養這小孩並產牠出來。而他滋養這小孩產牠出來，他就是滋養他自己，爲的是世世相續；因爲這樣使世世延續了。這是一個人的第二生。

這是一個人的自我用以作爲替身來履行他有價值的工作的。於是他的這個另一自我，做了他應做的工作，步入他的老年而離去了。這樣，的確他由這裏離去而再生了，這是一個人的第三生。

這是聖人曾經說過的：——

雖則我尚在母腹，
我熟語諸神的誕生！
圍繞着我有百重的鐵城，
我却像鷲鷹的迅疾，奮飛而出！

在母腹中確實是這樣躺着的，巴摩提婆（Vamadeva）這樣說。

因此，知道這個的人，他脫離了這軀體而上飛，享受一切天界的願慾，而變成——永生。是的，變成〔永生〕！

愛陀列耶奧義書第二篇

註：愛陀列耶（aitareya）奧義書屬梨俱吠陀，共三篇五章「雖則我尚在母腹」的詩句，係引證梨俱吠陀第四卷第二七篇之第一頌而申述之，但以上所講三生相續的奧義，未必符合梨俱讚歌的原意。愛陀列耶奧義書屬於梨俱吠陀。在梨吠本集之後附有祭儀釋義等性質的梵書多種，其中一種名愛陀列耶梵書，這

梵書的最後部分，稱爲愛陀列耶森林書，而愛陀列耶奧義書，就是愛陀列耶森林書的最後部分。各奧義書與吠陀經的關係和這相仿。惟沙磨吠陀的奧義書，無森林書的媒介，直屬於梵書的最後。

誰的命令

一、因誰的命令，心靈（意）飛翔前進？
因誰的命令，最初的氣息才運行？
因誰的命令，言語才從人類吐傾？
確實是什麼神，在指揮耳朶和眼睛？

二、這是耳之聽，心之思，
語之聲，氣息之呼吸，
眼之視，放棄了這一切，
出離這塵世，智者得不滅。

三、彼處眼所不能見，
心所不能思，言語所不能陳述，
我們不知道，我們不理解
牠（彼）應怎樣來解說。

確實牠已超出了知識，
但又並非不知。
——以上我們聞自先哲，
他們給我們這樣的解說。

四、牠不是語言之所能言，是語言因之而言——
牠確實是梵，並非像人們之所禮拜。

五、牠，不是心之所能思，他們說是心因之而思——
牠確實是梵，並非像人們之所禮拜。

六、牠，不是眼之所能見，是眼因之而見——
牠確實是梵，並非像人們之所禮拜。

七、牠，不是耳之所能聞，是耳因之而聞——
牠確實是梵，並非像人們之所禮拜。

八、牠，不是氣息之所能呼吸，是氣息被導引——
牠確實是梵，並非像人們之所禮拜。

凱那奧義書第一章

註：凱那奧義書屬沙摩吠陀共四章。這奧義書以第一頌第一章凱那 (Kena) 命名。凱那意譯爲「由誰」或

「因誰」，故湯用彤「印度哲學史略」譯爲由誰奧義書。第一章八頌都是韻文，拙譯係根據休謨英譯，第一頌與尼赫魯「印度的發見」一書所引稍異。今各仍其舊，以見各家對梵文原文理解的不同。

梵天顯現的寓言

一

有一次，梵給諸神〔驅除羣魔〕獲得勝利，因這梵的戰勝，諸神歡躍。他們自己這樣想着：「這勝利的確是我們的！這偉業的確是我們的！」

梵知道了這事，顯現在他們之前，他們不認識他。他們說：「這是什麼怪物（Yaksha 夜叉）？」

他們對阿耆尼（火神）說：「賈多吠陀（Jataveda 全知者），去察探一下這是什麼怪物。」

「好的」，他說。

他奔向那裏，那怪物對他說：「你是誰？」

他答道：「我是阿耆尼，我確實是全知者。」

「你有什麼本領？」

「在這大地上的一切東西我都能燒掉！」

他把一根乾草放在阿耆尼面前，「燒掉牠！」

他用足速力奔上去。他不能燒掉這草。

二

因此他回去說：「我察探不出那怪物是什麼。」

於是他們對梵由（風神）說：「梵由，去察探一下這是什麼怪物。」

「好的。」

他奔向那裏，這怪物對他說：「你是誰？」

他答道：「我是梵由，我確實是馬泰里斯王（Matarisvan 空中呼吸者）。」

「你有什麼本領？」

「在這大地上的一切東西，我都能帶走。」

他把一根乾草放在梵由面前，「帶走牠！」

他用足速力奔上去，他不能帶走這草。

因此他回去說：「我察探不出那怪物是什麼。」

三

於是他們對因陀羅（雷雨神）說：「摩伽梵（Maghavan 惠人者）！去察探一下這是什麼。」

「好的。」

他奔向那裏，那怪物却在他面前隱去了。

就在那同一的空間，他遇到一個非常美麗的婦人，那雪山（Himavat）的女兒烏摩（Uma）。

他問她：「這怪物是什麼？」

她答道：「這是梵，的確，因梵的勝利，你們便歡躍的。」

於是他知道這是梵。

因此，阿耆尼梵由和因陀羅在其餘諸神之上，因爲他們最接近他，〔尤其是〕他（因陀羅）最先知道彼是梵啊！

因此，因陀羅在其餘諸神之上，因爲他最接近他，因爲他最先知道彼是梵啊！

凱那奧義書第三第四章

譯者註：烏摩在以後神話中成爲破壞神濕婆之妻，即巴梵諦，仍爲因陀羅等吠陀諸神的援助者，神通廣大，難近母、加里等都是她的化身，可參考拙著商務版印度歷史故事一書。

唯一的神

（一） **魯特羅**

一、布網者，只用他的權力統治一切世界，他是一，他是無差別，當萬物升起而存在時，——他們知道這個就是不死。

二、只有唯一的魯特羅（Rudra），他們不允有第二。他用他的權力統治一切世界，他站在所有人的後面，他——保護者——創造了一切世界之後，在時的終期仍把宇宙捲了起來。

三、那唯一的神在各方面有他的眼，他的面，他的臂和他的脚，當產生了天和地，用他的雙臂和他的翼把牠們鍛接在一起。

四、魯特羅，那偉大的預見者，一切之主，他是諸神的創造者和支持者，他先前曾使金卵出生，願他賦與我們以好的思想。

五、哦，魯特羅，你山中的住居者，用你最幸福的形狀臨視我們，吉祥、無怖而顯示無惡！

六、哦，山岳之主，使你手持之箭放射吉利，山中的住居者，勿傷害人畜！

（三） 布爾夏

七、高超過於這〔一切世界〕的是梵，他廣大無邊，隱藏在一切衆生之體內，而獨包涵萬物，他是主宰。他們，知道他是主（isa自在）的人們成爲不死。

八、我知道那如日光煥的偉大布爾夏（原人），在黑暗之彼方。別無他途，只有一個眞知他的人，超越了死亡。

九、這整個宇宙被這布爾夏所充滿，沒有比他更高的，沒有比他更小的或是更大的，他獨立着，屹然像一棵樹的矗立空中。

一〇、他在這世界的上方，無形體也無苦痛，人們確實感受苦痛，知道這事的人則不死。

一一、那薄伽梵（Bhagavat 具福）有許多面，許多頭，許多頸，他寓居在一切衆生的心窟之中，他滲透（遍滿）一切，所以他是遍在的濕婆（Siva 吉祥）。

一二、那布爾夏是偉大的主宰，他是善性（Sattva）的推進者，他具有到達每一東西的最純潔的力（Prapti）他是光，他是不衰。

一三、內在自我布爾夏，大似拇指，永住在人的心中，他爲心、思慮和意志所見，知道這個的人不死。

一四、布爾夏具有千頭千眼千足，遍滿大地的四周，尙伸出十指之濶。

一五、布爾夏一人是這一切，已來的東西和將來的東西，他也是不死之主，他是依食物而生長的任何東西。

一六、到處是手足，到處是眼和頭，到處是耳，站立着遍滿這世界。

一七、脫離一切的官感，而反映一切官感之性質，這是主宰，一切的統治者，這是偉大的一切之庇護。

一八、賦以形體的精神在具有九個門的城內，像那鳥兒在振翼飛來，又飛去，那整個世界的統治者，一切息者（固定者，指植物）一切動者（遊動者，指動物）的統治者。

一九、他不用手而緊握，不用足而疾走，不用眼而觀看，不用耳而聽聞，一切可知道的他都知道，但無人知道他，他們稱他爲元始，那偉大的布爾夏（原人）。

二〇、自我（本體）小於小，大於大，隱藏在生類的心中，依靠創造者（主）的恩寵，一個人拋棄一切苦痛在後面，可以看見那至尊，那主宰，看見他的偉大。

二一、我知道這是不朽，是盤古，那萬物之眞我，無限與遍在，他們陳述一切「生」停止在他裏面，梵志們宣布他是永恆（常住）。

思維多思梵多羅奧義書第三章

註：思維多思梵多羅（Svetasvatara）意爲白騾，白騾爲人，本奧義係其所傳，故或譯白騾師奧義書，屬黑夜柔吠陀，共六章全爲韻文。

最高梵

一、在不滅與無限的最高梵中，有知（明）和無知（無明）兩者都隱藏在內。其一，無知，是毀滅的；另一，知，是不死的。但他控制着兩者，却並非就是這兩者。

二、他是唯一的神，主宰每一個本元（因），也支配一切形相，支配一切本元。在當初，他便把聰明之子——那赤色聖人（Kapila 指金卵）——懷孕在他的思想中，當聰明之子出生時他是看見的。

三、在那原野，神在用各種方式展開一口網又展開一口網，然後再把牠收攏來。那主，那大我，更進而創造諸神（氣力yati），這樣繼續他統治一切的主權。

四、像日之車照射，照亮四方上下，這樣彼神，那神聖的，那可尊敬的，那唯一，統治那一切有胎（因）的自性（指胎生）。

五、他是一切的本元（因），他進展他的自性（Svabhava），使一切可熟的東西成熟。他分配一切原素（Guna 性德）這唯一的統治著全宇宙的萬物。

六、梵（金卵）知道這個，這個隱藏在奧義書中，隱藏在吠陀經中，就是梵之胎。古老的諸神和詩人知道牠，他們變為牠而不死。

七、任何有性德的（人）是做有果的工作之工作者，而享受那相當的果報，他依照他自已的業而輪廻，顯現為一切的形相。被三德（喜、憂、暗）所牽引，走着那〔法、非法、智〕三道。

八、連同意志（Samkalpa 思維）與自我（ahamkara 我執），他大如拇指，形同太陽。但只有理志的性德與自我的性德時，那低劣的我，只有錐尖那麼大小。

九、那個性我（個人的生命）一般說是髮尖的百分之一，但再分開一百次，而尚是無限大。

一〇、非女非男，也非中性，牠取得任何身體，它便成為那一性。

一一、用思想、觸覺、視覺、和感情的方法來使身主（肉體的自我）在不同的地域依照他的業變成不同的形式，就像身體因飲食的注入而長大。

一二、那身主（肉體的自我），依照他自已的性德選擇許多色相——粗糙的或是精巧的——而通過他行為的性德，通過他自我的性德他自已使牠們形成與他的一致，他被顯現在一種又一種之中。

一三、他無始也無終，他在混沌之中創造多樣形相的萬物，他獨自涵容每樣東西，知道他的人解脫了一切的束縛。

一四、他被心靈所領會，他不被稱爲巢（肉體），他創造存在（有）和非存在（無），他是樂者（濕婆），他也創造那些性德（元素），知道他的人們離棄其肉體。

思維多思梵多羅奧義書第五章

註：赤色聖人或譯迦毗羅仙，數論派卽奉之爲學派之祖。

八、新奧義書二篇

超度

（一）

天地和大氣交織其上，
意和一切生之呼吸交織，
只知道他是彼一阿德曼吧，不用多說，
他是到達不滅的橋梁。

（二）

有如車輻的湊合於輪軸，
河渠都被引向大海；
他運行其間，

便成多樣的變幻。
唵！——這樣沉思那阿德曼，
助成你超度黑暗之外的遙遠彼岸。

（三）

他知道一切，他覺察一切，
他的是這地上的至偉——
在神聖的梵之城中，在〔心的〕以太之中，
確實的，那是阿德曼！
意的組合，生之呼吸和身體的國王，
他因食物而確立，他控制着心臟。
智者用這知識來覺察，
那幸福的「不滅」而放射光芒。

（四）

心結被解開，
一切疑雲都消散，
你的業也從此滅，

一朝見到高和低的彼梵。

註：門達克（Mundaka）奧義書或譯剃髮行者奧義書，屬阿達婆吠陀，共三篇六章。大約成於公元前四世紀前後。新奧義書的較重要者有三九種，其內容可分五類，計吠檀多主義者九種，瑜伽主義者十一種，數論主義者七種，濕婆主義者五種，毘溼奴主義者七種。門達克係新書中吠檀多主義之重要作品。

門達克奧義書二之五—八

自我的四位說

（一）唵的密義

唵！——這聲音是這整個世界，牠的解釋是：——過去，現在，未來——每樣東西都只是這唵字，而任何其他超乎三世的也只是這唵字。因爲確實的，這一切是梵；這自我（阿德曼）是梵，這同一的自我却有四個部位（四足）。第一個部位是梵史梵那羅（Vaisvanara 普遍位），位於醒之境地，他看見外界的事物，他有七肢十九口，享受那粗劣的。（註：關於七肢，後世註釋家不能確指。關於十九口，商羯羅確定爲：耳（聽覺）皮（觸覺）眼（視覺）舌（味覺）鼻（嗅覺）等五知根，舌（說話）手（執持）足（行走）男女根（生殖）肛門（排泄）等五作根，出息（首風）入息，介風（調整出入息）上風（死風）持風（消化風）等五風(呼吸)——即五生氣——以及意（Manas）菩提（覺）

我慢（ahamkara）及思維（citta）四者，合爲十九。按一般以五知根，五作根五風及意爲十六分，此處更增菩提等三者而爲十九口，分析更見細密了。）

第二個部位是塔伽薩（Tajasa 光照位），位於夢之境地。他看見內在的事物，有七肢十九口，享受那精細的。

第三個部位是般若（Prajna 慧位），位於熟眠的境地，當人熟眠時，不慾念任何慾念，看不見任何的夢。他成爲一，而全是一團智，他的性質是妙樂，他享受妙樂，他的口是思維（Cetas）。

他是一切之主；他是全知；他是內導者；他是一切的源；他是一切有情的始與終。

非內智，非外智，非一團智，非智也非非智，不可見，不可說，不可把握，無任何可認的記號，不可思議，不可命名，他的本體是唯一自我的實現。入於其中，一切現象都消融、寧靜、自在，無有第二——這樣他們以爲是第四位，他是自我，他是被認識了。

（二）唵字的分解

這是自我和唵字的關係，關於唵字和牠的音量。音量就是部位，部位就是音量。就是阿（a）烏（u）和姆（m）音。（註：梵文唵由阿烏姆三音拼成Om＝aum）

普遍位位於醒之境地，是阿（a）音，是第一部位，來自 Apti（得）和 adimatva（第一）。的確，誰知道這個，他便獲得一切他所慾念的，他成爲第一位。

光照位位於夢之境，是烏（u）音，是第二部位，來自 Utkarsa（增高）和 Ubhayatva（居中、兩邊相）的確，誰知道這個，他增高他學問的傳統；他成爲平等。他的家庭所生的人，沒有不知梵的。

般若位位於熟眠的境地，是姆（m）音，是第三部位，來自 Miti（度量或合併）。的確，誰知道這個，他度量這個宇宙，而合併於他。

第四部位無音，不能言詮，入於其中，現象消融，妙樂自在，無有第二。

這樣唵字就是自我。

知道這個的人他自己便進入自我——是的，知道這個的人！

門徒克耶奧義書（全譯）

註：門徒克耶（Mandukya）奧義書全部共散文十二節，此係全譯。自我的四位說初見於布列哈陀奧義書所載雅吉納瓦卡所說，分析我人的精神狀態爲醒、夢、熟眠、死四態，醒時心受外物制限，最不自由，夢時仍不能離醒時經驗之牽制，故以熟眠時與死時精神最自由，自我呈露，妙樂自在，故吾人保持熟眠時之狀態，爲最終理想境界，其後瑜伽之禪定，即發展這一路線的。美特耶那奧義書則去死位而增大覺位，指熟眠以上之大覺位爲解脫之境。四位說與五藏說由心理與生理方法求自我，兩者可互通。本奧義書更以四位與梵之表徵「唵」相結合。梵書時代起，印人將吾人心理機關分爲五知根五作根五風及代表神經中樞之意（Manas）稱爲十六分，本篇更增菩提、我慢、思維而成十九口，是其不同處。本奧義書雖屬於阿達婆吠陀之初期新奧義書，但亦爲後世吠檀多學派所宗，故亦爲重要之一種。

印度文學歷代名著概說㈡

三、第二期佛教文學綜述（約自公元前五〇〇年至公元七〇〇年）

印度吠陀文學的四吠陀，完成於西北的五河地區，卽今旁遮普一帶，至奧義書的興起，已產生於東方的恒河中游。奧義書中含有詩歌和哲學興味的著作，雖成爲當時婆羅門教神聖文學的一股清泉，但接着又沒入煩瑣的經書時代中去。由奧義書衍生出六派哲學來，那是後來的事。與婆羅門教經書時代同時興起的則有釋迦牟尼的佛教和摩訶毘羅（Mahavira）的耆那教（Jaini），兩教都是由王族所領導對腐敗的婆羅門教所起的革新運動。當時印度文化中心，已建立在恆河兩岸，波奈城（卽今 Benares）已成爲華麗的聖城。但那些國家的人民，並不十分注重習誦吠陀。佛教和耆那教的崛起，就取代了婆羅門教的勢力而有新宗教文學的產生與發展。尤其佛教文學，極爲興盛，可爲這時期印度文學的代表。後來婆羅門教復興而稱印度教，他們不承認佛教和耆那教包容在他們的傳統之中，所以稱之爲非聖文學。

佛教的創立者釋迦牟尼，誕生於公元前五五七年(註)，比我國孔子大六歲。他是迦維羅衛國淨飯王的太子。他不以繼承王位爲榮，於二十九歲那年，出家修道，在山林中冥思苦行六年，尋求人生解脫之法，未得結果，最後改變態度，去佛陀伽耶地方靜坐於菩提樹下七日，終於悟道成佛。於是以慈悲的胸懷，巡遊各國，到處說法，宣傳教理，以超度衆生，當時佛教便盛行於中印度摩竭陀等許多國家。釋迦的一言一行，都成爲佛教文學的中心題材。但都沒有文字的記載，僅憑大家記憶，口口相傳，直到釋迦死後，他的弟子們怕所傳有紛歧，於是有最初的結集。所以我們佛教文學開始的年份，不嚴格地從釋迦得道說法那年算起，只大概劃分自公元前五〇〇年起而已。

註： 釋迦以年八十示寂，則死於公元前四七七年，距今（一九八一年）二四五七年，但通行以今年爲佛曆二五二五年。

至於耆那教的創立者摩訶毘羅（意譯大雄）比釋迦較爲年長，死於公元前四六七年。耆那教在當時的勢力，也和佛教同樣地蓬勃，教徒達五十萬之多。耆那教和佛教同樣提倡四海同胞之愛，但仍主張嚴格的苦修，不如佛教的採取中道態度適合一般人民，所以當一百年後阿育王（Asoka）統一印度，定佛教爲國教，便一蹶不振，從此衰落。耆那教文學和初期佛教文學同樣以教祖的言行爲主要題材。耆那教的第一部聖典阿耆蘭迦修多羅（Acheranga Sutra）中就記載着他們教祖一生的言行。這經的文體是一種宗教小詩。學者都以爲耆那教文學作品，不如佛教文學的古樸，所有的經籍，都是後人所纂輯。但它不像佛敎對婆羅門教般持駁斥的態度，其內容非常枯燥，沒有多少文學的意味。所有耆那教文學都是擬史、教律、讚頌（Stutis），祝辭（Stotras）之類，缺乏文學上的情趣。在事實上，我們不能說耆那教除了些玄學書及史傳之外，沒有一些純正的文學。可是將它和佛教文學比較起來，就像天淵之別，不可同日而語了。後期耆那教文學很多是抄襲梵書的文體和材料，雖然有所謂耆那教的詩歌和耆那教的故事，歸根而言，不過是模擬的文學而已。耆那教的典籍，梵文與俗語參用，間或和佛教文學一樣，也用韻文，不加詳述。

佛教文學有南典和北典之分。南典用巴利文寫成，流傳於南方錫蘭島，更傳播於中南半島緬甸暹邏等地，這就是最初南傳小乘佛教的經典。北典用梵文寫成，盛行於北印度一帶，流傳到中亞後再東來中國，更傳播於朝鮮日本等地。這就是後來的以大乘爲主的北傳佛教的經典。

佛教文學的原型起於佛口親說的教訓。但是現在所有關於佛陀遺教的經籍，那些是佛口親說，那些只是憑傳聞的追記，已很難確定。一般說來，佛滅後佛弟子第一次結集所記，最爲可信。後來第二第三次以至第四次的結集，當然就比較差了。但就因爲第一次結集後仍未用文字記錄下來，印度人的習慣其經典都是師徒默記背誦，口口相傳的傳授下來的。雖已有書本的抄寫與印刷，而師徒僅憑口傳的習慣，至今仍流行於民間。所以我國的譯經，好些也是憑西僧口傳而華譯。歐洲人近世於錫蘭島發現的巴利文佛典大統史（Mahavanasa）也只是一八三七年的事。所以不論南典北典，其中佛說的經，其文字，都是後人的筆錄，而其思想和精神，大多是屬於佛陀的。其餘關於僧團的律儀，和教會的歷史，以及佛教論師的著述，多是後起的作品。一般說來，佛口親說的教誡，是原始佛教的文學，而後來論師們闡述佛教教義的理論，以及記載與佛教哲學有關的心理學及倫理學的論辯，都是發展佛教的文學作品。當然，就因爲當時雖有結集，仍無筆錄，所以所傳也漸有紛歧，因而非但有第一次和第二次不同人物所成不同的結集，而且後來還有第三次第四次的結集。佛陀的教義也更顯得複雜，佛陀也更被信徒所神話化。大體說來，南典較早，多是原始佛教，其小乘教義，則偏重在教義中個人解脫的得證羅漢果。北典較晚，就多發展佛教，他們大乘的教義，就更闡揚個人證道後普渡衆生的菩薩行。至於南典的用巴利文記錄，是佛陀當時說法所用與梵文略有差異的方言。而後來佛教推行到北印度去，也採用梵語來宣講，所以一切記錄，和當時的著作，也都改成了梵文。北典中的四阿含，也就是南典中經藏五尼柯耶的長部、中部、雜部、增部、小部的前四部，內容也大致相同，只缺第五尼柯耶的小部而已。

佛教文學大多蒐輯在三藏之中。南典的三藏，爲：㈠毘尼耶（Vinaya）卽律藏，記載有關比丘和比丘尼的戒律；㈡修多（Suttas）卽經藏，記載佛陀的教訓；㈢阿毘達磨（Abhidhamma）卽論藏，記載佛教哲學有關的心理學及倫理大師的著作與論辯。

南典的律藏，包括戒本的比丘戒二二七條，比丘尼戒三一一條。和戒分別經的比丘戒十二章，比丘尼戒七章。其中以比丘戒二二七條約作成於公元前四百年，爲佛教文學中最古的作品。其餘尚有大品十章，小品十二章，大品記載入僧團法，布薩法（說戒法）雨安居之末的自恣會法(Pavarana)爲比丘的坐、作、進、止、藥品、衣服等的規定，以及僧團裏的義務和權利的規定。小品前九章記各種懲戒、贖罪、懺悔，以及比丘日常生活如住所和交遊等的規程。第十章則專記比丘尼應盡義務的規程。第十一、十二章爲後人所附加。記王舍城和毘舍離兩次結集的史事。律藏只是僧團儀規的記載及解釋，都是些缺乏文學興味的作品。但在釋義中，間或夾雜些有趣的故事和語體的詩歌，實爲枯燥無味的宗教術語沙漠中的綠洲，頗具精神調節作用。律藏最後所附眷屬二十一則，用問答示敎的方式，記着許多很晚出現的事物，大約是錫蘭比丘的著作。

南典的經部分五部稱五尼柯耶（Nikaya）或五阿含（Agama）。內容都是些散文的對話、故事、箴言、歌頌等，是佛敎文學的主要作品。它們和早期的吠陀文學相似，依文章的長短而編，長的編在前頭，短的編在後頭。所以尼柯耶五部就是長部（Digha-Nikaga）、中部(Majjhina-Nikaya)、雜部（Jamyutta-Nikaya）、增部（Ariguttara-Nikaya）、和小部（Khuddaka-Nikaya）。最大的特點是用散文敍述，却常在本文的關鍵處揷入韻文的偈頌，從文體上說，這是一種新變化的發展。

長部共有三十四種說敎集。計戒聚品十三經，大品十經，波底迦品十一經。在我們中文經藏中自北典譯來的長阿含經，就只有三十經，而排列的次序也不一樣。例如南典長部排在最前面的是梵動經，其次是沙門果經，阿摩晝經。而中文大正版大藏經，則將梵動經列爲第二十一，沙門果經列爲第二十七，阿摩晝經第二十。反之，大正版長阿含經的第一大本經，却是南典戒聚品的第九經。大本經說佛陀的神通，爲後來有關佛陀神話的底本。梵動經述說古代印度的宗教生活，對佛陀的道德行爲，思維方法等，加以說明，並反駁婆羅門教遁世苦行者種種的虛僞和謬誤。這在印度古代宗教史和民俗學上是一本重要的典籍。沙門果經闡明出家的果報。阿摩晝經闡明佛陀對於印度族籍的階級制度所取的態度。其中被認爲最美好的是第十一經弊宿經(Payasi Sutta)，北典長阿含列爲第七經，內容是比丘鳩摩羅迦葉與否定無彼岸的論師弊宿反覆辯論的對話。長部中的對話，當以這經爲最美好。但北典的第七經，比丘鳩摩羅迦葉，却變成童女迦葉，足見南北典之間，非但篇數篇次不同，內容亦有差異。

大正版中文長阿含三十經所缺南典三十三經中的大般涅槃經尸迦羅越六方禮經則改爲獨立的經文，列在阿含部長阿含經之後。

南典的中部由一百五十二經的說教和對話所構成。舉凡四聖諦、無我、涅槃、禪定等佛教主要的論點，都詳細地加以闡明。每一經用伊覩訶娑(Itihasa 如是所說)來起頭，然後是優美的對話。經中的譬喻有趣的也很多。不過，一再用一字不易的複述方式來構成一種特殊的文體，未免太呆板了一些。大正版所列北典中阿含的譯文，則共有二二二經，比南典蒐集得更爲豐富。

南典的雜部和增部的內容，大體上與長部中部差不多，但比較瑣碎些。計雜部共七七六二經，增部共九五五七經。較大正版雜阿含經的一三六二經，增一阿含經的五二品共四七二經多了不少。大正版雜阿含後所附獨立經文中唐玄奘所譯緣起經一卷，記釋迦悟道時的十二緣起，可說是佛教最早的理論。

南典的小部爲北典所缺。共一十五種，是佛教文學的雜集。包括詩歌、譬喻、解釋等作品。其中最重要的是法句經、本生經、譬喻經等。

法句共有四二三頌爲佛教文學中最良好優美的作品之一。例如雙品都是對稱的法句：

⑴有諸人等，執怨而言：彼人罵我，彼人責我，彼人勝我，彼人奪我之物。如是執怨，怨不息滅。

有諸人等，不執怨言：彼人罵我，彼人責我，彼人勝我，彼人奪我之物，如是不怨，怨自息滅。

⑵以欲樂爲美好：不攝諸根，不節量飲食，懈怠不勤，則爲魔所困擾。譬如大風，搖撼弱樹。

不以欲樂爲美好：守攝諸根，飲食知量，正信精勤，則不爲魔所困擾。譬如大風，不能搖撼山岳。

⑶譬如不善蓋屋，雨則侵之；貪慾之雨，能侵不善修習之心。

譬如善蓋之屋，雨不能侵；貪慾之雨，不能侵善修習之心。

又如花品，多以花爲喻：

(1)佛教之行者，能徹知地界，能徹知閻摩界，以及人界，乃至天界。佛教之行者，能選集我所妙說法句，有如智慧花匠，選集諸花。

比丘知身如水泡，身似陽燄，截斷魔羅所贈之花，則當達於死王所不能見之所。

死亡拘執諸著欲樂，遊採香花之人，正如瀑流，漂去酣睡之家。

死亡降伏諸著欲樂，遊採香花之人，不飽於愛欲之人。

譬如蜜蜂，採諸花味，不令花色損。智者到諸人家而行托鉢，亦復如是。

(2)色麗而無香之花，猶如善語不行，則無善果。

色麗妙香之花，猶如善語行者，得其善果。

花匠當於花堆中，多造花鬘；衆生生已，應多造善。

(3)戒香是香中最勝之香，爲栴檀香，多揭羅香，蓮花及末利迦香，所不能及。

多揭羅香及栴檀香，是輕微香；持戒之香，是最上香，薰諸人天，盡一切處。

本生經（Jataka）不但在佛教文學中佔重要地位，在民俗學上也很重要。書中所載佛陀前生的事跡，無疑是從一般的傳說加以修正而來。雖然其中有些故事是後來的創作，但從大體上說，它還能保存着印度原始民間傳說的眞面目。

譬喻經中多美妙的譬喻，後來發展成一種獨特的喻體文。

南典傳到暹邏，被譯爲暹邏語的大藏經。其中小部經爲中文大藏經的所缺者，最近華僑黃謹良特又轉譯爲中文，由曼谷普門報恩寺刊行。

南典的論藏主要有七部，其中以目連（Meggaliputta Tissa）所造的論事論（Kathavathu）問答二一九則，爲佛教史上最重要的寶典。

北典所用梵文，與南典所用俗語巴利文相比，是最講究文法的高雅語文，所以也稱雅語。是經過被稱爲世界文法學的鼻祖公元前四世紀人波儞尼（Pamini）的八章書（Ashtodhyayi）和公元前二世紀人迦多衍那（Katyayana）的大疏（Varttikas）等書將吠陀文學的文法整理後推行而形成。所以雅語的特徵，便是應用人造的文句格律和音韻。佛教的北典，便也採用了這種嚴格的梵文來提高經典的地位。

南典三藏排列的次序是律、經、論，北典則把經藏列在最前，改成經、律、論三藏。

北典的三藏，在印度大部分已失傳。可資我們研究的，除中文三藏是所保留的譯文外，還有尼泊爾和西藏也保留了些梵文原典和當地譯文。歐西學者都在從事研究。

北典的經藏相當於南典五尼柯耶的，是四阿含。長阿含卽五尼柯耶中的長部，中阿含、雜阿含、增一阿含，卽五尼柯耶中的中部、雜部、增部，獨缺五尼柯耶中的小部。四阿含和尼柯耶的比較，前面敍述南典時已談過。律藏缺乏文學意味，也略而不談，現在依照歐西學者，將梵文的北典，分爲下列的七類來加以敍述，並加以其他方面的補充。

一、本生經文學；
二、譬喻經與因緣經文學；
三、紀傳文學；
四、世紀經文學；
五、方廣經文學；
六、論藏文學；
七、秘密儀軌文。

本生是記佛陀和菩薩等在過去時代所修種種苦行和利他的功業的故事書。除公元一世紀末的馬鳴（Asvaghosa）的大莊嚴論經（Sulralamkars）外，最著名的當推聖勇（Aryasura）的本生鬘論（Jataka-Mala）。他讀了各種本生經後用自己的意見寫成一種散文和韻文參雜的藝術作品，在初期的本生文學和譬喻文學，所差不多，所以本生鬘論又名菩薩譬喻鬘論（Bodhis-attravadanamala）此外中文經藏中有西晉三藏竺法護所譯生經五卷，是本生經的專集，而三國時康僧會所譯六度集經八卷，則是把菩薩的本生和布施、持戒、忍辱、精進、禪定、般若六度配合寫成。

譬喻文學最古的著作是撰集百緣經（Avodana Satakа）十卷，於公元三世紀時已由支謙譯成中文，而從百緣經改寫的譬喻經就不少。而譬喻經的有組織而最精彩的，當推僧加斯那所撰蕭齊時求那毘地譯成中文的百喻經四卷，寫得那些愚人蠢態可掬，滑稽之至，可稱幽默作品。此經至今未找到梵文原本，文開特地慫恿外交部同事廖德珍博士譯成英文，書名 Sukyamuni's One Hundred Fables 在紐約出版。其他尚有雜寶藏經十卷，賢愚經十三卷，也未見梵文原本。

迦濕彌羅詩人安主的廣泛的譬喻集譬喻如意籐（Auodana Kalpalata）有濃厚的文學意味，在西藏非常被人重視。全書共有一〇七段故事，後來他的兒子月主(Somendra)更增入雲乘菩薩品(Jimutavahanavadama)一段，共成一〇八品，並做了一篇序文。

佛教的紀傳大多是無稽的，神話和小說的，缺少信史的價值。這種文字，大別爲三類：㈠佛陀釋尊的傳記；㈡釋尊及門弟子的傳記；㈢後代教中印度大師的傳記。第一類以馬鳴的長篇敘事詩佛所行讚五卷最有名，描寫釋迦牟尼的生平，自乘象入胎，直到雙樹示寂，每句每節，都寫得非常生動而優美，唐高僧義淨自印歸來說這詩流布很廣，自五印度以至南海諸邦，都有許多愛好的讀者。北涼時曇無讖的中文譯本，譯成中文的最長五言敘事詩，也很流暢可誦。梁啓超、陸侃如以爲我國孔雀東南飛、木蘭辭，卽受其影響而產生者。而宋釋寶雲所譯佛本行經七卷，更雜用五言、四言、七言，也可與佛本行讚媲美。此外，西晉竺法護所譯的普曜經(Lalitauitara)八卷也很著名。胡適稱此三經，都是偉大的長篇故事。普曜經唐地婆訶羅重譯成方廣大莊嚴經八卷。隋闍那崛多所譯佛本行集經六十卷，也是重要佛傳的一部。

關於釋尊及門弟子的傳記，有佛五百弟子自說本起經等，未見梵文本。馬鳴的敍事詩，孫陀利與難陀（Saundarananla Kavya），描寫佛陀堂弟難陀和孫陀利的戀愛故事，比他的佛所行讚更帶着濃重的戲劇意味。近年從新疆吐魯番發現的古籍中，呂德教授（Luders）找出馬鳴所作劇本舍利弗所行（Sariputra Prakana）共九幕，內容是釋迦的兩個大弟子舍利弗和目蓮（Maudgalyayane）二人間的對話，這是佛教的戲劇，也是現存印度最古的一部劇本，現已印行，馬鳴的確是佛教文學中一位大作家。

關於佛滅後僧團中諸大師的傳記，在中文三藏中最主要的是元魏時西僧吉迦夜與曇曜合譯的付法藏因緣傳六卷。書中歷述從大迦葉起，到菩提達磨爲止二十八代祖師的行迹，但未見梵本。鳩摩羅什所譯有馬鳴、龍樹、提婆三菩薩傳，其中龍樹菩薩傳大正版藏經中並附錄明代本，因明本與宋本、元本、宮本三大本異文太多，無法對校，所以只得與三大本所校訂本並存，可見非但印人口傳經文常有歧異，卽已譯成中文，經多年流傳，也會發生很大的歧異的。

此外，公元前三世紀有大功於宣揚佛教的阿育王，(Asoka)也有他的傳記譯成中文，西晉安法欽譯有阿育王傳七卷，梁僧伽婆羅譯有阿育王經十卷，苻秦曇摩難提譯有阿育王息壞目因緣經一卷。而唐玄奘所譯以佛教史蹟爲緯的印度地理書大唐西域記十二卷，可視作佛教史傳最後集大成的一部書。這書是他蒐集當時印度各國地方誌和他親聞到印人口述的記載所得，他再口譯，而由他的弟子辯機筆錄整理而成。所以卷首特地標明三藏法師玄奘奉詔譯，而不說是是他的著作。

後來英國人根據這書的記載，來整理印度的古蹟，先是發掘出來各地的阿育王石柱，再從石柱上的文字，來考證阿育王的歷史，對印度歷史地理上的貢獻，已很偉大了。這裏要附帶一提的，是印度國旗上的輪形圖案，卽採自阿育王石柱上之法輪。蓋我國對促成印度獨立有功，一九四七年印回分治，印度、巴基斯坦兩國於八月十五日同時宣告獨立前夕，我駐印大使羅家倫，與印度政要交往最密，彼邦議將國大黨旗上之甘地紡車圖形，移置新定國旗上。羅大使建議以紡車圖形有架有紗線，若僅取紡車車輪，較爲美觀，而此車輪可取阿育王石柱法輪圖形，則更爲古雅，彼等採納，故印度國旗上之車輪，實爲佛祖法輪也。時余任使館秘書，故知其經過如此。

世紀經文學是佛敎關於宇宙生成和它的歷程的說明。這類文字，最初見於長阿含的末章。此外還有大樓炭經、起世經、起世因本經，及宣世阿毘曇論。此外常散見諸經論中，例如阿毘達磨大毘婆沙論（Abhidharma Mahavibhasha Sastra）卷第百七十二，阿毘達磨俱舍論（Abhidharma Kosa Sastra）第十一、十二、大智度論第十六等經論裏都可找得到。

大乘經典最初發展被保存在名爲方廣經（Vaipulya）的經集裏。現在尼泊爾國所推尊的九法，便是方廣的最古彙集。所謂九法如下：

(1)般若波羅密八千頌（Astasahasrika Prajnaparamita）。

(2)妙法蓮華經（Saddharmapunderika）。

(3)普曜經（Lalitavistara）。

⑷楞伽經（Lankavatara）。
⑸金光明經（Suvarnaprabhasa）。
⑹華嚴經（Gandavyuha）。
⑺如來不可思議經（Tathagataguhyaka）。
⑻禪定王經（Samadhiraja）。
⑼十地王經（Dasabhumisvara）

九法之中，以妙法蓮華經最饒文學興味。這經提倡對於觀自在（Avalokite'svarà）的崇拜，和提倡敬禮文殊師利(Mañjusri)的華嚴經正相等對。以觀世音菩薩普門品最爲著名。而華嚴經中以普賢菩薩行願品的十大行願，代表菩薩救世精神，最爲著名。此外還有稱讚阿彌陀佛淨土的極樂莊嚴經（Sukhavātivyāha），對於西方極樂世界的敍述，也含有濃厚的詩趣。和此經相近，而帶着譬喻風味的就是悲華經（Karunāpundarika），記述蓮花上佛（Padmotara）經三十刼，住於摩訶不可思議的蓮華國土，文筆也很流暢。

楞伽經記述佛教哲學思想，與上述諸經專重諸佛與菩薩的崇拜不同。經中對於印度諸派哲學加以辯正，是研究印度哲學的一本重要參考書。本經於公元第六世紀始編纂完整，而中國的劉宋時代公元四四三年求那跋陀羅所譯四卷較早，所以從這譯本可以考證出後來加入的詞句。釋迦牟尼生平未到錫蘭（古稱獅子國），而此經却說是釋迦在錫蘭島上的楞伽山所說，所以有人說此經顯係後人所撰，但其爲發揮佛陀教義，則不可否認。正如楞嚴經，闡明心性本體，爲佛教一代法門之精髓，因其雖係唐中天竺沙門般剌密帝所譯，而譯文也很古奧高雅，但唐宋元明四大藏均未收錄，所以有人疑爲筆受者唐人房融所自撰。但經考證，並證以西藏之佛經裏也有由梵文譯出的楞嚴經的譯本，才息衆疑。今人南懷瑾教授，並據唐譯予以今譯。

禪光王經、金光明經和般若波羅蜜多經，都是解釋佛教教理的典籍。般若是大乘經典中最重要的哲學著作，全書所注重在空論（Sunyavada）的認識，以菩薩六波羅蜜爲修行方法，尤以般若（智慧）的到彼岸爲最高完全的修行，相傳此經初出十二萬五千頌，後來逐漸縮減爲十萬、二萬五千，乃至八千頌。但另一說原形爲八千頌，後來漸次擴充而成十二萬頌。二說似以後說爲合。此經的縮本便是佛教徒日常所誦的金剛般若波羅蜜多經（Vajracchedikā Prajñāpāramitā）而最簡明的便是般若波羅蜜多心經（Prajñāpāramitā-hridaya Sūtra），簡稱心經。

方廣經中可注意的還有寶積（Ratuakūta），維摩詰經（Vimalakirtti Nirdesa），解深密經（Sandhinirmocana Sutra）、虛空藏經（Akaeagarbha Sutra）、月燈經（Candropradipe Sūtra）等。維摩詰經記維摩詰居士有疾，佛陀遣其大弟子舍利弗前往問疾，舍利弗自陳不堪任命之故，於是另遣目犍連，目犍連亦自陳不堪任命。於是另遣須菩提、富樓那、摩訶迦旃延、阿律那、優波離、羅睺羅、阿難，以至五百大弟子，各向佛說其本緣，自陳不堪任詣彼問疾。連彌勒菩薩、持世菩薩等諸菩薩也不敢前往。最後徵得文殊師利，勉爲其難承旨前往問疾，一番酬對，種種作爲，終於說出入不二法門之道，共詣佛所，受佛印可，文筆極盡烘托之妙。與華嚴經的入法界品善財童子經由一百一十餘城的一路奇遇，才到普門國蘇摩那城，那種波瀾迭起的奇特描寫，都是半小說體半戲劇體的巧妙作品。

大乘的論藏文學都是出於宗匠之手。最早有公元一世紀末年的馬鳴菩薩。相傳他是迦膩色迦王的教師和御前詩人，他著有大乘起信論，大宗地玄文本論，並輯集有尼乾子問無我義經，事師法五十頌等。但大乘起信論在我國論藏中雖有梁眞諦、唐實義難陀兩譯本，經今人考證，以爲是國人所撰。其後有龍樹（Nāgārjuna）的中觀本頌（Madhyamaka Kārikā），龍樹以中觀建立他的學派，其主旨都在這論中表示出來。中觀本頌以外，世傳他的著作還很多，但其中僞撰的也不少。他的法集名數經（Dharmasamgraha）是佛教術語集。友書（Suhrillekha）是他寄給他的國王朋友討論佛教教理的書信，共有一百二十三頌，從來只有西藏所傳梵本。中國譯本則有衆鎧的勸發諸王要偈和義淨的勸戒王頌。龍樹的弟子提婆，也是大乘的宗匠，著有百論（Sata Sastra）並撰有破外道小乘論多種。

與龍樹的中觀派對立的是瑜伽派的無著（Asanga）。這一派有主張的是唯識論（Vijñānavāda），以爲除意識外，沒有任何事物存在。瑜伽派的主要著作爲修瑜伽行的瑜伽師地論（Yogācārabhūmi Sūatra），託爲彌勒菩薩（Maitreya）的教示，或者就是無著的著作。又，大乘莊嚴經論（Mahāyāna Sūtrālamkara）一書，利末（Sylvain Levi）也斷爲無著的著作，實在只有頌釋是他作的。

世親（Varubandhu）是無著的兄弟，也是瑜伽派的健將。他所著除俱舍論外，還有唯識三十論頌，唯識二十論，辨中邊論等。自從唐玄奘將這一派的唯識要典如成唯識論、唯識三十論頌、唯識二十論等譯成中文，在中土成立唯識宗，唯識論遂爲中土佛學中一個重要的宗派。對我國學術思想影響極大。

印度自公元三二〇年旃陀羅笈多一世創立笈多王朝以後，其子三慕達羅笈多自命爲毘溼奴的使徒，來統一印度，擧行婆羅門教的供馬祭，聘請婆羅門教高僧爲國師，婆羅門教復活而成爲沿襲至今的印度教，佛教便於盛行八百多年後漸趨衰弱，而印度教的梵文文學便代之而興盛，直到建都烏查因的伐彈那王朝歷代信佛的戒日王於公元六一〇年卽位，六年而北逐匈奴，六二〇年更征服南印度，追踪阿育王迦貳色迦王的提倡佛教，印度佛教才呈現出廻光返照的一片燦爛來。唐玄奘留學印度，適逢其盛，而那時佛教文學一時也呈興盛之象。但自戒日王於六四七年逝世後，國中大亂，王位便被印度教徒阿羅那簒奪，雖經唐太宗派王玄策出使印度，檄調西藏吐蕃精銳部隊與尼泊爾騎兵前去平亂，擒獲阿羅那，印度五百八十個城邑，都聞風而降，可是不久印度北部又呈紛亂局面，佛教也走上了呪術等秘密宗教的末路，所以我們就劃分佛教文學自公元前五百年起，中經一千二百年，到公元七百年爲止。

公元第七世紀戒日王時代佛教文學之可述者，有葉箭尊者（Bana-Bhatta）所寫的半歷史小說性的詩歌曷利沙本行（Harsa Carits）來讚美戒日王輝煌的治績。另外還寫了本小說迦淡波利（Kadambari）述王女迦淡波利的戀愛故事。葦箭尊者同時有蘇槃豆（Subandhu）的小說天主授（Vasavadatta），寫烏查因的王女天主授與伐闍國王烏陀衍那（Udayana）的戀愛故事。戒日王自己製作的詩歌樂曲，也流傳於民間，風行全國。

月宮（Candragomin）是佛教的文法家、詩人和思想家。他是崇尚無著學派的一位大師。和他同時而為他教義上的論敵的月稱（Candrakirti），當義淨於公元六七三年到印度時，他還活着。月宮寫了很多讚歌，多半散佚，現存的只有一部宗教的詩歌徒弟書寫法詩（Sisyalekha-dharma Kavya），那是用高雅的梵文大詩體來說明佛教教理的作品。

在大乘教後期的宗匠兼詩人中，當以生於公元第七世紀的寂天（Santideva）為最有名。相傳他生於蘇羅斯陀羅（Saurashtra 今之 Gujarat）的王家，因受觀自在的女性化身救度母（Tara）的教示，便捐棄王位，修習文殊師利菩薩行，因解呪術，得為五師子王(Pancasinha)的大臣，後復出家，以比丘身示寂。現存他的著作有大乘集菩薩學論（Siksasmucaya），經集論（Sutra Samucaya），和菩提行經（Bodhicaryavatara），其中大乘集菩薩學論是他所集各經的注釋，為大乘佛教的教科書。

梵文佛教文學於秘密儀軌的原本比別類的更多流傳。秘密儀軌文學包含讚（Stotra）、陀羅尼（Dharani）和秘密本呪（Tantra）。這時對救度母讚頌的詩產生了不少。月宮就有一種名救度母成就百讚（Tarasadhan Sataka)留存至今。伽濕彌羅詩人比丘一切智友(Sarvajnamitr-a）已是第八世紀初年的人，也有聖救度母桂冠讚(Aryatara Sragdhara Stotra)三十七首。此後印度佛教秘密儀軌文學日趨發達，直到第十一世紀佛教文學的結尾，才終止於無理性和過於神秘的密咒之中。此地略而不談。

這印度第二期的佛教文學，除在印度文學欣賞一書中已選者，再精選十六種共一一〇篇，以供研讀。

一、南典經藏小部十篇。

二、長阿含弊宿經一篇。

三、中阿含經八篇。

四、緣起經一篇。

五、菩薩本生鬘論六篇。

六、生經十篇。

七、六度集經十二篇。

八、佛所行讚三篇。

九、佛本行經九篇。

一〇、百喻經二十四篇。

一一、般若婆羅密多心經一篇。
一二、維摩經四篇。
一三、楞嚴經一篇。
一四、阿育王經四篇。
一五、馬鳴龍樹提婆三菩薩傳四篇。
一六、大唐西域記十二篇。

第二期文學名著選

一、南典經藏小部自說經十篇

泰國黃謹良譯

自說經菩提品戰勝經

第八　戰勝經（見妻子不動情）

如是我聞。

一時，世尊在舍衞城，祇陀林，給孤獨長者園住，爾時，戰勝尊者來舍衞城，欲禮世尊。時尊者舊妻（在俗時之妻），聞戰勝尊者來至舍衞，卽抱其子，赴祇陀園。爾時戰勝尊者，日中休息，在樹下坐。戰勝尊者舊妻，卽往見之。告尊者言，沙門，汝當養我，我有此子。舊妻說已，戰勝尊者，默然不語。舊妻再說，乃至三說，而又復說，沙門，汝當養我，我有此小子。戰勝尊者，默然不語。爾時舊妻，卽抱小子，置尊者前，而便說言，沙門，此是汝子，汝當養之。

說已却去。爾時戰勝尊者，不視此兒，亦不與語。尊者舊妻，遠處俟觀，遙見尊者，不視此兒，亦不與語。卽自思惟，此之沙門，無有所欲，卽來抱子而去。

世尊以淸淨天眼，超諸人眼，見戰勝尊者舊妻，如是行已。

爾時世尊，如是知已，而自說言。

不歡舊妻之來，不悲舊妻之去，彼戰勝者，已離愛著，是婆羅門。

戰勝經終

自說經目眞鄰陀品刑害經

第三　刑害經（小兒擊蛇）

如是我聞。

一時，世尊在舍衞城，祇陀林，給孤獨長者園住。時諸小兒，在舍衞城與祇陀林之間，以杖擊蛇，爾時世尊，朝時，著衣持鉢，往舍衞城托鉢，世尊見諸小兒，在舍衞城與祇陀林之間，以杖擊蛇。

爾時世尊，如是知已，而自說言。

爲求自己安樂，而刑害亦在求安樂之衆生者。彼於未來世，不得安樂。

爲求自己安樂，而不刑害衆生之亦在求安樂者，彼於未來世，必得安樂。

刑害經終

自說經難陀品技藝經

第九 技藝經（比丘不以技藝活命）

如是我聞。

一時，世尊在舍衛城，祇陀林，給孤獨長者園住。時諸比丘，托鉢回，飯食訖，在圓舍聚，而共說言，諸壽者，誰知技藝，誰習何藝，何藝最上。有比丘言，調象最上。有比丘言，調馬最上，有比丘言，御車最上。有比丘言，射箭最上。有比丘言，武藝最上。有比丘言，印契最上。有比丘言，算學最上。有比丘言，數學最上。有比丘言，書法最上。有比丘言，詩歌最上，有比丘言，順世最上。有比丘言，地理最上。諸比丘衆，如是說言，而未終止。時夕時分，佛宴坐起，至圓舍所，敷座而坐，問比丘言，諸比丘衆，汝等聚此，作何說言，而未終止，是如何事。比丘答言，大德世尊，我等托鉢回，飯食訖，在圓舍聚，而共說言，誰知技藝，如是乃至，有比丘言，地理最上。我等言說，而未終止，而世尊至。

佛言，諸比丘，汝等是族姓子，正信出家，不應如是說言，汝等聚集，當爲二事，一是說法，一是聖者之沉默。

爾時世尊。如是知已。而自說言。

比丘不以，技藝活命。輕諸利養。調御諸根。解脫諸法。棄家行脚，不執我所，無有諸欲。如是之人。已能伏魔。獨自遊行。是名比丘。

技藝經終。

自說經難陀品世間經

第十　世間經（佛眼觀世間不着）

如是我聞。

一時，世尊初成正覺，在優樓比螺村，尼連禪河，菩提樹下住。爾時世尊，單跏趺坐，享解脫樂，經於七日，乃從定起，以佛眼觀諸世間，見諸有情，或因貪欲，或因瞋恚，或因愚癡，受大苦惱，受大熱惱，而在悲苦。

爾時世尊，如是知已，而自說言。

世間熱苦，爲觸所覆，由於自已，所計世間。與五蘊造，異於所計，世人著有，變異不居，既被有覆，悅樂著有。

有情所喜，是險所在，有情所怖，是苦所在，當行梵行，捨離於有

有諸沙門，或婆羅門，說言以有——解脫於有。（則是常見）。如是沙門，或婆羅門，不能脫有。

有諸沙門，或婆羅門，說言無有，棄捨於有（則是斷見）。如是沙門，或婆羅門，不能捨有。苦生於本，若斷諸取，則苦不生。

汝等當見，於此世間，衆多有情，無明所覆，樂著五蘊，不能脫有，一切方處，一切諸有，

如是諸有，法爾無常，是大苦聚，亦是變異。

若以正智，如實見於——五蘊之有。則能捨棄，一切渴愛。不喜渴愛，而以聖道，滅彼渴愛，渴愛滅故，則是涅槃。

如是比丘，無復後有，以不著故，已證寂滅。如是比丘，已善伏魔，是戰勝者，超越諸有，是常住者。

世間經終

本品總攝經：

一、業經。二、難陀經。三、耶輪闍經。

四、舍利弗經。五、拘律陀經。六、畢陵迦經。

七、大迦葉經。八、托鉢經。九、技藝經。

十、世間經。共十經。

第三品難陀品終

自說經彌醯品月明經

第四　月明經（舍利被擊頂）

如是我聞。

一時，世尊在王舍城，祇陀林，迦蘭陀迦園住。時舍利弗尊者，大迦葉尊者，在迦布德迦精舍住。時舍利弗，新剃頭髮，於月明夜，在露天入定坐。

時二夜叉，以事自北方，去往南方，見舍利弗長者，新剃頭髮，於月明夜，露天入定坐。時一夜叉，告其友言，友，友，友。我當擊此沙門頭。彼夜叉友言，友，友。汝莫作此，莫擊沙門，友，友。沙門有大德，有大神力，有大威力，如是再說，乃至三說。夜叉復言，友，友，我將擊此沙門頭。乃至三說。彼夜叉友復言，友，友。汝莫作此，莫擊沙門，友，友。沙門有大德，沙門有大神力，沙門有大威力。時夜叉不信彼友言，卽擊舍利弗尊者頂，此擊，能令七肘乃至八肘高象王倒地，又能令大山頂壞，而以此擊故，夜叉自言，我今受大熱惱。言已，卽於其處，陷入地獄。

時大目建連尊者，以超過人眼，清淨天眼，見此夜叉，擊舍利弗尊者頂。卽往見舍利弗尊者，問舍利弗尊者言，慧命，汝能忍否，能活命否，有諸苦否。舍利弗答言，大目建連尊者，我能忍，能活命，但我頂有小痛苦。

大目建連尊者言，慧命舍利弗，奇哉，奇哉，昔所未有，舍利弗尊者，有大神力，有大威力，彼夜叉在此擊汝頂，是最大擊，能擊七肘或八肘高象王倒，又能令大山頂壞。而汝舍利弗尊者，乃告我言，大目建連尊者，我能忍，能活命，但我頂有小痛苦。

舍利弗言，慧命大目建連，奇哉，奇哉，昔所未有，大目建連尊者有大神力，有大威力，能見夜叉，而我至今，乃不能見彼玩弄塵泥之俾舍遮鬼。

爾時世尊，以超過人耳，清淨天耳，聞二尊者語，如是知已，而自說言。

若心堅固，不動如山，不染著於——染著所立，不忿恨於——忿恨所立，如是修習，於自心已，則彼衆苦，從何處來。

（註：目建連。應作目犍連。爲求通俗。改用建字）

月明經終

自說經彌醯品舍利弗經

第八　舍利弗經（孫陀利女被殺）

如是我聞。

一時，世尊在舍衛城，祇陀林，給孤獨長者園住。時佛世尊，衆所供養，承事尊重，信受恭敬，多得衣服，飲食，坐臥具，醫藥。諸比丘衆，亦衆所供養，承事尊重，信受恭敬，多得衣服，飲食，坐臥具醫藥，然諸外道，不爲衆所供養，承事尊重，信受恭敬，不得衣服，飲食，坐臥具，醫藥。

時諸外道，不能安忍於佛衆所供養……乃至佛弟子衆所供養。乃往外道女孫陀利所，而告之言，妹，妹，汝能益汝親族否。孫陀利問言尊師我能何作，我可捨命，爲益親族。

時外道言，妹，妹，汝今當常往祇陀林。外道女孫陀利諾已，卽常往祇陀林。

時外道衆，知孫陀利常往祇陀林，知人衆多知孫陀利常往祇陀林。卽令人殺死孫陀利，埋孫陀利屍於祇陀林溝坑已，卽往見憍薩羅國波斯匿王，禮畢白言，大王，我等不見孫陀利女。波斯匿王言，大德等有何所疑否。

外道言，大王，祇陀林精舍，（是我等疑）。波斯匿王言，如是，大德可往搜祇陀林。

時諸外道，往搜祇陀林，掘出孫陀利女孫，置於臥舁，往舍衞城，從此路至彼路，從此巷至彼巷，令人互相告言，人衆看此，諸釋迦子沙門，有如是業，諸釋迦子沙門，無慚，無愧，破戒，惡行，妄語，非梵行。此諸釋迦子沙門，自發誓言，是法行者，和敬住者，梵行者，實語者，持戒者，善行者。而諸釋迦子沙門，實無沙門行，諸釋迦子沙門，實無梵行，諸釋迦子沙門之沙門行已滅盡，諸釋迦子沙門之梵行已滅盡，諸釋迦子沙門之沙門行，已何所有，諸釋迦子沙門之梵行已何所有，諸釋迦子沙門，已非沙門，諸釋迦子沙門，已非梵行者。男子作男子（之婬行）事已，而殺死女子。

爾時，舍衞城人，見比丘衆，輒以粗惡語，忿恨，誹罵，辱責，比丘。而共同言，諸釋迦子沙門，無慚，無愧……乃至男子作男子（之婬行）事已，而殺死女子。

爾時朝時，諸比丘著衣持鉢，入舍衞城托鉢，托鉢囘，飯食訖，往見世尊，禮世尊已，却坐一旁，而白佛言，大德世尊，舍衞城人，見比丘衆，輒以非淨人語，粗惡語，忿恨誹罵……乃至男子作男子（之婬行）事已，而殺死女子。

佛告諸比丘，如是諸語，不能久有，僅有七日，七日過已，卽自銷失。諸比丘，汝當對彼以非淨人語，粗惡語，忿恨，誹罵，辱責比丘者言。妄語者，作惡而言不作者，必墮地獄。此二種作惡人，捨命之後，來世（生惡）趣同。

時諸比丘，於佛誦此偈語，卽對彼以非淨人語，粗惡語，忿恨，誹罵，辱責比丘者言。妄語者，作惡而言不作者，必墮地獄。此二種作惡人，捨命之後，來世生（惡）趣同。

時諸人衆，各自念言，諸釋迦子沙門，無有過失，諸釋迦子沙門，無有作惡。彼（誹罵辱責）語，不能久有，僅有七日，七日過已，卽自銷失。時諸比丘，往見世尊，禮世尊已，却坐一邊，而白佛言，大德世尊，奇哉奇哉。大德世尊，昔所未有。世尊告諸比丘，如是諸語，不能久有，七日過已，卽當銷失，如今諸語，已銷失已。

爾時世尊，如是知已，而自說言。

不自攝護。常以惡語，刺傷於人，猶如敵軍，以箭刺象。以此之故，比丘當以——無害之心，安忍他人，諸粗惡語。

舍利弗經終

自說經生盲品傳聞經之一

第四　傳聞經之一（瞎子摸象）

如是我聞。

一時，世尊在舍衞城，祇陀林，給孤獨長者園住。時衆多沙門，婆羅門，諸外道。各有所信，各有所見，各有所好，各有所樂，如是種種見處（不同），而同住於舍衞城。

有諸沙門婆羅門，有如是言，有如是見，

一、世界是常，此是眞實，他則虛妄。

有諸沙門婆羅門，有如是言，有如是見，

二、世界是無常，此是眞實，他則虛妄。

有諸沙門婆羅門，有如是言，有如是見，

三、世界有邊，乃至

四、世界無邊，乃至

五、命與身同一，乃至

六、命與身不同一，乃至

七、有情死後有，乃至

八、有情死後無，乃至

九、有情死後，亦有亦無，此是眞實。

有諸沙門婆羅門，有如是言，有如是見，

十、有情死後，亦非有，亦非無，此是眞實，他則虛妄。

如是諸沙門婆羅門，各有異見，爭論鬪諍，以如矛之口，互相刺擊而各自謂，法如是，法不如是，法不如是，法如是。

爾時朝時，衆多比丘，著衣持鉢，入舍衛城托鉢，托鉢回，飯食訖，往世尊所，禮世尊已，却坐一旁，而白佛言，大德世尊，衆多沙門婆羅門，諸外道，各有所信，各有所好，各有所樂，如是種種見處（不同），而同處於舍衛城。有諸沙門婆羅門，有如是言，有如是見，謂世界是常，此是眞實，乃至法如是，法不如是，法不如是，法如是。

世尊告言，諸比丘，諸外道衆，是生盲者，無有眼目。不知利，不知非利，不知法，不知非法。以不知利，不知非利，不知法，不知非法故。各有異見，爭論鬪諍，以如矛之口，互相刺擊，而各自謂，法如是，法不如是，法不如是，法如是。

諸比丘，往昔此王舍城，有一國王，令王家臣，召全城生盲者，來集王宮。家臣諾已，即往召全城生盲，來集王宮，而白王言，大王，全城生盲，來集宮已。王言，汝可令生盲等見象，家臣諸王令已，即令生盲等見象。謂令一生盲者，摩觸象首，謂此是象。令一生盲者，摩觸象耳，謂此是象。令一生盲者，摩觸象牙，謂此是象。令一生盲者，摩觸象鼻，謂此是象。令一生盲者，摩觸象軀，謂此是象。令一生盲者，摩觸象足，謂此是象。令一生盲者，摩觸象背，謂此是象。令一生盲者，摩觸象尾，謂此是象。令一生盲者，摩觸象尾端，謂此是象。

諸比丘，時家臣令諸生盲者，如是（摩觸）見象已，卽白王言，諸生盲者，已見象已，請王知時。

諸比丘，彼王卽往諸生盲者前，問言。諸生盲者，汝見象已否。諸生盲者答言，我等已見。王言，諸生盲者，汝等言已見象，象是如何。

彼摩觸象首生盲者答言，大王，象如甕。

彼摩觸象耳生盲者答言，大王，象如箕。

彼摩觸象牙生盲者答言，象如耜（犂之尖端）。

彼摩觸象鼻生盲者答言，大王，象如來（犂之木柄）。

彼摩觸象軀生盲者答言，大王，象如穀倉。

彼摩觸象足生盲者答言，大王，象如柱。

彼摩觸象背生盲者答言，大王，象如米臼。

彼摩觸象尾生盲者答言。大王，象如杵。

彼摩觸象尾端生盲者答言，大王，象如箒。

諸生盲者各自諍論，謂象如是，象不如是，象不如是，象如是。諸比丘，以是之故，彼王大樂。

諸比丘，諸外道輩，如生盲者，無有眼目，不知利，不知非利，不知法，不知非法，以不知利，不知非利，不知法，不知非法故。各有異見，爭論鬪諍，以如矛之口，互相刺擊，而各自謂，法如是，法不如是。法不如是，法如是。

爾時世尊，如是知已，而自說言。

有諸沙門，及婆羅門，著無理見，唯見其一。諸執邪見——一切人等必相諍論。

傳聞經之一終

自說經生盲品過度經

第九　過度經（飛蛾撲燈）

如是我聞。

一時，世尊在舍衛城，祇陀林，給孤獨長者園住。爾時世尊，黑夜在室外露處坐，（室中）燃胡麻油燈，時諸飛蛾，在燈週跌落，遭苦災禍，而自陷滅。時佛世尊，見諸飛蛾，在燈週跌落，遭苦災禍，而自陷滅。

爾時世尊，如是知已，而自說言。

有諸沙門，及婆羅門，（修習）過度，反增新縛，執著見聞，有如飛蛾，落於燈邊。

過度經終

自說經生盲品出現經

第十　出現經（外道螢光）

如是我聞。

一時，世尊在舍衛城，祇陀林，給孤獨長者園住。時阿難尊者，往世尊所，禮世尊已，却坐一旁，而白佛言，大德世尊，如來應供正等覺佛世尊，不出現世間，則諸外道，爲衆所供養，承事尊重，信受恭敬，多得衣服，飲食，坐臥具，醫藥。

但如來應供正等覺佛世尊，出現世間，則諸外道，不爲衆所供養，承事尊重。信受恭敬。不得衣服飲食，坐臥具，醫藥。大德世尊。

今佛世尊，及比丘衆，爲衆所供養承事尊重，信受恭敬，多得衣服飲食，坐臥具，醫藥。

佛言，阿難，此是諦實。阿難，此是諦實，如來應正等覺佛世尊，不出現世間，乃至如來應正等覺佛世尊，出現世間。

爾時世尊。如是知已，而自說言。

日未出時，螢是有光，日旣出已，螢卽無光，亦不能光。外道如螢，佛未出現，小有光照，佛一出現，諸外道輩，及彼弟子，卽不淨美，彼有邪見，不能離苦。

出現經終

自說經波吒離村人語品純陀經

第五　純陀經（佛陀涅槃）

如是我聞。

一時，世尊與大比丘衆，遊行末羅國，至波婆城，在波婆城，鍛工子純陀之菴摩羅園住。時鍛工子純陀，聞世尊與大比丘衆，遊行末羅國，至波婆城，在波婆城自己之園住。卽至佛所，禮世尊已，却坐一旁，時世尊以法語開示純陀，令明見受持，精進悅喜。鍛工子純陀受世尊法語開示，明見受持，精進悅喜已，白世尊言，大德世尊，請世尊及比丘衆，明日受我供食。世尊默諾受供。時鍛工子純陀，知世尊諾已，卽從座起，右繞作禮，辭世尊去。

時夜分過，鍛工子純陀，在其家中，設調衆妙嚼食物，可食物，及栴檀樹菇已。往白佛言，大德世尊，今正是時，食物已備。爾時朝時世尊著衣持鉢，往鍛工子純陀家，而告之言，純陀，汝將栴檀樹菇供養我，諸嚼食物可食物，供養諸比丘。鍛工子純陀諾已，取栴檀樹菇供養世尊，將嚼食物。可食物，供養諸比丘。

時（飯食訖），世尊告鍛工子純陀言，純陀，汝取栴檀樹菰殘餘食，埋於地中，我不見此界餘人，乃至天界，魔界，梵界，諸衆生，沙門婆羅門，人，天等衆，能食此栴檀樹菇，除如來外。鍛工子純陀諾已取栴檀樹菇殘餘食，埋於地中，往見世尊。禮世尊已，却坐一旁，世尊以法語開示純陀，令明見受持，精進悅喜已，卽從座起，却歸本處。

爾時，世尊受鍛工子純陀供食已，卽患大病，血痢劇痛，將近涅槃。

爾時世尊，正念正智，安忍不動。告阿難尊者言，阿難，汝來，我將往拘尸那羅城。阿難尊者，諾世尊言。

如是我聞。大德世尊，受鍛工子純陀供食已，病篤，近於涅槃。世尊病篤，以食栴檀樹菇故，世尊血痢，告言，我將往拘尸那羅城。

爾時世尊，路中至一樹下，告阿難尊者言，阿難，速爲我敷四重僧伽梨衣，我大疲乏，欲坐休息。阿難諾已，卽爲世尊敷四重僧伽梨衣世尊坐於阿難尊者所敷座，告阿難尊者言，阿難，速往取水來，我渴欲飲。阿難尊者白佛言，大德世尊，今現五百車輛，行過於水，水被輪碾，汚濁水少，去此不遠，有迦屈差河，河水清凉，岸層整齊，是可樂處，世尊可飲彼水，可沐浴身。如是再說，乃至三說。佛告阿難尊者，阿難，速往取水，我渴欲飲。阿難諾已，持鉢往取河水。

爾時，此河車輪碾過，汚濁水少，阿難尊者往取，水卽清滿。時阿難尊者念言，奇哉奇哉，昔所未有，如來有大神力，有大威力，此河被車輪碾過，汚濁水少，我來取水，水卽清滿。阿難尊者，以鉢取水訖，卽往佛所。而白佛言，大德世尊，奇哉奇哉，大德世尊，昔所未有，如來有大神力，有大威力，此河被車輪碾過，汚濁水少，我往取水，水卽清滿。今請世尊飮，請如來飮。時世尊飮水訖。

爾時世尊，與諸比丘，往迦屈差河，入河就浴，飮訖，往菴摩羅林召純陀尊者告言，純陀，汝爲我敷四重僧伽梨衣，我疲欲臥，純陀尊者諾已，敷四重僧伽梨衣獻佛。時世尊右脅累足，作獅子臥。正念正智，思惟起想。純陀尊者，坐於佛前。

於後後時。達摩僧伽訶迦大師，作如是偈。時佛行至。迦屈差河河水澄美，無上導師，甚爲疲乏，浴身飮水，已而出河，爲比丘衆，及人天衆，之所圍繞，有大德師，證聖法已，至菴摩林，告純陀言，汝爲佛敷，四重僧衣，佛疲欲臥，純陀尊者，卽速敷就四重僧衣，導師世尊，甚爲疲乏，乃卽臥下，純陀尊者，坐於佛前。

爾時世尊，告阿難尊者言，阿難，當有人令鍛工子純陀悔惱，而告之言，慧命純陀，此非汝利，汝得惡得，如來受汝供食，是最後供，以佛卽入涅槃故。阿難，汝當止鍛工子純陀悔惱，而告之言。慧命純陀。此是汝利，汝得善得，如來受汝供食，是最後供，以佛卽入涅槃故。

慧命純陀，我如是聞，我在佛前，有如是聞，有二種供食，其果相等，異熟相等，較他供養，有大果報。二種云何，一是供食已，如來證無上正等覺，一是供食已，如來入於無餘涅槃。

如是二種供食，其果相等，異熟相等，較他供食，有大果報。鍛工子純陀，已積集壽增長業，已積集麗色增長業，已積集生天業，已積集稱譽增長業，已積集權勢增長業。阿難，汝當如是止鍛工子純陀悔惱。

爾時世尊，如是知已，而自說言。

諸布施者，必得大福。自調御者，必無怨執。諸善巧者，則能捨惡，既捨惡已，能入涅槃。以能滅盡，貪瞋癡故。

註：栴檀菇，泰文本譯爲乳猪，原文有猪、菇、筍等義。又近證實佛世，當地人，無吃猪肉者，又多素食。據漢譯長阿含遊行經，譯爲栴檀樹耳，卽附生於栴檀樹之天然菇，日譯作栴檀樹茸。義同菇。

純陀經終

二、長阿含弊宿經一篇

後秦弘始年佛陀耶舍共竺佛念譯

弊宿經

爾時，童女迦葉與五百比丘遊行拘薩羅國，漸詣斯波醯婆羅門村。時，童女迦葉在斯波醯村北，尸舍婆林止。

時，有婆羅門名曰弊宿，止斯波醯村。此村豐樂，民人衆多，樹木繁茂；波斯匿王別封此村，與婆羅門弊宿以爲梵分。

弊宿婆羅門常懷異見，爲人說言：「無有他世，亦無更生，無善惡報。」

時，斯波醯村人聞童女迦葉與五百比丘，從拘薩羅國漸至此尸舍婆林，自相謂言：「此童女迦葉有大名聞，已得羅漢；耆舊長宿，多聞廣博，聰明叡智，辯才應機，善於談論。今得見者，不亦善哉！」

時，彼村人日日次第往詣迦葉。

爾時，弊宿在高樓上，見其村人隊隊相隨，不知所趣，即問左右持蓋者言：「彼人何故羣隊相隨？」

侍者答曰：「我聞童女迦葉將五百比丘，遊拘薩羅國至尸舍婆林。又聞其人有大名稱，已得羅漢；耆舊長宿，多聞廣博，聰明叡智，辯才應機，善於談論。彼諸人等羣隊相隨，欲詣迦葉共相見耳。」

時，弊宿婆羅門卽勅侍者：「汝速往語諸人且住，當共俱行往與相見。所以者何？彼人愚惑欺誑世間，說有他世，言有更生，言有善惡報；而實無他世，亦無更生，無善惡報。」

時，使者受敎已，卽往語彼斯婆醯村人言：「婆羅門語汝等且在，當共俱詣與往相見。」

村人答曰：「善哉，善哉！若能來者，當共俱行。」

使還，尋白言：「彼人已住，可行者行。」

時，婆羅門卽下高樓，勅侍者嚴駕，與彼村人前後圍遶，詣尸舍婆林。到已下車步進，詣迦葉所，問訊訖，一面坐。其彼村人、婆羅門、居士，有禮拜迦葉然後坐者；有問訊已而坐者；有自稱名已而坐者；有叉手已而坐者；有默而坐者。

時，弊宿婆羅門語童女迦葉言：「今我欲有所問，寧有閑暇見聽許不？」

迦葉報曰：「隨汝所問，聞已當知。」

婆羅門言：「今我論者，無有他世，亦無更生，無罪福報。汝論云何？」

迦葉答曰：「我今問汝，隨汝意答。今上日月，爲此世耶，爲他世耶？爲人，爲天耶？」

婆羅門答曰：「日月是他世，非此世也；是天，非人也。」

迦葉答曰：「以此可知必有他世，亦有更生，有善惡報。」

婆羅門言：「汝雖云有他世，有更生及善惡報，如我意者，皆悉無有。」

迦葉問曰：「頗有因緣可知無有他世，無有更生，無善惡報耶？」

婆羅門答曰：「有緣。」

迦葉問曰：「以何因緣，言無他世？」

婆羅門言：「迦葉，我有親族知識遇患困病，我往問言：『諸沙門、婆羅門各懷異見，言諸有殺生、盜竊、邪婬、兩舌、惡口、妄言、綺語、貪取、嫉妬、邪見者，身懷命終皆入地獄。我初不信，所以然者，初未曾見死已來還說所墮處。若有人來說所墮處，我必信受。汝今是我所親，十惡亦備，若如沙門語者，汝死必入大地獄中。今我相信，從汝取定。若審有地獄者，汝當還來語我使知，然後當信。』迦葉，彼命終已，至今不來。彼是我親，不應欺我；許而不來，必無後世。」

迦葉報曰：「諸有智者以譬喻得解，今當爲汝引喻解之。譬如盜賊，常懷奸詐，犯王禁法，伺察所得，將詣王所白言：『此人爲賊，願王治之。』王即勅左右收繫其人，遍令街巷，然後載之，出城付刑人者。時，左右人即將彼賊付刑人者，彼賊以柔輭言，語守衛者：『汝可放我見諸親里言語辭別，然後當還。』云何婆羅門，彼守衛者，寧可放不？」

婆羅門答曰：「不可。」

迦葉又言：「彼同人類俱存現世而猶不放，況汝所親十惡備足，身死命終必入地獄，獄鬼無慈又非其類，死生異世，彼若以輭言求於獄鬼：『汝暫放我還到世間，見親族言語辭別，然後當還。』寧得放不？」

婆羅門答曰：「不可。」

迦葉又言：「以此相方，自足可知，何爲守迷，自生邪見耶？」

婆羅門言：「汝雖引喻謂有他世，我猶言無。」

迦葉復言：「汝頗更有餘緣可知無他世耶？」

婆羅門報言：「我更有餘緣知無他世。」

迦葉問曰：「以何緣知？」

答曰：「迦葉，我有親族遇患篤重，我往語言：『諸沙門、婆羅門各懷異見說有他世，言不殺、不盜、不婬、不欺、不兩舌、惡口、妄言、綺語、貪取、嫉妬、邪見者，身壞命終皆生天上。我初不信，所以然者，初未曾見死已來還說所墮處。若有人來說所墮生，我必信耳。今汝是我所親，十善亦備，若如沙門語者，汝今命終，必生天上。今我相信，從汝取定。若審有天報者，汝當必來語我使知，然後當信。』迦葉，彼命終已，至今不來。彼是我親，不應欺我；許而不來，必無他世。」

迦葉又言：「諸有智者，以譬喻得解，我今當復爲汝說喻。譬如有人墮於深廁，身首沒溺。王勅左右挽此人出，以竹爲篦，三刮其身；澡豆淨灰，次如洗之；後以香湯沐浴其體；細末衆香，坌其身上；勅除髮師淨其鬚髮；又勅左右重將洗沐；如是至三，洗以香湯，坌以香末；名衣上服，莊嚴其身；百味甘饍，以恣其口；將詣高堂，五欲娛樂；其人復能還入廁不？」

答曰：「不能。彼處臭惡，何可還入？」

迦葉言：「諸天亦爾。此閻浮利地，臭穢不淨；諸天在上，去此百由旬，遙聞人臭，甚於廁溷。婆羅門，汝親族知識，十善具足，然必生天，五欲自娛，快樂無極，寧當復肯還來入此閻浮廁不？」

答曰：「不也。」

迦葉又言：「以此相方，自具可知，何爲守迷，自生邪見？」

婆羅門言：「汝雖引喻言有他世，我猶言無。」

迦葉復言：「汝頗更有餘緣可知無他世耶？」

婆羅門報言：「我更有餘緣知無他世。」

迦葉問曰：「以何緣知？」

答曰：「迦葉，我有親族遇患篤重，我往語言：『沙門、婆羅門各懷異見說有後世，言不殺、不盜、不婬、不欺、不飲酒者，身壞命終皆生忉利天上。我亦不信，所以然者，初未曾見死已來還說所墮處。若有人來說所墮生，我必信耳。今汝是我所親，五戒具足，身壞命終，必生忉利天上。今我相信，從汝取定。若審有天福者，汝當還來語我使知，然後當信。』迦葉，彼命終已，至今不來。彼是我親，不應有欺；許而不來，必無他世。」

迦葉答言：「此間百歲，正當忉利天上一日一夜耳。如是亦三十日爲一月，十二月爲一歲，如是彼天壽千歲。云何婆羅門，汝親族五戒具足，身壞命終必生忉利天上，彼生天已，作是念言：我初生此，當二三日中娛樂遊戲，然後來下報汝言者，寧得見不？」

答曰：「不也。我死久矣，何由相見？」

婆羅門言：「我不信也。誰來告汝有忉利天壽命如是？」

迦葉言：「諸有智者以譬喩得解，我今更當爲汝引喩。譬如有人，從生而盲，不識五色：靑、黃、赤、白、黑，麤細長短，亦不見日月星象、丘陵溝壑。有人問言：『靑、黃、赤、白、黑五色云何？』盲人答曰：『無有五色。』如是麤細長短、日月星象、山陵溝壑，皆言無有。云何婆羅門，彼盲人言，是正答不？」

答曰：「不也。所以者何？世間現有五色：靑、黃、赤、白、黑，麤細長短、日月星象、山陵溝壑，而彼言無。

「婆羅門，汝亦如是。忉利天壽實有不虛，汝自不見便言其無。」

婆羅門言：「汝雖言有，我猶不信。」

迦葉又言：「汝復作何緣而知其無？」

答曰：「迦葉，我所封村人有作賊者，伺察所得，將詣我所，語我言：『此人爲賊，唯願治之。』我答言：『收縛此人著大釜中，圍蓋厚泥使其牢密，勿令有泄。遣人圍遶以火煮之。』我時欲觀知其精神所出之處，將諸侍從遶釜而觀，都不見其神去來處。又發釜看，亦不見神有往來之處。以此緣故，知無他世。」

迦葉又言：「我今問汝，若能答者，隨意報之。婆羅門，汝在高樓息寢臥時，頗曾夢見山林、江河、園觀、浴池、國邑、街巷不？」

答曰：「夢見。」

又問婆羅門：「汝當夢時，居家眷屬侍衞汝不？」

答曰：「侍衞。」

又問婆羅門：「汝諸眷屬，見汝識神有出入不？」

答曰：「不見。」

迦葉又言：「汝今生存，識神出入尙不可見，況於死者乎？汝不可以目前現事觀於衆生。婆羅門，有比丘初夜後夜，捐除睡眠，精勤不懈，專念道品；以三昧力修淨天眼，以天眼力觀於衆生死此生彼，從彼生此；壽命長短、顏色好醜、隨行受報善惡之趣，皆悉知見。汝不可以穢濁肉眼不能徹見衆生所趣，便言無也。婆羅門！以此可知必有他世。」

婆羅門言：「汝雖引喻說有他世，如我所見，猶無有也。」

迦葉又言：「汝頗更有因緣知無他世耶？」

婆羅門言：「有。」

迦葉言：「以何緣知？」

婆羅門言：「我所封村人有作賊者，伺察所得，將詣我所，語我言：『此人爲賊，唯願治之。』我勑左右收縛此人，生剝其皮，求其識神，而都不見。又勑左右臠割其肉，以求其神，又復不見。又勑左右截其筋脉骨間求神，又復不見。又勑左右打骨出髓，髓中求神，又復不見。迦葉，我以此緣，知無他世。」

迦葉復言：「諸有智者以譬喻得解，我今復當爲汝引喻。乃往過去久遠世時，有一國壞，荒毀未復。時，有商賈五百乘車經過其土。有一梵志，奉事火神，常止一林。時，諸商人皆往投宿，清旦別去。時，事火梵志作是念言：『向諸商人宿此林中，今者已去，儻有遺漏，可試往看。』尋詣彼所，都無所見，唯有一小兒，始年一歲，獨在彼坐。梵志復念：『我今何忍見此小兒於我前死，今者寧可將此小兒至吾所止養活之耶。』即抱小兒往所住處而養育之。其兒轉大至十餘歲，時此梵志以小因緣欲遊人間，語小兒曰：『我有少緣，欲暫出行，汝善守護此火，愼勿使滅，若火滅者，當以鑽鑽木取火燃之。』具誡勑已，出林遊行。梵志去後，小兒貪戲，不數視火，火遂便滅。小兒戲還，見火已滅，懊惱而言：『我所爲非。我父去時，具約勑我，守護此火，愼勿令滅，而我貪戲，致使火滅，當如之何？』時，彼小兒吹灰求火，不能得已，便以斧劈薪求火，復不能得。又復斬薪置於臼中，搗以求火，又不能得。爾時，梵志於人間還，詣彼林所，問小兒曰：『吾先勅汝使守護火，火不滅耶？』小兒對曰：『我向出戲，不時護視，火今已滅。』復問小兒：『汝以何方便更求火耶？』小兒報曰：『火出於木，我以斧破木求火，不得火。復斬之令碎，置於臼中杵搗求，火復不能得。』時，彼梵志以鑽鑽木出火，積薪而燃，告小兒曰：『夫，欲求火法應如此，不應破薪杵碎而求。』婆羅門，汝亦如是無有方便，皮剝死人而求識神。汝不可以目前現事觀於衆生。

「婆羅門，有比丘初夜後夜，捐除睡眠，精勤不懈，專念道品；以三昧力修淨天眼，以天眼力觀於衆生死此生彼，從彼生此；壽命長短、顏色好醜、隨行受報善惡之趣，皆悉知見。汝不可以穢濁肉眼不能徹見衆生所趣，便言無也。婆羅門！以此可知必有他世。」

婆羅門言：「汝雖引喻說有他世，如我所見猶無有也。」

迦葉復言：「汝頗更有因緣知無他世耶？」

婆羅門言：「有。」

迦葉言：「以何緣知？」

婆羅門言：「我所封村人有作賊者，伺察所得，將詣我所，語我言：『此人爲賊，唯願治之。』我勅左右將此人以稱稱之，侍者受命卽以稱稱。又告侍者，汝將此人安徐殺之，勿損皮肉；卽受我敎，殺之無損。我復勅左右，更重稱之，乃重於本。迦葉，生稱彼人，識神猶在，顏色悅豫，猶能言語，其身乃輕；死已重稱，識神已滅，無有顏色，不能言語，其身更重。我以此緣知無他世。」

迦葉語婆羅門：「我今問汝，隨意答我。如人稱鐵，先冷稱已，然後熱稱，何有光色柔輭而輕？何無光色堅鞕而重？」

婆羅門言：「熱鐵有色，柔輭而輕；冷鐵無色，剛强而重。」

迦葉語言：「人亦如是。生有顏色，柔輭而輕；死無顏色，剛强而重。以此可知必有他世。」

婆羅門言：「汝雖引喩說有他世，如我所見，必無有也。」

迦葉言：「汝復有何緣知無他世？」

婆羅門答言：「我有親族遇患篤重，時我到彼語言：『扶此病人令右脇臥，視瞻、屈伸、言語如常；又使左臥，反覆宛轉，屈伸、視瞻、言語如常。尋卽命終，吾復使人扶轉，左臥右臥反覆諦觀，不復屈伸、視瞻、言語。吾以是知必無他世。』」

迦葉復言：「諸有智者以譬喩得解，今當爲汝引喩。昔有一國不聞貝聲。時，有一人善能吹貝，往到彼國，入一村中執貝三吹，然後置地。時，村人男女聞聲驚動，皆就往問：『此是何聲，哀和淸徹乃如是耶？』彼人指貝曰：『此物聲也。』時，彼村人以手觸貝曰：『汝可作聲，汝可作聲。』貝都不鳴。其主卽取貝三吹置地。時，村人言：『向者美聲非是貝力，有手、有口，有氣吹之，然後乃鳴。人亦如是。有壽、有識、有息出入，則能屈伸、視瞻、言語；無壽、無識、無出入息，則不能屈伸、視瞻、言語。』」

又語婆羅門：「汝今宜捨此惡邪見，勿爲長夜自增苦惱。」

婆羅門言：「我不能捨，所以然者，我自生來，長夜諷誦，翫習堅固，何可捨耶？」

迦葉復言：「諸有智者以譬喻得解，我今當更爲汝引喻。乃往久遠有一國土，其土邊疆，人民荒壞。彼國有二人，一智一愚，自相謂言：『我是汝親，共汝出城，採侶求財。』卽尋相隨。詣一空聚，見地有麻，卽語愚者，共取持歸。時彼二人，各取一擔，復過前村，見有麻縷，其一智者言：『麻縷成功，輕細可取。』其一人言：『我已取麻，繫縛牢固，不能捨也。』其一智者，卽取麻縷，重擔而去。復共前進，見有麻布，其一智者言：『麻布成功，輕細可取。』彼一人言：『我已取麻，繫縛牢固，不能復捨。』其一智者，卽捨麻縷，取布自重。復共前行，見有劫貝，其一智者言：『劫貝價貴，輕細可取。』彼一人言：『我已取麻，繫縛牢固，齎來道遠，不能捨也。』時一智者，卽捨麻布而取劫貝。如是前行，見劫貝縷，次見白疊，次見白銅，次見白銀，次見黃金。其一智者言：『若無金者，當取白銀；若無白銀，當取白銅，乃至麻縷；若無麻縷，當取麻耳。今者此村，大有黃金，集寶之上；汝宜捨麻，我當捨銀，共取黃金，自重而歸。』彼一人言：『我取此麻，繫縛牢固，齎來道遠，不能捨也。汝欲取者，自隨汝意。』其一智者捨銀取金，重擔而歸。其家親族，遙見彼人大得金寶，歡喜奉迎；時得金者，見親族迎，復大歡喜。其無智人負麻而歸，居家親族見之不悅，亦不起迎；其負麻者，倍增憂愧。如負麻人執意堅固，不取金寶，負麻而歸，空自疲勞，親族不悅，長夜貧窮，自增憂苦也。

「婆羅門，汝今宜捨惡習邪見，勿爲長夜自增苦惱。」

婆羅門言：「我終不能捨此見也。所以者何？我以此見多所教授，多所饒益，四方諸王皆聞我名，亦盡知我是斷滅學者。」

迦葉復言：「諸有智者以譬喻得解，我今當更爲汝引喻。乃往久遠有一國土，其土邊疆，人民荒壞。時有商人有千乘車經過其土，水穀薪草不自供足。時，商主念言：我等伴多水穀薪草不自供足，今者寧可分爲二分。其一分者於前發引，其前發導師見有一人，身體麤大，目赤面黑，泥塗其身。遙見遠來卽問：『汝從何來？』報言：『我從前村來。』又問彼言：『汝所來處，多有水穀薪草不耶？』其人報言：『我所來處，豐有水穀薪草無乏。我於中路逢天暴雨，其處多水亦豐薪草。』又語商主：『汝曹車上若有穀草，盡可捐棄，彼自豐有，不須重車。』時，彼商主語衆商言：『吾向前行，見有一人，目赤面黑，泥塗其身。我遙問言：「汝從何來？」卽答我言：「我從前村來。」我尋復問：「汝所來處，豐有水穀薪草不也？」答我言：「彼大豐耳。」又語我言：「向於中路逢天暴雨，此處多水又豐薪草。」復語我言：「君等車上，若有穀草盡可捐棄，彼自豐有，不須重車。」汝等宜各棄諸穀草，輕車速進。』卽如其言，各共捐棄穀草，輕車速進。如是一日，不見水草；二日、三日，乃至七日，又復不見。時，商人窮於曠澤，爲鬼所食。

「其後一部，次復進路。商主時前，復見一人，目赤面黑，泥塗其身，遙見問言：『汝從何來？』彼人答言：『從前村來。』又問：『汝所來處，豐有水穀薪草不耶？』彼人答曰：『大豐有耳。』又語商主：『吾於中路逢天暴雨，其處多水亦豐薪草。』又語商主：『君等車上若有穀草，便可捐棄，彼自豐有，不須重車。』時，商主還語諸商人言：「吾向前行，見有一人道如此事：『君等車上若有穀草，可盡捐棄，彼自豐有，不須重車。』時，商主言：「汝等穀草愼勿捐棄，須得新者然後當棄。所以者何？新陳相接，然後當得度此曠野。」時彼商人，重車而行。如是一日，不見水草；二日、三日、至于七日，又亦不見。但見前人爲鬼所食，骸骨狼藉。

「婆羅門，彼赤眼黑面者是羅刹鬼也；諸有隨汝教者，長夜受苦亦當如彼。前部商人無智慧故，隨導師語自沒其身。婆羅門，諸有沙門、婆羅門，精進智慧有所言說，承用其教者，則長夜獲安，如彼後部商人，有智慧故得免危難。婆羅門，汝今寧可捨此惡見，勿爲長夜自增苦難。」

婆羅門言：「我終不能捨所見也。設有人來强諫我者，生我忿耳，終不捨見。」

迦葉又言：「諸有智者以譬喻得解，我今當復爲汝引喻。乃昔久遠有一國土，其土邊疆，人民荒壞。時有一人好喜養猪，詣他空村，見有乾糞，尋自念言：『此處饒糞，我猪豚飢，今當取草，裹此乾糞，頭戴而歸。』卽尋取草，裹糞而戴。於其中路，逢天大雨，糞汁流下，至于足跟。衆人見已，皆言狂人。糞塗臭處，正使天晴，尙不應戴，況於雨中，戴之而行？其人方怒，逆罵詈言：『汝等自癡，不知我家猪豚飢餓，汝若知者，不言我癡。』婆羅門！汝今寧可捨此惡見，勿守迷惑長夜受苦，如彼癡子，戴糞而行，衆人訶諫，逆更瞋罵，謂他不知。」

婆羅門語迦葉言：「汝等若謂行善生天、死勝生者，汝等則當以刀自刎，飮毒而死；或五縛其身，自投高岸，而今貪生不能自殺者，則知死不勝生。」

迦葉復言：「諸有智者以譬喩得解，我今當更爲汝引喩。昔者此斯波醯村有一梵志，耆舊長宿，年百二十。彼有二妻，一先有子，一始有娠。時彼梵志，未久命終。其大母子語小母言：「所有財寶，盡應與我，汝無分也。』時，小母言：「汝爲小待，須我分身，若生男者，應有財分；若生女者，汝自嫁娶，當得財物。」彼子慇懃再三索財，小母答如初；其子又逼不已。時彼小母，卽以利刀自決出腹，知爲男女。」

又語婆羅門言：「母今自殺復害胎子，汝婆羅門亦復如是，旣自殺身，復欲殘人。若沙門、婆羅門，精勤修善，戒德具足，久存世者，多所饒益，天人獲安。吾今末後爲汝引喩，當使汝知惡見之殃。昔者此斯波醯村，有二伎人，善於弄丸。二人角伎，一人得勝。時不如者語勝者言：『今日且停，明當更共試。』其不如者卽歸家中；取其戲丸，塗以毒藥，曝之使乾。明持此丸，詣勝者所語言：『更可角伎。』卽前共戲。先以毒丸授彼勝者，勝者卽吞；其不如者復授毒丸，得已隨吞。其毒轉行，擧身戰動。時，不如者以偈罵曰：

『吾以藥塗丸，　而汝吞不覺；
小伎汝爲吞，　久後自當知。』」

迦葉語婆羅門言：「汝今當速捨此惡見，勿爲專迷，自增苦毒，如彼伎人吞毒不覺。」

時，婆羅門白迦葉言：「尊者初說月喻時，我已解，所以往返不時受者，欲見迦葉辯才智慧生牢固信耳。我今信受，歸依迦葉。」

迦葉報言：「汝勿歸我；如我所歸無上尊者，汝當歸依。」

婆羅門言：「不審所歸無上尊者，今爲所在？」

迦葉報言：「今我師世尊滅度未久。」

婆羅門言：「世尊若在，不避遠近其當親見歸依禮拜。今聞迦葉言，如來滅度，今卽歸依滅度如來及法衆僧。迦葉，聽我於正法中爲優婆塞，自今已後盡壽，不殺、不盜、不婬、不欺、不飲酒。我今當爲一切大施。」

迦葉語言：「若汝宰殺衆生，撾打僮僕而爲會者，此非淨福；猶如磽确薄地多生荆棘，於中種植，必無所獲。汝若宰殺衆生，撾打僮僕而爲大會，施邪見衆，此非淨福。若汝大施，不害衆生；不以杖楚加於僮僕，歡喜設會施清淨衆，則獲大福；猶如良田隨時種植，必獲果實。」

「迦葉，自今已後常淨施衆僧，不令斷絕。」

時，有一年少梵志，名曰摩頭，在弊宿後立，弊宿顧語曰：「吾欲設一切大施，汝當爲我經營處分。」

時，年少梵志聞弊宿語已，卽爲經營爲大施，已而作是言：「願使弊宿今世後世不獲福報。」

時，弊宿聞彼梵志經營施已，有如是言：願使弊宿今世後世不獲果報；卽命梵志而告之曰：「汝當有是言耶？」

答曰：「如是，實有是言。所以然者，今所設食，麤澁弊惡，以此施僧，若以示王，王尙不能以手暫向，況當食之？現在所設，不可喜樂，何由後世得淨果報？王施僧衣，純以麻布，若以示王，王尙不能以足暫向，況能自著？現在所施，不可喜樂，何由後世得淨果報？」

時，婆羅門又告梵志：「自今已後，汝以我所食、我所著衣，以施衆僧。」

時，梵志卽承敎旨，以王所食、王所著衣供養衆僧。

時，婆羅門設此淨施，身壞命終，生一下劣天中；梵志經營會者，身壞命終，生忉利天。

爾時，弊宿婆羅門、年少梵志、及斯婆醯婆羅門、居士等，聞童女迦葉所說，歡喜奉行。

佛說長阿含經卷第七

三、中阿含經八篇

東晉瞿曇僧伽提婆譯

(一)卷第二七車經

我聞如是：一時佛遊王舍城，在竹林精舍與大比丘衆共受夏坐。尊者滿慈子，亦於生地受夏坐。是時生地諸比丘，受夏坐訖，過三月已，補治衣竟，攝衣持鉢，從生地出，向王舍城，展轉進前至王舍城，住王舍城竹林精舍。是時生地諸比丘，詣世尊所，稽首作禮，却坐一面。世尊問曰：諸比丘從何所來？何處夏坐？生地諸比丘白曰：世尊！從生地來，於生地夏坐。世尊問曰：於彼生地諸比丘中，何等比丘，爲諸比丘所共稱譽？自少欲知足，稱說少欲知足；自閑居，稱說閑居；自精進，稱說精進；自正念，稱說正念；自一心，稱說一心；自智慧，稱說智慧；自漏盡，稱說漏盡；自勸發渴仰成就歡喜，稱說勸發渴仰成就歡喜。生地諸比丘白曰：世尊！尊者滿慈子，於彼生地，爲諸比丘所共稱譽。自少欲知足，稱說少欲知足；自閑居，稱說閑居；自精進，稱說精進；自正念，稱說正念；自一心，稱說一心；自智慧，稱說智慧；自漏盡，稱說漏盡；自勸發渴仰成就歡喜，稱說勸發渴仰成就歡喜。是時尊者舍梨子在衆中坐。尊者舍梨子作如是念：世尊如事問彼生地諸比丘輩，生地諸比丘，極大稱譽賢者滿慈子，自少欲知足，稱說少欲知足；自閑居，稱說閑居；自精進，稱說精進；自正念，稱說正念；自一心，稱說一心；自智慧，稱說智慧，自漏盡，稱說漏盡；自勸發渴仰成就歡喜，稱說勸發渴仰成就歡喜。尊者舍梨子復作是念：何時當得與賢者滿慈子共聚集會，問其少義？彼或能聽我之所問。爾時世尊於王舍城受夏坐訖，過三月已，補治衣竟，攝衣持鉢，從王舍城出，向舍衞國；展轉進前至舍衞國，即住勝林給孤獨園。尊者舍梨子與生地諸比丘，於王舍城共住少日，攝衣持鉢，向舍衞國；展轉進前至舍衞國，共住勝林給孤獨園。是時尊者滿慈子，於生地受夏坐訖，過三月已，補治衣竟，攝衣持鉢，從生地出向舍衞國；展轉進前至舍衞國，亦住勝林給孤獨園。尊者滿慈子詣世尊所，稽首作禮，於如來前敷尼師壇，結跏趺坐。時尊者舍梨子問餘比丘：諸賢！何者是賢者滿慈子耶？諸比丘曰：尊者舍梨子！唯然！尊者在如來前坐，白皙隆鼻如鸚鵡噣，即其人也。時尊者舍梨子，知滿慈子色貌已，則善紀念。尊者滿慈子，過夜平旦，著衣持鉢，入舍衞國而行乞食；食訖中後，還擧衣鉢澡洗手足，以尼師壇著於肩上，至安陀林經行之處。尊者舍梨子，亦過夜平旦，著衣持鉢，入舍衞國而行乞食；食訖中後，還擧衣鉢，澡洗手足，以尼師壇著於肩上，至安陀林經行之處。時尊者滿慈子到安陀林於一樹下敷尼師壇，結跏趺坐。尊者舍梨子，亦至安陀林，離滿慈子不遠，於一樹下敷尼師壇，結跏趺坐。尊者舍梨子，則於晡時，從宴坐起，往詣尊者滿慈子所，共相問訊，却坐一面，則問尊者滿慈子曰：賢者從沙門瞿曇修梵行耶？答曰：如是！云何賢者以戒淨故，從沙門瞿曇修梵行耶？答曰：不也！以心淨故以見淨故，以疑蓋淨故，以道非道知見淨故，以道跡知見淨故，以道跡斷智淨故，從沙門瞿曇修梵行耶？答曰：不也！又復問曰：我向問賢者從沙門瞿曇修梵行耶？則言：如是！今問賢者以戒淨故，從沙門瞿曇修梵行耶？便言：不也！以心淨故，以見淨故，以疑蓋淨故，以道非道知見淨故，以道跡知見淨故，以道跡斷智淨故，從沙門瞿曇修梵行耶？便言：不也！然以何義，從沙門瞿曇修梵行耶？答曰：賢者！以無餘涅槃故。又復問曰：云何賢者以戒淨故，沙門瞿曇施設無餘涅槃耶？答曰：不也，以心淨故，以見淨故，以疑蓋淨故，以道非道知見淨故，以道跡知見淨故，以道跡斷智淨故，沙門瞿曇施設無餘涅槃耶？答曰：不也！又復問曰：我向問仁：云何賢者以戒淨故，沙門瞿曇施設無餘涅槃耶？賢者言不！以心淨故，以見淨故，以疑蓋淨故，以道非道知見靜故，以道跡知見淨故，以道跡斷智淨故，沙門瞿曇施設無涅槃耶？賢者言不！賢者所說爲是何義？云何得知？答曰：賢者！若以戒淨故，世尊沙門瞿曇施設無餘涅槃者，則以有餘稱說無餘；以心淨故，以見淨故，以疑蓋淨故，以道非道知見淨故，以道跡知見淨故，以道跡斷智淨故，世尊沙門瞿曇施設無餘涅槃者，則以有餘稱說無餘。賢者！若離此法，世尊施設無餘涅槃者，則凡夫亦當般涅槃；以凡夫亦離此法故。賢者！但以戒淨故得心淨；以心淨故得見淨；以見淨故，得疑蓋淨；以疑蓋淨故，得道非道知見淨；以道非道知見淨故，得道跡知見淨；以道跡知見淨故，得道跡斷智淨；以道跡斷智淨故世尊沙門瞿曇施設無餘涅槃也。賢者復聽：昔拘薩羅王波斯匿在舍衞國，於婆雞帝有事。彼作是念：以何方便，令一日行從舍衛國至婆雞帝耶？復作是念：我今寧可從舍衛國至婆雞帝，於其中間布置七車。爾時卽從舍衛國至婆雞帝於其中間布置七車；布七車已，從舍衛國出至初車，乘初車至第二車，捨初車；乘第二車至第三車，捨第二車；乘第三車至第四車，捨第三車；乘第四車至第五車，捨第四車；乘第五車至第六車，捨第五車；乘第六車至第七車，捨第六車；乘第七車於一日中，至婆雞帝。彼於婆雞帝辦其事已，大臣圍繞，坐王正殿，羣臣白曰：云何天王以一日行從舍衛國至婆雞帝耶？王曰：如是！云何天王乘第一車一日從舍衛國至婆雞帝耶？王曰：不也！乘第二車，乘第三車，至第七車，從舍衛國至婆雞帝耶？王曰：不也！云何賢者！拘薩羅王波斯匿羣臣復問：當云何說？王答羣臣：我在舍衛國於婆雞帝有事。我作是念：以何方便，令一日行從舍衛國至婆雞帝耶？我復作是念：我今寧可從舍衛國至婆雞帝於其中間，布置七車。我時卽從舍衛國至婆雞帝，於其中間布置七車；布七車已，從舍衛國出至初車，乘初車至第二車，捨初車；乘第二車至第三車，捨第二車；乘第三車至第四車，捨第三車；乘第四車至第五車，捨第四車；乘第五車至第六車，捨第五車；乘第六車至第七車，捨第六車；乘第七車於一日中至婆雞帝。如是，賢者！拘薩羅王波斯匿答對羣臣所問如是。如是，賢者！以戒淨故，得心淨；以心淨故，得見淨；以見淨故，得疑蓋淨；以疑蓋淨故，得道非道知見淨；以道非道知見淨故，得道跡知見淨；以道跡知見淨故，得道跡斷智淨；以道跡斷智淨故，世尊施設無餘涅槃。於是尊者舍梨子問尊者滿慈子：賢者名何等？諸梵天人，云何稱賢者耶？尊者滿慈子答曰：賢者！我父號滿也，我母名慈，故諸梵行人稱我爲滿慈子。尊者舍梨子歎曰：善哉！善哉！賢者滿慈子，爲如來弟子所作智辯，聰明決定，安隱無畏，成就調御，逮大辯才，得甘露幢，於甘露界自作證成就遊，以問賢者甚深義，盡能報故。賢者滿慈子！諸梵行人，爲得大利，得値賢者滿慈子，隨時往見，隨時禮拜；我今亦得大利，隨時往見，隨時禮拜；諸梵行人應當縈衣頂上，戴賢者滿慈子，爲得大利；我今亦得大利，隨時往見，隨時禮拜。尊者滿慈子問尊者舍梨子：賢者名何等？諸梵行人，云何稱賢者耶？尊者舍梨子答曰：賢者！我字優波鞮舍，我母名舍梨，故諸梵行人稱我爲舍梨子。尊者滿慈子歎曰：我今與世尊等弟子共論而不知；第一尊共論而不知；法將共論而不知；轉法輪復轉弟子共論而不知；若我知尊者舍梨子者，不能答一句，況復爾所深論；善哉！善哉！尊者舍梨子！爲如來弟子所作智辯，聰明決定，安隱無畏，成就調御，逮大辯才，得甘露幢，於甘露界自作證成就遊，以尊者甚深甚深問故。尊者舍梨子！諸梵行人爲得大利，得値尊者舍梨子，隨時往見，隨時禮拜；我今亦得大利，隨時往見，隨時禮拜；諸梵行人，應當縈衣頂上，戴尊者舍梨子，爲得大利；我今亦得大利，隨時往見，隨時禮拜。如是二賢更相稱說，更相讚善已，歡喜奉行，卽從坐起，各還所止。

(二)卷第三伽彌尼經

我聞如是：一時佛遊那難陀園，在墻村捺林。爾時阿私羅天有子名伽彌尼，色像巍巍，光耀煒曄，夜將向旦，往詣佛所，稽首佛足，却住一面。阿私羅天子伽彌尼白曰：世尊！梵志自高，事若干天，若衆生命終者，彼能令自在往來善處，生於天上；世尊爲法主，唯願世尊，使衆生命終，得至善處，生於天中。世尊告曰：伽彌尼！我今問汝，隨所解答：伽彌尼！於意云何？若村邑中或有男女，懈不精進而行惡法，成就十種不善業道：殺生、不與取、邪婬、妄言、乃至邪見，彼命終時，若衆人來，各叉手向稱歎求索，作如是語：汝等男女，懈不精進而行惡法，成就十種不善業道：殺生、不與取、邪婬、妄言、乃至邪見，汝等因此緣此，身壞命終，必至善處，乃生天上；如是，伽彌尼！彼男女等，懈不精進而行惡法，成就十種不善業道：殺生、不與取、邪婬、妄言、乃至邪見，寧爲衆人各叉手向稱歎求索，因此、緣此，身壞命終，得至善處生天上耶？伽彌尼答曰：不也，世尊！世尊歎曰：善哉，伽彌尼！所以者何？彼男女等，懈不精進而行惡法，成就十種不善業道：殺生、不與取、邪婬、妄言、乃至邪見，若爲衆人各叉手向稱歎求索，因此緣此，身壞命終，得至善處，乃生天上者，是處不然。伽彌尼！猶去村不遠，有深水淵，於彼有人，以大重石擲著水中，若衆人來，各叉手向稱歎求索、作如是語：願石浮出！願石浮出！伽彌尼！於意云何？此大重石，寧爲衆人各叉手向稱歎求索，因此緣此，而當出耶？伽彌尼答曰：不也，世尊！如是！伽彌尼！彼男女等懈不精進而行惡法，成就十種不善業道：殺生、不與取、邪婬、妄言、乃至邪見，若爲衆人各叉手向稱歎求索，因此緣此，身壞命終，得至善處，生天上者，是處不然。所以者何？謂此十種不善業道，黑有黑報，自然趣下，必至惡處。伽彌尼！於意云何，若村邑中，或有男女，精進勤修而行妙法，成十善業道：離殺、斷殺、不與受、邪婬、妄言，乃至離邪見，斷邪見，得正見；彼命終時，若衆人來，各叉手向稱歎求索，作如是語：汝男女等，精進勤修而行妙法，成十善業道：離殺、斷殺、不與取、邪婬、妄言，乃至離邪見，斷邪見，得正見；汝等因此緣此，身壞命終，當至惡處，生地獄中。伽彌尼！於意云何？彼男女等，精進勤修而行妙法，成十善業道：離殺、斷殺、不與取、邪婬、妄言，乃至離邪見，斷邪見，得正見；寧爲衆人各叉手向稱歎求索，因此緣此，身壞命終，得至惡處，生地獄中耶？伽彌尼答曰：不也世尊！世尊歎曰：善哉！伽彌尼！所以者何？伽彌尼！彼男女等，精進勤修而行妙法，成十善業道：離殺、斷殺、不與取、邪婬、妄言，乃至離邪見，斷邪見，得正見；若爲衆人各叉手向稱歎求索，因此緣此，身壞命終，得至惡處，生地獄中者，是處不然。所以者何？伽彌尼！謂此十善業道，白有白報，自然昇上，必至善處。伽彌尼！猶去村不遠，有深水淵，於彼有人，以酥油瓶，投水而破，滓瓦沈下，酥油浮上；如是伽彌尼！彼男女等，精進勤修而行妙法，成十善業道：離殺、斷殺、不與取、邪婬、妄言，乃至離邪見、斷邪見、得正見；彼命終時，謂身麤色、四大之種、從父母生，衣食長養、坐臥按摩、澡浴强忍，是破壞法，是滅盡法，離散之法；彼命終後，或烏鳥啄，或虎狼食，或燒或埋，盡爲粉塵；彼心意識，常爲信所熏、爲精進、多聞、布施、智慧所熏，彼因此緣此自然昇上生於善處。伽彌尼！彼殺生者、離殺、斷殺；園觀之道，昇進之道，善處之道；伽彌尼不與取、邪婬、妄言、乃至邪見者、離邪見、得正見；園觀之道，昇進之道，善處之道。伽彌尼！復有園觀之道，昇進之道，善處之道；伽彌尼！云何復有園觀之道，昇進之道，善處之道？謂八支聖道，正見、乃至正定，是爲八；伽彌尼！是謂復有園觀之道，昇進之道，善處之道。佛說如是，伽彌尼及諸比丘，聞佛所說，歡喜奉行。

㈢卷第六梵志陀然經

我聞如是：一時佛遊王舍城，在竹林迦蘭哆園，與大比丘衆，俱受夏坐。爾時尊者舍梨子，在舍衞國，亦受夏坐。是時有一比丘，於王舍城受夏坐訖，過三月已，補治衣竟，攝衣持鉢，從王舍城往舍衞國，住勝林給孤獨園。彼一比丘，往詣尊者舍梨子所，稽首禮足，却坐一面。尊者舍梨子問曰：賢者從何處來？於何夏坐？彼一比丘答曰：尊者舍梨子！我從王舍城來，在王舍城受夏坐。復問：賢者！世尊在王舍城受夏坐，聖體康强，安快無病，起居輕便，氣力如常耶？答曰：如是，尊者舍梨子！世尊在王舍城受夏坐，聖體康强，安快無病，起居輕便，氣力如常。復問：賢者！比丘衆，比丘尼衆，在王舍城受夏坐，聖體康强，安快無病，起居輕便，氣力如常，欲數見佛，樂聞法耶？答曰：如是，尊者舍梨子！比丘衆，比丘尼衆，在王舍城受夏坐，聖體康强，安快無病，起居輕便，氣力如常，欲數見佛，盡樂聞法。復問：賢者！優婆塞衆，優婆夷衆，住王舍城，身體康强，安快無病。起居輕便，氣力如常，欲數見佛，樂聞法耶？答曰：如是，尊者舍梨子！優婆塞衆，優婆夷衆，住王舍城，身體康強，安快無病，起居輕便，氣力如常，欲數見佛，盡樂聞法。復問：賢者！若干異學沙門梵志，在王舍城受夏坐，身體康強，安快無病，起居輕便，氣力如常，欲數見佛樂聞法耶？答曰：如是，尊者舍梨子！若干異學沙門梵志，在王舍城受夏坐，身體康強，安快無病，起居輕便，氣力如常，欲數見佛，盡樂聞法。復問：賢者！在王舍城有一梵志名曰陀然，是我昔日未出家友，賢者識耶？答曰：識之。復問：賢者！梵志陀然住王舍城，身體康強，安快無病，起居輕便，氣力如常，欲數見佛，樂聞法耶？答曰：尊者舍梨子！梵志陀然，住王舍城，身體康強，安快無病，起居輕便，氣力如常，不欲見佛，不樂聞法，所以者何？尊者舍梨子！梵志陀然而不精進，犯於禁戒；彼依傍於王，欺誑梵志居士；依傍梵志居士，欺誑於王。尊者舍梨子聞已，於舍衞國受夏坐訖，過三月已，補治衣竟，攝衣持鉢，從舍衞國，往詣王舍城，住竹林迦蘭多園。於是尊者舍梨子，過夜平旦，著衣持鉢，入王舍城次行乞食，乞食已，竟往至梵志陀然家。是時梵志陀然，從其家出，至泉水邊，苦治居民。梵志陀然，遙見尊者舍梨子來，從坐而起，偏袒著衣、叉手，向尊者舍梨子讚曰：善來舍梨子！舍梨子久不來此。於是梵志陀然，敬心扶抱尊者舍梨子將入家中，爲敷好床，請便令坐，尊者舍梨子，卽坐其床。梵志陀然見尊者舍梨子坐已，執金澡罐，請尊者舍梨子食，尊者舍梨子曰：止！止！陀然！但心喜足。梵志陀然復再三請食，尊者舍梨子亦再三語曰：止！止！陀然！但心喜足。是時梵志陀然問曰：舍梨子！何故入如是家而不肯食？答曰：陀然！汝不精進，犯於禁戒；依傍於王，欺誑梵志居士；依傍梵志居士，欺誑於王。梵志陀然答曰：舍梨子當知，我今在家，以家業爲事；我應自安隱，供食父母，瞻視妻子，供給奴婢；當輸王租，祠祀諸天，祭餟先祖，及布施沙門梵志；爲後生天而得長壽，得樂果報故。舍梨子！是一切事，不可得疑一向從法。於是尊者舍梨子告曰：陀然！我今問汝，隨所解答：梵志陀然！於意云何？若使有人爲父母故，而行作惡；因行惡故，身壞命終，趣至惡處，生地獄中；生地獄已，獄卒執捉極苦治時，彼向獄卒而作是語：獄卒當知！莫苦治我，所以者何？我爲父母故，而行作惡。云何陀然！彼人可得從地獄卒脫此苦耶？答曰：不也。復問：陀然！於意云何？若復有人，爲妻子故，而行作惡；因行惡故，身壞命終，趣至惡處，生地獄中；生地獄已，獄卒執捉極苦治時，彼向獄卒而作是語：獄卒當知！莫苦治我，所以者何？我爲妻子故，而行作惡。云何陀然！彼人可得從地獄卒脫此苦耶？答曰：不也。復問：陀然！於意云何？若復有人，爲奴婢故，而行作惡；因行惡故，身壞命終，趣至惡處，生地獄中；生地獄已，獄卒執捉極苦治時，彼向獄卒而作是語：獄卒當知！莫苦治我，所以者何？我爲奴婢故，而行作惡。云何陀然！彼人可得地獄卒脫此苦耶？答曰：不也。復問：陀然！於意云何？若復有人、爲王、爲天、爲先祖、爲沙門梵志故，而行作惡；因行惡故，身壞命終，趣至惡處，生地獄中；生地獄已，獄卒執捉極苦治時，彼向獄卒而作是語：獄卒當知！莫苦治我，所以者何？我爲王、爲天、爲先祖、爲沙門梵志故，而行作惡。云何陀然！彼人可得從地獄卒脫此苦耶？答曰：不也。陀然！族姓子可得如法、如業、如功德、得錢財，尊重奉敬孝養父母；行福德業，不作惡業。陀然！若族姓子如法、如業、如功德、得錢財，尊重奉敬孝養父母；行福德業，不作惡業者；彼便爲父母之所愛念，而作是言：令汝强健，壽考無窮，所以者何？我由汝故，安隱快樂。陀然！若有人極爲父母所愛念者，其德日進，終無衰退。陀然！族姓子可得如法、如業、如功德、得錢財，愛念妻子，供給瞻視；行福德業，不作惡業。陀然！若族姓子如法、如業、如功德，得錢財，愛念妻子，供給瞻視；行福德業，不作惡業者；彼便爲妻子之所尊重而作是言：願尊强健，壽考無窮，所以者何？我由尊故，安隱快樂。陀然！若有人極爲妻子所尊重者，其德日進，終無衰退。陀然！族姓子可得如法、如業、如功德、得錢財，愍傷奴婢，給恤瞻視；行福德業，不作惡業。陀然！若族姓子如法、如業、如功德、得錢財，愍傷奴婢，給恤瞻視；行福德業，不作惡業者；彼便爲奴婢之所尊重，而作是言：願令大家强健，壽考無窮，所以者何？由大家故，我得安隱。陀然！若有人極爲奴婢所尊重者，其德日進，終無衰退。陀然！族姓子可得如法、如業、如功德、得錢財，尊重供養沙門梵志；行福德業，不作惡業。陀然！若族姓子如法、如業、如功德、得錢財，尊重供養沙門梵志；行福德業，不作惡業者；彼便極爲沙門梵志之所愛念，而作是言：令施主强健，壽考無窮，所以者何？我由施主，故得安隱快樂。陀然！若有人極爲沙門梵志所愛念者，其德日進，終無衰退。於是梵志陀然，卽從坐起，偏袒著衣叉手，向尊者舍梨子白曰：舍梨子！我有愛婦，名曰端正，我惑彼故而爲放逸，大作罪業。舍梨子！我從今日始，捨端正婦，自歸尊者舍梨子。尊者舍梨子答曰：陀然：汝莫歸我，我所歸佛，汝應自歸。梵志陀然白曰：尊者舍梨子！我從今日，自歸於佛、法、及比丘衆。唯願尊者舍梨子，受我爲佛優婆塞，終身自歸，乃至命盡。於是尊者舍梨子爲梵志陀然說法，勸發渴仰，成就歡喜。無量方便，爲彼說法，勸發渴仰成就歡喜已，從坐起去，遊王舍城，住經數日，攝衣持鉢，從王舍城出，往詣南山，住南山村北尸攝和林中。彼時有一比丘遊王舍城，住經數日，攝衣持鉢，從王舍城出，亦至南山，住南山村北尸攝和林中。於是彼一比丘往詣尊者舍梨子所，稽首禮足，却坐一面。尊者舍梨子問曰：賢者從何處來？何處遊行？比丘答曰：尊者舍梨子！我從王舍城來，遊行王舍城。復問：賢者知王舍城有一梵志名曰陀然，是我昔日未出家友耶？答曰：知也。復問：賢者！梵志陀然住王舍城，身體康强，安快無病，起居輕便，氣力如常，欲數見佛，樂聞法耶？答曰：尊者舍梨子！梵志陀然，欲數見佛，欲數聞法，但不安快，氣力轉衰；所以者何？尊者舍梨子！梵志陀然，今者疾病，極困危篤，或能因此而至命終。尊者舍梨子聞是語已，即攝衣持鉢，從南山出，至王舍城，往竹林迦蘭哆園。於是尊者舍梨子，過夜平旦，著衣持鉢，往詣梵志陀然家。梵志陀然，遙見尊者舍梨子來，見已，便欲從床而起。尊者舍梨子見梵志陀然欲從床起，便止彼曰：梵志陀然！汝臥勿起，更有餘床，我自別坐。於是尊者舍梨子即坐其床。坐已，問曰：陀然！所患今者何似？飲食多少，疾苦轉損，不至增耶？陀然答曰：所患至困，飲食不進，疾苦但增而不覺損。尊者舍梨子！猶如力士，以利刀刺頭，但生極苦；我今頭痛，亦復如是。尊者舍梨子！猶如力士，以緊索繩而纏絡頭，但生極苦；我今頭痛，亦復如是。尊者舍梨子！猶屠牛兒，而以利刀，破於牛腹，但生極苦；我今腹痛，亦復如是。尊者舍梨子！猶兩力士，捉一羸人，在火上炙，但生極苦；我今身痛，舉體生苦，但增不減，亦復如是。尊者舍梨子告曰：陀然！我今問汝，隨所解答。梵志陀然！於意云何？地獄、畜生，何者爲勝？陀然答曰：畜生勝也。復問：陀然！畜生，餓鬼，何者爲勝？陀然答曰：餓鬼勝也。復問：陀然！餓鬼、比人，何者爲勝？陀然答曰：人爲勝也。復問：陀然！人、四王天，何者爲勝？陀然答曰：四王天勝。復問：陀然！四王天，三十三天，何者爲勝？陀然答曰：三十三天勝。復問：陀然！三十三天，焰摩天，何者爲勝？陀然答曰：焰摩天勝。復問：陀然！焰摩天，兜率陀天，何者爲勝？陀然答曰：兜率陀天勝。復問：陀然！兜率陀天、化樂天，何者爲勝？陀然答曰：化樂天勝。復問：陀然！化樂天，他化樂天、何者爲勝？陀然答曰：他化樂天勝。復問：陀然！他化樂天，梵天、何者爲勝？陀然答曰：梵天最勝！梵天最勝！尊者舍梨子告曰：陀然！世尊知見，如來無所著等正覺，說四梵室；謂族姓男、族姓女，修習多修習，斷欲、捨欲念，身壞命終，生梵天中。云何爲四？陀然！多聞聖弟子，心與慈俱，遍滿一方成就遊；如是二、三、四方，四維上下，普周一切，心與慈俱，無結、無怨，無恚、無諍，極廣甚大，無量善修，遍滿一切世間成就遊；如是悲、喜、心與捨俱，無結、無怨，無恚、無諍，極廣甚大，無量善修，遍滿一切世間成就遊。是謂陀然！世尊知見、如來無所著等正覺，說四梵室；謂族姓男、族姓女，修習多修習，斷欲、捨欲念，身懷命終，生梵天中。於是尊者舍梨子教化陀然，爲說梵天法已，從坐起去。尊者舍梨子，從王舍城出，未至竹林迦蘭哆園。於其中間，梵志陀然，修習四梵室，斷欲、捨欲念，身壞命終，生梵天中。是時世尊無量大衆前後圍繞而爲說法。世尊遙見尊者舍梨子來，告諸比丘：舍梨子比丘，聰慧、速慧、捷慧；利慧、廣慧、深慧、出要慧、明達慧、辯才慧，舍梨子比丘成就實慧；此舍梨子比丘，教化梵志陀然，爲說梵天法來；若復上化者，速知法如法。於是尊者舍梨子，往詣佛所稽首禮足，却坐一面。世尊告曰：舍梨子！汝何以不教梵志陀然過梵天法？若上化者，速知法如法。尊者舍梨子白曰：世尊！彼諸梵志，長夜愛著梵天，樂於梵天，究竟梵天，是尊梵天，實有梵天，爲我梵天；是故世尊，我如是應，佛說如是，尊者舍梨子及無量百千衆，聞佛所說，歡喜奉行。

㈣卷第九郁伽長者經

我聞如是：一時佛遊鞞舍離，住大林中。爾時郁伽長者，唯婦女侍從，在諸女前，從鞞舍離出，於鞞舍離大林中間，唯作女妓，娛樂如王；於是郁伽長者，飲酒大醉，捨諸婦女，至大林中；郁伽長者，飲酒大醉，遙見世尊在林樹間，端正姝好，猶星中月，光耀暐曄，晃若金山，相好具足，威神巍巍，諸根寂定，無有蔽礙，成就調御，息心靜默；彼見佛已，卽時醉醒；郁伽長者醉旣醒已，便往詣佛，稽首禮足，却坐一面。爾時世尊爲彼說法，勸發渴仰，成就歡喜；無量方便，爲彼說法，勸發渴仰，成就歡喜已；如諸佛法，先說端正法，聞者歡悅；謂說施、說戒、說生天法；毀呰欲爲災患，生死爲穢，稱歎無欲爲妙，道品白淨，世尊爲彼說如是法已。佛知彼有歡喜心、具足心、柔軟心、堪耐心、勝上心、一向心、無疑心、無蓋心，有能、有力，堪受正法，謂如諸佛說正法要，世尊卽爲彼說苦、習、滅、道。彼時郁伽長者，卽於坐中，見四聖諦：苦、習、滅、道，猶如白素，易染爲色；郁伽長者，亦復如是！卽於坐中，見四聖諦：苦、習、滅、道。於是郁伽長者已見法得法，覺白淨法，斷疑度惑，更無餘尊，不復從他；無有猶預，已住果證；於世尊法，得無所畏。卽從坐起，爲佛作禮白曰：世尊！我今自歸於佛、法、及比丘衆，唯願世尊，受我爲優婆塞，從今日始，終身自歸，乃至命盡；世尊！我從今日，從世尊自盡形壽，梵行爲首，受持五戒。郁伽長者從世尊自盡形壽，梵行爲首，受持五戒已，稽首佛足，繞三匝而去。還歸其家，卽集諸婦人，集已語曰：汝等知不？我從世尊自盡形壽，梵行爲首，受持五戒；汝等欲得住於此者，便可住此，行施作福；若不欲住者，各自還歸；若汝欲得嫁者，我當嫁汝。於是最大夫人白郁伽長者：若尊從佛自盡形壽，梵行爲首，受持五戒者，便可以我與彼某甲。郁伽長者卽爲呼彼人，以左手執大夫人臂，右手執金澡罐，語彼人曰：我今以大夫人與汝作婦。彼人聞已，便大恐怖，身毛皆竪，白郁伽長者：長者欲殺我耶？長者欲殺我耶？長者答曰：不殺汝！然我從佛自盡形壽，梵行爲首，受持五戒，是故我以最大夫人與汝作婦耳。郁伽長者已與大夫人，當與與時，都無悔心。是時世尊無量百千大衆圍繞，於中咨嗟稱歎郁伽長者；郁伽長者，有八未曾有法。於是有一比丘，過夜平旦，著衣持鉢，往詣郁伽長者家。郁伽長者，遙見比丘來，卽從坐起，偏袒著衣，叉手向比丘白曰：尊者善來！尊者久不來此，願坐此床。彼時比丘卽坐其床。郁伽長者，禮比丘足，却坐一面。比丘告曰：長者！汝有善利，有大功德，所以者何？謂世尊爲汝，無量百千大衆圍繞，於中咨嗟稱歎郁伽長者：有八未曾有法。長者！汝有何法？郁伽長者答比丘曰：尊者！世尊初不說異，然我不知世尊爲何因說？但尊者聽：謂我有法。一時世尊遊鞞舍離，住大林中，尊者！我於爾時，唯婦女侍從；我最在前，出鞞舍離，於鞞舍離大林中間，唯作女妓，娛樂如王；尊者！我於爾時，飮酒大醉，捨諸婦女，至大林中；尊者！我時大醉，遙見世尊在林樹間，端正姝好，猶星中月，光耀暐曄，晃若金山；相好具足，威神巍巍，諸根寂定，無有蔽礙；成就調御，息心靜默；我見佛已，卽時醉醒；尊者！我有是法。比丘歎曰：長者！若有是法，甚奇甚特。尊者！我不但有是法；復次，尊者！我醉醒已，便往詣佛，稽首禮足，却坐一面；世尊爲我說法，勸發渴仰，成就歡喜；無量方便，爲我說法，勸發渴仰，成就歡喜已；如諸佛法，先說端正法，聞者歡悅；謂說施、說戒、說生天法；毀呰欲爲災患？生死爲穢，稱歎無欲爲妙，道品白淨，世尊爲我說如是法已；佛知我有歡喜心，具足心、柔軟心、堪耐心、勝上心、一向心、無疑心、無蓋心，有能、有力、堪受正法，謂如諸佛說正法要；世尊卽爲我說苦、習、滅、道，我爾時卽於坐中，見四聖諦：苦、習、滅、道，猶如白素，易染爲色；尊者！我亦如是！卽於坐中，見四聖諦：苦、習、滅、道；尊者！我有是法。比丘歎曰：長者！若有是法，甚奇甚特。尊者！我不但有是法；復次尊者，我見法得法，覺白淨法，斷疑度惑，更無餘尊，不復從他；無有猶豫，已住果證；於世尊法，得無所畏；尊者！我爾時即從坐起，稽首佛足，世尊！我今自歸於佛、法、及比丘衆，唯願世尊，受我爲優婆塞，從今日始，終身自歸，乃至命盡；世尊！我從今日，從世尊自盡形壽，梵行爲首，受持五戒；尊者！若我從世尊自盡形壽，梵行爲首，受持五戒，未曾知已犯戒；尊者！我有是法。比丘歎曰：長者！若有是法，甚奇甚特。尊者！我不但有是法；復次尊者，我爾時從世尊，自盡形壽，梵行爲首，受持五戒已，稽首佛足，繞三匝而去；還歸其家，集諸婦女，集已語曰：汝等知不？我從世尊自盡形壽，梵行爲首，受持五戒，汝等欲得住於此者，便可住此，行施作福；若不欲住者，各自還歸；若汝欲得嫁者，我當嫁汝；於是最大夫人來白我曰：若尊從佛自盡形壽，梵行爲首，受持五戒者，便可以我與彼某甲；尊者！我爾時即爲呼彼人，以左手執大夫人臂，右手執金澡罐，語彼人曰：我今以大夫人與汝作婦；彼人聞已，便大恐怖，身毛皆豎，而白我曰：長者欲殺我耶？長者欲殺我耶？尊者！我語彼曰：不欲殺汝，然我從佛自盡形壽，梵行爲首，受持五戒，是故我以最大夫人與汝作婦耳；尊者！我已與大夫人，當與與時，都無悔心；尊者！我有是法。比丘歎曰：長者！若有是法，甚奇甚特。尊者！我不但有是法；復次尊者！我詣衆園時，若初見一比丘，便爲作禮；若彼比丘經行者，我亦隨經行；若彼坐者，我亦於一面坐，坐已聽法；彼尊爲我說法，我亦爲彼尊說法；彼尊問我事，我亦問彼尊事；彼尊答我事，我亦答彼尊事；尊者！我未曾憶輕慢上中下長老上尊比丘；尊者！我有是法。比丘歎曰：長者若有是法，甚奇甚特。尊者，我不但有是法；復次，尊者！我在比丘衆行布施時，天住虛空而告我曰：長者！此是阿羅訶，此是向阿羅訶；此是阿那含，此是向阿那含；此是斯陀含，此是向斯陀含；此是須陀洹，此是向須陀洹；此精進，此不精進；尊者！我施比丘衆時，未曾憶有分別意；尊者！我有是法。比丘歎曰：長者若有是法，甚奇甚特。尊者！我不但有是法；復次，尊者！我在比丘衆行布施時，有天住虛空中而告我曰：長者！有如來無所著等正覺世尊善說法，如來聖衆善趣向；尊者！我不從彼天信；不從彼欲樂；不從彼所聞，但我自有淨智；知有如來無所著等正覺世尊善說法，如來聖衆善趣向；尊者！我有是法。比丘歎曰：長者！若有是法，甚奇甚特。尊者！我不但有是法；復次，尊者！謂佛所說五下分結，貪欲、瞋恚、身見、戒取、疑，我見此五，無一不盡令縛我還此世間，入於胎中；尊者！我有是法。比丘歎曰：長者若有是法，甚奇甚特。郁伽長者白比丘曰：願尊在此食。比丘爲郁伽長者故，默然受請。郁伽長者知彼比丘默然受已，卽從坐起，自行澡水，以極淨美種種豐饒食噉含消，自手斟酌，令得飽滿。食訖，收器行澡水竟持一小床，別坐聽法。比丘爲長者說法：勸發渴仰，成就歡喜；無量方便，爲彼說法，勸發渴仰成就歡喜已，從坐起去，往詣佛所，稽首禮足，却坐一面。謂與郁伽長者，本所共論，盡向佛廣說。於是世尊告諸比丘：我以是故，咨嗟稱歎郁伽長者有八未曾有法。佛說如是，彼諸比丘聞佛所說，歡喜奉行。

(五)卷第十一四洲經

我聞如是：一時佛遊舍衛國，在勝林給孤獨園。爾時尊者阿難，在安靜處，燕坐思惟，而作是念：世人甚少，少能於欲有滿足意，少有厭患於欲而命終者；世人於欲有滿足意，厭患於欲而命終者，爲甚難得。尊者阿難，則於晡時，從燕坐起，往詣佛所，到已作禮，卻住一面白曰：世尊！我今在安靜處，燕坐思惟而作是念：世人甚少，少能於欲有滿足意，少有厭患於欲而命終者；世人於欲有滿足意，厭患於欲而命終者，爲甚難得。佛告阿難：如是如是！世人甚少，少能於欲有滿足意，少有厭患於欲而命終者；阿難！世人於欲有滿足意，厭患於欲而命終者，爲甚難得；阿難！世人極甚難得，極甚難得，於欲有滿足意，厭患於欲而命終者；阿難！但世間人甚多甚多，於欲無滿足意，不厭患欲而命終也。所以者何？阿難！往昔有王，名曰頂生，作轉輪王，聰明智慧，有四種軍，整御天下，由己自在；如法法王，成就七寶，彼七寶者；輪寶、象寶、馬寶、珠寶、女寶、居士寶、主兵臣寶，是爲七；千子具足，顏貌端正，勇猛無畏，能伏他衆；彼必統領此一切地，乃至大海，不以刀杖，以法教令，令得安樂。阿難！彼頂生王而於後時，極大久遠，便作是念：我有閻浮洲極大富樂，多有人民；我有七寶，千子具足；我欲於宮，雨寶七日，積至于膝。阿難！彼頂生王有大如意足，有大威德，有大福祐，有大威神；適發心已，卽于宮中雨寶七日，積至于膝。阿難！彼頂生王而於後時，極大久遠，復作是念：我有閻浮洲，極大富樂，多有人民；我有七寶，千子具足；及於宮中，雨寶七日，積至于膝；我憶曾從古人聞之：西方有洲，名瞿尼陀，極大富樂，多有人民，我今欲往見瞿陀尼洲，到已整御；阿難！彼頂生王，有大如意足，有大威德，有大福祐，有大威神；適發心已，卽以如意足乘虛而去，及四種軍；阿難，彼頂生王卽時往到住瞿陀尼洲；阿難！彼頂生王住已，整御瞿陀尼洲，乃至無量百千萬歲。阿難！彼頂生王而於後時極大久遠，復作是念：我有閻浮洲，極大富樂，多有人民；我有七寶，千子具足；及於宮中，雨寶七日，積至于膝；我亦復有瞿陀尼洲；我復曾從古人聞之：東方有洲，名弗婆鞞陀提，極大富樂，多有人民，我今欲往見弗婆鞞陀提洲，到已整御；阿難！彼頂生王，有大如意足，有大威德，有大福祐，有大威神；適發心已，卽以如意足乘虛而去，及四種軍；阿難！彼頂生王卽時往到住弗婆鞞陀提洲；阿難！彼頂生王住已，整御弗婆鞞陀提洲，乃至無量千百萬歲。阿難！彼頂生王而於後時極大久遠，復作是念：我有閻浮洲，極大富樂，多有人民；我有七寶，千子具足；及於宮中，雨寶七日，積至于膝；我亦復有瞿陀尼洲；亦有弗婆鞞陀提洲；我復曾從古人聞之：北方有洲，名鬱單曰，極大富樂，多有人民，彼雖無我想，亦無所受，我今欲往見鬱單曰洲，到已整御，及諸眷屬；阿難！彼頂生王，有大如意足，有大威德，有大福祐，有大威神；適發心已，卽以如意足乘虛而去，及四種軍；阿難！彼頂生王遙見平地白，告諸臣曰：卿等見鬱單曰平地白耶？諸臣對曰：見也，天王！王復告曰：卿等知不？彼是鬱單曰人自然粳米；鬱單曰人常所食者，卿等亦應共食此食；阿難！彼頂生王復遙見鬱單曰洲中若干種樹，淨妙嚴飾，種種綵色，在欄楯裏，告諸臣曰：卿等見鬱單曰洲中若干種樹，淨妙嚴飾，種種綵色，在欄楯裏耶？諸臣對曰：天王！王復告曰：卿等知不？是鬱單曰人衣樹，鬱單曰人取此衣著，卿等亦應取此衣著；阿難！彼頂生王卽時往到住鬱單曰洲；阿難！彼頂生王已，整御鬱單曰洲，乃至無量百千萬歲，及諸眷屬。阿難！彼頂生王而於後時，極大久遠，復作是念：我有閻浮洲，極大富樂，多有人民；我有七寶，千子具足；及於宮中，雨寶七日，積至于膝；我亦復有瞿陀尼洲；亦有弗婆鞞陀提洲；亦有鬱單曰洲；我復曾從古人聞之：有天名曰三十三天，我今欲往見三十三天；阿難！彼頂生王，有大如意足，有大威德，有大福祐，有大威神；適發心已，卽以如意足乘虛而往，及四種軍，向日光去；阿難！彼頂生王遙見三十三天中須彌山王上猶如大雲，告諸臣曰：卿等見三十三天中須彌山王上猶如大雲耶？諸臣對曰：見也，天王！王復告曰：卿等知不？是三十三天晝度樹也；三十三天在此樹下，於夏四月，具足五欲而自娛樂；阿難！彼頂生王復遙見三十三天中須彌山王上，近於南邊，猶如大雲，告諸臣曰：卿等見三十三天中，須彌山王上，近於南邊，猶如大雲耶？諸臣對曰：見也，天王！王復告曰：卿等知不？是三十三天正法之堂；三十三天於此堂中，八日、十四日、十五日，爲天爲人，思法思義；阿難！彼頂生王，卽到三十三天，彼頂生王到三十三天已，卽入法堂；於是天帝釋便與頂生王半座令坐；彼頂生王卽坐天帝釋半座，於是頂生王及天帝釋都無差別，光光無異，色色無異，形形無異，威儀禮節，及其衣服，亦無有異；唯眼眴異。阿難！彼頂生王而於後時極大久遠，復作是念：我有閻浮洲，極大富樂，多有人民；我有七寶，千子具足；及於宮中，雨寶七日，積至于膝；我亦復有瞿陀尼洲；亦有弗婆鞞陀提洲；亦有鬱單曰洲；我又已見三十三天雲集大會，我已得入諸天法堂，又天帝釋與我半座；我已得坐帝釋半座，我與帝釋都無差別，光光無異，色色無異，形形無異，威儀禮節，及其衣服，亦無有異，唯眼眴異；我今寧可驅帝釋去，奪取半座，作天人王，由己自在。阿難！彼頂生王適發此念，不覺已下在閻浮洲，便失如意足，生極重病；命將終時，諸臣往詣頂生王所，白曰：天王！若有梵志、居士、及臣人民，來問我等：頂生王臨命終時，說何等事？天王！我等當云何答梵志、居士、及臣人民？時頂生王告諸臣曰：若梵志、居士、及臣人民，來問卿等，頂生王臨命終時，說何等事？卿等應當如是答之：頂生王得閻浮洲，意不滿足而命終；頂生王得七寶，意不滿足而命終；千子具足，意不滿足而命終；頂生王七日雨寶，意不滿足而命終；頂生王得瞿陀尼洲，意不滿足而命終；頂生王得弗婆鞞陀提洲，意不滿足而命終；頂生王得鬱單曰洲，意不滿足而命終；頂生王見諸天集會，意不滿足而命終；頂生王具足五欲功德、色、聲、香、味、觸，意不滿足而命終；若梵志、居士、及臣人民，來問卿等，頂生王臨命終時，說何等事？卿等應當如是答之。於是世尊而說頌曰。

天雨妙珍寶，欲者無厭足；欲苦無有樂，慧者應當知！
若有得金積，猶如大雪山，一一無有足，慧者作是念！
得天妙五欲，不以此五樂，斷愛不著欲，等正覺弟子。

於是世尊告曰：阿難！昔頂生王汝謂異人耶？莫作斯念，當知卽是我也。阿難！我於爾時爲自饒益，亦饒益他，饒益多人；愍傷世間，爲天、爲人，求義及饒益，求安隱快樂；爾時說法，不至究竟，不究竟白淨，不究竟梵行；不究竟梵行訖，爾時不離生、老、病、死、啼哭憂慼；亦未能得脫一切苦。阿難！我今出世，如來、無所著、等正覺、明行成、爲善逝、世間解、無上士、道法御、天人師、號佛衆祐；我今自饒益，亦饒益他，饒益多人；愍傷世間，爲天、爲人、求義及饒益，求安隱快樂；我今說法，得至竟究、究竟白淨、究竟梵行；究竟梵行訖，我今得離生、老、病、死、啼哭憂慼；我今已得脫一切苦。佛說如是，尊者阿難，及諸比丘，聞佛所說，歡喜奉行。

㈥卷第三十優婆塞經

我聞如是：一時佛遊舍衞國，在勝林給孤獨園。爾時給孤獨居士，與大優婆塞衆五百人俱，往詣尊者舍梨子所，稽首作禮，却坐一面；五百優婆塞，亦爲作禮，却坐一面；給孤獨居士及五百優婆塞坐一面已。尊者舍梨子爲彼說法，勸發渴仰，成就歡喜；無量方便，爲彼說法，勸發渴仰成就歡喜已。卽從坐起，往詣佛所，稽首佛足，却坐一面。尊者舍梨子去後不久，給孤獨居士及五百優婆塞，亦詣佛所，稽首佛足，却坐一面。尊者舍梨子及衆坐已定。世尊告曰：舍梨子！若汝知白衣聖弟子，善護行五法；及得四增上心，現法樂居，易不難得。舍梨子！汝當記別聖弟子地獄盡，畜生餓鬼及諸惡處亦盡，得須陀洹，不墮惡法；定趣正覺，極受七有，天上人間，七往來已，而得苦邊。舍梨子！云何白衣聖弟子，善護行五法：白衣聖弟子者，離殺、斷殺，棄捨刀杖，有慙有愧，有慈悲心，饒益一切乃至蜫蟲；彼於殺生，淨除其心；白衣聖弟子，善護行此第一法。復次，舍梨子！白衣聖弟子，離不與取，斷不與取，與而後取；樂於與取；常好布施，歡喜無悋，不望其報；不以偷所覆，常自護已；彼於不與取淨除其心；白衣聖弟子善護行此第二法。復次、舍梨子！白衣聖弟子，離邪婬，斷邪婬，彼或有父所護，或母所護，或父母所護，或兄弟所護，或姊妹所護，或婦父母所護，或親親所護，或同姓所護，或爲他婦女有鞭罰恐怖，及有名雇賃至華鬘親，不犯如是女；彼於邪婬，淨除其心；白衣聖弟子善護行此第三法。復次、舍梨子！白衣聖弟子，離妄言，斷妄言，眞諦言；樂眞諦，住眞諦，不移動，一切可信，不欺世間；彼於妄言，淨除其心；白衣聖弟子善護行此第四法。復次、舍梨子！白衣聖弟子，離酒，斷酒；彼於飲酒，淨除其心；白衣聖弟子善護行此第五法。舍梨子！白衣聖弟子，云何得四增上心？現法樂居，易不難得，白衣聖弟子念如來；彼如來無所著、等正覺、明行成、爲善逝、世間解、無上士、道法御、天人師、號佛衆祐；如是念如來已，若有惡欲，卽便得滅；心中有不善、穢汚、愁苦、憂慼、亦復得滅；白衣聖弟子攀緣如來，心靖得喜，若有惡欲，卽便得滅；心中有不善、穢汚、愁苦、憂慼、亦復得滅；白衣聖弟子，得第一增上心，現發樂居，易不難得。復次、舍梨子！白衣聖弟子念法；世尊善說法，必至究竟，無煩無熱，常有不移動；如是觀，如是覺，如是知，如是念法已，若有惡欲，卽便得滅；心中有不善、穢汚、愁苦、憂慼，亦復得滅；白衣聖弟子攀緣法，心靖得喜，若有惡欲、卽便得滅；心中有不善、穢汚、愁苦、憂慼，亦復得滅；白衣聖弟子，得此第二增上心。復次、舍梨子！白衣聖弟子念衆；如來聖衆，善趣、正趣、向法、次法，順行如法；彼衆實有阿羅訶，趣阿羅訶，有阿那舍、趣阿那舍，有斯陀舍、趣有斯陀舍，有須陀洹、趣有須陀洹，是謂四雙八輩；謂如來衆成就尸賴，成就三昧，成就般若，成就解脫，成就解脫知見，可敬可重，可奉可供，世良福田；彼如是念如來衆，若有惡欲，卽便得滅；心中有不善、穢汚、愁苦、憂慼，亦復得滅；白衣聖弟子，攀緣如來衆，心靖得喜，若有惡欲，卽便得滅；心中有不善、穢汚、愁苦、憂慼，亦復得滅；白衣聖弟子，是謂得第三增上心，現法樂居，易不難得。復次、舍梨子！白衣聖弟子，自念尸賴；此尸賴不缺、不穿，無穢、無濁，住如地，不虛妄，聖所稱譽，具善受持；彼如是自念尸賴，若有惡欲、卽便得滅；心中有不善、穢汚、愁苦、憂慼，亦復得滅；白衣聖弟子攀緣尸賴，心靖得喜，若有惡欲，卽便得滅；心中有不善、穢汚、愁苦、憂慼，亦復得滅；白衣聖弟子，是謂得第四增上心，現法樂居，易不難得。舍梨子！若有知白衣聖弟子善護行此五法，得此四增上心，現法樂居，易不難得者；舍梨子！汝記別白衣聖弟子地獄盡，畜生餓鬼及諸惡處亦盡；得須陀洹、不墮惡法，定趣正覺，極受七有，天上人間，七往來已，而得苦邊。於是世尊說此頌曰：

慧者住在家，見地獄恐怖，因受持聖法，除去一切惡，不殺害衆生，知而能捨離。眞諦不妄言，不盜他財物。
自有婦知足，不樂他人妻。捨離斷飲酒，心亂狂癡本。
常當念正覺，思惟諸善法，念衆觀尸賴，從是得歡喜。
欲行其布施，當以望其福，先施於息心，如是成果報。
我今說息心，舍梨子善聽！若有黑及白，赤色之與黃，
尨色愛樂色，牛及諸鴿鳥，隨彼所生處，良御牛在前，
身力成具足，善速往來快，取彼之所能，莫以色爲非。
如是此人間，若有所生處，刹帝麗梵志，居士本工師，
隨彼所生處，長老淨持戒，世無着善逝，施彼得大果，
愚癡無所知，無慧無所聞，施彼得果少。無光無所照；
若光有所照，有慧佛弟子，信向善逝者，根生善堅住，
彼是生善處；如意往人家，最後得浬槃，如是各有緣。
佛說如是，尊者舍梨子，及諸比丘，給孤獨居士，五百優婆塞，聞佛所說，歡喜奉行。

(七)卷第三十七何欲經

我聞如是：一時佛遊舍衞國，在勝林給孤獨園。爾時生聞梵志，中後彷徉，往詣佛所，共相問

訊，却坐一面，白曰：瞿曇！欲有所問聽乃敢陳。世尊告曰：恣汝所問。梵志卽便問曰：瞿曇！利利何欲，何行，何立，何依，何訖耶？世尊答曰：利利者，欲得財物，行於智慧，所立以刀，依於人民，以自在爲訖。生聞梵志問曰：瞿曇！居士何欲，何行，何立，何依，何訖耶？世尊答曰：居士者欲得財物，行於智慧，立以技術，依於作業，以作業竟爲訖。生聞梵志問曰：瞿曇！婦人何欲，何行，何立，何依，何訖耶？世尊答曰：婦人者，欲得男子，行於嚴飾，立以兒子，依於無對，以自在爲訖。生聞梵志問曰：瞿曇！偷劫何欲，何行，何立，何依，何訖耶？世尊答曰：偷劫者，欲不與取，行隱藏處，所立以刀，依於闇冥，以不見爲訖。生聞梵志問曰：瞿曇！梵志何欲，何行，何立，何依，何訖耶？世尊答曰：梵志者，欲得財物，行於智慧，立以經書，依於齋戒，以梵天爲訖。生聞梵志問曰：瞿曇！沙門何欲，何行，何立，何依，何訖耶？世尊答曰：沙門者欲得眞諦，行於智慧，所立以戒，依於無處，以涅槃爲訖。生聞梵志白曰：世尊！我已知；善逝！我已解；世尊！我今自歸於佛、法、及比丘衆，唯願世尊，受我爲優婆塞；從今日始，終身自歸，乃至命盡。佛說如是，生聞梵志聞佛所說，歡喜奉行。

(八)卷第五十八大拘絺羅經

我聞如是：一時佛遊王舍城，在竹林迦蘭哆園。爾時尊者舍梨子，則於晡時，從晏坐起，往詣尊者大拘絺羅所，共相問訊，却坐一面。尊者舍梨子語曰：賢者拘絺羅！欲有所問，聽我問耶？尊者大拘絺羅白曰：尊者舍梨子！欲問便問，我聞已當思。尊者舍梨子問曰：賢者拘絺羅！不善者，說不善；不善根者，說不善根；何者不善？何者不善根耶？尊者大拘絺羅答曰：身惡行、口意惡行，是不善也；貪、恚、癡，是不善根也；是謂不善，是謂不善根。尊者舍梨子聞已歎曰：善哉善哉，賢者拘絺羅！尊者舍梨子歎已，歡喜奉行。復問曰：賢者拘絺羅！善者說善，善根者說善根；何者爲善？何者爲善根耶？尊者大拘絺羅答曰：身妙行，口意妙行，是善也；不貪、不恚、不癡、是善根也；是謂爲善，是謂善根。尊者舍梨子聞已歎曰：善哉善哉，賢者拘絺羅！尊者舍梨子歎已，歡喜奉行。復問曰：賢者拘絺羅！智慧者，說智慧，何者智慧？尊者大拘絺羅答曰：知，知是故，說智慧；知何等耶？知此苦如眞；知此苦習，知此苦滅，知此苦滅道如眞，知如是故，說智慧。尊者舍梨子聞已歎曰：善哉善哉，賢者拘絺羅！尊者舍梨子歎已，歡喜奉行。復問曰：賢者拘絺羅！識者、說識：何者識耶？尊者大拘絺羅答曰：識，識是故，說識；識何等耶？識色，識聲、香、味、觸、法；識、識是故，說識。尊者舍梨子聞已歎曰：善哉善哉，賢者拘絺羅！尊者舍梨子歎已，歡喜奉行。復問曰：賢者拘絺羅！智慧及識，此二法，爲合爲別？此二法可得別施設耶？尊者大拘絺羅答曰：此二法，合不別；此二法，不可別施設；所以者何？智慧所知，卽是識所識；是故此二法合不別，此二法不可別施設。尊者舍梨子聞已歎曰：善哉善哉，賢者拘絺羅！尊者舍梨子歎已，歡喜奉行。復問曰：賢者拘絺羅！知者、汝以何等知？尊等大拘絺羅答曰：知者，我以智慧知。尊者舍梨子聞已歎曰：善哉善哉，賢者拘絺羅！尊者舍梨子歎已，歡喜奉行。復問曰：賢者拘絺羅！智慧有何義？有何勝？有何功德？尊者大拘絺羅答曰：智慧者、有厭義，無欲義，見如眞義。尊者舍梨子聞已歎曰：善哉善哉，賢者拘絺羅！尊者舍梨子歎已，歡喜奉行。復問曰：賢者拘絺羅！云何正見？尊者大拘絺羅答曰：知苦如眞，知苦習滅道如眞者；是謂正見。尊者舍梨子聞已歎曰：善哉善哉，賢者拘絺羅！尊者舍梨子歎已，歡喜奉行。復問曰：賢者拘絺羅！幾因、幾緣，生正見耶？尊者大拘絺羅答曰：二因二緣，而生正見；云何爲二？一者，從他聞；二者，內自思惟；是謂二因二緣而生正見。尊者舍梨子聞已歎曰：善哉善哉，賢者拘絺羅！尊者舍梨子歎已，歡喜奉行。復問曰：賢者拘絺羅！有幾支攝正見，得心解脫果，慧解脫果？得心解脫功德，慧解脫功德耶？尊者大拘絺羅答曰：有五支攝正見，得心解脫果，慧解脫果；得心解脫功德，慧解脫功德；云何爲五，一者、眞諦所攝；二者、戒所攝；三者、博聞所攝；四者、止所攝；五者、觀所攝；是謂有五支攝正見，得心解脫果，慧解脫果；得心解脫功德，慧解脫功德。尊者舍梨子聞已歎曰：善哉善哉，賢者拘絺羅！尊者舍梨子歎已，歡喜奉行。復問曰：賢者拘絺羅！云何生當來有？尊者大拘絺羅答曰：愚癡凡夫，無知不多聞，無明所覆，愛結所繫，不見善知識，不知聖法，不御聖法，是謂生當來有。尊者舍梨子聞已歎曰：善哉善哉，賢者拘絺羅！尊者舍梨子歎已，歡喜奉行。復問曰：賢者拘絺羅！云何不生當來有？尊者大拘絺羅答曰：若無明已盡，明已生者，必盡苦也；是謂不生於當來有。尊者舍梨子聞已歎曰：善哉善哉，賢者拘絺羅！尊者舍梨子歎已，歡喜奉行。復問曰：賢者拘絺羅！有幾覺耶？尊者大拘絺羅答曰：有三覺：樂覺，苦覺，不苦不樂覺，此緣何有耶？緣更樂有。尊者舍梨子聞已歎曰：善哉善哉，賢者拘絺羅！尊者舍梨子歎已，歡喜奉行。復問曰：賢者拘絺羅！覺、想、思，此三法，爲合爲別？此三法，可別施設耶？尊者大拘絺羅答曰：覺、想、思，此三法，合不別；此三法，不可別施設；所以者何？覺所覺者，卽是想所想，思所思，是故此三法合不別；此三法不可別施設。尊者舍梨子開已歎曰：善哉善哉，賢者拘絺羅！尊者舍梨子歎已，歡喜奉行。復問曰：賢者拘絺羅！滅者有何對？尊者大拘絺羅答曰：滅者無有對。尊者舍梨子聞已歎曰：善哉善哉，賢者拘絺羅！尊者舍梨子歎已，歡喜奉行。復問曰：賢者拘絺羅！有五根異行異境界，各各受自境界；眼根、耳、鼻、舌、身、根，此五根異行異境界，各各受自境界；誰爲彼盡受境界？誰爲彼依耶？尊者大拘絺羅答曰：五根異行異境界，各各自受境界；眼根，耳、鼻、舌、身、根，此五根異行異境界，各各受自境界；意，爲彼盡受境界；意，爲彼依。尊者舍梨子聞已歎曰：善哉善哉，賢者拘絺羅！尊者舍梨子歎已，歡喜奉行。復問曰：賢者拘絺羅！意者依何住耶？尊者大拘絺羅答曰：意者依壽、依壽住。尊者舍梨子聞已歎曰：善哉善哉，賢者拘絺羅！尊者舍梨子歎已，歡善奉行。復問曰：賢者拘絺羅！壽者，依何住耶？尊者大拘絺羅答曰、壽者，依暖、依暖住。尊者舍梨子聞已歎曰：善哉善哉，賢者拘絺羅！尊者舍梨子歎已，歡喜奉行。復問曰：賢者拘絺羅！壽及暖，此二法，爲合爲別？此二法，可得別施設耶？尊者大拘絺羅答曰：壽及暖，此二法，合不別；此二法，不可別施設；所以者何？因壽故有暖，因暖故有壽；若無壽者，則無暖；無暖者，則無壽。猶如因油因炷故，得燃燈；彼中因焰故有光，因光故有焰；若無焰者，則無光；無光者，則無焰。如是因壽故有暖，因暖故有壽；若無壽者，則無暖；無暖者，則無壽。是故此二法合不別；此二法不可別施設。尊者舍梨子聞已歎曰：善哉善哉，賢者拘絺羅！尊者舍梨子歎已，歡喜奉行。復問曰：賢者拘絺羅！有幾法生身，死已身棄塚間，如木無情？尊者大拘絺羅答曰：有三法生身，死已身棄塚間，如木無情；云何爲三？一者壽，二者暖，三者識，此三法生身，死已身棄塚間，如木無情。尊者舍梨子聞已歎曰：善哉善哉，賢者拘絺羅！尊者舍梨子歎已，歡喜奉行。復問曰：賢者拘絺羅！若死，及入滅盡定者，有何差別？尊者大拘絺羅答曰：死者，壽命滅訖，溫暖已去，諸根敗壞；比丘入滅盡定者，壽不滅訖，暖亦不去，諸根不敗壞；死，及入滅盡定者，是謂差別。尊者舍梨子聞已歎曰：善哉善哉，賢者拘絺羅！尊者舍梨子歎已，歡喜奉行。復問曰：賢者拘絺羅！若入滅盡定，及入無想定者，有何差別？尊者大拘絺羅答曰：比丘入滅盡定者，想及知滅；比丘入無想定者，想知不滅；若入滅盡定，及入無想定者，是謂差別。尊者舍梨子聞已歎曰：善哉善哉，賢者拘絺羅！尊者舍梨子歎已，歡喜奉行。復問曰：賢者拘絺羅！若從滅盡定起，及從無想定起者，有何差別？尊者大拘絺羅答曰：比丘從滅盡定起時，不如是念，我從滅盡定起：比丘從無想定起時，作如是念，我爲有想，我爲無想；從滅盡定起，及從無想定起者，是謂差別。尊者舍梨子聞已歎曰：善哉善哉，賢者拘絺羅！尊者舍梨子嘆已，歡喜奉行，復問曰：賢者拘絺羅！比丘入滅盡定時，先滅何法？爲身行，爲口意行耶？尊者大拘絺羅答曰：比丘入滅盡定時，先滅身行，次滅口行，後滅意行。尊者舍梨子聞已歎曰：善哉善哉，賢者拘絺羅！尊者舍梨子歎已，歡喜奉行。復問曰：賢者拘絺羅！比丘從滅盡定起時，先生何法？爲身行，意行耶？尊者大拘絺羅答曰：比丘滅口盡定起時，先生意行，次生口行，後生身行。尊者舍梨子聞已歎曰：善哉善哉，賢者拘絺羅！尊者舍梨子歎已，歡喜奉行。復問曰：賢者拘絺羅！比丘從滅盡定起時，觸幾觸？尊者大拘絺羅答曰：比丘從滅盡定時起，觸三觸；云何爲三？一者、不移動觸，二者、無所有觸，三者、無相觸，比丘從滅盡定起時，觸此三觸。尊者舍梨子聞已歎曰：善哉善哉，賢者拘絺羅！尊者舍梨子歎已，歡喜奉行。復問曰：賢者拘絺羅！空、無願、無相，此三法異義異文耶？爲一義異文耶？尊者大拘絺羅答曰：空、無願、無相，此三法異義異文。尊者舍梨子聞已歎曰：善哉善哉，賢者拘絺羅！尊者舍梨子歎已，歡喜奉行。復問曰：賢者拘絺羅！有幾因幾緣，生不移動定耶？尊者大拘絺羅答曰：有四因四緣，生不移動定；云何爲四？若比丘離欲、離惡、不善之法，至得第四禪成就遊，是謂四因四緣生不移動定。尊者舍梨子聞已歎曰：善哉善哉，賢者拘絺羅！尊者舍梨子歎已，歡喜奉行。復問曰：賢者拘絺羅！有幾因幾緣，生無所定耶？尊者大拘絺羅答曰：有三因三緣，生無所有定；云何爲三？若比丘度一切色想，至得無所有處成就遊，是謂有三因三緣，生無所有定。尊者舍梨子聞已歎曰：善哉善哉，賢者拘絺羅！尊者舍梨子歎已，歡喜奉行。復問曰：賢者拘絺羅！有幾因幾緣，生無想定？尊者大拘絺羅答曰：有二因二緣，生無想定；云何爲二？一者、不念一切想，二者、念無想界，是謂二因二緣，生無想定。尊者舍梨子聞已歎曰：善哉善哉，賢者拘絺羅！尊者舍梨子歎已，歡喜奉行。復問曰：賢者拘絺羅！有幾因幾緣，住無想定耶？尊者大拘絺羅答曰：有二因二緣，住無想定；云何爲二？一者、不念一切想，二者、念無想界，是謂二因二緣，住無想定。尊者舍梨子聞已歎曰：善哉善哉，賢者拘絺羅！尊者舍梨子歎已，歡喜奉行。復問曰：賢者拘絺羅！有幾因幾緣，從無想定起？尊者大拘絺羅答曰：有三因三緣，從無想定起；云何爲三？一者、念一切想，二者、不念無想界，三者、因此身及六處緣命根，是謂三因三緣，從無想定起。如是彼二尊更相稱歎：善哉善哉，更互所說，歡喜奉行，從座起去。

四、緣起經一篇

唐三藏法師玄奘譯

緣起經一卷

如是我聞：一時薄伽梵在室羅筏，住誓多林給孤獨園，與無量無數聲聞菩薩天人等俱。爾時世尊告苾芻衆，吾當爲汝宣說緣起初差別義，汝應諦聽，極善思惟。吾今爲汝分別解說。苾芻衆言：「唯然願說，我等樂聞。」

佛言：云何名緣起初？謂依此有故彼有，此生故彼生。所謂無明緣行，行緣識，識緣名色，名色緣六處，六處緣觸，觸緣受，受緣愛，愛緣取。取緣有，有緣生，生緣老死。起愁歎苦憂惱是名爲純大苦蘊集。如是名爲緣起初義。云何名爲緣起差別？謂無明緣行者，云何無明？謂於前際無知，於後際無知，於前後際無知，於內無知，於外無知，於內外無知，於業無知，於異熟無知，於業異熟無知，於佛無知，於法無知，於僧無知。於苦無知，於集無知，於滅無知，於道無知。於因無知，於果無知，於因已生諸法無知。於善無知，於不善無知。於有罪無知，於無罪無知。於應修習無知，於不應修習無知，於下劣無知，於上妙無知，於黑無知，於白無知，於有異分無知，於緣已生或六觸處，如實通達無知，如是於彼彼處如實無知，無見無現觀，愚癡無明黑闇，是謂無明。云何爲行？行有三種：謂身行、語行、意行，是名爲行。行緣識者，云何爲識？謂六識身：一者眼識，二者耳識，三者鼻識，四者舌識，五者身識，六者意識，是名爲識。識緣名色者，云何爲名？謂四無色蘊：一者受蘊，二者想蘊，三者行蘊，四者識蘊。云何爲色？謂諸所有色，一切四大種，及四大種所造。此色前名總略爲一。合名名色，是謂名色。名色緣六處者，云何六處？謂六內處：一眼內處，二耳內處，三鼻內處，四舌內處，五身內處，六意內處，是謂六處。六處緣觸者，云何爲觸？謂六觸身：一者眼觸，二者耳觸，三者鼻觸，四者舌觸，五者身觸，六者意觸。是名爲觸。觸緣受者，云何爲受？受有三種：謂樂受、苦受、不苦不樂受。是名爲受。

受緣愛者，云何爲愛？愛有三種：謂欲愛、色愛、無色愛，是名爲愛。愛緣取者，云何爲取？謂四取：一者欲取，二者見取，三者戒禁取，四者我語取，是名爲取。取緣有者，云何爲有？有有三種：謂欲有、色有、無色有，是名爲有。有緣生者，云何爲生？謂彼彼有情，於彼彼有情類，諸生等生趣，起出現蘊，得界得處得諸蘊，生起命根出現，是名爲生。生緣老死者，云何爲老？謂髮衰變，皮膚緩皺，衰熟損壞，身脊傴曲，黑黶間身，喘息奔急，形貌僂前，憑據策杖，惛昧羸劣，損減衰退，諸根耄熟，功用破壞，諸形朽故，其形腐敗，是名爲老。云何爲死？謂彼彼有情，從彼彼有情類，終盡壞沒，捨壽捨煖，命根謝滅，棄捨諸蘊，死時運盡，是名爲死。此死前老總略爲一，合名老死。如是名爲緣起差別義。

苾芻！我已爲汝等說所標緣起初差別義時。薄伽梵說是經已，聲聞菩薩天人等衆，聞佛所說，皆大歡喜，得未曾有，信受奉行。

緣起經一卷

五、菩薩本生鬘論六篇

聖勇菩薩等造
宋　紹德慧詢等譯

投身飼虎緣起第一

爾時世尊將諸大衆，詣般遮羅大聚落所至一林中，謂阿難曰：「汝於此間爲我敷座。」佛坐其上語諸比丘：「汝等欲見我往昔時修行苦行舍利已不？」白言：「願見。」于時，世尊以手按地，六種震動，有七寶塔涌現其前。世尊卽起作禮右旋。「阿難汝可開此塔戶，見七寶函珍奇間飾。阿難，汝可復開此函，見有舍利白如珂雪，汝可持此大士骨來。」世尊受已，令衆諦觀。而說頌曰：

「菩薩勝功德，勤修六度行；
勇猛求菩提，大捨心無倦。
「汝等比丘咸伸禮敬，此之舍利，乃是無量戒定慧香之所熏修。」時會作禮，歎未曾有。時，阿難陀白言：「世尊，如來大師出過三界，以何因緣，禮此身骨？」佛言：「阿難，我因此故，得至成佛。爲報往恩，故茲致禮。今爲汝等，斷除疑惑，說昔因緣，志心諦聽。

「阿難，乃往過去無量世時，有一國王名曰大車。王有三子，摩訶波羅、摩訶提婆、摩訶薩埵。是時，大王縱賞山谷，三子皆從，至大竹林於中憩息。次復前行見有一虎，產生七子，已經七日。第一王子作如是言：『七子圍繞無暇尋食，飢渴所逼必噉其子。』第二王子聞是說已：『哀哉此虎將死不久，我有何能而濟彼命？』第三王子作是思念：『我今此身於百千生，虛棄敗壞曾無少益，云何今日而不能捨？』時，諸王子作是議已，徘徊久之俱捨而去，薩埵王子便作是念：『當使我身成大善業，於生死海作大舟航，若捨此者，則棄無量癰疽惡疾百千怖畏，是身唯有便利不淨，筋骨連持，甚可厭患，是故我今應當棄捨，以求無上究竟涅槃，永離憂悲無常苦惱，百福莊嚴，成一切智，施諸衆生無量法樂。』是時，王子興大勇猛，以悲願力增益其心，慮彼二兄共爲留難，請先還宮，我當後至。爾時，王子摩訶薩埵，遽入竹林，至其虎所，脫去衣服，置竹枝上，於彼虎前，委身而臥。菩薩慈忍，虎無能爲，卽上高山，投身於地，虎今羸弱，不能食我，卽以乾竹，刺頸出血。于時，大地六種震動，如風激水，涌沒不安，日無精明，如羅睺障，天雨衆華及妙香末，繽紛亂墜，遍滿林中，虛空諸天，咸共稱讚。是時，餓虎卽舐頸血，噉肉皆盡，唯留餘骨。時，二王子生大愁苦，共至虎所不能自持，投身骨上，久乃得穌，悲泣懊惱漸捨而去。

「時，王夫人寢高樓上，忽於夢中見不祥事，兩乳被割，牙齒墮落，得三鴿鶵，一爲鷹奪。夫人遂覺兩乳流出。時有侍女聞外人言，求覓王子今猶未得。卽入宮中白夫人知，聞已憂惱，悲淚盈目，卽至王所白言：『大王，失我最小所愛之子。』王聞是已，悲哽而言：『苦哉。今日失我愛子。』慰喩夫人：『汝勿憂慼，吾今集諸大臣人民，卽共出城，分散尋覓。』未久之頃，有一大臣，前白王言：『聞王子在，其最小者，今猶未見。』次第二臣來至王所。懊惱啼泣，卽以王子捨身之事具白王知。王及夫人悲不自勝，共至菩薩捨身之地，見其遺骨隨處交橫，悶絕無地，都無所知，以水遍灑，而得惺悟。是時，夫人頭髮蓬亂宛轉于地，如魚處陸，若牛失犢；及王二子悲哀號哭，共收菩薩遺身舍利，爲作供養置寶塔中。

「阿難當知，此卽是彼薩埵舍利，我於爾時，雖具煩惱貪瞋癡等，能於地獄、餓鬼、傍生、惡趣之中，隨緣救濟，令得出離，何況今時，煩惱都盡，無復餘習，號天人師，具一切智，而不能爲一一衆生，於險難中代受衆苦？」

佛告阿難：「往昔王子摩訶薩埵，豈異人乎？今此會中我身是也；昔國王者，今淨飯父王是也；昔后妃者，摩耶夫人是也；昔長子者，彌勒是也；昔次子者，文殊是也；昔彼虎者，今姨母是也；七虎子者，大目乾連、舍利弗、五比丘是也。」

爾時，世尊說是往昔因緣之時，無量阿僧祇人天大衆，皆悉悲喜，同發阿耨多羅三藐三菩提心，先所涌出七寶妙塔，佛攝神力忽然不現。

尸毘王救鴿命緣起第二

佛告諸比丘：我念往昔無量阿僧祇刼，閻浮提中，有大國王，名曰尸毘。所都之城號提婆底，地唯沃壤，人多豐樂，統領八萬四千小國，后妃采女其數二萬，太子五百，臣佐一萬。王蘊慈行仁恕和平，愛念庶民，猶如赤子。是時，三十三天帝釋天主，五衰相貌慮將退墮。彼有近臣毘首天子，見是事已，白天主言：「何故尊儀忽有愁色？」帝釋謂言：「吾將逝矣。思念世間佛法已滅，諸大菩薩不復出現，我心不知何所歸趣？」時毘首天復白天主：「今閻浮提有尸毘王，志固精進樂求佛道。當往歸投，必脫是難。」天帝聞已，審爲實不？「若是菩薩今當試之。」乃遣毘首變爲一鴿，「我化作鷹，逐至王所，求彼救護，可驗其誠。」毘首白言：「今於菩薩正應供養，不宜加苦，無以難事，而逼惱也。」

時天帝釋而說偈曰：

「我本非惡意，如火試眞金；
以此驗菩薩，知爲眞實不。」

說是偈已。毘首天子，化爲一鴿，帝釋作鷹，急逐於後，將爲博取，鴿甚惶怖，飛王腋下，求藏遲處。鷹立王前，乃作人語：「今此鴿者，是我之食，我甚饑急，願王見還。」王曰：「吾本誓願，當度一切，鴿來依投，終不與汝。」鷹言：「大王，今者愛念一切，若斷我食，命亦不濟。」王曰：「若與餘肉汝能食不？」鷹言：「唯新血肉我乃食之。」王自念言：「害一救一於理不然，唯以我身，可能代彼，其餘有命，皆自保存。」卽取利刀自割股肉，持肉與鷹貿此鴿命。鷹言：「王爲施主，今以身肉，代於鴿者，可稱令足。」王敕取稱兩頭施盤，挂鉤中央，使其均等。鴿之與肉，各置一處。股肉割盡，鴿身尙低。以至臂脇身肉都無，比其鴿形，輕猶未等。王自擧身，欲上稱槃，力不相接，失足墮地，悶絕無覺，良久乃穌。以勇猛力，自責其心，「曠大劫來，我爲身累，循環六趣，備縈萬苦，未嘗爲福，利及有情，今正是時，何懈怠耶？」爾時大王，作是念已，自强起立，置身盤上，心生喜足，得未曾有。

是時，大地六種震動，諸天宮殿皆悉傾搖，色界諸天住空稱讚，見此菩薩難行苦行，各各悲感淚下如雨，復雨天華而伸供養。時天帝等復還本形，住立王前作如是說，「王修苦行功德難量，爲希輪王釋梵之位，於三界中欲何所作？」王卽答曰：「我所願者，不須世間尊榮之報，以此善根誓求佛道。」天帝復言：「王今此身痛徹骨髓，寧有悔不？」王曰：「弗也，我觀汝身甚大艱苦，自云無悔，以何表明？」王乃誓曰：「我從擧心，迄至于此，無有少悔；如毛髮許，若我所求，決定成佛，眞實不虛，得如願者，令吾肢體卽當平復。」作此誓已，頃得如故。諸天世人讚言：「希有！」歡喜踊躍不能自勝。

佛告大衆：「往昔之時，尸毘王者，豈異人乎，我身是也。」時彼衆會聞是語已，異口同音，咸伸勸請。「昔者世尊敎度衆行，不惜軀命爲求大法，法海已滿，法幢已建，法鼓已擊，法炬已然，機熟緣和，正得其所，云何捨離一切衆生，欲入湼槃，而不說法？」時梵天王稱讚如來，爲求法故當捨千頭。佛受請已，卽時往趣波羅奈國鹿野苑中，三轉法輪同觀四諦，三寶於是出現世間。

如來分衞緣起第三

爾時世尊，在摩竭國竹林精舍重閣講堂，與阿難陀著衣持鉢入城乞食，見有衰老夫婦二人，兩目失明加復貧悴，唯有一子年始七歲，常出乞丐以贍其親，或得新好果蓏飲食，先奉父母，有得硬澁殘觸之物，而自食之。是時阿難念此小兒，雖在幼年而行篤孝，勤意朝夕，不失所須。佛分衞訖還歸精舍，食畢洗足，敷座而坐，爲諸大衆，將演經法。阿難叉手前白佛言：「適侍世尊入城分衞，見一小兒將盲父母，往來求乞承順孝養，日以爲常，甚爲難得。」佛言：「阿難，匪惟在家及出家者，皆以孝行而爲其先，計其功德不可稱量，所以者何？憶念過去無量劫時，我爲童子，亦年七歲，以孝順心，曾割身肉，以濟父母危急之命，從是以來承此功德，常爲天帝及作人王，直至成佛，皆因此福。」

阿難白佛：「願聞往因活親之命，其事云何？」佛言：「阿難，汝當諦聽，吾今爲汝分別說之。乃往古世，此閻浮提有一大國，名得叉尸羅。時彼國王名曰提婆，有十太子各領一國，其最小者名曰善住，國界康樂人民熾盛。時彼鄰境有一惡王名曰羅睺，欲來侵掠，搆其兇黨擧師相攻，時善住王兵力不如，乃奔父國避其禍難。王有愛子，其名善生，方在髫齔，不忍棄遺，將婦抱兒，忽遽出境，一路七日得至家邦，一路荒僻經十四程，勉力而負七日之儲，登途慞惶悞涉迂道，方行半路已絕餱糧，累日飢羸相顧殆盡。王作是念，事迫計窮，須棄一人，可存二命。乃諭夫人携兒前進，引刃於後，欲斫婦身，用活幼兒，兼以自濟。善生迴顧見父擧刀，急白王曰：『勿殺於母，寧割我肉以充其糧，未聞有兒食於母肉。』勸誡泣諫，母命獲全。是時，善生乃白王言：『願將身肉，以救二親，若割肉時，勿令頓盡，漸可取食，得延數程，若命絕者，肉當臭爛，必爲所棄於事無成。』

「是時，父母謂善生曰：『今爲罪行非予本心，何忍擧刀親割汝肉？』於是王子先持利刀，自割身肉，跪而奉之，王與夫人，見是事已，悲啼懊惱，久乃能食。經于數朝，身肉都盡，未至他國，饑急難堪，於骨節間復得少肉，齎之前途，用接餘命。時善住王及彼夫人，各以善言，慰喩其子，聚首哀戀，捨之遂行。爾時王子而作是念，『我以身肉，濟活親命，願達鄉國，身安泰然，以此善根速獲菩提，濟度十方一切羣品，使離衆苦，證眞常樂。』發是願時，三千世界，六種震動，欲色諸天，悉皆驚愕，即以天眼，觀於世間，乃見菩薩修是孝行。是諸天子於虛空中，合掌稱讚淚墮如雨。時天帝釋化作虎狼，試驗菩薩欲來呑噉。王子自念，『此諸猛獸，今來食我，唯有餘骨，悉皆施之。』以歡喜心不生悔惱。

「是時帝釋還復本形，讚王子言：『甚爲希有，能以身肉濟活二親，如是孝心，無能及也，汝須何願今當說之。』『我唯志求無上佛道。』『天帝復言：『我今視汝身肉都盡，疲苦難堪，得無悔恨於父母耶。』王子答言：『若我誠實心無悔恨，決定當來得成佛者，使我身肉倏然如故。』作是誓已，卽得平復。時天帝釋及諸天人，同聲讚言：『善哉！善哉！』」

佛告阿難：「往昔之時，善住王者，豈異人乎？今淨飯父王是。王夫人者，今摩耶夫人是，昔善生王子者，則我身是也。」

菩薩本生鬘論卷第一

兎王捨身供養梵志緣起第六

菩薩往昔曾作兎王，以其宿世餘業因緣，雖受斯報而能人語，純誠質直未嘗虛謬，積集智慧熏修慈悲，不生一念殺害之心。於彼無量百千兎中，禀性調柔，居其上首，爲彼徒屬講宣經法，勸令諦聽善思念之。「我及汝等無始劫來，不修正行隨惡流轉，由四種因墮三惡道，所謂四者：貪、瞋、癡、慢；或由慳貪造十惡業，以是因緣墮餓鬼中，慳增上故，其咽如針，長劫不聞漿水之名，設得少食變成火聚，皮骨連立受饑渴苦；或由瞋恚造十惡業，以是因緣墮傍生中；或爲鷙獸虎兕毒蛇無足多足更相食噉，受駝牛報負重致遠，項領穿破償住宿債；或由愚癡造十惡業，以是因緣墮於地獄，無淨慧故撥無因果，毀佛法僧斷學般若，人於苦處，八寒、八熱、刀山、劍林種種治罰；或由我慢造十惡業，以是因緣墮修羅中，心常諂曲貢高自大，離善知識不信三寶，雖受福報如彼天中，常苦鬪戰殘害支節。我今略陳如是諸趣所受衆苦，若具說者窮劫不盡，又我與汝盲無慧眼，癡增上故受彼兎身，常受饑渴乏於水草，處於林野周慞驚怖，或爲罝網機陷所困，爲彼獵者之所傷害，現受此苦深可厭患，汝等各各發勤勇心，修十善行趣出離道，求生勝處。」是時兎王常爲同類，宣說如上相應法要。

有一外道婆羅門姓，厭世出家修習仙道，遠離愛欲不起瞋恚，飲水食果樂居閑寂，長護爪髮爲梵志相，忽於一時遙聞兎王爲彼羣兎宣說經法，而自咨嗟乃作是言：「我今雖得生於人中，愚癡無智，不及彼免，了達善法，開悟於他。此必大權聖賢所化，或是梵王大自在等，我因得聞彼所說法，身心泰然離諸熱惱。今此免王，自性仁賢，善能發明先聖之道，分別善惡報應之理。我從昔來棲止山谷，艸衣木食，求出離道，未逢師友，如是教誨，今始遇之，喜躍無量。」是時仙人卽起合掌，詣兎王所安徐而言：「奇哉大士，現此權身，能爲有情，廣宣法要，汝今眞是持大法者，必當所蘊正法之藏，願今爲我，開示演說，最上究竟出離之道。我先修習婆羅門法，久受勤苦殊無所益。譬如有人信順愚夫，鑽冰求火，不可得也。願投仁者作歸依處。」時兎答言：「大婆羅門，我今所說解脫之法，能盡苦際，稱汝機者，但當發問，無所悋惜。我已久除慳貪之垢，爲利有情，樂住生死，化彼同類，受是兎身。」是時仙人聞是說已，心大歡喜得未曾有：「我今幸得親附慈化，願垂敎誨，勿辭勞倦。」凡歷多年義深親友，食草飲泉與兎無異。

時世人民枉行非法，慣習罪惡福力衰微，善神捨離災難競起，共業所招令天亢旱，經于數載，不降甘雨，艸木焦枯，泉源乾涸。時婆羅門卽作是念，我今年邁復闕所食，若唯止此轉增饑羸。乃白兔言：「今且暫離往至餘處，幸勿見訝。」兎卽告曰：「大仙今者，不樂其所，誠恐悞犯，冀乞容恕！久要之言，俄成輕別。」婆羅門曰：「此處幽寂，絕其過患，諸兔調順各不侵撓，但我薄祐，乏其所食，久依大士，獲聞法味，要當終身，藏之心腑，願廣其傳，以濟羣有。絕漿亡食，已經旬日，恐命不保，虛捐前功。」兎聞是已悲哽而言：「今此睽違，何時再遇？願留一宿，虔伸薄供。」是時兎王，語羣兎曰：「今此大仙，道力堅固，是善知識，最上福田，汝等戮力多積乾薪，共助晨飡供爨之用。」乃詣仙所，復作是言：「唯願明旦，必受我請。」仙卽許之，彼婆羅門佇思詳審，今此兎者，爲何所有，或得麞鹿；或遇殘獸；心生歡悅，勤請如是。是時，兎王謂羣屬曰：「今此大仙欲捨我去，無常別離，世態若此，衆生壽命，猶如幻化，果報一來，無能脫者，是故汝等，當勤精進，求出離道，得盡苦際。」爾時兎王，終夜不寐，爲彼同類，說如是法。當其清旦，詣積薪所，以火然之。其焰漸熾。白言大仙：「我先所請，欲陳微供，今已具辦，願强食之。所以者何？智者集財，積而能施；受者憐愍，要必受用。我今貧乏，施力爲難，唯願仁者，決定納受。我欲令他，獲安隱樂，自捨己身，無所貪惜，共諸衆生，證無上覺。」說是語已，投身火中。時彼仙人，覩是事已，急于火聚匍匐救之，不堅之身，倏焉而殞。抱之于膝，悲不自勝，「苦哉大士，奄忽若此！爲濟他身，而殞己命。我今敬禮，爲歸依主。願我來世，常爲弟子。」發此誓已，置兎於地，頭面作禮，而復抱持，卽與兎王，俱投熾焰。是時帝釋天眼遙觀，卽至其所，與大供養，以衆寶建窣覩波。

佛語諸比丘：「昔仙人者彌勒是也，彼兎王者卽我身也。」

菩薩本生鬘論卷第二

稱念三寶功德緣起第十二

昔者，如來出現於世，乃爲父王及諸大衆演說觀佛三昧法門。如來具足三十二相八十種好，作黃金色無量光明。是時，會中五百釋種，觀佛身相猶若灰人羸婆羅門，見已號哭自拔頭髮，擧身投地口鼻吐血。如來見之乃安慰曰：「汝勿號哭吾爲汝說，過去有佛名毘婆尸，入涅槃後於像法中，有一長者名曰月德，有五百子聰明多智，世間經籍無不該練，其父長者信奉三寶，常與諸子說佛法義，諸子邪見覩無信心。後時諸子同遇重病，父到子前泣淚合掌語諸子言：『汝等邪見不信佛法，今爲無常利刀割切，汝命須臾憑何依怙，今有如來名毘婆尸，汝可志心稱念名號。』諸子聞已卽依所敎，稱南無佛稱法及僧，稱已命終。由念佛故，卽得生於四天王天，天中壽盡，由彼邪見昔因緣故還墮地獄，獄卒羅刹以熱鐵叉刺其眼目，受是苦惱憶父所敎，稱南無佛，以是得免從地獄出，得生人中貧窮下賤。

後有式棄如來出世，亦得值遇，但得聞名不覩佛形，以至毘舍浮佛、拘留孫佛、拘那含牟尼佛、迦攝波佛，如是六佛次第出世，但得聞名皆不覩見，以由得聞六佛名故，今得與我同生釋種，我之身色如閻浮金，汝見灰色羸婆羅門，皆因往昔輕毀於佛，深著邪見招斯重障，汝今可稱過去佛名，亦稱我名彌勒佛名汝父名等，稱已作禮，及向大衆大德僧前，五體投地發露懺悔邪見之罪，諸人受教懺悔畢已，宿殃消散三業清淨，見佛身相作黃金色，巍巍堂堂如須彌山，三十二相八十種好無量光明，歡喜踊躍得證初果，求佛出家，漸次證得阿羅漢果，三明六通具八解脫。」

佛告諸比丘：「我滅度後，若稱我名及諸佛名，所獲福報無量無邊。阿難，汝觀如來，在路行時，能使大地，高處令下；下處令高，高下諸處悉能平正，佛履涉已地相如本，一切林木傾側向佛，樹神現身曲躬禮敬，佛經遊已，林木依舊，一切丘陵坑坎堆阜，穢惡不淨瓦礫荆棘，皆悉屏去掃洒清潔，衆華布地異香芬馥，又復如來足蹋長陌，無情土木尚皆傾奉，何況有情而常不敬。何以故？我本修行菩薩道時，於諸有情不生憍慢，謙下承迎令生忻悅，以是善業得成佛已。情、非情等於佛行時，皆悉傾側低頭禮敬，我昔曾以廣大資產，淨心奉施十方衆僧，以是緣故我今成佛，所至之處廣博嚴淨。又我往昔於諸聖賢同梵行者，於道路中平治洒掃，房舍資具泥飾周備，於一切時樂求佛道，利益安樂一切衆生，所至之處自然清淨，又彌盧山高廣八萬四千由旬，入大海中其量亦等，及鐵圍山高十二萬八千由旬，堅若金剛不可破壞，至於如來般涅槃時，無不傾側向佛作禮，若欲迴避不傾側者，無有是處。又佛如來心淨離染，所行之處，足無所汚，蟲蟻不損，佛不著履有三種因：一、令行人心生少欲。二、現足下千輻輪相。三、令見者心生歡喜。又佛行時，其足去地離於四寸有三種因：一者、愍地有蟲蟻故。二者、護地有生草故。三者、顯現佛神足故。汝等比丘，當如佛語依教修行得盡苦際。」

造塔勝報緣起第十三

佛告阿難：「我今於此大衆之所，略說造塔所得功德，汝當諦聽善思念之。假使以四天下滿中所有草木叢林，皆爲人身，彼一一人發心修行，隨其所證或有獲得須陀洹果、斯陀含果、阿那含果、阿羅漢果及緣覺果，時有長者以淨施心，長時供給飲食、衣服、臥具、醫藥，盡其形壽令無所乏，至滅度後一一復爲起立塔廟，繒蓋幢旛廣大嚴飾香華燈塗種種供養。阿難，是人所得福報寧爲多不？」「甚多世尊」佛言：「阿難，此大長者，雖獲其福猶有限量，不如有人於佛滅後，以敬慕心求一舍利，至極微細如芥子許，造塔供養，其量正等一菴摩果，塔心之木堅直如鍼，上施露盤猶如棗葉，中安佛像量同穬麥，或香、或燈、隨分供養。阿難，以彼長者所作福行，類修佛塔不可爲比，以要言之，若以造塔所有勝報，分爲百分，不及其一，千萬億分亦不及一。乃至算數譬喻所不能知。阿難，當知如來於塵沙劫，積習熏修五分法身出生功德，所謂戒分、定分、慧分、解脫分、解脫知見分；四無量心，六波羅蜜；自利利他，難行苦行，不可思議神通願力，世出世間無能勝者。所以者何？由佛成就無量無邊眞實慧故。阿難，一切如來在昔因地，知衆生界自性清淨，爲彼客塵煩惱所覆，然彼畢竟染汙不及，是故如來出興於世，爲諸衆生說微妙法，除諸垢濁，令得解脫。」

菩薩本生鬘論卷第四

六、生經十篇

西晉三藏竺法護譯

佛說野雞經第六

聞如是，一時，佛遊舍衛祇樹給孤獨園，與大比丘衆千二百五十人俱。

爾時佛告諸比丘：乃往過去無數世時，有大叢樹，大叢樹間，有野猫遊居，在產經日不食，飢餓欲極。見樹王上有一野雞，端正姝好，旣行慈心，愍哀一切蚑行喘息人物之類。於時野猫心懷毒害，欲危雞命，徐徐來前在於樹下，以柔軟辭而說頌曰：

意寂相異殊，食魚若好服；從樹來下地，當爲汝作妻。

於時野雞以偈報曰：

仁者有四脚，我身有兩足；計鳥與野猫，不宜爲夫妻。

野猫以偈報曰：

吾多所遊行，國邑及郡縣，不欲得餘人，唯意樂在仁，君身現端正，顏貌立第一，

吾亦微妙好，行淸淨童女，當共相娛樂，如雞遊在外，兩人共等心，不亦快樂哉。

時野雞以偈報曰：

吾不識卿耶，是誰何求耶？衆事未辦足，明者所不歎。

野猫復以偈報曰：

既得如此妻，反以杖擊頭，在中貧爲劇，富者如雨寶，親近於眷屬，大寶財無量，
以親近家室，息心得堅固。

野雞以偈答曰：

息意自從卿，青眼如惡瘡，如是見鏁繫，如閉在牢獄。

青眼以偈報曰：

不與我同心，言口如刺棘，會當用何致，愁憂當思想。吾身不臭穢，流出戒德香，
云何欲捨我，遠遊在別處？

野雞以偈答曰：

汝欲遠牽挽，凶弊如蛇虺，捿彼皮柔軟，爾乃得申叙。

野猫以偈答曰：

速來下詣此，吾欲有所誼，並當語親里，及啓於父母。

野雞復以偈答曰：

吾有童女婦，顏正心性好，愼禁戒如法，護意不欲違。

野猫以偈頌曰：

於是以棘杖，在家順正教，家中有尊長，以法戒為益，楊柳樹在外，皆以時茂盛。

衆共稽首仁，如梵志事火，吾家以勢力，奉事諸梵志，吉祥多生子，當令饒財寶。

野雞以偈報曰：

天當與汝願，以梵杖擊卿，於世何有法，云何欲食雞？

野猫以偈答曰：

我當不食肉，暴路修淸淨，禮事諸天衆，吾為得此㹀。

野雞以偈答曰：

未曾見聞此，野猫修淨行，卿欲有所滅，為賊欲噉雞。木與果分別，美辭佯喜笑，

吾終不信卿，安得雞不噉，惡性而卒暴，覩面赤如血，其眼青如藍，卿當食鼠蟲，

終不得雞食，何不行捕鼠？面赤眼正青，叫喚言猫時，吾衣毛則竪，輒遯自欲藏，

世世欲離卿，何意今相振？

於是猫復以偈答曰：

面色豈好乎？端正皆童耶，當問威儀則，及餘諸功德，諸行當具足，智慧有方便。

曉了家居業，未曾有我比，我常好洗沐，今着好衣服，起舞歌聲音，乃爾愛敬我。

又當洗仁足，為其梳頭髻，及當調譺戲，然後愛敬我。

於是野雞以偈答曰：

吾非不自愛，今怨家梳頭，其與爾相親，終不得壽長。

佛告諸比丘：欲知爾時野猫，今栴遮比丘是也。時雞者，我身是也。昔者相遇，今亦如是，

佛說如是，莫不歡喜。

佛說前世諍女經第七

聞如是：一時佛遊舍衞祇樹給孤獨園，與大比丘衆俱。

爾時調達心念毒害，誹謗如來，自謂有道，衆人呵之。天龍鬼神，釋梵四王，悉共曉喩：「勿得懷害向於如來，莫謗世尊，佛爲一切三界之尊，有三達智，無所罣礙，天上天下，莫不歸命，云何誹謗？得罪無量，卿欲毀佛，由如擧手欲擲日月，如以一塵欲超須彌，如持一毛，度於虛空。」調達聞之，其心不改。時諸比丘具以啓佛：「調達有何重嫌，懷結乃爾？」佛告諸比丘：「調達不但今世，世世如是。乃往久遠無數劫時，有一梵志，財富無數，有一好女，端正殊妙，色像第一，諸梵志法其豪姓者，假使處女與明經者。於時梵志請諸同學五百之衆，供養三月，察其所知。時五百人中，有一人最上智慧，學於三經，博達五典，章句次第，不失經義，問者發遣，無所疑難，最處上座，又年朽耄，面色醜陋，不似類人，兩眼復靑，父母愁憂，女亦懷惱。云何當爲此人作婦？何異怨鬼，當奈之何？於時遠方有一梵志，年旣幼少，顏貌殊好，聰明

智慧，綜練三經，通達五典，上知天文，下覩地理，災變吉凶。皆預能覩。能知六博，妖異蠱道，懷妊男女，產乳難易，愍傷十方，蜎飛蠕動，蚑行喘息，人物之類，懷四等心，慈悲喜護。聞彼豪姓大富梵志，請諸同學五百之衆，供養三月。欲處於女，尋時往詣，一一難問，諸梵志等，咸皆窮乏，無辭以對，五百之衆，智皆不及，年少梵志則處上坐。時女父母及女見之，皆大歡喜，吾求女婿，其日甚久，今乃獲願。年尊梵志曰：『吾年既老，久許我女，以爲妻婦，且以假我，所得賜遺，悉用與卿，可置此婦，傷我年高，勿相毀辱。』年少答曰：『不可越法以從人情，我應納之，何爲與卿？』三月畢竟，即處女用與年少梵志。其年老者，心懷毒惡：『卿相毀辱，而奪我婦，世世所在，與卿作怨。或當危害，或加毀辱，終不相置。』年少梵志，常行慈心，彼獨懷害。

佛告諸比丘：『爾時年尊梵志，今調達是；年少梵志，我身是也。其女者，瞿夷是。』前世之結，于今不解。

佛說如是莫不歡喜。」

佛說墮珠著海中經第八

聞如是，一時佛在王舍城靈鷲山，與大比丘衆五百人俱。一切大聖，神通已達。

時諸比丘，於講堂上坐共議言：「我等世尊，從無數劫精進不懈，不拘生死五道之患，欲得佛道救濟一切，用精進故，超越九劫，自致無上正眞之道，爲最正覺。吾等蒙度，以爲橋梁。」時佛遙聞比丘所議，起到講堂，問之何論。比丘白曰：「我等共議，世尊功德，巍巍無量，從累劫來，精進無厭，不避諸難，勤苦求道，欲濟一切，不中墮落，自致得佛，我等蒙度。」

佛告比丘：「實如所言，誠無有異。佛從無數劫以來，精進求道，初無懈怠，愍傷衆生，欲度脫之，用精進故，自致得佛，超越九劫，出彌勒前。我念過去無數劫時，見國中人，多有貧窮，愍傷憐之，以何方便，而令豐饒，念當入海獲如愛珠，乃有所救，撾鼓搖鈴，誰欲入海採求珍寶，衆人大會。臨當上船，更作敎令。欲捨父母，不惜妻子，投身沒命，當共入海。所以者何？海有三難：一者，大魚長二萬八千里；二者，鬼神羅刹欲翻其船；三者，振山故。作此令得無怨，適更令已，衆人皆悔。時五百人，心獨堅固，便望風擧帆，乘船入海，詣海龍王，從求頭上如意之珠。龍王見之，用一切故，勤勞入海，欲濟窮士，卽以珠與。時諸賈客，各各採寶，悉皆具足，乘船來還。海中諸龍，及諸鬼神，悉共議言，此如意珠，海中上寶，非世俗人所當獲者，云何損海益閻浮利提？誠可惜之！當作方計，還奪其珠，不可失之至於人間。

時龍鬼神，晝夜圍遶，若干之匝，欲奪其珠。導師德尊，威神巍巍，諸鬼神龍，雖欲飜船奪如意珠，力所不任。於時導師及五百人，安隱渡海，菩薩踊躍，住於海邊，低頭下手，呪願海神，珠繫在頸。時海龍神，因緣得便，使珠墮海。導師感激，吾行入海，乘船涉難，勤苦無量，乃得此寶，當救衆乏，於今海神，反令墮海。勅邊侍人，捉持器來，吾斢海水，至於底泥，不得珠者，終不休懈。卽器𤁻水，以精進力，不避苦難，不惜壽命，水自然趣，悉入器中。諸海龍神，見之如是，心卽懷懼。此人威勢精進之力，誠非世有，若今𤁻水，不久竭海，卽持珠來，辭謝還之。佛等聊試，不圖精進力勢如是，天上天下，無能勝君導師者。獲寶賫還，國中觀寶，求願使雨七寶，以供天下，莫不安隱。

爾時導師，則我身是；五百賈客，諸弟子者是。我所將導，卽精進行，入於大海，還得寶珠，救諸貧窮，于今得佛，竭生死海，智慧無量，救濟羣生，莫不得度。」佛說如是，莫不歡喜。

佛說旃闍摩暴志謗佛經第九

聞如是，一時佛遊舍衛祇樹給孤獨園，與大比丘衆千二百五十人俱。

爾時國王波斯匿，請佛及比丘衆，於中宮飯。佛出祇樹，與大比丘及諸菩薩，天龍神鬼，眷屬圍遶，釋梵四王，華香妓樂，於上供養，香汁灑地。

於時世尊與大衆俱，入舍衛城，欲詣王宮。有比丘尼，名曰暴志，木魁繫腹，似如懷妊，因牽佛衣：「君爲我夫，從得有身，不給衣食，此事云何？」時諸大衆，天人釋梵四王，諸天鬼神及國人民莫不驚惶：「佛爲一切三界之尊，其心清淨過於摩尼，智慧之明超於日月，獨步三世，無能逮者，降伏諸邪，九十六種，莫不歸伏。道德巍巍，不可爲喩，虛空無形，不可汚染，佛心過彼，無有等侶。此比丘尼，旣佛弟子，云何懷惡，欲毀如來？」於是世尊見衆會心，欲爲決疑，仰瞻上方。時天帝釋尋時來下，化作一小鼠，齧繫魁繩，魁即墮地，衆會覩之，瞋喜交集，怪之所以。時國王瞋：「此比丘尼，棄家遠業，爲佛弟子，既不能暢歎譽如來無極功德，反還懷妬，誹謗大聖乎！」即勅侍者，掘地爲深坑，欲倒埋之。

時佛解喩：「勿得爾也。是吾宿罪，非獨彼殃。乃往過去久遠世時，時有賈客，賣好眞珠，枚數甚多，既團明好。時有一女詣欲買之，向欲諧偶。有一男子，遷益倍價，獨得珠去。女人不得，心懷瞋恨。又從請求，復不肯與，心盛遂怒：『我前諧珠，便來遷奪；又從請求，復不肯與。汝毀辱我，在在所生，當報汝怨！所在毀辱，悔無所及。』

佛告國王及諸比丘：「買珠男子，則我身是。其女身者，則暴志是。因彼懷恨，所在生處，常欲相謗。」

佛說如是，衆會疑解，莫不歡喜。

佛說鼈獼猴經第十

聞如是，一時佛遊舍衛祇樹給孤獨園，與大比丘衆千二百五十人俱。

時諸比丘，會共議言：「有此暴志比丘尼者，棄家遠業，而行學道，歸命三寶，佛則爲父，法則爲母，諸比丘衆，以爲兄弟，本以道法而爲沙門，遵修道誼，去三毒垢，供侍佛法及比丘僧，愍哀一切，行四等心，乃可得度。而反懷惡，謗佛謗尊，輕毀衆僧，甚可疑怪，爲未曾有。」一時佛徹聽，往問比丘，屬何所論？比丘具啓向所議意。

於時世尊告諸比丘：「此比丘尼，不但今世念如來惡，在在所生，亦復如是。吾自憶念，乃往過去無數劫時，有一獼猴王，處在林樹，食果飲水。慜念一切蚑行喘息，人物之類，皆欲令度，使至無爲。時與一鼈以爲知友，親親相敬，初不相忤。鼈數往來，到獼猴所，飲食言談，說正義理。其婦見之，數出不在，謂之於外，婬蕩不節，即問夫聟：『卿數出爲何所至湊，將無於外放逸無道？』其夫答曰：『吾與獼猴，結爲親友，聰明智慧，又曉義理，出輒往造，共論經法，但說快事，無他放逸。』其婦不信，謂爲不然。又瞋獼猴誘誅我夫，數令出入，當圖殺之，吾夫乃休。因便佯病，困劣着床，其聟瞻勞，醫藥療治，竟不肯差。謂其夫言：『何須勞意，損其醫藥，吾病甚重，當得卿所親親獼猴之肝，吾乃活耳。』其夫答曰：『是吾親友，寄身託命，終不相疑，云何相圖用以活卿耶？』其婦答曰：『今爲夫婦，同共一體，不念相濟，反爲獼猴，誠非誼理！』其婦逼夫，又敬重之。往請獼猴：『吾數往來，到君所頓，仁不枉屈，詣我家門。今欲相請到舍小食。』獼猴答曰：『吾處陸地，卿在水中，安得相從？』其鼈答曰：『吾當負卿，亦可任儀。』獼猴便從。負到中道，謂獼猴言：『仁欲知不？所以相請，吾婦病困，欲得仁肝，服食除病。』獼猴報曰：『卿何以故，不早相語？吾肝挂樹，不齎持來。促還取肝，乃相從耳。』便還樹上，跳踉歡喜。時鼈問曰：『卿當齎肝來到我家，反更上樹，跳踉踊躍，爲何所施？』獼猴答曰：『天下至愚，無過於卿！何所有肝，而挂在樹。共爲親友，寄身託命，而還相圖，欲危我命！從今已往，各自別行。』

佛告比丘：「爾時鼈婦，則暴志是；鼈者則調達是；獼猴王者，則我身是。」

佛說如是，莫不歡喜。

佛說兎王經第三十一

聞如是，一時佛遊於舍衛祇樹給孤獨園，與大比丘衆千二百五十人俱。

佛告諸比丘：昔有兎王，遊在山中，與羣輩俱，飢食果蓏，渴飲泉水，行四等心，慈悲喜護，教諸眷屬，悉令仁和，勿爲衆惡，畢脫此身，得爲人形，可受道教。時諸眷屬，歡喜從教，不敢違命。有一仙人，處在林樹，食噉果蓏，而飲山水，獨處修道，未曾遊逸，建四梵行慈悲喜護，誦經念道，音聲通利，其音和雅，聞莫不欣。於時兎王，往附近之，聽其所誦經，意中欣踊，不以爲厭，與諸眷屬，共賚果蓏，供養道人。如是積日經月歷年，時冬寒至，仙人欲還到於人間，兎王見之，着衣取鉢，及鹿皮囊，並諸衣服，愁憂不樂，心懷戀恨，不欲令捨來，對之淚出，問何所趣？在此日日相見，以爲娛樂，飢渴忘食，如依父母，願一留意，假止莫發。

仙人報曰：吾有四大，當慎將護，今冬寒至，果蓏已盡，山水冰凍，又無巖窟可以居止，適欲捨去，依處人間，分衞求食，頓止精舍。過冬寒已，當復相就，勿以悒悒。兎王答曰：「吾等眷屬，當行求果，遠近募索，當相給足，願一屈意，愍傷見濟。假使捨去，憂慼之戀，或不自全。設使今日，無有供具，便以我身，供上道人。」道人見之，感惟哀念，恕之至心，當奈之何！仙人事火，前有生炭，兎王心念，道人可我，是以默然，便自擧身，投於火中，火大熾盛，適墮火中，道人欲救，尋已命過。命過之後，生兜術天，於菩薩身，功德特尊，威神巍巍。仙人見之，爲道德故，不惜身命，愍傷憐之。亦自剋責，絕穀不食，尋時遷神，處兜率天。

佛告比丘，欲知爾時兎王者，則我身是，諸眷屬者今諸比丘是，其仙人者定光佛是。吾爲菩薩，勤苦如是，精進不懈，以經道故，不惜軀命，積功累德無央數劫，乃得佛道。汝等精勤無得放逸，無得懈怠，斷除六情，如救頭燃，心無所著，當如飛鳥，遊於虛空。佛說如是，莫不歡喜。

佛說菩薩曾爲鼈王經第三十六

昔者菩薩，曾爲鼈王，生長大海，教化諸類。子民羣衆，皆修仁德。王自奉正，行四等心慈、悲、喜、護，愍於衆生。如母抱育愛于赤子，遊行海中，勸化不逮，皆欲使安，衣食充備，不令飢寒。其海深長，邊際難限，而悉周至，靡不更歷，以化危厄，使衆罪索。

於時鼈王，出海於外，在邊臥息，積有日月，其背堅燥，猶如陸地高燥之士。賈人遠來，見之高好，因止其上，破薪燃火，炊作飲食。繫其牛馬，莊物積載，車乘衆諸，皆着其上。

鼈王見之，被火焚燒，焚炙其背。車馬人從，咸止其上，困不可言。欲趣入水，畏害衆賈，爲墮不仁，違失道意。適欲强忍，痛不可言。便設權計，入海淺水，自漬其身，除伏火毒，不危衆賈，兩使無違。果如意念，輒設方計，衆賈恐怖，謂海水漲，湖水卒至，吾等定死，悲哀呼嗟，歸命諸天釋梵四王日月神明，願以威德，唯見救濟。鼈王見然，心益愍之，因報賈人：「愼莫恐怖，吾被火焚，故捨入水，欲令痛息，今當相安，終不相危。」衆賈聞之，自以欣慶，知有活望，俱時發聲。言：南無佛。

鼈與大慈，還負衆賈，移在岸邊，衆人得脫，靡不歡喜。遙拜鼈王，而歎其德。尊爲橋樑，多所過度。行爲大舟，載越三界，設得佛道，當復救脫生死之厄。鼈王報曰：「善哉！善哉！當如來言。」各自別去。

佛言：「時鼈王者，我身是也。五百賈人，五百弟子舍利弗等是」。追識宿命，爲弟子說，咸令修德。

佛說蜜具經第四十八

聞如是，一時佛遊舍衛國給孤獨園，與大比丘俱。

爾時梵志，迷惑異道術，不信佛法，欲亂佛教。行於城中，遙見佛來，惡不欲覩，竊入他舍，得無世尊瞿曇見我。於時大聖愍傷憐之，尋到其所住於目前，欲得避去永不能得，又欲馳走不能自致，來詣佛所。彼時世尊，爲說經法，尋時歡喜，善心生焉。輒歸命佛又法衆僧，奉受戒禁，遶佛三匝，稽首而退，還歸其家，卽取應器，盛滿中蜜，兩手擎之，來詣佛所，而欲奉上。佛告諸比丘：取是鉢蜜，而布與衆僧。時一鉢蜜，佛及衆僧，皆得滿足，鉢滿如故，卽復授佛。佛告梵志，汝取是蜜，投着大水無量之流。梵志又問何故？佛言：具足水中蟲、蠡、黿、鼉、魚、鼈，悉蒙其味。梵志受敎，卽投水中，還至佛所，或驚或疑，踊躍悲喜。

於時世尊，尋以欣笑，五色光從口出，上至梵天，普照五道，靡不周遍，還遶身三匝。授菩薩決，光從頂入；授緣覺決，光從口入，授聲聞決，光從臂肘入；說上天福，光從齊入；說受人身，光從膝入；說地獄餓鬼畜生，光從足入。

於時阿難從座起，整衣服，右膝着地，長跪叉手，而白佛言：「佛不妄笑，笑會有意。」佛告阿難：「汝見梵志，以蜜奉佛，布比丘僧，餘蜜投水？」對曰：「唯然。」「今此梵志，然後來世歷二十劫，不墮惡趣。過二十劫，當得緣覺，名曰蜜具。」諸比丘對曰：「唯然世尊，吾等悉見，於此梵志，以一鉢蜜，多所饒益，而得緣覺。」

佛告比丘：「於是梵志，非但今世，以一鉢蜜，多所饒益。前世宿命，亦復如是。乃往過世不可稱計，有一婆羅門，往入閑居寂寞之處，見有神仙，多所博愛，或有人說，今此仙人，往古難及，當往啓受。有人報言，用爲見此養身滿腹之種。爾時有一仙人，得五神通，見心所念，卽於樹下閑居之處，踊在空中，住其人前。其人見之，歡喜踊躍，善心生矣。卽還其家，盛滿鉢蜜，而奉授之。時仙人受，飛在虛空。緣是施德，後作國王，名曰：蜜具，以政法治國，治國積年。壽終之後，得生天上。

佛告比丘，欲知爾時五通仙人，則我身是。爾時梵志，今梵志是。爾時施蜜受天人福，緣是今世亦復施佛，後致緣覺。

於是賢者阿難，以偈讚佛：

世尊多哀憐，自然至誠度，爲諸天人世，懷衆獄繫著。
故爲諸天世間尊，於法自在雨法教，以歡悅心多所勸，出家上天無數千。
勝今無利皆得利，其有悅心歸命佛，恭肅慇懃造少薩，臨命壽終見趣安。

爾時世尊讚賢者阿難曰：「善哉！善哉！審如所云。」復次阿難，造若干行，乃成所立。佛救一切，如母念子。

佛說如是，莫不歡喜。

佛說孔雀經第五十一

聞如是，一時佛遊舍衞祇樹給孤獨園，與大比丘衆千二百五十人俱。

諸比丘悉共集會，皆共嗟歎，心念世尊，得未曾有。一人興世，號曰：如來至眞等正覺，毀壞一切諸外異學，忽然幽冥，無復光曜。未有佛時，致妙供養，衣被飲食，床臥之具，莫不恭事，自歸之者。佛現世間，是等之類，言誨不行。佛以道耳，遙聽比丘所共講議，即到其所，問諸比丘：「向者何論？」諸比丘具足自啓說：「我等集會，平等正覺，適與于世，諸外異學，便沒不現，忽然幽冥，無復光曜。」

佛告諸比丘：「吾未興世，外學熾盛，如無日月，燭火爲明。日月適出，燭火無明。今佛興世，異學皆沒，無復威曜，獨佛慧明，無所不炤。不但今世有殊異行也，前世亦然，未曾有法。

「乃往過去久遠世時，有一大國，在于北方邊地之土，號曰智幻。智幻土人，賷持烏來，至波遮梨國。其土國界，無有此烏，亦無異類奇妙之禽。時彼國人，見持烏來，歡喜踊躍，不能自勝，供養奉事，飲食果蓏。日日月月，而消息之，遠方之烏，而覺見之，皆來集會，不可稱數，一國普共供養奉事，尊敬無量。

「於彼異時，有一賈人，復從他國賷三孔雀來，時衆人見微妙殊好，羽翼殊特，行步和雅，所未曾有。衆人共覩，聽其音聲，心懷踊躍，又加於前千億萬倍。皆棄於烏，不復供事。烏無威曜，忽然無色。如日之出，燭火不現。永無復心，在諸烏許。普悉愛敬於彼孔雀，視之無厭，前所敬養諸烏之具，皆以供養孔雀之形，尊敬自歸。諸烏皆沒，不知處所。」於時有天，即歎頌曰：

未見日光時，燭火獨爲明。諸烏本見事，水飲及果蓏，由音聲具足，日出止樹間，
諸烏所見供，於今悉永無，當觀此殊勝，無尊卑見事，尊上適興現，卑賤無敬事。

於是賢者阿難，緣世尊教，心懷踊躍，以頌讚曰：

如佛不興出，導師不現世，外沙門梵志，皆普得供事；今佛具足音，明白講說法，諸外異學類，永失諸供養。

佛告諸比丘：「欲知爾時，孔雀者，我身是也；烏者，諸外異學也；天者，阿難也。於時在世，雖講經法，未除三毒，生老病死，不能究竟，除塵勞垢，淨修梵行。於今如來興于世間，如來至眞等正覺明行成爲善逝世間解天人師無上士道法御號佛世尊，於今說法，具足究竟，淨修梵行，離諸塵垢，除婬怒癡生老病死，獨步三界，而無所畏，降伏諸邪衆外異學，莫不歸伏，一切蒙度。」

佛說是時，莫不歡喜。

佛說仙人撥劫經第五十二

聞如是，一時佛遊王舍城靈鷲山，與大比丘千二百五十人俱。

爾時錦盡手長者，至舍利弗所，諷誦經法，還歸其家，厭所居處，下其鬚髮而爲沙門，未得羅漢，一切所造皆已備足。時諸比丘，往見世尊，今我等察錦盡手稽首面見，聞說法律，尋時出家，而爲沙門，博聞多智，講若干法，言談雅麗，庠序無獷，與起禪思，故復還家。世尊如是，隨其所應，未得羅漢，無根無着法，以未成就覩見生死周旋迴轉，不得解脫，如佛所教，如來至眞等正覺，所獲安隱。

佛告諸比丘：「何足爲怪！吾成無上正眞道，爲最正覺。錦盡手爲舍利弗，雖見教化度於四患。吾於異世，以凡夫身，廣說經法，度諸懃苦，乃爲殊特。」

往昔過去久遠世時，有一仙人，名曰撥劫，得五神通，時爲國王，所見奉事，愛敬無量，神足飛行，往返王宮。彼時國王，供養仙人，一切施安，坐在王邊，日日如是。王奉仙人，布髮而行，手自斟酌，百種飲食，積有年歲，供養無限。

於時彼王，有小緣務，王有一女，端正殊好，於世希有，王甚敬重，重之無量。女未出門，王告女曰：「汝見吾不，供養仙人，奉事慇懃，不敢失意？」女則白曰：「唯然已見。」王告之曰：「今吾有事，當遠遊行，汝供養之，亦當如我，事莫失意。」時彼仙人，從空中飛下，至王宮內。王女見來，以手擎之，坐着座上。適以手擎，觸體柔軟，卽起欲意。適起欲心，愛欲與盛，尋失神足，故不能飛行。思惟經行，欲復神足，故不能獲。時彼仙人，見國王女，貪欲意起，不能從志，步行出宮。如是所爲，其音暢溢，莫不聞知。時無央數人，皆來集會，王行事畢，還入其宮，聞其仙人，失于無欲，墮恩愛中，失其神足，不能飛行。王時夜至其宮，獨竊自行，往見仙人，稽首足下，以偈頌曰：

吾聞大梵志，卒暴皆貪欲，爲從何所教，何因習色欲？

時撥劫仙人，以偈答王曰：

吾實爾大王，如聖之所聞，已墮於邪徑，以王遠吾故。

王以偈問曰：

不審慧所在，及善惡所念，假使發慾心，不能伏本淨？

時撥劫仙人，復以偈答王曰：

愛慾失義利，婬心欝然熾，今日聞王語，便當捨愛慾。

於時國王，敎告仙人，仙人羞慚，剋心自責，宿夜精懃，不久卽獲，還復神通。

佛告諸比丘：「爾時仙人撥劫，今舍利弗是。國王者，吾身是。」

佛說如是，莫不歡喜。

七、六度集經十二篇

吳康居國沙門康僧會譯

六度卽六波羅密，爲佛家修行之六法，一曰布施，二曰持戒，三曰忍辱，四曰精進，五曰禪定，六曰智慧（梵語般若，或譯「明」），而我國尤重戒定慧三學。六度集經凡六章九十一篇，分八卷，紀述六種修行之故事九十一則，不知撰述人姓名，觀其內容，是雜集印度當時流行故事，分屬六度，故曰六度集經，故事內容涉及大乘，其成書年代，當在公元一二世紀，蓋三國時，康居沙門卽在建業譯之爲漢文也。

六度集經譯者康僧會，其先康居人，世居天竺，其父因商賈移於交趾（今越南），蓋從海道東來也。其人「博覽六經，天文圖緯，多所綜涉。」吳赤烏十年（二四七）至建業（今南京），孫權准建塔寺，號『建初寺。』實爲佛教傳於中國東南之第一功臣。其所譯經，高僧傳亦稱「妙得經解，文義允正」，「辭趣雅便，義旨微密。」晉武帝大康九年（二八〇）卒。

今就六度各鈔其二篇，共十二篇，觀佛教之慈悲與忍辱，以仁愛犧牲精神感化羣倫，可悟聖雄甘地非暴力運動之成就，其歷史的因素，實淵源於二千年前之佛教教義也。

布施度無極章第一

聞如是，一時佛在王舍國鷂山中，時與五百應儀，菩薩千人共坐，中有菩薩名阿泥察，佛說經道，常靖心惻聽，寂然無念，意定在經，衆祐知之，爲說菩薩六度無極難逮高行，疾得爲佛。何謂爲六？一曰布施，二曰持戒，三曰忍辱，四曰精進，五曰禪定，六曰明度無極高行。

布施度無極者，厥則云何？慈育人物，悲愍羣邪，喜賢成度，護濟衆生，跨天踰地，潤弘河海，布施衆生，饑者食之，渴者飮之，寒衣熱涼，疾濟以藥，車馬舟輿，衆寶名珍，妻子國土，索卽惠之，猶太子須大拏，布施貧乏，若親育子，父王屛逐，愍而不怨。

貧人本生

(三) 昔者菩薩貧窶尤困，與諸商人，俱之他國，其衆皆有信佛之志，布施窮乏濟度衆生。等人僉曰：衆皆慈惠，爾將何施？答曰：夫身假借之類，靡不棄捐，吾覩海魚，巨細相吞，心爲愴愴，吾當以身代其小者，令得須臾三命也，卽自投海，海大魚飽小者得活。魂靈化爲鱣魚之王，身有里數，海邊有國，其國枯旱，黎庶饑饉，更加呑噉。魚爲流淚曰：衆生擾擾，其痛苦哉！吾身有數里之肉，可供黎民旬月之乏，卽自盪身上于國常舉國噉之，以存生命，葷肉數月，而魚猶生。天神下曰：爾爲忍苦，其可堪哉？何不放壽，可離斯痛也。魚曰：吾自絕命，神逝身腐，民後饑饉，將復相噉，吾不忍覩，心爲其感也！天曰：菩薩懷慈難齊，天爲你心曰：爾必得佛度吾衆生矣。有人以斧斫取其首，魚時死矣。魂靈卽感爲王太子，生有上聖之明，四恩弘慈，潤齊二儀，愍民困窮，言之哽咽。然國尙旱，靖心齊肅，退食絕獻，頓首悔過曰：民之不善，咎在吾身，願喪吾命，惠民雨澤。日日哀慟，猶至孝之子，遭聖父之喪矣。精誠達遠，卽有名佛五百人來之其國界。王聞心喜悅若無身，奉迎稽首，請歸正殿，皇后太子靡不肅虔，最味法服，供足所乏。五體投地，稽首叩頭，涕泣而曰：吾心穢行濁，不合三尊四恩之敎，若酷人民，罪當伐己，流被下劣，枯旱累載，黎庶饑饉，怨痛傷情，願除民災，以禍罪我！諸名佛曰：爾爲仁君，慈惻仁惠，德齊帝釋，諸佛普知，今授汝福，愼無慼也。便疾勅民，皆令種穀。王卽如命男女就業，家無不修。稻化爲蓏，農臣以聞。王曰：須熟。蓏實覆國，皆含稻穬，中容數斛，其味苾分，香味一國。擧國欣懌，歎詠王德，四境讎國，皆稱臣妾，黎民雲集，國界日長，率土持戒，歸命三尊。王及臣民，壽終之後，皆生天上。佛言：時貧人者，吾身是也。累劫仁惠，拯濟衆生，功不徒朽，今果得佛，號天中天，爲三界雄。菩薩慈惠，度無極行布施如是。

兎王本生

（二一）昔者梵志，年百二十，執貞不娶，淫泆寂盡，靖處山澤，不樂世榮，以茅草爲廬，蓬蒿爲席；泉水山果，趣以支命。志弘行高，天下歎德。王娉爲相，志道不仕。處于山澤數十餘載。仁逮衆生，禽獸附恃。

時有四獸：狐、獺、猴、兎。斯四獸曰：『供養道士，靖心聽經。』積年之久，山菓都盡。

道士欲徙尋果所盛。四獸憂曰：『雖有一國榮華之士，猶濁水滿海，不如甘露之斗升也。道士去者不聞聖典，吾爲衰乎！各隨所宜求索飲食，以供道士。請留此山，庶聞大法。』僉然曰：『可。』獼猴索果；狐化爲人，得一囊麨；獺得大魚。各曰：『可供一月之粮。』兎深自惟：『吾當以何供道士乎？』曰：『夫生有死，身爲朽器，猶當棄捐。食凡夫萬，不如道士一。』卽行取樵，然之爲炭，向道士曰：『吾身雖小，可供一日之粮。』言畢卽自投火，火爲不然。道士覩之，感其若斯，諸佛歎德，天神慈育，道士遂留。日說妙經，四獸稟誨。佛告諸沙門：『梵志者，錠光佛是也；兎者，吾身是也；獼猴者，秋鷺子是也；狐者，阿難是也；獺者，目連是也。』菩薩慈惠，度無極行布施如是。

戒度無極章第二

戒度無極者，厥則云何？狂愚兇虐，好殘生命，貪餘盜竊，婬妷穢濁，兩舌惡罵，妄言綺語，嫉恚癡心，危親戮聖，謗佛亂賢，取宗物，懷兇逆，毀三尊，如是元惡，寧就脯割，葅醢市朝，終而不爲信佛三寶，四思普濟矣。

凡夫本生

（三二）昔者菩薩，時爲凡夫，博學佛經，深解罪福，衆道醫術，禽獸鳴啼，靡不具照。覩世憒濁，隱而不仕，尊尙佛戒，唯正是從。處貧窮困，爲商賃擔，過水邊飮，羣鳴衆操，商人心懼，森然毛竪。菩薩笑之，飯已卽去，還其本土，雇其婿直曰：烏鳴爾笑，將有以乎？答曰：烏云彼有白珠，其價甚重，汝殺取其珠，吾欲食其肉故笑之耳。曰：爾不殺烏乎？答曰：夫不覩佛經者，爲滔天之惡，而謂之無殃，斯爲自欺矣。吾觀無上正眞之典籍，覩菩薩之淸仁，蜎飛蚑行蠕動之類，愛而不殺，草芥非己有卽不取。夫好殺者不仁，好取者不淸，吾前世爲好取之穢，今獲其殃，處困陋之貧，爲子賃客，今又犯之，種無量之罪，非佛弟子矣。吾寧守道貧賤而死，不爲無道富貴而生也。貨主曰：善哉！唯佛教眞。菩薩執志度無極行持戒如是。

兄獼猴本生

（三六）昔者菩薩，無數刼時，兄弟資貨求利養親，之于異國，令弟以珠現其國王，王覩弟顏華，欣然可之，以女許焉。求珠千萬。弟還告兄，兄追之王所。王又覩兄容貌堂堂，言輒聖典，雅相難齊，王重嘉焉，轉女許之。女情逸豫。兄心存曰：壻伯卽父，叔妻卽子，斯有父子之親，豈有嫁娶之道乎？斯王處人君之尊，而爲禽獸之行，卽引弟退。

女登臺望曰：吾爲魅蠱食兄肝可乎？展轉生死，兄爲獼猴，女與弟俱爲鱉，鱉妻有疾，思食獼猴肝，雄行求焉。覩獼猴下飮。鱉曰：爾嘗覩樂乎？答曰：未也。曰：吾舍有妙樂，爾欲觀乎？曰：然。鱉曰：爾昇吾背，爾將觀矣，昇背隨焉半溪，鱉曰：吾妻思食爾肝，水中何樂之有乎？獼猴心恧然曰：夫守戒，善之常也。權，濟難之大矣，曰：爾不早云；吾以肝懸彼樹上。鱉信而還，獼猴上岸，曰：死鱉蟲！豈有腹中肝而當懸樹者乎？

佛告諸比丘：兄者，即吾身是也，常執貞淨，終不犯淫亂。畢宿餘殃，墮獼猴中。弟及王女，俱受驚身，雄者，調達是；雌者，調達妻是，菩薩執志度無極行持戒如是。

忍辱度無極章第三

忍辱度無極者，厥則云何？菩薩深惟，衆生識神，以癡自壅，貢高自大。常欲勝彼，官爵國土六情之好，已欲專焉。若覩彼有愚即貪嫉，貪嫉處內，瞋恚處外，施不覺止，其爲狂醉，長處盲冥矣。展轉五道，太山燒煮，餓鬼畜生，積苦無量，菩薩覩之即覺，悵然而歎！衆生所以有亡國破家危身滅族，生有斯患，死有三道之辜，皆由不能懷忍行慈，使其然矣。菩薩覺之，即自誓曰：吾寧就湯火之酷，菹醢之患，終不恚毒加於衆生也。夫忍不可忍者，萬福之原矣。自覺之後，世世行慈，衆生加己罵詈捶杖，奪其財寶妻子國土危身害命，菩薩輒以諸佛忍力之福，迮滅毒恚，慈悲愍之追而濟護。若其免咎，爲之歡喜。

羼提和梵志本生

（四四）昔者菩薩，時爲梵志，名羼提和，處在山澤，樹下精思，以果泉水而爲飲食，內垢消盡，處在空寂，弘明六通得盡知之。智名香熏聞八方上下，十方諸佛，緣一覺道，應儀聖衆，靡不咨嗟，釋梵四王，海龍地祇，朝夕肅虔叉手稽首，稟化承風，擁護其國，風雨順時，五穀豐熟，毒消災滅，君臣熾盛。其王名迦梨，入山畋獵，馳逐麋鹿，尋其足跡，歷菩薩前，王問道士：

獸跡歷茲，其爲如行乎？菩薩默惟，衆生擾擾；唯爲身命，畏死貪生，吾心何異哉！吾儻語王，虐殺不仁，罪與王同。儻云不見，吾爲欺矣。中心惡然，低首不云。王即怒曰：當死乞人，吾現帝王一國之尊，問不時對，而佯低首乎？其國名揥手爪曰不，菩薩惆悵，揥手抓曰不乎，示王以爲不見。曰：獸跡歷茲，而云不見，王勢自在，爲不能戮爾乎？菩薩曰：吾聽王耳。王曰：爾爲誰耶？曰：吾忍辱人，王怒拔劍，截其右臂。菩薩念曰：吾志上道，與時無諍，斯王尙加吾刃，豈況黎庶乎？願吾得佛，必先度之，無令衆生，效其爲惡也。王曰：若爲誰乎？曰：吾忍辱人，又截其左手。一問一截，截其脚，截其耳，截其鼻，血若流泉，其痛無量。天地爲震動，日即無明，四天大王，僉然俱臻，同聲恚曰：斯王酷烈，其爲難齊。諸道士曰：無以汚心，吾等誅王，及其妻子，並滅一國，以彰其惡。道士答曰：斯何言乎？此殃由吾前世不奉佛教，加毒于彼，爲惡禍追，猶影之繫形矣。昔種之少，而今獲多，吾若順命，禍若天地，累刧受咎，豈可畢哉？黎民覩變，馳詣首過，齊聲而曰：道士處茲，景祐潤國，禳災滅疫，而斯極愚之君，不知臧否，不明去就，惡加元聖。惟願聖人，無以吾等報上帝也。菩薩答曰：王以無辜之惡，痛加吾身，吾心愍之，猶慈母之哀其赤子也。黎庶何過而怨之乎？假有疑望，爾捉吾斷臂以來。民即捉之，乳湩交流。曰：吾有慈母之哀，今其信現於茲。民覩弘信，靡不稟化，欣懌而退。菩薩有弟，亦覩道元，處在異山，以天眼徹視，覩天神鬼龍會議，王惡靡不懷忿，懼兄有損德之心，以神足之兄所。曰：有所中傷乎？答曰：不也。爾欲照吾信取斷手足耳鼻，着其故處，復者即吾信矣。弟續之即復。兄曰：吾普慈之信于今着矣。天神地祇，靡不悲喜，稽首稱善，更相勸導，進志高行，受戒而退。自斯之後，日月無光，五星失度，妖怪相屬，枯旱穀貴，民困怨其王也。佛告諸比丘，時羼提和者，卽吾身是；弟者，彌勒是；王者，羅漢拘隣是。菩薩法忍度無極行忍辱如是。

之裸國經〔叔本生〕

（五二）昔者菩薩，伯叔二人，各資國貨俱之裸鄉，叔曰：夫福厚者衣食自然，薄祐者展乎筋力。今彼裸鄉，無佛無法無沙門衆，可謂無人之土矣，而吾等往，俯仰取其意豈不難哉！入國隨俗，進退尋儀，柔心言遜，匿名揚愚大士之慮也。伯曰：禮不可虧，德不可退，豈可裸形毀吾舊儀乎？叔曰：先聖影則隕身不隕行戒之常也。內金表銅，釋儀從時，初譏後歎，權道之大矣。遂俱之彼。伯曰：爾今先入觀其得失，遣使告誠。叔曰：敬諾。旬日之間使返告伯曰：必從俗儀。伯勃然曰：釋人從畜，豈君子行乎？叔爲吾不也。其國俗以月晦十五日夜常爲樂，以麻油膏膏首，白土畫身，雜骨瓔頸，兩石相叩，男女攜手，逍遙歌舞，菩薩隨之，國人欣歎，王愛民敬賓侯相屬。王悉取貨十倍雇之，伯車乘入國，言以嚴法輒違民心，王忿民慢，奪財撾捶，叔請乃釋，俱還本國。送叔者被路，罵伯者聒耳。伯恥怒曰：彼與爾何親？與吾何讎？爾惠吾奪，豈非讒言乎？結叔帶曰：自今之後，世世相酷終不赦爾。菩薩愴然流淚誓曰：令吾世世逢佛見法親奉沙門，四恩普覆潤濟衆生，奉伯若已不違斯誓也。自此之後，伯輒尅叔，叔常濟之。佛告諸比丘：時叔者吾身是也，伯者調達是也，菩薩慈柔度無極行忍辱如是。

精進度無極章第四

精進度無極者，厥則云何？精存道奧，進之無怠，臥坐行步，喘息不替，其目髣髴，恒覩諸佛靈像變化立己前矣，厥耳聽聲，恒聞正眞垂誨德音，鼻爲道香，口爲道言，手供道事，足蹈道堂，不替斯志呼吸之間矣。憂愍衆生長夜沸海，洄流輪轉，毒加無救。菩薩憂之，猶至孝之喪親矣。若夫濟衆生之路，前有湯火之難刀毒之害，投躬危命，喜濟衆難，志踰六冥之徒獲榮華矣。

獼猴王本生

（五六）昔者菩薩，爲獼猴王，常從五百獼猴遊戲，時世枯旱，衆果不豐，其國王城去山不遠，隔以小水，猴王將其衆人苑食果，苑司以聞。王曰：密守無令得去，猴王知之，愴然而曰：吾爲衆長禍福所由，貪果濟命而更誤衆，勅其衆曰：布行求藤，衆還藤至，競各連續，以其一端縛大樹枝。猴王自繫腰登樹投身，攀彼樹枝，藤短身垂，勅其衆曰：疾緣藤度，衆以過畢，兩掖俱絕，墮水岸邊，絕而復蘇。國王晨往。案行獲大獼猴，能爲人語，叩頭自陳云：野獸貪生恃澤附國，時旱果乏，干犯天苑，咎過在我，原赦其餘，蟲身朽肉，可供太官一朝之餚也。王仰歎曰：蟲獸之長，殺身濟衆，有古賢之弘仁，吾爲人君，豈能如乎？爲之揮涕，命解其縛，扶着安土，勅一國中恣猴所食，有犯之者罪與賊同。還向皇后陳其仁澤，古賢之行未等於茲，吾仁系髮彼踰崑崙矣。后曰：善哉！奇矣斯蟲也，王當恣其所食無令衆害。王曰：吾已命矣。佛告諸比丘，獼猴王者吾身是也，國王者阿難是也，五百獼猴者今五百比丘。菩薩銳志度無極精進如是。

佛說蜜蜂王經（精進辨比丘本生）

（六四）聞如是，一時佛在舍衛國祇樹給孤獨園，佛告諸弟子，當勤精進聽聞諷誦，莫得懈怠陰蓋所覆。吾念過去無數劫時，有佛名一切度王如來無所着最正覺，時爲一切諸天人民不可計數而說經法。是時衆中有兩比丘，其一比丘名精進辯，一比丘名德樂正，共聽經法，精進辯者聞經歡喜，應時卽得阿惟越致，神通具足，德樂正者，睡眠不覺獨無所得，時精進辯謂德樂正言，佛者難値，億百千世時乃一出耳，當曼精進爲衆作本，如何睡眠，夫睡眠者陰蓋之罪，當自勗勉有覺寤心，時德樂正，聞其敎詔便卽經行，於祇樹間甫始經行復住睡眠，如是煩亂不能自定，詣泉水側坐欲思惟，復坐睡眠。時精進辯，便以善權往而度之，化作蜜蜂王，飛趣其眼如欲螫之。時德樂正驚覺而坐，畏此蜂王須臾復睡，時蜜蜂王飛入腋下螫其胸腹，德樂正驚心中懅悸不敢復睡。時泉水中有雜色花，憂曇、拘文、種種鮮潔。時蜜蜂王，飛往華上食甘露味，時德樂正端坐視之，畏復飛來不敢復睡，思惟蜂王觀其根本，蜂王食味不出華中。須臾之頃，蜂王睡眠，墮汚泥中身體沐浴，已復還飛往其華上。時德樂正，向蜜蜂王，說此偈言：

是食甘露者，其身得安隱，不當復持歸，遍及其妻子。如何墮泥中，自汚其身體。
如是爲無黠，敗其甘露味。又如此華者，不宜久住中。日沒華還合，求出則不能。
當須日光明，爾乃復得出，長夜之疲冥，如此甚勤苦。

時蜜蜂王，向德樂正，說偈報言：

佛者譬甘露，聽聞無厭足。不當有懈怠，無益於一切。五道生死海，譬如墮汚泥。

愛欲所纏裹，無智爲甚迷。日出衆華開，譬佛之色身。日沒華還合，世尊般泥曰。

値見如來世，當曼精進受。除去睡陰蓋，莫呼佛常在。深法之要慧，不以色因緣。

其現有智者，當知爲善權。善權之所度，有益不唐擧。而現此變化，亦以一切故。

時德樂正聞聽其說，卽得不起法忍，解諸法本逮陀隣尼，乃知精進辯善權方便，常獨經行不復懈怠，應時亦得不退轉地。佛告阿難：爾時精進辯者今我身是也，德樂正者彌勒是也。佛語阿難，我爾時俱與彌勒共聽經法，彌勒時睡眠獨無所得，設我爾時不行善權而救度者，彌勒于今在生死中未得度脫。聞是法者常當精進，廣勸一切皆令除去睡眠之蓋，當造光明智慧之本。說是事時，無央數人皆發無上平時度意，菩薩銳志度無極精進如是。

禪度無極章第五

（七四）禪度無極者云何，端其心，壹其意，合會衆善內着心中，意諸穢惡，以善消之，凡有四禪。一禪之行，去所貪愛五妖邪事，眼覩華色心爲淫狂，去耳聲鼻香口味身好，道行之志必當遠彼。又有五蓋，貪財蓋，恚怒蓋，睡眠蓋，淫樂蓋，悔疑蓋。有道無道，有佛無佛，有經無經。心意識念，清淨無垢。心明覩眞得無不知，天龍鬼妖所不能惑。猶人有十怨脫身離之，獨處山間衆所不知無所復畏，人遠情欲，內淨心寂，斯謂一禪。心獲一禪進向二禪，第二之禪，如人遐怨，雖處深山懼怨尋之。逾自深藏行家雖遠十情慾怨，猶恐慾賊來壞道志，得第一禪，情慾稍遠不能汚己。第一之禪，善惡諍已。以善消惡，惡退善進。第二之禪，喜心寂止，不復以善住消住消彼惡也。喜善二意，悉自消滅，十惡煙絕，外無因緣來入心者。譬如高山其頂有泉無流入者，亦非龍雨水自內出，水淨泉溝，善內心出，惡不復由耳目鼻口入，御心如是，便向三禪。第三之禪，守意牢固，善惡不入，心安如須滿，諸善不出外事，善惡寂滅不入。心猶蓮華，根莖在水，華合未發，爲水所覆。三禪之行，其淨猶華，去離衆惡身意俱安。御心如是，便向四禪，善惡皆棄，心不念善，亦不存惡，心中明淨，猶琉璃珠。又如士女，淨自沐浴，名香塗身，內外衣新，鮮明上服，表裏香淨。菩薩心端獲彼四禪，羣邪衆垢，無能蔽其心，猶若淨繒在作何色。又如陶家埏埴爲器，泥無沙礫，在作何器。又猶鍛師熟煉名金，百奇千巧從心所欲。菩薩心淨得彼四禪，在意所由，輕擧騰飛，履水而行，分身散體，變化萬端，出入無間，存亡自由。摸日月，動天地，洞視徹聽靡不聞見，心淨觀明得一切智，未有天地衆生所更，十方現在衆心所念，未萌之事，衆生魂靈爲天爲人，入太山，餓鬼，畜生道中，福盡受罪，殃訖受福，無遠不如。夫得四禪，欲得溝港，頻來，不還，應儀。各佛如來，至眞平等正覺無上之明，求之卽得，猶若萬物皆因地生，自五通智至于世尊，皆四禪成，猶衆生所作非地不立，衆祐又曰，羣生處世，正使天地仙聖巧黠之智，不覩斯經，不獲四棄之定者，猶爲愚曚也。卽有智慧，而復一心卽近度世，此爲菩薩禪度無極一心如是。

太子得禪(一)

(七七)太子出遊，王勅國內無令衆穢當彼王道，太子出城，第二天帝，化爲老人，當其車前，頭白背傴，倚杖羸步。太子曰：斯人何乎？御使對曰：老人矣。何謂爲老？曰：四大根熟，餘命無幾。太子曰：吾後亦當老乎？對曰：自古有老，無聖免茲。太子曰：吾謂尊榮與凡有異，而俱不免，榮何益己。還宮存之，一心得禪。王問僕曰：太子出遊觀國喜乎？對曰：道觀老叟，存世非常，心不爲欣，王懼去國，重益樂人，惑之以榮華，亂之以衆音，欲壞其道意，令守尊位也。後復出遊，王重勅曰：無令羸老在道側也。前釋復化爲病人，體疲氣微，肉盡骨立，惡露塗身，倚在門側。曰：斯復何人？對曰：病人也。曰：何謂爲病？飲食不節，臥起無常，故獲斯病，或愈或死。曰：吾亦飲食不節，臥起無常，當更病乎？對曰：有身卽病，無免斯患。太子曰：吾不免患，後必知之，還宮存之，一心入禪，後出，帝釋復化爲死人，舁擔建旐，哀慟塞路。曰：斯復何人？對曰：死人。何謂爲死？命終神遷，形骸分散，長與親離，痛夫難處。太子曰：吾亦然乎？對曰：上聖之純德，無免斯患，廻車還宮，一心入禪。後復出遊，之王田廬，坐樹下覩耕犂者，反土蟲出，或傷或死，鳥追食之。心中愴然，長歎曰：咄！衆生擾擾，痛焉難處！念之悵如，一心入禪。時日盛出照太子身，樹爲低枝不令日炙。王尋所之，遙覩無上聖德之靈，悲喜交集，不識投身，稽首爲禮。太子亦俱稽首于地，父子辭畢，王還於宮。太子一心入禪，菩薩禪度無極一心如是。

太子得禪(三)

(七九)太子未得道時，取地槀草，於樹下叉手正坐，棄衆垢念，淸其心，一其志，自念曰：今日爲始，肌筋枯腐，於此不得佛者，吾終不起。菩薩卽得一禪，二三至四禪。卽於一夜得一術闍，知無數刧父母兄弟妻子九族。二夜之中得二術闍，自知無數刧貧富貴賤長短白黑，衆生心中有念無念得無不知。三夜之中得三術闍，三毒都滅，夜向明時，佛道成矣。深自思曰：吾今得佛，甚深甚深難知難了！徵中之徵妙中之妙也。今佛道成得無不知，起至龍水所，龍名文隣。文隣所處，水邊有樹，佛坐樹下曰：昔者錠光佛授吾尊決，當無釋迦文佛，眞如所聞。吾今得佛矣，自無數刧來，布施，持戒，忍辱，精進，禪定，明度，積功之願，始今得極尊，作善福歸不亡我功，佛適念之，便入禪度無極。佛在水邊，光明徹照龍所居處。龍覩光影，鱗甲皆起，龍甞見三佛，拘婁秦佛，拘那鋡牟尼佛，迦葉佛。三佛得道，皆在此坐，明悉照龍所居，龍觀光明念曰：斯光與前三佛光影齊同，世間得無復有佛乎？龍大歡喜，出水左右顧視，覩佛坐樹下，身有三十二相，紫磨金色，光明奕奕過月踰日，相好端正如樹有華。龍前趣佛，頭面着地，遶佛七匝，身去佛四十里，以七頭覆佛上，龍喜作風雨七日七夕，佛端坐不動不搖不喘不息。七日不食得佛，心喜都無有想，龍大歡喜，亦七日不食無饑渴念，七日畢風雨止，佛禪覺悟，龍化爲梵志，年少鮮服，長跪叉手，稽首問曰：得無寒無熱無饑無渴，功福會聚，衆毒不加，處世爲佛，三界特尊，豈不快哉！佛告龍曰：過去諸佛經說，衆生離三惡道得爲人快，處世閑居守道志快，昔者所聞今皆獲快，處世懷慈不害衆生快，天魔重毒皆歇快，惔怕無欲不慕榮快，於世得道爲天人師，志、空、不願、無相之定，衆欲之有身，還神於本無，長存之寂，永與苦絕，斯無上之快矣。龍稽首言：自今以後，自歸佛歸法，佛告龍，方有衆聖其誓應儀欲除饉苦，亦當豫自歸之。龍曰諾，自歸除饉衆。畜生之中歸佛先化，斯龍爲首。菩薩禪度無極一心如是。

明度無極章第六

菩薩以明離鬼妻經〔凡人本生〕

（八五）昔者菩薩，時爲凡人，年十有六，志性開達，學博覩弘，無經不貫練，精深思衆經道術，何經最眞，何道最安，思已喟然而歎曰：唯佛經最眞無爲最安。重曰：吾當懷其眞處其安矣。親欲爲納妻，悵然而曰：妖禍之盛莫大于色，若妖蠱臻，道德喪矣。吾不遁邁，將爲狼呑乎？於是遂之異國力賃自供。時有田翁，老而無嗣，草行獲一女焉。顏華絕國欣育爲嗣，求男爲偶，遍國無可。翁賃菩薩積有五年，觀其操行，自微至著，中心嘉焉曰：童子，吾居有足，以女妻爾，爲吾嗣矣。女有神德，惑菩薩心，納之無幾，卽自覺曰：吾覩諸佛明化，以色爲火，人爲飛蛾，蛾貪燒色，身見燒煮，斯翁以色火燒吾躬，財餌鈎吾口，家穢喪吾德矣。夜默遁邁，行百餘里，依空亭宿。宿亭人曰：子何人乎？曰：吾寄宿。亭人將入，覩妙床蓐衆珍光目，有婦人顏似己妻，惑菩薩心，令與之居。積有五年，明心覺焉，曰：婬爲蠋蟲，殘身危命者也。吾故馳隱衰又逢焉，默而疾邁，又覩宮寶婦人如前，復惑厥心與居十年，明心覺焉曰：吾殃重矣，奔而不免。深自誓曰：終不寄宿。又復遁逃，遙覩大屋，避之草行。守門者曰：何人夜行？答曰：趣及前隙，曰有禁無行。內人呼前所覩如上。婦曰：自無數去誓爲室家，爾走安之。菩薩念曰：欲根難拔，乃如之乎！卽與四非常之念曰：吾欲以非常，苦、空，非身之定滅三界諸穢，何但爾垢而不能殄乎？與斯四念，鬼妻卽滅，中心炅如，使覩諸佛處已前立，釋空，不願無想之定，受沙門戒爲無勝師，菩薩普智度無極行明施如是。

察微王經（察微王本生）

（九〇）昔者菩薩爲大國王名曰察微，志清行淨唯歸三尊，稟翫佛經靖心存義，深覩人原始，自本無生，元氣強者爲地，軟者爲水，煖者爲火，動者爲風，四者和焉識神生焉。上明能覺，止欲空心還神本無，因誓曰：覺不寤之疇，神依四立，大仁爲天，小仁爲人。衆穢雜行爲蜎飛蚑行蠕動之類，由行受身，厥形萬端，識與元氣微妙難覩，彤無糸髮，孰能獲把，然其釋故稟新終始無窮矣。王以靈元化無常體，輪轉五塗綿綿不絕，釋羣臣意，衆闇難寤猶有疑焉曰：身死神生，更愛異體，臣等衆矣，尠識往世。王曰：論未志端，焉能識歷世之事乎？視不覩耗，孰能見魂靈之變化乎？王以閑日由私門出，麤衣自行，就補履翁，戲曰：率土之人孰者樂乎？翁曰：唯王者樂耳。曰：厥樂云何？翁曰：百官虔奉，兆民貢獻，願卽從心，斯非樂乎？王曰：審如爾云矣，卽飲之以葡萄酒，厥醉無知，抗着宮中，謂元妃曰：斯蹠翁云，王者樂矣，吾今戲之，衣以王服令聽國政，衆無駭焉。妃曰：敬諾。其醒之日，侍妾佯曰：大王項醉，衆事猥積，宜在平省，將出臨御，百揆催其平事，矇矇瞢瞢東西不照，國史記過，公臣切磋，處座終日，身都痟痛，食不爲甘，日有瘦疵。宮女訕曰：大王光華有損何爲？答曰：吾夢爲補蹠翁，勞躬求食，甚爲難云，故爲痟耳，衆靡不竊笑之也，從寢不寐，展轉反側，曰：吾是補蹠翁耶眞天子乎？若是天子肌膚何麤？本補蹠翁，緣處王宮，余心荒矣，目睛亂乎？二處之身不照孰眞，元妃佯曰：大王不悅，具奉伎樂，飲以葡萄酒，重醉無知，復其舊服送着麤床，酒醒卽寤，覩其陋室賤衣如舊，百節皆痛，猶被杖楚。數日之後，王又就之。翁曰：前飲爾酒，湎眩無知，今始寤耳，夢處王位，平省衆官，國史記過，羣僚切磋，內懷惶灼，百節之痛，被笞不踰也。夢尚若斯，況眞爲王乎？往日之論，定爲不然。王還宮內，與羣臣講論斯事，笑者聒耳。王謂羣臣曰：斯一身所更視聽，始今尙不自知，豈況異世捨故受新，更乎衆艱魃魅之拂痱忏之困，而云欲知靈化所往受身之土豈不難哉！經曰：愚懷衆邪欲覩魂靈猶矇晦行，仰視星月，勞躬沒齒何時能覩？於是羣臣率土黎庶，始照魂靈與元氣相合，終而復始，輪轉無際，信有生死殃福所趣。佛告諸比丘，時王者是我身也，菩薩普智度無極行明施如是。

八、佛所行讚三篇

馬鳴菩薩造
北涼天竺三藏曇無讖譯

（印度文學欣賞書中已選鈔厭患品、出城品、破魔品等三篇，今再選三篇以爲補充）。

㈠轉法輪品第十五

如來善寂靜，光明顯照曜，嚴儀獨遊步，猶若大衆隨。道逢一梵志，其名憂波迦，執持比丘儀，恭立於路傍，欣遇未曾有，合掌而啓問：羣生皆染著，而有無著容。世間心動搖，而獨靜諸根，光顏如滿月，似味甘露津，容貌大人相，慧力自在王，所作必已辦，爲宗稟何師？答言：我無師，無宗無所勝，自悟甚深法，得人所不得。人之所應覺，擧世無覺者，我今悉自覺，是故名正覺。煩惱如怨家，伏以智慧劍，是故世所稱，名之爲最勝。當詣波羅㮈，擊甘露法鼓，無慢不存名，亦不求利樂，唯爲宣正法，拔濟苦衆生。以昔發弘誓，度諸未度者，誓果成於今，當遂其本願。當財自供已，不稱名義士，兼利於天下，乃名大丈夫。臨危不濟溺，豈云勇健士？疾病不救療，何名爲良醫？見迷不示路，孰云善道師？如燈照幽冥，無心而自明，如來然慧燈，無諸求欲情。鑽燧必得火，穴中風自然，穿地必得水，此皆理自然。一切諸牟尼，成道必伽耶，亦同迦尸國，而轉正法輪。

梵志憂波迦，嗚呼嘆奇特！隨心先所期，從路各分乖，計念未曾有，步步顧踟蹰。

如來漸前行，至於迦尸城，其地勝莊嚴，如天帝釋宮。恆河波羅㮈，二水雙流間，林木花果茂，禽獸同羣遊，閑寂無喧俗，古仙人所居。如來光照耀，倍增其鮮明。憍隣如族子，次十力迦葉，三名婆澀波，四阿濕波誓，五名跋陀羅，習苦樂山林。遠見如來至，集坐共議言，瞿曇染世樂，放捨諸苦行，今復還至此，愼勿起奉迎，亦莫禮問訊，供給其所須，已壞本誓故，不應受供養。凡人見來賓，應修先後宜，且爲設床座，任彼之所安。作此要言已，各各正基坐。

如來漸次至，不覺違要言，有請讓其坐，有爲攝衣鉢，有爲洗摩足，有請問所須，如是等種種，尊敬師奉事，唯不捨其族，猶稱瞿曇名。

世尊告彼言，莫稱我本姓，於阿羅呵所，而生褻慢言。於敬不敬者，我心悉平等；汝等心不恭，當自招其罪。佛能度世間，是故稱爲佛。於一切衆生，等心如子想，而稱本名字，如得慢父罪。佛以大悲心，哀愍而告彼，彼率愚騃心，不信正眞覺，言先修苦行，猶尚無所得，今恣身口樂，何因得成佛？如是等疑惑，不信得佛道，究竟眞實義，一切智具足。

如來卽爲彼，略說其要道：愚夫習苦行，樂行悅諸根，見彼二差別，斯則爲大過。非是正眞道，以違解脫故。疲身修苦行，其心猶馳亂，尚不生世智，況能超諸根？如以水燃燈，終無破闇期；疲身修慧燈，不能壞愚癡；朽木而求火，徒勞而弗獲；鑽燧人方便，卽得火爲用。求道非苦身，而得甘露法；着欲爲非義，愚癡障慧明。尚不了經論，況得離欲道？如人得重病，食不隨病食。無知之重病，著欲豈能除？放火於曠野，乾草增猛風。火盛孰能滅？貪愛火亦然，我已離二邊，心存於中道。衆苦畢竟息，安靜離諸過；正見踰日光，平等覺觀佛。正語爲舍宅，遊戲正業林；正命爲豐姿，方便正修塗；正念爲城郭，正定爲床座，八道坦平正。

免脫生死苦，從此塗出者，所作已究竟，不墮於此彼。二世苦數中，三界純苦聚，唯此道能滅，本所未曾聞。正法清淨眼，等見解脫道，唯我今始超，生老病死苦，愛離怨憎會，所求事不果，及餘種種苦。離欲未離欲，有身及無身，離淨功德者，略說斯皆苦，猶如盛火息，雖微不捨熱，寂靜微細我，大苦性猶存，貪等諸煩惱，及種種業過，是則爲苦因，捨離則苦滅。猶如諸種子，離於地水等，衆緣不和合，芽葉則不生。有有性相續，從天至惡趣，輪廻而不息，斯由歎欲生。軟中上差降，種種業爲因。若滅於貪等，則無有相續；種種業盡者，差別苦長息。此有則彼有，此滅則彼滅，無生老病死，無地水火風，亦無初中邊，亦非欺誑法，聖賢之所住，無盡之寂滅。所說八正道，是方便非餘。世間所不見，彼彼長迷惑，我知苦斷集，證滅修正道，觀此四眞諦，遂成等正覺。

謂我已知苦，已斷有漏因，已滅盡作證，已修八正道，已知四眞諦，清淨法眼成，於此四眞諦，未生平等眼，不名得解脫，不言作已作，亦不言一切，眞實知覺成，已知眞諦故。自知得解脫，自知作已作，自知等正覺，說是眞實時，憍憐族姓子，八萬諸天衆，究竟眞實義，遠離諸塵垢，清淨法眼成，天人師知彼，所作事已作，歡喜師子吼。問憍憐如來，憍憐卽白佛：已知大師法，以彼知法故，名阿若憍憐。於佛弟子中，最先第一悟。彼知正法聲，聞於諸地神，咸共擧聲唱，善哉見深法！如來於今日，轉未曾所轉，普爲諸天人，廣開甘露門。淨戒爲衆輻，調伏寂定齊，堅固智爲輞，慚愧楔其間。正念以爲轂，成眞實法輪。正眞出三界，不退從邪師，如是地神唱，虛空神傳稱，諸天轉讚嘆，乃至徹梵天。三界諸天神，始聞大仙說，展轉驚相告，普聞佛興世，廣爲羣生類，轉寂靜法輪。風霽雲霧除，空中雨天華，諸天奏天樂，嘉歎未曾有！

(二)受祇桓精舍品第二十

世尊已開化，迦維羅衞人，隨緣度已畢，與大衆俱行，往憍薩羅國，詣波斯匿王。祇桓已莊嚴，堂舍悉周備，流泉相灌注，花果悉敷榮，水陸衆奇鳥，隨類羣和鳴，衆美世無比，若稽羅山宮。給孤獨長者，眷屬尋路迎，散花燒名香，奉請入祇桓。手執金龍瓶，躬跪注長水，以祇桓精舍，奉施十方僧。世尊呪願受，鎭國令久安。給孤獨長者，福慶流無窮。

時波斯匿王，聞世尊已至，嚴駕出祇桓，敬禮世尊足，却坐於一面，合掌白佛言：不圖卑小國，忽成大吉祥。惡逆多殃災，豈能感大人！今得覩聖顏，沐浴飮清化。鄙雖處凡品，蒙聖入勝流，如風拂香林，氣合成薰飇，衆鳥集須彌，異色齊金光，得與明人會，蒙蔭而同榮。野夫供仙人，生爲三足星，世利皆有盡，聖利永無窮。人王多愆咎，遇聖利常安。佛知王心至，樂法如帝釋，唯有二種著，不能忘財色，知時知心行，而爲王說法。惡業卑下士，見善猶知敬，況復自在王，積德乘宿因，遇佛加恭敬，此乃非爲難。國素靜民安，非見佛所增。今當略說法，大王且諦聽：受持我所說，見我功果成。命終形神乖，親戚悉別離，唯有善惡業，始終而影隨。當崇法王業，子養於萬民。現世名稱流，命終上昇天。縱情不順法，今苦後無歡。古昔羸馬王，順法受天福；金步王行惡，壽終生惡道。我今爲大王，略說善惡法：大要當慈心，觀民猶一子，不迫亦不害，善攝持諸根；捨邪就正路，不自擧下人；結友於苦行，勿習邪見朋；勿恃王威勢，勿聽邪佞言，勿惱諸苦行，莫踰王正典。念佛維正法，調伏非法者，現爲人中上，德將隆道中。深思無常想，身命念念遷，栖心高勝境，志求清涼津，保慈自在樂，來世增其歡，傳名於曠劫，必報如來恩。如人愛甜果，必種其良栽。有從明入暗，有從闇入明，有闇闇相續，有明明相因，智者捨三品，當學始終明。言惡羣響應，善唱隨者難，無有不作果，作者不敗亡。創業不勤習，至竟莫能爲，素不修善因，後致樂無斯。既往無息期，是故當修善；自省不爲惡，自作自受故。猶四石山合，衆生無逃處，生老病死山，羣生脫無由；唯有行正法，出斯苦重山。世間悉無常，五欲境如電，老死錐鋒端，何應習非法？古昔諸勝王，猶若自在天，勇健志騰虛，暫顯已磨滅。劫火鎔須彌，海水悉枯竭，況身如泡沫，而望久存世？猛風止隨藍，日光翳須彌，盛火水所消，有物悉歸滅。此身無常器，長夜苦守護，廣資以財色，放逸生憍慢，死時忽然至，挺直如枯木。明人見斯變，勤修豈睡眠？生死獨搖機，不止會墮落。不習不續樂，苦報者不爲；不近不勝友，不學不斷智；學不受有智，受必令無身；有身不染境，染境爲大過。雖生無色天，不免時遷變，當學不變身，不變則無過。以有此身故，爲衆苦之本，是故諸智者，息本於無身。一切衆生類，斯由欲生苦，是故於欲有，當生厭離心。厭離於欲有，則不受衆苦，雖生色無色，變易爲大患，以不寂靜故，況不離於欲。如是觀三界，無常無有主，衆苦常熾然，智者豈願樂？如樹盛火然，衆鳥豈羣集？覺者爲明士，離此則無明；此則開覺士，離此則非覺；此則應所作，離此則不應；此則爲近宗，離此與理乖。言此殊勝法，非在家所應，此則爲非說，法唯在人弘。患熱入冷水，一切得清涼；冥室燈火明，悉覩於五色。修道亦如是，道俗無異方：或山居墮罪，或在家昇仙，癡冥爲巨海，邪見爲濤波，羣生隨愛流，漂轉莫能度。智慧爲輕舟，堅持三昧正，方便鼓念檝，能濟無知海。

時王專心聽，一切智所說，厭薄於俗榮，知王者無歡，如逸醉犴象，醉醒純熟還。

時有諸外道，見王信敬佛，咸求於大王，與佛決神通。時王白世尊，願從彼所求，佛卽默然許，種種諸異見：五通神仙士，悉來詣佛所，佛卽現神力，正基坐空中。普放大光明，如日耀朝陽，外道悉降伏，國民普歸宗。爲母說法故，卽昇忉利天，三月處天宮，普化諸天人。度母報恩畢，安居時過還。諸天衆羽從，乘於七寶階，下至閻浮提，諸佛常下處，無量諸天人，乘宮殿隨送。閻浮提君民，合掌而仰瞻。

㈢守財醉象調伏品第二十一

天上教化母，及餘諸天衆，還遊於人中，隨緣而化行。樹提迦耆婆，首羅輪盧那，長者子央伽，及無畏王子，尼瞿屢陀等，尸利掘多迦，尼揵憂波離，悉令得解脫。乾陀羅國王，其名弗迦羅，聞說微妙法，捨國而出家。醯茂鉢低鬼，及波多耆利，於毘富羅山，調伏而受化。波羅延梵志，波沙那山中，半偈微細義，調伏令信樂。他那摩帝村，有鳩吒檀躭，是二生之首，廣殺生祠祀，如來方便化，令其入正道。於毘提訶山，大威德天神，名般遮尸佉，受法入決定。毘紐瑟吒村，化彼難陀母；央伽富梨城，降伏大力神。富那跋陀羅，輪屢那檀陀，兇惡大力龍，國王及後宮，悉皆受正法，以開甘露門。於彼侏儒村，稽那及尸盧，志求生天樂，化令入正道。央瞿利摩羅，於彼脩侔村，爲現神通力，化令卽調伏。有大長者子，浮梨耆婆男，大富多錢財，如富那跋陀，卽於如來前，受化廣行施。於彼跋提村，化彼跋提梨，及與跋陀羅，兄弟二鬼神。毘提訶富利，有二婆羅門，一名爲大壽，二名曰梵壽，論議以降伏，令入於正法。至毘舍離城，化諸羅剎鬼。並離車師子，及諸離車衆，薩遮尼揵子，悉令入正法。阿摩勒迦波，有鬼跋陀羅，及跋陀羅迦，跋陀羅劫摩。又至阿臘山，度鬼阿臘婆，二名鳩摩羅，三訶悉多迦。還至伽闍山，度鬼絙迦那，及針毛夜叉，及其姊妹子。又至波羅奈，化彼迦旃延，然後乘神通，至輪盧波羅，化彼諸商人，多波揵尼劒，受其旃檀堂，妙香流於今。至摩醯波低，度迦毘羅仙。牟尼住於彼，足蹈於石上，千輻雙輪現，終則不磨滅。至波羅那處，化婆羅那鬼，至摩偷羅國，度鬼竭曇摩；偷羅俱瑟吒，度賴吒波羅。至鞞蘭若村，度諸婆羅門；迦利摩沙村，度薩毘薩深。亦復化於彼，阿耆尼毘舍，復還舍衞國，度彼瞿曇摩，闍帝輪盧那，道迦阿低梨。還憍薩羅國，度外道之師，弗迦羅婆梨，及諸梵志衆。至施多毘迦，寂靜空閑處，度諸外道仙，令入佛仙路。至阿輪闍國，度諸鬼龍衆；至舍毘羅國，度二惡龍王，一名金毘羅，二名迦羅迦。又至跋伽國，化度夜叉鬼，其名曰毘沙，那鳩羅父母，並及大長者，令信樂正法。至俱舍彌國，化度瞿師羅，及二優婆夷，波闍欝多羅，伴等優婆夷，衆多次第度。至揵陀羅國，度阿婆羅龍，如是等次第，空行水陸性，皆悉往化度，如日照幽冥。

爾時提婆達，見佛德殊勝，內心懷嫉妬，退失諸禪定，造諸惡方便，破壞正法僧。登耆闍崛山，崩石以打佛，石分爲二分，墮於佛左右。於王平直路，放狂醉惡象，震吼若雷霆，勇氣奮成雲，横泄而奔走，逸越如暴風，鼻牙尾四足，觸則莫不摧，王舍城巷路，狼藉殺傷人，横尸而布路，髓腦血流離，一切諸士女，恐怖不出門，合城悉戰悚，但聞驚喚聲，有出城馳走，有竄穴自藏。如來衆五百，時至而入城，高閣窗牖人，啓佛令勿行，如來心安泰，怡然無懼容。唯念貪嫉苦，慈心欲令安，天龍衆營從，漸至狂象所，諸比丘逃避，唯與阿難俱，猶法種種相，一自性不移。醉象奮狂怒，見佛心卽醒，投身禮佛足，猶若太山崩，蓮花掌摩頂，如日照烏雲，跪伏佛足下，而爲說法言。象莫害大龍，象與龍戰難，象欲害大龍，終不生善處，貪恚癡迷醉，難降佛已降。是故汝今日，當捨貪恚癡，已沒苦淤泥，不捨轉更深。彼象聞佛說，醉解心卽悟，身心得安樂，如渴飮甘露。象已受佛化，國人悉歡喜，咸歎唱希有，設種種供養。下善轉成中，中善進增上，不信者生信，已信者深固。阿闍世大王，見佛降醉象，心生奇特想，歡喜倍增敬，如來善方便，現種種神力，調伏諸衆生，隨力入正法。舉國脩善業，猶如劫初人，彼提婆達兜，爲惡自纒縛，先神力飛行，今墮無擇獄。

九、佛本行經九篇

（一名佛本行讚傳）

宋涼州沙門釋寶雲譯

㈠降胎品第三

處兜術宮時，以天眼普觀，覩衆生苦惱，追憶往古誓，本願安衆生，累劫勞求佛，生生遭艱難，不厭種德本。第一上祠祀，從發意以來，以金遍布施，惠施手成德。從初種種施，聞者衣毛竪，頭目身手足，妻子所愛重，嚴駕名象馬，寶車垂眞珠。若當合聚此，普地不容受，勤施聲雷震，如天降時雨，累劫以慧水，普潤飽衆生。施酪池乳江，福山酥如泉，蜜澱石蜜積，普嚴飾此地，未曾違求者，與與無所逆，水灌受者手，喻於四大海。奉父母明師，慈心具種事，所施無涯限，成施度無極。所生守戒勝，沒命不穢禁，剃頭爲沙門，髮積喻大山。生愚夫五欲，遭沒命危難，不動毀淨禁，具戒度無極。生得尊自由，未曾施人惡，截頭目手足，心定得忍辱。情悟發求佛，逮進超九劫，彌勒等應先，勇猛出其前。貪慕深妙法，因身受慧義，入火投山巖，支節鐵針釘，十八法智慧，奉行無發勞。覺了一切原，度智無極岸，施戒忍進定，智慧江海淵。慈悲傷衆生，成喜悅光耀，毛孔雜色光，明動兜術宮，諸天懷疑集，肅敬禮菩薩。

即時種種擊金鼓，任資賦與七覺籌，誰欲與吾降世間，故相延請法寶會。光從兜術照四方，樂役力渚閻浮提，即勅侍臣卿月猛，汝識世間大國王。

何國可託生，不違古典制，應遭遇菩薩，奉順佛言教。對曰唯聖聽，有大豪尊王，有王名善求，典主王舍城，婆羅奈城主，王名曰善猛，竭國王百才，欝禪王名巢，光燄王留生，又王名勇武，王善臂之子，又名白雪光。

是八大王有名聞，不審為可託生不？曰有是王穢不貞，遍更察觀貞正者。思惟斯須曰更有，轉輪王種壽與後。王最後孕名師子，其子白淨釋中尊。

善妙稱吾意，應託生為子，白淨男中上，妙后女中英。諸城邑之中，迦維羅越最。今日吾當降，施善於世間，示衆生以正，牢縛欲枷鎖，破壞生死獄，開示無為路。示衆生方便，令出生死獄，卿等誰欲樂，離苦滅度安，欲自度苦者，與吾俱降下。頒宣是法已，便下兜術宮，顯乘令普知，白象如銀山。菩薩乘象王，如日照白雲，諸天鼓樂舞，普雨雜色花，日精之明珠，光照耀王宮。降神下生時，現瑞甚微妙，菩薩降入胎，如鴈處清淵，如秋盛月照，如象處花池。日以光照好，月以盛明珠。菩薩無可喻，唯與善福俱，處妙后胎已，地六反震動。猶如水中船，空中崩雷聲，海池肅肅動，衆流淨澄清，諸天於空中，布華如帳縵，稱慶踊躍喜，地神欣然笑，諸華盡敷鮮，遍地無空缺。樹神見衆花，開張如目視，魔王愛樂樹，即萎憔悴愁。

妙后寐寤尋憶夢，諸根寂然喜踊躍，舉目四向遍察視，玉顏怡悅蓮華色。即啓王曰唯願聽，夢中所見甚吉祥，大白象王有六牙，忽然來至在我前。王聞后所夢，懷疑喜踊躍，卽召梵志占，爲說夢所見。明達善占夢，思惟乃發言，按典籍占夢，唯聽今諦說。

女夢日光明入腹，因此懷妊生吉子，如日赫照普地界，其子德尊主十方。夢見月滿衆星俱，光照女腹因懷胎，生子聖達轉金輪，典主四方正法治。

此女夢白象，趣入其右脅，此子無瑕穢，天人稽首禮，一切無不知，所生必爲佛。此典古聖讖，王后夢白象，當生寶聖子，神仙獨象步。按卦以占之，必生天人師。其唯有二趣，樂家爲聖王；捨家除鬚髮，成佛衆聖師。喜其占夢諦，賜金恣其意。王后聞甚喜，以善事啓王：自夢此以來，甜如服甘露，體性衆惡除，唯願樂衆善。不樂名寶衣，唯善潔素服；不好寶名扇，樂露清涼風。厭穢於五欲，樂受正眞法，六情不復著，色聲香味觸，不復樂宮室，意思遊園觀。啓王如是已，王卽答之曰：恣卿意所樂，王從將俱出，乃至於流民，淸涼花樹園，后自內觀身，如淨水月影，處胎無垢穢，金花琉璃輿，月滿諸根具，覩如寶明珠。后覺生期至，遊詣花香園，其園肅肅清，諸妙神來集。

(二)如來生品第四

于時佛星，適與月合，吉瑞應期，從右脇生。猶如雲除，千日霍現，譬如久冥，炬光卒耀。東方爲首，樹爲頭髮，華草爲毛，蓮花爲面，青蓮爲眼，丹樹爲口，須彌爲乳，四海爲腹，中土爲腰，南方爲髖，私爲垂珠，恒爲香瓔，四方爲足，衆寶爲飾，諸轉輪王，歷代典主，如江河數，佛所履踐，千輻相輪，常如印章，過去諸佛，所修德義，生育萬物，猶如慈母，難動卽時，肅然震聲，懷喜庠序，和悅而瞻。卽時右脇，顯大輝耀，遏絕日光，日如螢火，令日失明，無復精光。光如華髻，現若干色，側塞四方，滿虛空中。譬如雲除，日照忽現，爾時諸天，見晃昱光，悚然怪異，而相謂言：日天下耶？金樹出乎？有神對曰：佛日出現。日天子疑，是何異日？將無奪我，日城宮殿？懷嫉霍然，彼千光明，佛耀輝地，日焰照空。太子懷光，千倍踰日。日光還逝，退不敢當，天地普然，如劫盡焰；地天冥闢，如始且曉。諸神普喜，地祇鼓舞。光明雨灑，甘露良藥，充飽一切，滅憂惱患。海震如笑，樹木跛跳，淵池青蓮，如開目視。衆樹散花，以敬太子；衆鳥翔鳴，如雅頌音；諸天慕善，如花遇日。都照十方，晃如金色。神祇懷喜，花非時敷，金銀栴檀，細末如塵。天意作花，晴無雲雨，光明普照，遍滿十方。明珠火焰，奄然不現。日所不照，幽隱冥處，霍然大明，耀三惡趣。聖智明達，敎世光相，梵天神等，華中化生。慈謙敬心，散適意花，掌蓮華色。兩手接擊，懷愛敬心；慈目熟視，以梵清音。歎其功德，躬自傾屈；頭面禮足，戴之頂上。

日處須彌，號名百祠，手執金剛，以千慈眼，熟視無厭。天華白蓋，雜妙寶花，其明如月，上於太子，歎其功曰：勞苦彌劫，以大方便，發求佛道，願垂慈心，衆生可傷，唯爲普世，不請之師。北斗七星，亦加稱歎，現七覺意，消七勞垢，故行七步。如師子趣，足跡印現，喻如七星。其步泰然，不懷疑慢。地神傾屈，低仰接足，以普明日，照於四方，現四諦法，如師子吼。吾齊以此，末後受形，不復處在，胞胎之獄。今當得佛，最難得道，將導一切，服甘露蜜。委靡軟草，雜色衆花，如天綩綖，周遍布地。譬如天王，處淸池淵；如金樹花，視甚微妙。諸五趣類，受苦惱者，皆得休息，身安快樂。衆結縛著，甚急牢固，爾時衆結，悉得解脫。爾時洪音，遍聞佛界，諸天鬼神，懷喜踊躍，速昇虛空，進見聖寶。諸天側塞，充滿無間。大龍王子，如須彌山，目猶日月，動海出水，頭戴雲蓋，速疾尋至，細雨香水，敬浴太子。安祥天子，受天世人，大敬祠祀，能與其願，自化己身，現有四頭，乘牛執蓋，敬護菩薩。童男天子，首戴羽冠，威力巍巍，號孔雀幢，貫胄帶甲，執持武備，爲天軍師，將從大衆，擁護菩薩。一由延內，天王大力，名毘沙門，珍寶充盈，德有志界，天二十八，神將軍俱，各與營從，器鉀嚴整，與億鬼神，來護菩薩。又有天王，名尊自在，與無央數，巨億諸天，執持幢旛，而來雲集，以恭肅敬，禮菩薩足。閻王惡害，無能勝者，駈逐衆生，以一種法，擲棄所執，太山獄杖，以慈愍心，來禮菩薩。無數諸天，龍鬼神王，淨居天上，諸清淨天，叉手合掌，如未敷藕，齎敬曲躬，詠歎菩薩。金色天華，明眞珠臺，青芙蓉花，紺琉璃莖，與成意花，若干妙色，末栴檀香，散下如雨。天女空中，眷屬俱來，鼓天伎樂，歌歎功勳，往古修行，衆億善本，果報成熟，潤及羣生。慶雲震樂，諸天散華，身放光明，晃晃昱昱，諸天吒歎，衆生歡喜，蒙佛神德，普嚴世界。金鳥諸龍，俱懷和協，天阿須倫，棄捨怨嫌，從白淨月，出清涼光，普爲世間，滅愛憎火。

㈢梵志占相品第五

當爾之時，衆善普會，殃患消滅，快樂無極。王因是喜，赦降天下，欣慶來集，如衆川流。如天帝釋，生子瞿夷；如安祥天，生子童男；如毘沙門，生子寶瓶。菩薩誕育，王亦歡喜。菩薩體軟，如天初生。乳母收養，如育嬰孩，請諸舊德，曉事母人，圍衛擁護，不離左右。光相明照，如梵中尊。諸母速疾，將詣天祀，欲令拜謁，諸天形像，天像皆起，屈伸低仰。諸有金石，水泥天像，叉手稽首，禮敬菩薩，諸母驚怖，心皆愕然。緣是瑞應，號天中天。未諦審知，太子神德，因此恐怖，速還歸宮。白淨王聞，驚怪怖戰，因召梵志，明占相者。應令尋至，王卽問曰：「唯諸明師，占相吾子；懼因此子，犯觸天像，唯拔吾心，諸深狐疑。」梵志喜顏，對曰：「天王，今應稱慶，不宜懷慼，王族更新，當從今始，轉輪聖帝，應臨四方，按卦占察，右脇生者，必爲尊貴，聖達普智，臨衆生上。顯如須彌，爲衆山王，無能及者。衆寶之中，如意爲最；衆流之中，大海爲最；衆光之中，日月爲最；今是太子，衆聖中最。按占古典：有威儀王，因手而生；律王掌生；情思力王，從父腋出；王名往古，因父膍生；枝陀竭王，頂上生出：是等德强，皆轉輪王。今占光瑞，相應聖王，攝度天人，以聖慧力，名號普聞，周遍十方。如大聖王，號枝陀竭，金輪白象，玉女紺馬，明珠聖臣，主兵七寶，遊天世間，從兵四品，當爲天人，開無爲路，當有千子，才力勇猛，常以正法，治世太平。若捨家出，進求道術，必當爲佛，以惠勝世。抑按世間，衆聖明師。按卦所占，唯此二趣。」

王欣解顏，謂梵志曰：「自宗祖來，聖王斷絕，父王亦無，轉輪王位。子何由能，自致聖王？」王雖如是，梵志愕然，皆共同聲，擧手稱歎。猶如大龍，雷震之聲，於王殿上，大稱善慶。「雅王莫疑，謂其不然。父子德異，宿行不同，唯在宿世，修立德行。請呈籍卦，王當照之。往古仙聖，賢才明達，次比四句：若醫藥方，往醫婁他，不能敏達，其子仙賢，明達踰父。往古聖王，後亦不繼，百轉之孫，乃復還紹。近聖亦復，限齊江海，其先莫能，如其子者。如是異術，乃餘無數。往古先人，所不達及，其後苗裔，秀出踰前。事任宿德，非由於人，前世所修，與今德合。雖今時非，德人居吉。瞻按籍卦，與瑞符合，必得於世，爲轉輪王。」王告諸大，衆梵志曰：「今當爲子，因德立字。」梵志默然，心思斯須，謙遜卑聲，啓白大王：「察今時運，太清和順，吉鳥翔鳴，瑞應至聲，地動庠序，節氣調適，風雨順時，世應太平。衆火炎現，清徹無烟，諸天塞空，現形叉手，雨衆雜花，天樂並作，王教平均，國應豐熟。大王國境，祥瑞普臻，當名太子，號曰吉財。」王意大悅，重賜梵志，金角乳牛，數百千頭。王還喜悅，摩太子頭，以妙寶瓔，繫太子頸，慈心叉手，歎其德曰：「先臨聖王，然後出家。」

㈣阿夷決疑品第六

高山花果池，快樂如天觀，衆山少及者，故名阿夷岳。曩久居此山，年耆結旋髮，長暴露形體，壽高百有餘。體猶如黑雲，髮如白銀數，眼睛微亦黑，形如雜色山。智慧如梵天，明如日月火，四火日第五，自暴名阿夷。卒聞響響聲，鳥獸鳴如語，其解鳥獸音，懷疑出廬窟，見天交錯飛，於空中歡喜。因仰問天人，諸天何爲喜？有天名法樂，尋答阿夷曰：「師爲未聞耶？世有奇吉祥，白淨王生子，當度世衆生，卒必成佛道，爲天世人師。」聞佛之名號，踊躍衣毛竪，卽上昇虛空，欲見釋童子。因所見瑞應，神通意審諦。彈指頃之間，便到王宮門。是上聖通士，明達禁戒備，王以愛敬意，速迎請入宮，讓之以上座，謙恭辭慰勞，垂愍回接顧，屈來入鄙國。阿夷覺王意，愛敬盡禮義，以慈目視王，執謙以敬謝：「王宜應如是，愛賓以上禮，大王承法治，垂恩於國民。自先過諸王，種種大施與，於財寶貪使，戒智慧豐富，吾所由至此，宜懷歡喜聽，聞空中天語，王生子作佛。我忻所聞事，覺吉祥故來。法幢甚可愛，觀釋種族旗。」

王聞說是言，喜愕情惶灼，速呼太子來，與阿夷相見。在乳母抱上，光相照然明。見太子德相，如天后抱子。阿夷不能忍，便前取太子，兩手抱愛視，如黑雲裏日。在阿夷抱上，菩薩明益輝。猶如黑山間，銷金爐熾火，以慈心久視，眼中卽雨淚。太子體晃昱，如黑雲雨雹。王見阿夷泣，心懷甚怖懅，恐子將不祥，懷疑語阿夷：「唯聖時見示，吾氣垂欲絕。今見仁悲泣，是故心驚戰。得無是吾命，一旦忽然滅？先爲我致慶，後將無遺慼。劣乃得此子，久渴得升水，將無爲吾怨，幡不令吾當？吾始生意念，得子至眼眠，子目遺後視，則吾不憂世。是吾族珍樹，生於寶宮池，將護誠告我！」以愛己子情，面如盛滿月。阿夷熟視之，眼翫青紺光，舌如蓮花葉；頭髮紺青色，覆其高廣額；頰車如師子，諸領充平滿；師子肩長臂，掌輪千輻理。次視其相已，從頂至足相，師盡愛敬意，稽首禮太子，淚墮如雨下，懷慘悃啓王：「其有充滿足，三十二妙相，必當成爲佛，以善勝普世。」諸天聞是語，於空中散華，同聲稱：「善！善！」王謂阿夷言：「前師按卦占，定成轉輪王；今聖師視相，定之使成佛。」王言猶投酥，火炎盛熾猛，益增阿夷口，更說決定言：「如我觀察相，恣媚滅欲意，示衆生滅度，當以佛容貌。假令空中雨，金剛之大山，不動太子毛，何況餘艱難。普世衆力士，諸弊害鬼神，及阿須輪王，軍官屬營從，各執金剛杵，大如須彌山，來欲擊太子。山杵破散盡，太子不動移，當作是覺知。吾不以是慼，當以懷歡慶。我自傷流泣，遇佛而空過。頒宣慧照曜，奮千辭義光。佛因當顯明，我獨不見感！立在無爲空，滅如月清冷，世蒙涼除熱，我獨當燋然！佛諦執金剛，慧杵碎塵勞，當有甘露藥，我獨不得嘗！佛如海馬王，濟渡海流人，我獨退在後，婬鬼所裂噉！一切智池水，善意諸蟲貝，通放慧江流，一切飲除渴，衆善爲根株，忍枝意止葉，覺意以爲花，成泥洹甘果。解脫衆生禪，戒香遍世間，佛樹當生長，我薄德不覩！愚癡門甚牢，恩愛門甚固，當以法籥開；生死牢獄門，普世相燒然，以婬怒癡炎，當以法水滅；如雲雨野火，以悲心之角，定餬十方鋒，當施善法乳。天人飲無厭，普世之瓔羅，塵勞之重疾，以最勝法藥，當療衆生病。佛之大海淵，諸佛之寶渚，度生死賈客，以寶充其饒，芥子比須彌，牛跡水況海，螢火喻日光，轉輪王方佛。勝通達梵天，喻覺慧帝釋，超淨相梵志，世典古王傳。古仙聖大師，學深厭祠祀，若聞佛聖化，疾捨本術廬，澡瓶杖簇髻，棄本諸威儀，尋捨貢高意，厭本所習禮。咄此老宮幪，令人無所及。吾已得五通，今事永不偶，今甫欲然耀，慧定照世間。吾今垂垂滅，如何不悲乎！」即呼弟子來，汝莫如吾誤，以徒託太子，阿夷辭還退。

㈤閻浮提樹蔭品第十

菩薩於是時，心懷慘然還，過到遊觀園，德曜猶天帝，諸仙聖之王，不以女色惑。時見農田夫，與功耕犂作，踐蔵蠕動蟲，即起悲痛心。如親傷赤子，慨然而長歎。去其樹不遠，伏藏忽出現。辟方一由旬，七寶充盈滿，將從喜踊躍，取金書寶器，銘題古王號，其器某王造。太子省銘題，過去轉輪王，八萬四千代，展轉相承習，視其七寶積，如見毒蛇虺，回顧花光顏，傾屈敬先代。泣出紺色睫，雨於花容顏，即舉普慈目，仰瞻視空中，發情哀梵音，勅其左右曰：「往古諸釋尊，雄猛世憍慢，捨國名天位，空獨至何方？賦役勞四域，積聚無央數，土地國寶藏，故字其主無。」心思計無常，趣閻浮樹下，即舉金剛膊，置金色膛上，坐思堅無動，聚意專一定，觀起滅合散，逮得一定住。如江河沙數，諸佛不共意，九惱江流濁，以珠能使清，於一切衆生，慈心彈指頃。福無限無量，慈加衆生故，復起慈愍心，欲安衆苦患。諦察見一切，平等逮一禪，棄諸欲惡法，尋得歡喜解。乃至第四禪，及無量清淨。日時轉向夕，諸樹蔭移徙，唯閻浮樹影，如蓋覆太子。猶人識恩養，宿行報不捨，蔭不離太子，如報不捨對。釋種王聞之，騰至如師子，見子處樹下，猶如雲中日，情喜懷踊躍，愕然不自勝。慈目垂泣視，禮足悲聲歎，以無量敬意，如是今再禮。「願國土有德，莫生捨棄去，普懷喜踊躍，猶如僥天福。幸莫棄愚迷，失僥墜罪冥。子是世間德，顯古先人號，一切所恃賴，諸釋中之雄，是吾之身命，諸女之欲天，衆生之梵天，普命之自在，莫奪吾等命，猶如强敵王。」王愛子不覺，悲慘且還宮。王去後不久，太子從禪覺。聞空中有聲，三天於上問：「天人之導師，願聽我等言，願尊可時出，從無央數劫，名色二支分，周遍於五道，根萌至於有，甚大而堅固。今以智慧犂，反生死樹原，愛深廣淵池，亂想如魚遊，廻覆迷牽著，嫉恚駛流波。」第二天所啓，以清淨敬意，可乘進浮舟，度塵勞海岸。第三天啓言：「種山憍慢巖，邪見之深坑，嫉恚之絕崖，病死之川谷，傾邪而屈曲，以慧金剛杵，壞破衆苦山。」一聞已從坐起，晃耀如金山，雄步臂膞平，聲如雲雷音，目如紺蓮葉，面容如月盛。厭家樂無爲，意但思欲出。如師子被箭，傷心還入宮。

行詣父王宮，白淨之殿前，跪叉手自啓，唯願聽所陳：欲得捨家出，逑修古聖業，合會必有離，誰能依久存？王聞其所啓，心如動水月，感噎不能言，良久乃發聲：「唯莫懷此意，非是卿出時。年始幼美盛，不宜居山澤，今正是吾時，捨位入法律，以卿有德子，幸應踐榮位，地祇懷悕望，求轉輪聖王。釋種因卿顯，汝不宜禪位。」因以深重聲，而報父王曰：「願尊以四事，爲己之保任，使病不侵强，老不奪盛壯，死是普世患，令莫竊壽命，盛事不壞敗。如是爲四事，若必能保任，便可無憂住，不行諸山澤，泰然治國民。」王曰：「此四事，無能保任者，卿應食國位，無有不順理，居位可修法，致得無爲道。七寶爲首冠，寶服光耀體，衆好自榮恣，如欲界天子，皆居臨王位，自致得解脫。有王名力勝，有王名不迷，有王名識知，有王名武力，此等居王位，逮得解脫滅，如是但居國，兩得無所失。於意得自在，及乃國土地，無能妨廢者，必當速成辦。吾願以五服，容飾駕授卿。沐卿寶蓋下，吾乃居山澤。」太子執謙敬，而報父王曰：「若不可保任，願莫見固遮，雖是眞金舍，失火當避走。智者不宜遮，逃災避火者，當覺眞金舍，及與自在俱，雖快三火熾，不當捨逃乎？又有清浴池，芙蓉甚充滿，中有蜾蝓蟲，不可捨棄耶？手執持老弓，甚强淳調利，射以病苦箭，發著終不失。墮宿對之圍，閻王常所獵。何愚當立待，可來快射我。若有人畏空，方便逃避走，所到見虛空，怖不知所趣。如是於五趣，無常普周遍，欲至無畏方，是不宜固遮。」於時釋尊王，默然不加報，手自牽子手，曉喩欲令起。卽勅諸傍臣，增伎樂牢守；於時聖太子，入宮自消息。

㈥出家品第十一

太子於是時，心懷甚憔悴，又更詣父王，盡意勤求出：「尊若見憐愍，願觀世擾動。合會莫不離，難得保久長。唯願見聽放，至仙人山澤，於彼修淨行，開現解脫路。更無有餘願，過踰出上者。若審見愛愍，願必見聽放。」

於時白淨王，以蓮花色手，牽太子手已，悲聲而告之，垂泣而熟視，良久乃長嘆，然後發聲言，辛酸苦痛辭：「唯子可放捨，莫復懷此心。今未應是汝，山澤自守時。心習受榮樂，未曾涉苦勤，爲衆欲所劫，猶如無御車。如今正是吾，山澤自守時，應以王榮位，次欲委授卿。香湯灌沐汝，以寶冠駕授，我懷喜不憂，入山澤無慮。顧見汝沐浴，初踐於王位。駕授觀視汝，慰吾久僥意。寫恩愛所生，人積之涕泣，淚盈目入澤，以塞先人責。」

太子聞王令如是，卽啓王以清深辭：「已審覺王垂愛愍，余亦孝敬重愛尊，若欲逃出失火宅，有親愛遮不令出，以親愛故俱被燒，有何善好願思之！今欲逃避無常火，智者不宜遮令燒，但欲求免不俱燒，願見聽許入山澤！誰不欲與親屬俱，若永已聚不離散。與諸親厚所愛染，死力不强離別者。

是故釋王願恕亮，非爲有爲戀慕心。以不自在屬無常，是故決意求泥洹。前世所有諸親愛，我在何許彼何至？我今以何益彼等，宿對風吹如雲散。王勅云非卿去時，若死來時可却者，曼火未盛有所燒，當與逆滅莫出後。尊以王位盡委授，彼無恃怙無歸救。猶負大石渡深水，是故不宜受王位。」

王聞太子言，辭理甚正直，子言不可答，無理可固遮。卽令勅諸臣，竊守太子宮，增益其伎樂，莫令子愁慘。

已後不久，日向欲夕，於是入宮，如月入雲，坐觀伎樂，如象被閉，患厭伎樂，小却偃息。雖小偃息，於事覺寤。寤寐尋起，見綵女眠，瓔珞迸散，失棄樂器，衣裳發露，種種若干，涎涕流出，塗汚咽胸。偃伏張口，難可觀視。或有女人，抱樂器眠，或更相枕，或獨趺伏。或有女人，直立而眠，髻解垂髮，如孔雀毛。或有女人，仰視而眠，猶如司曆，仰占星宿。見如是已，甚懷不悅，諦觀諸女，熟自思惟，慨然長歎，震動胸中。想處宮中，如丘墓間。諸女盛美，姿容妙好，太子憂懼，如象遭火。諸女姿好，眠賊所盜，忘失志思，樂器交錯。諸女性弱，常懷慚愧，爲眠昏象，而見蹋踐。如妙花樹，枝葉繁茂，卒遇餓象，拔破碎散，生死危害，甚輕躁擾，嶮薄欺僞，無親舊故。此現生存，形體如是。或於是身，不知慚愧。忽然墮地，亡失姿好。睡眠之困，堅硬其目；睡眠加之，形體難視。

若當死亡，其形何似？是本支體，是本諸根，眠蓋所覆，乃致斯變。猶失機關，不可復還。失姿則臥，若草土塊。久遠已來，癡力甚强，覆蔽耳目，令聾盲冥。身之汚穢，顯露可見。覆以薄皮，莫能覺知。一切普世，甚遭困厄，無所恃怙，如輪迅轉，緣塵勞垢，所沈湮沒。猶如大象，沈深淵池。今吾不宜，牽連於此，塵勞之網，以自結縛。是故惡此，五欲愛垢，捨屋渾柱，獨入山靜，爲宿善本。催逼發寤，太子決意，欲出生死。吾出家時，今已會至，不宜久處。生死大畏，是故今日，當入山澤。唯覺生死，熱時炎光，吾自觀察，有能堪任。四大未分，當早逃走。

諸天人覺，太子心情。時淨居天，尋時來下，厭諸侍衞，純昏眠寐。即時普開，宮城諸門。若當如當，每開門時，其聲響徹，聞一由延。天開諸門，令寂無聲。天歎太子，種種功德。諸天踊躍，歡喜充懷。爲太子顯，種種祥瑞。天散花香，連續不斷，伎樂歌詠，震動虛空，見吉祥瑞，諸天勸助，心甚歡喜。因作是想，人戀宗親，不能捨離，犛牛愛尾，爲火所燒。卽從座起，意計決定。於婇女花，寶宮浴池，猶如鴈王，棄花淵池。太子亦爾，無所戀著。是吾最後，與女人俱；是吾末後，止宿居家。虛空尚可，破爲百分，吾終不著，愛欲還此。卽時出宮，如師子王，壞裂堅網，獨行遊步，裂家牢網，亦復如是。卽以方便，覺起車匿，以柔軟聲，告語車匿：「速取良馬，揵陟使來！」諸天迷惑，車匿心意，卽致白馬，猶如馬王，被駕鞍勒，皆令嚴備。喻如白鶴，與雲電俱。於是太子，手摩馬頭，以柔軟辭，曉喻白馬：「吾有大願，委累於汝，生長共俱，如賢善友，必爲快善，令吾無礙，欲突牢陣，度至彼岸。是汝最後，所應奉事。今夜是汝，最後負重。吾後不復，勞動揵陟。是我最後，乘濟此斷。」

太子說已，便前上馬。如日初出，現于山崗。在白馬上，威德巍巍，猶秋時月，乘白雲中。四種鬼神，欲令速疾，接擧馬足，甚使精良。四王躬自，在前而導，諸天從出，明如晝日。天龍鬼神，及諸仙聖，同聲歎曰：「願行無礙。」所以捨棄，四方天下，及親寶宮，疾得其願。太子卽出，宮城之外，震動顯赫，展暢言說，須彌山王，令尚可散，口氣吹之，或可崩墮，吾若不能，成佛聖道，終不還入，赤澤之城。猶如疾風，吹遣浮雲，斯須之頃，出釋國界，如發意頃，尋時卽至。猶日到于，西山之岳，卽便下馬，入山澤中。心懷歡喜，辦已大事。

(七)降魔品第十六

時菩薩始坐，座號金剛齊，建立金剛心，三千世界震。地神喜踊躍，數數而震動；魔天見地震，疑問何故爾？魔王第一臣，號名曰言辭，傾躬謙敬意，而啓白魔王：「唯王聽所聞！歷劫積功德，白淨王太子，淨土修善行。今當成大道，空天王欲界，欲壞所欲城，衆門戶之關，必超王界上，當度勝衆生。廣開泥洹門，甘露之法輪。」魔王聞其言，情卽慘然坐。三女來問訊：第一女名愛，第二名志悅，第三名亂樂。問王：「何故愁」？王答諸女言：「彼有大仙聖，被決定大鎧，手執智慧弓，無常箭射吾，欲伏吾欲界，若勝處吾上，當空吾境界。令衆慢賤吾，猶如強隣王，爲敵國所掠。曼今故屬吾，宜廣設方便，卿等力士女，令其失本志。可往施罣礙，如設水堤防。」於是魔三女，便行詣道樹，欲現其女力。天上世間女，極現其妖媚，迷惑亂人情。來欲壞其意，盡其妖媚巧。種種改其形，變化其輕疾。猶如雲中電，不停住斯須。菩薩諦計察，髮膚瓔珞飾，衣服巧爲覆，猶如聚骨舍，惡露充盈滿，解散令人驚。是何欺世間，裹以薄肌皮？迷惑愚癡者，審諦視魔女，形體衰老悴，如花被重霜。

魔王見女老，懷恚如熾炎，卽重召傍臣，令合召大軍，往固遮釋子，今曼處吾界，未得審諦眼，宜時往壞亂。今若道成者，儻能勝於吾。速召車馬兵，吾當自出戰。寶冠明如日，嚴飾其頭首，來到須彌頂，卽被金剛鎧。猶如日光明，而照曜薄雲。金剛千輪車，輪各有千輻，駕以馬千匹。魔王乘寶車，甚曠甚明曜，如日在火中。花宮一由旬，手執五利矢；寶莖蓋如月，以迷惑世間。蓋覆數由旬，周飾七寶鈴，

高幢大開口，猶如摩竭魚，欲呑海水時。魔王如是出，將從諸魔衆，凡有八十億，
來至道樹側。菩薩坐花上，猶如梵天王，寂滅德充盈，重光晃昱昱，如大金寶積。
左手以執弓，從金箭拔箭，便語菩薩曰：「咄起刹利種，如何故畏死，棄已帝王位？
相仁妙臂當執弓，應食世間之榮位，古王之路名普聞，汝應當受顯縱恣。
應食世妙祠嚴國，普令役世無遺餘。始起聖王甘蔗種，還食國榮棄乞求。
若不欲起諦自思，莫自違負本誓願，吾箭甚嚴莫能當，徹壞一切堅固楯。
惑人猶如春時花，甚於斷花著日中，愛悅世間如時雨，欲猶孔雀得雲雨。
或欲失志忘慚愧，佐助嫉慢獨蓋世。外術遂強行凶呪，受勝是等獨拼世。
欲迷諸天及世人，覺悟談言失睡眠。健疾無比力勢強，愛欲無形壞衆形。
或以愛火燒殺戒，古王燭之瘦消亡。王名財除亡滿臂，上世惑欲何況今？」
彼時魔王說是言，不能搖動菩薩意，卽便發弓捷疾矢，現諸妓惑作女變。
見菩薩坐不傾動，堅固如山懷疑曰：安詳天子如山王，以女箭射卽傾動，
化現四面以迎之，現不自輕與相見。想今太子不識矢，若子失志吾箭誤，
是不宜以欲化矢，不可謙敬典雅辭，是當輕易不宜敬，以大軍勢強恐迫。
魔王發意念兵衆，大呼徹天盡魔界，卽會若干無數形，甚可恐畏動天地。
嚴事如雪衆山王，衆樂挍飾甚可愛。三十二頭名阿樂，是天帝釋所乘象，

化身千目被珠鎧，手執金剛千楞杵，釋從無數可畏天，象兵八億相隨來。
銀車甚大容飾白，駕千白馬將從白。白明珠鎧白雲蓋，自化己身有百頭。
將諸白龍大軍衆，十二萬億爲營從。是主水神名和崙，捲地而來曳諸山。
天金瑠璃種種寶，明珠嚴首及身體。被琉璃鎧栗金鈿，右手執持金剛棒，
駕千師子衆寶精，乘琉璃車色如日。與無數億夜叉神，毘沙門軍如暴水。
無泣威怒及仙時，雨立日月風火神。花照妙馬堅金剛，賢才厚務及正行。
是大天神無央數，乘車象龍及駕虎。車駕千馬千師子，或復有以千虎駕，
或復有駕鴈孔雀，駕驢駱駝特牛羝。或乘雲車乘山樹，或有乘龍虺毒蛇，
或有吐火鼻火出，眼耳出火頭火然。其所打擲皆成火，熾盛焰作如劫盡。
或化如日或如月，化如大山有羽翼；或冥昏晦如黑雲，雷震雷光晃昱昱，
如是無數塞虛空。或化黑象如須彌，乘是大象執大弓，來向菩薩欲燒然。
或化猪頭駱駝首，象羆熊頭無數變。化身甚大爲象頭，牙如山巖上刺天。
或化師子及馬頭，或化虎頭摩竭魚，或化二頭三四五，六七八九乃至十。
或化百頭百手臂，百足百眼甚可畏；若干變化至千頭，千眼千臂放火來。
車聲馬聲象吼響，聲鼓珂音動天地。或執弓箭刀矛戟，或戴山樹金剛杵，
皆放所執戰鬪具，山樹金剛和雨雹。菩薩德大化所放，金銀雜花衆寶雨，

化黑女人如雲山，執器妖呪惑菩薩，還自狂惑無所識，破所執器祭具散。
或有跪地吼喚聲，雷動震地塞虛空；或被虺皮若干形，眼耳鼻口蛇虺出，
還相騎乘瞋恚戰。或有馬鳴或狼呼，於菩薩意無增減。猶如螢火日爭明。

有一天人謂魔王：「尊熟觀是仙聖德，身中照現諸天宮。日月五星及諸宿，
鐵圍須彌江海淵，釋梵四王太山君，一切照現菩薩身。猶如普世現月中。」

於是魔王益恚盛，卽放戰具愛欲火，地虛空然不可知。菩薩卽放甘露觀，
化雲雨潤滅欲火，愛卽畏懼菩薩德，安詳天至邪鬼退。魔王卽放恚毒發，
如召禍害化成虺，地上普滿毒蛇虺，纏繞道樹悉周遍。菩薩卽放大慈發，
化成吉來蛇退滅。魔王復放愚癡發，菩薩計緣逆得勝。魔王復放嫉嫌箭，
名曰惡口化爲龍；菩薩復放大悲箭，化爲金鳥龍逃退。魔王復放憍慢發，
發名梵手化成象；菩薩復放十力發，化成師子象退去。魔王復放妄言發，
名曰調戲化成風；菩薩卽放至誠發，挫折魔箭化成山。魔王復放慳貪發，
發名慉惡化成霧；菩薩卽放惠施發，化雲細雨除土霧。魔王復放陰蓋發，
名曰睡眠化成雲；菩薩卽放五淨發，化成暴風壞裂雲。魔王復放邪見發，
化成邪冥覆世間；菩薩復放正見發，化成爲日除魔冥。菩薩被大忍辱鎧，
戒成充備跱立地，著七覺意之花鬘，進定瓔珞微妙好。手執慈弓梵寂箭，

從意箭中而拔之。適放一發都得勝，如阿須倫勝士烈。魔若干變來相恐，
菩薩意定毛不動。爾時天上淨居天，奉持過去成佛法，心之憎愛滅除盡，
上空中見勝菩薩。

時諸天人語魔王：「唯仁波旬當諦計。天告波旬何故勞，唐棄汝功實相語。
捨懷惡意寂滅心，何爲忽嫌於菩薩？是士無誰能動者，猶比口氣吹須彌。
故以慈愛語魔王，自愛莫觸嬈菩薩。諸物尚可捨本性，風捨輕動火捨熱，
地捨沈重水捨濕，冥不避明日捨照。月尚可使在地行，須彌昇空海過濟，
無央數劫成德業，終不退捨決定誓。如其決定如精進，如惡如好慈衆生。
法會盛賓諸天人，食以正法甘露珍。發心求願安衆生，自然發意愍世間，
不逮本願終不起，日出求冥不得然。菩薩大悲愍世間 塵勞之患所蹂踐，
博集諸法之良藥，三十七種之神膏，欲爲普世和神藥，卿魔不宜犯繞遮。
一切墮邪迷惑路，欲導以正不可固，世愚昏冥滅酥油，一切大智之燈明。
佛大庭燎今當然，卿魔莫滅方便退。見是世間沈沒深，塵勞海淵無涯底。
欲度一切沈沒者，何惡能違行善者？初始發善根堅固，建大忍辱之觚幹，
意志枝莖大廣博，持戒禁花甚鮮潔。大智慧樹今欲生，當成熟正法甘果。
卿魔莫爲作妨礙，眞堅要樹始欲生。古來下佛種種種，今是應生開敷時，

今坐是座是其宜，如先過去之諸佛。是座有德名地齊，無數億人所愛處。
普此地上更無處，意大尊重可勝者。」魔王聞是慘愁曰：「菩薩觀我是大力，
欲燒天地令燋盡，能呑鐵圍普大地。」

時菩薩因問魔曰：「本修何行得大力？」答曰：「吾祠大開門，名德普聞無不周。」
「卿一祠祀大德爾，波旬且可聽我說。吾大祠祀無央數，遍此地上無空處。」魔語：
「我行汝具知，汝所行德誰爲證？」菩薩告魔：「具諦聽，今當示汝吾行證。」
於是菩薩光明臂，如出赤雲照然明，從袈裟中出其臂，卽展臑平微妙臂：
「先世善行之積聚，千福輪掌妙相。」具告魔王已手觸地，我行汝知地逮證。
於是地神出現形，大擧聲：「我證！我證！於此地開門大祀，名聞第一無不備。
又復名曰多金施，復以馬施無央數。數數食飽充此地，又雨七寶飽世間，
是處頭施有千數，有處以國及妻息，是處剝皮是處肉，是處以血破骨髓。
於是地施無數身，捨世種種身不逆。」地卽爲證現返復，地應震動出大聲。
三千世界六返動，盡撲魔王拜其軍。顚倒偃覆都墮地，空中大聲普告曰：
「釋種太子都勝怨，已勝魔怨諸塵勞。」魔王大幢卽摧折，魔退魔敗聲流遍，
已勝魔王還定意，意定深思諸佛事，德重地神不能勝，心懷喜踊連震動。
菩薩卽告地神曰：「動不動類皆因汝，且定莫動耐斯須，吾爲無歸者作歸，

汝久耐負無央數，逆害親君族欺者，越限傾邪向衆罪，掘盡善根行惡人，
飲倒見毒墮冥者，苦厄重擔地獄分，已勝此等且小忍，須吾捨棄諸苦擔。」
於是現歷觀諸禪，於諸禪得最自在。憶念久遠初始事，前世所經如昨暮，
時至夜半天眼觀，見一切了如明鏡。照察明達五道生，無有堅要如芭蕉。
於其夜至第三時，審諦思惟意要妙。一切世間諸苦會，生老病死遂別離。
愚冥覆蔽出要道，不避坑塹猶如盲。菩薩推盡生死原，察其起滅悉曉了。
心更生念重思惟，老由何來何從死？復生正念緣生故，因老有病從病死。
其有頭者有頭患，猶樹已生必當墮。重思本種所由有，覺種緣行受緣對。
受何從起從愛有，觀愛所由從覺識。覺識所由從觸更，緣其觸更有諸根。
所由六入緣名色，名色之緣則因緣。如是緣下至於上，得癡縮起生死原，
是滅已一切都滅，癡原生死所應滅。審覺十二緣起本，如所應覺諦覺知。
八賢聖路最第一，先執正見如審實。見死吾我盡三界，燒塵勞澤以慧火。
辨是事已自歎曰：「所應覺作悉已成，吾已及逮久仙聖，諸佛世尊所行道。」
至於其夜第三時，日普照之道幢現。衆生休息時寂靜，一切智成最佛道，
吾已及逮久仙聖，諸佛世尊所行道，逮佛第一最處已，三千世界六變動，
諸天側塞滿空中，歡喜散花普遍地，粟金粟銀末栴檀，天意作花悉周布。

地普充盈塞空中，從無結愛雨天花，伎樂不鼓自然鳴，諸天鼓樂空中作。
天應慶喜世得持，地虛空神普踴躍。火神歡喜自然燃，淵海波涌震妙聲。
樹神各各獻奇花，須彌喜與諸山禮。地獄休息餓鬼飽，衆生相愛除慊仇，
佛身奮放正法光，四維上下遍十方。變現種種諸形像，故先使至遍覺悟，
八賢聖路始復現，如幢無導令諸道。是有妙花名諸覺，言諸覺頃林樹現。
三十七品數各別，各自現形如說義。或白靑黃若干色，光明如是說法音。
佛日出曉照世間，是其光明諦觀之。佛卽還攝神光明，不食七日坐樂法。
爾時世尊說此偈：「快哉報福妙願成，速疾乃逮最上寂，保安不受餘他苦。
魔王覩共相聚來，各各現形力向吾，終不能令吾意動，以功德力勝降之。」

佛本行經卷第三

(八)度五比丘品第十七

敬順於佛，意無差別，吾愍汝等，令離罪咎。佛於世間，普施以善，以平等慈，猶如赤子，共有慢意，侍是師者，其人受慹，如違慈父。於是五人，同聲對曰：「修甚苦勤，無所剋致。意退從安，放恣其情，何由致道？願示其意。猶如有人，撒壓沙水，唐勞其力，終不得酥。譬人穀牛，捨乳穀角，以其行慹，終不得乳。

緣燈光明，以除晦冥，亦不以水，惡厲利刀，如是厚重，愚癡闇冥，以智慧燈，終不以餘。猶如盛火，得風吹動，燒然乾薪，終不休滅。

人縱情意，迷惑六欲，塵勞穢行，終不損滅。盛炎雖滅，餘有少火，終不捨本，燒燋之性，意雖精微，故有餘識。覺有纖苦，爾乃了諦，當求無生，無老無病，又無有死。地水火風，無前無後，無中無動，思求是處，覺滅度苦。八賢聖路，可以逮致。是以覺道，及其方便，不以覺了，八賢聖路。故迷世間，顚倒輪轉，當覺是苦，次相承侍，先除苦源。恩愛欲縛，勤加剋修，八賢聖路。當以泥洹，滅寂爲證。應覺覺苦，除愛欲著，以滅爲證。修聖路者，因是苦行，其事具成。吾當爾時，遂覩黠眼，明達四諦。以是四諦，爲是五人，三明解脫，以堅金剛，正法慧杵，壞碎五人，塵勞之山，億寶始初，覺正諦法。八萬諸天，時俱解脫；地上天龍，鬼神俱嘆。轉上法輪，何甚快哉！善修禁戒，輻甚牢緻，調良寂滅，輞博周匝，精勤志念，轂處中央，爲天人轉，未轉之輪。鬼神歎聲，上衝于天，周遍天上，乃至梵宮，諸天始得，聞是音聲。因是發意，來詣佛所。當其始轉，正法輪時，天龍人鬼，海神皆喜，卽雨天花，不可稱計。衆生蒙賴，從苦得安，梵天請佛，乞轉法輪，衆生得度，于今不息。是之福報，皆歸梵天，是故稱號，梵福第一。其初始轉，法輪之時，佛以甘露，先飲五人。願使衆生，速轉法輪，如佛世尊，說法度人。

(九)大滅品第二十九

時佛與大衆，遊至雙樹林，梵音告阿難，詣雙樹敷床。佛便在繩床，右脇而倚臥，面向於西方，首北而累足。時賢善須跋，修仁除躁性，欲見佛求度，來謂阿難言：「我覺天人師，時至欲滅度，故來詣難見，覺知一切法。今求欲禮覲，云何盡苦源。今若不及見，如日入永冥。」請阿難通入，阿難心煩毒，便謂須跋言：「今非見師時。」佛以一切智，徹照應度者，百福德相眼，慈意視須跋。佛以柔軟音，告語阿難言：「莫違來見者，吾出世爲善。」須跋得所願，其懷喜踊躍。卽往至佛所，果必蒙解脫。爾時賢須跋。謙敬尊佛德，傾屈而敬禮，遜辭白世尊：「前師覺世間，云尊從得道。己已得解脫，又復度衆生。願以見開示，儻能蒙覺悟。故來敬禮尊，不敢稱智力。」佛見須跋來，心懷甚喜敬，爲說以賢聖，示滅苦無爲。時須跋聞之，尋卽得解脫。邪迷意覺悟，逮得解脫道。本執邪倒見，故從迷生死。倒見六十二，以是世沈沒，彼盡無有餘，白衣致得道，漏盡成羅漢。濟此無往受，覺佛所往路，普世緣愛生，愛渴兩俱滅。滅意諸苦結，覺佛之所說，深正眞言教，以除意染著，心淨無餘漏。覺世之生死，須跋諦思惟，謂世間斷滅，是見眼脫除。世本歸滅亡，意覺如是已。世間有常見，邪疑霍然除。彼前所執持，捨是諸倒見。聞佛眞善言，開慈心受持。因其前世時，所修諸善本，願入泥洹城，故速疾解脫。已得善無為，除冥覺正眞，建立永甘露，除盡諸塵勞。時見佛世尊，欲捨就滅度，以慈心視佛，意便起是念：我今理不宜，見佛捨壽行，普世之炬燿，衆生所恃怙，施善於一切，願我先捨身。曼佛天中天，未捨壽之頃，心善踊無量，起五情投地，稽首禮佛足，生定意如山。卽時尋速滅，猶如興大雲，普雨降甘潤，滅盡小野火。佛告勒比丘，供養須跋身，佛末後弟子，度立泥洹城。因卽右脇倚，臥於繩床上，欲放捨佛身，盡受命之數。

初夜時欲過，星月光明損。林藪鳥獸寂，佛告諸弟子：「卿等敬具戒，如尊師炬燿。吾去世之後，順從莫違犯。淨攝身口心，捨利求大安。田役畜乘僕，倉藏園莫為。無種植樹木，亦莫斬伐傷。不得為己身，造立垣牆壁。無仰觀曆數，合和湯藥方。如時限節食，修己莫望敬。無自隱短穢，無行呪自活。無為王者使，無瞻相吉凶。汝等後當足，衣食疾湯藥。每攝意知足，守限節忍苦。汝等但能勤，奉持是禁戒。具戒之根株，相載之泥洹。從是起定慧，禁戒具諸偶。守護能備悉，智慧增長益。除滅諸塵勞，緣是致泥洹。此言戒印封，因識守戒者，其戒具不缺，備悉無短少。彼則清淨善，脫塵勞寂滅。無有禁戒者，彼則無沙門，因禁戒地立，成沙門善妙。

已立淨戒具，心不縱諸欲。逸則制令住，伏使忍不起。如廻牛離苗，縱情念邪者，
差失淨禁戒，顚墜大衰耗。若遇惡賊對，一世受苦身，隨從諸欲者，今世及後世，
具受諸苦毒，故不當從欲。悅可諸欲者，後必遭大苦。人不當畏懼，熾火之所燒，
莫畏蛇虺毒，及兇弊惡賊。害奪人命者，當自畏癡意。如愚見巖蜜，不顧碎身患；
如無鈎醉象，躁跳如獼猴。心晝夜隨欲，莫聽隨所便，不滅其心者，身不得休息。
已能調伏心，不邪屈泥洹，得食如服藥，不當起愛憎。所得方便食，趣愈飢支形。
喻如衆蜂集，採花之精味，以時度施食，無壞人慈敬。莫煩好施者，莫數役良畜；
好施煩則厭，良畜數役疲。汝等晝夜勤，方便加立進。莫自縱睡眠，損耗難得命。
普世死所燒，誰通夜安寐？怨賊所圍遶，恐怖焉得安？可捨塵勞垢，陳宿久居者，
塵勞盡安隱，覺寐滅塵勞。慚愧爲衣服，瓔珞象之鈎。放捨慚愧者，衆德善所棄。
執持慚愧者，以故名爲人。强顏不知慚，是名爲畜獸。若節節支解，心不當起亂。
恚壞法失名，善心悅顏怨，心毒不當聽，令止宿斯須。諸善之强敵，無過於瞋恚。
亦莫違禁戒，口發麤橫言。戒則是忍辱，亦是其强力，不忍他麤言，終不得解脫。
捷疾無爲喻，毀壞仁禁戒。居家有愛著，雖恚愆不重。守戒恚愆重，如冷水止火。
剃頭被法衣，執鉢行乞食，威儀以持世，不宜與恚俱。慢增則善損，居家者尙爾，
況捨家離著，調伏定心者。中平正眞法，不與邪僞合；正法建善事，邪僞者虛欺。

積財聖憂惱，少欲者離苦。是故吾弟子，少求增衆善。卿等當知足，爾乃心安定。
知足人間樂，無厭生大苦。饒財無厭貧，財分知足富。無厭貪馳騁，知足者所憐。
欲求解脫者，莫依衆憒鬧。天帝釋以下，敬禮獨靜者。卿等除親愛，親愛苦止宿。
捨家戀親愛，如老象沒泥。志意勇進者，衆事無疑難。水性雖柔弱，漸渧能穿石。
鑽火數休息，不能時致火，勤鑽尋致火，精進者諧偶。故當建精進，趣向泥洹門。
邪違無爲道，汝等愼莫爲；守志不錯亂，衆邪不得下。守志沙門友，失志忘衆善。
志被鉀仗備，敵莫能得勝。心專服德鎧，塵勞無能勝。專精定意者，諦了世生死。
是故當定意，意定苦不起。若欲度流水，因橋梁浮材；欲度一切苦，定意第一舡。
卿等慧離者，今故顯世法。有是則得度，法外者不愛。不謂爲捨家，鎧良藥利器。
舟船度流江，智慧度生死。是故常聽法，當從法言教。慧見者見正，無慧者盲冥。
心與塵勞俱，終不得解脫。審欲求度者，勤除去塵勞。沙門學調心，除去放逸意。
天帝心調樂，阿須倫無樂。吾教汝等善，卿等當勤修，廣設衆方便，便令至泥洹。
靜寂山巖間，林藪空閑舍，於中學定意，吾去後莫恨。良醫盡方術，合和若干藥；
病者服得瘳，醫不自還服。導師引導正，從者無憂患。違失者有損，不顧慮患故。
吾已爲汝等，敷演四正諦，懷疑者便問，今正是其時。」時佛令如是，弟子默無言，
阿那律知念，於大衆中曰：「日可令涼冷，月可使炎熱，是四諦眞正，終不可違故。

苦諦苦所逼，緣愛則有苦。諸佛之所說，滅盡諦滅愛。甘露八正道，寂滅爲泥洹。
覺是沙門衆，佛後末度厄。衆會未度者，初入道老少。佛粗說羅漢，如冥電照道，
其已得解脫，度於生死者。衆共懷悲恨，師滅一何速！」佛聞阿那律，如是正諦語，
欲堅衆生意，慈悲說是言：「假令有劫壽，必當終歸盡，吾以具施善，何用長壽爲？
世間及天上，吾所應度者。半度半示道，轉教得法住。汝等當學制，不足追念吾。
但勤說方便，莫遭離別痛。以慧燈除冥，覺世無牢强。垂終心懷悅，猶如重患除。
慧者脫凶衰，遠離弊惡人。得捨是二患，何緣得懷憂？汝等勤修善，一切次當死。
吾入泥洹城，時今已近到。於是捨壽行，是吾末後言。」佛於是思惟，第一離欲禪，
從第一禪起，思惟第二禪，如是歷四禪，如是周遍歷。往返於九禪，逆順盡端緒，
世尊天中天，還至第一禪。從第一禪起，重思至四禪。佛時審諦思，逆順歷禪觀。
又還從是起，微震動其意。然後捨壽行，奄入泥洹城。
佛適捨壽行，地六返震動。空中有大炬，如劫盡燒火，四方有大火，猶如阿修羅。
燒天林樹澤，名曰愛盡樂。暴雨震其塵，電光如吐炎。普世如大火，雷震甚可畏。
卒暴塵霧風，折樹崩山巖。猶如劫盡風，所摧傷無限。白日無精光，星月闇不明。
日月俱失光，譬如泥所塗。日月雖俱照，黤黮不精明。莫能識東西，晝夜不可知。
世間冥所覆，江河皆逆流。坐樹側雙林，憂感花零落。江河水皆熱，猶如沸釜湯。

雙樹爲之萎，屈覆世尊身。五頭大龍王，悲痛身放緩。或悶熱視佛，啼哭眼皆赤。
卽時吐熱氣，欝毒不可言。燒熱其咽喉，如吐心重患。觀世都無常，自諫强除憂。
自意王將從，念法制啼泣。淨居諸天子，解道心調定，寂然不啼泣，愍世或起滅。
第一執樂神，龍王大力神，愛重法天神，悲感塞虛空。普爲憂所覆，周慞大哀慟。
雜類之大聲，遍滿於世間。魔已得其願，及惡兵屬喜，舞調雷震鼓，種種放洪聲，
大叫傳令言，吾主强敵亡。自今誰復能，越其境界者？佛德樹崩墮，如大象牙折，
如高山巖摧，如大牛角脫。佛今捨身壽，世間諸天人，無所復歸仰，失恃怙如是。
如虛空無日，如國失倉藏，如華池被霜，衆華皆摧傷。世尊捨軀命，寂潛於泥洹，
一切有形類，莫不失精榮。

一〇、百喻經二十四篇

尊者僧伽斯那撰
蕭齊天竺三藏求那毘地譯

裴普賢著中印文學關係研究一書第五章有云：『佛經的翻譯文學中，尚有特殊的喻文體一種，爲我國所無。國人作文，雖常用譬喻，但未有如印度專用一喻作一文，集若干喻文爲一書者。大藏經中本緣部所收譬喻經十餘種爲印度正宗喻文，其中以百喻經最有名。集九十八故事爲九十八事理作譬，加上說譬喻之緣起一則及最後結尾一偈共爲一百則。』

印人長於用譬喻說理，例如聖徒格耶奧義書第六卷，自第八章至十六章，在鄔大拉迦阿魯尼教子闡說本體，以鹽及榕實等作喻，每章一喻，九章得九喻，眞是妙喻連篇，耐人玩味。其後佛教文學興起，乃有譬喻經獨特文體之出現。譬喻經與因緣經內容相仿，但嚴格的說，因緣經是寫釋迦等故事的因緣，是史蹟的傳述，而譬喻經則以故事作譬喻，是故事借用。二者是有分別的。譬喻經與寓言亦相似，有同樣功效。但寓言重心在故事，故事之主題可以不加說明，而譬喻體則在藉譬喻以說理，是明顯的說教，所作譬喻，也可以不必是故事。

百喻經於六朝蕭齊時由印度高僧求那毘地譯成中文。原文係梵文，編撰人僧伽斯那年代及身世不詳。今梵文已失傳，斯經賴有漢語得以保存。除於印度文學欣賞一書中，已錄裴普賢今譯百喻經的愚人故事十則，及求那毘地原譯乘船失盂一則，以與我國刻舟求劍故事作比較外，茲再選鈔二十五則，並錄其卷首與結尾，試與五卷書之寓言，及因緣經之大莊嚴論經，六度集經等比較之，當可知其區別之所在。

(卷首) 緣起

聞如是：一時佛在王舍城，在鵲封竹園，與諸大比丘菩薩摩訶薩及諸八部三萬六千人俱。是時，會中有異學梵志五百人俱，從座而起白佛言：吾聞佛道洪深，無能及者，故來歸問，唯願說之。佛言：甚善。問曰：天下為有？為無？答曰：亦有，亦無。梵志曰：如今有者，云何言無？如今無者，云何言有？答曰：生者言有，死者言無，故說或有或無。問曰：人從何生？答曰：人從穀而生。問曰：五穀從何而生？答曰：五穀從四大火風而生。問曰：四大火風從何而生？答曰：四大火風從空而生。問曰：空從何生？答曰：從無所有生。問曰：無所有從何而生？答曰：從自然生。問曰：自然從何生？答曰：從泥洹而生。問曰：泥洹從何而生？佛言：汝今問事，何以爾深？泥洹者，是不生不死法。問曰：佛泥洹未？答曰：我未泥洹。若未泥洹，云何得知泥洹常樂？佛言：我今問汝，天下衆生，為苦？為樂？答曰：衆生甚苦。佛言：云何名苦？答曰：我見衆生死時苦痛難忍，故知死苦。佛言：汝今不死，亦知死苦，我見十方諸佛不生不死，故知泥洹常樂。五百梵志，心開意解，求受五戒，悟須陀洹果，復坐如故。佛言：汝等善聽，金爲汝廣說衆喻。

註：（聞如是乃至廣說衆喻）三百七十四字在卷首麗本闕。

（八）山羌偸官庫喻

過去之世，有一山羌，偸王庫物，而遠逃走。爾時國王，遣人四處推尋，捕得將至王邊，王卽責其所得衣處。山羌答言：我衣乃是祖父之物。王遣着衣，實非山羌本所有，故不知着之。應在手者，着於脚下；應在腰者，反着頭上。王見賊已，集諸臣等，共詳此事，而語之言：若是汝之祖父已來所有衣者，應當解着，云何顚倒，用上爲下？以不解故。定知汝衣，必是偸得，非汝舊物。借一爲譬：王者如佛，寶藏如法，愚癡羌者，獨如外道，竊聽佛法，着已法中，以爲自有。然不解故，布置佛法，迷亂上下，不知法相。如彼山羌，得王寶衣，不識次第，顚倒而着，亦復如是。

（一二）煮黑石蜜漿喻

昔有愚人，煮黑石蜜。有一富人，來至其家，時此愚人，便作是念：我今當取黑石蜜漿，與此富人。卽着少水，用置火中，卽於火上，以扇扇之，望得使冷。傍人語言：爾不止火，扇之不已，云何得冷？爾時人衆，悉皆嗤笑。其猶外道，不滅煩惱熾然之火，少作苦行，臥棘刺上，五熱炙身，而望清涼寂靜之道，終無是處，徒爲智者之所怪笑。受苦現在，殃流來劫。

（一五）醫與王女藥令卒長大喻

昔有國王，產生一女，喚醫語言：爲我與藥，立使長大。醫師答言：我與良藥，能使卽大，但今卒無，方須求索，比得藥頃，王要莫看，待與藥已，然後示王。於是卽便，遠方取藥，經十二年，得藥來還，與女令服，將示於王。王見歡喜，卽自念言：實是良醫，與我女藥，能令卒長，便勅左右，賜以珍寶。時諸人等，笑王無智，不曉籌量，生來年月，見其長大，謂是藥力。世人亦爾，詣善知識，而啓之言，我欲求道，願見教授，使我立得善知識，師以方便故，教令坐禪，觀十二緣起，漸積衆德，獲阿羅漢，倍踴躍歡喜，而作是言：快哉大師，速能令我，證最妙法。

（一六）灌甘蔗喻

昔有二人，共種甘蔗，而作誓言：種好者賞，其不好者當重罰之。時二人中，一者念言：甘蔗極甜，若壓取汁，還灌甘蔗樹，甘美必甚，得勝於彼。卽壓甘蔗，取汁用溉，冀望滋味，返敗種子所有甘蔗一切都失。世人亦爾，欲求善福，恃己豪貴，專形挾勢，迫脅下民，陵奪財物，以用作福，本期善果，不知將來，反獲其患殃。如壓甘蔗，彼此都失。

(二九) 貧人燒麤褐衣喩

昔有一人，貧窮困乏，與他客作，得麤褐衣，而披着之。有人見之，而語之言：汝種性端正貴人之子，云何着此麤弊衣褐？我今教汝，當使汝得，上妙衣服。當隨我語，終不欺汝。貧人歡喜，敬從其言。其人卽便，在前燃火，語貧人言：今可脫此麤褐衣，着於火中，於此燒處，當使汝得，上妙欽服。貧人卽便，脫着火中，卽燒之後，於此火處，求覓欽服，都無所得。世間之人，亦復如是。從過去身，修諸善法，得此人身，應當保護，進德修業。乃爲外道，邪惡妖女之所欺誑。汝今當信我語，修諸苦行，投巖赴火，捨是身已，當生梵天，長受快樂。使用其語，卽捨身命。身死之後，墮於地獄，備受諸苦。旣失人身，空無所獲。如彼貧人，亦復如是。

(三四) 送美水喩

昔有一聚落，去王城五由旬，村中有好美水，王勅村人，常使日日送其美水。村人疲苦，悉欲移避，遠此村去。時彼村主，語諸人言：汝等莫去，我當爲汝白王改五由旬，作三由旬，使汝得近，往來不疲。卽往白王，王爲改之，作三由旬。衆人聞已，便大歡喜。有人語言：此故是本五由旬，更無有異。雖聞此言，信王語故，終不肯捨。世間之人，亦復如是。修行正法，度於五道，向涅槃城，心生厭倦，便欲捨離，頓駕生死，不能復進。如來法王，有大方便，於一乘法，分別說三。小乘之人，聞之歡喜，以爲易行。修善進德，求度生死。後聞人說，無有三乘，故是一道。以信佛語，終不肯捨。如彼村人，亦復如是。

（三五）寶篋鏡喻

昔有一人，貧窮困乏，多負人債，無一可償，卽便逃避。至空曠處，值篋滿中珍寶，有一明鏡，着珍寶上，以蓋覆之。貧人見已，心大歡喜，卽便發之，見鏡中人，便生驚怖，叉手語言：我謂空篋，都無所有，不知有君，在此篋中，莫見瞋也。凡夫之人，亦復如是。爲無量煩惱之所窮困，而爲生死魔王債主之所纏着，欲避生死，入佛法中修行善法，作諸功德。如值寶篋，爲身見鏡之所惑亂，妄見有我，卽便封着，謂是眞實。於是墮落，失諸功德禪定道品無漏諸善，三乘道果，一切都失。如彼愚人，棄於寶篋，着我見者，亦復如是。

（三七）殺羣牛喻

昔有一人，有二百五十頭牛，常驅逐水草，隨時餧食。時有一虎。噉食一牛，爾時牛主，卽作念言：已失一牛，俱不全足，用是牛爲？卽便驅至，沉坑高岸，排着坑底，盡皆殺之。凡夫愚人，亦復如是。受持如來具足之戒，若犯一戒，不生慚愧，清淨懺悔，便作念言：我已破一戒，既不具足，何用持爲？一切都破，無一在者。如彼愚人，盡殺羣牛，無一在者。

（三八）飲木筩水喻

昔有一人，行來渴乏，見木筩中，有清淨流水，就而飲之。飲水已足，卽便擧手語木筩言：我已飲竟，水莫復來。雖作是語，水流如故，便瞋恚言：我已飲竟，語汝莫來，何以故來？有人見之，言：汝大愚癡，無有智慧。汝何以不去，語言莫來。卽爲挽却，牽餘處去。世間之人，亦復如是。爲生死渴愛，飲五欲鹹水，既爲五欲之所疲厭，如彼飲足，便作是言：汝色聲香味，莫復更來，使我見也。然此五欲，相續不斷，既見之已，便復瞋恚，語汝速滅，莫復更生，何以故來，使我見之？時有智人，而語之言：汝欲得離者，當攝汝六情，閉其心意，妄想不生，便得解脫，何必不見，欲使不生？如彼飲水愚人，等無有異。

（四〇）治禿喻

昔有一人，頭上無毛，多則大寒，夏則患熱，兼爲蚊虻之所唼食，晝夜受惱，甚以爲苦。有一醫師，多諸方術，時彼禿人，往至其所，語其醫言：唯願大師，爲我治之！時彼醫師，亦復頭禿，卽便脫帽示之，而語之言：我亦患之，以爲痛苦，若令我治能得差者，應先自治，以除其患。世間之人，亦復如是。爲生老病死之所侵惱，欲求長生不死之處，聞有沙門婆羅門等，世之良醫，善療衆患，便往其所，而語之言：唯願爲我，除此無常生死之患，常處安樂長存不變。時婆羅門等，即便報言：我亦患此無常生老病死，種種求覓長存之處，終不能得，今我若能使汝得者，我亦應先自得，令汝亦得。如彼患禿之人，徒自疲勞，不能得差。

（五一）五人買婢共使作喻

譬如五人，共買一婢，其中一人，語此婢言：與我浣衣。次有一人，復語浣衣。婢語次者，先與其浣。後者恚曰：我共前人，同買與汝，云何獨爾？即鞭十下。如是五人，各打十下。五陰亦爾，煩惱因緣，合成此身，而此五陰，恒以生老病死無量苦惱，搒笞衆生。

（五五）願爲王剃鬚喻

昔者有王，有一親信，於軍陣中，沒命救王，使得安全，王大歡喜，與其所願。即便問言：汝何所求，恣汝所欲。臣便答言：王剃鬚時，願聽我剃。王言：此事若適汝意，聽汝所願。如此愚人，世人所笑。半國之治，大臣輔相，悉皆可得，乃求賤業。愚人亦爾，諸佛於無量劫難，苦行自致成佛。若得遇佛，及值遺法，人身難得，譬如盲龜，值浮木孔，此二難值，今已遭遇，然其意劣，奉持少戒，便以爲足，不求涅槃勝妙法也。無心進求，自行邪事，便以爲足。

(六〇) 見水底金影喩

昔有癡人，往大池所，見水底影，有眞金像，謂呼有金，卽入水中，撓泥求覓，疲極不得，還出復坐。須臾水淸，又現金色，復更入裏，撓泥更求覓，亦復不得。其父覓子，得來見子，而問子言：汝何所作，疲困如是？子白父言：水底有眞金，我時投水，欲撓泥取，疲極不得。父看水底眞金之影，而知此金，在於樹上，所以知之，影現水底。其父言曰：必飛鳥銜金，著於樹上。卽隨父語，上樹求得。

凡夫愚癡人，無智亦如是。於無我陰中，橫生有我想。如彼見金影，勤苦而求覓，徒勞無所得。

(六三) 伎兒着戲羅刹服共相驚怖喩

昔乾陀衞國有諸伎兒，因時饑儉，逐食他土，經婆羅新山，而此山中，素饒惡鬼食人羅刹。時諸伎兒，會宿山中，山中風寒然火而臥。伎人之中，有患寒者，着彼戲本羅刹之服，向火而坐。時行伴中，從睡寤者，卒見火邊，有一羅刹，竟不諦觀，捨之而走。遂相驚動，一切伴侶，悉皆逃奔。時彼伴中，着羅刹衣者，亦復尋逐，奔馳絕走。諸同行者，見其在後，謂欲加害，倍增惶怖，越度山河，投赴溝壑，身體傷破，疲極委頓。乃至天明，方知非鬼。一切凡夫，亦復如是。處於煩惱，饑儉善法，而欲遠求，常樂我淨，無上法食。便於五陰之中，橫計於我，以我見故，流馳生死，煩惱所逐，不得自在，墜墮三塗惡趣溝壑。至天明者，喻生死夜盡。智慧明曉，方知五陰，無有眞我。

（六四）人謂故屋中有惡鬼喻

昔有故屋，人謂此室，常有惡鬼，皆悉怖畏，不敢寢息。時有一人，自謂大膽，而作是言：我欲入此室中，寄臥一宿。卽入宿止。後有一人自謂膽勇，勝於前人，復聞傍人言：此室中恒有惡鬼。卽欲入中，排門將前，時先入者，謂其是鬼，卽復推門，遮不聽前。在後來者，復謂有鬼。二人鬪諍，遂至天明，既相覩已，方知非鬼。一切世人，亦復如是。因緣暫會，無有宰主，一一推析，誰是我者？然諸衆生，橫計是非，強生諍訟。如彼二人，等無差別。

（六五）五百歡喜丸喻

昔有一婦，荒淫無度，欲情既盛，嫉惡其夫。每思方策，頻欲殘害，種種設計，不得其便。會值其夫，聘使鄰國，婦密爲計，造毒藥丸，欲用害夫，詐語夫言：爾今遠使，慮有乏短，今我造作，五百歡喜丸，用爲資糧，以送於爾。爾若出國，至他境界，饑困之時，乃可取食。夫用其言，至他界已，未及食之。於夜闇中，止宿林間，畏懼惡獸，上樹避之，其歡喜丸忘置樹下。卽以其夜，値五偷賊，盜彼國王，五百疋馬，並及寶物，來止樹下。由於逃突，盡皆饑渴，於其樹下，見歡喜丸，諸賊取已，各食一丸，藥毒氣盛，五百羣賊，一時俱死。時樹上人，至天明已，見此羣賊，死在樹下。詐以刀箭，斫射死屍，收其鞍馬，並及財寶，驅向彼國。時彼國王，多將人衆，案迹來逐，會於中路，値於彼王。彼王問言：爾是何人？何處得馬？其人答言：我是某國人，而於道路，値此羣賊，共相斫射，五百羣賊，今皆一處，死在樹下。由是之故，我得此馬，及以珍寶，來投王國。若不見信，可遣往看，賊之瘡痍，殺害處所。王時卽遣親信往看，果如其言。王時欣然，歎未曾有。旣還國已，原加爵賞，大賜珍寶，封以聚落。彼王舊臣，咸生嫉妬，而白王言：彼是遠人，未可服信，如何卒爾，寵遇過厚，至於爵賞，踰越舊臣？遠人聞已，而作是言：誰有勇健，能共我試。請於平原，校其技能。舊人愕然，無敢敵者。後時彼國，大曠野中，有惡師子，截道殺人，斷絕王路，時彼舊臣詳共議之：彼遠人者自謂勇健，無能敵者，今復若能，殺彼師子，爲國除害，眞爲奇特。作是議已，便白於王。王聞是已，給賜刀杖，尋卽遣至。爾時遠人，旣受勅已，堅彊其意，向師之所。師子見之，奮激鳴吼，騰躍而前。遠人驚怖。卽便上樹。師子張口，仰頭向樹。其人怖急，失所提刀，値師子口，師子尋死。爾時遠人歡喜踴躍，來白於王，王倍寵遇。時彼國人，卒爾敬服，咸皆讚歎。其婦人歡喜丸者，喻不淨施；王遣使者，喻善知識；至他國者，喻於諸天；殺羣賊者，喻得須陀洹，强斷五欲，並諸煩惱，遇彼國王者，喻遭値賢聖；國舊人等生嫉妬者，喻諸外道，見有智者，能斷煩惱及以五欲，便生誹謗，言無此事；遠人激厲，而言舊臣，無能與我共爲敵者，喻於外道；無敢抗衡，殺師子者；喻破魔。既斷煩惱，又伏惡魔，便得無看道果封賞。每常怖怯者，喻能以弱而制於彊。其於初時，雖無淨心，然彼其施遇善知識，便獲勝報。不淨之施，猶尚如此，況復善心，歡喜布施。是故應當，於福田所，勤心修施。

（七二）唵米決口喻

昔有一人，至婦家舍，見其擣米，便往其所，偷米唵之。婦來見夫，欲共其語，滿口中米，都不應和，羞其婦故，不肯棄之，是以不語。婦怪不語，以手模看，謂其口腫。語其父言：我夫始來，卒得口腫，都不能語。其父卽便，喚醫治之，時醫言曰：此病最重，以刀決之，可得差耳。卽便以刀，決破其口，米從中出，其事彰露。世間之人，亦復如是。作諸惡行，犯於淨戒，覆藏其過，不肯發露，墮於地獄畜生餓鬼。如彼愚人，以小羞故，不肯吐米，以刀決口，乃顯其過。

（七三）詐言馬死喻

昔有一人，騎一黑馬，入陣擊賊，以其怖故，不能戰鬪，便以血汚，塗其面目，詐現死相，臥死人中，其所乘馬，爲他所奪。軍衆既去，便欲還家。卽截他人，白馬尾來。既到舍已，有人問言：汝所乘馬，今爲所在，何以不乘？答言：我馬已死，遂持尾來，傍人語言：汝馬本黑尾，何以白？默然無對，爲人所笑。世間之人，亦復如是。自言善好，修行慈心，不食酒肉。然殺害衆生，加諸楚毒，妄自稱善，無惡不造，如彼愚人，詐言馬死。

（七七）構驢乳喻

昔邊國人，不識於驢，聞他說言，驢乳甚美，都無識者。爾時諸人，得一父驢，欲搆其乳，諍共捉之。其中有捉頭者，有捉耳者，有捉尾者，有捉脚者，復有捉器者，各欲先得於前飲之。中提驢根，謂呼是乳，卽便搆之，望得其乳。衆人疲厭，都無所得，徒自勞苦，空無所獲，爲一切世人之所嗤笑。外道凡夫，亦復如是。聞說於道，不應求處，妄生想念，起種種邪見，裸形自餓，投巖赴火，以是邪見，墮於惡道。如彼愚人，妄求於乳。

（八八）獼猴把豆喻

昔有一獼猴，持一把豆，誤落一豆在地，便捨手中豆，欲覓其一，未得一豆。先所捨者，鷄鴨食盡。凡夫出家，亦復如是，初毀一戒，而不能悔，以不悔故，放逸滋蔓，一切都捨。如彼獼猴，失其一豆，一切都棄。

（九〇）數金錢喻

昔有貧人，在路而行，道中偶得一囊金錢，心大喜躍，卽便數之，數未能周，金主忽至，盡還奪錢。其人當時，悔不疾去，懊惱之情，甚爲極苦。遇佛法者，亦復如是。雖得值遇三寶福田，不勤方便，修行善業，忽爾命終，墮三惡道。如彼愚人，還爲其主，奪錢而去。如偈所說：

今日營此事，明日造彼事，樂着不觀苦，不覺死賊至。忽忽營衆務，凡人無不爾，
如彼數錢者，其事亦如是。

（九二）小兒得歡喜丸喻

昔有一乳母，抱兒涉路，行道疲極，眠睡不覺。時有一人，持歡喜丸，授與小兒，小兒得已，貪其美味，不顧身物。此人卽時，解其鉗鏁瓔珞衣物，都盡持去。比丘亦爾，樂在衆務憒鬧之處，貪少利養，爲煩惱賊，奪其功德戒寶瓔珞。如彼小兒，貪少味故，一切所有，賊盡持去。

（九三）老母捉熊喻

昔有一老母，在樹下臥，熊欲來搏。爾時老母，遶樹走避，熊尋後逐，一手抱樹，欲捉老母。老母得急，卽時合樹，捺熊兩手，熊不得動。更有異人，來至其所。老母語言：汝共我捉，

殺分其肉。時彼人者，信老母語，卽時共捉。既捉之已，老母卽便，捨熊而走。其人後爲熊所困，如是愚人，爲世所笑。凡夫之人，亦復如是。作諸異論，既不善好，文辭繁重，多有諸病，竟不成訖，便捨終亡。後人捉之，欲爲解釋，不達其意，反爲其困。如彼愚人，代他捉熊，反自被害。

（九八）小兒得大龜喩

昔有一小兒，陸地遊戲，得一大龜，意欲殺之，不知方便，而問人言，云何得殺？有人語言：汝但擲置水中，卽時可殺。爾時小兒，信其語故，卽擲水中。龜得水已，卽便走去。凡夫之人，亦復如是。欲守護六根，修諸功德，不解方便，而問人言：作何因緣，而得解脫？邪見外道，天魔波旬，及惡知識，而語之言：汝但極意六塵，恣情五欲，如我語者，必得解脫，如是愚人，不諦思惟，便用其語，身壞命終，墮三惡道，如彼小兒，擲龜水中。

（結尾）藥喩偈

此論我所造，合作喜笑語，多損正實說，觀義應不應，如似苦毒藥，和合於石蜜。

藥爲破壞病，此論亦如是，正法中戲笑，譬如彼狂藥。佛正法寂定，明照於世間，如服吐下藥，以酥潤體中。我今以此義，顯發於寂定，如阿伽陀藥，樹葉而裹之。
取藥塗毒竟，樹葉還棄之。戲笑如葉裹，實義在其中。智者取正義，戲笑便應棄。

一一、心經今註今譯一篇

糜文開

四十五年在臺大、師大兼課教授印度文學後，曾撰心經講義一稿應用。嗣於六十年冬，予以整理改寫，擴大成包括佛學常識在內之數萬字，未予發表。玆應佛光山普門雜誌徵稿，檢視舊存，竟已散亂殘缺。不得已，將今註今譯部分，先予付梓。

六十九年十一月識於靜齋

㈠玄奘原譯

般若波羅密多（註一）心經以上經題八字

觀自在菩薩，（註二）行深般若波羅密多時，照見五蘊（註三）皆空，度一切苦厄。以上第一節四句二十五字

舍利子！（註四）色不異空，空不異色；色卽是空，空卽是色。受想行識，亦復如是。以上第二節七句二十七字

舍利子！是諸法空相，（註五）不生不滅，（註六）不垢不淨，（註七）不增不減。（註八）以上第三節五句二十字

是故空中無色，無受、想、行、識；(註九)無眼、耳、鼻、舌、身、意；(註十)無色、聲、香、味、觸、法；(註一一)無眼界，乃至無意識界；(註一二)無無明，亦無無明盡；(註一三)乃至無老、死，亦無老、死盡；(註一四)無苦、集、滅、道；(註一五)無智亦無得。(註一六)以無所得故。以上第四節十三句六十七字

菩提薩埵，(註一七)依般若波羅密多故，心無罣礙。(註一八)無罣礙故，無有恐怖，(註一九)遠離顛倒夢想，(註二〇)究竟涅槃。(註二一)以上第五節七句三十四字

三世諸佛，(註二二)依般若波羅密多故，得阿耨多羅三藐三菩提。(註二三)以上第六節三句二十二字

故知般若波羅密多，是大神咒，(註二四)是大明咒，(註二五)是無上咒，(註二六)是無等等咒。(註二七)能除一切苦，眞實不虛。(註二八)以上第七節七句三十四字

故說般若波羅密多咒。卽說咒曰：揭諦、揭諦，(註二九)波羅揭諦，(註三〇)波羅僧揭諦，(註三一)菩提薩婆訶。(註三二)以上第八節六句三十一字

以上經文八節，共計五十二句，二百六十字。全經連經題八字，合計二百六十八字。

(二)今註

註一 「般若波羅密多」，是梵文的音譯。般若意爲無上智慧，或正智；婆羅密多意爲到彼岸。

註二 「觀自在菩薩」即觀世音菩薩。妙法蓮花經普門品載觀世音以大悲心現三十二種應機化身以救世人，其應身有男有女。至於火燒白雀寺，妙莊王第三女妙善公主觀音得道的故事，只是我們中國的傳說而

已。

註三 「五蘊」人類身心由色、受、想、行、識五種要素積聚而成，稱五蘊。蘊卽積聚義。色指四大地、水、火、風物質的身體及其生理現象；餘四蘊均心理現象，合稱名。佛說衆生都是衆緣和合而成的假相，別無自性可得，故衆生性空無我，而亦無常。名、色五蘊，色身具眼、耳、鼻、舌、身等感覺機構，以司色、聲、香、味、觸等感覺。受、想二蘊，均生於貪着心。貪着諸慾爲受，貪着諸見爲想。由於執着苦樂，起顚倒妄想。行蘊之行爲造作流遷義，衆生固顚倒妄想，爲煩惱所繫縛，而有所造作，於是爲業力所驅引，乃有生死輪廻之流轉。識蘊分眼、耳、鼻、舌、身、意六識。識是辨別義。

註四 「舍利子」人名，釋迦牟尼佛十大弟子中智慧第一。梵文舍利弗多的音意合譯。舍利鳥名，鷹鷲類；弗多，意譯爲子。舍利子之母，眼似舍利鳥眼的精瑩活潑，取名舍利，故其子名舍利子，全名意譯則爲鶖子。

註五 「諸法空相」：從五蘊諸法可照見法身眞空的清淨實相。

註六 「不生不滅」：法身無生滅相。

註七 「不垢不淨」：法身不墜諸數，不爲五蘊、六塵、十八界所染汚；眞空本淨，不因修三乘（聲聞乘、緣覺乘二小乘及菩薩乘大乘）而更淨。

註八 「不增不減」：法身圓滿，不因悟道成佛而增大，亦不因迷妄，誤認身中知覺爲心，隨業流轉而減小。故云：「我性在聖不增，處凡不減。」

註九 法身旣眞空無形，故云：「空中無色」。旣無色蘊，象尙未現，眞空無住，故亦無受蘊。無根身，故無想蘊。充滿法界，計（推理）度（想像）不行，故無行蘊。圓明寂照，故無識蘊。如是，即五蘊皆空。

註一〇 眼、耳、鼻、舌、身、意叫做六根。眞空湛寂，衆生未形，故無六根。

註一一 色、聲、香、味、觸、法，乃六根感受之對象，稱爲六境。因其染汚六根，亦稱六塵。所謂法，包括一切事物與其理。法境乃意根所感受之對象，意爲思量義。六塵乃色蘊六根之對象，眞空中既無六根，則色不異空，（眼根對色境）更無有六塵自明。

註一二 六根之以六境爲對象，由於六識之作用而有認識，合六根六境六識而爲十八界。即眼界、耳界、鼻界、舌界、身界、意界、色界、聲界、香界、味界、觸界、法界、眼識界、耳識界、鼻識界、舌識界、身識界、意識界。法身既眞空自在，根境未形，分別無依，則六識亦不行，故「無眼界，乃至無意識界」之十八界。

註一三 「無無明」，乃緣覺乘所修十二因緣之法門。十二因緣謂以十二支爲因緣，依次相生。十二支爲：⑴無明，⑵行，⑶識，⑷名色，⑸六入，⑹觸，⑺受，⑻愛，⑼取，⑽有，⑾生，⑿老死。衆生之有生與老死，追因於無明。若滅無明，則生亦滅，乃至老死亦滅。今心經顯性明，故「無無明」，亦無須以十二因緣法滅盡無明。達眞空，故「無老死」，亦「無老死盡」。關於十二因緣法，另詳講解中。

註一四 由「無明」推至「老死」爲流轉門，由「無明盡」一路滅盡，乃至「老死盡」爲還滅門。「無明」爲門頭，「老死」爲門尾，故經中分別言之。

註一五　「苦集滅道」爲聲聞乘所修之四諦法門，可證羅漢果。今心經以般若觀照，直證佛果，明眞空涅槃本具常、樂、我、淨之四德，故無復須此苦、集、滅、道之四諦。

註一六　「無智亦無得」菩薩乘修六波羅密法門，波羅密簡稱度。故曰六度。六度者：布施度、持戒度、忍辱度、精進度、禪定度、般若度。六度以般若爲本，其餘爲事相五度。般若爲理度，亦稱智度。以智慧修五度，卽得果頭之佛。今依智度（般若波羅密）旣得佛果，則悟吾人佛性本具，非另有所得。金剛經中佛說：「我於阿耨多羅三藐三菩提，乃至無有少法可得，是名阿耨多羅三藐三菩提。」性空寂中，本無「少法可得」。得魚忘筌，登岸離筏，旣以智度證佛果，則智度亦可放棄。故曰：「無智亦無得」。智字爲智度之省。

註一七　「菩提薩埵」梵文音譯。菩提覺義，薩埵衆生義，合言覺衆生，簡稱菩薩。菩薩自覺覺人，自度度人，具大悲心。故亦稱覺衆生爲大道心。

註一八　「心無罣礙」，人生在世，所罣礙者，爲大道未明，生死未了。菩薩依自己般若靈光，照到不生不滅彼岸時，證得自心，則已無生死之罣礙。

註一九　「無有恐怖」，恐，恐懼；怖，惶怖。謂菩薩涅槃眞心旣明，所歸道路已悟，知生似寄，了死如歸。無迷生死，則已無死之恐怖。

註二〇　「遠離顚倒妄想」，眞空妙性，本無形質，衆生誤認四大爲身，是一顚倒。妄念無體，當作眞心，是二顚倒。不知所有相，皆是虛妄，故顚倒妄想而執着於我見。

註二一　「涅槃」，梵文涅槃那之略，義譯爲滅；或譯滅度、寂滅、解脫、無爲等。涅槃有：有餘無餘之別。有餘涅槃見思惑已斷，塵沙無明未盡。無餘涅槃業識已空，無明斷盡。今以最妙第一圓頓法門，證究竟佛果之涅槃，乃無餘涅槃。

註二二 「三世諸佛」。佛，梵文佛陀之簡稱。「三世諸佛」乃「三世十方一切諸佛」之簡略。三世指時間之過去世、現在世、未來世；十方指空間東、南、西、北、東南、西南、西北、東北八方及上方、下方。

註二三 「阿耨多羅」意譯為「無上」，「三藐」為「正等」，「三菩提」為「正覺」。合言「無上正等正覺」。無上法身為萬法之身本，即理體、正等指圓滿報身，為生佛之靈妙用。正覺指千百億化身。化者，氣以成形，理亦賦焉。衆生悟者謂之正覺，覺本法身，無去無來，名曰如來。

註二四 「大神呪」梵文「陀羅尼」，華語譯為「呪」。般若波羅密多法門之功，能轉凡成聖，等於是大神呪。

註二五 能照見五蘊皆空，等於是「大明呪。」

註二六 能得菩提佛道，等於是「無上呪」。

註二七 能得世出世法，自度度人，等於是「無等等呪」，無等等謂無不平等、平等。

註二八 如是修行，如是觀點，能除一切分段，變易、生死之苦，心本是佛，眞實不虛。

註二九 佛經之翻譯，有五不譯意之定例，稱五不翻。呪語屬五不翻中秘密不翻之一種。蓋呪語雖原有語意，但其作用，在使人密持，由其語音發生神秘力量，以收不可思議之功德。故不譯其意，而特重譯音之正確。心經呪語，仍可就梵文原音索解。「揭」去義，「諦」實義，「揭諦」謂揭去虛妄，諦觀眞實。

註三〇　「揭諦，揭諦」是重言告誡，以示鄭重。

註三一　「波羅揭諦」，波羅卽彼岸，謂去妄觀實，超登彼岸。

註三二　「波羅僧揭諦」，謂去妄觀實，大家同登彼岸。僧，衆義。

註三三　「菩提薩婆訶」，菩提，覺義；薩婆訶，直捷迅速義。謂欲得正覺大道，但依般若法門，最爲直捷迅速。

㈢今　譯

當觀自在菩薩修行，深使般若智光，觀照出到達苦海彼岸時，照見了五蘊都是眞空，卽登彼岸，而超度了一切生死苦厄。

舍利子啊！色蘊的色身不異於眞空法身；眞空法身不異於衆生的色身。色身就是眞空法身；眞空法身就是色身之性。其他受蘊、想蘊、行蘊、識蘊，也是這樣。所以五蘊所現，雖都是假相，但也全從眞心而來。

舍利子啊！從這些五蘊諸法，可照見法身眞空的淸淨實相。這法身本來是不生不滅的，也不會染汚，也不能更淨。不因悟道成佛而增大，也不因衆生迷妄而減小。

所以眞空實相中，本無色蘊，也無受、想、行、識四蘊。沒有眼、耳、鼻、舌、身、意六根；沒有色、聲、香、味、觸、法六塵；沒有眼界乃至意識界的十八界。無須修習十二因緣的無明，也無須無明斷盡，乃至沒有老死，也無須老死滅盡。無須修習苦、集、滅、道四諦，而法身旣不增不減，則無須智慧，也一無所得，因爲實在無須有所獲得啊！

菩薩們！因爲依照佛的教導，憑般若靈光，觀照出到達彼岸的心法來，自心便無所罣碍，因爲無所罣碍，沒有了生死路頭的恐懼惶怖，遠離了顚倒生死的妄想，證得了究竟佛果的無餘涅槃。

十方三世諸佛，憑般若靈光，觀照出到達彼岸的心法來，因此得到無上正等正覺，悟道成佛。

因此知道般若波羅密多等於是大神咒，等於是大明咒，等於是無上咒，等於是無等等咒，能了脫一切生老病死和輪廻不息之苦。知道心本是佛，眞實不虛。可依有言之經，而觀無相之心。

因此宣說般若波羅密多咒，卽說咒曰：揭諦，揭諦，波羅揭諦，波羅僧揭諦，菩提薩婆訶。(秘密眞言，應照音念誦，不譯其意。此咒四句，如予意譯，則爲：揭去虛妄，諦視眞實！去妄觀實，超登彼岸！去妄觀實，大家同登彼岸！般若悟道，迅速直捷！)

一二、經摩詰所說經四篇

姚秦鳩摩羅什譯
僧肇註

方便品第二

什曰：此品序淨名德者，非集經者之意。其方便辯才，世尊常所稱歎，故集經者承其所聞以序德耳。

爾時毗耶離大城中，有長者名維摩詰。已曾供養無量諸佛，深植善本，得無生忍，辯才無礙，遊戲神通。什曰：因神通廣其化功，亦以神通力證其辯才。如龍樹與外道論議，外道問曰：「天今何作？」答曰：「天今與阿修羅戰。」復問云：「何爲證？」菩薩卽爲現證。應時摧戈折刃，及阿修羅身首，從空中墜落。又見天與阿修羅於虛空中列陣相對。外道見證已，乃伏其辯才。神通證辯，類如此也。肇曰：菩薩得五通。又云具六通。以得無生忍，三界結盡。方於二乘，故言六。方於如來，結習未盡，故言五也。逮諸總持，獲無所畏，降魔勞怨，入深法門。善於智度，通達方便，大願成就。什曰：初發心之時，其願未大，或大而未成。大而成者，唯法忍菩薩也。如無量壽四十八願是大願之類也。肇曰：大願將無量壽願比也。明了衆生心之所趣，又能分別諸根利鈍。久於佛道，心已純淑。決定大乘。諸有所作，能善思量。住佛威儀，心大如海。什曰：海有五德：一澄淨，不受死屍；二多出妙寶；三大龍注雨滴如車軸，受而不溢；四風日不能竭；五淵深難測。大士心淨，不受毀戒之屍，出慧明之寶。佛大法雨，受而不溢，魔邪風日不能虧損。其智淵深，莫能測者。故曰：心大如海也。諸佛咨嗟，弟子釋梵世主所敬。欲度人故，以善方便居毗耶離。資財無量，攝諸貧民。奉戒清淨，攝諸毀禁。以忍調行，攝諸恚怒。以大精進，攝諸懈怠。一心禪寂，攝諸亂意。以決定慧，攝諸無智。雖爲白衣，奉持沙門清淨律行；雖處居家，不著三界；示有妻子，常修梵行；現有眷屬，常樂遠離。雖服寶飾，而以相好嚴身；雖復飲食，而以禪悅爲味。若至博奕戲處，輒以度人；受諸異道，不毀正信；雖明世典，常樂佛法。一切見敬，爲供養中最。肇曰：含齒無不敬，淨養無不恭，故曰，爲供養中之最。執持正法，攝諸長幼。肇曰：外國諸部曲，皆立三老。有德者爲執法人，以決鄉訟，攝長幼也。淨名現執俗法，因此通達道法也。一切治生諧偶，雖獲俗利，不以喜悅。遊諸四衢，饒益衆生。入治政法，救護一切。入講論處，導以大乘。入諸學堂，誘開童蒙；肇曰：學堂，童蒙學書堂也。誘開，如太子入學現梵書比也。入諸婬舍，示欲之過；什曰：外國有一女人，身體金色。有長者子，名達慕多羅，以千兩金，要入竹林，同載而去。文殊師利於中道變身爲白衣。身著寶衣，衣甚嚴好。女人見之，貪心內發。文殊言：「欲得衣者，當發菩提心。」女曰：「何等爲菩提心？」答曰：「汝身是也。」問曰：「云何是？」答曰：「菩提性空，汝身亦空，以此故是。」此女曾於迦葉佛所，宿植善本，修智慧。聞是說，即得無生法忍。得無生法忍已，將示欲之過，還與長者子入竹林。入竹林已，自身現死，胮脹臭爛。長者子見已，甚大怖畏。往詣佛所，佛爲說法，亦得法忍。示欲之過，有如是利益也。肇曰：外國婬人，別立聚落，凡豫士流，目不暫顧。而大士同其欲，然後示其過也。入諸酒肆，能立其志。肇曰：酒致失志，開放逸門。若在長者，長者中尊，爲說勝法；什曰：長者如今四姓豪族也。聲聞於凡夫爲勝。如是展轉，佛法最勝也。肇曰：凡人易以威順，難以理從，故大士每處其尊。以弘風靡之化。長者豪族望重，多以世教自居，不弘出世間勝法也。若在居士，居士中尊，斷其貪著。什曰：外國白衣多財富樂者，名爲居士。若在剎利，剎利中尊，教以忍辱；什曰：梵音中含二義：一言忍辱，二言瞋恚。言此人有大力勢，能大瞋恚，忍受苦痛，剛彊難伏。因以爲姓也。肇曰：剎利，王種也。秦言田主。劫初人食地味，轉食自然粳米，後人情漸僞，各有封殖，遂立有德者，處平分田，此王者之始也。故相承爲名焉。其尊貴自在，多彊暴恣意，不能忍和也。若在婆羅門，婆羅門中尊，除其我慢；什曰：廣學問，求邪道，自恃智慧，驕慢自在，名婆羅門。肇曰：婆羅門，秦言外意。其種別有經書，世世相承，以道學爲業。或在家，或出家苦行，多恃己道術，自我慢人。若在大臣，大臣中尊，教以正法；若在王子，王子中尊，示以忠孝；若在內官，內官中尊，化正宮女；什曰：非如今內官也。外國法，取歷世忠良耆長有德者，用爲內官，化正宮女也。若在庶民，庶民中尊，令興福力；什曰：昔有一賤人來入城邑，見一人服飾嚴淨，乘大馬，執寶蓋，唱言不好。乃至再三。彼人怪而問曰：「我嚴淨如是，汝何言不好耶？」賤人曰：「君宿植德本，獲此果報。威德被服，人所宗仰。我昔不種福，鄙陋如是。以我比君，猶如禽獸，故自言不好耳，非毀君也。」賤人因是感厲，廣修福業。形尊悟物，所益已弘，況以道法化人哉？肇曰：福力微淺，故生庶民也。若在梵天，梵天中尊，誨以勝慧；什曰：小乘中初梵有三種，大乘中有四種。餘上三地亦如是。梵王雖有定慧，而非出要。誨以佛慧，故言勝。若在帝釋，帝釋中尊，示現無常；什曰：梵垢薄而著淺，故爲現勝慧；釋愛重而著深，故爲現無常。若在護世，護世中尊，護諸衆生。什曰：護世，四天王也。諸惡鬼神殘食衆生，護世四王護之不令害也。今言尊者，道力所護，兼及十方。

長者維摩詰，以如是等無量方便，饒益衆生。肇曰：法身圓應，其跡無端，故稱無量。上略言之耳。其以方便，現身有疾。什曰：上諸方便，以施戒攝人。施戒攝人，則人感其惠。聞其有疾，則問疾者衆。問疾者衆，則功化弘矣。是以廣現方便，然後處疾也。肇曰：雖復變應殊方，妙迹不一。然此經之起，本於現疾，故作者別序其事。以其疾故，國王、大臣、長者、居士、婆羅門等，及諸王子、並餘官屬、無數千人，皆往問疾。其往者；維摩詰因以身疾，廣爲說法。什曰：欲明履道之身，未免斯患。況無德而可保耶？肇曰：同我者易信，異我者難順，故因其身疾，廣明有身之患。

諸仁者，是身無常。無彊無力無堅，速朽之法，不可信也。爲苦爲惱，衆病所集。什曰：諸佛常法，要先以七事發人心，然後說四諦。何等爲七？一施，二戒，三生天果報，四說味——味，樂味也，五果報過患——雖有少樂，而衆苦無量。衆生迷於少樂，而不覺衆苦，猶以芥子置於山頂，唯見芥子，而不覩大山也——六歎厭離世間，七歎涅槃功德。今不說七法，直說無常者，將以此會積德已淳，慧性修明故也。復次無常是空之初相。將欲說空，故先說無常，所以但說身，不說餘法。餘法中少生著故也。

諸仁者，如此身，明智者所不怙。是身如聚沫，不可撮摩。是身如泡，不得久立。是身如燄，從渴愛生。是身如芭蕉，中無有堅。是身如幻，從顚倒起。是身如夢，爲虛妄見。是身如影，從業緣現。是身如響，屬諸因緣。是身如浮雲，須臾變滅。是身如電，念念不住。是身無主，爲如地。肇曰：夫萬事萬形，皆四大成。在外則爲土、木、山、河，在內則爲四肢、百體。聚而爲生，散而爲死。生則爲內，死則爲外。內外雖殊，然其大不異。故以內外四大，類明無我也。如外地，古今相傳，彊者先宅，故無主也。身亦然爾，衆緣所成，緣合則起，緣散則離。何有眞宰常主之者？主壽人，卽是一我義，立四名也。是身無我，爲如火。肇曰：縱任有自由謂之我，而外火起滅由薪，火不自在。火不自在，火無我也。外火既無我，內火類亦然。是身無壽，爲如風。肇曰：常存不變謂之壽。而外風積氣飄鼓，動止無常。動止無常，風無壽也。外風既無壽，內風類可知。是身無人，爲如水。肇曰：貴於萬物而始終不改謂之人，而外水善利萬形，方圓隨物，洿隆異適，而體無定。體無定，則水無人也。外水既無人，內水類可知也。是身不實，四大爲家。是身爲空，離我我所。什曰：離我，衆生空。離我所，法空也。上四句說空無我喻，此直說空無我義也。肇曰：我身，我所主也。我所，自我之外，身及國財妻子萬物，盡我所有。智者觀身，身內空寂，二事俱離也。

是身無知，如草木瓦礫。肇曰：身雖能觸而無知，內雖能知而無觸。自性而求，二俱無知。既曰無知，何異瓦礫？

是身無作，風力所轉。什曰：無作主，而有所作者，風所轉也。從無知至無作，更釋空無我義也。

是身不淨，穢惡充滿。是身爲虛僞。雖假以澡浴衣食，必歸磨滅。什曰：此明無常所壞，所以苦也。自此以下，盡說苦喻也。爲災，病苦也。丘井以下，總喻生、老、病、死衆苦無量也。

是身爲災，百一病惱。是身如丘井，爲老所逼。什曰：丘井，丘墟枯井也。昔有人有罪於王，其人怖罪逃走。王令醉象逐之，其人怖急，自投枯井。半井得一腐草，以手執之。下有惡龍，吐毒向之。傍有五毒蛇，復欲加害。二鼠嚙草，草復將斷。大象臨其上，復欲取之。其人危苦，極大恐怖，上有一樹，樹上時有蜜滴，落其口中。以著味故，而忘怖畏。丘井，生死也。醉象，無常也。毒龍，惡道也。五毒蛇，五陰也。腐草，命根也。黑白二鼠，白日黑月也。蜜滴，五欲樂也。得蜜滴而忘怖畏者，喻衆生得五欲蜜滴，不畏苦也。

是身無定，爲要當死。是身如毒蛇，如怨賊，如空聚，陰界諸入所共合成。什曰：昔有人得罪於王。王欲密殺。篋盛四毒蛇，使其守護。有五怨賊拔刀守之。善知識語之令走。其人即去，入空聚落，便於中止。知識復言：「此處是惡賊所止，若住此者，須臾賊至，喪汝身命，失汝財寶，宜速捨離，可得安隱。」其人從教，即便捨去。復見大水，縛筏而渡。渡已安隱，無復衆患。王，喻魔也。篋，喻身也。四蛇，四大也。五怨賊，五陰也。空聚落，六入也。惡賊，六塵也。河，生死也。善知識教令走者，謂佛菩薩教衆生離惡魔，棄四大，捨五陰。衆生從教，雖捨遠三患，而未出諸入聚落，未免怨賊。復教令乘八正筏，度生死流。度生死流已，坦然無爲，無復衆患也。肇曰：六情喻空聚，皆有誠證，喻在他經。是故涅槃經云：觀身如四大毒蛇，是身無常，常爲無量諸蟲之所唼食。是身臭穢，貪欲獄縛。是身可畏，猶如死狗。是身不淨，九孔常流。是身如城，血肉筋骨皮裹其上，手足以爲却敵樓櫓。目爲孔竅，頭爲殿堂，心王處中。如是身城，諸佛世尊之所棄捨，凡夫愚人常所味著。貪婬瞋恚愚癡羅剎止住其中。是身不堅，猶如蘆葦伊蘭水流芭蕉之樹。是身無常，念念不住，猶如電光、瀑水、幻燄，亦如畫水，隨畫隨合。是身易壞，猶如河岸臨峻大樹。是身不久，虎、狼、鵄、梟、鵰、鷲、餓狗之所食噉。誰有智者當樂此身？寧以牛跡盛大海水？不可具說，是身無常，不淨臭穢。寧團大地使如棗等，漸漸轉小如葶藶子，乃至微塵。不能具說，是身過患。是故當捨，如棄涕唾也。

諸仁者，此可患厭，當樂佛身。所以者何？佛身者，即法身也。肇曰：經云法身者，虛空身也。無生而無不生，無形而無不形。超三界之表，絕有心之境。陰入所不能攝，稱讚所不能及，寒暑不能爲其患，生死無以化其體。故其爲物也，微妙無象，不可爲有。備應萬形，不可爲無。彌綸八極，不可爲小。細入無間，不可爲大。故能入生出死，通洞乎無窮之化。變現殊方，應無端之求。此二乘之所不識，補處之所不覩。況凡夫無目，敢措思於其間哉？聊依經誠言，麤標其玄極耳。然則法身在天而天，在人而人，豈可近捨丈六，而遠求法身乎？

從無量功德智慧生。從戒定慧解脫解脫知見生。從慈悲喜捨生，從布施、持戒、忍辱、柔和、勤行、精進、禪定、解脫、三昧、多聞、智慧，諸波羅蜜生。肇曰：禪，四禪。定，四定。解脫，八解脫。三昧，三三昧。此皆禪度之別行也。諸，即上六度也。波羅蜜，秦言到彼岸。彼岸，實相岸也。得無生以後，所修衆行，盡與實相合體，無復分別也。從方便生。從六通生。肇曰：七住以上，則具六通。自非六通運其無方之化，無以成無極之體也。從三明生。肇曰：天眼、宿命智、漏盡通、爲三明也。從三十七道品生。從止觀生。什曰：始觀時，係心一處，名爲止。靜極則明，明即慧，慧名觀也。肇曰：止觀定慧。從十力、四無所畏、十八不共法生。從斷一切不善法、集一切善法生。從眞實生。從不放逸生。從如是無量清淨法，生如來身。

諸仁者，欲得佛身斷一切衆生病者，當發阿耨多羅三藐三菩提心。

如是長者維摩詰，爲諸問疾者如應說法。令無數千人，皆發阿耨多羅三藐三菩提心。

維摩詰所說經註卷第一

音釋

覿音狄，見也。雋俊同。譯音亦，翻梵成華也。鶉火上音淳，即丙午也。環中境內也。婉音宛，美也。詰去吉切。懾質涉切，怖也。慘七感切，痛也。蟒音莽，大蛇。毀訾下平聲，下同。涘音俟，水厓也。洿音烏，水濁不流也。獷古猛切，惡貌。胮脹音龐帳，下同。撮七活切。嚙五巧切。篋苦協切，箱篋。却敵樓櫓二皆城上屋也。竅苦弔切，穴也。啖杜覽切，同啖。葶藶子藥草名。

弟子品第三

肇曰：上善若水，所以洿隆斯順。與善仁，故能曲成無悋。動善時至，所以會幾不失。居衆人之所惡，故能與彼同疾。世尊大慈，必見垂問。因以弘道，所濟良多。此現疾之本意也。

爾時長者維摩詰自念：寢疾於牀，世尊大慈，寧不垂愍？佛知其意，即告舍利弗：「汝行詣維摩詰問疾。」什曰：聲聞法中，諸羅漢無漏智慧，勝菩薩世俗智慧。大乘法中，菩薩二事俱勝。今用聲聞法明大小，故先命弟子。舍利弗於弟子中智慧第一，故先命之。知其不堪而命之者，欲令其顯維摩詰才辯殊勝，發起衆會也。復命餘人者，欲令各稱其美，明衆應辯慧無方也。

舍利弗白佛言：「世尊，我不堪任詣彼問疾。所以者何？憶念我昔曾於林中宴坐樹下，時維摩詰來謂我言：『唯，舍利弗。不必是坐爲宴坐也。夫宴坐者，不於三界現身意，是爲宴坐。肇曰：夫法身之宴坐，形神俱滅。道絕常境。視聽之所不及。豈復現身於三界，修意而爲定哉？舍利弗猶有世報生身，及世報意根，故以人間爲煩擾，而宴坐樹下，未能神形無跡，故致斯呵。凡呵之興，意在多益。豈存彼我，以是非爲心乎？不起滅定而現諸威儀，是爲宴坐。肇曰：小乘入滅盡定，則形猶枯木，無運用之能。大士入實相定，心智永滅，而形充八極，順機而作，應會無方。舉動進止，不捨威儀，其爲宴坐也亦以極矣。上云不於三界現身意，此云現諸威儀。夫以無現，故能無不現。無不現，即無現之體也。庶參玄君子，有以會其所以同，而同其所以異也。不捨道法，而現凡夫事，是爲宴坐。肇曰：小乘障隔生死，故不能和光。大士美惡齊旨，道俗一觀，故終日凡夫，終日道法也。淨名之有居家，即其事也。心不住內，亦不在外，是爲宴坐。什曰：賢聖攝心謂之內，凡夫馳想謂之外，言不內不外者，等心內外也。於諸見不動，而修行三十七道品，是爲宴坐。肇曰：諸見，六十二諸妄見也。夫以見爲見者，要動捨諸見，以修道品。大士觀其諸見眞性，即是道品，故不近捨諸見，而遠修道品也。不斷煩惱，而入涅槃，是爲宴坐。什曰：煩惱即涅槃，故不待斷而後入也。若能如是坐者，佛所印可。』時我世尊，聞說是語，默然而止，不能加報。故我不任詣彼問疾。」

佛告大目揵連：「汝行詣維摩詰問疾。」什曰：目連，婆羅門姓也。名拘律陀。拘律陀，樹神名也。以求神得故，因以爲名。生便有大智慧，故名大目揵連。神足第一者也。

目連白佛言：「世尊，我不堪任詣彼問疾。所以者何？憶念我昔，入毗耶離大城，於里巷中爲諸居士說法。時維摩詰來謂我言：『唯，大目連。爲白衣居士說法，不當如仁者所說。夫說法者，當如法說。法無衆生，離衆生垢故。什曰：居士智慧利根，應直聞實相，而目連未覩人根，依常說法。先以施戒七事發悟居士，居士聞施戒及生天受福，則起衆生想；起衆生想已，則於諸法妄生衆相。故建章明無衆生，後破衆相，乃可以返其所迷，應其本識也。肇曰：自此以下，辯眞法義也。夫存衆生，則垢眞法。若悟法無衆生，則其垢自離。衆生自我習著偏重，故先名其無。法無有我，離我垢故。法無壽命，離生死故。肇曰：生死，命之始終耳。始終既離，則壽命斯無。諸言離者，空之別名也。法無有人，前後際斷故。法常寂然，滅諸相故。法離於相，無所緣故。法無名字，言語斷故。法無有說，離覺觀故。法無形相，如虛空故。法無戲論，畢竟空故。法無我所，離我所故。法無分別，離諸識故。法無有比，無相待故。法不屬因，不在緣故。法同法性，入諸法故。法隨於如，無所隨故。法住實際，諸邊不動故。什曰：此三同一實也。因觀時有淺深，故有三名。始見其實，謂之如。轉深，謂之性。盡其邊，謂之實際。以新學為六情所牽，心隨物變，觀時見同，出則見異，故明諸法同此三法。故有無非中。於實為邊也。言有而不有。言無而不無。雖諸邊塵起，不能轉之令異，故言諸邊不動也。 法無動搖，不依六塵故。法無去來，常不住故。法順空，隨無相，應無作。肇曰：同三空也。法離好醜，法無增損。法無生滅，法無所歸。法過眼、耳、鼻、舌、身、心，法無高下。法常住不動，法離一切觀行。

唯，大目連，法相如是，豈可說乎?!夫說法者，無說無示。其聽法者，無聞無得。譬如幻士，為幻人說法。當建是意而為說法。當了衆生，根有利鈍。善於知見，無所罣礙。以大悲心讚於大乘。念報佛恩，不斷三寶。然後說法。』

維摩詰說是法時，八百居士，發阿耨多羅三藐三菩提心。我無此辯，是故不任詣彼問疾。」

佛告大迦葉：「汝行詣維摩詰問疾。」

迦葉白佛言：「世尊，我不堪任詣彼問疾。所以者何?憶念我昔，曾於貧里而行乞，時維摩詰來謂我言：『唯，大迦葉。有慈悲心，而不能普，捨豪富，從貧乞。什曰：先佛出家，第一頭陀者也。昔一時從山中出，形體垢膩，著獘弊衣，來詣佛所。諸比丘見之，起輕賤意。佛欲除諸比丘輕慢心故。讚言：「善來迦葉。」卽分牀坐。迦葉辭曰：「佛為大師，我為弟子，云何共坐?」佛言：「我禪定解脫，智慧三昧，大慈大悲，教化衆生。汝亦如是，有何差別?」諸比丘聞已，發希有心，咸與恭敬。迦葉聞是已，常學佛行慈悲救苦濟人。有是慈悲，而捨富從貧，意將何在耶?將以貧人昔不植福，故致斯報。今不度者，來世益甚。亦以造富有名利之嫌故，又不觀來世現受樂故。亦以富人慢恣，離開化故。亦以貧人覺苦厭此，心易得故。從捨之生，必由異見，故譏其不普，誨以平等也。肇曰：迦葉以貧人昔不植福，故生貧里。若今不積善，後復彌甚，愍其長苦，多就乞食。淨名以其捨富從貧，故譏迦葉不普也。迦葉，住平等法，應次行乞食。肇曰：生死輪轉，貴賤無常。或今貧後富，或今富後貧。大而觀之，苦樂不異，是以凡住平等之爲法，應次第行乞，不宜去富而就貧也。爲不食故，應行乞食。什曰：卽食之實相，應以此心乞食也。爲壞和合相故，應取揣食。什曰：和合相，卽揣食。食有四種：一曰揣食；二曰願食，如見沙囊命不絕，是願食也；三曰業食，如地獄不食而活，由其罪業應久受苦痛也；四曰識食，無色衆生識想相續也。壞和合相，卽是實相，令其以是心行乞也。爲不受故，應受彼食。肇曰：不受，亦涅槃法也。夫爲涅槃而行乞者，應以無受心而受彼食。然則終日受，而未嘗受也。以空聚相，入於聚落。肇曰：空聚，亦涅槃相也。凡入聚落，宜存此相。若然，則終日聚落，終日空聚也。所見色，與盲等。肇曰：二乘惡厭生死，怖畏六塵，故誡以等觀也。盲謂不見美惡之異，非謂閉目也。所聞聲，與響等。肇曰：未有因山響而致喜怒也。所齅香，與風等。肇曰：香臭因風，風無香臭，又取其不存也。所食味，不分別。什曰：法無定性，由分別取相，謂之爲味。若不分別時，則非味也。雖食當如本相也。受諸觸，如智證。肇曰：得漏盡智無生智，自證成道，擧身柔輭快樂，而不生著。身受諸觸，宜若此也。知諸法，如幻相。無自性，無他性。本自不然，今則無滅。什曰：指會成拳，故無自性。指亦如是，故無他性。生曰：從他生，故無自性也。既無自性，豈有他性哉？然則本自不然，有何滅乎？故如幻。迦葉，若能不捨八邪，入八解脫，肇曰：八邪八解，本性常一。善觀八邪，卽入八解。曷爲捨邪，更求解脫乎？若能如是者，名入解脫也。以邪相入正法，肇曰：若本性常一者，則邪正相入，不乖其相也。以一食施一切，供養諸佛及衆賢聖，然後可食。肇曰：因誨以無礙施法也。若能等邪正，又能以一食等心施一切衆生，供養諸佛賢聖者，乃可食人之食也。無礙施者，凡得食，要先作意施一切衆生，然後自食。若得法身，則能實充足一切，如後一鉢飯也。若未得法身，但作意等施，卽是無礙法施也。如是食者，非有煩惱，非離煩惱。肇曰：有煩惱食，凡夫也。離煩惱食，二乘也。若能如上平等而食者，則是法身之食。非有煩惱而食，非離煩惱而食也。非入定意，非起定意。肇曰：小乘入定則不食，食則不入定。法身大士終日食而終日定，故無出入之名也。非住世間，非住涅槃。肇曰：欲言住世間，法身絕常俗。欲言住涅槃，現食同人欲。其有施者，無大福無小福。不爲益，不爲損。生曰：施平等人，應得平等報，故施主亦不見有大小福也。是爲正入佛道，不依聲聞。肇曰：平等乞食，自利利人。故正入佛道，不依聲聞道也。迦葉，若如是食，爲不空食人之施也。』生曰：言必能福彼也。然則非徒拔其貧苦而已，乃所以終得大乘之果也。

時我，世尊，聞說是語，得未曾有。卽於一切菩薩，深起敬心。復作是念，斯有家名，辯才智慧乃能如是。其誰不發阿耨多羅三藐三菩提心？肇曰：時謂在家大士智辯尙爾，誰其不發無上心也？我從是來，不復勸人以聲聞辟支佛行，是故不任詣彼問疾。」

佛告須菩提：「汝行詣維摩詰問疾。」什曰：秦言善業，解空第一。善業所以造居士及致失者，有以而往，亦有由而失。請以喻明之。譬善射之人，發無遺物。雖輕翼迅逝，不能翔其舍。猶維摩詰辯慧深入，言不失會。故五百應眞，莫敢闚其門。善業自謂智能深入，辯足應時，故直造不疑，此往之意也。然當其入觀，則心順法相。及其出定，則情隨事轉，致失招屈，良由此也。維摩以善業自謂深入，而乖於平等，故此章言切而旨深者也。諸聲聞體非兼備，則各有偏能，謂之第一。故五百弟子，皆稱第一也。肇曰：須菩提，秦言善吉，弟子中解空第一也。

須菩提白佛言：「世尊，我不堪任詣彼問疾，所以者何？憶念我昔，入其舍從乞食。時維摩詰取我鉢盛滿飯。生曰：維摩迹在居士，有客惜之嫌。若未與食便詰之者，物或謂之然也。故先取鉢盛滿飯。而不授之者，恐須菩提得鉢便去，不盡言論勢也。謂我言：『唯，須菩提，若能於食等者，諸法亦等。生曰：苟恃定而來者，於定爲不等矣。卽以食詰之者，明於食亦不等也。不等於食，豈等定哉？是都無所等也。既無所等，何有等定而可恃乎？諸法等者，於食亦等。如是行乞，乃可取食。肇曰：須菩提以長者豪富自恣，多懷貪吝，不慮無常。今雖快意，後必貧苦。愍其迷惑，故多就乞食。次入淨名舍，其卽取鉢盛飯，未授之間，譏其不等也。言萬法同相，一一可知。若於食等諸法亦等，諸法等者，於食亦等。以此行乞，乃可取食耳。曷爲捨貧從富，自生異想乎？若須菩提不斷婬、怒、癡，亦不與俱。肇曰：斷婬怒癡，聲聞也。婬怒癡俱，凡夫也。大士觀婬怒癡，卽是涅槃，故不斷不俱，若能如是者，乃可取食也。不壞於身，而隨一相。肇曰：萬物齊旨，是非同觀，一相也。然則身卽一相，豈待壞身滅體，然後謂之一相乎？身，五陰身也。不滅癡愛，起於解脫。肇曰：聲聞以癡曀智，故癡滅而明。以愛繫心，故愛解而脫。大士觀癡愛，其相卽是明脫。故不滅癡愛，而起明脫也。以五逆相而得解脫，亦不解不縛。肇曰：五逆眞相，卽是解脫。豈有縛解之異耶？五逆，罪之尤者；解脫，道之勝者。若能卽五逆相而得解脫者，乃可取人之食。不見四諦，非不見諦。非得果，非不得果。非凡夫，非離凡夫法。肇曰：果，諸道果也。不見四諦，故非得果。非不見諦，故非凡夫。雖非凡夫，而不離凡夫法，此乃平等之道也。非聖人，非不聖人。肇曰：不離凡夫法，非聖人也。道過三界，非不聖人也。雖成就一切法，而離諸法相，乃可取食。肇曰：不捨惡法而從善，則一切諸法，於何不成？諸法雖成，而離其相；以離其相故，則美惡斯成矣。若須菩提不見佛，不聞法。肇曰：猶誨以平等也。夫若能齊是非，一好醜者，雖復上同如來，不以爲尊；下等六師，不以爲卑。何則？天地一旨，萬物一觀，邪正雖殊，其性不二。豈有如來獨尊，而六師獨卑乎？若能同彼六師，不見佛，不聞法，因其出家，隨其所墮，而不以爲異者，乃可取食也。此蓋窮理、盡性、極無方之說也。善惡反論，而不違其常；邪正同辯，而不喪其眞。斯可謂平等正化莫二之道。彼外道六師，富蘭那迦葉，什曰：迦葉，母姓也。富蘭那，字也。其人起邪見，謂一切法無所有，如虛空不生滅也。肇曰：姓迦葉，字富蘭那。其人起邪見，謂一切法斷滅性空，無君臣父子忠孝之道也。末伽梨拘賖梨子，什曰：末伽梨，字也。拘賖梨，是其母也。其人起見，云眾生罪垢無因無緣也。刪闍夜毗羅胝子，什曰：刪闍夜，字也。毗羅胝，母名也。其人起見，謂要久經生死，彌歷劫數，然後自盡苦際也。肇曰：其人謂道不須求，經生死劫數，苦盡自得。如轉縷丸於高山，縷盡自止，何假求耶？阿耆多翅舍欽婆羅，肇曰：阿耆多翅舍，字也。欽婆羅，麤弊衣名也。其人著弊衣，自拔髮，五熱炙身，以苦行爲道。謂今身併受苦，後身常樂者也。迦羅鳩馱迦旃延，什曰：外道字也。其人應物起見，若人問言有耶？即答言有。問言無耶？答言無也。尼犍陀若提子等，什曰：尼犍陀，字也。若提，母名也。其人起見，謂罪福苦樂，盡由前世，要當必償。今雖行道，不能中斷。此六師盡起邪見，裸形苦行，自稱一切智，大同而小異耳。凡有三種六師，合十八部。第一自稱一切智，第二得五通，第三誦四韋陀經。上所說六師，是第一部也。是汝之師。因其出家，彼師所墮，汝亦隨墮，乃可取食。什曰：因其見異，故誨令等觀也。若能不見佛勝六師，從其出家，與之爲一，不壞異相者，乃可取食也。若須菩提入諸邪見，不到彼岸。肇曰：彼岸，實相岸也。或者以邪見爲邪，彼岸爲正。故捨此邪見，適彼岸耳。邪見彼岸，本性不殊。曷爲捨邪而欣彼岸乎？是以入諸邪見不入彼岸者，乃可取食也。自六師以下，至乎不得滅度，類生逆談，以成大順，庶通心君子，有以標其玄旨，而遺其所是也。住於八難，不得無難。肇曰：夫見難爲難者，必捨難而求無難也。若能不以難爲難，故能住於難。不以無難爲無難，故不得於無難也。同於煩惱，離清淨法。肇曰：夫能悟惱非惱，則雖惱而淨。若以淨爲淨，則雖淨而惱，是以同惱而離淨者，乃所以常淨也。汝得無諍三昧，一切眾生亦得是定。什曰：無諍有二：一以三昧力將護眾生，令不起諍心；二隨順法性，無違無諍，善業常自謂深達空法，無所違諍。今不順平等，而云無諍者，則與眾生無差也。肇曰：善吉之與眾生，性常自一，曷爲善吉獨得，而眾生不得乎？此明性本不偏也。善吉於五百弟子中，解空第一，常善順法相，無違無諍。內既無諍，外亦善順羣心令無諍訟。得此定名無諍三昧也。其施汝者，不名福田。肇曰：我受彼施，令彼獲大福。故名福田耳。猶大觀之，彼我不異，誰爲種者？誰爲田者？供養汝者，墮三惡道。肇曰：五逆之損，供養之益，大觀正齊，未覺其異。若五逆而可墮，供養亦可墮也。爲與眾魔共一手，作諸勞侶。汝與眾魔，及諸塵勞，等無有異。肇曰：既爲其侶，安得有異？夫以無異，故能成其異也。於一切眾生，而有怨心，謗諸佛，毀於法，不入眾數，終不得滅度。肇曰：怨親之心，毀譽之意，美惡一致，孰云其異？苟曰不異，亦何爲不同焉？犯重罪者，不得入賢聖眾數，終不得滅度。生曰：爲害之由，由乎謗佛毀法，斯人則爲不入四眾矣。順在親友之義，以歎佛譽法爲體，亦不異謗，故云謗也。汝若如是，乃可取食。』肇曰：若能備如上惡，乃可取食也。何者？夫捨惡從善，人之常情耳。然則是非經心，猶未免於累。是以等觀者，以存善爲患，故捨善以求宗。以捨惡爲累，故即惡而反本。然則即惡有忘累之功，捨善有無染之勳，故知同善未爲得，同惡未爲失。淨名言意，似在此乎？

時我世尊。聞此茫然。不識是何言？不知以何答？便置鉢欲出其舍。維摩詰言：『唯，須菩提，取鉢勿懼。於意云何？如來所作化人，若以是詰，寧有懼不？』肇曰：淨名欲令善吉弘平等之道，無心以聽，美惡斯順。而善吉本不思其言，迷其所說，故復引喻以明也。我言：『不也。』維摩詰言：『一切諸法，如幻化相，汝今不應有所懼也。肇曰：若於弟子中解空第一，旣知化之無心，亦知法之如化，以此而聽，曷爲而懼？所以者何？一切言說，不離是相。肇曰：是相，卽幻化相也。言說如化，聽亦如化。以化聽化，豈容有懼？至於智者，不著文字，故無所懼。何以故？文字性離，肇曰：夫文字之作，生於惑取，法無可取，則文字相離。虛妄假名，智者不著。無有文字，是則解脫。肇曰：解脫，謂無爲眞解脫也。夫名生於不足，足則無名，故無有文字，是眞解脫也。解脫相者，則諸法也。』肇曰：名生於法，法生於名，名旣解脫，故諸法同解脫也。

維摩詰說是法時，二百天子得法眼淨，故我不任詣彼問疾。」

佛告富樓那彌多羅尼子：「汝行詣維摩詰問疾。」什曰：富樓那，秦言滿也。彌多羅尼，秦言善知識，卽其母名也。其人於法師中第一，善說阿毘曇也。

富樓那白佛言：「世尊，我不堪任詣彼問疾。所以者何？憶念我昔，於大林中，在一樹下，爲諸新學比丘說法。什曰：近毘耶離城有園林，林中有水，水名獼猴池。園林中有僧房，是毘耶離三精舍之一也。富樓那於中，爲新學說法。時維摩詰來謂我言：『唯，富樓那，先當入定觀此人心，然後說法。肇曰：大乘自法身以上，得無礙眞心。心智寂然，未嘗不定。以心常定，故能萬事並照，不假推求然後知也。小乘心有限礙，又不能常定，凡所觀察，在定則見，出定不見。且聲聞定力深者，見衆生根極八萬劫耳；定力淺者，身數而已。大士所見，見及無窮。此新學比丘，根在大乘，應聞大道，而爲說小法。故誨其入定也。無以穢食，置於寶器。肇曰：穢食充饑，小乘法也。盛無上寶，大乘器也。當知是比丘心之所念，無以瑠璃，同彼水精。汝不能知衆生根源，無得發起以小乘法。彼自無瘡，勿傷之也。肇曰：彼大乘之體，自無瘡疣，無以小乘之刺，損傷之也。欲行大道，莫示小徑。無以大海內於牛跡。無以日光等彼螢火。肇曰：大物當置之大處。曷爲回龍象於兎徑，注大海於牛跡乎？富樓那，此比丘久發大乘心，中忘此意。如何以小乘法而教導之？我觀小乘智慧微淺，猶如盲人。不能分別一切衆生根之利鈍。』

時維摩詰卽入三昧，令此比丘自識宿舍。曾於五百佛所植衆德本，迴向阿耨多羅三藐三菩提。卽時豁然，還得本心。肇曰：淨名將開其宿心，成其本意。故以定力令諸比丘暫識宿命；自知曾於五百佛所植衆德本，曾已迴向功德向無上道，此其本也。於是諸比丘稽首禮維摩詰足。時維摩詰因爲說法，於阿耨多羅三藐三菩提不復退轉。我念聲聞不觀人根，不應說法，是故不任詣彼問疾。」

佛告摩訶迦旃延：「汝行詣維摩詰問疾。」什曰：南天竺婆羅門姓也，善解契經者也。迦旃延白佛言：「世尊，我不堪任詣彼問疾。所以者何？憶念昔者，佛爲諸比丘略說法要，我卽於後敷演其義。謂無常義、苦義、空義、無我義、寂滅義。肇曰：如來言說未嘗有心，故其所說法，未嘗有相。迦旃延不諭玄旨，故於入室之後，皆以相說也。何則？如來去常，故說無常，非謂是無常。去樂，故言苦，非謂是苦。去實，故言空，非謂是空。去我，故言無我，非謂是無我。去相，故言寂滅，非謂是寂滅。此五者，可謂無言之教，無相之說。而迦旃延造極不同，聽隨心異。聞無常，則取其流動；至聞寂滅，亦取其滅相。此言同旨異，迦旃延所以致惑也。時維摩詰來謂我言：『唯，迦旃延。無以生滅心行，說實相法。什曰：若無生滅，則無行處。無行處，乃至實相也。因其以生滅爲實，故譏言無以生滅說實相法也。通非下五句也。迦旃延，諸法畢竟不生不滅，是無常義。什曰：凡說空，則先說無常。無常，則空之初門。初門，則謂之無常。畢竟，則謂之空。旨趣雖同，而以精麤爲淺深者也。何以言之？說無常，則云念念不住。不住，則有以繫住。雖云久住，而未明無住，是麤無常耳，未造其極也。令此一念，若今繫住，則後亦應住；若今住後住，則始終無變；始終無變，據事則不然。以住時不住，所以之滅，住卽不住，乃眞無常也。本以住爲有，今無住則無有，無有則畢竟空，畢竟空卽無常之妙旨也。故曰：畢竟空是無常義。迦旃延未盡而謂之極者，故自招妄計之譏也。五受陰通達空無所起，是苦義。肇曰：有漏五陰，受染生死，名受陰也。小乘以受陰起，則衆苦生，爲苦義。大乘通達受陰內外常空，本自無起，誰生苦者，此眞苦義也。諸法究竟無所有，是空義。肇曰：小乘觀法緣起，內無眞主，爲空義。雖能觀空，而於空未能都泯，故不究竟。大乘在有不有，在空不空，理無不極，所以究竟空義也。於我、無我而不二，是無我義。肇曰：小乘以封我爲累，故尊於無我。無我旣尊，則於我爲二。大乘是非齊旨，二者不殊，無我義也。法本不然，今則無滅，是寂滅義。』肇曰：小乘以三界熾然，故滅之以求無爲。夫熾然旣形，故滅名以生。大乘觀法本自不然，今何所滅？不然不滅，乃眞寂滅也。

說是法時，彼諸比丘心得解脫，故我不任詣彼問疾。」

佛告阿那律：「汝行詣維摩詰問疾。」肇曰：阿那律，秦言如意，刹利種也。弟子中天眼第一。阿那律白佛言：「世尊，我不堪任詣彼問疾。所以者何？憶念我昔，於一處經行，時有梵王名曰嚴淨，與萬梵俱。放淨光明，來詣我所。稽首作禮，問我言：『幾何阿那律天眼所見？』肇曰：梵王聞阿那律天眼第一，故問所見遠近。我即答言：『仁者，吾見此釋迦牟尼佛土三千大千世界，如觀掌中菴摩勒果。』肇曰：菴摩勒果，形似檳榔，食之除風冷。時手執此果，故即以爲喩也。時維摩詰來謂我言：『唯，阿那律。天眼所見，爲作相耶？無作相耶？假使作相，則與外道五通等。若無作相，即是無爲，不應有見。』什曰：「色無色相。若見色有遠近精麤，即是爲色。爲色，則是邪惑顚倒之眼，故同於外道也。若不爲色作相，色則無爲。無爲，則不應見有遠近，而言遠見三千，則進退無可。故失會於梵天，受屈於二難也。世尊，我時默然，彼諸梵聞其言，得未曾有。即爲作禮而問曰：『世孰有眞天眼者？』什曰：以阿那律天眼爲色作相，非眞天眼。若不作相，則是眞眼。未知誰有？故問言孰也。維摩詰言：『有佛世尊得眞天眼，常在三昧。悉見諸佛國，不以二相。什曰：言不爲色作精麤二相也。肇曰：眞天眼，謂如來法身無相之目也。幽燭微形，巨細兼覩，萬色彌廣。有若目前，未嘗不見，而未嘗有見。故無眼色之二相也。二乘在定則見，出定不見。如來未嘗不定，未嘗不見，故常在三昧也。於是嚴淨梵王，及其眷屬五百梵天，皆發阿耨多羅三藐三菩提心。禮維摩詰足已，忽然不見，故我不任詣彼問疾。」

佛告優波離：「汝行詣維摩詰問疾。」什曰：長存誓願，世世常作持律，故於今持律第一也。優波離白佛言：「世尊，我不堪任詣彼問疾。所以者何？憶念昔者，有二比丘犯律行，以爲恥，不敢問佛。什曰：以佛尊重，慚愧深故。亦於衆中大恐怖故。復次將以如來明見法相。決定我罪，陷於重殘。則永出清衆，望絕眞路也。來問我言：『唯，優波離，我等犯律，誠以為恥，不敢問佛，願解疑悔，得免斯咎。』肇曰：愧其所犯，不敢問佛。以優波離持律第一，故從問也。疑其所犯，不知輕重。悔其既往，廢亂道行。故請持律解免斯咎也。我卽為其如法解說。時維摩詰來謂我言：『唯，優波離，無重增此二比丘罪，當直除滅，勿擾其心。什曰：犯律之人，心常戰懼。若定其罪相。復加以切之。則可謂心擾而罪增也。若聞實相，則心玄無寄，罪累自消。故言當直除滅也。所以者何？彼罪性不在內，不在外，不在中間。如佛所說，心垢故衆生垢。心淨故衆生淨。什曰：以罪為罪，則心自然生垢。心自然生垢，則垢能累之。垢能累之，則是罪垢衆生。不以罪為罪，此卽淨心。心淨，則是衆生淨也。心亦不在內，不在外，不在中間。如其心然，罪垢亦然。肇曰：逆知其本也。夫執本以知其末。守母以見其子。佛言：衆生垢淨，皆由心起。求心之本，不在三處。心既不在，罪垢可知矣。諸法亦然，不出於如。肇曰：萬法云云，皆由心起，豈獨垢淨之然哉？故諸法亦然，不離於如。如，謂如本相也。如優波離，以心相得解脫時，寧有垢不？』什曰：心相，謂羅漢亦觀衆生心心實相，得解脫也。今問其成道時，第九解脫道中觀實相時，寧見此中有垢不？我言：『不也。』維摩詰言：『一切衆生，心相無垢，亦復如是。唯優波離，妄想是垢，無妄想是淨。顚倒是垢，無顚倒是淨。取我是垢，不取我是淨。什曰：罪本無相，而橫為生相，是為妄想。妄想自生垢耳，非理之咎也。優波離，一切法生滅不住，如幻如電。諸法不相待，乃至一念不住。什曰：此已下釋罪所以不可得也。肇曰：成前無相常淨義也。諸法如電，新新不停，一起一滅，不相待也。彈指頃，有六十念過，諸法乃無一念頃注，況欲久停？無住則如幻，如幻則不實，不實則為空，空則常淨。然則物物斯淨，何有罪累於我哉？諸法皆妄見，如夢如燄，如水中月，如鏡中像，以妄想生。肇曰：上明外法不住，此明內心妄見，俱辨空義，內外為異耳。夫以見妄，故所見不實。所見不實，則實存於所見之外。實存於所見之外，則見所不能見。見所不能見，故無相常淨也。上二喻取其速滅，此四喻取其妄想也。其知此者，是名奉律。其知此者，是名善解。』什曰：奉律，梵本云毗尼。毗尼，言秦善治。謂自治婬、怒、癡，亦能治衆生惡也。肇曰：若能知法如此，乃名善解奉律法耳。不知此法，而稱持律第一者何耶？令知優波離謬教意也。

於是二比丘言：上智哉。是優波離所不能及。持律之上而不能說。我答言：『自捨如來，未有聲聞及菩薩，能制其樂說之辯。其智慧明達為若此也。』

時二比丘疑悔卽除，發阿耨多羅三藐三菩提心。作是願言，令一切衆生皆得是辯。故我不任詣彼問疾。」

佛告羅睺羅：「汝行詣維摩詰問疾。」什曰：阿修羅食月時，名羅睺羅。羅睺羅，秦言覆障，謂障月明也。羅睺羅六年處母胎，母胎所障故，因以爲名。聲聞法中，密行第一。菩薩出家之日，諸相師言：「若今夜不出家，明日七寶自至，爲轉輪聖王，王四天下。」王卽於其夜，更增伎樂，以悅其心。於時菩薩欲心內發，羅睺羅卽時處胎，耶輸陀羅其夜有身。於是淨居諸天相與悲而言曰：「菩薩爲欲所纒，迷於女色，衆生可愍，誰當度者？」卽時變諸妓女皆如死人，甚可怖畏，令菩薩心厭，卽勸出家。車匿牽馬，四天王接足，踰城而去。到菩提樹下，思惟苦行六年已，夜成佛時，羅睺羅乃生。生已，佛乳母問言：「悉達出家，於是六年，汝今何從有身？若六年懷妊，世所未聞。」諸釋聞之，相與議言，此是不祥，毀辱釋門，必是私竊，欲依法殺之。耶輸曰：「願見大王，爾乃就死。」王於是隔幔與語，具與事詰問其所由。耶輸如實自陳：「我非私竊，是太子之胤耳。自太子出家，我嘗愁毒，寢臥冷地。故此兒不時成就耳。」王言：「自看此兒顏貌色相，爲是孫子不？」王卽抱而觀之，見其色相，與太子相似。王乃流淚而言曰：「眞是吾孫子也。」佛欲證明。化作梵志，來入王宮，見兒問言：「汝名何等？」答言：「我名羅睺羅。」梵志讚言：「善哉！汝以業因緣故，處胎六年，所覆障故，應名此也。」王問：「何業因緣？」答曰：「我知業因緣，不知何業？」佛後還國，羅睺羅見佛身相莊嚴，敬心內發，願欲出家。其母語言：「此人出家，得成聖道。道非汝分，何用出家？」羅睺羅言：「若令一人得道，我要當得。」使人剃髮，髮已垂盡。唯有頂上少許。復言：「若髮都盡，則與死人無異。決定汝心，無從後悔。」答言：「國位有珍寶無量妙樂，我能棄之。況惜少髮耶？」道心堅固，遂棄國出家，以舍利弗爲和尙。羅睺羅因緣，及出家事，以聲聞法略說也。弟子中密行第一。

羅睺羅白佛言：「世尊，我不堪任詣彼問疾。所以者何？憶念昔時，毗耶離諸長者子，來詣我所。稽首作禮，問我言：『唯，羅睺羅。汝佛之子，捨轉輪王位，出家爲道；其出家者，有何等利？』我卽如法，爲說出家功德之利。什曰：「轉輪王亦有不入胎者，如頂生王是也。昔轉輪王頂上生瘡，王患其痒痛，婆羅門欲以刀破之。王時怒曰：「云何以刀著大王頂上耶？」更有婆羅門以藥塗之，至七日，頂瘡乃壞。視瘡中，見有小兒，威相端正。取而養之，後遂爲王。因從頂生，故名頂生王。或有從肩臂手足等生，此皆從男生也。佛若不出家，則大轉輪王，王四天下。羅睺羅不出家，王一閻浮提。地下十由旬鬼神，空中十由旬鬼神，皆屬羅睺羅，爲其給使。羅睺羅失會，其旨有四：一、不見人根，應非其藥。二、出家功德無量，而說之以限。三、卽是實相，而以相說之。四、出家法，本爲實相及涅槃。出家卽是二法方便，今雖未得，已有其相。羅睺羅雖說出家之美，而不說其終之相，故違理喪眞，受屈當時也。二人雖俱說出家功德，而羅睺羅以四失乖宗。維摩以四得應會，其得失相反，差別若此也。肇曰：不善知其根，爲說有爲功德利也。生曰：世榮雖樂，難可久保，出家之理，是樂無爲。豈可同年語其優劣？

時維摩詰來謂我言：『唯，羅睺羅，不應說出家功德之利。所以者何？無利、無功德，是爲出家。肇曰：夫出家之意，妙存無爲。無爲之道，豈容有功德利乎？有爲法者，可說有利，有功德。夫出家者，爲無爲法。無爲法中，無利、無功德。肇曰：夫有無爲之果，必有無爲之因。果因同相，自然之道也。出家者爲無爲，即無爲之因也。無爲、無利、無功德，當知出家亦然矣。羅睺羅，出家者，無彼無此，亦無中間。肇曰：僞出家者，惡此生死，尊彼涅槃，故有中間三處之異。眞出家者，遺萬累，亡彼此，豈有是非三處之殊哉？離六十二見，處於涅槃。肇曰：既無彼此，則離衆邪見，同涅槃也。上直明出家之義。自此下明出家之事。雖云其事，然是無事事耳。何則？出家者，以去累爲志，無爲爲心。以心無爲，故所造衆德皆無爲也。智者所受，什曰：一切賢聖大人，悉讚歎受持出家法也。聖所行處。什曰：衆聖履之而通也。肇曰：賢智聞之而從，衆聖履之而通，可謂眞出家之道。降伏衆魔，度五道，淨五眼，得五力，立五根。什曰：凡夫能出四趣，不能出於天道。出家求滅，則五道斯越，物我通度也。淨五眼，如放光說也。不惱於彼。什曰：在家雖行善，然有父母妻子眷屬之累，若物來侵害，必還加報。是故在家，是惱彼因緣。出家無此衆累，則惱因自息，故言不能惱彼也。離衆雜惡。什曰：凡以雜心而與福業，皆名雜惡也。出家修善，則滅除妄想。又爲涅槃，故離衆雜惡。摧諸外道。肇曰：日月不期去闇，而闇自除。出家不期摧外道，而外道自消也。超越假名。什曰：緣會無實，但假空名耳。若得其眞相，即於假不迷，故名超越也。出淤泥，無繫著。肇曰：出生死愛見之淤泥，無出家受道之繫著也。無我所，無所受，肇曰：無四受也。欲受、我受、戒受、見受。無擾亂，什曰：凡心有在，方便不息，是名擾亂。出家無事，一切永離也。內懷喜，肇曰：大擾亂出於多求，憂苦生於不足。出家寡欲，擾亂斯無。道法內充，故懷喜有餘。護彼意，什曰：謂能獎順衆生，不乖逆其心也。隨禪定，離衆過。肇曰：諸長者子應聞出家無爲之道，而示以有爲功德之利。是由不隨禪以觀其根，不審法以獎其意。衆過之生，其在此乎？故因明出家，以誡之也。若能如是，是眞出家。』

於是維摩詰語諸長者子：『汝等於正法中，宜共出家。所以者何？佛世難值。』諸長者子言：『居士，我聞佛言，父母不聽，不得出家。』維摩詰言：『然，汝等便發阿耨多羅三藐三菩提心，是即出家。什曰：若發無上道心，心超三界。形雖有繫，乃眞出家。是即具足。』生曰：出家本欲離惡行道，若在家而能發意，即具足矣。亦爲具足其道者也。

爾時三十二長者子，皆發阿耨多羅三藐三菩提心。故我不任詣彼問疾。」

佛告阿難：「汝行詣維摩詰問疾。」什曰：秦言歡喜也。問曰：阿難持佛法藏，卽其所聞，足知無病。今云何不達？答曰：眞實及方便，悉是佛語，故二說皆信。又云：阿難亦共爲方便也。肇曰：阿難，秦言歡喜，弟子中總持第一。

阿難白佛言：「世尊，我不堪任詣彼問疾。所以者何？憶念昔時，世尊身小有疾，當用牛乳。我卽持鉢，詣大婆羅門家門下立。時維摩詰來謂我言：『唯，阿難。何爲晨朝持鉢住此？』生曰：晨非乞食時，必有以也。我言：『居士，世尊身小有疾，當用牛乳，故來至此。』維摩詰言：『止，止，阿難。莫作是言，如來身者，金剛之體。什曰：小乘人骨金剛，肉非金剛也。大乘中內外金剛，一切實滿，有大勢力，無病處故。諸惡已斷，衆善普會，當有何疾？當有何惱？肇曰：夫病患之生，行業所爲耳。如來善無不積，惡無不消。體若金剛，何患之有？默往，阿難。勿謗如來。莫使異人聞此麤言，無令大威德諸天，及他方淨土諸來菩薩，得聞斯語。阿難，轉輪聖王以少福故，尚得無病。豈況如來無量福會普勝者哉！什曰：有羅漢名薄拘羅，往昔爲賣藥師，語夏安居僧言：「若有須藥，就我取之。」一衆竟無所須。唯一比丘小病，受一訶梨勒果。因是九十劫生人天中，受無量快樂，但聞病名，而身無微患。於此生年已九十，亦未曾有病。況佛積善無量，病何由生？問曰：善惡相對，報應宜同。五逆重罪，億劫受苦。云何一果之善，受福無量耶？答曰：罪事重而力微，善事輕而勢彊。譬若惡蛇將取人食，先吐毒沫在地，人踐其上，卽時昏熟，不能起去，然後以氣吸之。三寶中作功德，亦復如是。初作功德時，其事雖微，冥益已深。然後方便引入佛道，究竟涅槃，其福乃盡。行矣，阿難。勿使我等受斯恥也。外道梵志，若聞此語，當作是念。何名爲師？自疾不能救，而能救諸疾人？可密速去，勿使人聞。肇曰：正士聞則謂汝不達，邪外道聞，則謂佛實有疾，何名爲法之良醫。身疾不能救，而欲救人心疾乎？當知，阿難。諸如來身，卽是法身，非思欲身。什曰：法身有三種：一、法化生身，金剛身是也；二、五分法身；三、諸法實相，和合爲佛。實相亦名法身也。肇曰：三界有待之形，名思欲身也。佛爲世尊，過於三界。佛身無漏，諸漏已盡。肇曰：夫法身虛假，妙絕常境，情累不能染，心想不能議。故曰諸漏已盡，過於三界。三界之內，皆有漏也。生曰：雖出三界，容是最後邊身，猶是漏法。漏法豈得無病哉？佛既過之，無復斯漏，何病之有耶？佛身無爲，不墮諸數。生曰：雖曰無漏，或有爲也。有爲是起滅法，雖非四大，猶爲患也。佛既以無漏爲體，又非有爲，何病之有哉？爲則有數也。如此之身，當有何疾？』

時我，世尊。實懷慚愧，得無近佛而謬聽耶？肇曰：受使若此，致譏若彼，進退懷慚，或謂謬聽也。卽聞空中聲曰：『阿難，如居士言。但為佛出五濁惡世。什曰：五濁：劫濁、衆生濁、煩惱濁、見濁、命濁。多歲數，名由泓。多由泓，名為劫。大劫，如賢劫比也。大劫中有小劫，多諸惡事，總名劫濁。善人既盡，淳惡衆生。衆生濁也，除邪見已，諸煩惱結三毒等增上重者，不以道理，能障聖道，必入惡趣。如是結使，煩惱濁也。除四見已，唯取邪見，謗無因果罪福。及聖道涅槃，是名見濁也。大劫初時，人壽無量，爾時佛未出世，後壽命漸短，人壽六萬歲。爾時拘留孫佛出世，乃至百二十歲時。釋迦牟尼佛出現於世，自後漸短，乃至人壽三十歲。百二十歲已下，盡名命濁也。彌勒生時，小劫更始，人壽更長也。現行斯法。什曰：梵本云貧法，現病、行乞等是貧法也。度脫衆生。生曰：解阿難意，使得取乳也。實如維摩詰語，但佛應五濁惡世自應爾。行矣，阿難。取乳勿慚。』肇曰：以其媿感，故空中聲止之。如居士言，何有無漏之體，嬰世之患？但為度五濁羣生，故現斯疾耳。取乳勿慚也。

世尊，維摩詰智慧辯才，為若此也。是故不任詣彼問疾。」果報因緣經云：如來無疾，但為婆羅門自恃智慧，廣求邪道，慳貪嫉妬憍慢佛乘，於是如來善巧方便，假名有疾，權現三聖，誘婆羅門家先令菩薩向婆羅門？化一乳牛，復產二子，心性很戾，好傷人命。佛遣阿難而往乞乳，婆羅門未諳佛意，見阿難來，瞋心頓起，便語妻言：「我今正欲令牛踐害阿難。」故言：「尊者！尊者！可往牛所，任意自覓。」牛見阿難蹲踞告言：「尊者，佛欲我乳，可當搆左乳，留右乳。搆右乳，留左乳。何以故？我有二子，以我乳為命爾。」牛二子亦復蹲踞，啓告尊者：「我今甘當受彼水草，此我母乳，盡當奉佛。」婆羅門見牛如是，深生敬仰，歎未曾有。卽將種種妙寶，及諸眷屬，持往佛所。散華供養，求佛悔過。佛與說法，證無生忍。此佛化婆羅門之本意也。

如是五百大弟子，各各向佛說其本緣。稱述維摩詰所言。皆曰：「不任詣彼問疾。」

維摩詰所說經註卷第二

音釋

滂隆滂隆，猶言低高也。 牨音羸，義同。 噎音翳，翳也。 裸郎果切。 譽法上平聲。 疣音尤 內於牛跡內音納。 胤羊晉切，嗣也。 很戾上，胡懇切。 蹲踞舊本存踞。

文殊師利問疾品第五

爾時佛告文殊師利：「汝行詣維摩詰問疾。」肇曰：文殊師利，秦言妙德。經云：曾已成佛，名曰龍種尊也。文殊師利白佛言：「世尊，彼上人者，難爲詶對。肇曰：三萬二千何必不任，文殊師利何必獨最。意謂至人變謀無方，隱顯殊跡，故迭爲修短應物之情耳。孰敢定其優劣，辨其得失乎？文殊將適羣心，而奉使命，故先歎淨名之德，以生衆會難遭之想也。其人道尊，難爲詶對，爲當承佛聖旨，行問疾耳。深達實相，善說法要。辯才無滯，智慧無礙。一切菩薩法式悉知。諸佛祕藏無不得入。肇曰：近知菩薩之儀式，遠入諸佛之祕藏。祕藏，謂諸佛身、口、意，祕密之藏也。降伏衆魔，肇曰：衆魔，四魔也。遊戲神通，其慧方便皆已得度。什曰：神通變化是爲遊，引物於我非眞，故名戲也。復次神通雖大，能者易之。於我無難，猶如戲也。亦言於神通中，善能入、住、出，自在無礙。雖然，當承佛聖旨，詣彼問疾。」肇曰：其德若此，非所堪對，當承聖旨，然後行耳。

於是衆中諸菩薩大弟子，釋梵四天王等，咸作是念。今二大士文殊師利維摩詰共談，必說妙法。卽時八千菩薩，五百聲聞，百千天人，皆欲隨從。什曰：餘聲聞專以離苦爲心，不求深法，故不同舉耳。五百弟子，智慧深入，樂聞深法，所以俱行也。

於是文殊師利，與諸菩薩大弟子衆，及諸天人恭敬圍繞，入毗耶離大城。肇曰：菴羅園在城外，淨名室在城內也。

爾時長者維摩詰心念，今文殊師利與大衆俱來。卽以神力空其室內，除去所有及諸侍者，唯置一牀，以疾而臥。竺道生曰：發斯念者，因以空室，示有虛納之懷。有去故空，密在用標宗致也。現神力者，念之使也。肇曰：現疾之興，事在今也。空室去侍，以生言端。事證於後。唯置一牀，借座之所由也。

文殊師利既入其舍，見其室空，無諸所有。獨寢一牀。時維摩詰言：「善來文殊師利，不來相而來，不見相而見。」肇曰：將明法身大士，舉動進止，不違實相。實相不來，以之而來；實相無見，以之相見。不來而能來，不見而能見，法身若此，何善如之？文殊師利言：「如是居士，若來已，更不來。若去已，更不去。所以者何？來者無所從來，去者無所至。所可見者，更不可見。肇曰：明無來去相，成淨名之所善也。夫去來相見，皆因緣假稱耳。未來亦非來，來已不更來，捨來已不來，復於何有來去？見亦然耳。其中曲辨，當求之諸論也。

且置是事。居士是疾，寧可忍不？療治有損，不至增乎？世尊殷勤，致問無量。居士是疾，何所因起？其生久如，當云何滅？」什曰：外道經書，唯知有三大病，不知地大。佛法中說四大病。病之所生，生於四大增損。四大增損，必有所因而然，故問其因起也。肇曰：使命既宣，故復問疾之所由生也。是疾何因而起，起來久近，云何而得滅乎？

維摩詰言：「從癡有愛，則我病生。肇曰：答久近也。菩薩何疾，悲彼而生疾耳。羣生之疾，癡愛為本。菩薩之疾，大悲為源。夫高由下起，疾因悲生，所以悲疾之興，出於癡愛。而癡愛無緒，莫識其源。吾疾久近，與之同根。此明悲疾之始，不必就己言也。以一切衆生病，是故我病。若一切衆生得不病者，則我病滅。肇曰：答滅也。大士之病，因彼生耳。彼病既滅，吾復何患？然以羣生無邊，癡愛無際，大悲所被，與之齊量，故前悲無窮，以癡愛為際。後悲無極，與羣生俱滅。此因悲所及，以明悲滅之不近也。所以者何？菩薩為衆生故，入生死。有生死，則有病。若衆生得離病者，則菩薩無復病。肇曰：夫法身無生，況復有形。既無有形，病何由起？然為彼受生，不得無形，既有形也，不得無患。故隨其久近，與之同疾。若彼離病，菩薩則無復病也。譬如長者，唯有一子，其子得病，父母亦病。若子病愈，父母亦愈。菩薩如是，於諸衆生愛之若子。衆生病，則菩薩病。衆生病愈，菩薩亦愈。又言：『是疾何所因起？』菩薩疾者，以大悲起。」

文殊師利言：「居士此室，何以空無侍者？」維摩詰言：「諸佛國土亦復皆空。」肇曰：平等之道，理無二途。十方國土無不空者，曷為獨問一室空耶？又問：「以何為空？」肇曰：室中以無物為空，佛土以何為空，將辯畢竟空義也。答曰：「以空空。」肇曰：夫有由心生，心因有起，是非之域，妄想所存。故有無殊論，紛然交競者也。若能空虛其懷，冥心真境，妙存環中，有無一觀者，雖復智周萬物，未始為有。幽塗無照，未始為無。故能齊天地為一旨，而不乖其實；鏡羣有以玄通，而物我俱一。物我俱一，故智無照功；不乖其實，故物物自周。故經曰：「聖智無知，以虛空為相。諸法無為，與之齊量」也。故以空智而空於有者，則即有而自空矣，豈假屏除然後為空乎？上空智空，下空法空也。直明法空，無以取定。故內引真智，外證法空也。又問：「空何用空？」肇曰：上空法空，下空智空也，諸法本性自空，何假智空然後空耶？答曰：「以無分別空，故空。」肇曰：智之生也，起於分別。而諸法無相，故智無分別。智無分別，卽智空也，諸法無相，卽法空也，以智不分別於法，卽知法空也。豈別有智空，假之以空法乎？然則智不分別法時，爾時智法俱同一空，無復異空。故曰，以無分別爲智空也。又問：「空可分別耶？」肇曰：上云以無分別爲智空，故知法空，無復異空。雖云無異，而異相已形；異相已形，則分別是生矣。若智法無異空者，何由云以無分別爲智空故知法空乎？問智空法空可分別耶？智法俱空，故單言一空則滿足矣。答曰：「分別亦空。」肇曰：向之言者，分別於無分別耳。若能無心於分別，而分別於無分別者，雖復終日分別，而未嘗分別也。故曰分別亦空。又問：「空當於何求？」肇曰：上因正智明空，恐惑者將謂空義在正不在邪，故問空義之所在，以明邪正之不殊也。答曰：「當於六十二見中求。」肇曰：夫邪因正生，正因邪起。本其爲性，性無有二。故欲求正智之空者，當於邪見中求也。又問：「六十二見當於何求？」答曰：「當於諸佛解脫中求。」肇曰：捨邪見，名解脫。背解脫，名邪見。然則邪解相靡，孰爲其源？爲其源者，一而已矣。故求諸邪見，當本之解脫也。又問：「諸佛解脫當於何求？」答曰：「當於一切衆生心行中求。」肇曰：衆生心行，卽縛行也。縛行，卽解脫之所由生也。又邪正同根，解縛一門，本其眞性，未嘗有異。故求佛解脫，當於衆生心行也。又仁所問『何無侍者？』一切衆魔，及諸外道，皆吾侍也。肇曰：世之侍者，唯恭己順命，給侍所須，謂之侍者。菩薩侍者，以慢己違命，違背道者。同其大乘，和以冥順，侍養法身，謂之侍者。所以衆魔異學，爲給侍之先也。所以者何？衆魔者樂生死，菩薩於生死而不捨。外道者樂諸見；菩薩於諸見而不動。」什曰：言不見其有異相也。肇曰：魔樂著五欲，不求出世，故繫以生死。異學雖求出世，而執著己道，故繫以邪見。大士觀生死同涅槃，故能不捨。觀邪見同正見，故能不動。不動不捨，故能卽之爲侍也。文殊師利言：「居士所疾，爲何等相？」什曰：卽事而觀，若無病。而云有，又未見其相，故求其相也。維摩詰言：「我病無形，不可見。」肇曰：大悲無緣，而無所不緣。無所不緣，故能應物生疾。應物生疾，則於我未嘗疾也。故能同衆疾之相，而不違無相之道。何者，大悲無緣，無緣則無相。以此生疾，疾亦無相。故曰，我病無形不可見也。又問：「此病身合耶？心合耶？」肇曰：或者聞病不可見。將謂心病無形，故云不可見。或謂身病微細，故不可見，爲之生問也。病於身心，與何事合？而云不可見乎？答曰：「非身合，身相離故。亦非心合，心如幻故。」肇曰：身相離，則非身。心如幻，則非心。身心既無，病與誰合？無合故無病，無病故不可見也。又問：「地大、水大、火大、風大，於此四大，何大之病？」什曰：此將明病所由起。病所由起，不以一事，必由四大假會而生。假會而生，則病無自性。無自性，則同上不可見也。此雖明病所因起，乃明所以無病也。答曰：「是病非地大，亦不離地大，水、火、風大，亦復如是。肇曰：四大本性，自無患也。衆緣既會，增損相剋，患以之生耳。欲言有病，本性自無；欲言無病，相假而有。故病非地，亦不離地，餘大類爾也。而衆生病從四大起，以其有病，是故我病。」肇曰：四大本無，病亦不有。而衆生虛假之疾，從四大起。故我以虛假之疾，應彼疾耳。逆尋其本，彼我無實，而欲觀其形相，當何有耶？爾時，文殊師利問維摩詰言：「菩薩應云何慰喩有疾菩薩？」肇曰：慰喩有疾，應自文殊。而逆問淨名者，以同集諸人注心有在。又取證於疾者，乃所以審慰喩之會也。此將明大乘無證之道，以慰始習現疾菩薩，故生此問也。維摩詰言：「說身無常，不說厭離於身。什曰：凡有三種法，有世間法，有出世間法。觀無常而厭身者，是聲聞法也。著身而不觀無常法者，是凡夫法也。觀無常而不厭身者，是菩薩法。今爲病者說菩薩法，以此處病，則心不亂也。肇曰：慰喩之法，應爲病者說身無常，去其貪著，不應爲說厭離，令取證也。不觀無常不厭離者，凡夫也。觀無常而厭離者，二乘也。觀無常不厭離者，菩薩也。是以應慰喩初學，令安心處疾，以濟羣生，不厭生死，不樂涅槃，此大士慰喩之法也。說身有苦，不說樂於涅槃。說身無我，而說教導衆生。說身空寂，不說畢竟寂滅。什曰：隨其利鈍，故說有廣略。譬如大樹，非一斧所傾；累根既深，非一法能除。或有雖聞無常，謂言不苦，則爲說苦。既聞苦，便謂有苦樂之主，故說無我及空也。肇曰：雖見身苦，而不樂涅槃之樂。雖知無我，不以衆生空故，闕於教導。雖見身空，不取涅槃畢竟之道。故能安住生死，與衆生同疾。是以慰喩之家，宜說其所應行。所不應行，不宜說也。說悔先罪，而不說入於過去。什曰：利根者聞上四句，則能處疾不亂。自此已下，更爲鈍根者也。說近切之言，喩其心也。今日之病，必由先罪，故敎令悔先罪也。既言有先罪，則似罪有常性，入於過去。故爲說不入過去，去其常想也。肇曰：敎有疾菩薩，悔既往之罪。往罪雖繫人，不言罪有常性，從未來至現在，從現在入過去也。以已之疾，愍於彼疾。什曰：令其推己而悲物也。當念言，我今微疾，苦痛尚爾，況惡趣衆生，受無量苦也。當識宿世無數劫苦，當念饒益一切衆生。什曰：無數劫來，受苦無量，未曾爲道。爲道受苦，必獲大利。既以此自喩，又當念饒益衆生，令得利也。肇曰：當尋宿世，受苦無量。今苦須臾，何足致憂？但當力疾，救彼苦耳。憶所修福，什曰：外國法，從生至終所作福業，一一書記。若命終時，傍人爲說，令其恃福，心不憂畏也。念於淨命。什曰：淨命，卽正命也。自念從生至今，常行正命，必之善趣。吾將何畏也，肇曰：勿爲救身疾，起邪命也。邪命，謂爲命諂飾，要利存生也。勿生憂惱，常起精進。什曰：雖身逝命終，而意不捨也。當作醫生，療治衆病。什曰：念其因病發弘誓，如是諸病，無能救者，當作法醫，療治衆病也。菩薩應如是慰喩有疾菩薩，令其歡喜。」文殊師利言：「居士，有疾菩薩，云何調伏其心？」肇曰：上問慰喩之宜，今問調心之法。外有善喩，內有善調，則能彌歷生死，與羣生同疾。辛酸備經，而不以爲苦，此卽淨名居疾之所由也，將示初學處疾之道，故生斯問。

維摩詰言：「有疾菩薩應作是念。今我此病，皆從前世妄想顚倒諸煩惱生。無有實法，誰受病者。肇曰：處疾之法，要先知病本。病之生也，皆由前世妄想顚倒。妄想顚倒，故煩惱以生。煩惱既生，不得無身。既有身也，不得無患，逆尋其本，虛妄不實，本既不實，誰受病者？此明始行者初習無我觀也。所以者何？四大合故，假名爲身，四大無主，身亦無我。肇曰：釋無我義也。四大和合，假名爲身耳。四大既無主，身我何由生？譬一沙無油，聚沙亦然也。主我，一物異名爾。又此病起，皆由著我，是故於我不應生著。什曰：病起有二事：一者，由過去著我，廣生結業。結業果熟，則受於苦。二者，由現在著我心惱。著我心惱，故病增也矣。生曰：復源此病本空。而有病者，皆由著我起也。若能於我不著，病何有哉？既知病本，卽除我想，及衆生想。肇曰：病本，卽上妄想也。因有妄想，故見我及衆生。若悟妄想之顚倒，則無我無衆生。當起法想，肇曰：我想，患之重者。故除我想，而起法想。法想，於空爲病，於我爲藥。卑隆相靡，故假之以治也。應作是念。但以衆法合成此身，起唯法起，滅唯法滅。肇曰：釋法想也。五陰諸法，假會成身。起唯諸法共起，滅唯諸法共滅。無別有眞宰，主其起滅者也。既除我想，唯見緣起諸法，故名法想。又此法者，各不相知。起時不言我起，滅時不言我滅。肇曰：萬物紛紜，聚散誰爲？緣合則起，緣散則離。聚散無先期，故法法不相知也。彼有疾菩薩爲滅法想，當作是念。此法想者，亦是顚倒；顚倒者，是卽大患，我應離之。肇曰：法想雖除我，於眞猶爲倒。未免於患，故應離之也。什曰：向以法遣我，自此以下，以空遣法也。云何爲離？離我、我所。肇曰：我爲萬物主，萬物爲我所。若離我、我所，則無法不離。云何離我、我所？謂離二法。云何離二法？謂不念內外諸法，行於平等。肇曰：有我、我所，則二法自生。二法既生，則內外以形。內外既形，則諸法異名。諸法異名，則是非相傾。是非相傾，則衆患以成。若能不念內外諸法，行心平等者，則入空行，無法想之患。內外法者，情塵也。云何平等？謂我等涅槃等。肇曰：極上窮下，齊以一觀，乃應平等也。所以者何？我及涅槃，此二皆空。肇曰：卽事無不異，卽理無不一。以何爲空？但以名字故空。如此二法無決定性。肇曰：因背涅槃，故名吾我。以捨吾我，故名涅槃。二法相假，故有名字而生，本其自性，性無決定。故二俱空也。得是平等，無有餘病，唯有空病。空病亦空。什曰：上明無我無法，而未遣空。未遣空，則空爲累。累則是病，故明空病亦空也。肇曰：羣生封累深厚，不可頓捨。故階級漸遣，以至無遣也。上以法除我，以空除法。今以畢竟空，空於空者，乃無患之極耳。是有疾菩薩，以無所受而受諸受。什曰：受謂苦、樂、捨三受也。若能解受無受，則能爲物受生，而忍受三受也。佛法未具佛法，亦不滅受而取證也。肇曰：善自調伏者，處有不染有。在空不染空，此無受之至也。以心無受，故無所不受。無所不受，故能永與羣生同受諸受。諸受，謂苦受、樂受、不苦不樂受也。未具，衆生未度，不獨滅三受而取證也。設身有苦，念惡趣衆生，起大悲心。什曰：我功德智慧之身，倘苦痛如是，況惡趣衆生，受苦無量耶？卽起悲心，志拔苦也。我既調伏，亦當調伏一切衆生。肇曰：要與羣生同其苦樂。但除其病，而不除法。什曰：謂妄見者所見常樂淨等法也。所以說言無著，不以有樂淨法，而以無除之，直爲除妄想病耳。

無法可除，故能處之，不除其法也。為斷病本，而教導之。肇曰：諸法緣生，聚散非己。會而有形，散而無像。法自然耳，於我何患？患之生者，由我妄想於法，自為患耳。法豈使我生妄想乎？然則妄想為病本，法非我患也。故教導之興，但除病本，不除法也。何謂病本？謂有攀緣。從有攀緣，則為病本。什曰：上說菩薩自尋病本，以理處心，故能取病不亂。今明為斷眾生病，故推其病源，然後應其所宜耳。機神微動，動則心有所屬。心有所屬，名為攀緣。攀緣取相，是妄想之始，病之根也。何所攀緣？謂之三界。肇曰：明攀緣之境也。三界外法，無漏無為。其法無相，非是妄想所能攀緣。所能攀緣者，三界而已耳。云何斷攀緣？以無所得。若無所得，則無攀緣。肇曰：所以攀緣，意存有取。所以有取，意存有得。若能知法虛誑，無取無得者，則攀緣自息矣。何謂無所得？謂離二見。何謂二見？謂內見、外見，是無所得。肇曰：內有妄想，外有諸法。此二虛假，終已無得。

文殊師利，是為有疾菩薩調伏其心，為斷老病死苦，是菩薩菩提。若不如是，已所修治，為無慧利。肇曰：若能善調其心，不懷異想，而永處生死，斷彼苦者，是菩薩菩提之道。若不能爾，其所修行，內未足為有慧，外未足為有利也。譬如勝怨，乃可為勇。如是兼除老病死者，菩薩之謂也。彼有疾菩薩應復作是念。如我此病非真非有，眾生病亦非真非有。什曰：解病非真，故能處之不亂也。云若以病為真有，則病不可除。眾生無邊，病亦無盡。無盡之病，其性實有，云何可度？即時迷亂，心生退轉。若病非真，易可除耳。悲心即生，弘誓兼濟也。作是觀時，於諸眾生若起愛見大悲，即應捨離。什曰：謂未能深入實相，見有眾生，心生愛著，因此生悲，名為愛見大悲。愛見大悲，虛妄不淨，能令人起疲厭想，故應捨離也。肇曰：若自調者，應先觀己病及眾生病，因緣所成，虛假無實，但以此心而起悲也。若此觀未純，見眾生愛之而起悲者，名愛見悲也。此悲雖善，而雜以愛見有心之境，未免為累，故應捨之。所以者何？菩薩斷除客塵煩惱，而起大悲，肇曰：心遇外緣，煩惱橫起，故名客塵。菩薩之法，要除客塵，而起大悲，若愛見未斷，而煩惱彌滋，故應捨之。愛見悲者，則於生死有疲厭心。若能離此，無有疲厭，在在所生，不為愛見之所覆也。什曰：若能除愛見，即棄捨結業，受法化生，自在無礙也。肇曰：夫有所見，必有所滯。有所愛，必有所憎。此有極之道，安能致無極之用？若能離此，則法身化生，無在不在，生死無窮，不覺為遠，何有愛見之覆？疲厭之勞乎？所生無縛，能為眾生說法解縛。肇曰：愛見既除，法身既立，則所生無縛，亦能解彼縛也。如佛所說，若自有縛，能解彼縛，無有是處。若自無縛，能解彼縛，斯有是處。是故菩薩不應起縛。何謂縛？何謂解？貪著禪味，是菩薩縛。什曰：貪著禪味有二障，障涅槃及菩薩道。肇曰：三界受生，二乘取證，皆由著禪味，所以為縛。以方便生，是菩薩解。肇曰：自既離生，方便為物而受生者，則彼我無縛，所以為解也。又無方便慧縛，有方便慧解；無慧方便縛，有慧方便解。肇曰：巧積眾德，謂之方便。直達法相，謂之慧。二行俱備，然後為解耳。若無方便而有慧，未免於縛。若無慧而有方便，亦未免於縛。何謂無方便慧縛？謂菩薩以愛見心，莊嚴佛土，成就眾生。於空無相無作法中，而自調伏。是名無方便慧縛。什曰：觀空不取，涉有不著，是名巧方便也。今明六住已還，未能無礙，當其觀空，則無所取著。及其出觀，淨國化人，則生見取相，心愛著，拙於涉動，妙於淨觀。觀空慧不取相，雖是方便，而從慧受名，此中但取涉有不著為方便，故言無方便而有慧也。七住已上，其心常定，動靜不異，故言有方便慧也。肇曰：六住已下，心未純一。在有則捨空，在空則捨有。未能以平等眞心，有無俱涉。所以嚴土化人，則雜以愛見。此非巧便修德之謂，故無方便。而以三空自調，故有慧也。何謂有方便慧解？謂不以愛見心，莊嚴佛土，成就眾生。於空無相無作法中，以自調伏，而不疲厭。是名有方便慧解。肇曰：七住已上，二行俱備。遊歷生死而不疲厭，所以為解。何謂無慧方便縛？謂菩薩住貪欲瞋恚邪見等諸煩惱，而殖眾德本。是名無慧方便縛。什曰：七住已還，又優劣不同也。此明新學不修正觀，不制煩惱，故言無慧也。能修德迴向，仰求大果，故言有方便也。若能修四念處，除四顛倒，是名離煩惱慧也。又善能迴向，心不退轉，是能求方便也。六住已還，雖通在縛境，若能具此二法，則是縛中之解也。上說無相慧，及涉有不著方便，是二門出世間法也。此說有相慧，及能求方便，是二門世間法也。何謂有慧方便解？謂離諸貪欲瞋恚邪見等諸煩惱，而殖眾德本。迴向阿耨多羅三藐三菩提，是名有慧方便解。肇曰：上有方便慧解，今有慧方便解。致解雖同，而行有前後。始行者，自有先以方便結德，然後修空慧者。亦有先修空慧，而後積德者。各隨所宜，其解不殊也。離煩惱，即三空三調之所能。積德向菩提，即嚴土化人之流也。前後異說，互盡其美耳。

文殊師利，彼有疾菩薩，應如是觀諸法。又復觀身無常苦空非我，是名為慧。什曰：上四句，雜說世間出世間慧方便。今此四句，偏明出世間慧方便。亦云上統慧方便。此旨明處疾中用慧方便，故能不滅身取證也。若以身為有，病至則惱。若知身非實，則處疾不亂。出世間慧，亦有深淺。無常則空言初相，故先說無常。無常是出世間淺慧也。雖身有疾，常在生死饒益一切而不厭倦，是名方便。什曰：生死可厭，而能不厭。善處嶮難，故名方便也。又復觀身，身不離病，病不離身。什曰：離身則無病，故不相離。又云身病一相，故不相離也。是病是身，非新非故，是名為慧。設身有疾，而不永滅，是名方便。肇曰：新故之名，出於先後。然離身無病，離病無身。眾緣所成，誰後？誰先？既無先後，則無新故。新故既無，即入實相，故名慧也。既有此慧，而與彼同疾，不取涅槃，謂之方便。自調初說，即其事也。慰喻自調，略為權智。權智此經之關要，故會言有之也。文殊師利，有疾菩薩，應如是調伏其心。不住其中，亦復不住不調伏心。肇曰：大乘之行，無言無相。而調伏之言，以形於前文。今將明言外之旨，故二俱不住。二俱不住，即寄言之本意。寄言之本意，即調伏之至也。所以者何？若住不調伏心，是愚人法。若住調伏心，是聲聞法。是故菩薩不當住於調伏不調伏心。離此二法，是菩薩行。肇曰：不調之稱，出自愚人。調伏之名，出自聲聞。大乘行者，並無名相。欲言不調，則同愚人。欲言調伏，則同聲聞。二者俱離，乃應菩薩處中之行也。在於生死不爲汙行，住於涅槃不永滅度，是菩薩行；肇曰：欲言在生死，生死不能汙。欲言住涅槃，而復不滅度。是以處中道而行者，非在生死，非住涅槃。非凡夫行，什曰：凡夫行者，有三種：善、不善、無動行。無動行，色、無色界行也。上二界壽命劫數長久，外道以爲有常。有常，不動義也。佛亦因世所名而名之也。非賢聖行，是菩薩行；什曰：謂行三脫而不證也。非垢行，非淨行，是菩薩行。雖過魔行，而現降伏衆魔，是菩薩行；肇曰：不可得而有，不可得而無者，其唯大乘行乎？何則？欲言其有，無相無名。欲言其無，萬德斯行。萬德斯行，故雖無而有。無相無名，故雖有而無。然則言有不乖無，言無不乖有。是以此章，或說有行，或說無行。有無雖殊，其致不異也。魔行，四魔行也。久已超度，而現降魔者，示有所過耳。求一切智，無非時求，是菩薩行；什曰：功行未足，而求至足之果，名非時求也。肇曰：一切智未成，而中道求證，名非時求也。雖觀諸法不生，而不入正位，是菩薩行；什曰：觀無生，是取證法。不入正位，明不證也。肇曰：正位，取證之位也。三乘同觀無生，慧力弱者，不能自出。慧力强者，超而不證也。雖觀十二緣起，而入諸邪見，是菩薩行。肇曰：觀緣起，斷邪見之道也。而能反同邪見者，豈二乘之所能乎？雖攝一切衆生，而不愛著，是菩薩行；什曰：四攝法也。四攝，是愛念衆生法，今明愛而不著也。雖樂遠離，而不依身心盡，是菩薩行；什曰：心識滅盡，名爲遠離。遠離，即空義也。不依者，明於空不取相也。肇曰：小離，離世憒鬧。大離，離身心盡。菩薩雖樂大離，而不依恃也。雖行三界，而不壞法性，是菩薩行；肇曰：三界即法性，處之何所壞也。雖行於空，而殖衆德本，是菩薩行；肇曰：行於空，欲除有，而方殖衆德也。雖行無相，而度衆生，是菩薩行；肇曰：行無相，欲除取衆生相，而方度衆生也。雖行無作，而現受身，是菩薩行；肇曰：行無作，欲不造生死，而方現受身也。雖行無起，而起一切善行，是菩薩行；肇曰：行無起，欲滅諸起心，而方起善行也。雖行六波羅蜜，而偏知衆生心心數法，是菩薩行；什曰：六度是自行法。自行既足，然後化人；化人乃知衆生心。今雖自行，而已能知彼，復次第六度觀法無相，不以無相爲礙，亦能知衆生心也。肇曰：六度，無相行也。無相則無知，而方徧知衆生心行。雖行六通，而不盡漏，是菩薩行；肇曰：雖具六通，而不爲漏盡之行也。何者？菩薩觀漏，即是無漏，故能永處生死，與之同漏。豈以漏盡，而自異於漏乎？雖行四無量心，而不貪著生於梵世，是菩薩行；什曰：四無量行，則應生四禪地。今偏言梵者，以衆生宗事梵天，舉其宗也。亦四禪地，通名梵也。雖行禪定解脫三昧，而不隨禪生，是菩薩行；什曰：禪，四禪也。定，四空也。解脫，八解脫也。三昧，空無相無作也。肇曰：取其因，而不取其果，可謂自在行乎？雖行四念處，而不畢竟永離身受心法，是菩薩行；肇曰：小乘觀身受心法，離而取證。菩薩雖觀此四，不永離而取證也。雖行四正勤，而不捨身心精進，是菩薩行；肇曰：小乘法四正勤也。功就則捨入無爲，菩薩雖同其行，而不同其捨也。雖行四如意足，而得自在神通，是菩薩行；肇曰：雖同小乘行如意足。而久得大乘自在神通如意足，神通之因也。雖行五根，而分別衆生諸根利鈍，是菩薩行；肇曰：小乘唯自修己根，不善人根。菩薩雖同其自修，而善知人根，令彼我俱順也。雖行五力，而樂求佛十力，是菩薩行；雖行七覺分，而分別佛之智慧，是菩薩行；雖行八正道，而樂行無量佛道，是菩薩行；肇曰：雖同聲聞根力覺道，其所志求，常在佛行也。雖行止觀助道之法，而不畢竟墮於寂滅，是菩薩行；肇曰：繫心於緣謂之止，分別深達謂之觀。止觀助涅槃之要法，菩薩因之而行，不順之以墮涅槃也。雖行諸法不生不滅，而以相好莊嚴其身，是菩薩行；肇曰：修無生滅無相行者，本爲滅相，而方以相好嚴身也。雖現聲聞辟支佛威儀，而不捨佛法，是菩薩行；肇曰：雖現小乘威儀，而不捨大乘之法也。雖隨諸法究竟淨相，而隨所應爲現其身，是菩薩行；肇曰：究竟淨相，理無形象。而隨彼所應，現若干象也。雖觀諸佛國土永寂如空，而現種種清淨佛土，是菩薩行；肇曰：空本無現，而爲彼現。雖得佛道，轉於法輪，入於涅槃，而不捨於菩薩之道，是菩薩行。」肇曰：雖現成佛，轉法輪，入涅槃，而不永滅，還入生死，修菩薩法。如上所列，豈二乘之所能乎？獨菩薩行耳。說是語時，文殊師利所將大衆，其中八千天子，皆發阿耨多羅三藐三菩提心。

維摩詰所說經註卷第四

音釋

詶與酬同，以言答之也。迭徒結切，更也。療力照切，治也。嶮音險，高峻貌。憒古對切，心亂也。

不思議品第六

什曰：法身大士，身心無倦。聲聞結業之形，心雖樂法，身有疲厭，故發息止之想。身子於弟子中年耆體劣，故先發念，不用現其累迹。又以維摩必懸得其心，故直念而不言也。尋下言諸大人當於何坐，似是推己之疲，以察衆人之體。恐其須，故發念之也。肇曰：牀座獨寢，旨現於此。舍利弗默領玄幾，故扣其興端。淨名將辯無求之道，故因而語之也。

爾時，舍利弗見此室中無有牀座，作是念：「斯諸菩薩大弟子衆，當於何坐？」長者維摩詰知其意，語舍利弗言：「云何仁者？爲法來耶？求牀座耶？」舍利弗言：「我爲法來，非爲牀座。」

維摩詰言：「唯，舍利弗。夫求法者，不貪軀命，何況牀座。夫求法者，非有色受想行識之求。非有界入之求，肇曰：界，十八界。入，十二入也。非有欲、色、無色之求。肇曰：無三界之求也。唯，舍利弗。夫求法者，不著佛求，不著法求，不著衆求。夫求法者，無見苦求，無斷集求，無造盡證修道之求。所以者何？法無戲論。若言我當見苦、斷集、證滅、修道，是則戲論，非求法也。唯，舍利弗。法名寂滅。若行生滅，是求生滅，非求法也。法名無染。若染於法，乃至涅槃，是則染著，非求法也。法無行處。若行於法，是則行處，非求法也。法無取捨。若取捨法，是則取捨，非求法也。法無處所。若著處所，是則著處，非求法也。法名無相。若隨相識，是則求相，非求法也。法不可住。若住於法，是則住法，非求法也。法不可見、聞、覺、知。若行見、聞、覺、知，是則見、聞、覺、知，非求法也。肇曰：六識略爲四名。見聞，眼、耳識也。覺，鼻、舌、身識也。知，意識也。法名無爲。若行有爲，是求有爲，非求法也。是故舍利弗。若求法者，於一切法應無所求。肇曰：法相如此，豈可求乎？若欲求者，其唯無求，乃眞求耳。說是語時，五百天子於諸法中得法眼淨。

爾時長者維摩詰，問文殊師利言：「仁者，遊於無量千萬億阿僧祇國，何等佛土，有好上妙功德成就師子之座？」什曰：自知而問者，欲令衆會取信也。借座彼國，其義有二：一者，欲現諸佛嚴淨功德，致殊勝之座；令始行菩薩，深其志願也；二者，欲因往返之迹，使化流一國也。文殊師利言：「居士，東方度三十六恒河沙國，有世界名須彌相。其佛號須彌燈王，今現在。彼佛身長八萬四千由旬；其師子座，高八萬四千由旬，嚴飾第一。」肇曰：由旬，天竺里數名也。上由旬六十里，中由旬五十里，下由旬四十里也。於是長者維摩詰現神通力，卽時彼佛遣三萬二千師子座，高廣嚴淨，來入維摩詰室。諸菩薩大弟子，釋梵四天王等，昔所未見。其室廣博，悉皆包容三萬二千師子之座，無所妨礙。於毗耶離城，及閻浮提四天下，亦不迫迮，悉見如故。

爾時維摩詰語文殊師利就師子座。與諸菩薩上人俱坐，當自立身如彼座像。其得神通菩薩，卽自變形爲四萬二千由旬，坐師子座。諸新發意菩薩，及大弟子，皆不能升。爾時維摩詰語舍利弗就師子座。舍利弗言：「居士，此座高廣，吾不能升。」什曰：維摩神力所制，欲令衆知大小乘優劣若此之懸也。亦云諸佛功德之座，非無德所升。理自冥絕，非所制也。維摩詰言：「唯，舍利弗。爲須彌燈王如來作禮，乃可得坐。」於是新發意菩薩及大弟子，卽爲須彌燈王如來作禮，便得坐師子座。舍利弗言：「居士，未曾有也。如是小室，乃容受此高廣之座。於毗耶離城無所妨礙。又於閻浮提聚落城邑，及四天下諸天龍王鬼神宮殿，亦不迫迮。」維摩詰言：「唯，舍利弗。諸佛菩薩有解說，名不可思議。肇曰：大有不思議之跡顯於外，必有不思議之德著於內。覆尋其本。權智而已乎？何則？智無幽而不燭，權無德而不修。無幽不燭，故理無不極；無德不修，故功無不就。功就在於不就，故一以成之。理極存於不極，故虛以通之。所以智周萬物而無照，權積衆德而無功。冥漠無爲，而無所不爲。此不思議之極也。巨細相容，殊形並應，此蓋耳目之粗迹，遽足以言乎？然將因末以示本，託麤以表微，故因借座，畧顯其事耳。此經自始於淨土，終於法供養。其中所載大乘之道，無非不思議法者也。故囑累云：此經名不思議解脫法門，當奉持之。此品因現外迹，故別受名耳，解脫者自在心法也。得此解脫，則凡所作爲，內行外應，自在無礙。此非二乘所能議也，七住法身已上，乃得此解脫也。別本云神足三昧解脫。若菩薩住是解脫者。以須彌之高廣，內芥子中，無所增減，須彌山王本相如故。而四天王忉利諸天，不覺不知已之所入。唯應度者乃見須彌入芥子中，是名不可思議解脫法門。什曰：須彌，地之精也，此地大也。下說水、火、風、地其四大也。或者謂四大有神，亦云最大，亦云有常，今制以道力，明不神也。內之纖芥，明不大也。巨細相容，物無定體，明不常也。此皆反其所封，拔其幽滯，以去其常習，令歸宗有塗焉。又以四大海水，入一毛孔。不嬈魚、鼈、黿、鼉水性之屬，而彼大海本相如故。諸龍、鬼、神、阿修羅等，不覺不知已之所入。於此衆生，亦無所嬈。

又，舍利弗。住不可思議解脫菩薩，斷取三千大千世界，如陶家輪，著右掌中，擲過恒沙世界之外。其中衆生，不覺、不知已之所往。又復還置本處，都不使人有往來想。而此世界本相如故。又，舍利弗，或有衆生樂久住世而可度者，菩薩卽演七日以爲一劫，令彼衆生謂之一劫。或有衆生不樂久住而可度者，菩薩卽促一劫以爲七日，令彼衆生謂之七日。又，舍利弗。住不可思議解脫菩薩，以一切佛土嚴飾之事，集在一國，示於衆生。又菩薩以一佛土衆生置之右掌，飛到十方徧示一切，而不動本處。又，舍利弗。十方衆生供養諸佛之具，菩薩於一毛孔皆令得見。又十方國土所有日、月、星宿，於一毛孔普使見之。又，舍利弗，十方世界所有諸風，菩薩悉能吸著口中，而身無損。外諸樹木亦不摧折。又十方世界劫盡燒時，以一切火內於腹中。火事如故，而不爲害。又於下方過恒河沙等諸佛世界，取一佛土，舉著上方過恒河沙無數世界，如持針鋒舉一棗葉，而無所嬈。又，舍利弗。住不可思議解脫菩薩，能以神通現作佛身。或現辟支佛身，或現聲聞身，或現帝釋身，或現梵王身，或現世主身，或現轉輪聖王身。又十方世界所有衆聲，上、中、下音。皆能變之令作佛聲，演出無常苦空無我之音。及十方諸佛所說種種之法，皆於其中普令得聞。舍利弗，我今略說菩薩不可思議解脫之力。若廣說者，窮劫不盡。

是時大迦葉，聞說菩薩不可思議解脫法門，歎未曾有。謂舍利弗：「譬如有人，於盲者前，現衆色像，非彼所見。一切聲聞，聞是不可思議解脫法門，不能解了，爲若此也。智者聞是，其誰不發阿耨多羅三藐三菩提心。我等何爲永絕其根？於此大乘，已如敗種。一切聲聞，聞是不可思議解脫法門，皆應號泣，聲震三千大千世界。肇曰：所乖處重。故假言應號泣耳。二乘憂悲永除。尙無微泣，況震三千乎。一切菩薩，應大欣慶，頂受此法。肇曰：迦葉將明大小之殊，抑揚時聽。故非分者，宜致絕望之泣。已分者，宜懷頂受之歡也。若有菩薩，信解不可思議解脫法門者。一切魔衆，無如之何。」大迦葉說是語時，三萬二千天子，皆發阿耨多羅三藐三菩提心。

爾時維摩詰語大迦葉：「仁者，十方無量阿僧祇世界中作魔王者，多是住不可思議解脫菩薩。以方便力故，敎化衆生，現作魔王。肇曰：因迦葉云，信解不可思議者，魔不能嬈，而十方亦有信解菩薩爲魔所嬈者，將明不思議大士所爲自在。欲進始學，故現爲魔王，非魔力之所能也。此亦明不思議，亦成迦葉言意。又，迦葉，十方無量菩薩，或有人從乞手、足、耳、鼻、頭、目、髓腦，血、肉、皮、骨，聚落、城邑，妻子、奴婢，象、馬、車乘，金銀、瑠璃、硨磲、碼碯、珊瑚、琥珀、眞珠、珂貝、衣服、飲食如此乞者，多是住不可思議解脫菩薩。以方便力而往試之，令其堅固。什曰：結業菩薩，於施度將滿而未極，是以不思議菩薩，强從求索，令其無惜心盡，具足堅固。亦令衆生知其堅固，亦使其自知堅固。所以者何？住不可思議解脫菩薩，有威德力，故行逼迫，示諸衆生如是難事。凡夫下劣，無有力勢，不能如是逼迫菩薩。肇曰：截人手足，離人妻子，强索國財，生其憂悲，雖有目前小苦，而致永劫大安。是由深觀人根，輕重相權，見近不及遠者，非其所能爲也。什曰：衆生若有眞實定相者，則不思議大士，不應徒行逼試，令其受苦。以非眞實，易可成就，故行惱逼也。譬如龍象蹴踏，非驢所堪。是名住不可思議解脫菩薩智慧方便之門。肇曰：智慧遠通，方便近導。異迹所以形，衆庶所以成。物不無由，而莫之能測。故權智二門，爲不思議之本也。

一三、楞嚴經一篇

楞嚴經第一章心性本體論今譯（註一）

南懷瑾

問題的開始

有一天，釋迦牟尼佛（註二）到舍衛國（註三）波斯匿王（註四）的宮廷裏去，爲追悼王父的忌辰而應邀赴齋。佛的從弟阿難（註五）早年從佛出家，那天恰恰外出未歸，不能參加。回來的時候，就在城裏乞食，湊巧經過娼戶門口，被摩登伽（註六）女看見，愛上了他，就用魔咒迷住阿難，要想加以淫汚。正當情形嚴重的關頭，佛在王宮裏已有警覺，立刻率領弟子們回到精舍，波斯匿王也隨佛同來。佛就教授文殊（註七）大士一個咒語，去援救阿難脫離困厄。阿難見到文殊，神智恢復清醒，與摩登伽女一同來到佛前，無限慚愧，涕淚交流，祈求佛的教誨。

佛問阿難：「你以前爲什麼捨去了世間的恩愛，跟我出家學佛？」阿難答：「我看到佛的身體，莊嚴美妙而有光輝，相信這種現象，不是平常人所能做到，所以就出家，跟您學法。」（本節自第一卷一頁一行一字始，至三頁十一行九字止。）

註一　楞嚴：大定之總名也。自性定也。佛自釋首楞嚴爲一切事究竟堅固。經云：「常住妙明，不動周圓。」故爲圓定。性自本具，天然不動，不假修成，縱在迷位，其體如故，故爲妙定。凡不兼萬有，獨制一心者，皆非圓定。凡不卽性，而別取工夫者，皆非妙定。古德稱之爲「徹法底源，無動無壞」之定。

註二　釋迦牟尼佛：卽中天竺（印度）迦毘羅國淨飯王太子，十九歲出家，三十歲成道，譯曰能仁寂默。爲娑婆世界之教主。

註三　舍衞國：地名，後以爲國號。在今印度西北部拉普的河南岸，烏德之東，尼泊爾之南。

註四　波斯匿：舍衞國之王名，譯曰和悅，又曰月光。

註五　阿難：譯曰慶喜，乃佛堂弟，斛飯王之子。於佛成道日降生，王聞太子成道，一喜也。又斛飯王入宮，報告生子，請王賜名，又一喜也。故字曰慶喜。在佛弟子中，多聞第一。

註六　摩登伽：譯曰小家種，亦曰下賤種，是其母名。女名鉢吉蹄，譯曰本性。雖墮婬女，本性不失。今云摩登伽女者，依母彰名也。

註七　文殊：譯曰妙德，又曰妙吉祥。其德微妙，曾爲七佛之師。降生之時，有十種吉祥瑞相。

心靈存在七點認識的辨別

佛說：「世間的人，向來都不認識自己，更不知道自己不生不滅的常住的眞心，本來是清淨光明的。平常都被這種意識思惟的心理狀態——妄想所支配，認爲這種妄想作用，就是自己的眞心。所以發生種種錯誤，在生死海中輪轉不休。我現在要問你，希望你直心答覆我的問題。你要求證得正知正覺的無上菩提，入門祇有一個直徑，這個直徑，就是直心。你須要知道，一切正覺者成佛的基本行爲，就是心口如一，絕不自欺。你因爲看見了我外貌色相的美妙，就出家學佛，你用什麼來看？又是那個在愛好呢？」阿難答：「能看見的是我的眼，能愛好的是我的心。」（本節自第一卷三頁十一行十字始，至四頁六行四字止。）

佛說：「你說由看見而發生愛好，是眼與心的作用。如果你不知道眼與心在那裏，就無法免除塵勞（註八）顛倒的錯誤根本，不能消滅心理的煩惱。譬如一個國王，要用兵剿匪，倘使不知道匪在什麼地方，如何去剿滅他們呢？你說，使你發生愛好的，使你在煩惱痛苦中流浪的，都是眼睛與心所指使。我現在問你，這能看的眼，與能愛好的心，究竟在那裏？」（本節自第一卷四頁六行五字始，至四頁八行二十字止。）

註八 塵勞：塵有染汚義，勞有擾亂義，塵勞卽本末煩惱也。

阿難答：「世間上一切有靈性的生物與人，他們能够看見的眼，都在面上。他們能够識別的心，都在身內。」（阿難第一次所答的觀念，認爲心在身內。）（本節自第一卷四頁八行二十一字始，至四頁十行十九字止。）

認爲心在身內的辨別

佛問：「你現在坐在精舍（註九）的講堂裏面，看外面的林園，在什麼地方？」阿難答：「這個精舍的講堂，在這個園地裏面，園林在講堂的外面。」佛問：「你在講堂裏面，先看到什麼？」阿難答：「我在堂內，先看到您，依次再看到大衆。這樣再向堂外看去，就可以看到園林。」佛問：「你看到外面的園林，憑什麼可以看見？」阿難答：「這講堂的門窗洞開，所以身在堂內，可以看見堂外遠處的園林。」佛問：「依你所說，你的身體在講堂內，窗戶洞開，方能見到遠處的園林。是否會有人在堂內，根本不能看到堂內的我和大衆，而祇能看見堂外的園林呢？」阿難答：「在堂內不能看見講堂以內的人和景物，而祇能看見外面的園林，絕無此理。」佛問：「誠然如你所說，你的心，對於當前一切事物，都是明明了了。如果這個明明了了的心，確實存在於身體裏面，就應該先能看到自己身體的內部。猶如一個人住在室內，應該先能看到室內的東西一樣。試問，世界上有誰能夠先看到了身體內部的東西，而後再見到外面的景物呢？你說心在身體內部，在內部應該先看見身內的心肝脾胃等機能的活動，以及指爪頭髮在內部生長的情形，筋脈動搖的狀態。縱然不可以看見，至少亦應當明明了了。事實上，有誰能夠自己看得見身體內部的狀況呢？在身體以內，既然找不出能知能見的心是什麼樣子，何以能夠知道心由內部發出身外的作用呢？所以你說，心在身體內部是錯誤的。」（分析一般觀念，認爲心在身內是錯誤的。）（本節自第一卷四頁十行二十字始，至五頁八行二十三字止。）

註九 精舍：以供衆僧精修梵行之舍。

阿難問：「聽了佛的分析，我認爲我和人們能知能見的心，是在身外。譬如一盞燈光，燃亮在室內，這個燈光，應該首先照到室內的一切，然後透過門窗，再照到室外的庭院。世間的人，事實上不能自己看見身體內部，祇能够看見身外的一切景物。猶如燈光本來就在室外，所以不能照見室內。」（阿難第二次所答的觀念，認爲心在身外。）（本節自第一卷五頁八行二十四字始，至六頁一行三字止。）

認爲心在身外的辨別

佛問：「剛才我們大家餓了，就去吃飯。試問，可否在餓時推派一個代表去吃，這個代表的人吃飽了飯，我們大家就可以不餓了呢？」阿難答：「每個人的身體各自獨立，各自存在，若要一個人代表大衆吃飯，而使人人能飽，絕無此理。」佛說：「你說這個明明了了，能知能覺的心，存在身外，那麼身與心就應該各不相干。心所知的，身體不一定能感覺得到。如果感覺在身上，心就不能知道。我現在在你身外一舉手，你眼睛看見了，心內就有分別的知覺嗎？」阿難答：「當然有知覺。」佛說：「既然身外一有舉動，你心內在就有知覺的反應，何以認爲心在身外呢？所以你說，心在身外是錯誤的。」（分析一般觀念，認爲心在身外是錯誤的。）（本節自第一卷六頁一行四字始，至六頁七行二字止。）

阿難說：「依照這樣辨別，在身內既見不到心，而在外面的舉動，內心就有反應，確見身心事實上不能分離，所以心在身外，也是錯誤。我再思惟，心是潛伏在生理神經的根裏。以眼睛舉例來說，就如一個人戴上玻璃眼鏡，雖然眼睛戴上東西，但並不障礙眼睛，眼的視線與外界接觸，心就跟着起分別作用。人們不能自見身體的內部，因爲心的作用在眼神經的根裏，擧眼能看外面而無障礙，就是眼神經根裏的心向外發生的作用。」（阿難第三次所答的觀念，認爲心在生理神經的根裏，並舉眼神經視覺作用來說明。）（本節自第一卷六頁七行三字始，至六頁十一行十四字止。）

認爲心在生理神經根裏的辨別

佛問：「依你所說，認爲心潛伏在生理神經的根裏，並且舉玻璃罩眼來說明。凡是戴上眼鏡的人，固然可以看見外面的景物，同時也能看見自己眼睛上的玻璃啦？」阿難答：「戴上玻璃眼鏡的人，固然可以看見外面的景物，同時也可以看見自己眼睛上的眼鏡。」佛說：「你說心潛伏在生理神經的根裏，當一個人擧眼看見外面景物的時候，何以不能夠同時看見自己的眼睛呢？假若能夠同時看見自己的眼睛，那麼你所看見的眼睛，也等於外界的景象，就不能說是眼睛跟着心起分別的作用。如果心能向外面看外界的景象，却不能夠同時看見自己的眼睛，那你所說的能知能見明明了了的心，潛伏在眼神經的根裏，與眼睛戴上玻璃眼鏡的譬喻相比擬，根本是錯誤的。」（分析一般觀念，認爲心的作用，潛伏在生理神經根裏，是錯誤的。）（本節自第一卷六頁十一行十五字始，至七頁四行二十六字止。）

阿難說：「再依我的思惟，人們的身體，腑臟在身體的內部。眼睛和耳朵等有竅穴的器官，在身體的外表。凡是腑臟所在的，自然晤昧。有竅穴洞開的，自然透明。例如我現在對佛，張開眼睛，就看到光明，所以名爲見外。閉上眼睛，就祇見到黑暗，所以名爲見內。以此例來說明，或者比較明瞭。」（阿難第四次所答的觀念，不是針對心在何處去辨別，祇根據見明見暗來說明心在內在外的現象。）（本節自第一卷七頁四行二十七字始，至七頁七行一字止。）

認爲心在見明見暗的作用上之辨別

佛對於這個問題，分擧在外在內八點事實來辨別解釋。佛對阿難說：「第一：當你閉上眼睛，看見黑暗的現象，這個黑暗的現象，是不是與眼睛所看見的境界對立。如果黑暗現象，對立在眼睛前面，當然不能認爲在眼睛以內。那麼，所說暗昧境界，名爲在內，事實與理論，不能成立。第二：如果看見黑暗現象，名爲見內，那麼處在完全黑暗的室內，室內的黑暗，都是你的內部了，能說這種黑暗現象，就是你的腑臟嗎？第三：假若說，目前黑暗的現象，不與眼睛對立，須知不相對立的境界，眼睛根本就看不見。唯有離開互相對立的外境，祇賸下絕對在裏面的現象，才可以說是內在的境界。那你所說在內的實際理論，才可以成立。第四：閉上眼睛，認爲就是看見身體的內部，那麼，開眼看見外界的光明，這個心的作用，是由內到外，何以不能先看見自己的面目呢？第五：假如由內到外，根本看不到自己的面目，你所認爲內外界限對立的理論根據，就不成立。假使心由內到外，可以見到自己的面目，這個明明了了，能知能覺的心，以及可以看見物象的眼，就懸掛在虛空之間，怎樣可以名爲在內呢？第六：如在虛空之間，自然不是你心的本能。那麼，我現在坐在你的對面，可以看見你，是否我這個人也算是你自己的心與身呢？第七：我坐在你的面前，你的眼睛已經看到就知道了，你的心已經由你的眼到達我身上，同時你的身體仍然存在着有你自己的知覺。那麼這個知覺作用，與你看見外界的知覺作用，是否同是你的心呢？第八：如果你堅執的說，身體與眼睛，各有獨立的知覺，那麼你便是有兩個知覺了。那你的一身，應該有兩個心性的體才是對的。綜合上述理由，你說閉上眼睛，看見暗昧的景象，就叫做見內，根本是錯誤的。」（分析一般觀念，認爲心存在於開眼見明，閉眼見暗的作用是錯誤的。）（本節自第一卷七頁七行二字始，至八頁二行十三字止。）

阿難說：「我聽佛說：『心生種種法（註一〇）生，法生種種心生（註一一）。』我現在再加思惟推測，這個思惟的作用，就是我心的體性。當這個心的思惟體性，與外面境界事物相連合，就是心之所在，並不一定在內，在外，或者在中間三處。」（阿難第五次所答的觀念，認爲思惟的作用，就是心的體性。）（本節自第一卷八頁二行十四字始，至八頁四行十二字止。）

註一〇　法：一切事與理。

註一一　『心生種種法生，法生種種心生』：諸法本無，由心故有。心亦本無，因法故有。前一句「心生法生」，明法不自生，從心而起。後一句「法生心生」，明心不自生，由法而現。正顯心本不生，法無自性，二俱無體，乃心法皆空之旨也。

認爲能思惟的是心之辨別

佛說：「依你所說，『心生種種法生，法生種種心生。』思惟的意識作用，與現象界相合，就是心。那麼，這個心根本就沒有自己的體性，既然沒有自體，就沒有可以相合的。設使沒有自體的東西可以相合，等於抽象與假設相合，祇有名辭，並無事實，那還有什麼道理呢！如果認爲心是沒有自體的，你用手扭痛自己身體某一部分，試問，你這個能夠知覺疼痛的心，是你身體內部發出，還是由外界進來的呢？假若認爲是從身內發出，同你第一次所講的心在身內的觀念一樣，應該先能看見身內的一切。如果認爲是從外界進來，同你第二次所講的心在身外的觀念一樣，應該先能看見自己的面目。」阿難說：「這個所謂能看見的是眼睛，能知能覺的是心，並不是眼睛。若說必能先看見自己的面目，是不對的。」佛說：「假若認爲眼睛是能見的，現在你在室內，試問這個室內所開的門窗，也能夠看見東西嗎？而且一般剛死的人，眼睛還在，他們的眼睛也應該看得見東西。倘使眼睛還能看見東西，就不是死人了。再說，你這個能知能覺，明明了了的心，必有一個自體。試問，它的自體是一個體呢？還是有很多個體呢？心在你的身上，是遍滿的呢？還是部分的呢？假若認爲祇是一個體，那你用手扭痛某一部分，四肢應該同時感覺疼痛。如果扭痛在一部分，而四肢都感覺得疼痛，那麼，開始被扭的那一部分的疼痛，就不局部存在了。如果扭痛的部分，必然有他固定的位置，那你認爲全身祇有一個心性之體，在經驗上和理論上，都不能成立。倘若認爲有很多的心性之體，那又成爲一個有很多個心性的人了。而且究竟那一部分的心性之體，才是你自己眞實的心呢？同樣的，如果認爲身內存在的心性之體，是遍滿全身的，那同上面所分析的一樣，不必再說。假若認爲身內的能知能覺的心性，並不遍滿全身，那你碰頭，同時也碰到足，既然頭已經感覺疼痛，足就不會再感覺到疼痛。事實上，並不如此，全身碰痛，全身都有感覺。綜合上述理由，你所說的，認爲心性無體，因外界現象的反應，心就相合發生作用，根本是錯誤的。」（分析一般觀念，認爲心性思惟作用，並無自體。都因外界刺激，相合反應而生是錯誤的。）（本節自第一卷八頁四行十三字始，至九頁三行三字止。）

阿難說：「我常聽佛與文殊大士等講自性的實相，您說：『心不在內，亦不在外。』我現在再加思惟研究，在內尋不到這個能知能覺的心，身外又沒有一個精神知覺的東西。既然身內尋覓不到能知的心，所以不能認爲心就存在身內。事實上身心又有互相知覺的關係，所以也不能認爲心在身外。因爲身心互相關聯，才能互相感覺得到。但是向身內尋覓，又找不到心的形象。這樣看來，它應該存在中間。」（阿難第六次所答的觀念，認爲心存在於身體中間。）（本節自第一卷九頁三行四字始，至九頁五行二十二字止。）

認爲心在中間之辨別

佛說：「你講的中間，中間是獨立性的，當然不能迷昧，而且一定有它固定的所在。你現在推測指定的中，這個中在什麼所在？你認爲在某一處，或某一點，還是就在身上？假若在身體上，無論在內部或表層，就都是相對待的一邊，不能認爲某一邊就是中間。倘若認爲在身體的當中，等於你的第一觀念所講的在身體內部。如果認爲在某一處，或某一點，那麼，這個處或點，是實際的有一所在，還是假設的無法表示？倘若它祇是一個抽象的概念，那你所講的中，等於沒有，而且是假設的，不能絕對的固定。從理論的觀點上來講，一個人假定以某一處作爲標記，稱他爲中，那麼，從其他不同的角度來看，就沒有絕對的標準了。譬如以東方爲基點，這個表示標記就在它的西面；以南方爲基點，這個表示標記就在它的北面。如此標示的準則，因方向而不同，觀點跟着也混亂了。表示中間的觀點既然混亂，這個心也就會跟着雜亂無章。」阿難說：「我所講的中，不是您所說的這兩種。我的意思如您過去所講，自身有肉體的眼神經等能看的因，就產生自己可以看見外界景象的緣，所以就形成眼睛能够看見東西的識別作用。眼睛自有分別，外界的物理現狀是沒有知覺的物體。因此知道這種識別的能力作用，發生在外界現象與眼睛接觸的中間。這種作用現象，便是心的存在處，也就是心性的作用。」佛說：「你說心在肉體物質的眼睛與外界現象發生反應的中間，那你認爲這個心性之體，是兼帶具備物質心識兩種作用，還是不兼帶兩種作用呢？假若是兼帶的，外界物質與心識就雜亂了。因爲物質本身是沒有知覺的，心識才具有知覺的功能。心物是兩相對立的，如何能說心是在其中間呢？既然不能兼帶具備這兩種作用，肉體的物質是無知的，自然沒有知覺，更談不到有一知覺體性的存在，那你所說的中間是個什麼狀況？所以說心在中間，是絕對的錯誤。」（分析一般觀念，認爲心在物質與知覺，身體與外界現象的中間，是錯誤的。）（本節自第一卷九頁五行二十三字始，至十頁一行二十四字止。）

阿難說：「我從前常聽佛說：這個能知能覺能分別的心性，『既不在內，亦不在外，亦不在中間。』一切都無所在，也不着於一切，這個作用，就叫做心。那麼，我現在心裏根本無着，這種現象，就是心嗎？」（阿難第七次所答的觀念，認爲一切無着就是心。）（本節自第一卷十頁一行二十五字始，至十頁四行十二字止。）

認爲無着卽是心之辨別

佛說：「你說能知覺能分別的心，無着於一切，現在必須先瞭解一切的含義。凡是水裏游的，陸上爬的，空中飛的，這些種種世間生物，以及呈現在虛空中的物象，綜合起來，叫做一切。心並不在這一切上，又無着個什麼呢？其次：再說你所說的無着，究竟有一個無着的境界存在呢？還是沒有無着的境界存在呢？如果沒有無着境界的存在，根本就是沒有。等於說，烏龜身上的毛，兎子頭上的角，沒有就沒有，還有什麼可以說無着！如果有一個無着境界的存在，那就不能認爲沒有，必定會有一種境界與現象。有了境界與現象，事實就有存在，怎麼可以說是無着呢！所以你說一切無着，就名爲能知能覺的心，是錯誤的。」（分析一般觀念，認爲一切無着就是心，是錯誤的。）（本節自第一卷十頁四行十三字始，至十頁七行二十字止。）（以上是有名的七處徵心之論辨。）

眞心與妄心體性的辨認

心，究竟在那裏？這個問題，阿難反復地提出七點見解，經過佛的分析論辨，都被佛所否定。覺得平生所學，盡是虛妄，就非常惶惑，請求佛的指示，要求說明心性自體本來寂靜的眞理。

佛說：「一切含有知覺靈性的衆生，自無始時期以來，（時間無始無終，故名無始。）種種錯誤顚倒，都受自然的業力所支配，猶如連串的菓實，從一個根本發生，愈長愈多。甚至一般學習佛法追求眞理的人，雖然努力修行，亦往往走入歧途，不能得成無上菩提。（自性正知正覺。）都因爲不知道兩種基本原理，就胡亂修習佛法，『猶如煮沙，欲成嘉饌，』無論經過多久的時間，無論如何努力用功，終於不能得到至高無上的眞實成就。」

佛又說：「所謂兩種原理：第一，自無始以來，作生死根本的，一切含有靈性衆生的心理作用，憑藉生理的本能活動，名爲攀緣心。（普通心理現狀，都在感想、聯想、幻想、感覺、幻覺、錯覺、思惟與部分知覺的圈子裏打轉，總名叫做妄想，或妄心。猶如鈎鎖連環，互相聯帶發生關係，由此到彼，心裏必須緣着一事一物或一理，有攀取不捨的現象，所以叫做攀緣心。）第二，這種妄心狀況，祇是心理生理所產生的現象，不是心性自體功能的本來。自無始以來，心性功能的自體，是超越感覺知覺的範圍的，元本清淨正覺，光明寂然，爲了界說分別於妄心，名爲眞心自性。（這個所謂眞，祇是在名辭上爲了有別於妄心而假設的。在人與一切含靈衆生的本位上所產生的各種心理狀況的妄想，與生理本能的活動，都是這自性功能所生的動態作用。）你現在的意識精神，原來自然具有自性靈明，能够產生心理生理各種因緣的作用。但是心理生理各種因緣現象的產生，推究其原因，各有其自己的所以然。如能將身心、物理、精神互相關係所產生的各種因緣，各自歸返其所以生起攀緣的本位，這個本來清淨正覺、光明寂然的自性，自會超然獨立，外遺所有而得解脫。一切含靈的衆生，都具有這個心性自體功能而發生種種作用。雖然終日應用，但是祇能認識這個自性功能所產生的作用，而不能認識心性光明寂然的自體，所以才在生死之流當中旋轉不已。」（本節自第一卷十頁七行二十一字始，至十二頁九行十四字止。）

心性自體的指認

佛告阿難：「你現在想要瞭解心性寂然大定的正途，超越生死之流，必須先有正確的見解和認識。」佛於是舉手成拳，再問阿難：「你現在看得見嗎？」阿難答：「看見了。」佛問：「你看見什麼？」阿難答：「我眼睛看見您的拳，心裏知道這是拳。」佛說：「能看見的是誰呢？」阿難答：「我同大衆，用眼睛看見的。」佛又問：「我的拳，當前照耀你的眼與心，你的眼睛既然可以看見，什麼是你的心呢？」阿難答：「您追問心在那裏，我現在便推測尋求。這個能夠推測尋求的，大概就是我的心了。」佛說：「咄！這個不是你的眞心。」阿難聽了，很驚詫的發問：「這個不是我的心，該是什麼呢？」佛說：「這種作用，都是外界刺激的反應，產生變幻不實的意識思想，遮障惑亂你心性的自體。自無始以來，直到現在，一般人都認爲這意識思想就是眞心，猶如認賊爲子，喪失本元常寂的心性自體，迷惑流浪在生死的漩渦裏。」

阿難說：「我是佛的寵弟，因心愛吾佛，所以出家專心學法。不但如此，對於其他善知識，我都恭敬受教，發大勇猛，凡一切求善求眞的行爲，不怕困難，都懇切的去實行。種種作爲，事實上，都是運用這個心，才能做到。卽使要反對眞理，永退善根，也是這個心的運用。現在佛說這個不是心，那我等於無心，豈不等於無知的木石一樣？離開這種知覺，還會有什麼呢？何以佛說這個不是心？這樣，不但是我，乃至在會的一般大衆，恐怕都有同樣的疑惑。希望佛發慈悲，再加開示我們一般未悟眞心的人。」（本節自第一卷十一頁九行十五字始，至十二頁十行九字止。）

這時，佛欲使阿難及一般大衆，使心境進入『無生法忍』，（無生法忍，是佛法的專門名辭，也就是上面所說的心性寂然正定的實際境象。現行的心理現狀，不再起妄想作用，住於寂然不動。生理活動，亦因之進入極靜止的狀態，住於心性寂然的自體實相，是見性入道的基本要點。因爲這種妄想不生的實相，有動心忍性，切斷身心習慣活動的現象，所以叫作法忍。）便用慈愛的手摩阿難頭頂說：「我常說，一切現象所生，都是心性自體功能所顯現。一切世界的物質微塵，都因爲從心性的本體功能而形成。世界上一切所有，一草一木，一點一滴，如果要研究它的根源，都有它自己的特性。卽使是虛空，也有它的名稱和現象。這個清淨靈妙、光明聖潔的眞心，爲精神、物質、心理、生理的一切中心體性，那裏沒有自體的呢？假若你堅執這個意識分別、感覺觀看所了知的性能，認爲就是眞心。那麼，這個心就應該離開現象界所有的色、香、味、感觸等等事實作業，另外有一個完全獨立的體性。例如你現在，聽我說話，因爲聽到聲音，你才產生意識的分別。如果沒有聲音，能聽的心性何在呢？卽使你現在能够滅掉一切觀看、聽聞、感覺、知覺的作用，『內守幽閒，猶爲法塵分別影事。』

內守幽閒是心理現狀

其實，心內什麼都沒有，祇守着一個幽幽閒閒、空空洞洞的境界，不過是意識分別現象暫時潛伏的影像，而不是心的眞實自性之體。但是，我不是說這種現象，絕對不是你的眞心所具有的一種作用。你可以從這種心理的現象上，仔細地去研究揣摩。假若離開精神物質，心理生理的現象以外，另有一超然獨立能够分別的自性，那才是你的眞心自性。如果這個能够分別的性能，離開外界現象與經驗，就沒有自體，那就可以明白這些現象，都是外界與意識經驗潛伏的影像。意識經驗和外界現象，時時刻刻都在變動，不能永遠長存。當意識變動了，現象消滅了，這個心不是等於零嗎？那麼，你的自性本體，等於絕對斷滅無有，還有什麼可以修行證明得到『無生法忍』呢？（換言之：假若守着一個幽閒空洞的境界，便認爲是心性自體，若不守這個幽閒空洞，這種境界，也就立刻變去。這很明顯的證明這樣靜止的境界，還是一種意識的現象而已，並不是眞心自性的本體。）世間一切修行佛法的學人，卽使現前可以成功九次第定，（九次第定，又名四禪八定。是佛法與外道等修行用功共通的境界。初禪，「心一境性」，就是制心一處，心念專一的境象。二禪，「定生喜樂」。三禪，「離喜得樂」。四禪，「捨念淸淨」。並有四種定的境界，如：空無邊處定，色無邊處定，識無邊處定，非想非非想處定。再加滅盡定，統名九次第定。）却不能得到圓滿無漏的阿羅漢果，（所謂漏，就是煩惱的異名。無漏或漏盡，卽是煩惱已盡。阿羅漢，是小乘修行人所達到的最高境界，斷盡一切煩惱，完全沒有了無明、欲和煩惱的滲漏，足爲人天師表的果位。）都是因爲執着這個生死妄想的妄心，把它當作了眞心自性的本體。所以你雖然博聞强記，知識廣博，記憶和聽到的佛法也很多，仍然不能得到聖果，也由於這個原因。」（本節自第一卷十二頁十行十字始，至十三頁十行十九字止。）

阿難聽了佛的教誨，悲泣涕流地說：「我常想仰仗佛的威神，不必自己勞苦修行，您會惠賜給我三昧。（心性寂然不動，照用同時的境界。）不知道各人的身心，本來不能代替，所以不能見到眞心自性。我現在雖然身體出家，此心並未入道，譬如富家的驕子，違背慈父，自甘流浪在外，乞食他方。今天才知道雖然博聞强記，如果不用功修行求證，結果等於愚蠢無知，『如人說食，終不能飽。』人生現實境遇的煩惱，大體都被兩種基本障礙所困惑：第一：被各種心理狀態的情緒和妄想所煩惱，所謂我執，又名我障。第二：受一般世間現實的知識所障礙，所謂法執，又名所知障。都因爲不能自知自見心性寂然常住的實相，希望佛哀憐我們，開發我們的妙明眞心和道眼罷。」（本節自第一卷十三頁十行二十字始，至十四頁四行十三字止。）

佛說：「你先前答復我，看見了這個拳，何以有這個拳的色相？怎樣變成這個拳？你又憑什麼而看見？」阿難答：「因爲您身體自己具有色相的作用，所以才有這個拳的色相。看見的是我的眼，構成拳的是您的手。」佛說：「老實告訴你，一切有智慧的人，要悟解眞理，須要譬喻才能明白。譬如這個拳，假若沒有我的手，根本就不能握成拳。假若沒有你的眼，你也根本看不見。用你的眼睛，比例我的拳，這個理由，是相同的嗎？」阿難說：「當然相同。如果沒有我的眼，我那裏看得見？用我的眼，比您的拳，事實與理由都是相同的。」佛說：「你說相同，其實不同。如果沒有手的人，根本沒有拳可握。但是瞎了眼睛的人，並不是絕對看不見。你試問路上盲人，你看得見嗎？盲人必定答復你，我現在眼前，祇看見黑暗，別的什麼都看不見。可見一切盲目的人，祇看見黑暗，他與一般眼睛不壞的人，在完全黑暗的房間裏所看見的黑暗，有什麼不同呢？假使瞎了眼睛的人，看見的完全是黑暗，忽然恢復了視覺，還是可以看見眼前的種種色相和現象的。你如果認爲能看見的，是眼睛的功能。那麼，眼睛不壞的人，在黑暗中看見前面完全是一片黑暗，等到有了燈光，仍然可以看見前面的種種色相，那麼，應該說燈光才是能看見的本能了。假若燈光是能看見的本能，燈光自身具有看見的功能，那就不叫作燈，燈應該就是你的眼才對。再說：燈自有能見的功能，和你又有什麼相干？要知道燈祇能發光照到一切色相，在光明中，你這個能看見的是眼睛，絕不是燈。由此你更須瞭解，眼睛祇能照顯色相，自身並不具有能見能分別的知覺功能。能見的是心性自體功能，並不是眼睛本質。」一（本節自第一卷十四頁四行十四字始，至十五頁十行十一字止。）

阿難與大衆聽了佛的解說，雖然口已默然，而心還沒有開悟，仍然靜待佛的敎誨。佛就再向阿難和大衆說：「我初成道的時候，在鹿園中（註一二），對憍陳那（註一三）等五人以及一般弟子們說：人們與一切衆生，不能開悟自性，得成正覺，都是因爲被客塵煩惱所誤。現在要他們當時解悟的人，親自提出說明。於是憍陳那就說：我在佛弟子當中，身爲長老，大衆推爲見解第一，就因爲我領悟到客塵二字，所以有此成就。譬如行客，投寄旅店，暫時寄居，不會安住。如果眞是主人，自然安居不動，不會往來不定。我自己思惟，變動不住的名爲客，安居不動的是主人。又如晴天，燦爛的陽光照耀天空，陽光射入門戶的空隙裏，在門隙的光線當中，可以看到虛空中塵埃飛揚的景象。這些塵埃，在虛空中飛揚飄動，而虛空自體，依舊寂然不動。我由此思惟體會，澄清寂然，是虛空的境界。飛揚飄動，是空中塵埃的狀態。」

於是佛在大衆中，把手掌一開一合，問阿難說：「你現在看到什麼？」阿難答：「我現在看到您的手掌，一開一合。」佛說：「你看見我的手一開一合，是我的手有開有合呢？還是你的能見之性有開有合呢？」阿難答：「佛的手在大衆前一開一合，我看見您的手有開有合，並不是我能見之性有開有合。」佛說：「那麼誰動誰靜呢？」阿難答：「佛的手不停地在動，我的能見之性，跟着沒有靜過，誰又是不動的呢？」佛說：「如是。」佛於是從掌中放一道光明到阿難的右方，阿難跟着轉頭向右方看去。佛又放一道光明到阿難的左方，阿難又跟着轉頭向左方看去。佛問：「你的頭現在爲什麼動搖？」阿難答：「我看見您放光到我的左右兩方，我的視線跟着光也向左右方追踪，頭就跟着動搖了。」佛問：「你左右轉動顧盼的，是頭動，還是能見之性在動呢？」阿難答：「我的頭當然在動，我的能見之性，正在追踪左右閃動的光，未曾停止，這中間實在不明白還有誰在動搖。」佛說：「如是。」於是佛又向大衆說：「人們都以動搖的名之爲塵，以不停止的名之爲客。你們看阿難，頭自動搖，能見之性並無動搖。再者，你們看我的手當然有開有合，可是你們的能見之性，並無卷舒開合。這個道理極其明顯，何以你們反認爲變動的是自身，動搖的現象是自己的實境呢？自始至終，時時刻刻，認定念念變動無住的意念，生起滅了，滅了生起的作用，當作自己的心性，遺失眞心自性的自體，顚倒行事。致使性心失眞，反認爲物理變動的現象就是自己，在心理生理的範圍內打轉，自入迷誤。」（本節自第一卷十五頁十行十二字始，至十七頁九行八字止。以上第一卷竟。）

註一二　鹿園：即鹿苑，在波羅奈國境，爲古帝王苑囿，又爲帝王養鹿之園。

註一三　憍陳那：譯曰火器，以先世事火命族故。名阿若多，譯曰解本際。因悟客二歲字之理，得成聖果。佛成道後首度五比丘，憍陳那爲五比丘之一，在佛弟子中見解第一。

一四、阿育王經四篇

梁扶南三藏僧伽婆羅譯

生因緣品第一

佛住王舍城竹林迦蘭陀精舍，於彼早起，著衣持鉢，與比丘衆圍遶，入王舍城乞食。是時空中而說頌曰：

佛身如金山，行步如象王，面貌甚端嚴，猶若於滿月，與比丘圍繞，俱行入於城。

爾時世尊，將欲入城，足履門閫，有種種不思議事：盲者得視；聾者能聽；啞者能語；跛者能行。牢獄繫閉，皆得解脫；有怨憎者，悉生慈悲；犢子繫縛，自然解脫，往其母所。一切諸獸象馬牛等，心大歡喜，悉皆鳴吼；一切飛鳥鸚鵡舍利俱翅羅孔雀等鳥，鳴聲相和。諸莊嚴具鐶釧釵璫種種寶物，在篋笥中，自然出聲，甚可愛樂。一切伎樂，自然俱作。是時此地，自然清淨，無諸穢惡沙礫瓦石荆棘毒草。六種震動：東踊西沒；西踊東沒，南踊北沒；北踊南沒；中央踊四邊沒；四邊踊中央沒。周廻旋轉，現此種種奇特之事，爾時空中復說偈言：

一切大地，四海爲衣，國城諸山，以爲莊嚴。世尊蹈地，六種震動，如海中船，爲風所吹。

時佛入城，以神力故，令一切人悉生喜踊。如大海水，爲風所吹。一切人民，而說偈言：

世間可愛樂，無過佛入國，大地六種動，沙礫無遺餘。諸根不具者，悉皆得具足。

一切衆樂器，自然出妙聲。佛光照諸國，如千日照世。以香水灑地，及旃檀末香。

是時此國城，莊嚴中第一。

爾時世尊，行至大路，於大路中有二小兒：一是何伽羅久履笴（翻最勝姓）兒；一是久履笴（翻勝姓）兒。此二小兒，在沙中戲，第一小兒，名闍耶，（翻勝）第二小兒名毘闍耶（翻不勝）。此二小兒，見世尊身三十二相。第一小兒，以沙爲糗，捧內佛鉢；第二小兒，合掌隨喜。卽說偈言：

自然大慈悲，圓光莊嚴身，已遠離生死，我今一心念。以心念佛故，捧沙以供養。

是時闍耶供養已，而發願言：「以此善根，當令我爲一繖地王，於佛法中廣作供養。」佛知其心，見其正願，未來之世，有勝妙果。由佛如來，爲福田故，以慈悲心，而受此沙。卽便含笑，身出諸光。青、黃、赤、白，或從頂出，或膝下出。膝下出光，照八地獄。寒者得暖，熱者清涼。光照其身，苦惱皆除。彼諸衆生，心生疑惑，我已脫苦，爲卽住此，爲餘處生。爾時世尊，爲起善念，復作化人，令至其處。彼衆生，見而生心言：「我等今者，非異處生。但以此人力故，令我脫苦。」復於化人，更生心念。地獄報業，悉皆消滅。從彼命終，生人天中，有見諦處。從頂出光，照四天王，乃至阿迦尼吒。於光明中，說苦無常，空無我法。復說偈言：

當精進出家，相應於佛法。滅除生死軍，如象破宅舍。若人於佛法，勤行不放逸，
捨一切生死，得一切苦滅。

佛之光明，能照三千大千世界。照已，還入佛身。若佛欲記過去業報，光從背入；若佛欲記未來業報，光從前入；若佛欲記地獄生者，光從足入；若佛欲記畜生生者，光從踝入；若佛欲記餓鬼生者，光從脚趾入；若佛欲記人生者，光從膝入；若佛欲記鐵輪王生，光從左掌入。若佛欲記金輪王生，光從右掌入；若佛欲記天生，光從臍入；若佛欲記聲聞菩提，光從口入；若佛欲記緣覺菩提，光從白毫相處入；若佛欲記菩薩菩提，光從肉髻入。光從三千世界還者，先繞佛三匝，然後各隨所入。今佛含笑，身出光明，繞佛三匝，從左掌入，不無因緣。是時阿難見已，合掌，而說偈言：

佛除掉慢等，滅怨成勝因，不無因而笑，齒白如珂雪。以智慧能知，他所樂聞事；
以最勝光明，能令彼疑滅。佛聲如雷震，眼猶如牛王，人天勝福田，當記施沙報。

佛言：「阿難！我於今者，不無因笑。有因緣故，如來應正遍知，現此含笑。阿難！汝見小兒，以手捧沙，置鉢中不？」阿難白佛：「唯！然！已見。」世尊又言：「此兒者，我入涅槃百年後，當生波吒利弗多城，王名阿育，爲四分轉輪王，信樂正法。當廣供養舍利，起八萬四千塔，饒益多人。」於是如來，復說偈言：

我入涅槃後，當生孔雀姓，名阿育人王，樂法廣名聞。以我舍利塔，莊嚴閻浮提。

是其功德報，施沙奉於佛。

佛時取沙授與阿難，而語之言：「汝取牛糞，用和此沙，塗佛經行地。」阿難受教，卽用塗地。乃至波吒利弗多城。有王名旃那羅笈多。（翻月護）時王有子名頻頭娑羅。（翻適實）頻頭娑羅長子名修私摩（翻善結）。

是時有膽波城婆羅門，生一女，色貌端正，國中第一。相師記曰：「是女人當作王后，應生二子。第一子作四分轉輪王，第二子出家得道。」婆羅門聞是語已，生大歡喜。欲樂富貴，將其女往波吒利弗多國，以一切莊嚴之具，莊嚴其身，而白頻頭娑羅王言：「我女端正，國中第一，與王作婦」。王卽納之，以置宮內。一切內人，皆作是念：「此女端正，彼國最勝，若王見者，必當樂著，不愛我等。」諸內人等思惟是已，卽便令其作剃毛師，為王剃毛。又於一時，王令剃毛，當剃毛時，王便得眠。王眠既覺，心生歡喜，卽語其言：「汝有所須，隨意所說。」卽白王言：「我願與王，共相娛樂。」時王語言：「汝是剃毛師，我是國王，云何同汝?」復白王言：「我是婆羅門女，非剃毛師。彼婆羅門，本欲以我為王夫人。」王又問言：「誰令汝作剃毛師耶?」答言：「內人。」王又語言：「汝今勿復更為此事。」卽便取之，以為夫人。少時有娠，十月生子。時王念言：「我今無憂，卽名此兒為阿輸柯。」（卽是阿育翻為無憂）乃至生第二兒，除心憂故，卽名此兒為毘多輸柯。（翻為除憂）其體麁澁，父不愛念。

時頻頭娑羅王欲相諸子，誰堪紹繼，卽命外道相師，名賓伽羅跋娑（翻蒼犢）語言：「和上!

我欲相諸王子。若我滅後，誰堪爲王？」賓伽羅跋娑答言：「大王欲相王子，當入金殿。」乃至頻頭娑羅王將至金殿。時阿育母語阿育言：「大王今日，欲相諸子，汝可往彼。」阿育答言：「王不喜我，云何得往？」其母語言：「汝今但去。」阿育答言：「今當如命，願母遣人，將食至彼。」乃至阿育從波吒利弗多城出。時有大臣，名曰成護，遇見阿育，問言：「今者欲何處去？」阿育答言：「今日大王於金殿上欲相諸子，我今往彼。」成護卽以最勝舊象與阿育乘。阿育乘象至金殿所。至已，於諸王中而便坐地。諸王皆有種種飲食，金銀爲器。時阿育母，卽便遣人，辦飯與酪，盛以瓦器，送與阿育。是時頻頭娑羅王語相師言：「汝當次第相諸王子。於我滅後，誰堪爲王？」相師思惟：「若言阿育堪爲王者，王不重之，必當殺我。」思惟是已，便白王言：「我今以因緣相，不出其名。」王答言：「好。」相師卽言：「若王子中有好乘者，便堪爲王。」大王復言：「汝可更相。」相師復言：「若勝坐處，是堪爲王。」大王復言：「汝可更相。」相師復言：「有好飲食及以好器，則堪爲王。」時諸王子聞其此言，各各思惟：「若有好乘坐處飲食器者，我當作王。」阿育思惟：「今此相師，不出其名，以相故說。若好乘等堪爲王者，我乘最勝。又坐大地，飯酪第一。我器地造，以水爲飲。如我所見，我當作王。」是時相師，問訊其母。其母問言：「大王滅後，誰當作王？」答言：「阿育。」復語相師：「王或更問堪作王者，汝可遠去，不須住此。若阿育得王，汝當更來。」是時相師遠至餘國。

時頻頭娑羅王所領國名德叉尸羅，欲爲反逆，不從王化。頻頭娑羅王語阿育言：「汝可集四種兵往至彼國。」器仗資物，悉不與之。乃至阿育，領四兵衆，從波吒利弗多國出。衆人白阿育言：「我等今者，無有器仗，及以資物，云何當能征罰彼國?」阿育答言：「若有功德，應爲王者器仗資物，自然而出。」作此語已，應時地開，器仗資物，一時而出。是時阿育領四種兵，罰德叉尸羅。時德叉尸羅人民，聞阿育來，出半由旬，莊嚴道路，香水灑地，奉迎阿育，而說言：「我等迎王，不爲鬪諍；亦不與彼大王相嫌。但王所遣大臣在我國者，爲治無道，願欲廢之。」是時人民，以諸供具，供養阿育，迎至國中。如是乃至廣說。時阿育王，遣使往佉師國。佉師國中，有二健兒，白其王言：「我等二人力能平山，彼阿育來，不足臣事。」是時諸天，而發聲言：「阿育當爲四分轉輪王，領閻浮提，不可逆也。」時頻頭娑羅王長子修私摩，從苑中還入波吒利弗多城。是時頻頭娑羅王第一大臣，頂上無髮，從城內出中路相逢。修私摩戲以手拍其頭。是時大臣思惟，說言：「其今以手拍我，若作王時，當以刀害我。宜作方便，令其後時不得爲王。」是時大臣，令五百臣離修私摩。又言阿育當爲四分轉輪王，我等應當悉共事之。」乃至令德叉尸羅人民反此大王，不復臣屬。頻頭娑羅王，遣修私摩往征罰之。時修私摩雖復到彼，而不能罰。是時阿育，自還本國，頻頭娑羅王身遇重病，命將欲絕。勅語使人：「可遣阿育，更往德叉尸羅國，速令修私摩還，我今欲以國事付之。」爾時諸臣，以黃薑汁塗阿育身，示作病相。復煮落叉(不解翻)汁以鉢盛之，置在一處，唱阿育病。是時頻頭娑羅王未終之頃，諸大臣等莊嚴阿育，至大王所，白大王言：「此是王子，大王應當授之王位。若修私摩還，我復當以王位與之。」是時大王，聞是語已，心大瞋忿。時阿育言：「若我如法得爲王者，天當卽時與我天冠。」作是言已；諸天卽以天冠著其頭上。大王見已，倍生瞋恚，遂有熱血，從其口出，卽便命終。阿育於是卽登王位。登王位已，卽拜成護爲第一臣。

是時修私摩聞大王終，阿育就位，生大瞋恚，卽與兵衆，欲罰阿育。時阿育王，於其城中，出多兵衆，守城四門，令二勇猛大力之將，領諸兵衆，守南西二門。復令大臣成護，領諸兵衆，守城北門。時阿育王，自領兵衆，守城東門。大臣成護，以諸方便，於城東門，作諸機關，刻木以爲阿育王身，及諸軍衆。掘地作坑，與無烟火以物覆之，復以燥土，用置其上。時修私摩領諸兵衆，欲攻北門。成護語言：「汝莫攻我，當攻東門。汝若得殺阿育王者，我自降伏。」時修私摩便從其語，卽廻軍衆，往攻東門，見機關人，悉皆不動。於是直前，卽墮火坑，自燒而死。

修私摩死已，彼有軍主，名跋陀羅（翻賢）由他（翻伏）大力勇猛，領諸軍衆，其數過千。於佛法中出家修道，卽得阿羅漢果。時阿育王領理國事，有五百大臣，於阿育王起輕慢心。阿育王語諸大臣：「汝可折取花菓樹，以護棘刺樹。」諸臣答言：「大王不爾，當折取棘刺樹，以護花菓樹。」阿育王復言：「不如是。當折取花菓樹護棘刺樹。」如是至三。時諸大臣，不受其敎。阿育王瞋，卽自拔刀斬五百臣首。乃至阿育王，復於一時，將五百婇女入於後園。園中有樹，名阿輸柯樹，生花葉。阿輸柯王，見而悅言：「此樹與我同名，」是故歡喜。時阿育王身體麁澁，諸女人等不欲近之。王園中眠諸女人等，爲欲令王不歡喜故，折樹花葉乃至令盡。阿育王覺，見無花葉，而問諸女：「樹花脫盡，誰之所作？」諸女答言：「我等所爲。」阿育王瞋，卽以竹篰裹諸女人，以火燒之。以其惡，故時人謂爲旃陀阿輸柯王（翻可畏）。大臣成護，白旃陀阿輸柯王：「如是所作，若打若殺，當付餘人，不應自作。」王卽募覓能行殺者。是時山中有村。村中有人善。織衣葉，而生一子。其父字之名耆利柯（翻山），其人可畏，能行不仁，恒罵父母，家中男女，悉皆打拍，乃至一切衆生，無不殺害。常以網捕爲業，以其殺害多故，人復謂之旃陀耆利柯。（翻可畏山）王覓惡人，而值遇之。使者語言：「王今欲以殺害治人，汝能爲不？」其人答言：「閻浮提中，悉令殺盡，我亦能爲。」使者以其所說，還白大王。王卽語言，將此人來。使者受敎，往彼語之：「王令汝來。」其答使言：「且待少時，須見父母。」卽白父母：「阿育大王，欲以一切殺害治人，令我爲之，我今欲去。」父母不許，其人瞋故，便害父母。還使人處，使人語言：「汝來何遲？」其人答言：「父母不聽我來，我已害之，後至王處。」白大王言：「欲治人者，當作牢獄，莊嚴獄門，極令華麗，令見之者，無不愛樂。」復白王言：「請王嚴敎，有入獄者，悉不得出。」王言：「甚善。」是時旃陀耆利柯往至雞寺，寺中有一比丘，誦修多羅，修多羅中說地獄事，謂鑊湯、鑪炭、刀山、劍樹等種種苦事。若有人生地獄者，隨罪治之。乃至廣說，如五天使修多羅中說地獄事。是時旃陀耆利柯聞此語已，一切隨之造地獄具。

時舍衞國有一商主，共婦入海，至海生兒，仍名兒爲海。乃至十二年海中往反。遇五百賊，害此商主，奪其財物，唯兒得免。後於佛法出家，次第遊行，至波吒利弗多國。至巳，早起著衣持鉢，入國乞食。以不悉故，見地獄門種種莊嚴，便入其中，爲欲乞食。入已，見諸苦具，卽便欲出。旃陀耆利柯見而執之語言：「汝今受死，不得出也。」是時比丘心懷怖懼，啼泣流淚。旃陀耆利柯語言：「汝今何事啼泣，猶如小兒。」比丘答言：「我不爲惜此身，但爲値遇解脫難故。出家難得，我今已得；釋迦難値，我已得値；法中眞法，我猶未得，是故憂惱。」旃陀耆利柯語比丘言：「我已受大王命，有入此獄者，悉不得出。」是時比丘，啼泣而言：「汝當申我一月。」答言：「一月不可，聽至七日。」比丘思惟死近，勤修精進，至滿七日。

時有王子共內人語，阿育王見而生瞋忿。卽令將此二人，付獄治罪。旃陀耆利柯，卽以二人，置鐵臼中，以杵擣之。比丘見已，深生怖畏。卽說偈言：

大師佛慈悲，第一仙正說，此色如泡聚，不實不常住，此身色端嚴，滅爲何所趣？

是故應捨離，癡人不樂法；此緣我當知，解脫在此獄。依此當得渡，三有之海岸。

爾時比丘，於一夜中，精進思惟，斷除煩惱，卽得阿羅漢果。

旃陀耆利柯語比丘言：「是夜已過，明相已現，受苦時至，汝應知之。」比丘答言：「我今不知，汝之所說，是夜已過，明相已現，唯能自知，無明夜過，智慧日現。我以智慧日光，見一切世間，皆無有實。是故我今欲以佛法，攝諸世間。」語旃陀耆利柯言：「我今此身，隨汝意作。」是時獄主，無慈悲心，不見世間，卽大瞋忿，以此比丘，置鐵鑊中，盛以濃血屎溺雜穢，多與薪火，煮此比丘。乃至薪盡，身不爛壞。是時獄主，見其不異，卽生瞋忿，打罵獄卒：「汝今何故，不多與火？」獄主卽便，自與薪火，而火不燃。既見不燃，便看鑊中，見此比丘，坐蓮華上，結跏趺坐。見是事已，卽往白王。時王聞已，與一切人民，共往看之。是時比丘卽以神力，於一念頃，從鐵鑊出，身昇虛空。譬如鵝王，飛騰空中，現十八變。時阿育王，見此比丘，猶如破山，臨於空中，心生歡喜，而說偈言：

汝身同人身，神力過人力，我不知此事，汝今爲是誰？是故當正說，應令我知之。
若我知此事，當爲汝弟子。

爾時比丘，心自思惟。此王今能，堪受佛語。當廣作塔供養舍利，爲一切人，受法饒益。作是思惟已，欲顯其功德，而說偈言：

佛滅一切漏，無比大慈悲，最勝論議師，我是彼弟子。無盡正法力，不著一切有，
佛人中牛王，自調復調他。令我今得脫，三有之牢獄。

復次大王如佛所記，我入涅槃百年後，於波吒利弗多城當有王，名阿輸柯，作四分轉輪王。於我舍利，廣作供養，起八萬四千塔。復次大王，王所起獄，與地獄等。於此獄中，殺害無數。王當除之，於一切衆生，施與無畏。大王今應滿世尊意。卽說偈言：

是故大人王，於一切衆生，當起慈悲心，施與無怖畏。當滿世尊意，廣起舍利塔。

爾時阿育王，生念佛心，合掌懺悔，而說偈言：

我歸依佛法，及世尊弟子，汝今十力子，當起忍辱心。我所作衆惡，悉懺悔於汝。

今當修精進，深生恭敬心。我莊嚴此地，以種種佛塔，其白如珂雪，如佛之所記。

比丘答言：「善哉！」卽以神力，還其所住。時阿育王，欲從獄出，旃陀耆利柯合掌說言：「大王！當知我已受命，入此獄者，皆不得出。」時王語言：「汝今欲殺我耶？」答言：「如是。」王言：「我等誰最前入。」旃陀耆利柯答言：「我最前入。」時王語諸獄卒，捉旃陀耆利柯，置落可屋，(不解翻)以火焚之。又復令人，破壞此獄，於一切衆生，施與無畏。

時王生心，欲廣造佛塔，莊嚴四兵，往阿闍世王所起塔處名頭樓那。(翻瓶)至已，令人壞塔，取佛舍利。如是，次第，乃至七塔，皆取舍利。復往一村，名曰羅摩，(翻戲)於此村中，復有一塔，最初起者。復欲破之，以取舍利。時有龍王，卽將阿育，入於龍宮，而白王言：「此塔是我供養，王當留之。」王卽聽許。是龍王復將阿育至羅摩村。時王思惟，此塔第一，是故龍王，倍加守護。我於是塔，不得舍利。思惟旣竟，還其本國。

時阿育王作八萬四千寶函，分布舍利，遍此函中。復作八萬四千瓶，及諸幡蓋，付與夜叉，令於一切大地，乃至大海，處處起塔。

又言國有三種：小、中、大。若國出千萬兩金者，是處應起一王塔。是時德叉尸羅國，出三十六千萬兩金，彼國人民，白阿育王言：「王當與我三十六函。」王聞是語，卽便思惟：「我欲處處廣造佛塔，云何此國，頓得多耶？」時王以善方便，語彼人民：「今當除汝三十五千萬兩金。」又言：「若國有多塔，若國有少塔，從今已去悉聽，不復輸金與我。」乃至阿育王，往耶舍大德阿羅漢處說言：「我欲於一日一念中，起八萬四千塔，一時俱成。」而說偈言：

於先七塔中，取世尊舍利，我孔雀姓王，一日中造作，八萬四千塔，光明如白雲。

乃至阿育王起八萬四千塔已，守護佛法。時諸人民，謂爲阿育法王。一切世人，而說偈言：

大聖孔雀王，知法大饒益，以塔印世間，捨惡名於地，得善名法王，依法得安樂。

右梁天監十一年六月二十日扶南沙門僧伽婆羅於陽都壽光殿譯見寶唱錄

阿育王經卷第一

見優波笈多因緣品第二

爾時阿育王，起八萬四千舍利塔已，生大歡喜，與諸大臣，共往鷄寺。到已，於上座前合掌禮拜，而作是言：「佛一切見者，記我以沙施佛，今得是報。更復有人，佛所記不？」彼時上座比丘名耶舍（翻名聞），答阿育王言：「亦有。」世尊未涅槃時，有龍王名阿波羅囉（翻無留）復有陶師及旃陀羅（翻惡）龍王。佛化是等，竟至摩偷羅國。於摩偷羅國告長老阿難言：「此摩偷羅國，如來涅槃百年之後，當有賣香商主，名曰笈多。其後生兒，名優波笈多。最勝教化，爲無相佛。我涅槃後，當作佛事。」復告阿難：「汝今見彼，遠靑林不？」阿難答言：「已見。」佛言：「彼有山名優樓漫陀，如來涅槃百年之後，當於彼山起寺，名那哆婆哆最勝坐禪處。」於時世尊而說偈言：

教化弟子中，智慧最第一，世尊之所記，名優波笈多，大德於此世，當廣作佛事。

彌時阿育王，復問上座耶舍：優波笈多爲生已未？」大德耶舍答言：「已生在優樓漫陀山，除一切煩惱。諸阿羅漢，悉隨從之，攝受世間。故如一切智，於天人阿修羅，及諸龍神等，而爲說法。」是時長老優波笈多，爲一萬八千阿羅漢之所圍繞。在那哆婆哆寺。時阿育王，爲諸大臣而說偈言：

汝當速莊嚴，象馬車步兵，我欲往彼國，優樓漫陀山。爲欲見大德，名優波笈多，勤精進盡漏，乃至阿羅漢。

時諸大臣白阿育王言：「王應遣使，報彼諸人，令優波笈多，來至王門。」王答諸臣：「阿羅漢者，不可輕屈，我等今應，自往禮拜。」而說偈言：

處世同如來，名優波笈多，若不受其教，其心金剛造。

乃至阿育王遣使往優波笈多所，白優波笈多言：「我欲至大德處。」優波笈多聞使語已，卽便思惟：「若阿育王來，必多人隨從，當損此國。」思惟已，卽語使言：「我當至彼，不須王來。」王卽造船迎優波笈多，處處道路，無不修治，至摩偷羅國。是時優波笈多，將一萬八千阿羅漢，爲攝受阿育王，故一切入船，乃至往波吒利弗多國。時阿育王民，白大王言：「優波笈多爲攝受王，故已至此國。大王當知，佛法如舟，王今修善，由之得正渡三有海，至無爲岸。優波笈多至明清旦，當步至王所。」王聞歡喜，卽解瓔珞，價值千萬，以賞此人。復令此人，擊鼓宣令，使波吒利弗多國，一切聞知，優波笈多，明當入國。復令此人，說此偈言：

若人樂富樂，及天解脫因，一切應當見，彼優波笈多，若人不見佛，兩足中最尊，
自然大慈悲，無漏大師等，彼見當供養，名優波笈多。

乃至阿育王，令一切人民，聞此偈言。又復令其嚴治道路。時王出城，至半由旬，共諸臣民，嚴持香花，種種伎樂，迎優波笈多。

時阿育王，遙見優波笈多已在岸上，與一萬八千阿羅漢，如半月形，而自圍繞，即便下象，步至優波笈多處。時阿育王，一足在船，一足在岸，以兩手捧優波笈多，以置船中。五體投地，敬禮其足，猶如大樹，摧折墮地。又復以舌，舐其兩足，長跪合掌，瞻仰無厭。而說偈言：

大地海爲衣，山莊嚴一繖，除怨得此地，令我生歡喜，不如於今日，與大德相見。
我今見大德，倍生於心念，是故我生喜，謂已見世尊。佛已入涅槃，大德作佛事，
世間爲無明，汝如日月光，以智慧莊嚴。猶如大師等，第一教化人，衆生所歸依，
應當見敎化，我當如說行。

爾時大德優波笈多，以右手摩阿育王頂，而說偈言：

王今得自在，當修不放逸，三寶值遇難，王應常供養。世尊付法藏，於王及我等，
當守護佛法，爲攝受衆生。

阿育王答言：「如世尊記，我今已作。」而說偈言：

我今已供養，世尊舍利像，處處廣起塔，以珍寶莊嚴，唯不能出家，修行於梵行。

優波笈多言：「大王善哉！善哉！如此之事，是王應作。何以故？

王於身命財，應當修眞實，王若在異世，不受異世苦。」

時阿育王以大供養，將優波笈多入城，手捧大德，以置高座。優波笈多，其身軟滑，如兜羅綿。阿育王既觸其身，合掌而言：

大德身軟滑，如綿迦尸等，今我體麁澁，而觸大德身。

時優波笈多復說偈言：

我以勝供養，供養佛世尊，不及王以沙，奉施於如來。

時阿育王復以偈答：

我先小兒意，以沙奉世尊，値遇功德田，是故令爲王。

時優波笈多，爲令阿育王生歡喜故，而說偈言：

王値功德田，而生布施種，是故得此報，不可思議樂。

王聞是已，心大歡喜，復說偈言：

昔以沙布施，世尊大福田，今得無比樂，四分轉輪王。誰聞如此事，不供養如來？

是時阿育王禮優波笈多足白言：「大德！我欲於佛行住坐臥處，悉皆供養。又欲作相，令未來衆生，知佛如來，行住坐臥所在之處。」爲攝受故，卽說偈言：

我欲於如來，行住坐臥處，悉皆修供養，為離生死苦。又欲作如來，行住坐臥相，

使未來衆生，起見佛因緣。

優波笈多答言：「大王善哉！善哉！王今此心，最爲難及。今欲現王如來世尊四威儀處，令王作相，爲欲攝受諸衆生故。是時阿育王，即嚴四兵，香花伎樂，與優波笈多，即往彼處。時優波笈多，將阿育王，至佛生處，入嵐毘尼林，(翻解脫處)舉右手指言：「阿育王！此是佛生處。」而說偈言：

世尊第一處，生便行七步，淨眼觀四方，而作師子吼：是我最後生，處胎住亦然。

時阿育王，五體投地，頂禮如來初生之處。合掌說偈：

有人見佛者，彼具大功德，若聞師子吼，功德亦如是。

優波笈多爲阿育王生大信心，而問王言：「有天見佛，初生行七步，及聞師子吼，王欲見耶？」王答言：「大德！我今欲見。」優波笈多言：「如來初生，摩耶夫人所攀樹枝，天在其中。」即便以手，指示其處。而說偈言：

若有諸天人，住在此林中，得見世尊生，復聞師子吼，當現其自身，爲阿育生信。

是時天人，便現其身，於優波笈多前立，合掌說言：「大德令我欲何所作？」時優波笈多，語阿育王：「此天見佛生時。」阿育王合掌向天，而說偈言：

汝見佛初生，百福莊嚴身，佛面如蓮花，世間所愛樂。復聞師子吼，依此大林中。

是時天人復以偈答：

我已見佛身，光明如金色，七步行虛空，二足中最勝。亦聞師子吼，爲天人中尊。

時王問言：「如來生時，有何瑞相？」天人答言：「我今不能，廣說妙事，略說少分。」卽說偈言：

放金色光明，照於盲世間，人天所愛樂，及山海地動。

乃至阿育王，以十萬兩金，供養如來初生之處。卽便起塔，復往餘處。時優波笈多，將阿育王入迦比羅婆修斗仙人住處。(翻蒼色) 擧手示王：「此處人以菩薩與白飯王。三十二相可愛之色，莊嚴其身。」王見已，五體投地，向彼作禮。釋迦 (人姓) 跋陀那 (翻正當) 是天神處。菩薩至彼，欲禮天神。是時天神，不受其禮，而禮菩薩。時白飯王見是事已，卽便說言：「我今此兒，爲天之天。」卽爲立名，謂之天天。又言：「此是，相師婆羅門相菩薩處。」又言：「此是仙人記菩薩處。」云：「此兒生已，當應作佛。」又言：「此是摩訶波闍波提養菩薩處。」又言：「此是菩薩學書之處。」又言：「此是菩薩乘象車馬等種種技術之處。」又言：「此是菩薩究竟諸道滿足之處。」又言：「此是菩薩轉法輪處。」又言：「此是共六萬，婇女娛樂之處。」又言：「此是菩薩見老病死生悲心處。」又言：「此是菩薩閻浮樹下修諸禪定，離欲惡法，有覺有觀離生喜樂，入初禪處。」菩薩坐禪，日已過中，蔭菩薩樹，其影不移。其餘諸樹，影隨日轉。時白飯王，見如此事，五體投地，禮菩薩足。又此間有一萬天人，隨侍菩薩，從迦毘羅城中夜而出。又此是菩薩脫寶冠幷遣馬與車匿還處。而說偈言：

捨寶冠瓔絡，幷馬與車匿，令其還本國，一身無侍衞。爲修精進行，便入山學道。

「菩薩於此處。以迦尸衣，易獵師袈裟，而便出家。」「此是娑羅伽婆（翻姓）請菩薩處。」「此處頻毘娑羅（翻摸實）王與菩薩半國。」「是處問欝頭藍弗」，復說偈言：

此處有仙人，名欝頭藍弗，聞其法捨去，人王無餘師。

「此處六年苦行。」復說偈言：

六年中苦行，難行我已行，知苦行非道，捨仙人所行。

「此處是菩薩，受難陀難陀波羅二女，奉十六轉乳糜，受已食之。」復說偈言：

菩薩在此處，食難陀乳糜，大勇最勝語，往菩提樹間。

「此處迦梨龍王讚嘆菩薩。」如偈所說：

龍王名迦梨，讚歎而說言，以此道當往，於菩提樹間。

是時阿育王，禮優波笈多足，合掌說言：「我欲見龍王，其先見如來行如象王。從於此路往菩提樹。」時優波笈多往迦梨住處，以手指而說偈言：

龍王中最勝，汝當起現身，汝見菩薩行，往詣菩提樹。

是時迦梨龍王，即現其身，於優波笈多前，合掌說言：「大德教我，欲何所作？」優波笈多語阿育王言：「此迦梨龍王，菩薩從此路往菩提樹時是其讚歎。」時阿育王，合掌向迦梨龍王，而說偈言：

汝見佛世尊，光明如金色，於世間無等，面如秋滿月。十力大功德，汝當說一分，
云何從此行，佛神力具足？

迦梨龍王答言：「我今不能廣說，當略說之，王當諦聽」，而說偈言：

菩薩履地時，六種大震動，及大海諸山，放光過於日。

乃至阿育王於龍王處起塔已便去。時優波笈多，將阿育王往菩提樹舉手指言：「大王！此處菩薩以慈悲爲伴，勝魔王軍。覺得阿耨多羅三藐三菩提。」而說偈言：

滿足王於此，勝種種魔軍，得無比醍醐，無上正遍知。

時阿育王以十萬金，供養菩提樹。及起塔已，便去。

優波笈多復白王言：「此是佛受四天王四鉢，合爲一鉢處。」又：「此處受二商主提謂波利所奉之食。佛從此處往波羅㮈國時，有外道名優波祇歎如來處。」優波笈多復將阿育王往仙面處舉手指言：「此是世尊三轉十二行法輪處。」卽說偈言：

是此處三轉，十二行法輪，眞實法所造，爲度生死苦。

「此是一千外道出家之處。」又：「此是佛爲頻婆娑羅王說法得見諦處。及八萬諸天摩伽陀國婆羅門長者無數人等說法得見諦處。」「此是佛爲帝釋天王說法，及八萬諸天得見諦處。」「此是世尊爲母說法，夏安居竟，與無數諸天從彼來處，乃至廣說。」優波笈多將阿育王至拘尸那

城佛涅槃處，舉手示言：「大王此是如來所作已辦，入無餘涅槃處。」而說偈言：

天人阿修羅，夜叉龍神等，及一切世間，教化彼已竟，大慈悲精進，是故入涅槃。

時阿育王聞是語已，悶絕躄地，乃至以冷水灑面，尋得醒寤，從地而起，以十萬金，供養如來涅槃之處，及起塔已，禮優波笈多足，而說言：「我是世尊所說大弟子，我欲供養舍利。」優波笈多答言：「善哉！善哉！王心極善。」是時優波笈多將阿育王入祇洹林，舉右手指言：「大王！此是舍利弗塔，自當供養。」阿育王問優波笈多言：「舍利弗功德智慧，其事云何？」答言：「是第二佛為法之將，能隨如來而轉法輪，佛弟子中智慧第一。一切世間，所有智慧，十六分中，不及其一。唯除如來。」而說偈言：

無等正法輪，佛為世間轉，舍利弗隨轉，以利益世間。誰能說其人，功德智慧海！

時阿育王心大歡喜，以十萬金供養舍利弗塔。合掌說偈言：

我禮舍利弗，以恭敬心念，大慧離煩惱，為世間光明。

優波笈多，復示阿育王目揵連塔說言：「大王！此是目揵連塔，王當供養。」王問言：「其人功德，神力云何？」長老答言：「佛說其神力，弟子之中最為第一，能以足指動天帝釋最勝法堂，亦能降伏難陀優波難陀龍王。」即說偈言：

目揵連神力，佛說為第一，能以足指動，帝釋最勝殿。降伏二龍王，難陀波難陀。
神力功德海，無有能稱量。

時阿育王以十萬金供養目揵連塔。合掌說偈：

最勝之神力，離生死苦惱，我今以頂禮，名聞目揵連。

優波笈多復指示言：「此是摩訶迦葉塔，應當供養。」阿育王問言：「其人功德云何？」長老答言：「於少欲知足，乃至八種及頭陀苦行。佛說其人，最為第一。佛以半座，與其令坐。又以自身袈裟覆之。攝受苦人，受持法藏。」復說偈言：

最勝大福田，行少欲知足，受持佛法藏，能攝苦衆生。佛與其半座，及以衣覆身，無有人能說，其大功德海。

時阿育王復以十萬金，供養大迦葉塔。合掌說偈：

常在山石窟，具少欲知足，除諸煩惱怨，獲得解脫果。無比功德力，是故今頂禮。

時優波笈多，復示阿育王薄拘羅塔，說言：「大王，此是薄拘羅塔，應當供養。」阿育王問言：「其人功德云何？」答言：「佛弟子中精進無病，最為第一。不曾為人說一二句法。」時王令人以二十貝子，供養其塔。時有大臣問阿育王：「等是羅漢，何故餘塔，皆以金供養，而薄拘羅塔，獨與二十貝子，以為供養？」阿育王言：「汝當聽說」：

以智慧為燈，除於無明闇，住意為舍宅，少利益世間，是故以貝子，供養於其塔。

是時二十貝子，從塔處來著阿育王足。時大臣見，深生驚怪，而說言：「此阿羅漢少欲之力，乃至已入涅槃，而不受施。」時優波笈多，復將阿育王至阿難塔說言：「大王！此阿難塔，應當供養。其是如來給事弟子，能持佛語佛說，其人弟子之中，多聞第一。」而說偈言：

是長老阿難，諸天人所貴，常護持佛鉢，具足念慧心。多聞爲大海，口說微妙語，

方便正覺意，明了一切法，爲諸功德藏，世尊所讚歎。

時阿育王以十萬金供養阿難塔。大臣問言：「何故於此，最勝供養？」阿育王答言：「當聽我說」：

佛世尊法身，清淨無與等，其能攝受持，故我上供養。其然佛法燈，除諸煩惱闇，

其力故法住，故我上供養。如以牛跡水，不及於大海，阿難智慧水，不及佛智海，

於修多羅中，佛與登王位，故我於今日，設最上供養。

時阿育王供養已，竟生大歡喜。禮優波笈多足，而說偈言：

我今生人中，不失善業果，以先功德力，得作自在王。以不眞實法，獲得於眞實。

世尊舍利塔，莊嚴於世間，云何修苦行，於我所未作。

時阿育王禮優波笈多足，還其本國。

阿育王經卷第二

鳩那羅因緣品第四

是時阿育王，於一日中，起八萬四千塔。於是日中，王夫人名鉢摩婆底，（翻有扶容華也）生一

男兒，形色端正，眼爲第一。一切人見，無不愛樂。時有內人，卽白大王，王有功德，夫人生兒。王聞歡喜，而說偈言：

我於今日，大生歡喜，我孔雀姓，名聞一切，宮人以法，由之增長。

故名此兒，名達磨，(翻法) 婆陀那 (翻增長) 卽抱此兒，示阿育王。時王見已，歡喜說偈：

我兒自端嚴，爲功德所造。光明甚輝曜，如優波羅花。以此功德眼，莊嚴於一面。

其面貌端正，譬如秋滿月。

乃至阿育王，命諸大臣而語之言：「汝等嘗見此兒眼不？」諸臣答言：「臣於人中，實所未見。於雪山有鳥，名鳩那羅。此鳥之眼，與其相似。」卽說偈言：

於雪山頂，有寶花處，鳩那羅鳥，而住其上。此兒二眼，類彼鳥眼。

王便發言：「將此鳥來！」虛空上半由旬，夜叉神聞其語；下一由旬，龍聞其語。一念之頃，夜叉之神，卽得鳥來。時阿育王，以鳥眼比兒眼，見此二眼，無有異相。卽以鳥名，而以名兒。復說偈言：

大地人王，以可愛眼，鳩那羅名，以爲兒名。是故大地，其名遠聞。

乃至鳩那羅長大，爲其納妃，妃名千遮那 (翻金) 摩羅 (翻鬘花) 時阿育王，將鳩那羅往至鷄寺。寺有上座六通羅漢，名耶舍。是時耶舍見鳩那羅，未經幾時，應當失其眼。卽白王言：「何故不令鳩那羅，作其自業？」時阿育王語鳩那羅：「大德令汝所作，汝當隨之。」時鳩那羅禮耶舍足，說言：「大德！教我所作。」耶舍答言：「眼非是常，汝當思惟。」即說偈言：

汝鳩那羅，常思惟眼，無常病苦，衆患所集，凡夫顛倒，由之起過。

時鳩那羅於宮中靜處獨坐，思惟眼等諸入爲苦無常。時阿育王第一夫人，名微沙落起多，往鳩那羅處，見其獨坐，觀其眼故，而起欲心，以手抱之。而說偈言：

以大力愛火，今來燒我心，譬如火燒膝，汝當遂我意。

鳩那羅聞其言，以手掩耳，而說偈言：

汝今於我所，不應說此言。汝今爲我母，我則爲汝子，今此非法愛，應當捨離之。

何故爲此事，開諸惡道門！

時微沙落起多不遂意故，心生瞋忿，卽說偈言：

愛心住汝處，而汝無愛心，汝心旣有惡，不久須臾滅。

鳩那羅答言：

我今寧當死，以法而淸淨，不顧於生中，而起不淨心。若有惡心者，失人天善法；

善法旣不全，依何而得生？

微沙落起多恒伺其過而欲殺之。於北有國，名德叉尸羅，拒逆不從阿育王令。時王聞之，意欲自往，大臣白王：「王今當令鳩那羅往，不須自去。」時阿育王命鳩那羅，而語之言：「汝往彼國。」答王言：「唯！」爾時阿育王復說偈言：

我於今者，聞其此言，雖爲是兒，而是我心。以心念故，倍加莊嚴。

是時阿育王，卽便令人，嚴治道路，老病死等，悉令不現。時阿育王，與鳩那羅同載一車，送之近路。將欲分別，手抱兒頸。見鳩那羅眼，啼泣而言：

若有人見，鳩那羅眼，心歡喜故，有病皆除。

是時有一相師婆羅門，知鳩那羅不久失眼，見阿育王唯觀兒眼，不緣餘事。見已說偈：

王子眼淸淨，王觀之歡喜，眼光明莊嚴，云何而當失？此國諸人民，見鳩那羅眼，

一切皆歡喜，猶如天上樂，若見其失眼，一切當苦惱。

乃至鳩那羅次第行至德叉尸羅國，彼國人聞，出半由旬，嚴治諸道，處處置水，以待來衆。時諸人民，卽便說偈：

德叉尸羅人，執寶甖盛水，及諸供養具，迎鳩那羅王。

時王至已，人民合掌，而作是言：「我等迎王，不爲鬪諍，亦不與彼，大王相嫌。但王所遣大臣，在我國者，爲治無道，願欲廢之。」是時人民，以諸供具，供養鳩那羅王，迎至國中。時阿育王，身遇重病，糞從口出，諸不淨汁，從毛孔出。一切良醫，所不能治。時阿育王，卽語諸臣：「召鳩那羅還。我當灌頂，授以王位。我於今者，不貪身命。」時微沙落起多卽便思惟，若鳩那羅得作王者，我必當死。思惟已，白阿育王言：「我能令王，病得除愈。一切醫師，不須令進。」時阿育王，卽受其語，斷諸醫師。時微沙落起多語諸醫師：「門外男女病如王者，可將其

入。」時阿毘羅國，有一人病，如王不異。時病人婦，爲覓醫師，說其病狀。醫師答言：「將此人來，我欲見之，當爲處藥。」乃至婦人，將此病者，送與醫師。醫師復送與王夫人。時王夫人，將此病者，置無人處。令破其腹，出生熟二藏。於熟藏中，有一大蟲，蟲若上行，糞從口出；蟲若下行，便從下出；若左右行，諸不淨汁，從毛孔出。時王夫人，磨摩梨遮以置蟲邊，而蟲不死。復以畢鉢以置蟲邊，蟲亦不死。復以乾薑以置蟲邊，蟲亦不死。乃至以大蒜置於蟲邊，蟲便卽死。時王夫人，以如此事，具以白王。王於今者，應當食蒜，病卽除愈。王答言：「我是刹利，不得食蒜。」夫人復言：「爲身命故，作藥意食之。」乃至阿育王，遂便食之。蟲死病除，便利如本。時阿育王，淸淨洗浴，語夫人言：「汝於今者，當何所求？隨意與之。」夫人白王：「願王七日聽我爲王。」王語夫人：「若汝爲王，必當殺我。」夫人又言：「過七日已，我當還王。」時阿育王，遂便許之。夫人思惟，我欲治鳩那羅，今正是時。是時夫人，卽便假作阿育王書，與德叉尸羅人，令取鳩那羅眼。書中說偈：

我今有大力，威名甚可畏，鳩那羅王子，於彼爲罪過。今勑彼人民，挑取其二眼，
今爲此一事，汝等速爲之！

時王夫人，作書已竟，須齒牙印之。阿育王眠，夫人欲印書故，便近王邊，王卽驚覺。夫人白王：「何故驚怖？」王答夫人：「我夢不祥，見有鷲鳥，欲取鳩那羅眼。是故驚懼。」夫人答言：「王不須憂，鳩那羅子，今甚安隱。」第二更夢，王復驚起，語夫人言：「我今更夢，如本

不祥。」夫人問言：「夢復云何？」王答言：「我見鳩那羅頭鬚髮爪悉皆長利，而不能言。」夫人答言：「其今安隱，願勿憂之。」乃至後時，阿育王眠，夫人卽便以大王齒，竊取印之，遣使送與德叉尸羅人。時阿育王又夢，自齒悉皆墮落。至明清旦，澡洗已畢，爲身命故，召相師來，以夢所見，具向其說。語言：「汝當爲我解釋夢意。」相師答言：「若人有此夢者，兒當失眼。不異失兒。」而說偈言：

若人夢齒落，必當失兒眼，兒眼旣已失，不異失於兒。

時阿育王，聞其此言，卽便起立，合掌向四方神，而呪願言：

今一心歸佛，清淨法及僧，世間諸仙人，於世爲最勝，一切諸聖衆，皆護鳩那羅？

使者執書，至德叉尸羅國。是時彼國人民，見此書至，念鳩那羅故，共隱此書，而不與之。不欲令其，起於惡心。彼諸人民，復更思惟。阿育大王，其甚可畏。心不敬信，於其自兒，尙欲取眼，況於我等，而不起惡。復說偈言：

今此鳩那羅，如大仙不異，於一切衆生，皆能作饒益。彼阿育大王，而不起慈念，況於餘衆生，而能不殘害？

乃至彼人，以書與鳩那羅。鳩那羅得書已，語諸人言：「若能取我眼者，今隨汝意。」時諸人卽喚旃陀羅，汝當挑取鳩那羅眼。旃陀羅合掌說言：「我今不能。」何以故？

若人於滿月，能除其光明，是人當能除，汝面明月眼。

是時鳩那羅，即脫寶冠，語旃陀羅言：「汝挑我眼，我當與汝。」復有一人，形貌可憎，十八種醜，語鳩那羅言：「我能挑眼。」時鳩那羅尋憶大德耶舍所說，便說偈言：

合會有離，是眞實說；思惟此義，知眼無常。我善知識，能饒益者；是人說法，
皆苦因緣；我常思念，一切無常，是師之教，深自憶持。我不畏苦，見法不住，
當依王教。汝取我眼，我已攝受，無常眞實。

是時鳩那羅語醜人言：「汝當取我一眼，置我手中，我欲觀之。」時此醜人，欲取其眼，無數諸人，相與嗔罵，而說偈言：

眼淸淨無垢，如月在空中，汝今挑此眼，如拔池蓮華。

是無數人，悲號啼哭。是時醜人，即出其眼，置鳩那羅手中。時鳩那羅，以手受之，向眼說偈：

汝於本時，能見諸色；而於今者，何故不見？本令見者，生於愛心，今觀不實，
但爲虛誑。譬如水沫，空無有實，汝無有力，無有自在，若人見此，則不受苦。

是時鳩那羅，思惟一切諸法，悉皆無常，得須陀洹果。既得果已，語醜人言：「所餘一眼，隨汝取之。」時彼醜人，復更挑之，置鳩那羅手中。既失肉眼，而得慧眼。復說偈言：

我於今者，捨此肉眼，慧眼難得，我今已得。王今捨我，我非王子。我今得法，
爲法王子。今從自在，苦宮殿墮，復登自在，法王宮殿。

乃至鳩那羅，知取其眼，是微沙落起多。而說偈言：

願王夫人，長受富樂，壽命常存，無有盡滅。由其方便，我得所作。

是時鳩那羅婦千遮那摩羅，聞鳩那羅失眼，以念夫故，至其夫所。入多人處，見鳩那羅失眼流血，悶絕躄地。傍人以水灑之，令得醒寤。啼泣說偈：

眼光明可愛，昔見生歡喜，今見其離身，心生大瞋惱。

鳩那羅語其婦言，汝勿啼泣，我自起業，自受此報。復說偈言：

一切世間，以業受身。衆苦爲身，汝應當知。一切和合，無不別離。當知此事，不應啼泣。

是時鳩那羅共其婦，從德叉尸羅國還阿育王所，二人生來，未曾履地，其身軟弱，不堪作業。時鳩那羅，善於鼓琴，復能歌吹，隨其本路，乞食濟命。漸漸遊行，至於本國，欲入宮門。時守門人，不聽其前。既不得前，而復還出，住車馬廄。於後夜中，鼓琴而歌。歌曰：「我眼已失，四諦已見。」復說偈言：

若人有智慧，見十二入等，以智慧爲燈，得解脫生死。三有中之苦，悉爲自心苦；三有中之過，今應當知之。若欲求勝樂，當思十二入。

時阿育王，聞其歌聲，心大歡喜，而說偈言：

今此說偈，及聞鼓琴，似是我子，鳩那羅聲。若是其至，何不見我？

時阿育王，命一人來：「我所聞聲，似鳩那羅。而聲清妙，復兼悲怨。聞此聲故，令我心亂。如象失子，而聞子聲。其心迴遑，不安其所。汝可往看，是鳩那羅不？若是鳩那羅，汝可將來。」乃至此人受教，至車馬厩。至已，見其無有二眼，皮膚曝露，不復可識。還白大王：「王所令看，是孤獨盲人。共其婦俱，住車馬厩，非鳩那羅。」時阿育王聞其此言，懊惱思惟，而說偈言：

如昔所夢見，鳩那羅失眼，今此盲人者，鳩那羅不疑。汝可更至彼，但將此人來。

以思惟子故，其心不安隱。

乃至此人受教，更至其所。語鳩那羅言：「汝是誰兒？何所名姓？」鳩那羅復以偈答：

父名阿輸柯，增長姓孔雀，一切諸大地，悉爲其所領，我是彼王子，名爲鳩那羅。

姓曰法王佛，今爲法王子。

是時使人，將鳩那羅及其婦至宮中。時阿育王，見鳩那羅風日曝露，以草弊帛，雜爲衣裳。形容改異，不復可識。時阿育王，生心疑惑，而語之言：「汝是鳩那羅不？」答言：「我是。」阿育王聞，悶絕墮地，傍人見王，而說偈言：

王見鳩那羅，有面而無眼，以苦惱燒心，從床墮於地。

傍人以水灑王，令其得醒，還至坐處，抱鳩那羅，置其膝上。復抱其頭，啼哭落淚，手拂頭面，憶其昔容，而說偈言：

汝端嚴眼，今何所在？失眼因緣，汝今當說。汝今無眼，如空無月。形容改異，
誰之所作？汝昔容貌，猶如仙人；誰無慈悲，壞汝眼目？汝於世間，誰爲怨讎？
我苦惱根，由之而起。汝身妙色，誰之所壞？懊惱心火，今燒我身。譬如霹靂，
摧折樹木，懊惱之雷，以破我心。如此因緣，汝今速說！

時鳩那羅以偈答言：

王不聞佛言，果報不可脫，乃至辟支佛，亦所不能免。一切諸凡夫，悉由業所造，
善惡之業緣，時至必應受。一切諸衆生，自作自受報，我知此緣故，不說壞眼人。
此苦我自作，無有他作者。如此眼因緣，不由於人作；一切衆生苦，皆亦復如是，
悉由業所作，王當知此事。

時阿育王爲懊惱火，以燒其心。復說偈言：

汝但說其人，我不生瞋心；汝若不說者，我心亂不安。

時阿育王，知是微沙落起多所作，喚微沙落起多，而說偈言：

汝今爲大惡，云何不陷地？今汝不爲法，於我爲大過。汝今既爲惡，從今捨於汝，
猶如行善人，捨不如法利。

時阿育王瞋火燒心，見微沙落起多，復說偈言：

我於今者，欲出其眼，欲以鐵鋸，以解其身。以斧破身，以刀割舌，以刀截頸，

以火燒身，令飲毒藥，以除其命。

阿育王說如此事，欲治微沙落起多。鳩那羅聞深生慈心，復說偈言：

微沙落起多，所爲諸惡業，大王於今者，不應便殺之。一切諸大力，無過於忍辱，
世尊之所說，其最爲第一。

時阿育王不受兒語，以微沙落起多置落可屋，以火焚之。又復令殺德叉尸羅人。是時比丘生疑，問大德優波笈多：「鳩那羅先造何業，今受此報？」大德答言：「長老當聽！過去久遠，於波羅棕國有一獵師，至雪山中，多殺羣鹿。又於一時，復往雪山，時雷電霹靂，有五百鹿，以怖畏故，入石窟中。時此獵師，見諸羣鹿，卽便捕之，一切皆得。得已，復作是念：『若皆殺者，肉當臭爛。無如之何，我當挑其兩眼，使其不死，而不知去，後漸殺之。』作是念已，一切挑眼。長老！於意云何？先獵師者，鳩那羅是。以其挑鹿眼故，於無數年，常在地獄。從地獄出，生於人中。五百世中，常被挑眼。今是最後餘殘果報。」比丘又問：「以何因緣，生於大姓？得端嚴眼？復得羅漢？」答言：「諸長老聽！過去久遠，人壽四萬歲時，有佛正覺，名迦羅鳩村大，出現於世。是時，如來於一切世間，所應作者，皆已作訖，入無餘涅槃。時有一王，名曰輪頗，(翻莊嚴)爲佛世尊，起四寶塔。時王命過弟不信佛，起塔珍寶，悉皆密取，唯土木在。一切人民，見塔毀壞，懊惱發聲。時有長者子，問彼諸人：『汝等何事，懊惱發聲？』諸人答言：『世尊之塔，本有四寶。不謂於今，悉皆毀散。是故我見，懊惱發聲。』時長者子，卽以四寶，如

本莊嚴，復令高廣，有勝於初。又起金像，以置塔中。所作已訖，復發願言：『迦羅鳩村大，爲世間師，願我後師，亦如今日。』比丘當知，昔長者子，卽鳩那羅是。此其修治迦羅鳩村大如來塔故，今得生於大姓之中，以其造作如來像故，今所得身，端嚴第一。以其發願値善師故，今得釋迦牟尼爲師，及見四諦。」

阿育王經卷第四

半菴摩勒施僧因緣品第五

爾時阿育王得堅固信，問諸比丘：「誰已能於佛法之中，最大布施？」諸比丘答言：「孤獨長者，已大布施。」王復問言：「其能幾許佛法中施？」比丘答言：「用百千萬金。」阿育王聞，卽便思惟：「孤獨長者，用百千萬金，我於今者，亦以百千萬金，以用布施。」阿育大王已起八萬四千塔，又於初生得道、轉法輪、入涅槃及諸羅漢涅槃之處，各以十萬金施。四部大會，亦已作訖。又三十萬衆僧，一分阿羅漢，二分學人，及精進凡夫，於一日中，一時施食。又阿育王，唯留珍寶，一切大地、宮人、大臣、鳩那羅，及以自身，悉施衆僧。復以四十萬金，布施衆僧。又以無數之金，贖此大地，乃至自身後，以九十六千萬金布施衆僧。時阿育王得病困篤，生大憂惱。大臣成護，是其先世，隨喜施沙知識，聞大王病，便往王所，而禮王足。卽說偈言：

昔面如蓮花，塵垢不能汚，大力諸怨家，不得見大王，猶如日炎盛，人所不能視。

何故於今者，悲泣而流淚？

阿育王以偈答言：

我今生憂惱，不爲身命財，別離聖衆故，是以我憂惱。世尊諸弟子，成就諸功德，以種種飲食，日日常供養，當思如此事，是故我流淚。

「復次成護。我昔欲以百千萬金供養三寶，而意未滿，我今欲以四十千萬金布施，滿我本心。思惟已，便欲遣四十千萬金，送與鷄寺。」是時鳩那羅兒名三波地（翻具足）爲太子。大臣語太子言：「阿育大王，須臾應終。而今欲遣四十千萬金送與鷄寺。一切國王，以物爲力。太子應當勒守物人，勿令金出。」於是太子即便勒之，阿育王勅不復施行。唯有金器，供王食用。王食訖已，便令送此金器，與彼鷄寺。復斷金器，聽以銀器。王食竟已，復令送此銀器，與彼鷄寺。復斷銀器，乃至以鐵器供王，王食已，復令送與鷄寺。復斷鐵器，聽用瓦器。時阿育王，無復有物，唯半菴羅菓在其手。中時阿育王心大悲惱。召諸大臣，及以人民，一切和合，而語之言：「誰於今日，爲此地主？」大臣起而作禮，合掌說言：「唯天爲主，更無異人。」時阿育王淚落如雨，而說偈言：

今我阿育王，無復自在力，唯半阿摩勒，於我得自在。何用是富貴，如恒河流水？先所領國土，豪富最第一；今忽貧窮至，不復得自在。一切諸合會，皆悉當分離。如來正法言，無有能知者，我先所勅令，一切無障罣，猶如心意識，於緣得自在，我今所敎勅，如水礙於石。一切諸怨賊，我先悉降伏，王領一切地，攝一切貧苦；今者無光明，如雲障於月，如阿輸迦樹，花葉悉枯落，是我阿輸迦，貧悴亦如是。

是時阿育王，即呼傍臣，名曰跋陀羅目阿（翻賢面）而語之言：「我失自在，汝今於我，爲最後使。唯此一事，汝應當作。此半阿摩勒菓，送與鷄寺，宣我語曰：『阿育王禮衆僧足，昔領一切閻浮提地，今者，唯有半阿摩勒菓。是我最後所行布施。願僧受之。此物雖小，以施衆僧，福德廣大。』」而說偈言：

我本爲人王，於宮得自在，無常爲自相，不久而磨滅，能爲療治者，唯有聖福田。今我無醫藥，願今見濟度，此半阿摩勒，是我最後施。小施而福廣，是故應攝受。

時此使人，受王勅已，將半阿摩勒菓，往至鷄寺，於上座前，以阿摩勒菓，供養衆僧，合掌說偈：

一切地一繖，王領無障礙，猶如日光明，遍照一切處。以自欺誑業，功德於今盡；譬如日入時，無復有光明。以恭敬頂禮，施半阿摩勒，顯其福德盡，今爲最後施。

是時上座集諸比丘而語之言：「汝等今當起怖畏心，如佛所說，見他無常，是處可畏。誰能於此，不生厭離，何以故？

勇猛能布施，孔雀阿育王，王領於大地，閻浮提自在。今日果報盡，唯有阿摩勒，大地諸珍寶，悉爲他所護。今此阿育王，捨半阿摩勒，諸有凡夫人，福德力生慢，當爲說無常，令其生厭離。

時諸衆僧，得阿育王半阿摩羅菓，碎以爲末，以置羹中，遍行衆僧。時阿育王語成護言：「誰今爲王？」成護禮足合掌說言：「天爲地主，更無有人。」時阿育王，以人扶起，遍觀四方。向衆僧處，合掌而言：「今留珍寶，此外大地，乃至大海，一切施僧。」又說偈言：

水爲大地衣，七寶嚴地面，持一切衆生，及以諸山等，我今以捨此，布施諸衆僧。
於衆僧得果，是故我今施。以此布施福，不求帝釋處，亦不樂梵天，及諸大地主；
唯欲以此福，願求心自在，得共聖人法，人所不能奪。

乃至阿育王，以多羅葉，書此偈語，以齒印之，執書合掌，向彼僧處，而作是言：「以此大地一切施僧。」說已，便終。乃至大臣，用五色綵，以莊嚴輿，供養王身。供養已，便以水欲以灌太子頂，以授王位。成護語諸臣言：「一切大地，阿育大王，已施衆僧。」諸臣答言：「我等今者，當作云何？」成護答言：「先阿育王作意，我用百千萬金施佛法僧。已與九十六千萬金，欲更滿之，而諸臣不聽。王意不滿，故以一切大地，布施衆僧。」諸臣即便取四十千萬金，以贖大地，即以海水灌太子三波地頂，令登王位。三波地兒名毘梨訶鉢底（翻太白星）太白有兒名毘梨沙斯那，（翻牛畢）牛畢有兒名弗沙跋摩（翻尾鎧星）尾鎧有兒名弗沙蜜多羅（翻差友）乃至弗沙蜜多羅得登王位，集諸大臣：「以何方便能令我名恒住不失。」諸臣答言：「大王之姓，從阿育王來，是阿育王起八萬四千塔，乃至佛法未滅。阿育大王，名聞亦在。王今應當起八萬四千塔。」時王答言：「阿育大王，有大神力，人無及者。更有方便，得流名不？」是時有婆羅門呪願第一，而是凡夫，不信佛法。白王言：「有二種因名得常住：一者作惡；二者作善。阿育大王起八萬四千塔，天今壞之，名則常在。」乃至弗沙蜜多羅王，嚴駕四兵，欲壞佛法。往至鷄寺。至已，於寺門聞有師子吼，王大怖畏。復還波吒利弗國。如是三反，往至鷄寺，亦復如是。還於本國，集彼衆僧，而作是言：「我於今者，欲壞佛法，諸衆僧中，於塔及寺，各有所護，宜各說之。」諸僧皆言：「我等護塔。」王於是時，卽殺上座，次及諸僧。時有沙柯羅國，是其所領，語彼國人：「若有能得一比丘首，與其金錢。」彼國有寺，名曰法王。時彼寺，中有一羅漢，人欲取頭，而白王言：「彼有比丘，今欲取頭，送與大王。」一時王聞已，自欲取之。是時比丘，入滅盡定，以定力故，刀杖火毒，不能侵害。既不得殺，復往餘處。至拘瑟他歌（翻庫藏）國。彼國有一夜叉神，守護佛牙。是夜叉思惟，佛法當滅，我既受戒，不復殺生。我有女兒已利履（亡失反）夜叉，本欲求之，以其先常作惡業，故而我不許。爲護佛法，今應與之。」復有一大力夜叉，常護弗沙蜜多羅王。以其力故，人無侵害。是護佛牙神將護王夜叉，至於南海。是時已利履夜叉取太山，壓弗沙蜜多羅王，及其四兵，一時皆死。是故此山名修尼喜多。弗沙蜜多羅王既被殺已，孔雀大姓從此而滅。

阿育王經卷第五

一五、馬鳴龍樹提婆三菩薩傳四篇

姚秦三藏法師鳩摩羅什譯

馬鳴菩薩傳

有大師名馬鳴菩薩，長老脇弟子也。時長老脇勤憂佛法入三昧觀。誰堪出家廣宣道化開悟衆生者，見中天竺有出家外道，世智聰辯，善通論議，唱言：「若諸比丘，能與我論議者，可打揵椎；如其不能，不足公鳴揵椎，受人供養。」時長老脇，始從北天竺欲至中國，城名釋迦，路逢諸沙彌，皆共戲之。大德長老，與我富羅提，卽有持去者，種種嬲之，輒不以理。長老脇顏無異容，恬然不忤。諸沙彌中，廣學問者，覺其遠大，疑非常人。試問其人，觀察所爲，隨問盡答，而行不輟足，意色深遠，不存近細。時諸沙彌，具觀長老，德量沖邃，知不可測，倍加恭敬。咸共侍送。於是長老脇，卽以神力，乘虛而逝，到中天竺，在一寺住。問諸比丘：「何不依法，鳴揵椎耶？」諸比丘言：「長老摩訶羅，有以故不打也。」問言：「何故？」答言：「有出家外道，善能論議，唱令國中諸釋子沙門衆，若其不能與我論議者，不得公鳴揵椎，受人供養。」以有此言，是故不打。長老脇言：「但鳴揵椎，設彼來者，吾自對之。」諸舊比丘，深奇其言，而疑不能辨。集共議言：「且鳴犍椎，外道若來，當令長老任其所爲。」卽鳴犍椎。外道卽問：「今日何故，打此木耶？」答言：「北方有長老沙門，來鳴犍椎，非我等也。」外道言：「可令其來。」卽出相見。外道問言：「欲論議耶？」答言：「然。」外道卽形笑言：「此長老比丘，形貌旣爾，又言不出常人，如何乃欲與吾論議？」卽共要言：「却後七日，當集國王大臣沙門外道，諸大法師，於此論也。」至六日夜，長老脇，入于三昧，觀其所應。七日明旦，大衆雲集，長老脇先至，卽昇高座，顏色怡懌，倍於常日。外道後來，當前而坐，占視沙門，容貌和悅，志意安泰。又復擧體備有論相，便念言：將無非是聖比丘耶？志安且悅，又備論相，今日將成佳論議也。便共立要，若墮負者，當以何罪？外道言：「若負者，當斷其舌。」長老脇言：「此不可也；但作弟子足以允約。」答言：「可爾。」又問：「誰應先語？」長老脇言：「吾旣年邁，故從遠來；又先在此坐，理應先語。」外道言：「亦可爾耳。現汝所說吾盡當破。」長老脇卽言：「當令天下泰平，大王長壽，國土豐樂，無諸災患。」外道默然，不知所言。論法無對卽墮負處。伏爲弟子，剃除鬚髮，度爲沙彌，受具足戒。獨坐一處，心自惟曰：「吾才明遠識，聲震天下，如何一言致屈，便爲人弟子？」念已不悅。師知其心，卽命入房，爲現神足種種變化，知師非恒，心乃悅伏。念曰：吾爲弟子，固其宜矣。師語言汝才明不易眞未成耳。設學吾所得法，根力覺道辯才深達，明審義趣者，將天下無對也。師還本國，弟子住中天竺，博通衆經，明達內外。才辯蓋世，四輩敬伏。天竺國王甚珍遇之。

其後北天竺小月氏國王，伐於中國，圍守經時，中天竺王遣信問言：「若有所求，當相給與，何足苦困人民久住此耶？」答言：「汝意伏者，送三億金當相赦耳。」王言：「舉此一國，無一億金，如何三億而可得耶？」答言：「汝國內有二大寶，一佛鉢，二辯才比丘。以此與我足，當二億金也。」王言：「此二寶者，吾甚重之，不能捨也。」於是比丘爲王說法。其辭曰：夫含情受化者，天下莫二也。佛道淵弘，義存兼救。大人之德，亦以濟物爲上。世教多難，故王化一國而已。今弘宣佛道，自可爲四海法王也。比丘度人，義不容異，功德在心，理無遠近。宜存遠大，何必在目前而已。王素宗重，敬用其言。卽以與之月氏王，便還本國。諸臣議曰：「王奉佛鉢，固其宜矣。夫比丘者天下皆是，當一億金，無乃太過。」王審知比丘高明勝達，導利弘深，辯才說法，乃感非人類。將欲悟諸羣惑，餓七匹馬至於六日旦，普集內外沙門異學，請比丘說法。諸有聽者，莫不開悟。王繫此馬於衆會前，以草與之。(馬嗜浮流故以浮流草與之也)馬垂淚聽法，無念食想。於是天下乃知非恒，以馬解其音故，遂號爲馬鳴菩薩。於北天竺廣宣佛法，導利羣生，善能方便，成人功德，四輩敬重。復咸稱爲功德日。

龍樹菩薩傳

龍樹菩薩者，出南天竺梵志種也。天聰奇悟，事不再告。在乳餔之中，聞諸梵志，誦四圍陀典各四萬偈，偈有三十二字，皆諷其文而領其義。弱冠馳名，獨步諸國。天文地理，圖緯祕讖，及諸道術，無不悉綜。契友三人，亦是一時之傑。相與議曰：「天下理義，可以開神明悟幽旨者，吾等盡之矣，復欲何以自娛？騁情極欲，最是一生之樂。然諸梵志道士，勢非王公，何由得之？唯有隱身之術，斯樂可辦。」四人相視，莫逆於心。俱至術家，求隱身法。術師念曰：「此四梵志，擅名一世，草芥羣生。今以術故，屈辱就我。此諸梵志，才明絕世，所不知者，唯此賤法。我若授之，得必棄我，不可復屈。且與其藥使用，而不知藥盡必來，永當師我。」各與青藥一丸，告之曰：「汝在靜處，以水磨之，用塗眼瞼，汝形當隱，無人見者。」龍樹磨此藥時，聞其氣卽皆識之。分數多少，錙銖無失。還告藥師，向所得藥，有七十種分數，多少皆如其方。藥師問曰：「汝何由知之？」答曰：「藥自有氣，何以不知？」師卽歎伏。若斯人者，聞之猶難，而況相遇。我之賤術，何足惜耶？卽具授之。

四人得術，縱意自在。常入王宮，宮中美人，皆被侵淩。百餘日後，宮中人有懷妊者，懅以白王，庶免罪咎。王大不悅：「此何不祥，爲怪乃爾？」召諸智臣，以謀此事。有舊老者言：「凡如此事，應有二種。或是鬼魅，或是方術。可以細土置諸門中，令有司守之，斷諸行者。若是術人，其跡自現，可以兵除。若是鬼魅，入而無跡，可以術滅。」卽勅門者，備法試之。見四人跡，驟以聞王。王將力士數百人入宮，悉閉諸門，令諸力士揮刀空斬，三人卽死。唯有龍樹，斂身屏氣，依王頭側。王頭側七尺，刀所不至。是時始悟，欲爲苦本，衆禍之根。敗德危身，皆由此起。即自誓曰：「我若得脫，當詣沙門，受出家法。」

既出，入山詣一佛塔，出家受戒。九十日中，誦三藏盡。更求異經，都無得處，遂入雪山。山中有塔，塔中有一老比丘，以摩訶衍經典與之。誦受愛樂，雖知實義，未得通利。周遊諸國，更求餘經。於閻浮提中，遍求不得。外道論師沙門義宗，咸皆摧伏，外道弟子白之言：「師為一切智人，今為佛弟子，弟子之道，諮承不足，將未足耶？未足一事，非一切智也。」辭窮情屈，即起邪慢心。自念言：「世界法中，津塗甚多，佛經雖妙，以理推之，故有未盡，未盡之中，可推而演之。以悟後學，於理不違，於事無失，斯有何咎？」思此事已，即欲行之。立師教戒，更造衣服。令附佛法，而有小異。欲以除眾人情示不受學，擇日選時當與。謂弟子受新戒，着新衣。獨在靜處，水精房中。大龍菩薩見其如是，惜而愍之。即接之入海。於宮殿中，開七寶藏，發七寶華函，以諸方等深奧經典無量妙法授之。龍樹受讀，九十日中通解甚多。其心深，入體得寶利。龍知其心而問之曰：「看經遍未？」答言：「汝諸函中經多無量，不可盡也。我可讀者，已十倍閻浮提。」龍言：「如我宮中所有經典，諸處此比，復不可數。」

龍樹既得諸經，一相深入無生，二忍具足。龍還送出於南天竺，大弘佛法，摧伏外道。廣明摩訶衍，作優波提舍十萬偈。又作莊嚴佛道論五千偈，大慈方便論五千偈，中論五百偈。令摩訶衍教大行於天竺。又造無畏論十萬偈，中論出其中。

時有婆羅門，善知呪術，欲以所能與龍樹諍勝，告天竺國王：「我能伏此比丘，王當驗之。」王言：「汝大愚癡，此菩薩者，明與日月爭光，智與聖心並照，汝何不遜，敢不宗敬？」婆羅門言：「王爲智人，何不以理驗之，而見抑挫？」王見其言至爲請龍樹，清旦共坐政聽殿上。婆羅門後至，便於殿前呪作大池，廣長清淨，中有千葉蓮華，自坐其上，而誇龍樹：「汝在地坐，與畜生無異，而欲與我清淨華上大德智人抗言論議？」爾時龍樹，亦用呪術，化作六牙白象，行池水上，趣其華座。以鼻絞拔，高擧擲地。婆羅門傷腰，委頓歸命龍樹：「我不自量，毀辱大師，願哀受我，啓其愚蒙。」又南天竺王，總御諸國，信用邪道。沙門釋子，一不得見。國人遠近，皆化其道。

龍樹念曰：「樹不伐本，則條不傾；人主不化，則道不行。」其國政法，王家出錢，雇人宿衞。龍樹乃應募爲其將，荷戟前驅，整行伍勒部曲，威不嚴而令行，法不彰而物隨。王甚嘉之，問是何人，侍者答言：「此人應募，既不食廩，又不取錢。而在事恭謹，閑習如此。不知其意，何求何欲？」王召問之：「汝是何人？」答言：「我是一切智人。」王大驚愕，而問言：「一切智人，曠代一有。汝自言是，何以驗之？」答言：「欲知智在說，王當見問。」王卽自念，我爲智主，大論議師問之能屈。猶不是名，一旦不如，此非小事。若其不問，便是一屈。遲疑良久，不得已而問之：「天今何爲耶？」龍樹言：「天今與阿修羅戰。」王聞此言，譬如人噎，既不得吐，又不得咽。欲非其言，復無以證之；欲是其事，無事可明。未言之間，龍樹復言：「此非虛論求勝之談，王小待之，須臾有驗。」言訖，空中便有干戈兵器相係而落。王言：「干戈矛戟，雖是戰器，汝何必知是天與阿修羅戰？」龍樹言：「搆之虛言，不如校以實事。」言已，阿修羅手足指，及其耳鼻，從空而下。又令王及臣民婆羅門衆，見空中清除兩陣相對。王乃稽首，伏其法化。殿上有萬婆羅門，皆棄束髮受成就戒。

是時有一小乘法師，常懷忿疾，龍樹將去此世，而問之曰：「汝樂我久住此世不？」答言：「實所不願也。」退入閑室，經日不出，弟子破戶看之，遂蟬蛻而去。

去此世已來至今始過百歲。南天竺諸國，爲其立廟，敬奉如佛。其母樹下生之，因字阿周陀那。阿周陀那，樹名也。以龍成其道，故以龍配字，號曰龍樹也（依付法藏傳，即第十三祖師也。假餌仙藥現住長壽二百餘年，住持佛法。其所度人不可稱數。如法藏說）

附錄：明本龍樹菩薩傳

大師名龍樹菩薩者，出南天竺梵志種也。天聰奇悟，事不再告。在乳哺之中，聞諸梵志，誦四韋陀典，各四萬偈，偈有四十二字，背誦其文，而領其義。弱冠馳名，獨步諸國。世學藝能，天文地理，圖緯祕讖，及諸道術，無不悉練。契友三人，亦是一時之傑。相與議曰：「天下義理，可以開神明悟幽旨者，吾等盡之矣，復欲何以自娛？騁情極欲，最是一生之樂。然諸梵志道士，勢非王公，何由得之？唯有隱身之術，斯樂可辦。」四人相視，莫逆於心，俱至術家求隱身法。術師念曰：「此四梵志，擅名一世，草芥羣生，今以術故，屈辱就我。我若呪法授之，此人才明絕世，所不知者，唯此賤法。若得之便去，不復可屈。且與其藥，使日用而不知。藥盡必來求。可以術屈爲我弟子。」各與青藥一丸，告之曰：「汝於靜處用水磨之，以塗眼瞼，則無有人能見汝形者。」龍樹菩薩磨藥聞氣，便盡知藥名分數。多少，錙銖無失。隨其氣勢，龍樹識之。還語術師，此藥有七十種，分數多少，盡如其方。藥師問曰：「汝何由知？」答曰：「藥自有氣，何以不知？」師卽歎伏。顧斯人者，聞之猶難，而況相學？我之賤術，何足惜耶？卽具授。

其四人得術，隱身自在，入王宮中。宮中美人，皆被侵陵。百餘日，後宮中人，有懷姙者，以事白王。王大不悅。此何不祥，爲怪乃爾？召諸智臣，以謀此事。有舊老者言：「凡如此事，應有二種，或鬼或術。可以細土，置諸門中，令有司守之，斷諸術者，若是術人，足跡自現，可以兵除。若其是鬼，則無跡也。鬼可呪除，人可刀殺。」備法試之，見四人跡，卽閉諸門，令數百力士，揮刀空斫，斫殺三人。唯有龍樹，斂身屏氣，依王頭側。王頭側七尺，刀所不至。是時始悟，欲爲苦本。厭欲心生，發出家願。若我得脫，當詣沙門，求出家法。

旣而得出，入山詣佛塔，出家受戒。九十日中，誦三藏，盡通諸深義。更求諸經，都無得處。雪山中深遠處有佛塔，塔中有一老比丘，以摩訶衍經與之。誦受愛樂，雖知實義，未得通利。周遊諸國，更求餘經。於閻浮提中，遍求不得。外道論師沙門義宗，咸皆摧伏。卽起憍慢心。自念言世界法中，津塗甚多，佛經雖妙，以理推之故未盡。未盡之中，可推而說之，以悟後學。於理不違，於事無失。斯有何咎？思此事已，卽欲行之，立師敎誡，更造衣服。今附佛法，所別爲異。方欲以無所推屈，表一切智相。擇日選時，當與諸弟子，受新戒，着新衣，便欲行之。獨在靜室水精地房，大龍菩薩見其如此，惜而愍之，卽接入海，於宮殿中開七寶藏，發七寶函，以諸方等深奧經典無上妙法，授之龍樹。龍樹受讀，九十日中，通練甚多。其心深入，體得實利。龍知其心，而問之曰：「看經遍未？」答言：「汝諸函中經甚多無量，不可盡也。我所讀者，已十倍閻浮提。」龍言：「如我宮中所有經典，諸處此比，復不可知。」

龍樹卽得諸經一箱，深入無生，三忍具足。龍還送出。時南天竺王甚邪見，承事外道，毀謗正法。龍樹菩薩，爲化彼故，躬持赤旛，在王前行。經歷七年，王始怪問：「此是何人，在我前行。」答曰：「我是一切智人。」王聞是已，甚大驚愕，而問之言：「一切智人，曠代不有。汝自言是，何以驗之？」答言：「欲知智在說，王當見問。」王卽自念，我爲智主大論議師，問之能屈，猶不足名。一旦不如，此非小事。若其不問，便是一屈。遲疑良久，不得已而問之：「天今何爲耶？」龍樹言：「天今與阿脩羅戰。」王聞此言，譬如人噎，既不得吐，又不得咽。欲非其言，復無以證之。欲是其事，無事可明。未言之間，龍樹復言：「此非虛論求勝之談。王小待之，須臾有驗。」言訖，空中便有干戈兵器，相係而落。王言：「干戈矛戟，雖是戰器，汝何必知，是天與阿脩羅戰？」龍樹言：「搆之虛言，不如校以實事。」言已，阿脩羅手足指，及其耳鼻，從空而下。又令王及臣民婆羅門衆，見空中淸除，兩陣相對。王乃稽首，伏其法化。殿上有萬婆羅門，皆棄束髮，受成就戒。

是時龍樹，於南天竺，大弘佛教，摧伏外道，廣明摩訶衍。作優波提舍十萬偈。又作莊嚴佛道論五千偈。大慈方便論五十偈。令摩訶衍教，大行於天竺。又造無畏論十萬偈，於無畏中出中論也。

時有婆羅門善知呪術，欲以所能，與龍樹諍勝，告天竺國王：「我能伏此比丘，王當驗之。」王言：「汝太愚人，此菩薩者，明與日月爭光，智與聖心並照，汝何不遜，敢不推敬？」婆羅門言：「王爲智人，何不以理驗之？而抑斷一切。」王見言至，爲請龍樹，清旦共坐政德殿上。婆羅門後，至便於殿前，呪作大池。廣長清淨，中有千葉蓮華，自坐其上，而訶龍樹：「汝在地坐，如畜生無異，而欲與我清淨華上大德智人，抗言論議？」爾時龍樹，亦以呪術，化作一六牙白象，行池水上，趣其華坐，以鼻緻拔，高舉擲地。婆羅門傷腰委頓，歸命龍樹：「我不自量，毀辱大師，願哀受我，啓其愚蒙。」

有一小乘法師，常懷忿嫉。龍樹問之言：「汝樂我久住世不？」答言：「實不願也。」退入閑室，經日不出。弟子破戶看之，遂蟬蛻而去。

去世已來，始過百歲，南天竺諸國，爲其立廟，敬奉如佛。其母樹下生之，因字阿周陀那。阿周陀那，樹名也。以龍成其道，故以龍配字，號曰龍樹也。（依付法藏經卽第十三祖三百餘年任持佛法）

提婆菩薩傳

提婆菩薩者，南天竺人，龍樹菩薩弟子，婆羅門種也。博識淵攬，才辯絕倫，擅名天竺，為諸國所推。賾探胸懷，既無所愧，以爲所不盡者，唯以人不信用其言爲憂。其國中有大天神，鑄黃金像之座，身長二丈，號曰大自在天。人有求願，能令現世如意。提婆詣廟，求入拜見。主廟者言：「天像至神，人有見者，既不敢正視。又令人退後，失守百日。汝但詣問求願，何須見耶？」提婆言：「若神必能如汝所說，乃但令我見之；若不如是，豈是吾之所欲見耶？」時人奇其志氣，伏其明正，追入廟者，數千萬人。提婆既入於廟，天像搖動其眼，怒目視之。提婆問：「天神則神矣，何其小也？當以威靈感人，智德伏物，而假黃金以自多，動頗梨以熒惑，非所望也。」卽便登梯，鑿出其眼。時諸觀者，咸有疑意。大自在天，何爲一小婆羅門所困？將無名過其實，理屈其辭也？提婆曉衆，人言神明遠大，故以近事試我。我得其心，故登金聚出頗梨。令汝等知神不假質，精不託形。吾既不慢，神亦不辱也。」言已而出，卽以其夜，求諸供備。明日清旦，敬祠天神，提婆先名既重，加以智參神契，其所發言，聲之所及，無不響應。一夜之中，供具精饌，有物必備。大自在天，貫一肉形，高數四丈。左眼枯涸，而來在坐。遍觀供饌，歎未曾有。嘉其德力，能有所致。而告之言：「汝得我心，人得我形；汝以心供，人以質饋。知而敬我者汝，畏而誣我者人。汝所供饌，盡善盡美矣。唯無我之所須，能以見與者，眞上施也。」提婆言：「神鑑我心，唯命是從。」神言：「我所乏者左眼，能施我者，便可出之。」提婆言：「敬如天命。」卽以左手，出眼與之。天神力故，出而隨生。索之不已，從旦終朝，出眼數萬。天神讚曰：「善哉摩納，眞上施也。欲求何願？必如汝意。」提婆言：「我稟明於心，不假外也。唯恨悠悠童矇，不知信受我言。神賜我願，必當令我言不虛設。唯此爲請，他無所須。」神言：「必如所願。」於是而退詣龍樹菩薩，受出家法，剃頭法服，周遊揚化。

南天竺王總御諸國，信用邪道，沙門釋子，一不得見。國人遠近，皆化其道。提婆念曰：「樹不伐本，則條不傾；人主不化，則道不行。」其國政法，王家出錢，雇人宿衞。提婆乃應募爲其將，荷戟前驅，整行伍，勒部曲，威不嚴而令行，德不彰而物樂隨。王甚喜之，而問：「是何人？」侍者答言：「此人應募。旣不食廩，又不取錢。而其在事，恭謹閑習如此。不知其意，何求何欲？」王召而問之：「汝是何人？」答言：「我是一切智人。」王大驚愕，而問之言：「一切智人，曠代一有。汝自言是，何以驗之？」答言：「欲知智在說，王當見問。」王卽自念，我爲智主大論議師，問之能屈，猶不足名，一旦不如，此非小事。若其不問，便是一屈，持疑良久，不得已而問：「天今何爲耶？」提婆言：「天今與阿修羅戰。」王得此言，譬如人噎，旣不得吐，又不得咽。欲非其言，復無以證之；欲是其事，無事可明。未言之間，提婆復言：「此非虛論求勝之言，王小待，須臾有驗。」言訖，空中便有干戈來下，長戟短兵，相係而落。王言：「干戈矛戟，雖是戰器，汝何必知是天與阿修羅戰？」提婆言：「構之虛言，不如校以實事。」

言已，阿修羅手足指，及其耳鼻，從空而下。王乃稽首，伏其法化。殿上有萬婆羅門，皆棄其束髮，受成就戒。

是時提婆於王都中，建高座，立三論。言一切諸聖中，佛聖最第一；一切諸法中，佛法正第一；一切救世中，佛僧爲第一。八方諸論士，有能壞此語者，我當斬首以謝其屈。所以者何？立理不明，是爲愚癡。愚癡之頭，非我所須。斬以謝屈，甚不惜也。」八方論士，既聞此言，亦各來集，而立誓言：「我等不如，亦當斬首。愚癡之頭，亦所不惜。」提婆言：「我所修法，仁活萬物，要不如者，當剃汝鬚髮，以爲弟子。不須斬首也。」立此要已，各撰名理，建無方論，而與酬酢。智淺情短者，一言便屈；智深情長者，遠至二日，則辭理俱匱，卽皆下髮。如是日日王家日送十身衣鉢終竟。三月度百餘萬人。

有一邪道弟子，凶頑無智。恥其師屈，形雖隨衆，心結怨忿，囑刀自誓：「汝以口勝伏我，我當以刀勝伏汝。汝以空刀困我，我以實刀困汝。」作是言已，挾一利刀，伺求其便，諸方論士英傑都盡，提婆於是，出就閑林，造百論二十品，又造四百論以破邪見。其諸弟子，各各散諸樹下，坐禪思惟。提婆從禪覺經行，婆羅門弟子，來到其邊，執刀窮之曰：「汝以口破我師，何如我以刀破汝腹？」卽以刀決之，五藏委地，命未絕間，愍此愚賊，而告之曰：「吾有三衣鉢釪，在吾坐處，汝可取之，急上山去，愼勿下就平道。我諸弟子，未得法忍者，必當捉汝，或當相得，送汝於官。王便困汝，汝未得法利，惜身情重，惜名次之。身之與名，患累出焉，衆釁生焉。身名者，乃是大患之本也。愚人無聞，爲妄見所侵，惜其所不惜，而不惜所應惜。不亦哀哉！吾蒙佛之遺法，不復爾也。但念汝等，爲狂心所欺，忿毒所燒，罪報未已，號泣受之。受之者實自無主；爲之者，實自無人。無人無主哀酷者，誰以實求之？實不可得。未悟此者，爲狂心所惑，顚倒所迴，見得心著，而有我有人，有苦有樂。苦樂之來，但依觸着。解着則無依，無依則無苦，無苦則無樂。苦樂既無，則幾乎息矣。」說此語已，弟子先來者，失聲大喚。門人各各從林樹間集。未得法忍者，驚怖號咷，拊胸扣地：「寃哉！酷哉！誰取我師，乃如是者！」或有狂突奔走，追截要路，共相分部，號叫追之，聲聒幽谷。提婆誨諸人言：「諸法之實，誰寃？誰酷？誰割？誰截？諸法之實，實無受者，亦無害者。誰親？誰怨？誰賊？誰害？汝爲癡毒所欺，妄生著見，而大號咷，種不善業。彼人所害，害諸業報，非害我也。汝等思之，愼無以狂追狂，以哀悲哀也。」於是放身脫然無矜，遂蟬蛻而去。初出眼與神故，遂無一眼。時人號曰迦那提婆也。

一六、大唐西域記

唐三藏法師玄奘奉詔譯

㈠印度地理總敘

詳夫天竺之稱，異議糾紛。舊云身毒，或曰賢豆；今從正音，宜云印度。印度之人，隨地稱國，殊方異俗，遙舉總名，語其所美，謂之印度，印度者，唐言月。月有多名，斯其一稱。言諸羣生，輪回不息，無明長夜，莫有司晨，其猶白日既隱，宵燭斯繼，雖有星光之照，豈如朗月之明？苟緣斯致，因而譬月，良以其土，聖賢繼軌，導凡御物，如月照臨，由是義故，謂之印度。

印度種姓，族類羣分，而婆羅門，特爲清貴，從其雅稱，傳以成俗。無云經界之別，總謂婆羅門國焉。若其封疆之域，可得而言。五印度之境，周九萬餘里，三垂大海，北背雪山。北廣南狹，形如半月，畫野區分，七十餘國。時特暑熱，地多泉濕。北乃山阜隱軫，丘陵潟鹵；東則川野沃潤，疇隴膏腴；南方草木榮茂；西方土地磽确：斯大概也，可略言焉。夫數量之稱，謂踰繕那，舊曰由旬，又曰踰闍那，又曰田延，皆譌略也。踰繕那者，自古聖王，一日軍行也。舊傳一踰繕那，四十里矣。印度國俗，乃三十里。聖教所載，惟十六里。窮微之數，分一踰繕那爲八拘盧舍。拘盧舍者，謂大牛鳴聲所極聞。分一拘盧舍爲五百弓，分一弓爲四肘，分一肘爲二十四指，分一指節爲七宿麥。乃至蝨蟣、隙塵、牛毛、羊毛、兎毫、銅水。次第七分，以至細塵。細塵七分，爲極細塵。極細塵者，不可復析。析卽歸空，故曰極微也。

若乃陰陽曆運，日月次舍，稱謂雖殊，時候無異。隨其星建，以標月名。時極短者，謂剎那也。百二十剎那，爲一呾剎那。六十呾剎那，爲一臘縛。三十臘縛，爲一牟呼栗多。五牟呼栗多，爲一時。六時，合成一日一夜。夜三，晝三。居俗日夜，分爲八時。晝四，夜四，於一一時，各有四分。月盈至滿，謂之白分。月虧至晦，謂之黑分。黑分或十四日、十五日，月有小大故也。黑前白後，合爲一月。六月合爲一行。日遊在內，北行也。日遊在外，南行也。總此二行，合爲一歲。又分一歲，以爲六時。正月十六日，至三月十五日，漸熱也；三月十六日，至五月十五日，盛熱也；五月十六日，至七月十五日，雨時也；七月十六日，至九月十五日，茂時也；九月十六日，至十一月十五日，漸寒也；十一月十六日，至正月十五日，盛寒也。如來聖教，歲爲三時。正月十六日，至五月十五日，熱時也；五月十六日，至九月十五日，雨時也；九月十六日，至正月十五日，寒時也。或爲四時，春、夏、秋、冬也。春三月，謂制呾邏月、吠舍佉月、逝瑟吒月。當此從正月十六日，至四月十五日。夏三月，謂頞沙荼月、室羅伐拏月、婆達羅鉢陀月。當此從四月十六日，至七月十五日。秋三月，謂頞濕縛庫闍月、迦剌底迦月、末伽始羅月。當此從七月十六日，至十月十五日。冬三月，謂報沙月、磨祛月、頗勒窶拏月。當此從十月十六日，至正月十五日。故印度僧徒，依佛聖教，坐兩安居。或前三月，或後三月。前三月，當此從五月十六日，至八月十五日；後三月，當此從六月十六日，至九月十五日。前代譯經律者，或云坐夏，或云坐臘，斯皆邊裔殊俗，不達中國正音。或方言未融，而傳譯有謬。又推如來，入胎初生，出家成佛，涅槃日月，皆有參差，語在後記。

若夫邑里閭閻，方域廣峙，街衢巷陌，曲徑槃紆，闤闠當塗，旗亭夾路。屠釣倡優，魁膾除糞，旌厥宅居，斥之邑外，行里往來，僻於路左。至於宅居之制，垣郭之作，地既卑濕，城多壘甎。暨諸牆壁，或編竹木。室宇臺觀，板屋平頭，泥以石灰，覆以甎墼。諸異崇構，製同中夏。苫茅苫草，或甎或板。壁以石灰爲飾，地塗牛糞爲淨。時花散布，斯其異也。謂僧伽藍，頗極奇製。隅樓四起，重閣三層。榱梠棟梁，奇形彫鏤。戶牖垣牆，圖畫衆彩。黎庶之居，內侈外儉。奧室中堂，高廣有異。層臺重閣，形製不拘。門闢東戶，朝座東面。至於坐止，咸用繩牀。王族大人，士庶豪右，莊飾有殊，規矩無異。君王朝座，彌復高廣。珠璣間錯，謂師子牀。敷以細氎，蹈以寶几。凡百庶僚，隨其所好。刻彫異類，瑩飾奇珍。

衣裳服玩，無所裁製。貴鮮白，輕雜彩。男則繞腰絡腋，橫巾右袒；女乃襜衣下垂，通肩總覆。頂爲小髻，餘髮垂下。或有剪髭，別爲詭俗。首冠花鬘，身佩瓔珞。其所服者，謂憍奢邪衣，及氎布等。憍奢邪者，野蠶絲也。蒭摩衣，麻之類也。顩（墟嚴反）鉢羅衣，織細羊毛也。褐刺縭衣，織野獸毛，細軟可得緝績，故以見珍，而充服用。其北印度，風土寒烈，短製褊衣，頗同胡服。外道服飾，紛雜異製。或衣孔雀羽尾，或飾髑髏瓔珞。或無服露形，或草板掩體。或拔髮斷髭，或蓬鬢堆髻。裳衣無定，赤白不恆。沙門法服，惟有三衣，及僧郤崎、泥縛些（桑箇反）那。三衣裁製，部執不同。或緣有寬狹，或葉有小大。僧郤崎，（唐言掩腋，舊曰僧祇支，譌也。）覆左肩，掩兩腋，左開右合，長裁過腰。泥縛些那，（唐言裙，舊曰涅槃僧，譌也。）既無帶襻，其將服也，集衣爲襵，束帶以絛。襵則諸部各異，色乃黃赤不同。剎帝利、婆羅門，清素居簡，潔白儉約。國王大臣，服玩良異，花鬘寶冠，以爲首飾。環釧瓔珞，而作身佩。其有富商大賈，惟釧而已。人多徒跣，少有所履。染其牙齒，或赤或黑。齊髮穿耳，修鼻大眼，斯其貌也。夫其潔清自守，非矯其志。凡有饌食，必先盥洒。殘宿不再，食器不傳；瓦木之器，經用必棄。金銀銅鐵，每加摩瑩。饌食既訖，嚼楊枝而爲淨。澡漱未終，無相執觸。每有溲溺，必事澡濯。身塗諸香，所謂栴檀鬱金也。君王將浴，鼓奏弦歌，祭祀拜詞，沐浴盥洒。

詳其文字，梵天所製，原始垂則，四十七言。遇物合成，隨事轉用，流演枝派，其源浸廣。因地隨人，微有改變。語其大較，未異本源。而中印度，特爲詳正。辭調和雅，與天同音。氣韻清亮，爲人軌則。隣境異國，習謬成訓。競欲澆俗，莫守淳風。至於記言書事，各有司存。史誥總稱，謂尼羅蔽茶。（唐言青藏。）善惡具舉，災祥備著，而開蒙誘進，先遵十二章。七歲之後，漸授五明大論：一曰聲明。釋詁訓字，詮目流別；二曰巧明，伎術機關，陰陽曆數；三曰醫方明，禁呪閑衺，藥石針艾；四曰因明，考定正衺，研覈眞僞；五曰內明，究暢五乘，因果妙理。婆羅門學四吠陀論：（舊曰毗陀，譌也。）一曰壽，謂養生繕性；二曰祠，謂享祭祈禱；三曰平，謂禮儀占卜，兵法軍陣；四曰術，謂異能伎數，禁呪醫方。師必博究精微，貫窮玄奧，示之大義，導以微言。

提撕善誘，彫朽勵薄。若乃識量通敏，志懷逋逸，則拘縶反關，業成後已。年方三十，志立學成。既居祿位，先酬師德。其有博古好雅，肥遁居貞，沉浮物外，逍遙事表，寵辱不驚。聲聞已遠，君王雅尚，莫能屈迹。然而國重聰叡，俗貴高明，褒贊既隆，禮命亦重。故能强志篤學，忘疲遊藝，訪道依仁，不遠千里。家雖豪富，志均羈旅。口腹之資，巡匃以濟。有貴知道，無恥匱財。娛遊惰業，媮食靡衣。既無令德，又非時習。恥辱俱至，醜聲載揚。如來理教，隨類得解。去聖悠遠，正法醇醨。任其見解之心，俱獲聞知之悟。部執峯峙，諍論波騰。異學專門，殊途同致。十有八部，各擅鋒鋭。大小二乘，居止區別。有宴默思惟，經行住立，定慧悠隔，諠靜良殊。隨其眾居，各制科防，無云律論經紀。凡是佛經，講宣一部，乃免僧知事；二部，加上房資具；三部，差侍者祇承；四部，給淨人役使；五部，則行乘象輿；六部，又導從周衞。道德既高，旌命亦異。時集講論，考其優劣。彰別善惡，黜陟幽明。其有商搉微言，抑揚妙理，雅辭贍美，妙辯敏捷，於是馭乘寶象，導從如林。至乃義門虛闢，辭鋒挫鋭。理寡而辭繁，義乖而言順。遂即面塗赭堊，身坌塵土，斥於曠野，棄之溝壑。既旌淑慝，亦表賢愚。人智樂道，家勤志學，出家歸俗，從其所好。罹咎犯律，僧中科罰。輕則眾命訶責，次又眾不與語。重乃眾不共住。不共住者，斥擯不齒，出一住處，措身無所，羈旅艱辛，或返初服。

若夫族姓殊者，有四流焉：一曰婆羅門，淨行也；守道居貞，潔白其操。二曰剎帝利，王種也；舊曰剎利，訛也。奕世君臨，仁恕為志。三曰吠奢，舊曰毗舍，訛也。商賈也；貿遷有無，逐利遠近。四曰戍陀羅，舊曰首陀，訛也。農人也；肆力疇隴，勤身稼穡。凡茲四姓，清濁殊流。婚娶通親，飛伏異路。內外宗枝，姻媾不雜。婦人一嫁，終無再醮。自餘雜姓，實繁種族，各隨類聚，難以詳載。

君王奕世，惟刹帝利。簒弒時起，異姓稱尊。國之戰士，驍雄畢選。子父傳業，遂窮兵術。居則宮廬周衞，征則奮旅前鋒。凡有四兵：步、馬、車、象。象則被以堅甲，牙施利距，一將安乘，授其節度。兩卒左右，爲之駕馭。車乃駕以駟馬，兵帥居乘，列卒周衞，扶輪挾轂。馬軍散禦，逐北奔命。步軍輕捍，敢勇充選，負大櫓，執長戟，或持刀劍，前奮行陣。凡諸戎器，莫不鋒銳。所謂矛、盾、弓、矢、刀、劍、鉞、斧、戈、殳、長矟、輪索之屬，皆世習矣。夫其俗也，性雖狷急，志甚貞質。於財無苟得，於義有餘讓。懼冥運之罪，輕生事之業。詭譎不行，盟誓爲信。政教尚質，風俗猶和。凶悖羣小，時虧國憲。謀危君上，事迹彰明。則常幽囹圄，無所刑戮，任其生死，不齒人倫。犯傷禮義，悖逆忠孝，則劓鼻、截耳、斷手、刖足、或驅出國，或放荒裔。自餘咎犯，輸財贖罪。理獄占辭，不加荆朴。隨問款對，據事平科。拒違所犯，恥過飾非，欲究情實，事須案者，凡有四條：水、火、稱、毒。水則罪人與石，盛以連囊，沈之深流，校其眞僞。人沈石浮則有犯，人浮石沈則無隱。火乃燒鐵，罪人踞上，復使足蹈，旣遣掌案，又令舌舐，虛無所損，實有所傷。懦弱之人，不堪炎熾，捧未開花，散之向焰，虛則花發，實則花焦。稱則人石平衡，輕重取驗，虛則人低石舉，實則石重人輕。毒則以一羖羊，剖其右髀，隨被訟人，所食之分，雜諸毒藥，置剖髀中，實則毒發而死，虛則毒歇而穌。舉四條之例，防百非之路。

致敬之式，其儀九等：一發言慰問，二俯首示敬，三擧手高揖，四合掌平拱，五屈膝，六長跪，七手膝踞地，八五輪俱屈，九五體投地，凡斯九等，極惟一拜。跪而讚德，謂之盡敬。遠則稽顙拜手，近則舐足摩踵。凡其致詞受命，褰裳長跪。尊賢受拜，必有慰詞。或摩其頂，或拊其背，善言誨導，以示親厚。出家沙門，既受敬禮，惟加善願。不止跪拜，隨所宗事。多有旋繞，或惟一周，或復三市。宿心別請，數則從欲。

凡遭疾病，絕粒七日。期限之中，多有痊愈。必未瘳差，方乃餌藥。藥之性類，名種不同。醫之工伎，占候有異。終沒臨喪，哀號相泣。裂裳拔髮，拍額椎胸。服制無聞，喪期無數。送終殯葬，其儀有三：一曰火葬，積薪焚燎；二曰水葬，沈流漂散；三曰野葬，棄林飼獸。國王殂落，先立嗣君，以主喪祭，以定上下。生立德號，死無議謚。喪禍之家，人莫就食。殯葬之後，復常無諱。諸有送死，以爲不潔。咸於郭外，浴而後入。至於年耆壽耄，死期將至，嬰累沈痾，生崖恐極，厭離塵俗，願棄人間，輕鄙生死，稀遠世路，於是親故知友，奏樂餞會，泛舟鼓棹，濟殑伽河，中流自溺，謂得生天。十有其一，未盡鄙見。出家僧衆，制無號哭。父母亡喪，誦念酬恩。追遠愼終，實資冥福。

政教既寬，機務亦簡，戶不籍書，人無傜課。王田之內，大分爲四：一充國用，祭祀粢盛；二以封建，輔佐宰臣；三賞聰叡，碩學高才；四樹福田，給諸異道。所以賦斂輕薄，傜稅儉省，各安世業，俱佃口分，假種王田，六稅其一。商賈逐利，來往貿遷，津路關防，輕稅後過。國家營建，不虛勞役。據其成功，酬之價值，鎮戍征行，宮廬宿衞，量事招募，縣償待入。宰牧輔臣，庶官僚佐，各有分地，自食封邑。風壤既別，地利亦殊，花草果木，雜種異名。所謂菴沒羅果，菴弭羅果，末杜迦果，跋達羅果，劫比他果，阿末羅果，鎮杜迦果，烏曇跋羅果，茂遮果，那利蓟羅果，般㮋娑果，凡厥此類，難以備載。見珍人世者，略舉言焉。至於棗、栗、椑、柿，印度無聞。梨、柰、桃、杏、葡萄等果，迦濕彌羅國已來，往往間植。石榴、甘橘，諸國皆樹。墾田農務，稼穡耕耘，播植隨時，各從勞逸。土宜所出，稻麥尤多。蔬菜則有薑、芥、瓜、瓠、葷陀菜等，葱、蒜雖少，啖食亦稀。家有食者，驅令出郭。至於乳酪膏酥，沙糖石蜜，芥子油，諸餅麨，常所膳也。魚、羊、麞、鹿，時薦肴胾。牛、驢、象、馬、豕、犬、狐、狼、師子、猴猿，凡此毛羣，例無味啖。啖者鄙恥，衆所穢惡。屏居郭外，稀迹人間。若其酒醴之差，滋味流別。蒲萄、甘蔗：刹帝利飲也；麴糵、醇醪，吠奢等飲也。沙門、婆羅門，飲蒲萄甘蔗漿，非酒醴之謂也。雜姓卑族，無所流別。然其資用之器，功質有殊。什物之具，隨時無闕。雖釜鑊斯用，而炊甑莫知。多器坯土，少用赤銅。食以一器，衆味相調，手指斟酌，略無匕箸．至於病患，乃用銅匙。

若其金銀鍮石，白玉火珠，風土所產，彌復盈積。珍奇雜寶，異類殊名。出自海隅，易以求貨。然其貨用，交遷有無，金錢銀錢，貝珠小珠。印度之境，疆界具舉。風壤之差，大略斯在。同條共貫，粗陳梗概。異政殊俗，據國而叙。

㈡濫波國

濫波國，周千餘里。北背雪山，三垂黑嶺。國大都城，周十餘里。自數百年，王族絕嗣，豪傑力競，無大君長。近始附屬迦畢試國。宜粳稻，多甘蔗，林樹雖多，果實乃少。氣序漸溫，微霜無雪。國俗豐樂，人尙歌詠。志性怯弱，情懷詭詐，更相欺誚，未有推先。體貌卑小，動止輕躁。多衣白氎，所服鮮飾。伽藍十餘所，僧徒寡少，竝多習學大乘法教。天祠數十，異道甚少。從此東南行百餘里，踰大嶺，濟大河，至那揭羅曷國。北印度境。從此東南山谷中，行五百餘里，至健馱邏國。北印度境。

㈢健馱邏國

健馱邏國，東西千餘里，南北八百餘里。東臨信河，國大都城，號布路沙布邏。周四十餘里，王族絕嗣，役屬迦畢試國。邑里空荒，居人稀少，宮城一隅，有千餘戶。穀稼殷盛，花果繁茂。多甘蔗，出石蜜。氣序溫暑，略無霜雪。人性恇怯，好習典藝。多敬異道，少信正法。自古已來，印度之境，作論諸師，則不那羅延天、無著菩薩、世親菩薩、法救、如意、脇尊者等，本生處也。僧伽藍千餘所，摧殘荒廢，蕪漫蕭條。諸窣堵波，頗多頹圮。天祠百數，異道雜居。

王城內東北，有一故基，昔佛鉢之寶臺也。如來涅槃之後，鉢流此國，經數百年，式遵供養，流轉諸國。在波剌斯城外，東南八九里，有卑鉢羅樹，高百餘尺，枝葉扶疏，蔭影蒙密，過去四佛，已坐其下，今猶現有四佛坐像。賢劫之中，九百九十六佛，皆當坐焉。冥祇警衞，靈鑒潛被。釋迦如來，於此樹下，南面而坐，告阿難曰：「我去世後，當四百年，有王命世，號迦膩色迦。此南不遠，起窣堵波，吾身所有骨肉舍利，多集此中。」

卑鉢羅樹南，有窣堵波，迦膩色迦王之所建也。迦膩色迦王，以如來涅槃之後，第四百年，君臨膺運，統贍部洲。不信罪福，輕毀佛法。畋遊草澤，遇見白兎，王親奔逐，至此忽滅。見有牧牛小豎，於林樹間，作小窣堵波，其高三尺。王曰：「汝何所爲？」牧豎對曰：「昔釋迦佛，聖智懸記，當有國王，於此勝地，建窣堵波。吾身舍利，多聚其內。大王聖德宿植，名符昔記，神功勝福，允屬斯辰。故我今者，先相警發。」說此語已，忽然不現。王聞是說，喜慶增懷，自負其名，大聖先記，因發正信，深敬佛法。周小窣堵波處，建石窣堵波，欲以功力，彌覆其上。隨其數量，恆出三尺。若是增高，踰四百尺。基址所峙，周一里半。層基五級，高一百五十尺。方乃得覆小窣堵波。王用喜慶，復於其上，更起二十五層金鋼相輪。卽以如來舍利一斛，而置其中，式修供養。營建纔迄，見小窣堵波，在大基東南隅下，傍出其半。王心不平，便卽擲棄，遂住窣堵波，第二級下石基中半現。復於本處，更出小窣堵波。王乃退而歎曰：「嗟夫！人事易迷，神功難掩，靈聖所持，憤怒何及？」慙懼既已，謝咎而歸。其二窣堵波，今猶現在。有嬰疾病，欲祈康愈者，塗香散華，至誠歸命，多蒙瘳差。大窣堵波東面石陛南，鏤作二窣堵波，一高三尺，一高五尺。規模形狀，如大窣堵波。又作兩軀佛像，一高四尺，一高六尺。擬菩提樹下，跏趺坐像。日光照燭，金色晃燿，陰影漸移。石文靑紺。聞諸耆舊曰：「數百年前，石基之隙，有金色蟻，大者如指，小者如麥，同類相從，齧其石壁，文若彫鏤，廁以金沙，作爲此像。」今猶現在。大窣堵波石陛南面，有畫佛像，高一丈六尺。自胸以上，分現兩身；從胸已下，合爲一體。聞諸先志曰：「初有貧士，傭力自濟，得一金錢，願造佛像，至窣堵波所，謂畫工曰：『我今欲圖如來妙相，有一金錢，酬工尙少，宿心憂負，迫於貧乏。』時彼畫工，鑒其至誠，無云價值，許爲成功。復有一人，事同前迹，持一金錢，求畫佛像。畫工是時，受二人錢，求妙丹靑，共畫一像。二人同日，俱來禮敬。畫工乃同指一像，示彼二人，而謂之曰：『此是汝所作之佛像也。』二人相視，若有所懷。畫工心知其疑也，謂二人曰：『何思慮之久乎？凡所受物，毫釐不虧，斯言不謬，像必神變。』言聲未靜，像現靈異，分身交影，光相昭著。二人悅服，心信歡喜。」大窣堵波西南百餘步，有白石佛像，高一丈八尺，北面而立，多有靈相，數放光明。時有人見像出夜行，旋繞大窣堵波。近有羣賊，欲入行盜，像遂出迎賊，賊黨怖退，像歸本處，住立如故。羣盜因此，改過自新，遊行邑里，具告遠近。

大窣堵波左右小窣堵波，魚鱗百數，佛像莊嚴。務窮工思，殊香異音。時有聞聽，靈僊聖賢，或見旋繞，此窣堵波者。如來懸記，七燒七立，佛法方盡。先賢記曰：「成壞已三。」初至此國，適遭火災，當見營構，尙未成功。大窣堵波西，有故伽藍，迦膩色迦王之所建也。重閣累榭，層臺洞戶，旌召高僧，式昭景福。然雖圮毁，尙曰奇工。僧徒減少，竝學小乘。自建伽藍，異人間出，諸作論師，及證聖果，淸風尙扇，至德無泯。第三重閣，有波栗濕縛唐言脅。尊者室，久已傾頓，尙立旌表。初，尊者之爲梵志師也，年垂八十，捨家染衣，城中少年，便誚之曰：「愚夫朽老，一何淺智？夫出家者，有二業焉：一則習定，二乃誦經。而今衰耄，無所進取，濫迹淸涼，徒知飽食。」時脅尊者，聞諸譏議，因謝時人，而自誓曰：「我若不通三藏理，不斷三界欲，得六神通，具八解脫，終不以脅而至於席。」自爾之後，惟日不足，經行宴座，住立思惟。晝則研習理教，夜乃靜慮凝神。綿歷三歲，學通三藏，斷三界欲，得三明智。時人敬仰，因號脅尊者。

脅尊者室東，有故房，世親菩薩，於此製阿毗達摩俱舍論。人而敬之，封以記焉。

世親室南，五十餘步，第二重閣，末笯曷利他唐言如意。論師，於此製毗婆沙論。論師以佛涅槃之後，一千年中利見也。少好學，有才辯，聲聞遐被，法俗歸心。時室邏伐悉底國，毗訖羅摩阿迭多王，唐言超日。威風遠洽，使臣詣印度，日以五億金錢，周給貧寠孤獨。主藏臣懼國用乏匱也，乃諷諫曰：「大王威被殊俗，澤及昆蟲，請增五億金錢，以賑四方匱乏。府庫既空，更稅有土。重斂不已，怨聲載揚。則君上有周給之恩，臣下被不恭之責。」王曰：「聚有餘給，不足非苟，爲身侈靡，國用遂加，五億惠諸貧乏。」其後畋遊，逐豕失蹤，有尋知迹者，償一億金錢。如意論師，一使人剃髮，輒賜一億金錢。其國史臣，依即書記。王恥見高，心常怏怏。欲罪辱如意論師，乃招集異學，德業高深者百人，而下令曰：「欲收視聽，遊諸眞境。異道紛雜，歸心靡措，今考優劣，專精遵奉，暨乎集論。」重下令曰：「外道論師，竝英俊也。沙門法衆，宜善宗義。勝則崇敬佛法，負則誅戮僧徒。」於是如意詰諸外道，九十九人，已退飛矣，下席一人，視之蔑如也。因而劇談，論及火煙。王與外道，咸諠言曰：「如意論師，詞義有失。夫先煙而後及火，此事理之常也。」如意雖欲釋難，無聽鑒者，恥見衆辱，齰斷其舌，乃書誡告門人世親曰：「黨援之衆，無競大義。羣迷之中，無辯正論。」言畢而死。居未久，超日王失國，興王膺運，表式英賢。世親菩薩，欲雪前恥，來白王曰：「大王以聖德君臨，爲含識主命，先師如意，學窮玄奧，前王宿恨，衆挫高名。我承導誘，欲復先怨。」其王知如意哲人也，美世親雅操，於是召諸外道，與如意論者，世親重述先旨，外道謝屈而退。

迦膩色迦王伽藍，東北行五十餘里，渡大河，至布色羯邏伐底城，周十四五里，居人殷盛，閭閻洞連。城西門外，有一天祠，天像威嚴，靈異相繼。城東有窣堵波，無憂王之所建也。卽過去四佛說法之處。古先聖賢，自中印度降神導物，斯地實多。卽伐蘇蜜呾羅唐言世友。舊曰和須蜜多，譌也。論師，於此製衆事分阿毘達磨論。城北四五里，有故伽藍，庭宇荒涼，僧徒寡少，然皆遵習小乘法教。卽達磨呾邏多唐言法救，舊曰達磨多羅，譌也。論師，於此製雜阿毗達磨論。伽藍側，有窣堵波，高數百尺，無憂王之所建也。彫木文石，頗異人工。是釋迦佛，昔爲國王，修菩薩行，從衆生欲，惠施不倦，喪身若遺，於此國土，千生爲王。卽斯勝地，千生捨眼。自此東不遠，有二石窣堵波，各高百餘尺。右則梵王所立，左乃天帝所建，以妙珍寶而瑩飾之。如來寂滅，寶變爲石。基雖傾陷，猶尚崇高梵釋窣堵波。西北行五十餘里，有窣堵波，是釋迦如來於此化鬼子母，令不害人。故此國俗，祭以求嗣。自鬼子母北行五十餘里，有窣堵波，是商莫迦菩薩舊曰睒摩菩薩，譌也。恭行鞠養，侍育父母。于此采果，遇王畋獵，毒矢誤中。至誠感靈，天帝傅藥，德動明聖，尋卽復穌。

(四)室羅伐悉底國

鞞索迦國東北行五百餘里，至室羅伐悉底國，舊曰舍衛國，譌也。中印度境

室羅伐悉底國，周六千餘里，都城荒頓，彊埸無紀，宮城故基，周二十餘里。雖多荒圮，尚有居人。穀稼豐，氣序和，風俗淳質，篤學好福。伽藍數百，圮壞良多。僧徒寡少，學正量部。天祠百所，外道甚多。此則如來在世之時，鉢邏犀那恃多王，唐言勝軍，舊曰波斯匿，譌略。所治國都也。故宮城內有故基，勝軍王殿餘址也。次東不遠，有一故基，上建小窣堵波，昔勝軍王，為如來所建大法堂也。

法堂側不遠，故基上有窣堵波，是佛姨母鉢邏闍鉢底唐言生主，舊云波闍波提，譌也。苾芻尼精舍，勝軍王之所建立。次東窣堵波，是蘇達多唐言善施，舊曰須達，譌也。故宅也。善施長者宅側，有大窣堵波，是鴦寠利摩羅唐言指鬘，舊曰央掘摩羅，譌也。捨衺之處。鴦寠利摩羅者，室羅伐悉底之凶人也。作害生靈，為暴城國，殺人取指，冠首為鬘，將欲害母，以充指數。世尊悲愍，方行導

化。遙見世尊，竊自喜曰：「我今生天必矣。先師有教，遺言在茲，害佛殺母，當生梵天。」謂其母曰：「老今且止，先當害彼大沙門。」尋卽仗劍，往逆世尊。如來於是徐行而退，凶人指鬘，疾驅不逮，世尊謂曰：「何守鄙志，捨善本，激惡源？」時指鬘聞誨，悟所行非，因卽歸命，求入法中，精勤不怠，證羅漢果。城南五六里，有逝多林。唐言勝林，舊曰祇陀，譌也。是給孤獨園。勝軍王大臣善施，爲佛建精舍。昔爲伽藍，今已荒廢。東門左右，各建石柱，高七十餘尺。左柱鏤輪相於其端，右柱刻牛形於其上，並無憂王之所建也。室宇傾圮，惟餘故基。獨一甎室，巋然獨存。中有佛像，昔者如來昇三十三天，爲母說法之後，勝軍王聞出愛王，刻檀像佛，乃造此像。善施長者，仁而聰敏，積而能散，拯乏濟貧，哀孤恤老，時美其德，號給孤獨焉。聞佛功德，深生尊敬，願建精舍，請佛降臨。世尊命舍利子，隨瞻揆焉。惟太子逝多，園地爽塏，尋詣太子，具以情告。太子戲言：「金遍乃賣。」善施聞之，心豁如也，卽出藏金，隨言布地，有少未滿。太子請留曰：「佛誠良田，宜植善種，卽於空地，建立精舍。」世尊卽之，告阿難曰：「園地善施所買，林樹逝多所施，二人同心，式崇功業。自今已去，應謂此地，爲逝多樹給孤獨園。」

給孤獨園西北，有小窣堵波，是沒特伽羅子，運神通力，舉舍利子衣帶不動之處。昔佛在無熱惱池，人天咸集，惟舍利子，不時從會。佛命沒特伽羅，往召來集。沒特伽羅，承命而往，舍利子方補護法衣，沒特伽羅曰：「世尊今在無熱惱池，命我召爾。」舍利子曰：「且止。須我補竟，與子偕行。」沒特伽羅曰：「若不速行，欲運神力，舉爾石室，至大會所。」舍利子乃解衣帶置地，曰：「若擧此帶，我身或動。」時沒特伽羅運大神通，擧帶不動，地爲之震。因以神足，還詣佛所。見舍利子，已在會坐。沒特伽羅俛而歎曰：「乃今以知神通之力，不如智慧之力矣！」

伽藍後不遠，是外道梵志，殺婬女以謗佛處。如來十力無畏，一切種智，人天宗仰，聖賢遵奉。時諸外道，共相議曰：「宜行詭詐，衆中謗辱。」乃誘雇婬女，詐爲聽法，衆所知已，密而殺之。埋屍樹側，稱怨告王。王命求訪，於逝多園，得其屍焉。是時外道，高聲唱言：「喬荅摩大沙門，常稱戒忍，今私此女，殺而滅口。旣婬，旣殺，何戒？何忍？」諸天空中，隨聲唱曰：「外道兇人，爲此謗耳。」

伽藍東百餘步，有大深坑，是提婆達多，欲以毒藥害佛，生身陷入地獄處。提婆達多唐言天授，斛飯王之子也。精勤十二年，已誦持八萬法藏。後爲利故，求學神通，親近惡友。共相議曰：「我相三十，減佛未幾，大衆圍遶，何異如來？」思惟是已，即事破僧。舍利子、沒特伽羅子，奉佛指告，承佛威神，說法誨諭，僧復和合。提婆達多，惡心不捨。以惡毒藥，置指爪中。欲因作禮，以傷害佛。方行此謀，自遠而來。至於此也，地遂坼焉，生陷地獄。其南復有大阬，瞿伽梨苾芻，毀謗如來，生身陷入地獄。瞿伽梨陷阬南，八百餘步，有大深阬，是戰遮婆羅門女，毀謗如來，生身陷入地獄之處。佛爲人天，說諸法要，有外道弟子，遙見世尊，大衆恭敬，便自念曰：「要於今日，辱喬荅摩，敗其善譽，當令我師，獨擅芳聲。」乃懷繫木盂，至給孤獨園。於大衆中，揚聲唱曰：「此說法人，與我私通。腹中之子，乃釋種也。」衺見者，莫不信然；

貞固者，知爲訕謗。時天帝釋，欲除疑故，化爲白鼠，齧斷盂系。系斷之聲，震動大衆。凡諸見聞，增深喜悅。衆中一人，起持木盂，示彼女曰：「是汝兒邪？」是時也，地自開坼，全身墜陷，入無間獄，具受其殃。凡此三阬，洞無涯底，秋夏霖雨，溝池泛溢，而此深阬，嘗無水止。

伽藍西北三四里，至得眼林。有如來經行之迹，諸聖習定之所。竝樹封記，建窣堵波。昔此國羣盜五百，橫行邑里，跋扈城國，勝軍王捕獲，已抉去其眼，棄於深林。羣盜苦逼，求哀稱佛。是時如來，在逝多精舍，聞悲聲，起慈心，清風和暢，吹雪山藥，滿其眼已，尋得復明，而見世尊，在其前住，發菩提心，歡喜頂禮，投杖而去，因植根焉。

大城西北六十餘里，有故城，是賢劫中人壽二萬歲時，迦葉波佛本生城也。城南有窣堵波，成正覺已，初見父處。城北有窣堵波，有迦葉波佛，全身舍利。竝無憂王所建也。從此東南行五百餘里，至劫比羅伐窣堵國。舊曰迦毗羅衞國。譌也，中印度境。

(五)劫比羅伐窣堵國

劫比羅伐窣堵國，周四千餘里，空城十數，荒蕪已甚。王城頹圮，周量不詳。其內宮城，周十四五里。壘甎而成，基址峻固。空荒久遠，人里稀曠。無大君長，城各立主。上地良沃，稼穡時播。氣序無愆，風俗和暢。伽藍故基，千有餘所。而宮城之側，有一伽藍，僧徒三千餘人，習學小乘，正量部教。天祠兩所，異道雜居。

宮城內有故基，淨飯王正殿也。上建精舍，中作王像。其側不遠，有故基，摩訶摩邪唐言大術夫人寢殿也。上建精舍，中作夫人之像。其側精舍，是釋迦菩薩，降神母胎處。中作菩薩降神之像。上座部菩薩，以嗢呾羅頞沙荼月三十日，夜降神母胎，當此五月十五日。諸部則以此月二十三日夜，降母胎，當此五月八日，菩薩降神東北，有窣堵波，阿私多僊相太子處。菩薩誕靈之日，嘉祥輻湊。時淨飯王，召諸相師，而告之曰：「此之生也，善惡何若？宜悉乃心，明言以對。」曰：「依先聖之記，考吉祥之應，在家作轉輪聖王，捨家當成等正覺。」是時阿私多僊，自遠而至，叩門請見，王甚慶悅。躬迎禮敬，請就寶座，曰：「不意大僊，今日降顧。」僊曰：「我在天宮，安居宴坐，忽見諸天，羣從蹈舞，我時問言：「何悅豫之甚也？」曰：「大僊當知，瞻部洲中釋種，淨飯王第一夫人，今產太子，當證三菩提，圓明一切智。」我聞是語，故來瞻仰，所悲朽耄，不遭聖化。」

城南門有窣堵波，是太子與諸釋，角力擲象之處。太子伎藝多能，獨拔倫匹。淨飯大王，懷慶將返，僕夫馭象，方欲出城。提婆達多，素負強力，自外而入，問馭者曰：「嚴駕此象，其誰欲乘？」曰：「太子將還，故往奉馭。」提婆達多，發憤引象，批其顙，蹴其臆，僵仆塞路，杜絕行途，無能轉移，人衆塡塞。難陀後至，而問之曰：「誰死此象？」曰：「提婆達多。」即曳之僻路，太子至，又問曰：「誰爲不善，害此象邪？」曰：「提婆達多，害以杜門，難陀引之開徑。」太子乃舉象高擲，越度城塹。其象墮地，爲大深阬。士俗相傳，爲象墮阬也。其側精舍中，作太子像。其側又有精舍，太子妃寢宮也。中作耶輸陀羅，並有羅怙羅像。宮側精舍，作受業之像，太子學堂故基也。

城東南隅，有一精舍，中作太子乘白馬陵虛之像，是踰城處也。城四門外，各有精舍，中作老、病、死人、沙門之像，是太子遊觀，覩相增懷，深厭塵俗，於此感悟，命僕回駕。

城南行五十餘里，至故城，有窣堵波，是賢劫中人壽六萬歲時，迦羅迦村馱佛本生城也。城南不遠，有窣堵波，成正覺已，見父之處。城東南窣堵波，有彼如來遺身舍利，前建石柱，高三十餘尺，上刻師子之像，傍記寂滅之事，無憂王建焉。迦羅迦村馱佛城，東北行三十餘里，至故大城，中有窣堵波，是賢劫中人壽四萬歲時，迦諾迦牟尼佛本生城也。東北不遠，有窣堵波，成正覺已，度父之處。次北有窣堵波，有彼如來遺身舍利，前建石柱，高二十餘尺，上刻師子之像，傍記寂滅之事，無憂王之所建也。

城東北四十餘里，有窣堵波，是太子坐樹陰，觀耕田，於此習定，而得離欲。淨飯王見太子，坐樹陰，入寂定，日光回照，樹影不移，心知靈聖，更深珍敬。

大城西北，有數百千窣堵波，釋種誅死處也。毘盧擇迦王，既克諸釋，虜其族類，得九千九百九十萬人，竝從殺戮。積尸如莽，流血成池，天警人心，收骸瘞葬。

誅釋西南，有四小窣堵波，四釋種拒軍處。初，勝軍王嗣位也，求婚釋種。釋種鄙其非類，謬以家人之子，重禮娉焉。勝軍王立爲正后，其產子男，是爲毘盧擇迦王。毘盧擇迦，欲就舅氏，請益受業，至此城南，見新講堂，卽中憩駕。諸釋聞之，逐而罵曰：「卑賤婢子，敢居此室？此室諸釋建也，擬佛居焉。」毘盧擇迦，嗣位之後，追復前辱，便興甲兵，至此屯軍。釋種四人，躬耕畎畝，便卽抗拒。兵寇退散。已而入城，族人以爲承輪王之祚胤，爲法王之宗子，敢行凶暴，安忍殺害，汙辱宗門，絕親遠放。四人被逐，北趣雪山。一爲烏仗那國王，一爲梵衍那國王，一爲呬摩呾羅國王，一爲商彌國王。奕世傳業，苗裔不絕。

城南三四里，尼拘律樹林，有窣堵波，無憂王建也。釋迦如來，成正覺已。還國見父王，爲說法處。淨飯王知如來降魔軍已，遊行化導，情懷渴仰，思得禮敬。乃命使請如來曰：「昔期成佛，當還本生，斯言在耳，時來降趾！」使至佛所，具宣王意。如來告曰：「卻後七日，當還本生。」使臣還已白王，淨飯王乃告命臣庶，灑掃衢路，儲積香華，與諸羣臣，四十里外，佇駕奉迎。是時如來，與大衆俱，八金剛周衞，四天王前導，帝釋與欲界天侍左，梵王與色界天侍右。諸苾芻僧，列在其後。惟佛在衆，如月映星，威神動三界，光明踰七曜。步虛空，至生國。王與從臣，禮敬已畢，俱共還國，止尼拘盧陀僧伽藍。其側不遠，有窣堵波，是如來於大樹下，東面而坐，受姨母金縷袈裟。次此窣堵波，是如來於此，度八王子，及五百釋種處。

城東門內，路左有窣堵波，昔一切義成太子，於此習諸伎藝。門外有自在天祠，祠中有石天像，危然起勢。是太子在襁褓中所入祠也。淨飯王自臘伐尼園，迎太子還也，途次天祠，王曰：「此天祠多靈鑒，諸釋重稱，求祐必效。宜將太子，至彼修敬。」是時傅母，抱而入祠。其石天像，起迎太子。已出，天像復坐。

城南門外，路左有窣堵波，是太子與諸釋捔藝，射鐵鼓。從此東南三十餘里，有小窣堵波，其側有泉，泉流澄鏡，是太子與諸釋引强校能，弦矢既分，穿鼓過表，至地沒羽，因涌淸流。時俗相傳，謂之箭泉。人有疾病，飲沐多愈。遠方之人，持泥以歸，隨其所苦，漬以塗額，靈神冥衞，多蒙痊愈。

箭泉東北行八九十里，至臘伐尼林，有釋種浴池。澄淸皎鏡，雜華彌漫。其北二十四五步，有無憂華樹，今已枯悴，菩薩誕靈之處。菩薩以吠舍佉月後半八日，當此三月八日，上座部則曰，以吠舍佉月後半十五日，當此三月十五日。次東窣堵波，無憂王所建，二龍浴太子處也。菩薩生已，不扶而行，於四方各七步，而自言曰：「天上天下，惟我獨尊。今茲而往，生分已盡。」隨足所蹈，出大蓮花。二龍踊出，住虛空中，而各吐水。一冷一煖，以浴太子。二行人，三行漬，竝今正。浴太子窣堵波東，有二淸泉，傍建二窣堵波。是二龍從地踊出之處。菩薩生已，支屬宗親，莫不奔馳，求水盥浴。夫人之前，二泉涌出，一冷一煖，遂以浴洒。其南窣堵波，是天帝釋捧接菩薩處。菩薩初出胎也，天帝釋以妙天衣，跪接菩薩。次有四窣堵波，是四天王抱持菩薩處也。菩薩從右脅生已，四天王以金色氎衣，捧菩薩置金几上。至母前曰：「夫人誕斯福子，誠可歡慶。諸天尚喜，況世人乎？」

四天王捧太子窣堵波側，不遠有大石柱，上作馬像，無憂王之所建也。後爲惡龍霹靂，其柱中折仆地。傍有小河東南流，土俗號曰油河，是摩耶夫人產孕已，天化此池。光潤澄淨，欲令夫人，取以沐浴，除去風塵，今變為水，其流尚膩。從此東行曠野荒林中，二百餘里，至藍摩國。中印度境。

(六)藍摩國

藍摩國，空荒歲久，疆場無紀，城邑丘墟，居人稀曠。故城東南，有甎窣堵波，高減百尺。昔者如來，入寂滅已，此國先王，分得舍利，持歸本國，式遵崇建。靈異間起，神光時燭。紀，作圯非，今正。

窣堵波側，有一清池，龍每出遊，變形蛇服，右旋宛轉，繞窣堵波。野象羣行，采花以散，冥力警察，初無間替。昔無憂王之分建窣堵波也，七國所建，咸已開發，至於此國，方欲興工，而此池龍，恐見陵奪，乃變作婆羅門，前叩象曰：「大王情流佛法，廣樹福田，敢請紆駕，降臨我室。」王曰：「爾家安在，為近遠乎？」婆羅門曰：「我此池之龍王也，承大王欲建勝福，敢來請謁。」王受其請，遂入龍宮。坐久之間，龍進曰：「我惟惡業，受此龍身，供養舍利，冀消罪咎。願王躬往，觀而禮敬。」無憂王見已，懼然謂曰：「凡諸供養之具，非人間之有也。」龍曰：「若然者，願無廢毀。」無憂王自度，力非其儔，遂不開發。出池之所，今有封記。

窣堵波側，不遠有一伽藍。僧衆尠矣，清肅皎然，而以沙彌，總任衆務。沙彌伽藍，東大林中，行百餘里。至大窣堵波，無憂王之所建也。是太子踰城至此，解寶衣，去瓔珞，命僕還處。太子夜半踰城，遲明至此，既允宿心，乃形言曰：「是我出籠樊，去羈鎖，最後釋駕之處也。」於天冠中，解末尼寶，命僕夫曰：「汝持此寶，還白父王。今玆遠遁，非苟違離，欲斷無常，絕諸有漏。」闡鐸迦舊曰車匿，訛也。曰：「詎有何心，空駕而返？」太子善言慰諭，感悟而還。

回駕窣堵波，東有贍部樹，枝葉雖凋，枯株尚在。其傍復有小窣堵波，太子以餘寶衣，易鹿皮衣處。太子既斷髮易裳，雖去瓔珞，尙有天衣。曰：「斯服太侈，如何改易？」時淨居天，化作獵人，服鹿皮衣，持弓負羽，太子擧其衣而謂曰：「欲相貿易，願見允從。」獵人曰：「善。」太子解其上服，授與獵人，獵人得已，還復天身，持所得衣，陵虛而去。

太子易衣側，不遠有窣堵波，無憂王之所建也，是太子剃髮處。太子從闡釋迦取刀，自斷其髮。天帝釋接上天宮，以爲供養。時淨居天子，化作剃髮人，執持銛刀，徐步而至。淨太子謂曰：「能剃髮乎？幸爲我淨之。」化人受命，遂爲剃髮。踰城出家，時亦不定。或云：菩薩年十九，或曰：二十九。以吠舍佉月後半八日，踰城出家，當此三月八日。或云：以吠舍佉月後半十五日，當此三月十五日。

太子剃髮窣堵波，東南曠野中，行百八九十里，至尼拘盧陀林，有窣堵波，高三十餘尺。昔如來寂滅，舍利已分，諸婆羅門無所得，於涅疊般那唐言焚燒，舊云闍維，訛也。地，收餘灰炭，持至本國，建此靈基，而修供養。自玆已降，奇迹相仍，疾病之人，祈請多愈。闕玆字，今補。

故伽藍左右，數百窣堵波，其一大者，無憂王所建也。崇基雖陷，高餘百尺。自此東北大林中行，其路艱險，經途危阻，山牛野象，羣盜獵師，伺求行旅，爲害不絕。出此林已，至拘尸那揭羅國。中印度境。

㈦拘尸那揭羅國

拘尸那揭羅國，城郭頹毀，邑里蕭條，故城甎基，周十餘里。居人稀曠，閭巷荒蕪。城門東北隅，有窣堵波，無憂王所建，準陀舊曰純陀，譌也。之故宅也。宅中有井，將營獻供，方乃鑿焉。歲月雖淹，水猶清美。城西北三四里，渡阿恃多伐底河。唐言無勝，此世共稱耳。舊云阿利羅跋提河，訛也。舊言謂之尸賴拏伐底河，譯曰有金河。西岸不遠，至娑羅林，其樹類槲，而皮青白，葉甚光潤，四樹特高，如來寂滅之所也。其大甎精舍中，作如來涅槃之像，北首而臥。傍有窣堵波，無憂王所建。基雖傾陷，尚高二百餘尺。前建石柱，以記如來，寂滅之事。雖有文記，不書日月。聞諸先記曰：佛以生年八十，吠舍佉月後半十五日，入般涅槃，當此三月十五日也。說一切有部，則佛以迦剌底迦月後半八日，入般涅槃，當此九月八日也。自佛涅槃，諸部異議。或云：千二百餘年。或云：千三百餘年。或云：千五百餘年。或云：已過九百，未滿千年。精舍側不遠，有窣堵波，是如來修菩薩行時，爲羣雉王救火之處。昔於此地，有大茂林，毛羣羽族，巢居穴處。驚風四起，猛燄飈逸。時有一雉，有懷傷愍，鼓濯清流，飛空奮灑。時天帝釋，俯而告曰：「汝何守我慧，唐勞羽翮？大火方起，焚燎林野，豈汝微軀，所能撲滅？」雉曰：「說者爲誰？」曰：「我天帝釋耳。」雉曰：「今天帝釋，有大福力，無欲不遂，救災拯難，若指諸掌，反詰無功，其咎安在？猛火方熾，無得多言！」尋復奮飛，往趣流水。天帝遂以掬水，泛灑其林，火滅煙消，生類全命，故今謂之救火窣堵波也。

雉救火側不遠，有窣堵波，是如來修菩薩行時，爲鹿殺生之處。乃往古昔，此有大林，火炎中野，飛走窮窘，前有駛流之阨，後困猛火之難，莫不沉溺，喪棄身命。其鹿惻隱，身據橫流，穿皮斷骨，自強拯溺，蹇兎後至，忍疲苦而濟之，筋力既竭，溺水而死。諸天收骸，起窣堵波。

(八)婆羅痆斯國

婆羅痆斯國，周四千餘里，國大都城，西臨殑伽河，長十八九里，廣五六里。閭閻櫛比，居人殷盛，家積巨萬，室盈奇貨。人性溫恭，俗重強學。多信外道，少敬佛法。氣序和，穀稼盛。果木扶疏，茂草藿靡。伽藍三十餘所，僧徒三千餘人，竝學小乘，正量部法。天祠百餘所，外道萬餘人，竝多宗事大自在天。或斷髮，或椎髻，露形無服，塗身以灰。精勤苦行，求出生死。

大城中，天祠二十所。層臺祠宇，彫石文木，茂林相蔭，清流交帶。鍮石天像，量減百尺。威嚴肅然，懍懍如在。大城東北，婆羅痆河西，有窣堵波。無憂王之所建也。高百餘尺，前建石柱，碧鮮若鏡，光潤凝流，其中常現如來影像。

婆羅痆河，東北行十餘里，至鹿野伽藍。區界八分，連垣周堵。層軒重閣，麗窮規矩。僧徒一千五百人，竝學小乘正量部法。大垣中，有精舍，高二百餘尺，上以黃金，隱起作菴。沒羅果石爲基，陛甎作層龕。龕帀四周，節級百數，皆有隱起黃金佛像。精舍之中，有鍮石佛像，量等如來身，作轉法輪勢。

精舍西南，有石窣堵波，無憂王建也。基雖傾陷，尙餘百尺。前建石柱，高七十餘尺。石含玉潤，鑒照映徹。慇懃祈請，影見衆像。善惡之相，時有見者。是如來成正覺已，初轉法輪處也。其側不遠窣堵波，是阿若憍陳如等，見菩薩捨苦行，遂不侍衞，來至於此，而自習定。其傍窣堵波，是五百獨覺，同入涅槃處。又三窣堵波，過去三佛座，及經行遺跡之所。

三佛經行側，有窣堵波，是梅呾麗邪唐言慈，卽姓也。舊曰彌勒，譌也。菩薩，受成佛記處。昔者如來在王舍城鷲峯山，告諸苾芻：「當來之世，此贍部洲，土地平正，人壽八萬歲，有婆羅門子慈氏者，身眞金色，光明照朗，當捨家，成正覺，廣爲衆生，三會說法。其濟度者，皆我遺法，植福衆生也。其於三寶，深敬一心，在家出家，持戒犯戒，皆蒙化導，證果解脫。三會說法之中，度我遺法之徒，然後乃化同緣善友。」是時慈氏菩薩，聞佛此說，從座起白佛言：「願我作彼慈氏。」世尊如來告曰：「如汝所言，當證此果。如上所說，皆汝敎化之像也。」

慈氏菩薩受記西，有窣堵波，是釋迦菩薩受記之處。賢劫中人壽二萬歲，迦葉波佛出現於世，轉妙法輪，開化含識，授護明菩薩記曰：「是菩薩於當來世，衆生壽命百歲之時，當得成佛，號釋迦牟尼。」釋迦菩薩受記南不遠，有過去四佛，經行遺跡。長五十餘步，高可七尺。以青石積成，上作如來經行之像。像形傑異，威嚴肅然。肉髻之上，特出髾髮。靈相無隱，神鑒有徵。於其垣內，聖迹實多。諸精舍窣堵波，數百餘所，略擧二三，難用詳述。

伽藍垣西，有一清池，周二百餘步，如來嘗中盥浴。次西大池，周一百八十步，如來嘗中滌器。次北有池，周百五十步，如來嘗中浣衣。凡此三池，竝有龍止，其水旣深，其味又甘，澄淨皎潔，常無增減。有人慢心，濯此池者，金毘羅獸，多爲之害。若深恭敬，汲用無懼。浣衣池側，大方石上，有如來袈裟之迹，其文明徹，煥如彫鏤。諸淨信者，每來供養。外道凶人，輕蹈此石，池中龍王，便興風雨。

池側不遠，有窣堵波，是如來修菩薩行時，爲六牙象王，獵人剝其牙也，詐服袈裟，彎弧伺捕，象王爲敬袈裟，遂振牙而授焉。

振牙側不遠，有窣堵波，是如來修菩薩行時，愍世無禮，示爲鳥身，與彼獮猴白象，於此相問。誰先見是尼拘律樹，各言事迹，遂編長幼，化漸遠近，人知上下，道俗歸依。

其側不遠，大林中有窣堵波，是如來昔與提婆達多，俱爲鹿王斷事之處。昔於此處，大林之中，有兩羣鹿，各五百餘。時此國王，畋遊原澤，菩薩鹿王，前請王曰：「大王校獵中原，縱燎飛矢，凡我徒屬，命盡茲晨；不日腐臭，無所充膳。願欲次差，日輸一鹿。王有割鮮之膳，我延旦夕之命。」王善其言，回駕而返。兩羣之鹿，更次輸命。提婆羣中，有懷孕鹿，次當就死。

白其主曰：「身雖應死，子未次也。」鹿王怒曰：「誰不寶命？」雌鹿歎曰：「吾王不仁，死無日矣。」乃告急菩薩鹿王。鹿王曰：「悲哉！慈母之心，恩及未形，吾今代汝。」遂至王門，道路之人，傳聲唱曰：「彼大鹿王，今來入邑。」都人士庶，莫不馳觀。王之聞也，以爲不誠。門者白至，王乃信然。曰：「鹿王何遽來邪？」鹿曰：「有雌鹿當死，胎子未產，心不能忍，敢以身代。」王聞歎曰：「我人身鹿也，爾鹿身人也。」於是悉放諸鹿，不復輸命。即以其林，爲諸鹿藪。因而謂之施鹿林焉。鹿野之號，自此而興。伽藍西南二三里，有窣堵波，高三百餘尺，基址廣峙，瑩飾奇珍。既無層龕，便置覆鉢。雖建表柱，而無輪鐸。其側有小窣堵波，是阿若憍陳如等，五人棄制迎佛處也。初，薩婆曷刺他悉陀唐言一切義成。舊曰悉達多，譌略也。太子踰城之後，棲山隱谷，忘身殉法。淨飯王，乃命家族三人，舅氏二人，曰：「我子一切義成，捨家修學，孤遊山澤，獨處林藪。故命爾曹，隨知所止。內則叔父伯舅，外則既君且臣。凡厥動靜，宜知進止。」四人銜命，相望營衞。因即勤求，欲期出離。每相謂曰：「夫修道者，苦證邪，樂證邪？」二人曰：「安樂爲道。」三人曰：「勤苦爲道。」二三交爭，未有以明。於是太子，思惟至理，爲伏苦行外道，節麻米以支身。彼二人者，見而言曰：「太子所行，非眞實法。夫道也者，樂以證之。今乃勤苦，非吾徒也。」捨而遠遁，思惟果證。太子六年苦行，未證菩提，欲驗苦行非眞，受乳糜而證果。斯三人者，聞而歎曰：「功垂成矣！今其退矣！六年苦行，一旦捐功。」於是相從，求訪二人。既相見已，匡坐高談。更相議曰：「昔見太子，一切義成，出王宮，就荒谷，去珍服，披鹿皮，精勤勵志，貞節苦心，求深妙法，期無上果。今乃受牧女乳糜，敗道虧志，吾知之矣，無能爲也。」彼二人曰：「君何見之晚歟！此猖獗人耳。夫處乎深宮，安乎尊勝，不能靜志，遠迹山林，棄轉輪王位，是鄙賤人行。何可念哉？言增忉怛耳！」菩薩浴尼連河，坐菩提樹，成等正覺，號天人師。寂然宴默，惟察應度，曰：「彼鬱頭藍子者，證非想定，堪受妙法。」空中諸天，尋聲報曰：「鬱頭藍子，命終已來，經今七日。」如來歎惜：「斯何不遇，垂聞妙法，遽從變化？」重更觀察，營求世界。有阿藍迦藍，得無所有處定，可授至理。諸天又曰：「終已五日。」如來再歎，愍其薄祐。又更諦觀，誰應受教？惟施鹿林中，有五人者，可先誘導。如來爾時，起菩提樹，趣鹿野園，威儀寂靜，神光晃曜，毫含玉彩，身眞金色。安詳前進，導彼五人。斯五人，遙見如來，互相謂曰：「一切義成，彼來者是。歲月遽淹，聖果不證，心期已退，故尋吾徒。宜各默然，勿起迎禮。」如來漸近，威神動物，五人忘制，拜迎問訊，侍從如儀。如來漸誘，示之妙理，兩安居畢，方獲果證。

施鹿林東行二三里，至窣堵波，傍有涸池，周八十餘步，一名救命，又謂烈士。聞諸先志曰：「數百年前，有一隱士，於此池側，結廬屛迹，博習技術，究極神理。能使瓦礫爲寶，人畜易形。但未能馭風雲，陪僊駕。閱圖考古，更求僊術。其方曰：「夫神僊者，長生之術也。將欲求學，先定其志。築建壇場，周一丈餘。命一烈士，信勇昭著，執長刀，立壇隅，屛息絕言，自昏達旦。求僊者，中壇而坐，手按長刀，口誦神呪。收視反聽，遲明登僊。所執銛刀，變爲寶劍。陵虛履空，王諸僊侶。執劍指麾，所欲皆從。無衰無老，不病不死。」是人既得僊方，行訪烈士。營求曠歲，未諧心願。後於城中，遇見一人，悲號逐路，隱士覩其相，心甚慶悅。卽而慰問：「何至怨傷？」曰：「我以貧窶，傭力自濟，其主見知，特深信用。期滿五歲，當酬重賞。於是忍勤苦，忘艱辛，五年將周，一旦違失。既蒙笞辱，又無所得。以此爲心，悲悼誰恤！」隱士命與同遊，來至草廬，以術力故，化具肴饌。已而令入池浴，服以新衣。又以五百金錢遺之，曰：「盡當來求，幸無外也。」自時厥後，數加重賂，潛行陰德，感激其心。烈士屢求効命，以報知己。隱士曰：「我求烈士，彌歷歲時，幸而會遇，奇貌應圖。非有他故，願一夕不聲耳。」烈士曰：「死尚不辭，豈徒屏息？」於是設壇場，受僊法，依方行事，坐待日曛。曛暮之後，各司其務。隱士誦神呪，烈士按銛刀。殆將曉矣，忽發聲叫。是時空中火下，烟燄雲蒸，隱士疾引此人，入池避難。已而問曰：「誡子無聲，何以驚叫？」烈士曰：「受命後，至夜分，昏然若夢，變異更起。見昔事主，躬來慰謝，感荷厚恩，忍不報語。彼人震怒，遂見殺害。受中陰身，顧屍歎惜。猶願歷世不言，以報厚德。遂見託生南印度大婆羅門家，乃至受胎出胎，備經苦厄。荷恩荷德，嘗不出聲。洎乎受業冠婚，喪親生子。每念前恩，忍而不語。宗親戚屬，咸見怪異。年過六十有五，我妻謂曰：「汝可言矣！若不語者，當殺汝子。」我時惟念，已隔生世，自顧衰老，惟此穉子，因止其妻，令無殺害。遂發此聲耳！」隱士曰：「我之過也！此魔嬈耳！」烈士感恩，悲事不成，憤恚而死。免火災難，故曰救命；感恩而死，又謂烈士池。

烈士池西，有三獸窣堵波。是如來修菩薩行時，燒身之處。

劫初時，於此林野，有狐兎猿，異類相悅。時天帝釋，欲驗修菩薩行者，降靈變化，爲一老夫，謂三獸曰：「二三子，善安隱乎！無驚懼邪？」曰：「涉豐草，遊茂林，異類同歡，既安且樂。」老夫曰：「聞二三子，情厚意密，忘其老弊，特此遠尋。今正飢乏，何以饋食？」曰：「幸少留此，我躬馳訪。」於是同心虛己，分路營求。狐沿水瀕，銜一鮮鯉；猿於林樹，采異華果；俱來至止，同進老夫。惟兎空還，遊躍左右。老夫謂曰：「以吾觀之，爾曹未如。猿狐同志，各能役心。惟兎空還，獨無相饋。以此言之，誠可知也。」兎聞譏議，謂狐猿曰：「多聚樵蘇，方有所作。」狐猿競馳，銜草曳木，既已蘊崇，猛燄將熾。兎曰：「仁者，我身卑劣，所求難遂，敢以微躬，充此一餐。」詞畢入火，尋卽致死。

是時老夫，復帝釋身，除燼收骸，傷歎良久。謂狐猿曰：「一何至此？吾感其心，不泯其迹，寄之月輪，傳乎後世。」故彼咸言，月中之兎，自斯而有。後人於此，建窣堵波。

從此順殑伽河流，東行三百餘里，至戰主國。中印度境。

(九)戰主國

戰主國，周二千餘里，都城臨殑伽河，周十餘里。居人豐樂，邑里相鄰，土地膏腴，稼穡時播。氣序和暢，風俗淳質。人性獷烈，衺正兼信。伽藍十餘所，僧徒減千人，竝皆遵習小乘教法。天祠二十，異道雜居之。大城西北伽藍中窣堵波，無憂王之所建也。印度記曰：「此中有如來舍利一升，昔者世尊，嘗於此處，七日之中，爲天人衆，顯說妙法。其側，則有過去三佛座，及經行遺迹之處。鄰此復有慈氏菩薩像，形量雖小，威神嶷然，靈鑒潛通，奇迹間起。

大城東行二百餘里，至阿避陀羯剌拏僧伽藍，唐言不穿耳。周垣不廣，彫飾甚工，花池交影，臺閣連甍。僧徒肅穆，衆儀庠序。聞諸先志曰：「昔大雪山北，覩貨邏國，有樂學沙門，二三同志，禮誦餘閑，每相謂曰：『妙理幽玄，非言談所究，聖迹昭著，可足趾相尋。宜詢莫逆，親觀聖迹。』於是二三交友，杖錫同遊。既至印度，寓諸伽藍。輕其邊鄙，莫之見舍。外迫風露，內累口腹。顏色憔悴，形容枯槁。時此國王，出遊近郊，見諸客僧，怪而問曰：『何方乞士，何所因來？耳既不穿，衣又垢弊。』沙門對曰：『我覩貨邏國人也。恭承遺教，高蹈俗塵，率其同好，觀禮聖迹。慨以薄福，衆所同棄。印度沙門，莫顧羇旅。欲還本土，巡禮未周。雖迫勤苦，心遂後已。』王聞其說，用增悲感，卽斯勝地，建立伽藍。白氎題書，爲之制曰：『我惟尊居世上，貴極人中，斯皆三寶之靈祐也。旣爲人王，受佛付囑，凡厥染衣，吾當惠濟。建此伽藍，式招羇旅。自今已來，諸穿耳僧，我此伽藍，不得止舍。』因其事迹，故以名焉。」阿避陀羯剌拏伽藍，東南行百餘里，南渡殑伽河，至摩訶娑羅邑。竝婆羅門種，不遵佛法。然見沙門，先訪學業。知其强識，方深禮敬。殑伽河北，有那羅延天祠，重閣層臺，奐然麗飾。諸天之像，鐫石而成，工極人謀，靈應難究。

那羅延天祠東行三十餘里，有窣堵波，無憂王之所建也。大半陷地，前建石柱，高餘二丈，上作師子之像。刻記伏鬼之事。昔於此處，有曠野鬼，恃大威力，啖人血肉，作害生靈，肆極妖祟。如來愍諸衆生，不得其死，以神通力，誘化諸鬼，導以歸依之敬，齊以不殺之戒。諸鬼承敎，奉以周旋。於是擧石，請佛安坐，願聞正法，克念護持。自茲厥後，無信之徒，競共推移。鬼置石座，動以萬數，莫之能轉。茂林清池，周基左右，人至其側，無不心懼。

伏鬼側不遠，有數伽藍，雖多傾毀，尚有僧徒，竝皆遵習大乘敎法。從此東南行百餘里，至一窣堵波，基已傾陷，餘高數丈。昔者如來寂滅之後，八國大王，分舍利也，量舍利婆羅門，蜜塗瓶內，分授諸王，而婆羅門持瓶以歸，既得所黏舍利，遂建窣堵波。並瓶置內，因以名焉。後無憂王，開取舍利瓶，改建大窣堵波。或至齋日，時放光明。從此東北渡殑伽河，行百四五十里，至吠舍釐國。舊曰毗舍離國，譌也。中印度境。

㈩吠舍釐國

吠舍釐國，周五千餘里，土地沃壤，華果茂盛。菴沒羅果、茂遮果，既多且貴。氣序和暢，風俗淳質。好福重學，衺正雜信。伽藍數百，多已圮壞，存者三五，僧徒稀少。天祠數十，異道雜居。露形之徒，實繁其黨。吠舍釐城，已甚傾頹。其故基址，周六七十里，宮城周四五里，少有居人。宮城西北五六里，至一伽藍，僧徒寡少，習學小乘正量部法。傍有窣堵波，是昔如來，說毘摩羅詰經。長者子寶積等，獻寶蓋處。其東有窣堵波，舍利子等，於此證無學之果。

舍利子證果東南，有窣堵波，是吠舍釐王之所建也。佛涅槃後，此國先王，分得舍利，式修崇建。印度記曰：「此中舊有如來舍利一斛，無憂王開取九斗，惟留一斗。後有國王，復欲開取，方事興工，尋卽地震，遂不敢開。其西北有窣堵波，無憂王之所建也。傍有石柱，高五六十尺，上作師子之像。石柱南有池，是羣獮猴爲佛穿也。在昔如來，曾住於此。池西不遠，有窣堵波，諸獮猴持如來鉢，上樹取蜜之處。池南不遠，有窣堵波，是諸獮猴，奉佛蜜處。池西北隅，猶有獮猴形像。伽藍東北三四里，有窣堵波，是毘摩羅詰，唐言無垢稱。舊曰淨名，然淨則無垢。名則是稱，義雖取同，名乃有異。舊曰維摩詰，譌略也。故宅基址。多有靈異。去此不遠，有一神舍，其狀壘甎，傳云積石。卽無垢稱長者現疾說法之處。去此不遠，有窣堵波，長者子寶積故宅也。去此不遠，有窣堵波，是菴沒羅女故宅。佛姨母等諸苾芻尼，於此證入涅槃。

伽藍北三四里，有窣堵波，是如來將往拘尸那國，入般涅槃。人與非人，隨從世尊，至此佇立。次西北不遠，有窣堵波，是佛於此，最後觀吠舍釐城。其南不遠有精舍，前建窣堵波，是菴沒羅女園，持以施佛。菴沒羅園側，有窣堵波，是如來告涅槃處。佛昔在此，告阿難曰：「其得四神足者，能住壽一劫，如來今者，當壽幾何？」如是再三，阿難不對，天魔迷惑故也。阿難從坐而起，林中宴默。時魔來請佛曰：「如來在世，敎化已久，蒙濟流轉，數如塵沙，寂滅之樂，今其時矣。」世尊以少土置爪上，而告魔曰：「地土多邪？爪土多邪？」對曰：「地土多也。」

佛言：「所度者，如爪上土；未度者，如大地土。却後三月，吾當涅槃。」魔聞歡喜而退。阿難林中，忽感異夢，來白佛言：「我在林間，夢見大樹，枝葉茂盛，蔭影蒙密。驚風忽起，摧散無餘。將非世尊，欲入寂滅？我心懷懼，故來請問。」佛告阿難：「吾先告汝，汝爲魔蔽，不時請留。魔王勸我，早入涅槃，已許之期，斯夢是也。」

告涅槃期側不遠，有窣堵波，千子見父母處也。昔有僊人，隱居巖谷，仲春之月，鼓濯清流，麀鹿隨飲，感生女子。姿貌過人，惟脚似鹿。僊人見已，收而養焉。其後命令求火，至他僊廬，足所履地，迹皆有蓮華。彼僊見已，心甚奇之。令其繞廬，方可得火。鹿女依命，得火而還。時梵豫王畋遊見華，尋迹以求。悅其奇怪，同載而返。相師占言：「當生千子。」餘婦聞之，莫不圖計。日月旣滿，生一蓮華。華有千葉，葉坐一子。餘婦誣罔，咸稱不祥，投殑伽河，隨波泛濫，烏耆延王，下流遊觀，見黃雲蓋，乘波而來，取以開視，乃有千子。乳養成立，有大力焉。恃有千子，拓境四方，兵威乘勝，將次此國。時梵豫王聞之，甚懷震懼。兵力不敵，計無所出。是時鹿女，心知其子，乃謂王曰：「今寇戎臨境，上下離心，賤妾思惟，能敗強敵。」王未之信也，憂懼良深。鹿女乃昇城樓，以待寇至。千子將兵，圍城已帀。鹿女告曰：「莫爲逆事。我是汝母，汝是我子。」千子謂曰：「何言之謬？」鹿女手按兩乳，流注千歧，天性所感，咸入其口。於是解甲釋兵，歸宗返族。兩國交歡，百姓安樂。

千子歸宗側，不遠有窣堵波，是如來經行遺迹。指告衆曰：「昔吾於此，歸宗見親。欲知千子，卽賢劫中千佛是也。」述本生東有故基，上建窣堵波，光明時燭，祈請或遂。是如來說普門陀羅尼等經，重閣講堂餘址。

講堂側，不遠有窣堵波，中有阿難，半身舍利。去此不遠，有數百窣堵波。欲定其數，未有克知。是千獨覺入寂滅處。吠舍釐城，內外周隍，聖迹繁多，難以具擧。形勝故墟，魚鱗間峙。歲月驟改，炎涼亟移。林旣摧殘，池亦枯涸。朽株餘迹，可詳驗焉。

大城西北行五六十里，至大窣堵波。栗呫昌葉反。婆子舊曰離車子，訛也。別如來處。如來自吠舍釐城，趣拘尸那國，諸栗呫婆子，聞佛將入寂滅，相從號送。世尊旣見哀慕，非言可喩。卽以神力，化作大河，崖岸深絕，波流迅急。諸栗呫婆，悲慟以止。如來留鉢，爲作追念。

吠舍釐城西北，減二百里，有故城。荒蕪歲久，居人曠少。中有窣堵波，是佛在昔，爲諸菩薩人天大衆，引說本生，修菩薩行，曾於此城，爲轉輪王，號曰摩訶提婆。唐言大天。有七寶應，王四天下，覩衰變之相，體無常之理，冥懷高蹈，忘情大位，捨國出家，染衣修學。

城東南行十四五里，至大窣堵波，是七百賢聖重結集處。佛涅槃後，百一十年，吠舍釐城，有諸苾芻，遠離佛法，謬行戒律。時長老耶舍陀，住憍羅羅國。長老三菩伽，住秣菟羅國。長老釐波多，住韓若國。長老沙羅，住吠舍釐國。長老富闍蘇彌羅，住娑羅梨弗國。諸大羅漢，心得自在，持三藏，得三明，有大名稱，衆所知識，皆是尊者，阿難弟子。時耶舍陀，遣使告諸賢聖，皆可集吠舍釐城。猶少一人，未滿七百。是時富闍蘇彌羅以天眼，見諸大賢聖，集議法事，運神足，至法會。時三菩伽，於大衆中，右袒長跪。揚言曰：「衆無譁。欽哉！念哉！昔大聖法王，善權寂滅，歲月雖淹，言教尚在。吠舍釐城，懈怠苾芻，謬於戒律，有十事出，違十力教。今諸賢者，深明持犯，俱承大德，阿難指誨。念報佛恩，重宣聖旨。」時諸大衆，莫不悲感，卽召集諸苾芻，依毘柰耶。阿責制止，削除謬法，宣明聖教。

七百賢聖結集，南行八九十里，至溼吠多補羅僧伽藍。層臺輪奐，重閣翬飛。僧衆清肅，並學大乘。其傍，則有過去四佛座，及經行遺迹之處。其側窣堵波，無憂王之所建也。如來在昔，南趣摩揭陀國，北顧吠舍釐城，中途止息遺迹之處。

溼吠多補羅伽藍，東南行三十餘里，殑伽河南北岸，各有一窣堵波。是尊者阿難陀，分身於二國處。阿難陀者，如來之從父弟也。多聞總持，懷物强識，佛去世後，繼大迦葉，任持正法，導進學人。在摩揭陀國，於林中經行，見一沙彌。諷誦佛經，章句錯謬，文字紛亂。阿難聞已，感慕增懷，徐詣其所，提撕指授。沙彌笑曰：「大德耄矣，所言謬矣。我師高明，春秋鼎盛，親承示誨，誠無所誤。」阿難默然，退而歎曰：「我年雖邁，爲諸衆生，欲久住世，任持正法。然衆生垢重，難以誨語，久留無利，可速滅度。」於是去摩揭陀國，趣吠舍釐城。渡殑伽河，泛舟中流。時摩揭陀王，聞阿難去，情深戀德，卽嚴戎駕，疾馳追請。數百千衆，營軍南岸。吠舍釐王，聞阿難來，悲喜盈心，亦治軍旅，奔馳迎候。數百千衆，屯集北岸。兩軍相對，旌旗翳日。阿難恐鬭其兵，更相殺害，從舟中起，上昇虛空，示現神變，卽入寂滅。化火焚骸，骸又中析，一墮南岸，一墮北岸。於是二王，各得一分，擧軍號慟，俱還本國。起窣堵波，而修供養。從此東北行五百餘里，至弗栗恃國。北人謂三伐恃國，北印度境。

從吠舍釐國南渡殑伽河，至摩揭陀國。（舊曰摩伽陀，又曰摩揭提，皆譌也。中印度境）

㈩摩揭陀國（上）

摩揭陀國，周五千餘里，城少居人，邑多編戶，地沃壤，滋稼穡。有異稻種，其粒麤大，香味殊越，光色特甚，彼俗謂之供大人米。土地墊濕，邑居高原。孟夏之後，仲秋之前，平居流水，可以泛舟。風俗淳質，氣序溫暑。崇重志學，尊敬佛法。伽藍五十餘所，僧徒萬有餘人，竝多宗習大乘法教。天祠數十，異道甚多。

殑伽河南有故城，周七十餘里，荒蕪雖久，基址尚在。昔者人壽無量歲時，號拘蘇摩補羅城。唐言香花宮城。王宮多花，故以名焉。逮乎人壽數千歲，更名波吒釐子城。舊曰巴連弗邑，譌也。初有婆羅門，高才博學，門人數千，傳以授業，諸學徒相從遊觀。有一書生，徘徊悵望，同儔謂曰：「夫何憂乎？」曰：「盛色方剛，羇遊履影，歲月已積，藝業無成，顧此爲言，憂心彌劇。」於是學徒戲言之曰：「今將爲子，求聘婚親。」乃假立二人，爲男父母；二人，爲女父母。遂坐波吒釐樹，謂女壻樹也。采時果，酌清流，陳婚姻之緒，請好合之期。時假女父，攀花枝以授書生曰：「斯嘉偶也，幸無辭焉。」書生之心，欣然自得。日暮言歸，懷戀而止。學徒曰：「前言戲耳，幸可同歸。」

林中猛獸，恐相殘害，書生遂留，往來樹側。景夕之後，異光燭野，管弦清雅，帷帳陳列。俄見老翁，策杖來慰。復有一嫗，攜引少女，竝儐從盈路，袨服奏樂，翁乃指少女曰：「此君之弱室也。」酣歌樂讌，經七日焉。學徒疑爲獸害，往而求之。乃見獨坐樹陰，若對上客。告與同歸，辭不從命。後自入城，拜謁親故，說其始末，聞者驚駭。與諸友人，同往林中，咸見華樹，是一大第。僮僕役使，馳驅往來。而彼老翁，從容接對，陳饌奏樂，賓主禮備。諸友還城，具告遠近。暮歲之後，生一子男，謂其妻曰：「吾今欲歸，未忍離阻，適復留止，棲寄飄露。」其妻既聞，具以白父，翁謂書生曰：「人生行樂，詎必故鄉？今將築室，宜無異志。」於是役使之徒，功成不日，香花舊城，遷都此邑。由彼子故，神爲築城，自爾之後，國名波吒釐子城焉。

王故宮北，有石柱，高數十尺，是無憂王作地獄處。釋迦如來涅槃之後，第一百年，有阿輸迦唐言無憂，舊曰阿育王，譌也。王者，頻毗娑羅唐言影堅，舊曰頻婆娑羅，譌也。王之曾孫也。自王舍城，遷都波吒釐，重築外郭，周於故城，年代浸遠，惟餘故基。伽藍天祠，及窣堵波，餘址數百，在者二三。惟故宮北，臨殑伽河，小城中，有千餘家。初，無憂王嗣位之後，舉措苛暴，乃立地獄，作害生靈。周垣峻峙，隅樓特起，猛焰洪鑪，銛鋒利刃，備諸苦具。擬像幽塗，招募凶人，立爲獄主。初以國中，犯法罪人，不校輕重，總入塗炭。後以行經獄次，擒以誅戮，至者皆死，遂緘口焉。時有沙門，初入法衆，巡里乞食，遇至獄門。獄吏凶人，擒欲殘害，沙門惶怖，請得禮懺。俄見一人，縛來入獄，斬截手足，磔裂形骸，俯仰之間，肢體糜散。沙門見已，深增悲悼，成無常觀，證無學果。獄卒曰：「可以死矣。」沙門既證聖果，心夷生死，雖入鑊湯，若在清池，有大蓮華，而爲之座。獄主驚駭，馳使白王，王遂躬觀，深讚靈祐。獄主曰：「大王當死。」王曰：「云何？」對曰：「王先垂命，令監刑獄。凡至獄垣，皆從殺害，不云王入，而獨免死。」王曰：「法已一定，理無再變。我先垂令，豈除汝身？汝久濫生，我之咎也。」卽命獄卒，投之洪鑪。獄主既死，王乃得出。於是頹牆堙壍，廢獄寬刑。

地獄南不遠，有窣堵波，基址傾陷，惟餘覆鉢之勢。寶爲之飾，石作欄檻，卽八萬四千之一也。無憂王以人功建於宮中，中有如來舍利一升，靈鑒間起，神光時燭。無憂王廢獄之後，遇近護大阿羅漢，方便善誘，隨機導化。王謂羅漢曰：「幸以宿福，位據人尊。慨茲障累，不遭佛化。今者如來遺身舍利，欲重修建諸窣堵波。」羅漢曰：「大王以福德力，役使百靈，以弘誓心，匡護三寶，是所願也。今其時矣。」因爲廣說獻土之因，如來懸記，興建之功。無憂王聞已慶悅，召集鬼神而令之曰：「法王導利，含靈有慶。我資宿善，尊極人中。如來遺身，重修供養。今爾鬼神，勠力同心，境極贍部，戶滿拘胝，以佛舍利，起窣堵波。心發於我，功成於汝。勝福之利，非欲獨有。宜各營搆，待後告命。」鬼神受旨，在所興功。功既成已，咸來請命。無憂王既開八國所建諸窣堵波，分其舍利，付鬼神已，謂羅漢曰：「我心所欲，諸處同時。藏下舍利，心雖冀此，事未從欲。」羅漢白王：「命神鬼至所期日，日有隱蔽，其狀如手，此時也，宜下舍利。」王承此旨，宣告鬼神。逮乎期日，無憂王觀候光景，日正中時，羅漢以神通力，伸手蔽日。營建之所，咸皆瞻仰，同於此時，功績咸畢。

窣堵波側，不遠精舍中，有大石，如來所履，雙迹猶存。其長尺有八寸，廣餘六寸，左右迹，俱有輪相。十指皆帶花文，魚形映起，光明時照。昔者如來將取寂滅，北趣拘尸那城，南顧摩揭陀國，蹈此石上，告阿難曰：「吾今最後，留此足迹，將入寂滅，顧摩揭陀也。」百歲之後，有無憂王，命世建都，君臨此地，匡護三寶，役使百神。及無憂王之嗣位也，遷都築邑，掩周迹石，既近宮城，恆親供養。後諸國王，競欲舉歸，石雖不大，衆莫能轉。近者設賞迦王，毀壞佛法。遂即石所，欲滅聖迹。鑿已還平，文彩如故，於是捐棄殑伽河流，尋復本處。其側窣堵波，即過去四佛座，及經行遺迹之所。佛迹精舍側，不遠有大石柱，高三十餘尺，書記殘缺，其大略曰無憂王信根貞固，三以贍部洲，施佛法僧；三以諸珍寶，重自酬贖，其詞云云，大略斯在。故宮北有大石室，外若崇山，內廣數丈，是無憂王為出家弟，役使神鬼之所建也。初無憂王，有同母弟，名摩醯因陀羅。唐言大帝。生自貴族，服僭王制，奢侈縱暴，衆庶懷怨。國輔老臣，進諫王曰：「驕弟作威，亦以太甚。夫政平則國治，人和則主安。古之明訓，由來久矣！願存國典，收付執法。」無憂王泣謂弟曰：「吾承基緒，覆燾生靈，況爾同胞，豈忘惠愛？不先匡導，已陷刑法。上懼先靈，下迫衆議。」摩醯因陀羅稽首謝曰：「不自謹行，敢干國憲！願賜再生，更寬七日。」於是置諸幽室，嚴加守衛。珍羞上饌，進奉無虧。守者唱曰：「已過一日，餘有六日。」至第六日已，既深憂懼，更勵身心，便獲果證。昇虛空，示神迹，尋出塵俗，遠棲巖谷。無憂王躬往謂曰：「昔拘國制，欲致嚴刑，豈意淸昇，取證聖果，旣無滯累，可以還國。」弟曰：「昔羈愛網，心馳聲色。今出危城，志悅山谷，願棄人間，長從丘壑。」王曰：「欲靜心慮，豈必幽巖？吾從爾志，當爲崇樹。」遂召命鬼神而告之曰：「吾於後日，廣備珍羞，爾曹相率，來集我會，各持大石，自爲牀座。」諸神受命，至期畢萃，衆會旣已，王告神曰：「石座縱橫，宜自積聚，因功不勞，疊爲虛室。」諸神受命，不日而成。無憂王躬往迎請，止此山廬。故宮北，地獄南，有大石槽，是無憂王匠役神功，作爲此器，飯僧之時，以儲食也。

故宮西南，有小石山，周巖谷間，數十石室，無憂王爲近護等諸阿羅漢，役使鬼神之所建立。傍有故臺，餘基積石，池沼漣漪，淸瀾澄鑒。鄰國遠人，謂之聖水，若有飲濯，罪垢消滅。

山西南有五窣堵波，崇基已陷，餘址尙高。遠而望之，鬱若山阜，面各數百步，後人於上重更修建小窣堵波。印度記曰：「昔無憂王，建八萬四千窣堵波已，尙餘五升舍利，故別崇建五窣堵波。製奇諸處，靈異間起，以表如來五分法身。薄信之徒，竊相評議，云是昔者難陀王，建此五藏，以儲七寶。其後有王，不甚淳信，聞先疑議，肆其貪求，興動軍師，躬臨發掘。地震山傾，雲昬日翳。窣堵波中，大聲雷震，士卒僵仆，象馬驚奔，自玆已降，無敢覬覦。或曰：「衆議雖多，未爲確論，循古所記，信得其實。」

故城東南，有屈居勿反。吒阿濫摩唐言雞園。僧伽藍，無憂王之所建也。無憂王初信佛法也，式遵崇建，修植善種，召集千僧，凡聖兩衆，四事供養，什物周給。頹壞已久，基址尙存。伽藍側，有大窣堵波，名阿摩落迦。阿摩落迦者，印度藥果之名也。無憂王遘疾彌留，知命不濟，欲捨珍寶，崇樹福田。權臣執政，誡勿從欲。其後因食，留阿摩落果，玩之半爛，握果長息。問諸臣曰：「贍部洲主，今是何人？」諸臣對曰：「惟獨大王。」王曰：「不然，我今非主，惟此半果，而得自在。嗟乎！世間富貴，危甚風燭。位據區宇，名高稱謂。臨終匱乏，見逼强臣。天下非已，半果斯在。」乃命侍臣而告之曰：「持此半果，詣彼雞園，施諸衆僧，作如是說：『昔一贍部洲主，今半阿摩落王。稽首大德僧前，願受最後之施。』凡諸所有，皆已喪失，惟斯半果，得少自在，哀愍貧乏，增長福種。」僧中上座，作如是言：「無憂大王，宿期弘濟。疵疾在躬，姦臣擅命。積寶非已，半果爲施。承王來命，普施衆僧。」卽召典事，羹中總煮，收其果核，起窣堵波。既荷厚恩，遂旌顧命。阿摩落伽窣堵波西北，故伽藍中，有窣堵波，謂建犍椎聲。初，此城內伽藍百數，僧徒肅穆，學業清高。外道學人，銷聲緘口。其後僧徒，相次殂落。而諸後進，莫繼前修。外道師資，傳訓成藝。於是命儔召侶，千計萬數，來集僧坊。揚言唱曰：「大擊犍椎，招集學人，羣愚同止，謬有扣擊。」遂白王，請校優劣。外道諸師，高才達學；僧徒雖衆，詞論膚淺。外道曰：「我論勝，自今已後，諸僧伽藍，不得擊犍椎以集衆也。」王允其請，依先論制。僧徒受恥，忍詬而退。十二年間，不擊犍椎。時南印度那伽閼剌樹那菩薩。唐言龍猛，舊譯曰龍樹，非也。幼傳雅譽，長擅高名。捨離欲愛，出家修學，深究妙理，位登初地。有大弟子提婆者，智慧明敏，機神警悟，白其師曰：「波吒釐城，諸學人等，詞屈外道，不擊犍椎，日月驟移，十二年矣。敢欲摧邪見山，然正法炬。」龍猛曰：「波吒釐城，外道博學，爾非其儔，吾今行矣！」提婆曰：「欲摧腐草，詎必傾山！敢承指誨，黜諸異學。大師立外道義，而我隨文破析，詳其優劣，然後圖行。」龍猛乃扶立外義，提婆隨破其理。七日之後，龍猛失宗，已而歎曰：「謬詞易失，衺義難扶，爾其行矣，摧彼畢矣！」提婆菩薩，夙擅高名，波吒釐城外道聞之也，卽相召集，馳白王曰：「大王昔紆聽覽，制諸沙門，不擊揵椎，願垂告命。令諸門候，鄰境異僧，勿使入城，恐相黨援，輕改先制。」王允其言，嚴加伺候。提婆既至，不得入城。聞其制令，便易衣服，卷疊袈裟，置草束中，褰裳疾驅，負戴而入。既至城中，棄草披衣，至此伽藍，欲求止息。知人既寡，苟有相舍，遂宿揵椎臺上。於晨朝時，便大振擊。衆聞伺察，乃昨客遊苾芻。諸僧伽藍，傳聲響應。王聞究問，莫得其先。至此伽藍，咸推提婆，提婆曰：「夫揵椎者，擊以集衆，有而不用，縣之何爲？」王人報曰：「先時僧衆，論議墮負，制之不擊，已十二年。」提婆曰：「有是乎？吾於今日，重聲法鼓。」使報王曰：「有異沙門，欲雪前恥。」王乃召集學人而定制曰：「論失本宗，殺身以謝。」於是外道，競陳旗鼓，諠談異義，各曜詞鋒。提婆菩薩，既昇論座，聽其先說，隨義析破，曾不浹辰，摧諸異道。國王大臣，莫不慶悅，建此靈基，以旌至德。

建擊揵椎窣堵波北，有故基，昔鬼辯婆羅門所居處也。初，此城中，有婆羅門。葺宇荒藪，不交世路，祠鬼求福。魍魎相依，高論劇談，雅詞響應。人或激難，垂帷以對。舊學高才，無出其右。士庶翕然，仰之猶聖。有阿濕縛窶沙唐言馬鳴。菩薩者，智周萬物，道播三乘，每謂人曰：「

此婆羅門，學不師受，藝無稽古。屛居幽寂，獨擅高名。將非神鬼相依，妖魅所附，何能若是者乎？夫辯資鬼授，言不對人，詞說一聞，莫能再述，吾今往彼，觀其擧措。」遂即其廬而謂之曰：「仰欽盛德，爲日已久，幸願褰帷，敢伸宿志。」而婆羅門，居然簡傲，垂帷以對，終不面談。馬鳴心知鬼魅，情甚自負，詞畢而退，謂諸人曰：「吾已知之，摧彼必矣！」尋往白王，惟願垂許，與彼居士較論劇談。王聞駭曰：「斯何人哉！若不證三明，具六通，何能與彼論乎？」命駕躬臨，詳鑒辯論。是時馬鳴，論三藏微言，述五明大義。妙辯縱橫，高論淸遠。而婆羅門旣述詞已，馬鳴重曰：「失吾旨矣！宜重述之。」時婆羅門默然杜口。馬鳴叱曰：「何不釋難？所事鬼魅，宜速授詞！」疾褰其帷，視占其怪，婆羅門惶遽，而曰：「止！止！」馬鳴退而言曰：「此子今晨，聲聞失墜，虛名非久，斯之謂也。」王曰：「非夫盛德，誰鑒左道？道人之哲，絕後光前。國有常典，宜旌茂實。」

城西南隅，二百餘里，有伽藍餘址，其傍有窣堵波。神光時燭，靈瑞間發。近遠衆庶，莫不祈請。是過去四佛座，及經行遺迹之所。

故伽藍西南，行百餘里，至鞮羅釋迦伽藍。庭宇四院，觀閣三層，崇臺累仞，重門洞啓，頻毘娑羅王末孫之所建也。旌召高才，廣延俊德，異域學人，遠方髦彥，同類相趨，肩隨戾止；僧徒千數，竝學大乘，中門當塗。有三精舍，上置輪相，鈴鐸虛懸；下建層基，軒檻周列。戶牖棟梁，壖垣階陛，金銅隱起，廁間莊嚴。中精舍佛立像，高三丈。左多羅菩薩像，右觀自在菩薩像。凡斯三像，鍮石鑄成。威神肅然，冥鑒遠矣。精舍中，各有舍利一升，靈光或照，奇瑞間起。鞮羅釋迦伽藍西南九十餘里，至大山，雲石幽蔚，靈僊攸舍。毒蛇暴龍，窟穴其藪；猛獸摯鳥，棲伏其林。山頂有大磐石，上建窣堵波，其高十餘尺，是佛入定處也。昔者如來，降神止此。坐斯磐石，入滅盡定，時經宿焉。諸天靈聖，供養如來，鼓天樂，雨天華。如來出定，諸天感慕，以寶金銀，起窣堵波。去聖逾邈，寶變爲石。自古迄今，人未有至。遙望高山，乃見異類：長蛇猛獸，羣從右旋；天仙靈聖，層隨讚禮。

山東崗有窣堵波，在昔如來，佇觀摩揭陀國所履之處也。山西北三十餘里，山阿有伽藍，負嶺崇基，疏崖峙閣。僧徒五十餘人，竝習大乘法教。瞿那末底唐言德慧。菩薩，伏外道之處。初，此山中，有外道摩沓婆者，學窮內外，言極空有；名高前烈，德重當時。君王珍敬，謂之國寶。臣庶宗仰，食邑二城。時南印度，德慧菩薩，幼而敏達，早擅清徽。學通三藏，理窮四諦，聞摩沓婆，論極幽微，有懷挫銳。至王宮，謂門者曰：「今有沙門，自遠而至，願王垂許，與摩沓婆論。」王聞驚曰：「此妄人耳。」即命使臣，往摩沓婆所，宣王旨。摩沓婆聞，心甚不悅，事難辭免，遂至論場。國王大臣，士庶豪族，咸皆集會，欲聽高談。德慧先立宗義，洎乎景落，摩沓婆辭以年衰，智昏捷對，請歸靜思，方酬來難。每事言歸，及旦昇座，竟無異論。至第六日，毆血而死。王乃謝曰：「佛法玄妙，英賢繼軌，無爲守道，含識霑化，依先國典，褒德有常。」德慧曰：「苟以愚昧體道，居貞存止，足論齊物，將弘汲引。先摧傲慢，方便攝化，今其時矣。惟願大王，以摩沓婆邑戶，子孫千代，常充僧伽藍。人則垂誡來葉，流美無窮。」於是建此伽藍，式旌勝迹。初，摩沓婆論敗之後，十數淨行，逃難鄰國，告諸外道恥辱之事。招募英俊，來雪前恥。王既珍敬德慧，躬往請曰：「今諸外道，不自量力，結黨連羣，敢聲論鼓。惟願大師，摧諸異道。」德慧曰：「宣集論者。」於是外道學人，欣然相慰：「我曹今日，勝之必矣。」時諸外道，闡揚義理，德慧菩薩曰：「今諸外道，逃難遠遊，如王先制，皆是賤人。我今如何，與彼對論？」德慧曰：「有負座豎，素聞餘論，頗閑微旨，侍立於側，聽諸高談。」德慧拊其座而言曰：「牀，汝可論。」衆咸驚駭，異其所命。時負座豎，便卽發難，深義泉涌，清辯響應。三復之後，外道失宗。重挫其鋭，再折其翮。自伏論已來，爲伽藍邑戶。德慧伽藍西南二十餘里，至孤山，有伽藍，曰尸羅跋陀羅唐言戒賢。論師。論義得勝，捨邑建焉。竦一危峯，如窣堵波，置佛舍利。論師，三摩呾吒國之王族，婆羅門之種也。少好學，有風操，遊諸印度，詢求明哲。至此國那爛陀僧伽藍，遇護法菩薩，聞法信悟，請服染衣。諮以究竟之致，問以解脫之路。既窮至理，亦究微言。名擅當時，聲高異域。南印度有外道，探賾索隱，窮幽洞微，聞護法高名，起我慢深嫉，不阻山川，擊鼓求論。曰：「我南印度之人也，承王國內，有大論師，我雖不敏，願與詳議。」王曰：「有之，誠如議也。」乃命使臣，請護法曰：「南印度有外道，不遠千里，來求較論。惟願降跡，赴集論場。」護法聞已，攝衣將往。門人戒賢者，後進之翹楚也。前進請曰：「何遽行乎」？護法曰：「自慧日潛暉，傳燈寂照，外道蟻聚，異學蜂起。故我今者，將摧彼論。」戒賢曰：「恭聞餘論，敢摧異道！」護法知其俊也，因而允焉。是時戒賢，年甫三十，衆輕其少，恐難獨任。護法知衆心之不平，乃解之曰：「有貴高明，無云齒歲。以今觀之，破彼必矣。」逮乎集論之日，遠近相趨，少長咸萃。外道弘闡大猷，盡其幽致。戒賢循理責實，深極幽玄。外道詞窮，蒙恥而退。王用酬德，封此邑城。論師辭曰：「染衣之士，事資知足。清淨自守，何以邑爲？」王曰：「法王晦迹，智舟淪湑，不有旌別，無勵後學。爲弘正法，願垂哀納。」論師辭不獲已，受此邑焉，便建伽藍。窮諸規矩，捨其邑戶，式修供養。

戒賢伽藍西南，行四五十里，渡尼連禪河，至伽邪城。城甚險固，少居人。惟婆羅門，有千餘家。本僊人之祚胤也。王所不臣，衆咸宗敬。城北三十餘里，有清泉。印度相傳，謂之聖水。凡有飲濯，罪垢消除。城西南五六里，至伽邪山。溪谷杳冥，峯巖危險。印度國俗，稱曰靈山。自昔君王，馭宇承統，化洽遠人，德隆前代，莫不登封，而告成功。山頂上，有石窣堵波，高百餘尺，無憂王之所建也。靈鑒潛被，神光時燭。昔如來於此，演說寶雲等經。

伽邪山東南，有窣堵波，迦葉波本生邑也。其南有二窣堵波，則伽邪迦葉波、捺地迦葉波，舊曰那提迦葉，譌也，泊諸迦葉，例無波字，略也。事火之處。

伽邪迦葉波事火，東渡大河，至鉢羅笈菩提山。唐言前正覺山，如來將證正覺，先登此山，故云前正覺也。如來勤求六歲，未成正覺。後捨苦行，示受乳糜，行自東北，遊目此山。有懷幽寂，欲證正覺。自東北岡，登以至頂，地旣震動，山又傾搖。山神惶懼，告菩薩曰：「此山者，非成正覺之福地也。若止於此，入金剛定，地當震陷，山亦傾覆。」菩薩下自西南，止半崖中，背巖面澗，有大石室，菩薩即之，跏趺坐焉。地又震動，山復傾搖。時淨居天空中唱曰：「此非如來成正覺處。自此西南十四五里，去苦行處不遠，有畢鉢羅樹，下有金剛座，去來諸佛，咸於此坐而成正覺。願當就彼。」菩薩方起，室中龍曰：「斯室清勝，可以證聖。惟願慈悲，勿有遺棄。」菩薩既知，非取證所，為遂龍意，留影而去。影在昔日，賢愚咸覩。洎於今時，或有得見也。諸天前導，往菩提樹，逮乎無憂王之興也，菩薩登山上下之迹，皆樹旌表，建窣堵波。度量雖殊，靈應莫異。或華雨空中，或光照幽谷。每歲罷安居日，異方法俗，登彼供養，信宿乃還。前正覺山西南，行十四五里，至菩提樹，周垣疊甎，崇峻險固，東西長，南北狹，周五百餘步，奇樹名華，連陰接影，細莎異草，彌漫緣被，正門東闢，對尼連禪河，南門接大華池，西阨險固，北門通大伽藍。壖垣內地，聖迹相鄰，或窣堵波，或復精舍。竝贍部洲，諸國君王，大臣豪族，欽承遺教，建以記焉。

菩提樹垣正中，有金剛座，昔賢劫初成，與大地俱起。據三千大千世界之中，下極金輪，上侵地際。金剛所成，周百餘步。賢劫千佛，坐之而入金剛定。故曰：「金剛坐」焉。證聖道所，亦曰道場。大地震動，獨無傾搖，是故如來，將證正覺也，歷此四隅，地皆傾動。後至此處，安靜不傾。自入末劫，正法浸微，沙土彌覆，無復得見。佛涅槃後，諸國君王，傳聞佛說，金剛座量，遂以兩軀觀自在菩薩像，南北標界，東面而坐。聞諸耆舊曰：「此菩薩像，身沒不見，佛法當盡。」今南隅菩薩，沒過胸臆矣。金剛座上，菩提樹者，卽畢鉢羅之樹也。昔佛在世，高數百尺，屢經殘伐，猶高四五丈。佛坐其下，成等正覺，因而謂之菩薩樹焉。莖榦黃白，枝葉青翠。冬夏不凋，光鮮無變。每至如來涅槃之日，葉皆凋落，頃之復故。是日也，諸國君王，異方法俗，數千萬衆，不召而集。香水香乳，以溉以洒。於是奏音樂，列香華，燭炬繼日，競修供養。如來寂滅之後，無憂王之初嗣位也，信受衺道，毀佛遺迹，興發兵徒，躬臨翦伐，根莖枝葉，分寸斬截，次西數十步而積聚焉。令事火婆羅門，燒以祠天。煙燄未靜，忽生兩樹，猛火之中，茂葉含翠。因而謂之灰菩提樹。無憂王覩異悔過，以香乳溉餘根。洎乎將旦，樹生如本。王見靈怪，重深欣慶，躬修供養，樂以忘歸。王妃素信外道，密遣使人，夜分之後，重伐其樹。無憂王且將禮敬，惟見蘖株，深增悲慨，至誠祈請，香乳溉灌，不日還生。王深敬異，疊石周垣。其高十餘尺，今猶見在。近設賞迦王者，信受外道，毀嫉佛法，壞僧伽藍，伐菩提樹，掘至泉水，不盡根柢，乃縱火焚燒，以甘蔗汁沃之，欲其焦爛，絕滅遺萌。數月後，摩揭陀國補剌拏伐摩王，唐言滿冑。無憂王之末孫也，聞而歎曰：「慧日已隱，惟餘佛樹。今復摧殘，生靈何覩？」舉身投地，哀感動物。以數千牛，構乳而溉，經夜樹生，其高丈餘。恐後翦伐，周峙石垣，高二丈四尺。故今菩提樹，隱於石壁，上出二丈餘。

菩提樹東，有精舍，高百六七十尺。下基面廣二十餘步，疊以青甎，塗以石灰，層龕皆有金像，四壁鏤作奇製。或連珠形，或天僊像。上置金銅阿摩落迦果，亦謂寶瓶，又稱寶壼。東面接爲重閣。簷宇特起三層，榱柱棟梁，戶扉寮牖，金銀彫鏤以飾之，珠玉廁錯以塡之。奧室邃宇，洞戶三重。外門左右，各有龕室。左則觀自在菩薩像，右則慈氏菩薩像。白銀鑄成，高十餘尺。精舍故地，無憂王先建小精舍，後有婆羅門，更廣建焉。

初，有婆羅門，不信佛法，事大自在天，傳聞天神，在雪山中，遂與其弟，往求願焉。天曰：「凡諸願求，有福方果，非汝所祈，非我能遂。」婆羅門曰：「修何福？可以遂心？」天曰：「欲植善種，求勝福田，菩提樹者，證佛果處也。宜時速返，往菩提樹，建大精舍，穿大水池，興諸供養，所願當遂。」婆羅門受天命，發大信心，相率而返，兄建精舍，弟鑿水池。於是廣修供養，勤求心願，後皆果遂。爲王大臣，凡得祿賞，皆入檀捨。精舍既成，招募工人，欲圖如來初成佛像。曠以歲月，無人應召。久之，有婆羅門來告衆曰：「我善圖寫如來妙相。」衆曰：「今將造像，夫何所須？」曰：「香泥耳。宜置精舍之中，竝一燈照。我入已，堅閉其戶。六月後，乃可開門。」時諸僧衆，皆如其命。尙餘四日，未滿六月，衆咸駭異，開以觀之。見精舍內，佛像儼然，結跏趺坐。右足居上，左手斂，右手垂，東面而坐，肅然如在，座高四尺二寸，廣丈二尺五寸。像高丈一尺五寸，兩膝相去，八尺八寸，兩肩六尺二寸，相好具足，慈顏若眞。惟右乳上，塗瑩未周。既不見人。方驗神鑒。衆咸悲歎，殷勤請知。有一沙門，宿心淳質，乃感夢見往婆羅門而告曰：「我是慈氏菩薩，恐工人之思，不測聖容，故我躬來，圖寫佛像。垂右手者，昔如來之將證佛果，天魔來嬈，地神告至。其一先出，助佛降魔。如來告曰：『汝勿憂怖，吾以忍力，降彼必矣。』魔王曰：『誰爲明證？』如來乃垂手指地，言此有證。是時第二地神，踊出作證。故今像手，倣昔下垂。」衆知靈鑒，莫不悲感。於是乳上未周，塡廁衆寶。珠纓寶冠，奇珍交飾。設賞迦王，伐菩提樹已，欲毀此像，旣覩慈顏，心不安忍。回駕將返，命宰臣曰：「宜除此佛像，置大自在天形。」宰臣受旨，懼而歎曰：「毀佛像，則歷劫招殃；違王命，乃喪身滅族。進退若此，何所宜行？」乃召信心，以爲役使。遂於像前，橫壘甎壁。心慚冥闇，又置明燈。甎壁之前，畫自在天。功成報命，王聞心懼。擧身生皰，肌膚攫裂。居未久之，便喪沒矣。宰臣馳返，毀除障壁，時經多日，燈猶不滅。像今尚在，神功不虧。旣處奥室，燈炬相繼。欲覩慈顏，莫由審察。必於晨朝，持大明鏡，引光內照，乃覩靈相。夫有見者，自增悲感。如來以印度吠舍佉月後半八月，成等正覺，當此三月八日也。上座部，則吠舍佉月後半十五日，成等正覺，當此三月十五日也。是時如來，年三十矣。或曰：「年三十五矣。」

菩提樹北，有佛經行之處。如來成正覺已，不起於座，七日寂定。其起也，至菩提樹北，七日經行，東西往來，行十餘步。異華隨迹，十有八文。後人於此，壘甎爲基，高餘三尺。聞諸先志曰：「此聖迹基，表人命之修短也。先發誠願，後乃度量。隨壽修短，數有增減。」

經行基北道左，磐石上大精舍中，有佛像，擧目上望。昔者如來，於此七日，觀菩提樹，目不暫捨，爲報樹恩，故此瞻望。

菩提樹西不遠，大精舍中，有鍮石佛像，飾以奇珍，東面而立。前有青石，奇文異彩。是昔如來，初成正覺，梵王起七寶堂，帝釋建七寶座，佛於其上，七日思惟，放異光明，照菩提樹，去聖悠遠，寶變爲石。

菩提樹南不遠，有窣堵波，高百餘尺，無憂王之所建也。菩薩既濯尼連河，將趣菩提樹，竊自惟念，何以爲座？尋自發明，當須淨草。天帝釋，化其身爲刈草人，荷而逐路。菩薩謂曰：「所荷之草，頗能惠邪？」化人聞命，恭以草奉。菩薩受已，執而前進。受草東北不遠，有窣堵波，是菩薩將證佛果，青雀羣鹿呈祥之處。印度休徵，斯爲嘉應。故淨居天，隨順世間，羣從飛繞，效靈顯聖。

菩提樹東，大路左右，各一窣堵波，是魔王嬈菩薩處也。菩薩將證佛果，魔王勸受輪王，策說不行，殷憂而返。魔王之女，請往誘焉。菩薩威神，衰變冶容，扶羸策杖，相攜而退。

菩提樹西北精舍中，有迦葉波佛像。既稱靈聖，時放光明。聞諸先記曰：「若人至誠，旋繞七周。在所生處，得宿命智。」

迦葉波佛精舍西北，二甎室，各有地神之像。昔者如來，將成正覺，魔至，一爲佛證，後人念功，圖形旌德。

菩提樹垣西北，不遠，有窣堵波，謂鬱金香。高四十餘尺，漕矩吒國商主之所建也。昔漕矩吒國，有大商主，宗事天神，祠求福利，輕濊佛法，不信因果。其後將諸商侶，貿遷有無，汎舟南海，遭風失路。波濤飄浪，時經三歲，資糧罄竭，糊口不充。同舟之人，朝不謀夕。戮力同志，念所事天，心慮已勞，冥功不濟。俄見大山，崇崖峻嶺，兩日聯暉，重明照朗。時諸商侶，更相慰曰：「我曹有福，遇此大山，宜於中止，得自安樂。」商主曰：「非山也，乃摩竭魚耳。崇崖峻嶺，鬐鬣也。兩日聯暉，眼光也。」言聲未靜，舟帆飄湊。於是商主，告諸侶曰：「我聞觀自在菩薩，於諸危厄，能施安樂。宜各志誠，稱其名字。」遂卽同聲，歸命稱念。崇山既隱，兩日亦沒。俄見沙門，威儀庠序，杖錫陵虛，而來拯溺，不踰時而至本國矣。因卽信心貞固，求福不回，建窣堵波，式修供養。以鬱金香泥，而周塗上下，既發信心，率其同志，躬禮聖迹。觀菩提樹，未暇言歸。失淹晦朔，商侶同遊，更相謂曰：「山川悠間，鄉國遼遠。昔所建立窣堵波者，我曹在此，誰其灑掃？」言訖，旋繞至此，忽見有窣堵波。駭其由致，卽前瞻察，乃本國所建窣堵波也。故今印度，因以鬱金爲名。菩提樹垣東南隅，尼拘律樹側，窣堵波傍有精舍，中作佛坐像。昔如來初證佛果，大梵天王，於此勸請，轉妙法輪。

菩提樹垣內四隅，皆有一大窣堵波。在昔如來，受吉祥草已，趣菩提樹，先歷四隅，大地震動，至金剛座，方得安靜。樹垣之內，聖迹鱗次，差難遍擧。

菩提樹垣外，西南窣堵波。奉乳糜二牧女故宅。其側窣堵波，牧女於此煮糜。次此窣堵波，如來受糜處也。

菩提樹南門外，有大池，周七百餘步，清瀾澄鏡，龍魚潛宅，婆羅門兄弟，承大自在天命之所鑿也。次南一池，在昔如來，初成正覺，方欲浣濯，天帝釋爲佛化成池。西有大石，佛浣衣已，方欲曝曬，天帝釋自大雪山持來也。其側窣堵波，如來於此納故衣。次南林中窣堵波，如來受貧老母施故衣處。帝釋化池東林中，有目支鄰陀龍王池，其水清黑，其味甘美。西岸有小精舍，中作佛像。昔如來初成正覺，於此宴座，七日入定。時此龍王，警衛如來，卽以其身，繞佛七帀，化出多頭，俯垂爲蓋。故池東岸，有其室焉。目支鄰陀龍池東，林中精舍，有佛羸瘦之像。其側有經行之所，長七十餘步，南北各有畢鉢羅樹，故今士俗，諸有嬰疾，香油塗像，多蒙除差，是菩薩修苦行處。如來爲伏外道，又受魔請，於是苦行六年，日食一麻一麥，形容毀悴，膚體羸瘠，經行往來，攀樹後起處。

菩薩苦行畢鉢羅樹側，有窣堵波，是阿若憍陳如等，五人住處。初，太子之捨家也，彷徨山澤，棲息林泉，時淨飯王，乃命五人隨瞻侍焉。太子旣修苦行，憍陳如等，亦卽勤求。憍陳如等住處東南，有窣堵波，菩薩入尼連禪那河沐浴之處。河側不遠，菩薩於此，受食乳糜。其側窣堵波，一長者獻麨蜜處。佛在樹下，結跏趺坐，寂然宴默，受解脫樂，過七日後，方從定起。時二商主，行次林外，而彼林神，告商主曰：「釋種太子，今在此中，初證佛果，心凝寂定，四十九日，未有所食。隨有奉上，獲大善利。」時二商主，各持行資麨蜜奉上世尊納受。長者獻麨側，有窣堵波，四天王奉鉢處。商主旣獻麨蜜，世尊思以何器受之。時四天王，從四方來，各持金鉢，而以奉上。世尊默然，而不納受。以爲出家，不宜此器。四天王捨金鉢，奉銀鉢，乃至頗胝瑠璃馬腦車渠眞珠等鉢，世尊如是，皆不爲受。四天王各還宮，奉持石鉢，紺青映徹，重以進獻。世尊斷彼此，故而總受之。次第重疊，按爲一鉢。故其外，則有四際焉。

四天王獻鉢側不遠，有窣堵波，如來爲母說法處也。如來既成正覺，稱天人師，其母魔邪，自天宮降於此處，世尊隨機，示教利喜。其側涸池岸，有窣堵波，在昔如來，現諸神變，化有緣處。現神變側，有窣堵波，如來度優婁頻螺迦葉波三兄弟，及千門人處。如來方垂善導，隨應降伏。時優婁頻螺迦葉波五百門人，請受佛教。迦葉波曰：「吾亦與爾，俱返迷途。」於是相從，來至佛所。如來告曰：「棄鹿皮衣，捨祭火具。」時諸梵志，恭承聖教，以其服用，投尼連河。捺地迦葉波，見諸祭器，隨流漂泛，與其門人，候兄動靜，既見改轍，亦隨染衣。伽邪迦葉波，與二百門人，聞其兄之捨法也，亦至佛所，願修梵行。

度迦葉波兄弟西北窣堵波，是如來伏迦葉波所事火龍處。如來將化其人，先伏所宗，乃止梵志火龍之室。夜分已後，龍吐煙燄。佛既入定，亦起火光。其室洞然，猛燄炎熾。諸梵志師，恐火害佛，莫不奔赴，悲號愍惜。優樓頻螺迦葉波謂其徒曰：「以今觀之，未必火也。當是沙門，伏火龍耳。」如來乃以火龍，盛置鉢中。清旦持示外道門人。其側窣堵波，五百獨覺，同入涅槃處也。

目支鄰陀龍池南窣堵波，迦葉波救如來溺水處也。迦葉兄弟，時推神道，遠近仰德，黎庶歸心，世尊方導迷徒，大權攝化，與布密雲，降注暴雨，周佛所居，令獨無水。迦葉是時，見此雲雨，謂門人曰：「沙門住處，將不漂溺。」泛舟來救，乃見世尊，履水如地，蹈河中流，水分沙見，迦葉見已，心伏而退。

菩提樹垣東門外二三里，有盲龍室。此龍者，殃累宿積，報受生盲。如來自前正覺山，欲趣菩提樹，途次室側，龍眼忽明，乃見菩薩。將趣佛樹，謂菩薩曰：「仁今不久，當成正覺，我眼盲冥，於茲已久，有佛興世，我眼輒明。賢劫之中，過去三佛，出興世時，已得明視。仁今至此，我眼忽開，以故知之，當成佛矣。」

菩提樹垣東門側，有窣堵波，魔王怖菩薩之處。初，魔王知菩薩將成正覺也，誘亂不遂，憂惶無賴，集諸神衆，齊整魔軍，治兵振旅，將脅菩薩。於是風雨飄注，雷電晦冥，縱火飛煙，揚沙激石，備矛盾之具，極弦矢之用。菩薩於是入大慈定，凡厥兵杖，變爲蓮華，魔軍怖駭，奔馳退散。

菩提樹北門外，摩訶菩提僧伽藍，其先僧伽羅國王之所建也。庭宇六除，觀閣三層，周堵垣牆，高三四丈，極工人之妙，窮丹青之飾。至於佛像，鑄以金銀，凡厥莊嚴，廁以珍寶。諸窣堵波，高廣妙飾中，有如來舍利。其骨舍利，大如手指節，光潤鮮白，皎徹中外。其肉舍利，如大眞珠，色帶紅縹。每歲，至如來大神變月滿之日，出示衆人。即印度十二月三十日，當此正月十五日也。此時也，或放光，或雨華。僧徒減千人，習學大乘，上座部法。律儀淸肅，戒行貞明。昔者，南海僧伽羅國，其王淳信佛法，發自天然，有族弟出家，想佛聖迹，遠遊印度，寓諸伽藍，咸輕邊鄙。於是返迹本國，王躬遠迎，沙門悲哽，若不能言。王曰：「將何所負，若此殷憂？」沙門曰：

「我憑恃國威，遊方問道，羇旅異域，載罹寒暑，動遭陵辱，語見譏誚。負斯憂恥，詎得歡心？」王曰：「若是者，何謂也？」曰：「誠願大王，福田爲意，於諸印度，建立伽藍。既旌聖迹，又擅高名。福資先王，恩及後嗣。」曰：「斯事甚美，聞之何晚？」於是以國中重寶，獻印度王。王既納貢，義存懷遠，謂使臣曰：「我今將何，持報來命？」使臣曰：「僧伽羅王，稽首印度大吉祥王。大王威德遠振，惠澤遐被，下土沙門，欽風慕化，敢遊上國，展敬聖迹，寓諸伽藍，莫之見館。艱辛已極，蒙恥而歸。竊圖遠謀，貽範來業，於諸印度，建一伽藍，使客遊乞士，息肩有所。兩國交歡，行人無替。」王曰：「如來潛化，遺風斯在。聖迹之所，任取一焉。」使者奉辭報命，羣臣拜賀，遂乃集諸沙門，評議建立。沙門曰：「菩提樹者，去來諸佛，咸此證聖。考之異議，無出此謀。」於是捨國珍寶，建此伽藍。以其國僧，而修供養。乃刻銅爲記曰：「夫周給無私，諸佛至敎，惠濟有緣，先聖明訓。今我小子，丕承王業，式建伽藍，用旌聖迹。福資祖考，惠被黎元。惟我國僧，而得自在。及有國人，亦同僧例。傳之後嗣，永永無窮。」故此伽藍，多執師子國僧也。

菩提樹南十餘里，聖迹相鄰，難以備舉。每歲苾芻，解兩安居。四方法俗，百千萬衆。七日七夜，持香華，鼓音樂，遍遊林中，禮拜供養。印度僧徒，依佛聖教，皆以室羅伐拏月前半一日，入兩安居。當此五月十六日，以頞濕縛庾闍月後半十五日，解兩安居。當此八月十五日，印度月名，依星而建，古今不易，諸部無差。良以方言未融，傳譯有謬，分時計月，致斯乖異。故以四月十六日入安居，七月十五日解安居也。

(十二)摩揭陀國（下）

山城北門行一里餘，至迦蘭陀竹園。今有精舍，石基甎室，東開其戶，如來在世，多居此中。說法開化，導凡拯俗。今作如來之像，量等如來之身。初，此城中，有大長者迦蘭陀，時稱豪貴，以大竹園，施諸外道。及見如來，聞法淨信，追惜竹園，居彼異衆，今天人師，無以館舍。時諸神鬼，感其誠心，斥逐外道，而告之曰：「長者迦蘭陀，當以竹園，起佛精舍。汝宜速去，得免危厄。」外道憤恚，含怒而去。長者於此，建立精舍，功成事畢，躬往請佛。如來是時，遂受其施。迦蘭陀竹園，東有窣堵波，阿闍多設咄路王唐言未生怨，舊曰阿闍世，訛略也。之所建也。如來涅槃之後，諸王共分舍利，未生怨王，得以持歸，式遵崇建，而修供養。無憂王之發信心也，開取舍利，建窣堵波，尚有遺餘，時燭光景。

未生怨王窣堵波側，窣堵波。有尊者阿難，半身舍利。昔尊者將寂滅也，去摩揭陀國，趣吠舍釐城，兩國交爭，欲興兵甲。尊者傷愍，遂分其身。摩揭陀王，奉歸供養，卽斯勝地，式修崇建。其傍，則有如來經行之處。次此不遠，有窣堵波，是舍利子，及沒特伽羅子等，安居之所。

竹林園西南行五六里，南山之陰，大竹林中，有大石室。是尊者摩訶迦葉波於此，與九百九十九人阿羅漢，以如來涅槃後，結集三藏。前有故基，未生怨王，爲集法藏諸大羅漢，建此堂字。初，大迦葉宴坐山林，忽放光明，又覩地震。曰：「是何祥變，若此之異？」以天眼觀，見佛世尊，於雙林間，入般涅槃。尋命徒屬，趣拘尸城，路逢梵志，手執天花。迦葉問曰：「汝從何來？知我大師，今在何處？」梵志對曰：「我適從彼拘尸城來，見汝大師，已入涅槃。天人大衆，咸興供養。我所持花，自彼得也。」迦葉聞已，謂其徒曰：「慧日淪照，世界暗冥。善導遐棄，衆生顚墜。」懈怠苾芻，更相賀曰：「如來寂滅，我曹安樂。若有所犯，誰能訶制？」迦葉聞已，深更感傷。思集法藏，據教治犯。遂至雙樹，觀佛禮敬。既而法王去世，人天無導，諸大羅漢，亦取滅度，時大迦葉，作是思惟：「承順佛教，宜集法藏。」於是登蘇迷盧山，擊大犍椎，唱如是言：「今王舍城，將有法事，諸證果人，宜時速集。」犍椎聲中，傳迦葉教，遍至三千大千世界。得神通者，聞皆集會。是時迦葉，告諸衆曰：「如來寂滅，世界空虛，當集法藏，用報佛恩。今將集法，務從簡靜。豈恃羣居，不成勝業。其有具三明，得六神通，聞持不謬，辯才無礙，如斯上人，可應結集。自餘果學，各歸其居。」於是得九百九十九人，除阿難，在學地大迦葉召而謂曰：「汝未盡漏，宜出聖衆。」曰：「隨侍如來，多歷年所。每有法議，曾未棄遺。今將結集，而見擯斥。法王寂滅，失所依怙。」迦葉告曰：「勿懷憂惱，汝親侍佛，誠復多聞。然愛惑未盡，習結未斷。」阿難詞屈而出，至空寂處，欲取無學，勤求不證。既已疲怠，便欲假寐，未及伏枕，遂證羅漢。往結集所，叩門白至。迦葉問曰：「汝結盡邪？宜運神通，非門而入。」阿難承命，從鑰隙入。禮僧已畢，退而復坐。是時安居初十五日也。於是迦葉揚言曰：「念哉，諦聽！阿難聞持如來稱讚，集素呾纜舊曰修多羅。訛也。藏。優波釐，持律明究。衆所知識，集毘奈耶舊曰毗那耶，訛也。藏。我迦葉波，集阿毘達磨藏。兩三月盡，集三藏訖，以大迦葉僧中上座，因而謂之上座部焉。

大迦葉波結集西北，有窣堵波，是阿難受僧訶責，不預結集，至此宴坐，證羅漢果。證果之後，方乃預焉。阿難證果西行二十餘里，有窣堵波，無憂王之所建也。大衆部結集之處，諸學無學，數百千人，不預大迦葉結集之衆，而來至此。更相謂曰：「如來在世，同一師學。法王寂滅，簡異我曹。欲報佛恩，當集法藏。」於是凡聖咸會，愚智畢萃，復集素呾纜藏、毘奈耶藏、阿毘達磨藏、雜集藏、禁呪藏，別爲五藏。而此結集，凡聖同會，因而謂之大衆部。

竹林精舍北行二百餘步，至迦蘭陀池。如來在世，多此說法，水既清澄，具八功德。佛湼槃後，枯涸無餘。迦蘭陀池西北行二三里，有窣堵波，無憂王所建也。高六十餘尺，傍有石柱，刻記立窣堵波事，高五十餘尺，上作象形。

石柱東北不遠，至曷羅闍姞利呬城。唐言王舍。外郭已壞，無復遺堵。內城雖毀，基址猶峻。周二十餘里，面有一門。初頻毘婆羅王都，在上茆宮城也。編戶之家，頻遭火害。一家縱逸，四鄰罹災。防火不暇，資產廢業。衆庶嗟怨，不安其居。王曰：「我以無德，下民罹患。修何福德，可以禳之？」羣臣曰：「大王德化邕穆，政教明察，今茲細民不謹，致此火災。宜制嚴科，以清後犯。若有火起，窮究先發。罰其首惡，遷之寒林。寒林者，棄屍之所，俗謂不祥之地，人絕遊往之迹。令遷於彼，同夫棄屍，既恥陋居，當自謹護。」王曰：「善。宜遍宣告居人。」頃之，王宮中先自失火。謂諸臣曰：「我其遷矣。」乃命太子，監攝留事。欲清國憲，故遷居焉。時吠舍釐王，聞頻毘婆羅王，野處寒林，整集戎旅，欲襲不虞。邊候以聞，乃建城邑。以王先舍於此，故稱王舍城也。官屬士庶，咸徙家焉。或云：「至未生怨王，乃築此城。」未生怨太子，既嗣王位，因遂都之。逮無憂王，遷都波吒釐城，以王舍城，施婆羅門。故今城中，無復凡民，惟婆羅門，減千家耳。

宮城西南隅，有二小伽藍。諸國客僧，往來此止。是佛昔日說法之所。

城南門外道左，有窣堵波，如來於此說法，及度羅怙羅。從此北行三十餘里，至那爛陀唐言施無厭。僧伽藍。聞之耆舊曰：「此伽藍南菴沒羅林，中有池，其龍名那爛陀，傍建伽藍，因取爲稱。從其實義，是如來在昔修菩薩行，爲大國王，建都此地。悲愍衆生，好樂周給，美其德號，施無厭。由是伽藍，因以爲稱。其地本菴沒羅園，五百商人，以十億金錢，買以施佛。佛於此處，三月說法，諸商人等，亦證聖果。佛涅槃後，未久此國，先王鑠迦羅阿逸多，唐言帝日。敬重一乘，遵崇三寶，式占福地，建此伽藍。初興功也，穿傷龍身，時有善占尼乾外道，見而記曰：「斯勝地也，建立伽藍，當必昌盛，爲五印度之軌則，踰千載而彌隆。後進學人，易以成業。然多歐血，傷龍故也。」其子佛陀毱多王唐言覺護。繼體承統，聿遵勝業。次此之南，又建伽藍，呾他揭多毱多王，唐言如來。篤修前緒。次此之東，又建伽藍，婆羅阿迭多唐言幼日。王之嗣位也。次此東北，又建伽藍。功成事畢，福會稱慶，輸誠幽顯，延請凡聖。其會也，五印度僧，萬里雲集。衆生已定，二僧後至，引上第三重閣。或有問曰：「王將設會，先請凡聖，大德何方，最後而至？」曰：「我至那國也，和上嬰疹，飯已方行，受王遠請，故來赴會。」聞者驚駭，遽以白王。王心知聖也，躬往問焉。遲上重閣，莫知所去。王更深信，捨國出家。出家既已，位居僧末。心常怏怏，懷不自安。我昔爲王，尊居最上；今者出家，卑在衆末。尋往白僧，自述情事。於是衆僧和合，令未受戒者，以年齒爲次。故此伽藍，獨有斯制。其王之子伐闍羅。唐言金剛。嗣位之後，信心貞固，復於此西，建立伽藍。其後中印度王，於此北復建大伽藍。於是周垣峻峙，同爲一門，既歷代君王，繼世興建，窮諸剞劂，誠壯觀也。帝曰王本伽藍者，今置佛像。衆中日差四十僧，就此而食，以報施主之恩。僧徒數千，竝俊才高學也。德重當時，聲馳異域者，數百餘人。戒行清白，律儀淳粹。僧有嚴制，衆咸貞素。印度諸國，皆仰則焉。請益談玄，竭日不足。夙夜警誡，少長相成。其有不談三藏幽旨者，則形影自愧矣。故異域學人，欲馳聲問，咸來稽疑，方流雅譽。是以竊名而遊，咸得禮重。殊方異域，欲入談議，門者詰難，多屈而還。學深今古，乃得入焉。於是客遊後進，詳論藝能。其退走者，固十七八矣。二三博物，衆中次詰，莫不挫其銳，頹其名。若其高才博物，强識多能，明德哲人，聯暉繼軌。至如護法、護月，振芳塵於遺敎；德慧、堅慧，流雅譽於當時；光友之清論，勝友之高談，智月則風鑒明敏；戒賢乃至德幽邃。若此上人，衆所知識，德隆先達，學貫舊章，述作論釋，各十數部，竝盛流通，見珍當世。伽藍四周，聖迹百數，擧其二三，可略言矣。伽藍西不遠，有精舍，在昔如來，三月止此，爲諸天人，廣說妙法。

次東南垣內，五十餘步有奇樹。高八九尺，其餘兩枝，在昔如來嚼楊枝棄地，因植根氐，歲月雖久，初無增減。次東大精舍，高二百餘尺。如來在昔，於此四月，說諸妙法。次北百餘步精舍中，有觀自在菩薩像。淨信之徒，與供養者，所見不同，莫定其所。或立門側，或出簷前，諸國法俗，咸來供養。觀自在菩薩精舍北，有大精舍，高三百餘尺，婆羅阿迭多王之所建也。莊嚴度量，與中佛像同。菩提樹下大精舍，其東北窣堵波，在昔如來，於此七日，演說妙法。西北，則有過去四佛坐處，其南鍮鉐精舍，戒日王之所建立。功雖未畢，然其圖，量一十丈，而後成就。次東二百餘步，垣外有銅立佛像，高八十餘尺。重閣六層，乃得彌覆，昔滿胄王之所作也。滿胄王銅佛像北，二三里甎精舍中，有多羅菩薩像。其量既高，其靈甚察，每歲元日，盛興供養，鄰近國王大臣豪族，齎妙香花，持寶旛蓋，金石遞奏，絲竹相和，七日之中，建斯法會。

伽藍西南行八九里，至拘理迦邑，中有窣堵波，無憂王之所建也。是尊者沒特伽羅子，本生故里。傍有窣堵波，尊者於此，入無餘涅槃。其中則有遺身舍利，尊者。大婆羅門種，與舍利子少爲親友。舍利子以才明見貴，尊者以精鑒延譽。才智相比，動止必俱。結要終始，契同去就。相與厭俗，共求捨家，遂師珊闍邪焉。舍利子遇馬勝阿羅漢，聞法悟聖，還爲尊者重述，聞而悟法，遂證初果。與其徒二百五十人，俱到佛所。世尊遙見，指告衆曰：「彼來者，我弟子中，神足第一。」既至佛所，請入法中，世尊告曰：「善來苾芻，淨修梵行，得離苦際。」聞是語時，鬚髮落，俗裳變，戒品清淨，威儀調順。經七日，結漏盡，證羅漢果，得神通力。沒特伽羅子故里東行三四里，有窣堵波，頻毘娑羅王，迎見佛處。如來初證佛果，知摩揭陀國，人心渴仰，受頻毘娑羅王請，於晨朝時，著衣持鉢，與千苾芻，左右圍繞，皆是耆舊，螺髻梵志，慕法染衣，前後翼從，入王舍城。時帝釋天王，變身爲摩那婆，首冠螺髻，左手執金瓶，右手持寶杖，足蹈空虛，離地四指，在大衆中，前導佛路。時摩揭陀國頻毘娑羅王，與其國內諸婆羅門，長者居士，百千萬衆，前後導從，出王舍城，奉迎聖衆。頻毘娑羅王迎佛東南，行二十餘里，至迦羅臂拏迦邑。中有窣堵波，無憂王之所建也。是尊者舍利子，本生故里，井今尚在。傍有窣堵波，尊者於此寂滅。其中則有遺身舍利。尊者大婆羅門種，其父高才博識，深鑒精微，凡諸典籍，莫不究習。其妻感夢，具告夫曰：「吾昨宵寐，夢感異人，身被鎧甲，手執金剛，摧破諸山，退立一山之下。」夫曰：「夢甚善，汝當生男，達學貫世，摧諸論師，破其宗致。惟不如一人，爲作弟子。」已而有娠，母忽聰明，高論劇談，言無屈滯。尊者年始八歲，名擅四方，其性淳質，其心慈悲，朽壞結縛，成就智慧。與沒特伽羅子，少而相友，深厭塵俗，未有所歸。於是與沒特伽羅子，於珊闍邪外道所而修習焉。乃相謂曰：「斯非究竟之理，未能窮苦際也。各求明導，先嘗甘露，必同其味。」時大阿羅漢馬勝，執持應器，入城乞食。舍利子見其威儀閑雅，卽而問曰：「汝師是誰？」曰：「釋種太子，厭世出家，成等正覺，是我師也。」舍利子曰：「所說何法，可得聞乎？」曰：「我初受教，未達深義。」舍利子曰：「願說所聞。」馬勝乃隨宜演說。舍利聞已，卽證初果。遂與其徒二百五十人，往詣佛所。世尊遙見，指告衆曰：「我弟子中，智慧第一。」至已頂禮，願從佛法。世尊告曰：「善來苾芻。」聞是語時，戒品具足。過半月後，聞佛爲長爪梵志說法，聞餘論而感悟，遂證羅漢之果。其後阿難承佛告寂滅期，展轉相語，各懷悲感。舍利子深增戀仰，不忍見佛入般涅槃，遂請世尊，先入寂滅。世尊告曰：「宜知是時。」告謝門人，至本生里，侍者沙彌，遍告城邑。未生怨王，及其國人，莫不風馳，皆悉雲會。舍利子廣爲說法，聞已而去。於後夜分，正意繫心，入滅盡定，從後起已而寂滅焉。

因陀羅勢羅窶訶山，東北行百五六十里，至迦布德迦唐言鴿。伽藍。僧徒二百餘人，學說一切有部。伽藍東，有窣堵波，無憂王之所建也。昔佛於此，爲諸大衆，一宿說法。佛說法時，有羅者於此林中，網捕羽族，經日不獲。遂作是言：「我惟薄福，恆爲弊事。」來至佛所，揚言唱曰：「今日如來，於此說法，令我網捕，都無所得。妻孥飢餓，其計安出？」如來告曰：「汝應緼火，當與汝食。」如來是時，化作大鴿，投火而死。羅者持歸，妻孥共食。其後重往佛所，如來方便攝化。羅者聞法，悔過自新，捨家修學，便證聖果。因名所建，爲鴿伽藍。舍利五色而葬其下。

附錄

中印文學關係舉例

糜文開

一

記得我在民國四十二年七月從香港來臺後，兩三年間，寫了不少有關印度的文章，給臺港兩地的刋物和報紙副刋登載。那時，我有一本筆記，專門摘錄閱讀玄奘大唐西域記所得資料。關於阿育王石柱的記載，就曾分別記下佛誕聖地石柱柱頭上作馬像，竹林精舍石柱上作象形，給孤獨園兩柱，左柱鏤法輪相於其端，右柱石刻牛形於其上。其他柱頭未毀折者，大多作獅子形。就在那本筆記中，我特別記下了我所發現的兩則。其一是我國唐人李復言的小說杜子春，完全是大唐西域記中印度烈士池故事的漢化。另一是我國月中白兎的傳說，被印度佛敎故事所吸收，所以在西域記烈士池的下一節所記三獸塔古蹟，就有兎子捨身投火而死，帝釋卽「寄之月輪，傳乎後世。」印度人都說「月中之兎，自斯而有」的情節產生。

當時我很重視這兩個發現。因爲我國文學所受印度影響都是從佛敎而來，惟獨烈士池故事不是佛敎故事，被玄奘夾帶進來的。進來了不到二百年，就被漢化而成杜子春那樣精彩的小說，這是少有的特例。而佛教故事受我國月中有兎傳說的影響，也居然月亮中有起兎子來。這是我所知印度故事受我國影響唯一的例子。所以我加採了梁啓超、胡適之說三、四則，草擬了「中印文學關係學例」一文發表。

這篇文章寫得很簡單，梁氏「翻譯文學與佛典」一文中所說我國因佛典的翻譯，應用語彙，就增加了三萬五千個，我擧的例子只是：一刹那，兩舌，三世佛，四大皆空，五體投地，六根清淨……以至萬刼不復。所採胡氏「西遊記考證」一文中所說我國明人吳承恩小說西遊記主角孫悟空是印度史詩羅摩耶那中神猴哈紐曼的影子，則更略擧我所撰「羅摩耶那在中國」文中所提四種新證來加以補充。而我自己所發現的兩例，也只摘要說明而已。

當時比較文學還不很受人重視，自己旣未認眞撰寫，發表了也沒人注意。四十七年初，內子普賢撰寫「中印文學關係研究」，就比較認眞，她採用了我所擧烈士池漢化爲杜子春一例，抄錄兩者的全文，指證其漢化的過程，並加以斷語說：「公元六四六年，卽唐太宗貞觀二十年，玄奘法師奉敕寫印度遊記，他便在那年七月完成了一部名爲「大唐西域記」的重要地理書共十二卷。這書的第七卷婆羅尼斯國，記下了鹿野苑附近烈士池古蹟的故事。此後還不到兩百年，李復言就更改烈士池故事中五點，小小的點化，便把印度婆羅門修道故事漢化爲中國道士鍊丹的小說，不愧爲中印混血兒的優秀代表！」

她在文中說明這係採自我所寫「中印文學關係學例」一文，而她這篇五六萬字的文章，除在香港大學生活連載四期外，先作爲婦女寫作協會的婦女文叢出單行本，後又輯入「中印文學研究」一書中給商務印書館印行。所以到最近幾年大家提倡比較文學的熱潮中，就再三有人來查問要看我這篇「中印文學關係學例」的原文。但我這篇原文已遺失，也不再記得是在臺港何處發表，連我那本大唐西域記的筆記也早丟失。我只好據實告訴他們說，這篇四五千字中的重要資料，內子都已納入她那篇五六萬字的文章中，只有我國月中白兎傳說的被印度佛教故事所吸收一則，因爲證據不充足，所以內子未予採用。但也因此讓我想起當時我所提證據，只是從印度早期寓言故事資料裏去檢閱，找到五卷書第三卷中「二兎和貓」，四部箴第二部中「野兎和獅子」等有關兎子的故事，而沒有檢閱大藏經。二兎和貓的故事，把兩隻兎子寫得很愚蠢可笑，結果受貓欺騙而喪生；但在野兎和獅子的故事中，野兎却機智地未被獅子吃掉，反使獅子受騙喪生。而玄奘所記印度三獸塔故事中的兎子却是佛教慈悲和犧牲精神的代表，很難說是從四部箴五卷書中一類的故事吸收我國月中兎的傳說演變出來。難怪內子不予採用。說起來也可憐，那時我不查大藏經，只因我未備此書，一時也未曾借到。後來有人出讓，我特地到北投去買了一部，裝滿了兩大箱，還是寄放在同事家中。因爲那時我住外交部單身宿舍，四個人擠一間，床頭只好放一小書桌，寫起稿來，只用半張桌子，其餘半張是做書架子用的。所以潘琦君曾說我是半張小書桌寫稿子的作家呢！

後來我雖於臺大師大教授印度文學時，選鈔了大藏經中的佛所行讚、大莊嚴論經、六度集經、百喻經等作教材，查到三國時所譯六度集經、西晉時所譯生經等書中都有兎王捨身投火故事，可證明西域記三獸塔故事正是佛陀本生故事吸取我國月中有兎的傳說所演化而成。但內子寫「中印文學關係研究」時，我還未能提供她這些資料；等我發現這些資料時，我也未及花工夫去另寫一文，而不久我們就全家去了非律賓，從此我倆就轉移興趣，去研究詩經了。

現在華岡印度研究所開始招收碩士班研究生，又要求我開了印度文學研究一門課，第二學期將偏重於比較文學。而我國文學影響於印度文學者，在我，僅此實例可舉，因此想到再花些工夫，把這一則實例重新寫過，來作一番交代，而題目也仍稱「中印文學關係擧例」，以爲前次原文有缺憾並遺失的補償。

二

要寫我國月中有兎傳說爲印度佛敎故事所吸收的實例，應先查考我國月中有兎的傳說，起自何時？

查我國月中有兎的傳說的流行，大概起於東漢（註），所以到西晉時，詩人墨客，就不約而同地應用到他們的詩文中去了。至今保留下來的，有傅咸「擬天問」中三句，和摯虞「思游賦」中兩句。

（註）近年長沙南郊馬王堆發現漢文帝時古墓棺木上所繪日月，日中有烏，月中有嫦娥及蟾蜍，却尙無兎。

傳咸的擬天問，是將屈原天問所未曾包容進去的有關天象的傳說仿天問的句型所寫的詩篇。例如：「七月七日，牽牛織女，時會天河」三句，是詠牛女雙星七夕相會的傳說。而月中有兎的傳說則是：「月中何有?玉兎搗藥，與福降祉」三句。均見太平御覽。這裏沒有像姮娥奔月般點明玉兎的來源，只強調月中玉兎是搗藥以布施福祉於別人的。

摯虞所作思游賦，則全文載入晉書摯虞傳。有關月中兎的兩句是：「擾毚兎于月窟兮，詰姮娥于蓐收。」案毚兎即狡兎，狡者少壯之意。此僅抒寫其遠游的幻想而已。

考傳咸，字長虞，他的父親傅玄是晉武帝受禪時以爲官剛直著稱的人，長虞自己在惠帝時也官至御史中丞，他生於魏明帝景初三年（公元二三九年），卒於晉惠帝元康四年。（公元二九四年）他喜歡嘗試各種詩體，花樣很多，集句詩就是他的創新。或以爲擬天問是他父親傅玄所作，但多數人認爲是他的作品。摯虞字仲洽，晉書列傳中未記其卒年，他也是惠帝時活躍的人物。由此推斷，月中有兎的傳說，至少在公元三世紀是已經流行的了。

此後月中兎就常出現在文人的筆下。例如梁劉孝威的行行遊獵篇中就有：「高罝掩月兎，勁矢射天狼」之句。到唐朝而詠月之詩，必涉玉兎。例如白居易中秋月詩云：「照他幾許人腸斷，玉兎銀蟾遠不知!」羅隱中元夜看月詩云：「下射長鯨眼，遙分玉兎毫。」姚合對月詩：「銀輪玉兎向東流，瑩淨三更正好遊」。而「金烏西落，玉兎東昇」也便成爲濫調了。

三

現在再看印度佛教故事裏首先出現的月中有兎的記載却遲至公元七世紀的上半期，唐玄奘西遊天竺時才有流傳。前此類似這記載的故事很多，但都不說兎子到了月中去的。

玄奘記印度月中有兎的故事，在大唐西域記卷七婆羅痆斯國，記該國鹿野苑釋迦初轉法輪爲五比丘說法處附近有三獸塔古蹟，並述其古蹟來源。茲錄其全文於下：

三獸窣堵波故事

烈士池西，有三獸窣堵波。是如來修菩薩行時，燒身之處。

刧初時，於此林野，有狐、兎、猿，異類相悅。時天帝釋，欲驗修菩薩行者，降靈變化爲一老夫，謂三獸曰：「二三子，善安隱乎！無驚懼邪？」曰：「涉豐草，遊茂林，異類同歡，既安且樂。」老夫曰：「聞二三子，情厚意密，忘其老弊，特此遠尋。今正饑乏，何以饋食？」曰：「幸少留此，我躬馳訪。」於是同心虛己，分路營求。狐沿水瀕，銜一鮮鯉；猿於林樹，采異華果；俱來至止，同進老夫。惟兎空還，遊躍左右。老夫謂曰：「以吾觀之，爾曹未如猿狐同志，各能役心，惟兎空還，獨無相饋。以此言之，誠可知也。」兎聞譏議，謂狐猿曰：「多聚樵蘇，方有所作。」狐猿競馳，銜草曳木。既已蘊崇，猛燄將熾。兎曰：「仁者，我身卑劣，所求難遂，敢以微躬，充此一餐。」詞畢入火，尋卽致死。

是時老夫，復帝釋身，除燼收骸，傷歎良久。謂狐猿曰：「一何至此？吾感其心，不泯其迹，寄之月輪，傳乎後世。」故彼咸言，月中之兎，自斯而有。後人於此，建窣堵波。

印度佛典中早期類似三獸塔故事的記載，我從大正版的大藏經中找到了六則。那分別是：

(1)吳康居國沙門康僧會譯　六度集經八卷之第三卷　(二一)兎王本生

(2)僧伽斯那撰　吳月支優婆塞支謙字恭明譯　菩薩本緣經三卷之下卷　兎品第六

(3)西晉三藏竺法護譯　生經五卷之第四卷　佛說兎王經第三十一

(4)聖勇菩薩造　宋朝散大夫試鴻臚少卿同譯經梵才大師紹德慧詢等奉詔譯

菩薩本生鬘論十六卷之第二卷　兎王捨身供養梵志緣起第六

(5)吳月支優婆塞支謙譯　撰集百緣經十卷之第四卷　(三八)兔燒身供養仙人緣

(6)元魏西域三藏吉迦夜共曇曜譯　雜寶藏經十卷之第二卷　(一一)兎自燒身供養大仙緣

以上六則都在本緣部的兩册中找到，其中二經雖有編撰人名，但不能確知他們兩人是幾世紀人，其餘四經則連編撰人名也沒有，所以一時難分其時代的先後，我們只能照大藏經所編先後來排列它們的次序。我們要考察這六則的內容，予以分析比較，本應錄其全文，但有編撰人的兎品和兎王捨身供養梵志緣起兩則，寫得比其他四則加倍的長。尤以兎品一則，內容雖與緣起一則相彷，而更比緣起一則長了一倍。爲節省篇幅，兎品一則，予以節縮，其餘五則，則照錄全文。

下面就是六則故事譯文的全文或節縮。

①兎王本生

昔者梵志，年百二十，執貞不娶淫泆寂盡，靖處山澤，不樂世榮。以茅草爲盧，蓬蒿爲席；泉水山果，趣以支命。志弘行高，天下歎德。王娉爲相，志道不仕。處于山澤數十餘載。仁逮衆生，禽獸附恃。時有四獸：狐、獺、猴、兎。斯四獸曰：『供養道士，靖心聽經。』積年之久，山菓都盡。道士欲徙尋果所盛。四獸憂曰：『雖有一國榮華之士，猶濁水滿海，不如甘露之斗升也。道士去者不聞聖典，吾爲衰乎！各隨所宜求牽飲食，以供道士。請留此山，庶聞大法。』僉然曰：『可。』獼猴索果；狐化爲人，得一囊麨；獺得大魚，各曰：『可供一月之糧。』兎深自惟：『吾當以何供道士乎?』曰：『夫生有死，身爲朽器，猶當棄捐。食凡夫萬，不如道士一。』卽行取樵，然之爲炭，向道士曰：『吾身雖小，可供一日之糧。』言畢卽自投火，火爲不然。道士覩之，感其若斯。諸佛歎德，天神慈育，道士遂留。日說妙經，四獸禀誨。佛告諸沙門：『梵志者，錠光佛是也；兎者，吾身是也；獼猴者，秋鷺子是也；狐者，阿難是也；獺者，目連是也。』菩薩慈惠，度無極行，布施如是。

②兎品（節縮）

菩薩摩訶薩，若墮於畜生；
所行諸善法，外道不能生。

如我曾聞。

菩薩往昔曾爲兎身，以其先世餘業因緣，雖受兎身，善於人語。言常至誠無有虛誑，智慧成就遠離瞋恚，於人天中最爲第一。慈悲熏心，調和軟善，悉能消滅諸魔因緣。言行相副，眞實無諂。殺害之心，永無復有。安住不動，如須彌山。與無量兎而爲上首。常爲諸兎，而說是言。……

是時兎王常爲諸兎宣說如是善妙之言。

爾時有一婆羅門種，厭世出家，修學仙法。飲水食果及諸根藥，少欲知足，修寂靜行。長養髮爪，爲梵行相。是時仙人忽於一時，遙聞兎王爲兎說法。聞已心悔，而作是言：「我今雖得生於人中，愚痴無智，不如是兎。我今聞彼所說之法，心調柔和。我從本來，無可諮禀。今得遇之，其善無量。」是時仙人，卽起合掌，往至兎所，却坐一面，而作是言：「汝是正法之身，必定純善之法。唯願爲我，具足說之。」兎時答言：「大婆羅門，若我所言，悅可汝心，甚不愛也。所以者何？我之已離慳恪之結。往昔發心，復當涅槃。但爲衆生故，久住生死。」時婆羅門，聞是語已，心生歡喜，卽便隨逐。經歷多年，飲水噉果，與兎無別。

是時世人，多行惡法。以是因緣，令天炎旱，草木華果，枯乾不出。時婆羅門饑窮困苦，和顏向兎，而作是言：「我今欲去，願不見責。」兎聞是已，卽前問言：「此處何過？有何相犯？」婆羅門言：「是處清淨，實無過患。諸兎自修，亦不相犯。但我薄祐，困乏飲食，是故俛仰，欲相捨去。」時兎答言：「汝若去者，我今欲設微供，唯願明旦，必受我請。」時婆羅門，卽作是念：此兎今日見死鹿耶？或死兎乎？心卽歡喜，然火誦呪。是兎其夜，多集乾薪。爾時兎王，竟夜不眠，爲諸兎衆說法。夜旣終已，於薪邊卽使吹火，火然之後，語婆羅門言：「我昨請汝，欲設微供。今已具辦，願必食之！」說是語已，復自慰喻：「我今爲他受安樂故，自捨己身，無所貪惜。」自慰喻已，投身火坑。時婆羅門，見是事已，心驚毛豎，卽於火上，而挽出之。無常之命，卽便斷滅。諦觀心悶，抱置膝上，對之嗚㖘。並作是言：「我今敬禮，爲歸依主。我願從今，常相頂戴。願汝功德，具足成就。今我來世，亦常爲弟子。」說是語已，還持兎身，置之於地，頭面作禮，復還抱捉，猶如赤子。卽共死兎，俱投火坑。

爾時釋天，知是事已，大設供養，收骨起塔。

菩薩摩訶薩修行如是，尸波羅蜜，不証於世。

③佛說兎王經

聞如是，一時佛遊於舍衞祇樹給孤獨園，與大比丘衆千二百五十人俱。

佛告諸比丘：昔有兎王，遊在山中，與羣輩俱。饑食果蓏，渴飲泉水。行四等心，慈悲喜護。教諸眷屬，悉令仁和，勿爲衆惡，畢脫此身，得爲人形，可受道教。時諸眷屬，歡喜從教，不敢違命。有一仙人，處在林樹。食噉果蓏，而飲山水。獨處修道，未曾遊逸。建四梵行慈悲喜護。誦經念道，音聲通利，其音和雅，聞莫不欣。於時兎王，往附近之，聽其所誦經，意中欣踊，不以爲厭。與諸眷屬，共齎果蓏，供養道人。如是積日經月歷年，時冬寒至，仙人欲還到於人間。兎王見之，着衣取鉢，及鹿皮囊，並諸衣服，愁憂不樂，心懷戀恨，不欲令捨來，對之淚出，問何所趣？在此日日相見，以爲娛樂，饑渴忘食，如依父母。願一留意，假止莫發。

仙人報曰：吾有四大，當愼將護。今冬寒至，果蓏已盡，山水冰凍，又無巖窟可以居止。適欲捨去，依處人間，分衞求食，頓止精舍。過冬寒已，當復相就，勿以悒悒。兎王答曰：「吾等眷屬，當行求果，遠近募索，當相給足。願一屈意，愍傷見濟。假使捨去，憂慼之戀，或不自全。設使今日，無有供具，便以我身，供上道人。」道人見之，感惟哀念，恕之至心，當奈之何？仙人事火，前有生炭，兎王心念，道人可我，是以默然。便自擧身，投於火中。火大熾盛，適墮火中。道人欲救，尋已命過。命過之後，生兜術天，於菩薩身，功德特尊，威神巍巍。仙人見之，爲道德故，不惜身命，愍傷憐之。亦自剋責，絕穀不食，尋時遷神，處兜率天。

佛告比丘，欲知爾時兎王者則我身是；諸眷屬者，今諸比丘是；其仙人者，定光佛是。吾爲菩薩，勤苦如是，精進不懈，以經道故，不惜軀命，積功累德無央數刼，乃得佛道。汝等精勤無得放逸，無得懈怠，斷除六情，如救頭燃。心無所著，當如飛鳥，遊於虛空。佛說如是，莫不歡喜。

④兎王捨身供養梵志緣起

菩薩往昔曾作兎王，以其宿世餘業因緣，雖受斯報而能人語。純誠質直未嘗虛謬。積集智慧熏修慈悲，不生一念殺害之心。於彼無量百千兎中，稟性調柔居其上首，爲彼徒屬講宣經法，勸令諦聽善思念之：「我及汝等無始刼來，不修正行隨惡流轉，由四種因墮三惡道。所謂四者貪瞋癡慢。或由慳貪造十惡業。以是因緣墮餓鬼中，慳增上故其咽如針，長刼不聞漿水之名。設得少食變成火聚，皮骨連立受饑渴苦。

「或由瞋恚造十惡業，以是因緣墮傍生中。或爲鷙獸虎兕毒蛇無足多足更相食噉，受駝牛報負重致遠，項頷穿破償住宿債。

「或由愚癡造十惡業，以是因緣墮於地獄。無淨慧故撥無因果，毀佛法僧斷學般若。人於苦處八寒八熱，刀山劍林種種治罰。

「或由我慢造十惡業，以是因緣墮修羅中。心常諂曲貢高自大，離善知識不信三寶。雖受福報如彼天中，常苦鬪戰殘害支節。

「我今略陳如是諸趣所受衆苦，若具說者窮刧不盡。又我與汝盲無慧眼，癡增上故受彼兎身。常受饑渴乏於水草，處於林野周惶驚怖，或爲罝網機陷所困，爲彼獵者之所傷害。現受此苦深可厭患，汝等各各發勤勇心，修十善行趣出離道，求生勝處。」

是時兎王常爲同類，宣說如上相應法要。有一外道婆羅門姓，厭世出家修習仙道。遠離愛欲不起瞋恚，飲水食果樂居閑寂，長護爪髮爲梵志相。忽於一時遙聞兎王爲彼羣兎宣說經法，而自咨嗟乃作是言：「我今雖得生於人中，愚癡無智不及彼兎了達善法開悟於他。此必大權聖賢所化，或是梵王大自在等。我因得聞彼所說法，身心泰然離諸熱惱。今此兎王自性仁賢，善能發明先聖之道，分別善惡報應之理。我從昔來棲止山谷，艸衣木食求出離道。未逢師友如是教誨，今始遇之喜躍無量。」

是時仙人卽起合掌，詣兎王所安徐而言：「奇哉大士！現此權身能爲有情廣宣法要。汝今眞是持大法者，必當所蘊正法之藏。願今爲我開示演說最上究竟出離之道。我先修習婆羅門法，久受勤苦殊無所益。譬如有人信順愚夫鑽冰求火不可得也，願投仁者作歸依處。」

時兎答言：「大婆羅門，我今所說解脫之法，能盡苦際，稱汝機者但當發問無所悋惜。我已久除慳貪之垢，爲利有情樂住生死，化彼同類受是兎身。」

是時仙人聞是說已，心大歡喜得未曾有：「我今幸得親附慈化，願垂敎誨勿辭勞倦。」凡歷多年義深親友，食草飲泉與兎無異。時世人民枉行非法，慣習罪惡福力衰微。善神捨離災難競起，共業所招令天亢旱。經子數載不降甘雨，艸木焦枯泉源乾涸。時婆羅門卽作是念：我今年邁復闕所食，若唯止此轉增饑羸。乃白兎言：「今且暫離往至餘處，幸勿見訝。」兎卽告曰：「大仙今者不樂其所，誠恐悞犯冀乞容恕。久要之言，俄成輕別。」婆羅門曰：「此處幽寂絕其過患，諸兎調順各不侵擾。但我薄祜，乏其所食。久依大士，獲聞法味。要當終身藏之心腑，願廣其傳以濟羣有。絕粱亡食已經旬日，恐命不保虛捐前功。」

兎聞是已悲哽而言：「今此睽違，何時再遇？願留一宿，虔伸薄供。」是時兎王語羣兎曰：「今此大仙道力堅固，是善知識，最上福田。汝等戮力多積乾薪，共助晨飡供爨之用。」乃詣仙所復作是言：「唯願明旦必受我請。」仙卽許之。

彼婆羅門佇思詳審：「今此兎者爲何所有？或得麞鹿，或遇殘獸。心生歡悅勤請如是？」

是時兎王謂羣屬曰：「今此大仙欲捨我去，無常別離世態若此。衆生壽命猶如幻化，果報一來無能脫者。是故汝等當勤精進求出離道得盡苦際。」

爾時兎王終夜不寐，爲彼同類說如是法。當其淸旦詣積薪所，以火然之，其焰漸熾。白言大仙：「我先所請欲陳微供，今已具辦，願強食之。所以者何？智者集財積而能施，受者憐愍要必受用。我今貧乏施力爲難，唯願仁者決定納受。我欲令他獲安隱樂，自捨己身無所貪惜，共諸衆生證無上覺。」說是語已，投身火中。

時彼仙人覩是事已，急于火聚匍匐救之。不堅之身，條焉而殞。抱之于膝，悲不自勝。苦哉大士，奄忽若此，爲濟他身而殞已命。我今敬禮爲歸依主，願我來世常爲弟子。發此誓已，置兎於地。頭面作禮而復抱持，卽與兎王俱投熾焰。

是時帝釋天眼遙觀，卽至其所，與大供養，以衆寶建窣堵波。

佛語諸比丘：「昔仙人者，彌勒是也；彼兎王者，卽我身也。」

⑤兎燒身供養仙人緣

佛在舍衞國祇樹給孤獨園。時彼城中，有一長者，名曰拔提，出家入道，心常好樂白衣緣務，三業俱廢。爾時如來，觀此拔提善根已熟，應受我化。告阿難言：「汝往喚彼拔提比丘，來到我所。」尋卽往喚。佛勅拔提：「汝可往詣山林樹間修習善法。」尋受佛敎，詣山林間，坐禪行道。未久之間，得阿羅漢果。時諸比丘見是事已，前白佛言：「今此拔提比丘，宿殖何福？雖復出家，常樂俗緣。復值世尊，得獲道果？」

佛告比丘：「非但今日，能化彼耶；過去世事，我亦化彼。」時諸比丘復白佛言：「不審世尊，過去世時，其事云何？」爾時世尊，告諸比丘：「汝等諦聽，吾當爲汝，分別解說。此賢刼中，波羅㮈國，有一仙人，在山林間，食果飲水，修習仙道，經歷多年。值天亢旱，花果不茂，饑渴所逼，便入村乞食自活。時有菩薩兎王與諸兎等，隨逐水草，俱行見是長鬚仙人，爲饑渴所逼，欲入村落乞食自活。便前白言：『受我明日少許微供，並有好法，汝可聽受。』仙人聞已，作是念言：『彼兎王者，或能値見飛鳥走獸命盡之者，爲我作食。』尋卽許可。時彼兎王，知仙人許，尋集諸兎及彼仙人，宣說妙法。手復拾薪，積之于地。卽自燃火，自投其身，在大火中。時彼仙人，卽前抱捉，無常之命，已就後世。仙人唱言：『和上大師云何？一旦今見孤背，捨棄我去，更不聞法。』悲戚哽噎，嘷天而哭。悶絕躃地，悲不能言。當爾之時，地大震動，天雨妙花，覆兎王上。時彼仙人，見彼兎王修於大悲，不敢食噉。收起骸骨，起塔供養。」

佛告諸比丘：「欲知彼時菩薩兎王，則我身是。彼時仙人者，今拔提比丘是。皆由彼時，隨順我語，來聽法故。今得値我，出家得道。」

爾時諸比丘聞佛所說，歡喜奉行。

⑥兎自燒身供養大仙緣

舍衞國有一長者子，於佛法中出家，常樂親里眷屬，不樂欲與道人共事，亦不樂於讀經行道。佛勅此比丘，使向阿練若處精懃修習，得阿羅漢，六通具足。諸比丘疑怪，而白佛言：「世尊出世，甚奇甚特。如是長者子，能安立使得阿練若處，得阿羅漢道，具六神通。」

佛告諸比丘：「非但今日能得安立，乃於往昔，已曾安立。」諸比丘白佛言：「不審世尊，過去安立，其事云何？」佛告諸比丘：「過去之時，有一仙人，在山林間。時世大旱，山中菓蓏根莖枝葉，悉皆枯乾。爾時仙人，共兎親善，而語兎言：『我今欲入聚落乞食。』兎言：『莫去，當與汝食。』於是兎便自拾薪聚，又語仙人：『必受我食，天當降雨。汝三日住，華菓還出，便可採食。莫趣人間。』作是語已，即大然火，投身著中。仙人見已，作是思惟：『此兎慈仁，我之善伴。爲我食故，能捨身命，實是難事。』時彼仙人，生大苦惱，即取食之。

「菩薩爲此難行苦行，釋提桓因，宮殿震動而自念言：『今以何因緣，宮殿震動？』觀察知是兎能爲難事，感其所爲，即便降雨。仙人遂住，還食菓蓏。爾時修習，得五神通。

「欲知爾時五通仙者，今比丘是。爾時兎者，今我身是也。我捨身故，使彼仙人，住阿練若處，獲五神通。況我今日，不能令此比丘遠離眷屬，住阿練若處，得阿羅漢，獲六神通。」

試看以上六則佛教故事，其與大唐西域記三獸塔故事主要相同之點有二：其一，都是兎子慈悲爲懷，犧牲自己，捨身投火，供養修道者的情節。其二，都是如來修菩薩行時的本生故事，此兎即佛之前生。可是兎子犧牲以後，所得結果，都不是被送入月亮裏去，沒有一則和三獸塔故事相同的。⑴六度集經的兎王本生，其結果是：「火爲不然，道士遂留。日說妙經，四獸稟誨。」⑵菩薩本緣經的兎品的結果是：「釋天供養，收骨起塔。」⑶生經的佛說兎王經的結果是：「命過之後，生兜術天。」⑷菩薩本生鬘論的兎王捨身供養梵志緣起的結果是：「帝釋供養，以衆寶建塔（窣堵波）。」⑸撰集百緣經的兎燒身供養仙人緣的結果是：「天雨妙花，覆兎身上。仙人大悲，不敢食噉，收其骸骨，起塔供養。」⑹雜寶藏經的兎自燒身供養大仙緣的結果是：「仙人取食，釋提桓因感其所爲，卽便降雨，仙人遂住，得五神通。」

查佛本生故事，爲利於說教，大多採用民間故事，加以改造而成。可說都是佛教早期的作品。「四獸稟誨」最接近原有民間故事。其後略去其他三獸，卽獨留一兎，稍後變成兎王，而加上其下的衆兎。這六則本生故事，其情節都以兎投火犧牲爲骨幹，而其結果，也有演變痕跡可見。卽從六度集經「四獸稟誨」的兎子未予特寫，一變而爲雜寶藏經的仙人取食，釋天（釋提桓因）感而降雨，仙人遂住，修得五神通。再變而爲百緣經的天雨妙花，仙人不食，收骨起塔供養。三變而爲菩薩本緣經和菩薩本生鬘論的釋天（帝釋）建塔供養。四變而爲生經的兎王生兜術天，仙人處兜率天。

六個兎子捨身投火的故事，從四獸變成獨兎，以至兎王及其眷屬，從包括兎子在內的四獸稟誨，變成釋天感動降雨，以至爲之造塔，最後兎王生天。這二條線索的變化，都以生經的佛說兎王經爲殿後，而生經的譯成中文，在西晉之世。所以這六則故事，都是佛教早期的作品固沒錯，而且可以斷爲公元三世紀以前的作品。因爲其他五經中的六度、本緣、百緣三經，在西晉以前就譯成中文，其介紹到中國來的年代也較生經爲早，就是宋和元魏時才譯成中文的鬘論和雜寶藏兩經，介紹到中國來雖較生經爲晚，但在印度完成的年代，至遲在公元三世紀末年，那是可以推算出來的。

在公元三世紀以前，印度有關兎故事中，既沒有月中有兎的跡象，那末，當然我國月中有兎的傳說，決非來自印度。反之，我國自西晉時月中有兎的傳說流行開來以後，懂梵文西行求法的僧人，東晉時就有法顯、智猛等結伴而去的幾批人。例如法顯以公元三九九年離長安西行，同行有慧景、道整等五人，路上又遇到了僧景、慧達等六人。這一批就去了十一人之多。而且到達印度後，道整便留在印度，不再回返中國了。北魏時也有宋雲和惠生等人到過印度。而從印度東來的高僧，也有在華若干年後，仍返回印度的。這樣，在公元四世紀到七世紀的三四百年中，華僧的西去，西僧的返印，都可將我國月中有兎的傳說帶到印度去，因與生經的兎王升天故事相近，並與吠陀經「到月球之路」（Pitriyana）的解釋相符合。（註）所以被印度人採納到他們自己的故事中去。到七世紀止，印度鹿野苑三獸塔古蹟的故事中，也就出現了兎寄月中的傳說。而這兎寄月中，是受我國文學的影響，這樣解釋，是順理成章的。

（註）吠陀讚歌有「兩鳥一露面，一隱藏」之句，解經者以爲露面之鳥，代表走向月界之路。

因此，印度後期的佛教文學中月中有兎可以推斷是受中國文學的影響，而三獸塔故事則又是生經裏佛說兎王經的繼續演變。卽從兎王升天，再演變成兎王升天上月中居住。但古蹟既名三獸塔，就應以三獸實之，所以又保留了六度集經兎王本生的民間故事形態，將兎狐獺猿四獸，刪除獺而保留了狐猿（猴），並兎王而爲三獸，以符塔名。

四

以上，我們將印度佛教故事六則予以分析比較，其演變過程，清晰可見。而最後三獸塔故事的演變，其跡象也很明顯，其受中國影響的過程，也很周詳而清楚，毫無說得勉强之處。這樣大局已定，以下，可進而作細節的討論。

現在，我再把這七個故事中的要點和特點摘出，列成一表，對各種逐漸演變之跡，可看得更清楚些。

佛本生故事七則演變過程表

編號	出處	經名	兔及同伴	供養對象	供養情形	兔犧牲情形	所得結果	本生
(1)	六度集經	兔王本生	兔、狐、獺、猴	一老年梵志(道士)	猴索果、狐得魦、獺得魚、兔無得	兔投火火不然	道士說經四獸稟誨	兔即佛、猴鶖子狐阿難、獺目連
(2)	雜寶藏經	兔自燒身供養大仙緣	獨兔無伴	一仙人	仙人日食菓蓏，天旱無食，欲離去	兔投火供食仙人取食	釋天感而降雨，仙人得五神通	彼兔即佛前生，五通仙即舍衛國六通阿羅漢
(3)	百緣經	兔燒身供養仙人緣	兔王與諸兔	波羅奈國仙人	仙人食果飲水，亢旱欲離去	兔王投火供養作食	天雨妙花覆兔，仙人不食，收骨起塔供養	兔王即佛身，仙人即今舍衛國拔提比丘

(4)	本生鬘論	兎王捨身供養梵志緣起	兎王與羣兎	聽兎說法之梵志仙人	共兎食草飲泉，遇亢旱梵志欲行	兎王捨身供養投火而死，梵志亦即投火	帝釋以衆寶建塔供養	仙人是彌勒兎王卽佛
(5)	本緣經	兎品	兎王與諸兎	聽兎說法之修仙婆羅門	婆羅門飲水食菓，天旱欲行	兎王投火，婆羅門與兎王共投火坑	釋天收骨起塔供養	菩薩曾爲兎身
(6)	生經	兎王經	兎及其眷屬	一仙人	共齋瓜果而寒冬盡	兎王投火，仙人亦絕食而死	兎王生兜術天仙人處兜率天	兎王卽佛、兎眷屬卽諸比丘，仙人是定光佛
(7)	西域記	三獸窣堵波緣起	兎、狐、猿	帝釋所化老夫	狐銜鯉猿採果兎空還	兎捨身供養，投火而死	帝釋寄之月輪傳乎後世，後人建塔	兎卽刼初時如來修菩薩行

觀此表編號(2)(3)兩則故事內容大體相同，可說是一個故事的兩種記錄，但其自獨兎變爲兎王與諸兎，兎捨身投火後，仙人取食變爲仙人不食，感而降雨變爲雨花，並增收骨起塔情節，兩故事的寫定先後還很易辨別。而編號(4)(5)兩故事情節，簡直完全一樣，使人難分其先後。這二則都有撰寫人姓名，而以聖勇所寫菩薩本生鬘論較有名，因爲他寫作能力較强，我們看僧伽斯那所寫兎品，雖較聖勇的長了一倍，但情節並未增加，二人都引用佛教成語和理論來說教，僧伽斯那的喋喋不休，有些令人厭煩，不如聖勇的能適可而止。所以最初我以爲聖勇是根據僧伽斯那的改寫的。但佛教文學的發展史上，原始的民間故事全是散文，其加入教訓或個人撰寫的，則漸見加入偈文，而用偈文多的，都是比較後起的。試查這六則經文，只有僧伽斯那的兎品用了偈文，其餘五篇，都未用偈，可是這也不能證明僧伽斯那的兎品是這六則故事中最晚的作品。因爲個人撰

寫，總是喜歡用一些偈文，而許多經只是將原有流傳的輯集起來而已。其中未經輯集者改寫的，雖其輯集的年代較有些個人改寫的爲晚，却仍能保留着較早的內容和形式。

我將六則故事所載的六部佛經加以考察，六度集經九十一篇，大多不用偈文，只有少數幾篇偶一應用。生經五十五篇，就雜用了好多偈文。百緣經一百篇，也只有幾篇雜用偈文。這顯見生經的輯成，較六度和百緣爲晚。而雜寶藏經一二一篇大多不用偈文，只有少數幾篇偶或雜用。從經名看，雜寶藏經大約是最後就他經遺留的資料輯集而成，所以那些冷僻的資料，反而較爲原始些。

再查僧伽斯那所撰菩薩本緣經三卷，一共只有八篇，却或多或少地篇篇有偈。而聖勇所撰菩薩本生鬘論十六卷，除前面緒論全部用偈體寫成外，十四篇故事中只有第一第二兩篇各用了一偈，其餘全是散文。所以有些人認他是北典馬鳴之後的初期作家。而僧伽斯那每篇非雜用偈文不可，其年代應該比聖勇爲晚。所以我暫定他的兎品排在聖勇所寫一則的後面。當然本緣經三國時卽已譯成中文，僧伽斯那的年代大約不會遲於二世紀末年的。而生經五十五篇中既然偈文最多，仍列爲第六最後。

最後我要指出的是，西域記中烈士池故事演變成我國的杜子春小說；五卷書中永沒納河之鱷演變成我國的中山狼傳小說，內容都漢化了，且都很成功。但我國月中有兎的傳說爲印度佛敎故事三獸塔緣起採取，內容也印度化了，總覺仍有牴牾之處。

我們看，帝釋受感動而使兎子昇天像生經所寫兎王生兜術天是可以的。因爲兎王升天以後，仍可下凡轉生成佛來教化大衆。但三獸塔故事說：「寄之月輪，傳乎後世。故彼咸言，月中之兎，自斯而有。」則那隻兎子，既永遠住在月亮中，就不是與本生故事的兎卽佛前生切合。那隻兎子既然又要下凡來人間，就不再住在月亮中。這樣，不是說得有些矛盾嗎？當然，這仍可予以解釋的：說那隻兎子已懷孕，到月亮裏以後，生了幾隻小兎，所以牠雖再下凡，而牠的子孫仍在月中。或者逕說，佛能分身，所以他雖下凡，而兎子可仍留月中。

這樣，印度後起的月中有兎故事，似有扞格牴牾處，須得再曲予解說才行。不像我國的姮（嫦）娥奔月、玉兎搗藥等的永留月中，說得很自然。我國所謂嫦娥下凡，只是形容一個女子的美麗而已。（我國所傳天上星宿或神仙，都有他們的職位，所謂下凡，也是暫時的，不久仍將歸位。）那末，這也足證這印度故事不是依印度路線自然發展而來，的確是受有我國文學的影響的。否則，何必讓那兎子永留月中呢？

因爲這故事是我唯一所能舉的中國文學影響印度文學之例，所以特別詳予分析討論。

打電話來查詢拙著「中印文學關係舉例」的，其中一人，也同時問及拙著「印度文化十八篇」中談印度神話的演變說：「佛教興起，否定了婆羅門教的最高神，而稱諸神之王的因陀羅爲帝釋，以爲佛祖釋迦牟尼的侍從，甚至把梵天也列入侍從之中。」問這話有什麼根據？

當時我只告訴他我只記得唐玄奘在印度被戒日王請去參加曲女城的辯論大會時，供奉的佛像，是由戒日王扮作帝釋，東印度的拘（鳩）摩羅王扮作梵天，兩人左右侍從。這在慧立的大唐慈恩寺三藏法師傳和玄奘所譯大唐西域記中都有此記載。

現在查到印度歷來的傳說，釋迦出家修行，成正覺後，還見父王，即有帝釋和梵天左右侍從。事見大唐西域記卷六刼比羅伐窣堵國。並將兩書原文錄於後，以爲正式答覆。

(1)城南三四里，尼拘律樹林有窣堵波，無憂王建也。釋迦如來，成正覺已，還見父王，爲說法處……是時如來與大衆俱，帝釋與欲界天侍左，梵王與色界天侍右。

——大唐西域記卷六刼比羅伐窣堵國

(2)於宮中鑄金像一軀，裝一大象，上施寶帳，安佛在其中。戒日王作帝釋形，手執白拂侍右；拘摩羅王作梵王形，執寶蓋侍左。

——大唐慈恩寺三藏法師傳卷五第八張

(3)王於行宮，出一金像，虛中隱起，高餘三尺，載以大象，張以寶幰。戒日王爲帝釋之服，執寶蓋以左侍；拘摩羅王作梵王之儀，執白拂而右侍。

——大唐西域記卷五羯若鞠闍國

法師傳與西域記所載，有左右互換的歧異，當以西域記爲準。

玄奘的大唐西域記十二卷，對印度古代史地，有偉大的貢獻。只有希臘史地學家美伽斯提尼(Megasthenes)於公元前三一一年至前三〇二年出使印度所寫的筆記，可與相提並論。法國人沙畹(E. Chavannes)這樣說：「玄奘自西到東，自北到南，周遊印度。他足跡未到之處，則據可靠之說記錄。他是今日一切印度學家的博學之嚮導。今日學者得以整理七世紀的印度歷史地理……都是玄奘此書之功。」(中國之旅行家二三至二四面)

唐玄奘於太宗貞觀三年(公元六二九年)八月初一隻身自長安出發西行求法，貞觀十九年(公元六四五年)五月自印度返抵長安。貞觀二十年(公元六四六年)奉詔編譯大唐西域記。完成後於同年七月十七日上表獻書。他這書的本身，就是中印文學關係的寶庫。因補寫此文，特再寫這一節看似題外的說話。

一九八一年三月二十三日脫稿於

臺北市舟山路六竹園五柳居之靜齋

糜教授文開有關印度文化著譯二十一冊

(甲)編著部分

(1)印度歷史故事	商務印書館
(2)聖雄甘地傳	商務印書館
(3)印度文學欣賞	三民書局
(4)印度文化論集	東大圖書公司
(5)文開隨筆	東大圖書公司

(乙)編譯部分

(1)印度三大聖典	中國文化大學出版部
(2)印度兩大史詩	商務印書館
(3)莎昆妲羅(戲曲)	商務印書館
(4)泰戈爾詩集(七冊)	三民書局
(5)泰戈爾小說戲劇集	三民書局
(6)奈都夫人詩全集	三民書局
(7)普雷姜德小說集	三民書局
(8)(鶯蒂神瑪黛話)	三民書局
(9)印度文學歷代名著選(上下兩冊)	東大圖書公司

印度文學歷代名著選（下册）目次

(3)偷兒驢子和狗
(4)獅子老鼠和貓
(5)窮婦人和鈴

麋文開譯

六、加里陀莎戲曲莎昆妲蘿第四齣

七、勝天牧童歌一首　麋文開譯

八、梵文小說鬼話連篇傳奇錄　麋文開譯

譯者弁言
楔子
可笑的故事
聖雄的故事
復活的故事
換頭的故事
品德的故事
鳥做媒的故事
八哥說的故事
鸚鵡說的故事

五、第四期宗教革新的混合文學名著綜述

第四期文學名著選

一、加比爾詩選二十五首　糜文開糜榴麗譯

二、胡馬雍詩一首　糜文開譯

三、米羅貝詩二首

許身上帝歌　周祥光譯

侍者之歌　糜文開改譯

四、奴傑罕詩一首　羅家倫譯

五、齊白恩妮莎詩一首　糜榴麗譯

印度文學歷代名著概說㈤

六、第五期近代文學（附現代三十年）名著綜述

第五期文學名著選

一、泰戈爾詩選七十三首

（甲）漂鳥集三十首　糜文開譯

（乙）新月集十二首　糜文開糜榴麗譯

海邊